LESLIE KELLY

Face au désir

Traduction française de
ISABELLE E DONNADIEU

Sexy

HARLEQUIN

Collection : SEXY

Titre original :
TERMS OF SURRENDER

Ce roman a déjà été publié en 2012

HARPERCOLLINS FRANCE
83-85, boulevard Vincent-Auriol, 75646 PARIS CEDEX 13
Service Lectrices — Tél. : 01 45 82 47 47 - www.harlequin.fr
ISBN 978-2-2804-7044-5 — ISSN 2426-7945

Composé et édité par HarperCollins France.
Imprimé en février 2022 par CPI Black Print (Barcelone)
en utilisant 100% d'électricité renouvelable.
Dépôt légal : mars 2022.

FSC
www.fsc.org
MIXTE
Papier issu de sources responsables
FSC® C159065

Pour limiter l'empreinte environnementale de ses livres, HarperCollins France s'engage à n'utiliser que du papier fabriqué à partir de bois provenant de forêts gérées durablement et de manière responsable.

Pour répondre à la question que vous vous posez sûrement, non, mes deux livres n'ont pas fait ma fortune. Apparemment, certains hommes n'apprécient pas mon sens de l'humour. En plus, il faut que je rembourse maintenant mes prêts étudiants (non, je ne vous dirai pas quelle université j'ai fréquentée ; cette information n'est pas très importante).

Pour en revenir à cet entretien d'embauche, j'ai l'intention de passer la journée à m'y préparer, à revoir mon CV, à m'épiler les sourcils… Pendant ce temps, n'oubliez pas de me raconter vos pires rendez-vous, je lirai vos récits ce soir.

P.-S. : La question du jour : vaut-il mieux être heureuse et au chômage ou passer ses journées à un travail qu'on déteste ? Voilà un autre sujet de discussion. J'attends vos commentaires et vos témoignages.

Vendredi 6 mai, 23 h 15

www.mari-la-deluree.com/06/05/2011/ concours du vendredi

Commentaire n° 14

J'avais promis de revenir vous faire un petit coucou, et me voilà ! J'étais sur le point d'aller me coucher lorsque j'ai décidé qu'il était peut-être temps de choisir une gagnante pour notre concours.

C'est Rachel de Boston qui gagne aujourd'hui un exemplaire dédicacé d'un de mes livres. Je n'ose pas imaginer ce qu'elle a dû penser lorsque l'homme avec qui elle sortait lui a annoncé qu'il aimait se glisser dans la chambre de sa mère, mettre ses sous-vêtements et danser au rythme des derniers tubes de Britney Spears.

Rien que d'y penser, j'ai la nausée !

Rachel, rassurez-moi, vous n'avez pas avoué à ce type où vous habitez ? Dans le cas contraire, j'espère que vous avez pensé à faire placer un cadenas sur votre tiroir à culottes !

Qu'est-ce qui est le plus gênant dans cette histoire ? Savoir que la mère d'un homme de trente ans possède

Prologue

Vendredi 6 mai, 7 heures

www.mari-la-deluree.com/06/05/2011/ concours du vendredi

Joyeux vendredi !

Vous autres, amies lectrices régulières de mon blog, savez que je fais partie du club secret des fans du vendredi. Et pas seulement parce que le vendredi marque la fin de la semaine, d'autant que je ne travaille pas, mais j'en dirai un peu plus sur ce sujet plus tard. Si j'aime tant le vendredi, c'est que, chaque fin de semaine, j'invite mes lectrices à partager leurs souvenirs de leurs pires rendez-vous amoureux et nous passons la journée à nous réjouir de constater que nous ne sommes pas les seules à mener une vie amoureuse désastreuse.

Vous connaissez la marche à suivre. Laissez un commentaire sur le blog, racontez votre dernier rendez-vous. Celle d'entre vous dont l'histoire sera la plus drôle (j'en serai seule juge puisque je suis la chef, la reine du monde, du moins de ce monde virtuel) gagnera un exemplaire dédicacé de mon dernier livre.

Ceci étant dit, voici quelques nouvelles me concernant… Une bonne nouvelle qui en sera peut-être une mauvaise pour vous selon que vous aimez ou non passer du temps sur ce blog. Demain, j'ai un entretien pour un travail. Un vrai travail, dans la vraie vie !

Il s'agit d'un travail de quelques semaines seulement, mais j'en ai vraiment besoin.

— La seule chose qui m'intéresse, rétorqua la femme, c'est qu'ils payent leur café. Malheureusement, ils ont rarement un sou en poche !

Personnellement, songea Marissa, le contenu de leurs poches l'intéressait moins que le contenu d'une autre partie de leurs pantalons… Mais elle n'allait pas l'avouer à la serveuse, même si elle assumait tout à fait ces pensées un peu grivoises.

L'Académie navale était peut-être reconnue officiellement pour son programme d'excellence, mais la beauté de ses recrues faisait également beaucoup — sinon plus — pour sa réputation. Et pour une femme comme elle, célibataire depuis plusieurs années, arpenter les rues d'Annapolis équivalait à faire du lèche-vitrines devant la vitrine d'un magasin de bonbons.

Le spectacle lui plaisait mais, si un homme en uniforme était susceptible de l'attirer, l'uniforme lui-même ne la faisait pas rêver. Au contraire même, il faisait fuir la fille de militaire qu'elle était.

Les hommes avaient été rares dans sa vie, ces dernières années, mais elle ne pouvait en blâmer qu'elle-même. Elle venait juste d'obtenir son doctorat dans l'une des plus pre [illegible] universités du pays, l'université John-Hopkins. Ré [illegible] qu [illegible] faisait peur à de nombreuses conquêtes potentielles [illegible] frè [illegible]

A côté de ce cursus universitaire, elle avait mené – [illegible] toujours — une deuxième vie, une vie secrète, da [illegible] de [illegible] sa principale occupation consistait à dénigrer les [illegible] Au [illegible] leurs travers avec humour et cynisme. Elle avait même écrit deux ouvrages sur le sujet : *Pourquoi il faut fuir les hommes* et *Merci, mais mon vibrateur me suffit.*

Cette deuxième vie avait débuté six ans plus tôt lorsque, après un rendez-vous désastreux, elle avait lancé son blog, mari-la-deluree.com. Ce journal intime électronique, qu'elle avait commencé pour se défouler, était aujourd'hui suivi par des milliers de lecteurs, surtout des lectrices.

En tant que Mari-la-délurée, elle était impertinente, drôle, toujours de bonne humeur. Elle savait dédramatiser par l'humour les rendez-vous ratés des autres et les relations sans espoir. Elle dénonçait les tricheurs, les misogynes, les imbéciles… Elle en avait d'ailleurs rencontré de nombreux spécimens durant ses études, sans compter tous ceux qu'elle avait croisés dans le monde militaire dans lequel elle avait grandi.

Elle avait publié ses deux livres sous pseudonyme et peu de personnes savaient que la star d'internet, Mari-la-délurée, était en fait Marissa Marshall, docteur en psychologie, dont les articles étaient régulièrement publiés dans des revues scientifiques de premier plan. D'ailleurs, elle avait bien l'intention que sa vie secrète le demeure aussi longtemps que possible.

— Honnêtement, reprit la serveuse en lui apportant enfin son café, je n'ai jamais été tentée d'enlever mes sous-vêtements de grand-mère pour un de ces types. Ce ne sont que des bébés !

Ils étaient peut-être des bébés pour une serveuse de cinquante ans, mais pas pour elle. Les plus âgés d'entre eux devaient avoir vingt-trois ans et elle n'en avait que vingt-neuf. Elle ne considérait pas que la différence fût si grande. En terme d'expérience, cependant, ils faisaient partie de deux mondes différents, de deux mondes diamétralement opposés même.

Elle avait été jetée dans le monde des adultes dès l'âge de [redacted]atorze ans, lorsqu'elle avait été obligée d'élever ses jeunes [redacted]ères et sœurs après le départ de leur mère du domicile familial.

Pendant ses études de psychologie, elle avait passé beaucoup [redacted] temps à essayer de comprendre ce qu'elle ressentait à ce sujet. [redacted]jourd'hui, elle était prête à admettre que le comportement de ses parents était une des raisons de son intérêt pour la psychologie. Elle comprenait également pourquoi leur mariage avait échoué. Son père était un homme misogyne, froid, distant… Un homme qui prenait une maîtresse chaque fois qu'il arrivait sur une nouvelle base militaire. Mais ce qu'elle ne comprenait toujours pas, c'était pourquoi sa mère avait décidé de se venger, non pas avec cette aventure extraconjugale qu'elle avait eue, mais en quittant le domicile familial, laissant à son aînée la charge de ses autres enfants.

Sans doute ne le comprendrait-elle jamais.

— Bonne journée, fit la serveuse lorsqu'elle se leva enfin.

Essayez de ne pas tomber dans les bras d'un de ces jeunes hommes !

Elle avait bien raison de la mettre en garde. Avec ses talons de douze centimètres, elle risquait en effet de trébucher à chaque pas.

— Bonne journée à vous aussi…

Elle sortit et, une fois sur le trottoir, ferma les yeux et prit une profonde inspiration, savourant l'air vivifiant et salé du bord de mer.

— Excusez-moi, madame…, lança soudain une voix rauque tout près d'elle.

Elle ouvrit les yeux et se retrouva presque nez à nez avec un homme d'une vingtaine d'années, tout de blanc vêtu.

Elle avait failli lui rentrer dedans.

— Je vous prie de m'excuser, dit-elle avant de s'éloigner, gênée.

Gênée et surprise.

Venait-il réellement de l'appeler *madame* ?

Depuis quand était-elle devenue une dame ?

Elle ne *voulait* pas être une dame ! Elle ne se sentait pas dame du tout !

Mais aujourd'hui, sans doute était-ce une bonne chose qu'on l'appelle *madame*, lui fit remarquer la voix de la raison. Car aujourd'hui, elle devait paraître sérieuse, mature, inspirer la confiance. Aujourd'hui, elle n'était pas Mari-la-délurée mais le Dr Marissa Marshall.

Oui, elle était le Dr Marissa Marshall, même si ce titre était encore pour elle plus une mention sur un CV qu'une réalité.

Certains de ses proches affirmaient que continuer ses études aussi longtemps et gagner sa vie en jouant les impertinentes était une façon d'échapper à la vraie vie.

Peut-être avaient-ils raison. Peut-être avait-elle poursuivi aussi loin ses études pour repousser l'inévitable. Peut-être avait-elle tellement dû jouer les adultes lorsqu'elle était adolescente que, ensuite, elle avait voulu rattraper le temps perdu, fuir toute responsabilité.

Mais cette époque était révolue. Aujourd'hui débutait pour elle une nouvelle étape. S'épancher sur son blog, écrire des livres,

cela avait été amusant, cela l'avait détendue, lui avait permis d'oublier la réalité à une époque où tous les hommes qu'elle rencontrait étaient des imbéciles, mais il était temps pour elle d'aller de l'avant. De se comporter en adulte.

C'était pour cette raison qu'elle avait attaché ses cheveux en chignon, choisi une blouse très sobre et emprunté une jupe crayon à sa meilleure amie. Des vêtements qui faisaient tout à fait docteur en philosophie, alors que sa garde-robe habituelle était plutôt à l'image de Mari-la-délurée.

Elle avait d'ailleurs sorti la panoplie complète, les talons aiguilles et même le collant. C'était le premier qu'elle portait depuis des années.

Aujourd'hui était donc un grand jour, car elle avait rendez-vous avec l'assistant du commandant pour le convaincre de l'engager comme chargée de cours à l'Académie navale. Un emploi dont elle avait vraiment besoin, autant pour tourner une page, que pour des raisons financières.

Les droits d'auteur qu'elle avait touchés après la publication de son premier livre avaient financé son doctorat. L'avance perçue pour l'écriture du second lui avait payé ses frais quotidiens, mais elle s'épuisait vite. Elle recevrait sans doute un complément de droits d'auteur, car le livre était un succès, mais en attendant elle avait vraiment besoin d'argent. Donc d'un travail. D'un *vrai* travail…

C'est pourquoi, lorsque l'un de ses anciens professeurs lui avait annoncé que l'Académie navale recherchait quelqu'un pour donner des cours, elle n'avait pas hésité. Elle avait d'autant moins hésité qu'elle était justement en train de se demander quelle facture payer en priorité, celle de son téléphone ou celle de son abonnement au câble. Le téléphone était certes important, mais elle ignorait si elle serait capable de survivre sans les rediffusions d'*Urgences*, sa série préférée.

— Je dois obtenir ce travail, se répéta-t-elle en s'installant dans sa voiture. Je dois à tout prix obtenir ce travail !

Avant de démarrer, elle sortit son agenda et relut la feuille de route qu'elle avait reçue par e-mail.

— Prendre la rue King-George jusqu'à la porte numéro 1 de l'Académie. Premier rendez-vous à 14 heures. Se présenter aux contrôles de sécurité une heure avant.

Se présenter aux contrôles une heure avant ?

Elle jeta un coup d'œil nerveux à sa montre. Il était presque 13 heures. Comment avait-elle pu oublier cette consigne ? Elle avait été tellement préoccupée par le fond de l'entretien qu'elle en avait oublié la forme.

Quelle imbécile, vraiment !

Priant pour que sa voiture accepte de démarrer — il ne manquerait plus qu'elle lui fasse des caprices ! —, elle enfonça la clé de contact et la tourna.

Le moteur se mit à rugir. Ouf, sauvée !

Quelques minutes plus tard, elle se retrouva dans le parking réservé aux employés, devant le bâtiment où elle avait rendez-vous.

Pouvait-elle s'y garer ? Le parking était vide. Elle estima donc qu'elle ne dérangerait personne en y laissant sa voiture. D'autant que si tout se déroulait comme elle l'espérait, elle serait bientôt en possession d'un badge qui ferait d'elle un usager *légitime* de cette zone de stationnement. Elle n'avait donc aucune raison d'hésiter.

Non, elle n'avait vraiment aucune raison…

Déterminée, elle se gara donc puis sortit de sa voiture et lissa sa jupe. Son collant la gênait. Elle essaya de le réajuster en se tortillant. En vain. Puis ce fut au tour de sa culotte de la déranger.

— Bon Dieu !

Les bords lui remontaient entre les fesses et, comme sa jupe était serrée, tout le monde allait remarquer la marque de sa culotte.

Si seulement elle s'était acheté une jupe, au lieu d'en emprunter une… Mais l'entretien avait été fixé à la dernière minute… Elle se maudit de n'avoir pas jugé utile sur le moment d'essayer la jupe, car elle se sentait maintenant boudinée comme une saucisse.

A l'évidence, travailler à la maison n'avait pas eu le meilleur effet sur son tour de hanches.

Elle se plaça dos à sa voiture puis, priant pour que personne ne l'aperçoive depuis les fenêtres du bâtiment, elle essaya de remettre en place le sous-vêtement récalcitrant.

Sans succès, hélas.

Elle pouvait bien sûr se contenter d'espérer que personne ne verrait la marque de sa culotte, mais… Non. Impossible. Elle n'avait pas envie que tous les militaires de la base fixent ses fesses.

Elle essaya une nouvelle fois de remonter son collant, mais elle tira si fort dessus qu'il fila.

A bout, elle lâcha un long soupir. Pour une fois qu'elle était sérieuse, le destin semblait vraiment s'acharner contre elle !

Il fallait à tout prix qu'elle fasse quelque chose, mais quoi ? Elle n'avait plus beaucoup de temps devant elle.

Elle ne voyait plus qu'une solution…

Elle se réinstalla dans sa voiture, les pieds à l'extérieur, puis jeta un coup d'œil aux alentours. Personne en vue, parfait… Elle referma alors la porte autant que possible puis se débarrassa de son collant. Et de sa culotte.

Aller ainsi à un entretien, voilà quelque chose qu'aurait pu faire et revendiquer Mari-la-délurée. Malheureusement, elle n'était pas Mari-la-délurée aujourd'hui. Aujourd'hui, elle était le Dr Marissa Marshall.

Elle roula en boule le collant et la culotte et les cacha dans la boîte à gants puis elle se releva. Tout à coup, elle se sentait mieux, plus libre. Et comme la jupe descendait jusqu'à ses genoux, ni vu ni connu !

Elle était sauvée.

— Ce n'est pas une bonne idée, lança soudain une voix masculine derrière elle.

Mari sursauta, les joues soudain brûlantes, le cœur battant, et se retourna vivement.

Devant le bâtiment se tenait un homme. Un homme qui la regardait, un sourire amusé aux lèvres.

Depuis quand était-il là ? Elle ne l'avait pas remarqué lorsqu'elle s'était garée. Qu'avait-il vu exactement ? Avait-il vu lorsque…

Non, impossible... Elle était cachée par la portière. Il n'avait rien pu voir. Sauf que ses pieds étaient hors de la voiture quand elle avait fait glisser son collant et sa culotte le long de ses jambes. Alors forcément...

— Mademoiselle, reprit l'homme, vous devriez vraiment réfléchir...

Elle devait réfléchir ? Mais elle avait déjà réfléchi ! On voyait bien que ce n'était pas lui qui souffrait dans une jupe trop étroite !

— Vous pourriez avoir des ennuis, insista-t-il.

— C'est à moi que vous parlez ? répondit-elle enfin, comme si de rien n'était.

Vêtu d'un bleu de travail, l'homme essuya ses mains sales sur une serviette et lui sourit.

Il était grand. Sa combinaison soulignait des muscles qu'elle devinait puissants. Il avait un sourire attirant et une adorable petite fossette.

En un mot, il était sexy en diable. Et cet homme était en train de sous-entendre qu'il avait vu lorsqu'elle s'était débarrassée de sa culotte ? Mais c'était un cauchemar !

Elle serra les poings pour se forcer à retrouver son calme. Objectivement, qu'avait-il pu voir ? Rien. Ou vraiment pas grand-chose. Peut-être était-il juste ici pour la saluer ou alors parce qu'il avait entendu les grincements du moteur de sa voiture. Ce qui ne serait pas surprenant car, à l'évidence, il était mécanicien.

Ou peut-être voulait-il simplement lui annoncer que la base devait être évacuée en raison d'un colis suspect.

Il pouvait lui dire n'importe quoi, sauf qu'il savait qu'elle ne portait pas de culotte.

Non seulement cela serait *terriblement* embarrassant, mais ce serait la preuve qu'il l'avait vue. Or elle ne voulait pas croire que cet homme, cet inconnu si sexy, soit capable de se conduire comme un mufle.

Il s'approcha, la détaillant du regard derrière ses lunettes de soleil et elle fit de même. Il avait les cheveux châtains, presque dorés, mais elle ne voyait pas ses yeux. De quelle couleur étaient-ils ? Chocolat ? Vert émeraude ?

— Salut, fit-il lorsqu'il parvint à son niveau, comme s'ils se rencontraient à une soirée quelconque, comme s'il ignorait qu'elle ne portait pas de culotte.

Mais peut-être l'ignorait-il vraiment.

— Salut…

Il releva ses lunettes sur sa tête et elle en profita pour examiner ses yeux. Finalement, ils n'étaient ni verts, ni chocolat. Ils étaient entre les deux, ambrés.

— Waouh ! murmura-t-elle dans un souffle.

Il dut l'entendre car elle vit tout à coup son regard pétiller, comme s'il riait intérieurement.

— Vous avez l'air un peu perdue, continua-t-il d'une voix tout à la fois moqueuse et chaleureuse.

— Non, pas du tout, répondit-elle, masquant tant bien que mal sa gêne.

— Vous en êtes sûre ? Je peux peut-être vous aider, je connais le coin.

— Non, ça va, merci.

Elle fixa le logo Midas de sa combinaison. Il devait être un habitué des réparations sur la base.

Elle trouva amusant le fait qu'il travaille pour une entreprise dont le nom lui correspondait aussi bien, lui qui arborait des cheveux châtains aux beaux reflets dorés.

Elle ignorait tout de lui mais une chose était sûre, il ne ressemblait pas aux hommes qu'elle fréquentait habituellement. Il ne ressemblait pas à un universitaire. Il devait avoir une petite trentaine d'années et respirait la testostérone. Il était bronzé, avait des mains puissantes, légèrement calleuses, sans doute en raison de son travail manuel. Et cette bouche sensuelle… Il était si sexy qu'il lui faisait perdre la tête !

La voix de la raison la rappela cependant à l'ordre. Que lui arrivait-il ? Elle ne pouvait pourtant pas continuer à le dévorer ainsi du regard !

Mais cela faisait si longtemps qu'elle n'était pas sortie avec un homme. D'où cette réaction.

Déterminée à ne pas se laisser impressionner par sa beauté, à ne pas lui donner l'opportunité de flirter, elle répéta :

— Ça va aller…

— Même si vous n'avez pas besoin d'aide, je crains que vous ne tentiez le diable.

— Je ne suis pas inquiète, répondit-elle d'un ton aussi ferme que possible.

Non, elle n'était pas inquiète, sa jupe était suffisamment longue. Elle ne risquait rien.

— Vous aimez prendre des risques, on dirait ?

— Pas du tout.

— En effet, vous ne semblez pas le genre de femme à vivre dangereusement.

Elle se raidit. Qu'est-ce qu'il voulait dire ? Etait-il en train de la traiter de froussarde, de poule mouillée ? De quel droit…

— Vous ressemblez plus à une maîtresse d'école bien rangée qu'à une rebelle.

Elle ressemblait à une enseignante ? Tant mieux. Du moins aujourd'hui.

— C'est ce que je voulais justement : ressembler à une enseignante.

— J'en déduis que vous ne l'êtes pas réellement…

— *Pas encore*, répondit-elle avant de jeter un coup d'œil à sa montre. Oh ! Zut !

— Vous êtes en retard.

— Comment avez-vous deviné ?

Pour toute réponse, il lui adressa un sourire malicieux, qui fit ressortir ses adorables fossettes, et elle regretta le ton sec de sa réponse.

— C'est simple, lui expliqua-t-il, vous êtes arrivée ici en conduisant à toute allure, comme si vous étiez poursuivie par les démons.

— C'est vrai, je suis bel et bien en retard. Je passe un entretien dans exactement cinquante minutes, or on m'a demandé de me présenter une heure avant, pour les contrôles de sécurité.

— Ne vous inquiétez pas, ils disent ça à tout le monde. Mais la base est quasiment déserte en cette période de l'année. Obtenir un laissez-passer ne vous prendra pas plus de dix minutes.

— Malgré tout, je ne veux pas prendre de risque. Alors, si vous voulez bien m'excuser…

— Vous avez peur de faire mauvaise impression ?

Elle le vit sourire et, désabusée, leva les yeux au ciel.

— D'accord, j'ai un peu peur, je l'admets. Vous êtes content ?

— Non, je ne suis pas content. Je suis même désolé de vous apprendre que, jusqu'à présent, vous n'avez pas fait très bonne impression. Les bureaux du service des ressources humaines donnent sur ce parking et les employés surveillent tout ce qui s'y passe.

Donc, il n'avait pas été le seul à assister à son strip-tease impromptu…

Génial !

— On dirait que je suis mal partie.

— Peut-être, mais je suis persuadé que vous rattraperez très bien le coup. Si quelqu'un vous fait une remarque, répondez simplement que vous aviez peur d'être en retard.

— La plupart des gens sont trop polis pour oser la moindre remarque, du moins je l'espère.

— La politesse n'a rien à voir avec cela.

— Je ne suis pas d'accord. Un homme bien élevé ne me ferait pas ce genre de commentaire.

Il croisa les bras sur sa poitrine et la fixa d'un air surpris, perplexe même.

— Etes-vous en train de me dire que je ne me conduis pas en gentleman ? demanda-t-il au bout de quelques secondes. Ma mère serait choquée si elle savait.

Elle esquissa un sourire timide. Elle aurait pu être en colère, si elle avait perçu des nuances de sarcasme dans sa voix, mais la vérité était que sa gentillesse la touchait. Elle brisait même toutes ses défenses.

En plus, elle devait bien admettre que jusqu'à présent, il s'était conduit en parfait gentleman pour lui faire comprendre à mots couverts qu'il l'avait vue ôter sa culotte en plein jour, au milieu d'un parking. Il méritait bien une explication.

— Ecoutez… j'ai filé…

— Avec ces chaussures ? la coupa-t-il en laissant son regard brûlant descendre le long de ses jambes.

— Oui, une jambe entière.

— Une jambe ? Je croyais qu'il fallait les deux pour filer.

Elle réprima un fou rire devant le quiproquo. Il parlait de courir parce qu'elle était en retard, alors qu'elle parlait de son collant !

— Je voulais dire que mon collant avait filé.

— Ce n'est pas une grande perte, répondit-il sans quitter ses jambes du regard. Vous n'en avez pas besoin, vous avez des jambes fantastiques.

A ces mots, elle sentit de nouveau ses joues s'empourprer. Il semblait apprécier sa plastique. Cela lui fit plaisir. Elle trouva même cela rafraîchissant, car la plupart des hommes qu'elle rencontrait dans un cadre professionnel n'étaient intéressés que par son CV. Quant à ceux qu'elle rencontrait dans les bars, ils ne voyaient généralement que ses seins !

— C'est gentil, mais j'aimerais vraiment faire bonne impression et, comme je suis en retard…

— C'est donc pour cette raison… Je comprends…

Priant pour que ses joues ne s'empourprent pas plus encore, elle leva les yeux vers lui.

— Oui, c'est pour cette raison, répéta-t-elle posément.

— Vous avez eu de la chance que je vous voie.

De la chance ?

Venait-il d'admettre sérieusement qu'elle avait eu de la chance qu'un inconnu la surprenne en train d'enlever sa culotte ?

Quel culot ! Elle n'en revenait pas.

— Comme je vous l'ai déjà dit, reprit-il pour tenter de la rassurer, vous n'avez pas à être inquiète pour l'heure. Nous pouvons régler ça tout de suite.

— Régler ça ?

Croyait-il qu'elle allait sortir par magie un nouveau collant de son sac à main, comme un lapin d'un chapeau ?

— Remontez dans votre voiture, nous allons régler ça, répéta-t-il.

Elle le fixa, incrédule.

— Régler quoi ?

— Vous avez besoin de quelqu'un et je suis prêt à vous aider.

Elle ne portait pas de culotte, se rappela-t-elle soudain, sentant le vent frais se glisser sous sa jupe et sa température grimper de quelques degrés. Et cet homme lui donnait chaud, il excitait tous ses sens !

Non, il ne l'excitait pas mais… il éveillait ses sens, il lui faisait perdre tout sens de la réalité.

— J'espère que cela ne vous gêne pas d'être à côté de quelqu'un d'un peu sale, poursuivit-il.

Perdue, elle avala sa salive, incapable de déterminer s'il était en train de flirter ou bien s'il était sérieux. A moins que ce ne soit elle qui ait l'esprit mal placé.

— Je… Je ne comprends pas.

— Vous avez l'air nerveuse. Je pense que remonter dans cette voiture vous permettra d'évacuer un peu de votre stress.

Evacuer de son stress ?

Elle était en effet stressée. Elle l'était depuis treize mois, deux semaines, quatre jours et sept heures très exactement. Car elle n'avait pas fait l'amour depuis tout ce temps.

Ecrire des articles sérieux avait également été une activité stressante. C'était du moins ce qu'avait pensé le dernier homme qu'elle avait fréquenté. Celui qui l'avait laissée tomber au moment où elle atteignait la page 120 de sa thèse.

— Allons-y, vous n'avez pas beaucoup de temps. Je vous garantis que vous vous sentirez plus détendue après.

Plus détendue ?

Désormais, le doute n'était plus permis. Il lui faisait des avances. Il venait bel et bien de lui proposer de faire l'amour avec lui dans sa voiture. De quoi d'autre pouvait-il parler ?

— Ça ne prendra que quelques minutes, ajouta-t-il.

Quelques minutes à peine ?

Elle devait bien admettre qu'elle était déçue. Il avait peut-être l'allure d'un prince charmant en bleu de travail, mais jamais elle n'aurait imaginé qu'il expédierait une affaire de sexe en quelques minutes.

— Je ne crois pas, rétorqua-t-elle alors d'un ton aussi assuré que possible. Ça risque de prendre beaucoup plus de temps que cela et je ne peux pas me permettre d'être en retard.

— Comme vous voulez, mais votre portefeuille va le regretter.

— Mon portefeuille ? répéta-t-elle, hébétée, comprenant de moins en moins.

— Oui, votre portefeuille. Ça va vous coûter au moins deux cent cinquante dollars.

— Mais de quoi parlez-vous ?

Pour toute réponse, il lui indiqua d'un geste de la main le panneau « parking réservé aux employés ».

— Le service de sécurité fait du zèle, même lorsque le parking est vide, précisa-t-il.

Honteuse de se rendre compte soudain du hiatus entre ses préoccupations et celles de l'inconnu, elle baissa les yeux.

— Comme je vous l'ai dit, si votre voiture est mise en fourrière pendant votre entretien, ça ne ferait pas très bonne impression, mademoiselle. Je vous promets que vous avez le temps de la déplacer. Je suis même prêt à vous escorter jusqu'au parking public le plus proche.

— Vous... Vous parliez de ma voiture ? bafouilla-t-elle, abasourdie. De l'endroit où j'étais garée...

— Evidemment, fit-il avant de s'interrompre, comme s'il se rendait enfin compte du quiproquo.

La jeune femme le fixait, les yeux écarquillés de surprise, comme si des ailes venaient de lui pousser dans le dos. Et même s'il aimait voler, il ne le faisait jamais sans son Hornet FA18. Un tel miracle était impossible, même pour un aviateur aussi talentueux que lui.

Elle demeura silencieuse, se contentant de le fixer avec ses immenses yeux bleus soulignés de longs cils noirs et il l'examina lui aussi. Elle semblait complètement perdue.

Le plus amusant était que, depuis qu'il l'avait aperçue, le refrain d'une chanson tournait en boucle dans sa tête, « ma maîtresse si sexy »… Avant même qu'elle lui annonce qu'elle était là pour passer un entretien pour un poste d'enseignante, il la trouvait très sexy.

Mais il n'avait pas encore la preuve de son aptitude à enseigner, car leur conversation avait été pour le moins étrange.

Elle portait les cheveux tirés en arrière dans un chignon mais il devinait que sa chevelure était longue et soyeuse. Malgré son allure chic, un tantinet sévère même, elle parlait et marchait avec naturel, avec assurance. Elle n'avait pas essayé de le séduire comme aurait pu le faire une autre femme. Et pourtant, elle avait des atouts.

Sexy, oui, vraiment, magnifique, sûre d'elle et perdue à la fois… Cette jolie blonde était sans le moindre doute la femme la plus intéressante qu'il ait rencontrée depuis bien longtemps.

Pour le moment, *perdue* était le mot qui la décrivait le mieux. Elle le fixait les yeux écarquillés et la bouche ouverte, comme s'il lui parlait chinois. Or le lieutenant commandant Danny Wilkes pensait avoir été suffisamment explicite.

— Fourrière ? répéta-t-elle.

— Oui, votre voiture risque d'être mise en fourrière et ensuite, vous devrez dépenser une somme folle pour la récupérer. Ça arrive tout le temps. Je pense que c'est de cette façon que l'armée doit se payer ses nouveaux porte-avions !

Elle se mordit la lèvre, passa une main sur son visage, puis éclata de rire.

Il l'imita, charmé par ce rire clair, communicatif. Sans doute lui expliquerait-elle plus tard ce qu'elle trouvait de si drôle à leur conversation.

— Quelle idiote je suis, fit-elle enfin en levant les yeux au ciel.

— Allez-vous me dire de quoi vous parliez ?

— Jamais de la vie !

Il se repassa rapidement ses propres paroles dans la tête pour tenter de comprendre.

Il lui avait demandé si elle voulait faire bonne impression, lui avait montré les fenêtres du bâtiment et elle avait admis qu'elle était pressée. Ensuite, il s'était contenté de lui conseiller de bouger sa voiture.

Il ne voyait pas ce qu'il y avait de drôle. A moins qu'elle n'ait pensé que…

Non, impossible ! Elle n'avait pas pu penser que…

Il la regarda de nouveau. Elle riait toujours autant mais semblait également un peu gênée.

D'accord, peut-être l'avait-elle vraiment cru…

— Vous pensiez que je vous faisais des avances, c'est ça ? Que je voulais vous faire remonter dans votre voiture pour…

Les joues roses, elle approuva d'un signe de tête.

— Waouh ! On m'a déjà reproché d'aller trop vite mais croyez-moi, lorsque je rencontre une femme, je ne lui propose pas une partie de jambes en l'air cinq minutes après l'avoir rencontrée.

— Votre mère aurait sans doute eu bien raison d'avoir honte si tel était le cas !

— Oui, et mon père serait en colère. Quant à ma petite sœur, elle me traiterait d'abominable macho.

Elle lui adressa un large sourire. Elle semblait enfin moins nerveuse.

— J'adorerais rester et discuter avec vous, mais je dois vraiment y aller. Je passe un entretien.

— Je comprends, mais il faut que vous bougiez votre voiture. Rapidement.

— Je m'en occupe tout de suite. Merci.

— Je vous en prie. Peut-être vous reverrai-je lorsque vous aurez terminé ?

Elle se retourna et le dévisagea, étonnée. Et, lui sembla-t-il, intéressée.

— Vous allez travailler tout l'après-midi ? lui demanda-t-elle pour toute réponse.

Il lui indiqua l'atelier d'un geste de la main.

— Ces derniers temps, je n'ai pas beaucoup l'occasion de sortir. Certains officiers sont capables de piloter des sous-marins qui coûtent des millions, mais ne savent pas prendre soin de leur véhicule.

A propos de voiture, d'ailleurs, il avait bien envie de jeter un coup d'œil au moteur de sa Chevrolet Impala 67. Il avait aussi envie de revoir cette femme. Malheureusement, il ignorait son nom.

Elle était toujours là, en train de s'installer derrière son volant. Il était encore temps de lui demander s'ils auraient une chance de se revoir.

D'un autre côté, il ne voulait pas insister. Il ne voulait pas contrarier le destin. Si son destin était de la revoir, il la reverrait, même sans révision de voiture.

A vrai dire, il ne croyait pas vraiment au destin mais il en aimait l'idée. Il aimait se dire qu'une force supérieure pouvait avoir programmé une nouvelle rencontre avec cette belle blonde. Il lui suffisait d'attendre.

Il décida donc de ne rien faire de plus et se contenta de la regarder fermer sa portière.

Quelques secondes plus tard, elle la rouvrit, sortit et se planta devant lui, carrément paniquée.

— Ma voiture refuse de démarrer !

Danny esquissa un sourire.

Le destin, oui…

Parfait !

Chapitre 2

Samedi 7 mai, 14 h 40
www.mari-la-deluree/05/07/2011/coucou

Salut les filles (et les gars),

Je ne fais que passer. J'étais tellement occupée hier à préparer mon entretien que j'ai oublié d'écrire mon traditionnel message sur l'idiot du samedi.

Si vous êtes nouvelle sur le blog, sachez que chaque samedi je parle de quelqu'un qui s'est très mal conduit pendant la semaine. Samedi dernier, je vous ai raconté l'histoire de cet abruti dont la femme a trouvé sur le net une vidéo dans laquelle il est en train d'en épouser une autre. Alors qu'il n'avait même pas divorcé !

Aujourd'hui, l'idiot du samedi est une idiote : moi. Moi qui ai oublié d'écrire sur ce blog et qui n'ai pas le temps maintenant.

A vous de le faire, donc. Lâchez-vous, je jetterai un petit coup d'œil sur vos commentaires tout à l'heure et peut-être y ajouterai-je mon grain de sel.

A plus tard,

Mari.

Marissa était assez satisfaite, détendue même. Son entretien avec la directrice des ressources humaines se passait bien. Et elle avait l'impression d'avoir réussi son premier entretien avec l'adjoint du commandant.

Mais tout à coup, elle se souvint de sa culotte, ou plutôt de son absence de culotte et se raidit.

Plus exactement, elle n'avait pas oublié qu'elle était nue sous sa jupe, comment aurait-elle pu, mais elle avait oublié *ce qu'elle avait fait* de sa culotte. Et il avait suffi que son interlocutrice évoque la cérémonie des gants blancs pour qu'elle pense « boîte à gants » et qu'elle se souvienne tout à coup qu'elle avait caché sa culotte dans la boîte à gants de sa voiture… Voiture qu'un adorable mécanicien était en train de réviser en ce moment même.

Afin de déterminer pourquoi la voiture n'avait pas démarré, sans doute l'inconnu allait-il avoir besoin du manuel. Manuel qu'il irait selon toute probabilité chercher dans la boîte à gants… sous sa culotte…

En d'autres circonstances, savoir qu'un homme aussi beau que celui-ci était en train d'examiner ses dessous l'aurait excitée, surtout si elle était dedans ! Mais savoir qu'il était en train de regarder sa lingerie et de penser qu'elle n'était qu'une folle… Voilà des considérations pour le moins désagréables, surtout en plein milieu d'un entretien d'embauche.

— Tu es fichue ma pauvre, marmonna-t-elle, le désespoir dans la voix.

— Que dites-vous ?

Avait-elle parlé à voix haute ?

Si tel était le cas, elle ne s'en était même pas aperçue. Encore un signe indiquant qu'elle avait bel et bien perdu la tête.

Heureusement pour elle, son interlocutrice semblait plus intéressée par le dossier qu'elle était en train de feuilleter que par ses paroles.

— Je voulais dire que…, se reprit-elle. Enfin… je suis impressionnée par votre organisation. Mon bureau, à la maison, est toujours en désordre. Je n'y retrouve jamais rien.

— Je vois…, répondit la femme en lui adressant un sourire crispé.

Elle semblait lui en vouloir. C'était mauvais signe. Elle n'obtiendrait pas le poste.

Déçue, elle laissa échapper un long soupir.

— Je suis désolée, madame, s'excusa-t-elle aussitôt, tant bien que mal. C'est que je suis un peu nerveuse…

— Pas de problème, répondit la femme d'une voix plus douce avant de baisser encore le ton et de se pencher vers elle. Et ne vous en faites pas, vous n'êtes pas fichue. Au contraire même, j'ai trouvé que vous vous en étiez très bien sortie.

Rassurée, Mari se détendit un peu et elle passa la demi-heure suivante à poser des questions sur le poste.

Plus elle en apprenait, plus elle désirait ce travail et gagner respectablement sa vie, comme une adulte.

Parce qu'elle avait dû jouer les mamans pour ses frères et sœurs dès l'âge de quatorze ans, elle savait comment se conduire avec les jeunes gens. Elle se sentait proche d'eux tout en étant capable de faire preuve d'autorité. Elle pouvait rigoler avec sa sœur lorsque celle-ci lui parlait d'un jeune homme rencontré en cours de biologie et, en même temps, elle savait remettre au bon moment sa casquette d'adulte pour lui rappeler que le but premier de l'université était d'apprendre. Elle pouvait encourager son frère de vingt et un ans à suivre son cœur lorsqu'il avait décidé d'abandonner l'université pour dessiner et, en même temps, se demander comment il allait pouvoir vivre grâce à la bande dessinée.

Quant à son frère de vingt-six ans, elle serait l'épaule sur laquelle il se reposerait lorsqu'il trouverait le courage d'avouer à leur père qu'il était gay.

Oui, elle était une adulte. Elle l'était depuis déjà quinze ans. Elle avait donc toute l'assurance nécessaire pour donner ces cours.

En plus, elle avait grandi dans un univers militaire. Elle avait vu les dégâts que pouvait produire l'environnement militaire sur la vie de famille.

— L'assistant du commandant vous a-t-il expliqué que certains soldats seraient de retour sur la base avant le début du trimestre d'été ?

— Oui, répondit-elle. Il m'a dit que certains risquaient d'être renvoyés.

— En effet, soit parce qu'ils ont eu des mauvaises notes, soit parce qu'ils ne semblent pas prêts pour la vie de soldat.

— Je suis persuadée que certains s'engagent pour de mauvaises raisons.

— C'est le cas. D'autres ont des doutes. Ils ignorent s'ils sont prêts à vivre cette vie, ils se demandent si elle leur conviendra.

— C'est pour cela que vous avez besoin de quelqu'un qui leur dise la vérité, afin qu'ils puissent décider en toute connaissance de cause.

— Exactement. Vous avez tout compris.

Non seulement elle avait compris mais elle approuvait cette initiative. Inviter des enseignants extérieurs à parler aux soldats de la réalité de la vie qui les attendait lui semblait une très bonne idée.

L'assistant du commandant lui avait expliqué qu'un comptable allait évoquer devant eux leur futur financier. Un diplomate allait leur parler de la vie à l'étranger. Quant à elle, si elle obtenait le poste, son rôle serait de leur expliquer la difficulté qu'il y avait à mener de front une vie de famille épanouie et une vie de militaire ; elle leur dévoilerait les risques, les sacrifices qui les attendaient.

Elle regorgeait déjà d'idées pour ce cours et elle était persuadée d'être la plus à même pour le mener.

Il ne lui restait plus maintenant qu'à espérer que le commandant soit du même avis qu'elle.

L'entretien terminé, Marissa remercia chaleureusement son interlocutrice puis sortit du bâtiment et se dirigea vers le parking.

Les idées se bousculaient dans sa tête. Le travail, ce qu'elle pourrait apporter aux étudiants, l'inconnu du parking… Cet homme si sexy qui devait maintenant avoir découvert sa culotte dans la boîte à gants de sa voiture.

Arrivée sur le parking, elle ne vit pas sa voiture. Aussitôt, un nouveau scénario, bien moins plaisant que le précédent, s'insinua en elle : celui du mécanicien voleur de voiture.

Pendant tout l'entretien, elle n'avait pensé qu'à l'homme

séduisant découvrant sa culotte. Elle avait oublié le principal : elle avait laissé ses clés à un parfait inconnu.

Bravo Marissa ! Docteur en psychologie !

Mais comment avait-elle pu être aussi stupide, aussi naïve ?

— Alors ? Comment s'est passé l'entretien ?

Reconnaissant la voix, le soulagement la gagna et, rassurée, elle se retourna avec un beau sourire.

Toujours vêtu de sa combinaison ornée du logo Midas, l'homme sortait d'un garage.

— Pas mal, répondit-elle en s'approchant, déterminée à ne pas lui demander si oui ou non il avait ouvert la boîte à gants. J'imagine que vous avez réussi à faire démarrer ma voiture ?

— Ce n'était pas grand-chose, juste la batterie, que j'ai changée. J'ai aussi changé l'huile. Dites-moi… depuis quand n'aviez-vous pas ouvert le capot ? Des siècles ?

Des siècles, non, mais longtemps, oui. Au moins un an. Ou deux.

— Je suis désolée !

— Ce n'est pas à moi que vous devez dire ça, mais à elle.

— A elle ?

— A votre voiture ! Si vous la négligez, elle vous le fera payer. Pourquoi croyez-vous qu'elle faisait ce bruit de casserole ? Elle était en train de vous mettre en garde.

Mari esquissa un sourire amusé. Il parlait de sa voiture comme il aurait parlé d'une femme.

— On dirait que vous aimez les autos.

— Ce n'est pas pour rien qu'on me surnomme Midas, rétorqua-t-il en lui montrant le logo sur sa combinaison. Mais pour répondre à votre question, oui, j'aime bien les voitures, peut-être autant que Winnie l'ourson aime le miel.

A l'idée que cet homme, si viril dans son apparence, soit fan de Winnie l'ourson, elle sentit un fou rire la gagner ainsi qu'un sentiment de tendresse.

— Heureusement, on peut obtenir des voitures sans grimper aux arbres ni affronter des essaims d'abeilles !

— Vous n'achetez donc pas votre miel au supermarché ?

s'étonna-t-il, un sourire moqueur aux lèvres. Vous allez le chercher directement dans la ruche ?

Incapable de s'en empêcher, elle éclata franchement de rire.

Plus elle discutait avec lui, plus il lui plaisait. Elle appréciait son humour, ses yeux brillants, son sourire et ses fossettes si craquantes.

Mais elle ne le connaissait pas. Elle ne savait rien de lui.

— Combien vous dois-je pour la batterie ? demanda-t-elle alors, se forçant à revenir à la réalité.

— Pas grand-chose, répondit-il avant de lui donner un chiffre.

Ce n'était en effet pas cher pour des réparations effectuées par un garagiste.

— Ce doit être le prix de la batterie. Combien vous dois-je pour la main-d'œuvre ?

— Rien. Ça ne m'a pas pris plus de vingt minutes.

— Je ne peux pas accepter…

— Mais si ! Mais si ! Disons que c'est mon jour de bonté…

Son jour de bonté ?

Encore une fois, il venait de la surprendre par sa douceur et sa gentillesse, deux qualités de plus en plus rares dans la vie de tous les jours. Des qualités qui, en plus, tranchaient avec son apparence et son métier !

— Je vous demande juste de penser à moi la prochaine fois que vous aurez l'occasion de faire une bonne action, ajouta-t-il.

Penser à lui ? Pourquoi pas… Elle n'était pas contre.

Elle jeta un coup d'œil discret vers sa main gauche. Il ne portait pas d'alliance.

Bien sûr, un mécanicien pouvait l'enlever pour travailler mais, comme elle ne voyait pas non plus de trace au niveau de son bronzage, elle pouvait raisonnablement en déduire qu'il n'était pas marié.

Cela dit, il avait certainement une petite amie. Les hommes séduisants ont *toujours* une petite amie…

Elle eut soudain très envie de lui poser la question, de l'entendre répondre par la négative, et plus envie encore de l'inviter à prendre un verre ou même à déjeuner.

Pas dans l'idée d'un rendez-vous galant, se répéta-t-elle comme pour s'en convaincre. Pas du tout.

Elle voulait juste le remercier. C'était la moindre des choses puisqu'il avait réparé gracieusement sa voiture.

Mais proposerait-elle de le remercier en lui offrant de l'inviter, s'il était âgé, bedonnant et marié ? lui demanda une petite voix malicieuse dans sa tête.

Non, sans doute que non. Mais à quoi bon supputer sur ce qui n'est pas ? Elle prit une profonde respiration pour se donner du courage.

— Je pourrais aussi vous inviter à un déjeuner tardif pour vous remercier, osa-t-elle enfin.

Puis elle se tut et, anxieuse, attendit sa réaction.

— Vous n'êtes pas obligée, répondit-il.

Bon. Ce n'était pas un refus, mais pas une acceptation non plus.

— J'ai une autre idée, reprit-il sans attendre. Vous pourriez aller acheter des sandwichs puis me retrouver au port où nous prendrions mon bateau pour faire un tour en mer et admirer le coucher du soleil.

Prendre son bateau ? Admirer le coucher du soleil ? Voilà qui ressemblait plus à un rendez-vous galant qu'à un geste de remerciement.

Le problème était qu'elle ne le connaissait pas. Retour à la case départ.

Et alors ?

Des femmes sortaient régulièrement avec des inconnus. Il n'y avait rien de mal à cela.

Mais dans un bateau ? Loin de la terre ferme ? Peut-être était-ce un peu plus risqué.

Peut-être cet homme était-il un tueur en série… Peut-être découvrirait-on dans quelques mois ses membres découpés sur une plage abandonnée…

Comme s'il devinait les pensées morbides qui venaient de la traverser, il reprit :

— Je retire ce que je viens de dire. Je n'aurais pas dû vous faire cette proposition, vous ne me connaissez pas. Je comprends tout à fait que vous puissiez vous méfier de moi. Mais un déjeuner est une très bonne idée, merci. Je suis content que vous me l'ayez proposé.

— Vous espériez que je vous invite ?

— Si vous ne l'aviez pas fait, c'est moi qui m'en serais chargé. Croyez-moi, je n'allais pas vous laisser partir sans au moins vous demander votre nom !

— Je m'appelle Mari… Marissa, répondit-elle en lui tendant la main.

— Mari, répéta-t-il, comme s'il avait décidé que son surnom lui allait mieux.

Elle avait l'impression qu'il devinait la femme libre et détendue qu'elle était vraiment derrière la coiffure et les habits chic qu'elle portait.

— Heureux de faire votre connaissance, Mari. Je m'appelle Danny.

Il prit sa main dans la sienne et, sous le charme, elle retint son souffle, sentant un délicieux frisson glisser le long de son dos.

Sa peau était douce et chaude, ses doigts fermes.

Comme s'il savourait lui aussi l'instant, il garda sa main prisonnière dans la sienne.

Il avait relevé ses lunettes de soleil au-dessus de sa tête et le soleil du mois de mai faisait briller ses prunelles couleur d'ambre.

Plus elle le regardait, plus elle avait l'impression qu'il était sincèrement heureux de l'avoir rencontrée et qu'il avait hâte de faire plus ample connaissance avec elle.

Il semblait… attiré. Oui, attiré. Peut-être même autant qu'elle car, pour être honnête, il l'intéressait beaucoup. Il la charmait et l'intriguait.

Ils ne se connaissaient pas, n'avaient peut-être rien en commun et pourtant, elle percevait comme un courant qui passait entre eux, chaque fois que leurs regards se croisaient.

— Ai-je le droit d'avouer que je suis heureux que votre batterie ait rendu l'âme ? lui demanda-t-il en lâchant enfin sa main.

— Vraiment… Vous en êtes heureux ?

— Oui, ça m'a évité de jeter des clous sur le parking en

espérant que vous rouleriez dessus pour pouvoir vous aider à changer un pneu.

Amusée et surtout heureuse de constater à quel point il désirait la revoir, elle éclata de rire. Evidemment, les méthodes qu'il évoquait étaient peut-être un peu excessives, mais puisqu'elles en étaient restées au stade du projet, il n'y avait pas de problème.

Non. Aucun problème, vraiment…

— Si je comprends bien, vous êtes un harceleur potentiel, lui lança-t-elle néanmoins.

— Non, je sais simplement reconnaître les bonnes choses, répondit-il avant de poursuivre d'une voix soudain plus rauque : et vous êtes une femme que j'ai envie de connaître mieux.

— Pourquoi ? Parce que j'ai eu le courage de me garer sur une place de parking interdite dans une base militaire ?

— Oui, et aussi parce que j'ai très envie d'en savoir plus sur une femme qui enlève sa culotte et la laisse dans la boîte à gants de sa voiture avant d'aller passer un entretien professionnel.

Il n'aurait sans doute pas dû avouer à Mari qu'il avait trouvé sa culotte dans la boîte à gants, se reprocha Danny, car, visiblement, cet aveu l'avait déstabilisée, chassant de son visage le charmant sourire dont elle le comblait. Le gentleman pour lequel il essayait de se faire passer n'aurait jamais abordé un tel sujet, mais il n'avait pas pu s'en empêcher. Cette femme était trop sexy, trop intrigante, elle lui avait tout simplement fait perdre la tête.

Et cela bien avant qu'il ne découvre la culotte !

Mais, lorsqu'en cherchant le manuel d'utilisation de la voiture ses doigts avaient effleuré le tissu soyeux, lorsqu'il avait senti cet envoûtant parfum féminin, il avait su qu'il devait la connaître mieux.

Qu'il devait la connaître intimement, physiquement…

Il ne lui avait pas fallu longtemps pour comprendre la raison de cette présence insolite. Il lui avait suffi de repenser à leur conversation, à la façon dont elle s'était tortillée sur son siège, lorsqu'il était sorti la prévenir qu'elle devait déplacer sa voiture, pour que tout s'éclaire.

Il devait admettre qu'il s'était posé bien des questions, qu'il s'était demandé comment elle allait réagir lorsqu'il lui avouerait qu'il l'avait démasquée. A son grand soulagement, elle ne l'avait pas giflé — ce qui était une possibilité —, elle ne l'avait pas injurié non plus — ce qui en était une autre. Elle avait juste un peu rougi puis, comme si elle ne pouvait pas se retenir, elle avait éclaté de rire.

Encore maintenant, plusieurs minutes plus tard, elle semblait toujours avoir du mal à reprendre son sérieux.

— Vous… Vous n'étiez pas supposé le savoir, Danny !

— Je ne le savais pas. Enfin, je n'en étais pas sûr à cent pour cent, mais vous venez de confirmer mes soupçons.

— Quelle idiote je suis, rétorqua-t-elle en se frappant le front du plat de la main. J'aurais dû prétendre que je n'avais aucune idée de ce dont vous parliez.

— Ça aurait pu marcher mais je n'avais pas beaucoup de doutes. Maintenant, je comprends mieux de quoi vous parliez tout à l'heure…

Il se repassa mentalement leur conversation.

— Vous avez cru que je vous proposais de remonter dans votre voiture pour vous donner des indications sur… Sur quoi ? La meilleure façon d'enlever sa culotte ou de la remettre ?

— Grosso modo, c'est ça…

Abasourdi par sa franchise, mais également très amusé, il éclata de rire à son tour.

— Le jour où j'en serai réduit à me conduire de cette façon, je crois qu'il faudra que je rejoigne le club des célibataires en chasse !

— L'êtes-vous ?

— Suis-je quoi ? Célibataire ?

— Et en chasse ?

Elle cherchait de toute évidence à savoir s'il n'était pas un play-boy qui accumulait les conquêtes. Il ne lui en voulut pas, cette réaction était parfaitement normale.

— Oui et non, répondit-il alors avec honnêteté. Oui, je suis célibataire et non, je ne suis pas en chasse. J'ai arrêté les bêtises à dix ans, après m'être fait prendre en flagrant délit de Ding-Dong chez Mme McCurdy.

— En flagrant délit de Ding-Dong ?

— Vous savez bien, le jeu… Vous n'avez jamais sonné à la porte d'une maison avant de partir en courant ?

— J'ai grandi sur des bases militaires, il n'y avait pas de sonnettes. Et même s'il y en avait eu, je n'y aurais certainement pas joué ! Les hommes qui vivent dans ce genre d'endroit manquent totalement d'humour.

— Mme McCurdy non plus n'a pas trouvé ça drôle.

Elle lui adressa un sourire compatissant.

— Si je comprends bien, vous vous êtes fait prendre ?

— Hélas oui. Cette femme, pourtant aussi vieille qu'une momie, était plus rapide que je le pensais.

— Vous vous êtes fait battre à la course par une vieille femme ? J'imagine que vos amis se sont beaucoup moqués.

— Non, ils sont partis sans demander leur reste, lorsqu'elle m'a attrapé par la peau du dos.

— On dirait un film d'horreur !

— Pour moi, c'en était un car, pendant que nous attendions mes parents, elle m'a obligé à regarder ses pieds gonflés pour me prouver combien je l'avais fait souffrir lorsque je l'avais obligée à se lever pour ouvrir la porte.

Elle fit une grimace.

— Vous avez bien raison de faire la moue. Il n'y a rien de pire que des pieds de vieille femme !

— J'imagine que vous n'avez plus jamais joué à ce jeu après.

— Plus jamais, répondit-il en croisant les doigts, comme un scout. J'avais eu tellement honte que, ensuite, je lui apportais son journal tous les matins. On peut dire qu'elle m'avait donné une bonne leçon ! Aujourd'hui encore, si je veux rompre le charme, il me suffit de penser à ses vieux pieds.

— Personnellement, j'ai la chance d'avoir des pieds superbes.

Elle parlait avec légèreté et naturel, semblait enfin détendue, comme si elle avait baissé toutes ses gardes et était enfin redevenue elle-même.

— Des pieds superbes ? La plupart des gens ne s'en vanteraient pas.

Elle haussa les épaules.

— Ne me demandez pas ce que je pense de mes oreilles décollées, de mon menton ou de mes cheveux plats, Danny. Par contre, je suis fière de mes pieds. Même les pédicures m'en font compliment.

Il baissa alors les yeux vers ses pieds, cachés dans des escarpins à talons aiguilles, mourant subitement d'envie de les examiner avec attention puis de remonter ensuite, lentement, à la découverte de chaque centimètre carré de cette peau qu'il devinait soyeuse.

Aux trésors qu'il avait déjà remarqués, parmi lesquels ses longues jambes de ballerine, il devait donc maintenant ajouter de superbes pieds.

Il se laissa aller à les imaginer jusqu'à ce que sa raison le rappelle à l'ordre. Mais qu'est-ce qui lui prenait ? D'habitude, il ne se conduisait pas de façon aussi directe juste après avoir rencontré une femme.

Sauf, bien sûr, si elle était belle, drôle et intelligente…

Ce qui semblait le cas. Mari attisait sa curiosité.

Et c'était parce qu'il était curieux d'en savoir plus sur elle qu'il avait ouvert la boîte à gants et découvert sa culotte. Aussitôt, son imagination s'était enflammée, des images osées avaient envahi son esprit et électrisé tous ses sens.

— Je ne pourrais sans doute pas être mannequin pour Dior à Paris, mais je pourrais faire de la publicité pour les chaussures orthopédiques vendues en pharmacie, reprit-elle avec enthousiasme. Peut-être même pourrais-je encore porter des tongs à soixante-dix ans sans risquer de vous faire fuir d'horreur !

La connaîtrait-il encore à soixante-dix ans ?

A sa grande surprise, cette question ne lui parut pas saugrenue. Peut-être à cause de son goût pour le destin. En tout cas, quelle qu'en soit la raison, lui, le célibataire de trente-trois ans, était séduit par l'idée de partager la vie de quelqu'un aussi longtemps.

Cette perspective l'avait toujours attiré car il avait vu ses parents et ses grands-parents heureux en ménage, sans pour autant penser que cette vie pouvait être faite pour lui. Il avait d'autres intérêts, d'autres motivations qui lui semblaient incompatibles avec une telle constance.

Tout d'abord, son objectif principal était de voler, et ce depuis le jour où — il n'avait alors que cinq ans — son père l'avait emmené dans un champ à côté de l'aéroport O'Hare de Chicago pour regarder les avions décoller.

Quelques années plus tard, lors d'un voyage en famille à Disney World, il avait convaincu son père de l'emmener à la base Kennedy pour assister au départ d'une navette. Ensuite, il n'avait plus eu qu'un seul but dans la vie, un seul objectif, voler, aller dans l'espace.

Il savait qu'il lui faudrait des années pour faire de ce rêve une réalité, mais il y avait beaucoup réfléchi, s'était renseigné, avait étudié attentivement la façon dont avaient été recrutés la plupart des astronautes et avait listé les étapes. Apprendre à piloter, intégrer l'armée, puis la NASA… Il s'était alors lancé avec ardeur dans la bataille dès le lycée, travaillant dur pour obtenir les notes nécessaires à son intégration à l'Académie militaire d'Annapolis.

Une fois dans l'armée, il avait été envoyé à Pensacola puis à Xhiting et enfin en Afghanistan. Là, son beau rêve s'était effondré…

Heureusement, il avait depuis réussi à se remettre en selle, avait retrouvé tout son allant, son ambition.

Alors pourquoi, tout à coup, pensait-il à vieillir avec quelqu'un, alors qu'il aurait dû se concentrer sur une seule chose, la réponse à sa candidature à la NASA ?

— Pour en revenir à mes soucis vestimentaires, reprit soudain Mari, le sortant de sa réflexion, j'avais filé mon collant et…

— Et vous avez paniqué.

— Exactement.

Il eut envie de lui demander si elle avait aussi filé sa culotte en satin noir mais il se retint. Il y avait fait allusion une fois, c'était suffisant. Il ne fallait pas exagérer, il ne voulait pas non plus la faire fuir !

En outre, il ne voulait pas penser plus que nécessaire à cette culotte ni au fait qu'elle ne la portait pas en ce moment même, sinon il risquait de perdre tout contrôle.

Mais comment chasser les images plus suggestives les unes que les autres qui tourbillonnaient dans son esprit, sachant qu'elle était nue sous sa jupe serrée ?

C'était tout bonnement impossible !

Il le devait pourtant. Il était officier. Officier et gentleman.

— Je n'ai pas réfléchi, reprit-elle. J'ai fait la première chose qui m'est passée par la tête. Sur le moment, ça m'a paru logique.

— Je comprends, répondit-il en se forçant à se concentrer sur leur conversation. Il m'est arrivé quelque chose d'analogue, une fois… J'ai renversé de la sauce tomate sur mes habits et je me suis retrouvé en sous-vêtements au travail.

Elle éclata de rire.

— Vous vous moquez de moi ?

— Non, pas du tout. Mais pour en revenir à vous, j'imagine que, débarrassée de ce souci, vous avez pu vous concentrer sur ce que vous disiez.

— Si seulement… Au milieu du second entretien, je me suis rappelé subitement que j'avais caché ma culotte dans la boîte à gants et j'ai paniqué en pensant que vous alliez la découvrir.

— C'est en effet ce qui s'est passé mais, rassurez-vous, je ne suis pas un pervers. Je ne l'ai pas accrochée au rétroviseur de ma voiture. Je l'ai remise où je l'avais trouvée au cas où vous en auriez besoin…

— D'habitude, j'en ai besoin, fit-elle en soupirant. J'imagine que vous ne pouvez pas comprendre, aucun homme ne le peut, mais je ne me sentais pas prête à assumer le regard des hommes sur mes fesses.

Il ne comprenait pas bien où était le problème, mais se garda de lui poser la question. Grand bien lui en prit, car elle précisa :

— Si ma culotte avait fait une marque, ils auraient encore plus regardé…

Et elle lui exposa rapidement sa théorie sur le Nylon et les marques de culottes.

Théorie qui ne valait rien, à son avis.

Les hommes n'avaient pas besoin des marques d'une culotte pour regarder les fesses d'une femme. Mais il était prêt à convenir que, si marques il y avait, elles ne pouvaient qu'exacerber l'envie de tirer l'élastique et de glisser la main sous le tissu.

— J'ai bien peur que l'observation des fesses des femmes ne soit inscrite dans notre ADN, tout comme notre refus de demander notre chemin lorsque nous sommes perdus…

— Je le pense aussi et d'ailleurs, j'aimerais bien comprendre pourquoi.

Il haussa les épaules.

— C'est un mystère. Comme reste un mystère pour moi le fait que les femmes aillent toujours aux toilettes en groupe.

Il s'approcha un peu plus d'elle avant de demander :

— C'est un jeu, n'est-ce pas ? Vous vous regroupez pour échanger des informations sur les hommes avec lesquels vous sortez et, éventuellement, pouvoir vous échapper ensemble par la fenêtre ?

— Vous avez tout compris !

— Ce qui veut dire que nous avons un problème, car vous ne serez pas accompagnée pour aller déjeuner.

— Vous parlez du déjeuner sur votre bateau ?

Il l'observa attentivement. Elle avait les yeux qui pétillaient. A l'évidence, l'idée lui plaisait, mais elle semblait également hésiter.

— Nous ne sommes pas obligés d'y aller, vous savez…

Elle regarda autour d'elle et observa le ciel avant de lui répondre.

— J'aimerais beaucoup admirer le coucher du soleil en mer, fit-elle avant de baisser les yeux sur sa tenue et de soupirer. Malheureusement, je ne suis pas habillée pour ce genre de sortie. Et je n'ai pas de vêtements de rechange, à part…

A part le contenu de la boîte à gants.

A cette évocation, il sentit tout son corps se raidir, y compris son sexe.

— Je vous propose autre chose, Mari. Il n'est que 15 h 30, le soleil ne va pas se coucher avant plusieurs heures. Je vous laisse donc vous rendre dans la grande surface la plus proche pour vous acheter un jean. Pendant ce temps, je prendrai une douche et nous pouvons nous retrouver à l'Irish Pub de West Street dans quarante-cinq minutes. Nous ferons mieux connaissance et, ensuite, si vous en avez toujours envie, nous irons faire un tour en bateau.

Il la vit se mordre la lèvre. Tout à coup, elle semblait inquiète.

— Vous êtes sûr ? Je ne veux pas vous forcer, Danny.

— Vous ne me forcez en rien, répondit-il en s'approchant si près que ses pieds touchaient maintenant les siens. Retrouvons-nous au pub et nous verrons bien ce qui se passera. D'accord ?

— Ce qui se passera…

Elle le fixa de ses grands yeux bleus très doux. Elle pensait au sexe, c'était évident. Il voyait le désir miroiter dans ses prunelles.

Mais lui ne pensait pas à cela. Enfin si, bien sûr qu'il y pensait, mais pas pour tout de suite. Ce qu'il désirait avant tout, c'était une chance. Il voulait voir si cette conversation pouvait déboucher sur quelque chose de constructif… Et pourquoi pas un baiser. Un baiser pourrait être un bon début.

Un baiser, juste pour voir.

Il en avait très envie. Et si le baiser était aussi bon qu'il le pressentait, alors il verrait ce que donnerait la soirée.

— D'accord, annonça-t-elle enfin.

Chapitre 3

Samedi 7 mai, 15 h 45

www.mari-la-deluree.com/07/05/2011/bonjour

Commentaire n° 21

Salut les filles, un petit coucou rapide depuis mon iPhone. Merci la technologie !

Je suis heureuse de voir que vous n'avez pas besoin de moi pour discuter.

Vous avez raison, l'homme d'affaires de samedi dernier n'était pas simplement un abruti polygame, mais également un imbécile. C'est vrai qu'il faut être particulièrement bête pour filmer son crime !

Jan, de Chicago, tu m'as bien fait rire en disant que tu aurais préféré voir la photo de la première femme découvrant le pot aux roses et se vengeant. J'aurais bien aimé la voir moi aussi.

Bon, je ne peux malheureusement pas vous parler plus longtemps, les dernières heures ont été mouvementées et plutôt chargées en émotion. Pour résumer, mon entretien professionnel s'est très bien passé, et je pense que je vais obtenir le travail. Mais ce n'est pas le plus intéressant.

Le plus intéressant, c'est que ça y est, j'ai plongé ! J'ai plongé dans cet océan de testostérone dont je vous parlais et, maintenant, je suis au paradis.

J'espère juste ne pas me faire engloutir.

A plus tard,

Mari.

Mari n'eut aucun mal à trouver le pub dont Danny lui avait parlé, grâce à ses indications très précises. Elle était même en avance.

Elle entra et l'attendit dans l'entrée.

A l'heure convenue, elle l'aperçut par la vitre et, aussitôt, elle esquissa un sourire de ravissement.

Elle avait remarqué au premier regard qu'il était beau. Mais vêtu d'autre chose que de sa combinaison de travail, elle le trouvait tout simplement splendide... D'une beauté à couper le souffle.

Il possédait un corps parfait, qu'elle voyait beaucoup mieux maintenant qu'il portait un jean et un T-shirt moulants, si parfait qu'elle manquait de mots pour le décrire.

Mais ses yeux, eux, savaient encore voir ; et ce qu'ils voyaient, c'étaient des muscles bien dessinés sous les vêtements, de larges épaules, une taille fine, des jambes longues et fuselées.

Plus elle le regardait, plus elle s'étonnait qu'un tel homme veuille sortir avec elle.

Elle n'était pas particulièrement modeste, savait qu'elle avait un joli visage et possédait quelques atouts physiques. Mais elle n'était pas *belle* comme pouvait l'être un mannequin. Ses oreilles étaient trop décollées à son goût, ses cheveux trop fins, avec une tendance à s'aplatir, surtout lorsqu'elle les lâchait, comme dans le cas présent. Quant à son ventre... Malgré les exercices d'abdominaux qu'elle s'imposait quotidiennement, il n'avait jamais été plat et ne le serait sans doute jamais.

On pouvait cependant la considérer comme sexy. Elle avait de longues jambes et des seins ronds, ce qui plaisait généralement, mais jamais aucun homme n'était rentré dans un lampadaire, subjugué par sa silhouette, jamais aucun homme n'avait loué un avion pour écrire son nom dans le ciel.

Alors pourquoi quelqu'un d'aussi parfait que Danny voudrait-il sortir avec elle ? Objectivement, il n'y avait aucune raison. A moins bien sûr qu'il ne lui ait pas avoué toute la vérité.

Peut-être l'idée qu'une fille cachait sa culotte dans sa boîte à gants l'avait-elle excité sur le moment et voulait-il simplement s'amuser.

Au contraire, cela pouvait vouloir dire qu'elle l'avait intrigué, qu'il avait le sens de l'humour et n'était pas uniquement intéressé par son physique. Peut-être désirait-il vraiment la connaître. Dans ce cas-là, elle pourrait l'apprécier.

Elle l'appréciait déjà, d'ailleurs. *Apprécier* était même un euphémisme, car il l'attirait énormément. Elle le désirait plus qu'aucun homme rencontré depuis des siècles, et une petite aventure avec lui la tentait.

— Salut ! fit-il en entrant dans le pub. Je vois que vous avez trouvé sans difficulté. Et que vous vous êtes changée.

Elle baissa les yeux vers ses habits. Ses nouveaux habits.

Il ne lui avait pas fallu plus d'une demi-heure pour trouver dans le supermarché un pantalon de toile et un gilet, simples mais jolis. Elle s'était ensuite changée dans les toilettes du centre commercial, n'oubliant pas de remettre sa culotte.

— En effet, répondit-elle en s'enivrant de l'odeur de son eau de toilette et en le dévorant du regard.

Elle nota avec satisfaction que son regard glissait vers ses cheveux, qui flottaient désormais sur ses épaules. Satisfaction qui se mua en plaisir lorsqu'il déclara :

— S'il vous plaît, Mari, ne nouez plus jamais vos cheveux en chignon !

Troublée par cette voix soudain plus rauque et plus chaude, elle se sentit flageoler. Ses jambes se mirent à trembler sous le coup de l'émotion.

— Je pensais faire plus âgée, plus mûre, avec mon chignon, répondit-elle en se forçant à rester maîtresse d'elle-même. Je pensais que cela ferait impression.

— Faites-moi confiance, les étudiants ne regarderont pas votre chignon. Ils seront trop occupés à regarder… la trace de votre culotte…

La trace de sa culotte ? Avait-il vraiment prononcé ces mots ? Elle ferma les yeux pour tenter de rassembler ses esprits.

— Croyez-moi, les étudiants n'auront que faire de votre coiffure de grand-mère, insista-t-il en promenant une main dans ses cheveux avec un naturel déconcertant. En plus, vous avez de très jolis cheveux…

Jolis ? Ce n'était pas le qualificatif qu'elle aurait employé. Ils étaient doux, mais fins, beaucoup trop fins à son goût.

Danny continuait cependant à les caresser et, peu à peu, elle sentit son rythme cardiaque s'emballer. Pourquoi réagissait-elle ainsi ? Etait-ce l'effet de cette main experte dans ses cheveux ? Du contact du pouce doux contre sa joue ?

Si elle se mettait à trembler et à ne plus savoir où elle en était alors qu'il ne la caressait pas vraiment, que se passerait-il lorsqu'il…

Soudain traversée d'une explosion de désir et d'impatience, elle se mordit la lèvre pour ne pas gémir.

L'effet serait explosif, elle en était persuadée.

Un couple entra alors dans le restaurant et, revenant à regret à la réalité, elle se rappela qu'ils se trouvaient encore dans le passage.

Danny la prit par le bras et l'entraîna vers le comptoir.

— Je vois que vous n'avez pas fait de crochet par un magasin de chaussures, dit-il en jetant un coup d'œil à ses pieds. Vos escarpins ne sont pourtant pas adaptés à la navigation.

Non, ils ne l'étaient pas, mais ils étaient élégants, très féminins et de toute évidence il les appréciait. Elle l'avait vu dans ses beaux yeux lorsqu'ils avaient eu cette conversation stupide sur le parking de la base.

— Dois-je comprendre que vous avez déjà pris votre décision concernant le coucher du soleil, Mari ? poursuivit-il. Vous ne me faites pas suffisamment confiance pour m'accompagner ?

— Vous n'avez pas volé ma voiture…

— C'est vrai. Je ne suis pas un voleur de voiture.

— Vous êtes arrivé à l'heure à notre rendez-vous. Vous ne m'avez pas fait faux bond.

— Non, je suis un homme sérieux. Je tiens mes engagements…

Oui, il était sérieux, elle n'en doutait pas.

— Je crois donc que je peux vous faire confiance, conclut-elle dans un grand sourire.

— Parfait !

Il semblait sincèrement heureux à l'idée de passer du temps avec elle.

Elle aussi d'ailleurs.

A cette perspective, elle se sentait même tout émoustillée. Tout à coup, elle eut hâte de se trouver sur son bateau.

Il ne faisait pas assez beau pour se mettre en maillot de bain sur le pont et bronzer, mais peut-être trouveraient-ils une autre occupation intéressante…

Une serveuse s'approcha à cet instant, dévorant Danny du regard. Instantanément, Mari fit un pas vers lui, bien décidée à prouver à la première femme venue que cet homme était avec elle, à elle. Rien qu'à elle.

— Je ne me suis pas acheté de chaussures car j'ai pensé que, sur le bateau, je voudrais sans doute les enlever et me mouiller les pieds, dit-elle suffisamment fort pour que la serveuse comprenne qu'ils partaient en croisière nocturne.

— Je ne voudrais pas que vous abîmiez vos jolis pieds, rétorqua-t-il. Vos si jolis pieds…

— Vous êtes un fétichiste ? lui demanda la serveuse, se mêlant sans gêne à leur conversation.

— Il n'aime pas les vieux pieds, répondit Mari à la place de Danny.

Aussitôt, elle regretta ces mots.

Elle avait répondu sans réfléchir, dans la suite logique de leur échange sur le parking. Elle n'avait pas voulu vexer la femme, qui devait avoir une quarantaine d'années. Malgré tout, cette dernière se raidit, comme si elle se sentait visée.

Elle leur indiqua une table libre puis s'éloigna rapidement, sans un mot, le visage fermé et le regard noir.

— Dites donc, vous n'y êtes pas allée de main morte !

— Je suis désolée, Danny. Je ne voulais pas…

Il leva la main pour l'interrompre.

— Je rigole ! Je ne vous en veux pas. Je sais bien que vous faisiez référence à notre conversation de tout à l'heure.

Soulagée qu'il prenne l'incident avec désinvolture, elle lui sourit.

Depuis qu'elle l'avait rencontré, elle ne pouvait s'empêcher de sourire. Enfin… Surtout depuis le moment où il avait avoué avoir découvert sa culotte dans la boîte à gants de sa voiture !

Refoulant cette pensée dans un coin de sa tête, elle s'intéressa au menu.

Ils passèrent le déjeuner à sourire, à rire, comparant les performances des différents acteurs qui avaient joué le rôle de Batman, avant de poursuivre la conversation sur d'autres sujets sans importance, sans pouvoir s'arrêter.

Ils se concentraient sur des sujets légers, extérieurs à leurs propres vies, leurs propres personnes, comme si ni l'un ni l'autre n'osaient aborder les questions plus sérieuses, feignant de ne partager qu'une camaraderie bon enfant. Elle ne lui demanda donc pas s'il ressentait lui aussi cette électricité entre eux, si elle était la seule à sentir le désir monter, si oui ou non elle avait perdu la tête. Car chaque mot, chaque rire, chaque regard, chaque contact entre leurs mains suffisait à faire grimper sa température et à éveiller tous ses sens. Il suffisait qu'il effleure son pied avec le sien, qu'il repousse une mèche de cheveux derrière son oreille, pour que ses joues s'empourprent et que les images les plus érotiques viennent mettre à bas ses efforts pour garder un minimum les idées claires.

Alors, lorsqu'il attrapa soudain une tomate cerise entre deux doigts, et la porta à sa bouche, elle dut rassembler toutes ses forces pour ne pas craquer et lui lécher le doigt.

Ils s'étaient donné rendez-vous dans ce pub afin de prendre le temps et de voir venir. Mais pour elle c'était tout vu… Elle n'avait aucun doute. Le désir était là, violent, impérieux. L'attirance en était même palpable.

Ils venaient à peine de finir de manger et elle se sentait prête à dévorer sa bouche avec gourmandise. Elle se sentait prête à le renverser sur la table et à lui faire l'amour, avec passion.

Pourtant, la voix de la raison, qui parvenait encore à brefs intervalles à se faire entendre, lui enjoignait de se reprendre, lui rappelant qu'elle le connaissait à peine.

Il n'était certes plus un inconnu *stricto sensu*, car ils avaient discuté, mais leurs conversations ne lui avaient pas appris grand-chose. Par exemple, elle ignorait toujours son nom de famille. Elle savait par contre qu'il était l'aîné de la fratrie, comme elle. Elle savait également qu'il avait lu les derniers best-sellers, mais qu'il détestait les émissions d'Oprah Winfrey. Il aimait les voitures et les tomates.

Quant à elle, elle savait qu'elle le désirait, qu'elle le désirait plus que tout, et qu'à cet instant plus rien d'autre n'avait d'importance. Elle n'avait qu'une idée en tête, faire ce tour promis en bateau avec lui et s'endormir entre ses bras.

Avant cela, elle devait juste passer un coup de fil rapide à sa voisine pour lui demander de s'occuper de son chat. Ensuite, elle serait prête. Elle serait tout à lui.

Sans doute se conduisait-elle plus en Mari-la-délurée qu'en docteur en psychologie, mais elle ne pouvait plus se contrôler. Elle désirait vraiment faire l'amour avec lui.

Elle n'était pourtant pas le genre de femme à accumuler les relations d'un soir. Elle avait eu des aventures, bien sûr, et certaines très brèves, mais en cet instant, même si quelqu'un lui disait que jamais plus elle ne reverrait Danny après cette soirée, cela lui importerait peu. Elle voulait passer la nuit avec lui. Elle désirait plus que tout sentir ses mains sur son corps.

Et puis, elle était sur le point de plonger dans la vraie vie, d'obtenir un emploi sérieux, alors pourquoi ne pas s'accorder une dernière nuit de folie — genre enterrement de vie de jeune fille — avec un homme dont l'univers professionnel était loin du sien, un homme avec lequel elle ne s'imaginait pas vivre ? Rien ne l'en empêchait.

Absolument rien… Sa décision était donc prise. A partir de cet instant et jusqu'à la fin de la nuit, elle ne penserait ni au passé, ni au futur, juste au présent, et ce présent, c'était Danny. Point final.

— Vous avez déjà été mariée ? lui demanda-t-il soudain en croquant ses dernières frites.

Elle fit non de la tête.

— Et vous ?

— Juste avec mon travail.

La réponse la surprit.

— C'est important pour vous ?

Il avait avoué adorer les voitures, certes, mais lui paraissait très intelligent. Ne désirait-il donc pas faire autre chose de sa vie que passer ses journées les mains dans le cambouis ?

— Ce métier est ma passion. Je n'ai jamais désiré faire autre chose. J'en rêve depuis que mon père m'a emmené à l'aéroport O'Hare de Chicago, lorsque j'avais cinq ans.

— Que faisait-il ?

— Il était mécanicien pour une compagnie aérienne. Et vous, que faites-vous ? Je vous pose la question car, pour être honnête, j'ai du mal à vous imaginer enseigner à des jeunes adultes.

— J'ai vingt-neuf ans. Je viens d'obtenir mon doctorat en psychologie, mais je cherche encore un peu ma voie en ce moment…

— Je suis surpris, mais j'ignore ce qui m'étonne le plus : le fait que vous ayez obtenu un doctorat à vingt-neuf ans ou le fait que vous soyez psychologue.

Il était peut-être étonné mais elle ne l'était pas de sa réaction. Toutes les personnes à qui elle disait être psychologue semblaient surprises ou inquiètes, comme si elles craignaient qu'elle ne se mette à les analyser aussitôt.

— Alors, docteur Mari, j'ai cette douleur, là, sous les…

— Je ne suis pas docteur en médecine, Danny ! Même si je le voulais, je ne pourrais pas vous prescrire d'aspirine. Mais je dois avouer que j'aime être appelée docteur !

Ce titre lui plaisait d'autant plus qu'elle avait travaillé très dur pour l'obtenir.

— Ma meilleure amie pense que j'ai fait une thèse pour retarder autant que possible le moment où je devrais me conduire en adulte et m'occuper du reste.

— Du reste ?

Regrettant soudain d'en avoir à la fois trop dit et pas assez, elle lui raconta brièvement son histoire familiale, s'en tenant aux faits, évitant de parler de ses souffrances. Elle ne voulait pas gâcher l'ambiance légère et festive de leur soirée. Elle mentionna sans s'y attarder le divorce de ses parents et le départ de sa mère.

— Si je comprends bien, vous avez eu beaucoup de responsabilités très jeune et, ensuite, vous avez pris le temps de vous amuser.

— De m'amuser ?

— De sortir avec des garçons.

— Je ne sais pas si je classe « sortir avec des garçons » dans la case « s'amuser ».

— Vous êtes bien pessimiste.

— Je suis plutôt pragmatique. Le dernier homme que j'ai fréquenté ne supportait pas de sortir avec une femme de mon quotient intellectuel.

— J'en déduis que votre quotient intellectuel est très élevé.

— Pas spécialement, mais cet homme n'était même pas capable d'épeler le mot, raconta-t-elle en levant les yeux au ciel. J'étais stupide à l'époque, et un peu seule, c'est pourquoi j'ai oublié mon premier commandement.

— Qui est ?

— De ne jamais sortir avec des militaires.

— C'est raisonnable, répondit-il d'un ton un peu tendu.

Puis il reprit, plus léger :

— Et le sexe ?

Elle lui adressa un clin d'œil malicieux avant de répondre.

— Le sexe… Voilà quelque chose d'amusant…

— Amusant ?

— Oui. Vous n'êtes pas d'accord ?

— Si, ça peut être amusant… Mais j'aurais plutôt dit envoûtant, surtout lorsque ça dure des heures et que vous ignorez si vous allez survivre à des sensations si puissantes, poursuivit-il d'une voix qui lui donna aussitôt la chair de poule.

Elle avait l'impression qu'il ne cherchait pas à la séduire

— c'était déjà fait de toute façon. Non, il semblait simplement très sûr de lui, de son pouvoir de séduction.

Elle prit une profonde inspiration pour tenter de calmer son cœur qui battait maintenant à toute allure dans sa poitrine.

— C'est intéressant, fit-elle d'une voix moins assurée qu'elle ne l'espérait.

Si intéressant qu'elle sentait maintenant une vague de chaleur remonter entre ses jambes.

Heureusement qu'elle avait remis sa culotte sinon… Elle n'osait même pas y penser !

— Puisque nous parlons d'activités amusantes, reprit-il, les yeux brillants de malice, nous devrions peut-être évoquer les parcs d'attractions. Eux aussi sont amusants.

Elle secoua la tête. Elle n'avait aucune envie de parler des parcs d'attractions.

— Qu'aimeriez-vous faire alors, maintenant, Mari ?

Bonne question…

Elle pourrait lui avouer la vérité, sans honte, juste pour voir sa réaction. Après tout, cela faisait déjà un moment qu'ils tournaient autour du pot. Sans compter qu'elle avait déjà fait le premier pas, tout à l'heure, en l'invitant à déjeuner.

D'un autre côté, inviter un homme à déjeuner, ce n'était pas tout à fait la même chose que le prier de vous faire l'amour sur-le-champ et de vous offrir l'orgasme le plus ébouriffant de toute votre vie.

Soudain gênée, elle se racla la gorge et attrapa son verre d'eau.

— Oh ! se contenta-t-il de répondre, comme s'il devinait ce qui lui passait par la tête. Puisque nous pensons à la même chose, je peux bien vous avouer que cela fait deux heures que je rêve de vous embrasser.

Sa voix était douce, presque soyeuse. Ses yeux brillaient et pourtant il semblait sérieux, comme si lui aussi était prêt à dépasser la conversation légère de règle jusqu'à présent pour passer à l'étape suivante.

— M'embrasser ? répéta-t-elle, troublée.

Il approuva d'un signe puis, sans un mot, se pencha et posa

un doigt sous son menton pour l'obliger à relever la tête. Puis, sans leur laisser à l'un et à l'autre le temps d'hésiter, il approcha sa bouche de la sienne.

Tremblante, elle sentit son cœur se mettre aussitôt à tambouriner dans sa poitrine, et elle ferma les yeux quand il posa sa bouche sur la sienne pour mieux sentir la douceur de ses lèvres sur les siennes, la chaleur de son souffle contre le sien. Ce fut un baiser doux, tendre, timide, comme si tous les deux se rendaient compte de l'importance du moment.

Un premier baiser est en effet un événement crucial. Il détermine l'évolution d'une relation. Jamais elle n'était allée plus loin avec un homme qui ne savait pas embrasser.

Mais Danny était un expert. Peu à peu, le baiser innocent se fit plus pressant, plus intense et, oubliant la réalité, elle s'y abandonna. Un incendie de désir venait de s'allumer en elle.

Elle en voulait plus, et tout de suite. Elle ne pouvait plus attendre. Impatiente, elle ouvrit la bouche et insinua sa langue en lui, la faisant danser avec frénésie contre la sienne.

Il prit son visage en coupe, enfouit ses doigts dans ses cheveux puis ralentit et rompit le baiser. Sous le choc, elle rouvrit les yeux et le fixa.

Il semblait aussi ému qu'elle. Ce baiser était donc une réussite. Un bon début.

Mais le début de quoi ?

— J'ai très envie d'aller faire ce tour de bateau avec toi, Danny, osa-t-elle alors, le tutoyant, oubliant sa timidité. J'ai très envie d'aller admirer le coucher du soleil.

— Je ne voudrais pas te brusquer. Nous pouvons nous limiter au spectacle du coucher du soleil.

— Je sais, mais… Nous pourrions aussi nous embrasser une nouvelle fois, proposa-t-elle, de plus en plus surprise de son audace.

Il lui adressa un large sourire.

— Ça me semble une bonne idée, Mari.

Heureuse d'entendre ces mots, elle plongea dans son regard

ambré et s'y noya. Elle avait l'impression que tous deux étaient conscients qu'ils ne se limiteraient pas à quelques baisers.

— Je pense aussi que c'est une bonne idée. J'en suis même tellement sûre que ça ne me gêne pas que tu puisses penser que je suis une femme facile.

Pour toute réponse, il serra sa main dans la sienne et elle savoura ce contact. Elle était vraiment heureuse de leur rencontre.

— Il ne me reste plus qu'à payer et nous pourrons y aller, dit-il.

— Non, Danny... Non seulement je suis une fille facile mais, en plus, c'est moi qui paye. Je te rappelle que c'est moi qui t'ai invité pour te remercier d'avoir réparé ma voiture !

— D'accord, alors merci..., se contenta-t-il de répondre tandis qu'elle posait quelques billets sur la table.

Il ne semblait pas gêné de la laisser payer. Il ne semblait pas menacé dans sa virilité, comme auraient pu l'être d'autres hommes.

Encore un bon point pour lui.

Décidément, il lui plaisait vraiment beaucoup ! Et avec un peu de chance, il lui plairait encore plus à l'issue de la soirée.

Chapitre 4

Samedi 7 mai, 17 h 25
www.mari-la-deluree/07/05/2011/coucou
Commentaire n° 74

Un dernier petit mot avant d'éteindre mon téléphone. Je voulais juste vous prévenir que j'annoncerai le gagnant de notre concours du dimanche plus tard que d'habitude. Mais en contrepartie, j'aurai peut-être plus d'inspiration. Du moins si j'ai de la chance ce soir.

A plus tard,

Mari.

Parce qu'il était militaire et qu'il avait beaucoup voyagé, Danny ne s'était jamais acheté de maison. Pourquoi l'aurait-il fait ? Soit il vivait sur la base même où il était affecté, soit il était logé en appartement dans les environs.

A défaut de maison, il avait investi dans une voiture, qu'il avait passé toute une année à restaurer avec l'aide de son père, et dans un voilier baptisé *Jazzy Girl*, ancré dans la marina de la ville.

Jazzy Girl était un voilier très simple mais auquel il tenait beaucoup. Il adorait mettre les voiles lorsque les grands espaces lui manquaient et qu'il ne pouvait pas voler. Il aimait mouiller dans les criques isolées de la baie de Chesapeake et profiter de la solitude pour réfléchir et rêver à son objectif : la Lune.

Il se gara sur le parking du port, sortit de sa voiture et se tourna vers Mari qui venait de faire de même. A son regard, à son sourire, il devinait qu'elle aimait l'eau.

— Ces bateaux sont magnifiques ! s'exclama-t-elle quelques minutes plus tard en le suivant sur le ponton, admirant les voiliers qu'ils croisaient, tous plus grands les uns que les autres.

Et tous beaucoup plus impressionnants que *Jazzy Girl*…

— Je n'ai jamais fait de voile, ajouta-t-elle.

Surpris, il se tourna vers elle.

— Tu n'habites pas sur la côte ?

Il avait oublié de lui poser la question et maintenant, il espérait qu'elle n'allait pas lui annoncer qu'elle venait du fin fond du Kansas ou du Montana.

— Si, répondit-elle. Enfin, j'habite à Baltimore, près du port, mais je n'ai jamais rencontré personne possédant un bateau. Je suis fille d'un colonel de l'armée de terre, pas d'un amiral.

— Dans ce cas, nous allons vite découvrir si tu as le pied marin ou non. Voici mon bateau.

— *Jazzy Girl*, lut-elle en s'approchant.

Il eut un court moment de gêne, comme chaque fois qu'il pensait au nom, un peu ridicule, de son voilier.

— C'est ma petite sœur qui m'a forcé à le baptiser ainsi. Elle s'appelle Jazz et comme j'ai refusé de nommer ma première-née de son prénom, elle a exigé que je le fasse pour mon bateau.

Il vit alors Mari blêmir. Devinant la raison de son trouble, il s'empressa de lever une main pour la rassurer.

— Quand je parlais de ma première-née, je faisais référence à ma voiture. Rassure-toi, je n'ai aucun enfant caché.

— Tu n'es donc pas un de ces marins qui a une femme et une famille dans chaque port ?

— Pas du tout !

Ce n'était vraiment pas son genre.

Ils montèrent à bord et, sans attendre, il se prépara à lever l'ancre.

— Tu as besoin d'aide ? lui demanda Mari.

— Merci, mais je m'occupe de tout. Si tu veux, tu peux aller dans la cabine mettre le dîner au frais.

Ils s'étaient arrêtés en chemin pour acheter une bouteille de vin, du fromage et des fruits.

— Bonne idée. J'en profiterai pour voir si je trouve une hache ou bien un couteau.

Il la fixa de ses grands yeux étonnés. De quoi diable parlait-elle ?

— Tu n'as jamais vu *Mort en eaux calmes* ?

Non, mais ce titre lui disait quelque chose. S'il se souvenait bien, il s'agissait de l'histoire d'un fou qui tuait plusieurs personnes sur un bateau.

— Ne t'inquiète pas, fit-il en guise de réponse, je n'ai ni hache, ni couteau, que des couverts en plastique, ce qui devrait nous suffire pour le dîner.

Sans cesser de lui sourire, elle laissa échapper un soupir de soulagement, puis elle descendit à l'intérieur, faisant attention à ne pas trébucher dans l'escalier avec ses talons aiguilles.

Il lui aurait bien suggéré de se déchausser mais il se retint. Il avait envie d'être celui qui lui enlèverait ses chaussures plus tard, qui découvrirait ses pieds sexy, les caresserait, les masserait, les embrasserait…

Bon Dieu, il avait vraiment perdu la tête ! Cette histoire de destin était en train de le rendre fou. A moins que ce ne soit ses hormones, ou bien l'effet de l'incroyable beauté de Mari, de son extraordinaire sex-appeal. Ou alors ce baiser…

Ce baiser gourmand, savoureux…

Il datait déjà d'une heure et pourtant, il avait encore le goût sucré de ses lèvres sur les siennes.

— Prêt ? lui demanda-t-elle en ressortant sur le pont, interrompant son songe.

D'un signe de tête, il lui indiqua les sièges, derrière la barre.

— Tu ferais mieux de t'asseoir jusqu'à ce que tu sois bien à l'aise. Le départ risque d'être un peu houleux.

Sans un mot, elle obéit et il l'observa, perchée sur le bord du fauteuil. Elle semblait très excitée par cette promenade.

Tant mieux, car lui aussi était excité.

Comme il le pensait, les courants étaient importants pour sortir du port mais, malgré les vagues, Mari ne semblait pas avoir le mal de mer. Au contraire, elle semblait parfaitement à l'aise, comme si elle avait toujours vécu sur l'eau.

En habitué des sorties dans la baie, Danny mit le cap vers le sud. Il connaissait une crique où ils pourraient jeter l'ancre et regarder le coucher du soleil en toute tranquillité. Il voulait pouvoir profiter de sa soirée avec Mari sans tenir la barre, sans se préoccuper de quoi que ce soit. Il voulait avoir l'esprit et les mains libres.

Il sursauta tout à coup, sous l'effet d'une prise de conscience.

A part sa sœur, Mari était la première femme qu'il invitait à bord. Sa mère détestait l'océan. Quant à ses petites amies, jamais aucune n'était venue en mer avec lui.

— C'est fantastique ! lui cria Mari en se relevant d'un coup, les cheveux virevoltant dans le vent. J'adore cette impression de liberté !

— Attends un peu avant de te lever…

Il l'obligea à se rasseoir puis attrapa l'arrière d'un de ses escarpins.

— Tu ne devrais vraiment pas porter ces chaussures à bord, Mari. C'est dangereux.

Sans un mot, elle riva son regard couleur océan au sien puis lui tendit une jambe, en une invitation muette.

Lentement, il retira alors l'escarpin, admirant la courbe de son pied, la forme parfaite de ses ongles peints de rouge, l'incroyable douceur de sa peau laiteuse.

— Je dois admettre que tu avais raison. Tes pieds sont superbes.

— Tu vois, je ne t'ai pas menti…

Doucement, sans cesser de caresser sa cheville, il reposa sa jambe et la vit frissonner. Etait-ce sa caresse qui lui faisait cet effet ou bien le vent ?

Elle lui tendit l'autre jambe et, oubliant immédiatement sa question, il répéta l'opération, se demandant comment elle réagirait s'il posait sa bouche sur sa peau et traçait un chemin de baisers humides le long de sa jambe, remontant toujours plus haut.

L'idée était tentante, malheureusement, son pantalon finirait par le gêner.

Si seulement elle portait toujours sa jupe… Si seulement elle n'avait pas remis sa culotte…

Hop ! Ne pas s'emballer ! Ils n'étaient pas encore dans la crique… Se forçant à se reprendre, il reposa sa longue jambe, puis retourna à la barre. Le temps n'était pas suffisamment beau pour qu'il délaisse complètement la navigation. Heureusement, la crique était presque en vue et là, au moins, ils ne seraient pas dérangés.

— Le ciel est magnifique ! s'exclama Mari en le rejoignant.

— D'ici quelques minutes, nous pourrons nous installer à la proue pour admirer le coucher du soleil.

— La proue… C'est l'avant du bateau, n'est-ce pas ?

— C'est exact.

Quelques minutes plus tard, il jetait l'ancre, soulagé de pouvoir enfin accorder toute son attention à sa passagère, qui venait malheureusement de le délaisser et de descendre dans la cabine.

Elle remonta bientôt avec la bouteille de vin, débouchée, et deux verres.

— Tu as soif, Danny ?

— Je ne vais prendre qu'un fond de verre. Je n'aime pas boire lorsque je suis à la barre.

Elle fit le service puis lui tendit son verre. Il la regarda boire une gorgée de vin rouge, envoûté par le spectacle.

Elle laissa ensuite échapper un petit rire, puis se tourna vers le ciel rougeoyant. Le soleil était en train de descendre vers l'océan et, sous le charme, il sentit son cœur déborder d'allégresse.

A cet instant, le vent se leva.

— Ça va ? lui demanda-t-il en s'approchant, la voyant frissonner.

— Très bien, répondit-elle d'une voix douce.

Elle était de toute évidence une femme qui profitait vraiment de l'instant présent, une hédoniste, et il ne doutait pas qu'elle serait une maîtresse sensuelle. Rien que d'y penser, il frissonnait d'impatience de découvrir son corps parfait. Il mourait d'envie de la dévorer, de la posséder.

Le vent se mit à souffler un peu plus fort et une mèche de cheveux blonds effleura sa joue. Il ferma les yeux, s'enivrant de leur parfum fleuri et, comme envoûté par cette délicieuse fragrance, il resserra les mains autour du bastingage.

Quelques secondes plus tard, incapable de se retenir plus longtemps, il posa sa main sur celle de la jeune femme.

— Et voilà, se contenta-t-elle de dire, lorsque le soleil plongea enfin.

Le ciel ressemblait à la palette orangée d'un peintre.

Il se tourna vers elle. Sa respiration était régulière, sa voix calme. Elle semblait apprécier l'air frais et salé.

— La température est si douce, l'atmosphère si calme que je crois que je pourrais me mettre nue…

A ces mots, il se raidit, dérouté. Avait-elle vraiment prononcé cette phrase ou avait-il rêvé ?

Il jeta un coup d'œil discret vers elle. Elle affichait un large sourire et ses yeux bleus brillaient. Il n'avait donc pas rêvé.

— Je suis heureuse, Danny. C'est le plus beau coucher de soleil que j'aie jamais vu !

— C'est vrai qu'il était magnifique.

Pour toute réponse, elle se contenta de baisser les yeux vers sa bouche, et de passer une langue tentatrice sur ses lèvres.

Etait-ce une invitation qu'elle lui faisait à l'embrasser ?

Oui, à l'évidence. Il ne lui en fallait pas plus ; la tentation était trop grande. Il ne résisterait plus longtemps. Il ne résistait d'ailleurs déjà plus…

Les yeux brillant d'anticipation, il glissa ses doigts dans sa chevelure puis, lentement, prit son beau visage en coupe, l'attira vers lui et prit possession de sa bouche.

Aussitôt, Mari se lova contre lui, referma ses bras autour de son cou et il s'abandonna.

Ce baiser ne ressemblait en rien à celui qu'ils avaient échangé au pub. Il était électrique, passionné, comme s'ils évacuaient avec lui toute la tension sexuelle accumulée depuis leur rencontre.

— Mari… Tu n'imagines pas à quel point je te désire !

Pour toute réponse, elle l'embrassa une nouvelle fois et, heureux, il savoura l'instant. Le temps semblait s'être arrêté. Tout ce qu'il voulait, tout ce dont il avait besoin, à cet instant, c'était de cette femme et de sa langue jouant avec la sienne.

Il sentit ses seins ronds se tendre contre son torse et, oubliant toute prudence, toute réflexion, il laissa la passion qu'il contenait avec peine depuis leur rencontre le submerger. Il la voulait contre lui, peau contre peau.

Il se sentait ensorcelé ; il ne pouvait plus ralentir ; il ne pouvait plus s'arrêter. Il voulait tout découvrir d'elle, les moindres recoins de son corps. Il voulait savourer sa bouche, ses lèvres, sa peau ; il voulait s'enivrer de son parfum de vin, de soleil et d'océan mêlés.

Mari semblait avoir les mêmes projets. Sans un mot, elle sortit son T-shirt de son pantalon puis glissa ses mains fraîches contre son ventre. Magiquement, sa température grimpa de quelques degrés supplémentaires.

— Tu veux rentrer ? lui demanda-t-il de peur qu'elle n'attrape froid.

— Non, dedans, c'est trop petit, trop étroit. J'ai envie de toi, ici. Au grand air…

— Merci mon Dieu !

Elle venait de prononcer les mots qu'il rêvait d'entendre.

Incapable d'attendre une seule seconde de plus, il sortit de sa poche le préservatif qu'il y avait glissé un peu plus tôt, au cas où, et elle éclata de rire.

— J'en avais moi aussi acheté tout à l'heure, lui avoua-t-elle.

— Les grands esprits se rencontrent, répondit-il.

Puis il se tut. Son esprit venait d'abdiquer ; son corps avait pris le pouvoir.

Il s'empara une nouvelle fois de ses lèvres gourmandes avec une fougue inouïe. Il la débarrassa ensuite de son chemisier, retenant son souffle en découvrant sa poitrine sensuelle que soulignait un soutien-gorge en dentelle.

Electrisé par cette vision, ce spectacle d'une beauté à couper le souffle, il se pencha et referma sa bouche sur un de ses seins, le goûtant à travers la dentelle. Il voulait lui faire connaître l'étendue de son désir.

Un désir sans fin.

Mari rejeta la tête en arrière. Des frissons lui parcouraient le bas des reins.

— Oui… Danny…

Elle se sentait perdre pied. Son cœur tambourinait contre sa poitrine. Il battait si vite qu'elle avait l'impression qu'il allait exploser.

Comme s'il savait de longue date ce qui la faisait vibrer, il fit glisser une bretelle de son soutien-gorge et prit un sein en coupe. Il en pinça ensuite la pointe offerte, électrisant instantanément tous ses sens. Il la titilla et elle agrippa ses épaules. Un flot de sensations affolait tout son être. Ses genoux étaient de coton et son impatience de plus en plus grande.

Il dégrafa enfin son soutien-gorge, posa ses lèvres brûlantes sur sa peau. Elle laissa échapper un petit gémissement de plaisir. Quelques secondes plus tard, il en happa la pointe et elle sentit de nouvelles sensations exploser en elle.

— Danny…

Submergée par le désir, elle ne parvenait pas à prononcer le moindre mot, à part répéter son nom. Sa raison l'avait abandonnée.

Il se redressa, reprit possession de sa bouche et elle s'abandonna toute à ce baiser. Elle adorait l'embrasser. Ses lèvres étaient douces et fermes. Parfaites.

Il y avait juste un problème…

— Je suis à moitié nue alors que tu es toujours habillé, Danny. Ce n'est pas juste !

Sans attendre, elle le débarrassa de son T-shirt, découvrant un torse aux abdos parfaitement dessinés, des épaules incroyablement musclées.

Avant de le toucher, de le goûter, de découvrir chaque parcelle de son corps avec les lèvres, elle voulait le regarder, l'admirer. Il était si beau…

Elle avait déjà eu des amants mais jamais, jamais de toute sa vie, elle n'avait rencontré un homme qui lui donne envie de se jeter à ses pieds et de le supplier de la laisser le caresser.

Evidemment, si elle se mettait à genoux, elle ferait plus que le toucher… Elle mourait d'envie de profiter de lui de toutes les façons possibles…

Danny fit soudain un pas en arrière et elle sortit de sa réflexion. Il enleva sa ceinture, comme s'il ne la pensait pas capable de le faire. C'était sans doute une bonne chose, car elle n'était plus bonne à rien. Il lui suffisait d'effleurer sa peau brûlante pour frissonner des pieds à la tête, pour trembler comme une feuille.

Quelques secondes plus tard, il ouvrit sa braguette, dévoilant un caleçon tendu à l'extrême par un sexe raidi de désir et, pantelante, elle retint son souffle.

Surprise par sa puissance, par son incroyable virilité, elle sentit ses jambes faiblir. Si elle n'avait pas su son sexe humide de désir, sans doute aurait-elle été inquiète, sans doute se serait-elle demandé si elle pourrait l'accueillir en elle. Mais elle n'avait pas peur. Elle était au contraire excitée, au comble de l'impatience.

Cette vision était d'un tel érotisme qu'elle sentit le désir la tirailler, l'envahir d'un besoin presque douloureux de le sentir en elle. Tout de suite.

Elle releva la tête et riva son regard au sien. Le désir conférait à ses prunelles une magnifique teinte dorée. Ses lèvres étaient entrouvertes et il s'en échappait un souffle précipité.

— Si tu ne veux pas que je déchire ton pantalon tout neuf, lui dit-il avec malice, je te conseille de l'enlever sans tarder.

— A vos ordres, capitaine !

Elle était prête à obéir à tout, disposée à lui offrir tout ce qu'il désirait, à la condition qu'il lui fasse l'amour, qu'il vienne en elle, immédiatement. Elle mourait d'envie de le sentir en elle. Depuis qu'elle avait entraperçu sa virilité, elle ne pensait à rien d'autre.

Des flammes de désir dans les yeux, elle déboutonna son pantalon, le baissa rapidement puis finit de se déshabiller. Quelques secondes plus tard, elle se tenait complètement nue devant lui.

Elle avait cru qu'elle se sentirait gênée, mais non. Elle n'éprouvait qu'une étrange sensation de calme.

— Prends-moi, Danny. Prends-moi tout de suite, je ne peux plus attendre !

— Non, tu es trop belle. Tu as le corps le plus exquis que j'aie jamais vu. Je veux d'abord t'admirer.

Séduite par ces mots, mais incapable de résister plus longtemps à la tentation, elle fit un pas en avant et glissa un doigt sous la ceinture de son caleçon.

La gorge serrée par l'émotion, elle effleura ensuite sa peau douce et tendue, et esquissa un sourire de satisfaction en le voyant frissonner.

Elle empoigna alors la base de son sexe, puis se mit à le caresser au rythme de ses soupirs, de plus en plus hachés, de plus en plus haletants.

Si elle continuait, il ne résisterait pas longtemps !

— Attends…, murmura-t-il.

— Je croyais que tu avais des projets ?

— Oui, mais je veux mener les débats.

— Chacun son tour, répondit-elle sans cesser de le caresser, avant de promener un doigt sur l'extrémité humide de son sexe.

Elle aimait lui donner ce plaisir, elle aimait entendre les petits grognements qui s'échappaient de sa gorge. Elle aimait le voir fermer les yeux, rejeter la tête en arrière et succomber à ses caresses.

Mais au bout de quelques minutes, il la saisit doucement par le poignet pour retenir sa main. Sachant qu'elle était responsable de son plaisir et qu'il était prêt à jouir, elle afficha un sourire triomphant. Elle était parvenue à ses fins.

Le cœur battant à tout rompre dans sa poitrine, elle le regarda alors finir de se déshabiller et, submergée par une incroyable vague de désir, elle sentit ses seins se tendre.

— Tu es magnifique, lui murmura-t-elle dans le creux de l'oreille en se pressant contre lui.

Jamais elle n'avait pensé qu'un homme pouvait être beau. Mais Danny l'était. Même si son corps était marqué de quelques cicatrices, dont une, impressionnante, qui lui descendait de la hanche à la cuisse, celles-ci ne faisaient qu'accentuer sa virilité.

Il laissa échapper un petit rire.

— C'est plutôt à moi de te le dire, Mari !

— Non.

Elle enchaîna son regard au sien, puis commença à se frotter lascivement contre lui, avant de prendre possession de sa bouche avec une gourmandise inouïe. Toute retenue l'avait désertée. Elle n'était plus qu'une boule de désir, habitée de sensations divines, de sensations d'une incroyable intensité.

Il enfonça ses ongles dans ses épaules et elle redoubla l'ardeur de son baiser, explorant sa bouche comme elle entendait le faire ensuite avec son corps.

Il laissa ses mains se promener sur son dos, descendre vers ses hanches et elle réprima un soupir. Elle vibrait sous ses doigts ; elle avait l'impression que tout son corps n'était plus qu'un arc sensuel.

Lentement, il la poussa vers le fauteuil, puis posa ses lèvres brûlantes à l'intérieur de ses cuisses, suscitant en elle de longs frissons délicieux. Ses baisers étaient légers, grisants comme les caresses d'une plume. Ils éveillaient tous ses sens, allumaient de nouveaux foyers de désir sur leur passage.

— Tu es une coquine, murmura-t-il entre deux baisers. A cause de toi, je suis devenu un fétichiste des pieds !

Pour toute réponse, elle laissa échapper un petit rire heureux. Mais l'heure n'était plus à la rigolade. Son désir de lui était si fort qu'il confinait au désespoir. Un désir inextinguible, qui avait pris possession de tout son corps et que plus rien ne pouvait contenir. Elle était en feu, se consumait…

Avec une lenteur calculée, il traça un chemin de baisers

humides le long de son autre jambe et elle se mordit la lèvre pour ne pas crier.

— Danny, je n'en peux plus !

— C'est vrai ? demanda-t-il les yeux brillants.

Elle ne répondit pas. Elle se contenta de se lever et de le pousser sur le dos. Elle referma ensuite ses longues jambes fuselées autour de lui et le chevaucha.

— Oui, c'est bien vrai..., conclut-il de lui-même.

Chaloupant doucement au-dessus de lui, elle frottait lascivement ses fesses contre son sexe tendu à l'extrême. C'était délicieux, savoureux.

Sans rompre le contact, elle essaya d'attraper le préservatif qu'il avait laissé près de son pantalon. Mais son impatience était telle qu'elle le fit tomber à deux reprises. Elle tremblait, ne parvenait plus à réfléchir.

— Laisse-moi faire, dit-il en attrapant la protection. Sinon, je n'en aurai plus besoin, il sera trop tard.

Elle le regarda avec malice.

— Attention, Danny, si tu vas trop vite, nous serons obligés de recommencer !

Il passa une main dans ses cheveux puis attira son visage vers le sien pour l'embrasser.

— Ça ne va pas se terminer tout de suite, je te le promets, Mari. Et de toute façon, nous recommencerons.

Elle sourit. Ces projets lui convenaient parfaitement.

Retenant son souffle, elle souleva les jambes et, lentement, se laissa glisser sur son membre tendu, s'habituant peu à peu à sa puissance.

Elle le vit fermer les yeux et se raidir, comme s'il se retenait. A l'évidence, il la laissait décider du tempo et de l'intensité de leur corps à corps.

Une partie d'elle avait envie de s'empaler sur lui, presque avec violence, et de le posséder d'un coup. Une autre savourait cette lenteur.

— Mon Dieu, marmonna-t-il en fermant les yeux.

A ces mots, elle sentit son sang rugir dans ses veines tel un torrent que rien ne pouvait arrêter. Toute retenue l'abandonnait. Elle ne pouvait plus résister. Elle devait le prendre entièrement en elle, maintenant.

Elle s'empala alors sur lui et, envoûtée par la puissance de ses sensations, elle rejeta la tête en arrière et lâcha un gémissement rauque.

— Tout va bien ? lui demanda Danny en lui caressant le visage avec tendresse.

— Comme je te l'ai dit, ça fait longtemps…

Et jamais d'ailleurs elle n'avait fait l'amour avec un homme aussi viril. Jamais ce qu'elle avait ressenti n'avait été aussi intense.

— Je te laisse décider du tempo, ma chérie.

Elle répondit d'un simple signe de tête, incapable de parler. Elle savait que jamais il ne voudrait la blesser, que jamais il ne la forcerait.

Doucement, elle commença à aller et venir au-dessus de lui, l'attirant chaque fois plus profondément en elle et, peu à peu, le temps et l'espace perdirent toute réalité. Son esprit se vida et son corps prit le contrôle total de la situation. La sensation d'un plaisir inconnu jusque-là tourbillonnait en elle, l'enveloppait, lui donnant le vertige.

Emportée par ce tourbillon, elle se sentit perdre pied. Des ondes d'un plaisir incroyable prenaient possession de son être, puis la volupté la submergea, et elle se laissa mollement retomber sur lui.

Au bout de quelques secondes, comme s'il devinait que toute force l'avait abandonnée, Danny roula sur le côté, sans rompre le contact.

Le pont du bateau était froid contre sa peau nue, mais l'homme magnifique qui se tenait maintenant au-dessus d'elle prenait soin de ne pas l'écraser.

Sans attendre, il se mit à aller et venir en elle, imprimant à leur étreinte un rythme d'abord très lent, très sensuel, délicieux, avant d'accélérer le tempo, nouant ses doigts aux siens, soutenant son regard aux pupilles dilatées.

S'accrochant à lui, elle empoigna ses fesses et, comme s'il

devinait son impatience, il intensifia son allure, accentua ses coups de reins.

Cambrée au maximum, haletante, elle se prépara à un orgasme ravageur. Il donna un dernier coup de reins et leurs corps s'unirent dans la jouissance.

Leurs corps agités de spasmes, leurs membres encore mêlés, Mari exhala sa satisfaction, mais ne bougea pas. Elle n'en avait pas envie. Ce n'était d'ailleurs pas la fin.

Ce n'était même que le début.

Ils passèrent la nuit enlacés sur l'étroite couchette de la cabine, ce qui ne fut pas véritablement un problème car ils passèrent la majeure partie de la nuit à faire l'amour.

Danny ne se souvenait plus du nombre de fois où il s'était insinué dans son intimité brûlante. Il savait juste que, alors que le soleil était en train de se lever, il la désirait toujours autant. Il n'était pas rassasié.

Jamais il n'avait ressenti un tel plaisir. Jamais il n'avait rencontré une femme qui le comble à ce point, alors il n'avait aucune intention de la laisser filer.

Lorsqu'il reprit la barre, le dimanche matin, il lui demanda :

— Quand penses-tu avoir une réponse pour le travail ?

— Sans doute très vite car la session d'été commence dans quelques semaines. Pourquoi cette question ? Tu espères que ma batterie va rendre l'âme une nouvelle fois ?

Il repoussa une mèche de ses doux cheveux derrière son oreille, satisfait de la voir sourire comme une femme comblée.

— Nous n'allons certainement pas attendre que ta voiture tombe en panne encore une fois pour nous revoir !

Tout à coup, elle sembla nerveuse.

— Parce que tu veux… tu veux me revoir, Danny ?

— Evidemment !

— Nous ne sommes pas obligés, tu sais… Tu ne dois pas te sentir lié par une quelconque obligation. J'ai accepté cette aventure en toute connaissance de cause.

— Est-ce que tu es en train de me dire que tu ne veux pas qu'on se revoie ?

— Non ! Bien sûr que non ! Je veux qu'on se revoie au contraire.

Tant mieux !

Rassuré, il l'embrassa de façon un peu plus pressante. Elle lui avait fait peur. Il n'avait envisagé à aucun moment que ce puisse être une aventure sans lendemain pour elle, mais il était heureux d'en avoir la confirmation.

Heureux, et soulagé surtout.

— Je pars pour quelques jours à Norfolk. Je dois d'ailleurs prendre la route dès notre rentrée au port, mais je serai de retour au plus tard mercredi. Je t'appellerai à ce moment-là. D'accord ?

— D'accord.

Il sortit son téléphone de sa poche.

— Peux-tu rentrer ton numéro de portable dans mon répertoire, s'il te plaît ? Je ne veux pas prendre le risque qu'un coup de vent emporte le petit papier sur lequel tu aurais écrit ton numéro.

Elle s'exécuta, puis lui rendit l'appareil.

Il jeta un coup d'œil sur l'écran, sachant qu'il composerait très bientôt ce numéro. Peut-être le soir même.

Mari lui plaisait énormément et il devait avouer que l'idée de faire l'amour avec elle par téléphone, durant leurs quelques jours de séparation, l'excitait.

Ce serait une bonne façon de passer la nuit dans sa chambre miteuse de la base navale.

— Je vais y aller, Danny, lui annonça-t-elle lorsqu'il amarra le bateau au port. J'ai chargé ma voisine de garder mon chat, mais je préfère rentrer à la maison pendant qu'elle est à l'église. Je n'ai pas envie de supporter ses commentaires et ses questions si elle sait que j'ai passé la nuit avec un homme.

— Je t'appellerai mercredi, jeudi au plus tard, je te le promets.

— Merci, répondit-elle avant de déposer un léger baiser sur sa bouche.

Un large sourire aux lèvres et des souvenirs plein la tête, il l'aida à descendre du bateau, et l'accompagna jusqu'au parking où elle avait laissé sa voiture.

Il la regarda s'installer derrière le volant et démarrer, puis il demeura immobile jusqu'à ce que la voiture disparaisse complètement de son champ de vision. Ensuite, il fit demi-tour et retourna vers son voilier pour ranger les voiles.

Cela lui prit plus de temps que prévu car partout où il allait dans le bateau, des images de ses corps à corps avec Mari revenaient à sa mémoire, lui faisant perdre sa concentration.

Il était enfin prêt à mettre pied à terre lorsque son téléphone sonna. Un coup d'œil sur l'écran lui apprit qu'il s'agissait de son petit frère.

Il allait répondre lorsqu'il glissa sur l'échelle humide. Il se rattrapa tant bien que mal aux barreaux, mais il eut un geste malheureux et laissa échapper son téléphone, qui tomba dans les eaux sales du port.

— Zut !

Le téléphone n'était pas spécialement neuf ni de grande valeur. Le problème n'était pas d'en acheter un nouveau. Le problème était Mari.

Le numéro de téléphone de cette femme, qu'il mourait d'envie de revoir mais dont il ignorait le nom de famille, se trouvait au fond de l'eau.

Il n'avait plus aucun moyen de la contacter.

A moins de plonger dans la baie de Chesapeake.

Chapitre 5

Lundi 9 mai, 7 heures

www.mari-la-deluree.com/09/05/2011/belle journée

Aimez-vous le printemps ? Personnellement, j'adore cette saison. J'ai passé toute la journée d'hier à sourire. Jamais je n'avais vu une journée plus belle, plus agréable, plus magnifique. Le ciel était encore plus bleu que d'habitude, le soleil plus éclatant, l'air plus pur… D'accord, j'exagère, vous savez que j'habite à Baltimore et que jamais l'air n'y est vraiment pur. N'empêche qu'il faisait très beau et que je ne pouvais pas m'empêcher de sourire.

Aujourd'hui, il pleut… Un vrai déluge ! Malgré tout, je continue à sourire, et ce pour une bonne raison : j'ai rencontré un homme. Un homme étonnant.

Je vous rassure, c'est toujours moi, Mari-la-délurée, moi qui, il y a peu encore, détestais les hommes. A propos, petit message pour John, du Wyoming : Si tu viens chez moi me faire la leçon, comme tu m'en menaces, sache que je suis armée et que comme toute fille de militaire qui se respecte, je sais tirer. J'ai appris dès l'âge de dix ans ! Ceci étant dit, je referme la parenthèse et j'en reviens au sujet du jour : les hommes.

En fait, je ne déteste pas vraiment les hommes ; il ne faut pas confondre sarcasme et haine. Mais j'ai vécu des relations ratées et rencontré nombre d'imbéciles dans ma vie. C'est d'ailleurs ce qui m'a incitée à lancer ce blog. Mais si vous êtes un lecteur régulier, vous savez que ma vie ne se résume pas aux aventures de Mari-la-délurée. Je connais même quelques spécimens masculins fantastiques, à commencer par mes deux petits frères adorés. Il se trouve simplement que je n'ai pas eu beaucoup de chance avec ceux que j'ai fréquentés jusqu'à présent.

Mais aujourd'hui, le vent a tourné.

Je n'en dirai pas plus pour le moment, je ne suis pas le genre de fille à m'épancher sur internet ! Je vous avouerai simplement que j'ai rencontré un homme sympathique, beau, parfait… Et qu'il me suffit de penser à lui pour sourire.

Mercredi 11 mai, 7 heures

www.mari-la-deluree/11/05/2011/moral dans les chaussettes

J'ai le moral dans les chaussettes, aujourd'hui.

J'ai toujours trouvé cette expression un peu puérile. Si mes amis de la vraie vie savaient que je l'utilise, sans doute se moqueraient-ils de moi, sans doute seraient-ils horrifiés de découvrir que j'ai le sens de l'humour d'un enfant de dix ans. Alors, chut, motus et bouche cousue, ne le répétons pas. Mais j'ai bel et bien le moral dans les chaussettes aujourd'hui.

Un auteur de romans Harlequin dont je suis fan propose chaque mercredi sur son blog une citation de Mae West. Par exemple : « Entre deux maux, je choisis toujours celui que je n'ai jamais essayé » ou « une femme qui connaît les ficelles ne risque pas de se faire attacher » (sauf si elle le désire, serais-je tentée d'ajouter). Je vous livre ici ma citation préférée, parfaite pour un jour de moral dans les chaussettes comme aujourd'hui : « Un homme signe d'un baiser. »

Sur cette pensée, je vous laisse méditer et vous souhaite une bonne journée.

Mari.

Vendredi 13 mai, 7 heures

www.mari-la-deluree/13/05/2011/vendredi

Nous sommes vendredi 13. Pensez-vous que ce jour porte malheur ?

Personnellement, je n'ai jamais eu foi dans la malchance, ni dans la chance d'ailleurs. Je préfère penser qu'on obtient ce qu'on désire en travaillant dur. Sans doute ai-je hérité d'un peu du bon sens, du mauvais bon sens, de mon père. Mais en toute petite quantité, je vous rassure !

Ceci étant dit, je me pose une question et j'aimerais avoir votre avis : à partir de quand faut-il s'inquiéter quand un homme ne rappelle pas ? Cela fait un moment que je suis seule alors je ne sais plus bien.

Merci par avance pour vos réponses.

Mari.

Lundi 16 mai, 7 heures

www.mari-la-deluree/16/05/2011/bonne nouvelle

J'ai obtenu le travail. Hourra !

Lundi 16 mai, 7 h 32

www.mari-la-deluree/16/05/2011/bonne nouvelle

Commentaire n° 6

Merci pour tous vos messages de félicitations.

SandyT, JloNo, Sucebby et Franni de San Francisco, pour répondre à votre question, non il ne m'a toujours pas appelée.

Lundi 16 mai, 8 h 45

www.mari-la-deluree/16/05/2011/bonne nouvelle

Commentaire n° 21

Merci encore pour tous vos gentils messages, ils m'ont fait très plaisir.

A ceux qui se posent la question, je réponds non. Je ne pense d'ailleurs pas qu'il appellera. Je ne le connais pas bien, mais je sais reconnaître un abruti lorsque j'en croise un et cet homme ne fait assurément pas partie de cette catégorie.

Lundi 16 mai, 19 h 20
www.mari-la-deluree/16/05/2011/bonne nouvelle
Commentaire n° 48

Pensez-vous que je sois folle, ou bien naïve, de croire qu'il a une bonne raison de ne pas m'avoir encore appelée ? Il m'a dit qu'il partait en voyage pour quelques jours.

En plus, j'ai bien insisté sur le fait qu'il n'était pas obligé de téléphoner.

Lundi 16 mai, 19 h 58
www.mari-la-deluree/16/05/2011/ bonne nouvelle
Commentaire n° 62

Non, Joanie du Kentucky, évidemment que je n'étais pas sérieuse lorsque je lui ai dit de ne pas appeler !

Et oui, Tiredmommy, il m'a pourtant bien promis de le faire.

Lundi 16 mai, 20 h 18
www.mari-la-deluree/16/05/2011/bonne nouvelle
Commentaire n° 70

Oui, je suis sûre qu'il n'est pas parti dans un endroit reculé où les téléphones ne fonctionnent pas. Et non, je ne crois pas qu'il ait pu perdre mon numéro. A moins que son téléphone n'ait été écrasé par un camion !

Tout est possible, n'est-ce pas ?

Lundi 16 mai, 22 h 32
www.mari-la-deluree/16/05/2011/bonne nouvelle
Commentaire n° 92

Pitié, n'essayez plus de me remonter le moral en me rappelant que tous les hommes sont des ordures ! Je refuse d'admettre que cet homme en est une. Je pense plutôt que quelque chose lui est arrivé.

A moins que… Oh, et puis zut !

La journée a été longue. Je crois que je vais me servir un verre de bon vin et manger de la glace. Ça ne peut pas faire de mal à mon moral.

P.-S. : Peut-être est-il malade ?

Mardi 17 mai, 7 heures

www.mari-la-deluree/17/05/2011/tout n'est pas perdu

Après une bonne nuit de sommeil, je me suis levée de bonne humeur, bien décidée à ne pas perdre espoir. Mon homme mystérieux m'a affirmé qu'il partait en voyage, or nous savons que tout est possible en voyage.

D'accord, il n'allait qu'à une centaine de kilomètres. Il n'a donc pas pu perdre son passeport ni attraper une maladie tropicale, mais peut-être sa voiture est-elle tombée en panne ? Peut-être a-t-il été retenu plus longtemps que prévu ?

Je suis déterminée à ne pas paniquer, ni à baisser les bras. Je sais assez bien juger les gens et je n'ai pas exagéré l'impact de notre rencontre.

Alors, répétez-le avec moi, il n'y a pas de raison de craindre le pire.

Mardi 17 mai, 20 h 48

www.mari-la-deluree/17/05/2011/ tout n'est pas perdu

Commentaire n° 73

J'arrête de faire semblant, je n'ai plus le courage. Cette fois-ci, je crains vraiment le pire.

Jeudi 19 mai, 7 heures

www.mari-la-deluree/19/05/2011/cafard

Je n'ai pas grand-chose à dire aujourd'hui, j'ai le cafard.

J'aimais bien ce type. Je l'aimais même beaucoup. Sans doute trop.

Hélas…

Lundi 23 mai, 7 heures

www.mari-la-deluree/23/05/2011/enfer

Il n'a toujours pas appelé. Il est évident aujourd'hui qu'il n'appellera plus. Il faut bien que je me rende à l'évidence.

Le rêve est terminé.

Chapitre 6

Cela faisait plusieurs années que Danny Wilkes était dans la marine. Il avait suivi une formation rigoureuse, avait été envoyé dans de nombreuses missions à l'étranger, avait piloté des avions de chasse, avait atterri sur des porte-avions à des milliers de kilomètres des côtes, avait survécu à des entraînements qui auraient fait peur à beaucoup... Il s'était même éjecté du cockpit lorsque son avion avait été touché par un missile, à la suite de quoi il avait passé une journée entière, seul dans le désert afghan, avec une jambe brisée et peu de munitions — heureusement pour lui, aucun ennemi n'en avait profité.

La vie dans la marine était éprouvante, pénible, mais il l'avait acceptée car il refusait de renoncer à son rêve. Il n'était pas le genre d'homme à renoncer.

La preuve, il n'avait pas renoncé non plus à retrouver cette femme mystérieuse...

— Marissa Marshall, répéta-t-il, heureux d'avoir enfin découvert son nom de famille.

Depuis deux semaines, il maudissait sa maladresse sur le voilier. Il fallait dire aussi que, depuis qu'il avait rencontré Mari, il accumulait les étourderies et les idioties. D'abord, il ne lui avait pas demandé son nom de famille. Ensuite, il n'avait pas écrit son numéro, ne lui avait pas demandé son adresse, ne lui avait pas donné son numéro en retour, ni prévu un autre rendez-vous. Enfin, juste après l'incident, il avait conduit à toute vitesse jusqu'à Baltimore, pour tenter de la rattraper.

En vain, évidemment.

C'était perdu d'avance, car elle avait quitté le port une heure plus tôt que lui. Lorsque son téléphone était tombé dans l'eau, elle devait même déjà être arrivée chez elle.

Il en avait été tellement désespéré qu'il avait même plongé dans l'océan pour tenter de retrouver son portable. Les chances de mettre la main dessus étaient pourtant faibles, encore plus faibles que les chances pour qu'il fonctionne toujours. Malgré tout, il n'avait pas hésité. Il avait plongé, tout habillé.

Sans succès.

Alors, dès son retour de Norfolk, il avait commencé ses recherches. Il avait passé de longues heures sur internet, à la recherche de n'importe quoi. D'une annonce de soutenance de thèse par une jeune femme prénommée Marissa, par exemple. Mais il n'avait rien trouvé.

Il avait alors passé quelques coups de fil. Il avait même demandé à un de ses amis, qui sortait avec une employée du service des ressources humaines, de se renseigner.

En vain, encore une fois.

Il en avait alors conclu qu'il n'avait plus qu'une solution : faire confiance au destin. Le destin les avait réunis une première fois, il devait croire qu'il les réunirait de nouveau. Il avait gardé la foi et il avait eu raison.

Il allait enfin la revoir. Il en avait désormais la certitude car Marissa avait obtenu le poste d'enseignante sur la base. La preuve ? Il avait vu une affiche annonçant la liste des prochaines conférences, dont celle d'une certaine Marissa Marshall, docteur en psychologie, qui allait parler aux soldats de la cohabitation entre armée et vie de famille.

La découverte de son nom de famille n'avait cependant pas stoppé ses recherches. Au contraire. Il avait poursuivi, insisté, et trouvé un article qu'elle avait signé dans une revue scientifique. Il avait alors contacté le rédacteur en chef pour obtenir son adresse, mais personne ne la lui avait donnée.

Il n'avait eu alors d'autre choix que d'attendre la première conférence. Avec un peu de chance, Marissa voudrait bien l'écouter, entendrait ses explications, les accepterait et ne se contenterait pas de l'ignorer ou de le gifler.

Il jeta un coup d'œil à sa montre ; il serait bientôt fixé. Le suspens allait prendre fin, car la conférence débutait dans une heure. Malheureusement, son supérieur l'avait recruté pour accueillir un officiel juste au moment où elle devait arriver sur la base, repoussant par conséquent leurs retrouvailles.

— Alors, Midas ? lança soudain une voix derrière lui. As-tu enfin retrouvé ta femme mystérieuse ?

Reconnaissant la voix de Quag, Quag-plein-de-boue puisque c'était ainsi qu'il surnommait son ami, il se retourna.

— Oui, je l'ai retrouvée. Elle vient même sur la base ce matin.

D'un geste, son ami désigna son uniforme blanc.

— Je vois que tu t'es habillé pour l'impressionner. Crois-tu vraiment que ton uniforme va suffire à lui faire oublier que tu ne l'as pas appelée ?

— Hélas non… J'ai bien peur d'être obligé de ramper. Quant à l'uniforme, ça n'a rien à voir. Je dois assister à une cérémonie officielle, au mess, un peu avant.

— Je ne suis pas au courant. Pourquoi n'ai-je pas été invité ?

— Sans doute parce que ton surnom est Quag-plein-de-boue.

— C'est vrai qu'on ne m'appelle pas le roi Midas, moi ! Je ne suis pas capable, comme certains, de tirer toutes les ficelles.

— Tu oublies qu'on me surnomme ainsi surtout parce que je suis un bon mécanicien, celui qui répare toutes les voitures de la base.

— Mais ce n'est pas ce que veut le général. Il veut du prestige, pas des mains pleines de graisse.

Danny haussa les épaules. Quag avait sans doute raison.

— Tu n'as qu'à considérer cette cérémonie comme un avant-goût de ta vie future à la NASA, poursuivit ce dernier, l'un des seuls parmi ses amis à connaître son rêve d'intégrer l'agence spatiale américaine.

Danny esquissa un sourire las.

Pour atteindre son but, il savait qu'il devait aussi se faire bien voir par ses supérieurs et accepter de parader devant les invités de son général, même s'il n'en avait pas envie.

Encore un sacrifice pour atteindre son objectif ultime… Il jeta un coup d'œil vers la médaille épinglée sur sa poitrine, souvenir de son aventure afghane, l'autre souvenir étant sa cicatrice sur la jambe.

Mari n'avait pas semblé en être gênée. Pendant les quelques heures qu'ils avaient passées ensemble, elle en avait même longuement embrassé la peau encore rosée, avant de lui murmurer à l'oreille qu'elle n'aimait pas savoir qu'il avait souffert.

Mais elle n'avait pas posé de questions sur l'origine de cette cicatrice, ils étaient trop occupés à ce moment-là. C'était une bonne chose car il n'aimait pas évoquer l'accident. En plus, entre sa formation de psychologue et son intuition féminine, sans doute aurait-elle réussi à le faire parler, sans doute aurait-elle voulu le guérir. Or il était guéri ! Il avait la tête sur les épaules, sans aucune séquelle. Il était tout entier concentré sur l'objectif de sa vie, aller dans l'espace, et ne voulait plus penser à l'Afghanistan.

— J'espère pour toi que ta femme mystérieuse acceptera tes explications, reprit Quag.

— Elle me croira, puisque c'est la vérité.

— Si elle ne te croit pas, envoie-la-moi… Je lui dirai combien tu as été misérable ces dernières semaines.

— Tu es bien la dernière personne vers qui j'enverrais une femme, Quag !

C'était une blague, mais pas seulement. Quag était connu pour être un vrai bourreau des cœurs.

— Tu peux parler ! Tu es peut-être fidèle aujourd'hui, mais ça n'a pas toujours été le cas.

Quag avait raison. Mais il avait changé.

Plus jeune, il adorait multiplier les conquêtes. Seulement, il avait grandi depuis cette époque. Il n'avait plus vingt ans ; il avait mûri.

Mais peut-être ne s'agissait-il pas simplement d'une question d'âge ? Peut-être était-ce lié à son rêve d'espace ? Ou bien ses longues réflexions sur la vie et la mort lui avaient-elles fait réaliser que la vie ne se résumait pas aux conquêtes féminines.

En plus, il n'avait encore croisé aucune femme qui l'ait réellement captivé. Jusqu'à Mari.

— Bon, il faut que j'y aille, moi, lança Quag. Va donc faire ton petit numéro devant le général.

Sans attendre, Danny se dirigea vers la salle de réception, prêt à jouer son rôle.

Il répondit avec patience aux questions habituelles, sourit gentiment aux femmes de la bonne société. Les mondanités faisaient partie de son travail, et cet aspect serait encore plus important si jamais il devenait astronaute.

Dans ce monde, les gens que l'on connaissait étaient plus importants que ce que l'on connaissait et ce que l'on savait faire, surtout si on avait l'intention de progresser dans sa carrière. Or ce qu'il désirait, c'était aller jusqu'à Houston… C'était intégrer la NASA…

Une fois là-bas, si les politiciens comprenaient l'importance de relancer la recherche spatiale, il espérait pouvoir, un jour, marcher sur la lune.

Après une heure qui lui parut interminable, Danny parvint enfin à s'échapper de la réception. Il jeta alors un coup d'œil à sa montre. Le cours de Mari devait s'achever dix minutes plus tard. Il devait se dépêcher.

Dans le bâtiment des conférences, il croisa Kyle Riddick, un des doyens de l'Académie. Sans doute ce dernier était-il passé pour vérifier que la nouvelle enseignante ne considérait pas les étudiants comme de jeunes adultes mais plutôt comme de petits enfants, comme lui-même les traitait.

— Commandant Wilkes, fit l'homme avec un léger signe de tête.

— La conférence n'est pas terminée ? lui demanda Danny, soudain un peu inquiet.

— Non, répondit l'homme d'un ton sec. Et je ne peux pas dire qu'il s'agit d'une bonne chose. Vraiment pas !

Si ce commentaire avait été fait par quelqu'un d'autre, sans doute Danny aurait-il été alerté, mais de la part de Riddick, non. Il devinait même quel était le problème pour ce dernier. Mari était jeune, jolie, et les étudiants devaient l'apprécier, ce qui représentait trois défauts majeurs aux yeux du doyen.

— Elle est beaucoup trop jeune pour ce travail, poursuivit Riddick, confirmant son hypothèse. Elle est aussi trop jolie. Les garçons n'écoutent pas, ils ne font que la regarder ! En plus, elle est trop gentille avec eux.

— J'ai entendu dire qu'elle était très qualifiée, osa-t-il pour la défendre.

C'était d'ailleurs la vérité.

— Peut-être, répondit Riddick. Mais… J'ai bien peur de devoir intervenir. Je n'aime pas savoir qu'une jeune femme sans expérience se trouve seule, sans chaperon, dans une salle remplie de jeunes gens excités.

Sans chaperon ? Danny réprima un fou rire. Mari n'était pas une adolescente qui jouait à la maîtresse d'école. Elle était peut-être très jeune aux yeux de ce vieux Riddick, mais elle était docteur en psychologie ! Elle avait vingt-neuf ans !

— Je crois qu'elle a fait très bonne impression au commandant.

— Nous verrons bien, rétorqua le doyen avant de s'éloigner.

Danny n'était pas inquiet. Riddick n'avait pas le pouvoir de faire quoi que ce soit contre la jeune femme. Si tel avait été le cas, la base aurait été privée d'un tiers des professeurs civils !

Il s'approcha de la salle de conférences, entendit des murmures à l'intérieur et comprit pourquoi les couloirs lui avaient semblé aussi vides. Tous les étudiants présents sur la base semblaient s'être donné rendez-vous à cet endroit.

Il pénétra à l'intérieur. La salle était comble, de nombreux auditeurs se tenaient même debout.

Il se faufila dans la foule et aperçut enfin Mari, sur l'estrade.

Elle avait noué ses cheveux en chignon, nota-t-il, un peu déçu. Mais cela ne changeait rien. Même si ses cheveux étaient relevés, même si les vêtements qu'elle portait étaient moins moulants que ceux qu'elle avait choisis le jour où ils s'étaient rencontrés, elle était toujours aussi belle, toujours aussi séduisante.

Sous le charme, il avala sa salive, puis prit une profonde inspiration pour se contrôler. Il fit ensuite un pas en arrière et s'abrita derrière une colonne. Il ne voulait pas risquer de la déconcentrer, or il devinait qu'elle pourrait l'être, si elle l'apercevait.

Elle ne serait sans doute pas ravie de le revoir. Elle devait être en colère contre lui. Il espérait néanmoins qu'elle accepterait de l'écouter et qu'il pourrait l'inviter à déjeuner pour s'excuser.

— Avez-vous des questions ? l'entendit-il soudain demander.

Une forêt de mains se levèrent aussitôt.

Sans surprise, quelques étudiants lancèrent des remarques proches du flirt, mais le Dr Marissa Marshall sut bien vite les remettre à leur place. Et lorsqu'un jeune homme lui demanda si elle était célibataire, elle montra des signes d'agacement.

Danny ne put se retenir de faire entendre un petit grognement de désapprobation. Le jeune homme se retourna alors vers lui et il en profita pour le fusiller du regard, jusqu'à le faire rougir.

— Ça ne vous regarde pas, répondit Mari à son interlocuteur comme si de rien n'était. Mais je veux bien vous répondre. Oui, je suis célibataire. Et non, je ne suis pas intéressée. Je ne le serais pas, même si vous étiez un peu plus âgé.

Honteux, le jeune homme baissa la tête.

— Vous n'avez peut-être pas bien compris ce que je vous explique depuis une heure, insista Mari, alors je vais me répéter. Développer une relation avec un militaire n'est pas chose aisée. De nombreuses femmes ne sont tout simplement pas intéressées.

— Je suis persuadé que l'un d'entre nous pourrait vous faire changer d'avis, lança une voix.

— Vous croyez être le prince charmant ? rétorqua-t-elle en haussant les épaules. Sachez que j'ai deux frères plus jeunes, alors je comprends vos sourires et vos sarcasmes. Vous ne m'impressionnez pas.

Les jeunes gens éclatèrent de rire. Ils semblaient vraiment l'apprécier. Par son vocabulaire et sa bonne humeur, elle avait l'air d'avoir réussi à tisser des liens de proximité avec eux. Ils flirtaient, mais de toute évidence ils la respectaient aussi. Aucun d'entre eux ne franchissait la ligne jaune.

— Pour en revenir à votre question, reprit-elle, pensez-vous vraiment qu'une jeune fille ne va pas hésiter avant d'avoir une relation avec un soldat ?

— Je le crois, oui, répondit un garçon.

Elle s'approcha de lui et le regarda droit dans les yeux.

— Je suis désolée de vous l'annoncer aussi brutalement, mais je ne suis pas sûre qu'il y ait beaucoup de femmes prêtes à se lancer dans une aventure avec un homme qui risque sa vie tous les jours pour un salaire de misère.

Les élèves ne répondirent pas, alors elle poursuivit :

— Croyez-vous que les femmes rêvent de vivre avec un homme qui voit des choses affreuses et a du mal à tout oublier au moment de rentrer à la maison ? Un homme qui peut partir en mission pour plusieurs mois, qui les entraînera, elle et leurs enfants, à l'autre bout du monde ? La réponse est non. Et même si elle acceptait, elle finirait forcément par lui en vouloir. Pourquoi croyez-vous que le taux de divorce dans l'armée a bondi ces dernières années ?

Danny regarda les étudiants, ils semblaient soudain beaucoup plus sérieux.

— La vie de militaire est une vie difficile et beaucoup de femmes ne sont pas armées pour la supporter. C'est pourquoi, lorsqu'elles croisent un soldat, elles préfèrent changer de trottoir.

En entendant ces mots, Danny se raidit, interloqué par cette franchise, par cet avis aussi tranché.

Il savait qu'elle était sincère, même si elle exagérait sans doute un peu pour des raisons pédagogiques ; il se souvenait de tout ce qu'elle lui avait raconté sur sa famille et sa jeunesse.

Mais elle devait néanmoins être prête à faire une exception à son premier commandement, se dit-il pour tenter de se rassurer. Après tout, elle avait passé la nuit dans ses bras. Sans doute n'insistait-elle aujourd'hui sur les mauvais côtés que pour réussir à faire passer son message.

— Quelle est la solution, alors ? demanda un étudiant.

Danny le regarda. Il le connaissait. Il s'agissait d'un élève sérieux, calme, mais qui n'avait pas de très bons résultats. Il semblait cependant avoir compris l'importance de cette conférence.

— C'est pour cela que je suis ici, répondit Mari. Je veux vous faire prendre conscience des problèmes qui vous attendent et vous éviter ainsi de tomber dans certains pièges.

— Vous voulez dire qu'il faut s'habituer à être célibataire ?

Elle secoua la tête.

— Pas forcément. Vous devez apprendre à parler avec les êtres qui vous sont chers, à être ouverts, pour vérifier que vous êtes sur la même longueur d'onde, que vous attendez la même chose de la vie et que vos projets à long terme sont compatibles. Vous devez savoir parler et écouter, même lorsque vous êtes séparés pendant de longs mois.

— Comment être sûr que notre femme ne nous trompera pas lorsque nous serons en mission ?

— Comment pourra-t-elle être sûre que vous ne la tromperez pas ? rétorqua-t-elle tout de go.

Danny sourit.

Mari n'avait vraiment pas la langue dans sa poche, et ce qu'elle expliquait aux élèves était vrai. Il en avait fait l'amère expérience ; il avait observé ses amis au fil des années. Ils les avaient vus, inquiets, lorsqu'ils étaient en mission. Il les avait vus également se lancer dans des aventures pour passer le temps. Alors, si ces conférences pouvaient aider quelques-uns des étudiants à s'engager en toute connaissance de cause, c'était une bonne chose.

— Le plus important est de respecter les femmes, reprit Mari. Nous avons tous entendu parler de scandales de discrimination sexuelle ces dernières années.

En effet. Les élèves en entendaient parler depuis leur arrivée sur la base, car la marine avait été éclaboussée par le scandale Tailhook dans lequel une douzaine d'officiers avaient été accusés de harcèlement par des collègues féminines.

— Pendant votre formation, poursuivit Mari, vous n'apprenez pas seulement à devenir des officiers. Vous apprenez aussi à devenir des gentlemen. Vous devez respecter les femmes militaires autant que les civiles. Vous devez être honnêtes et ne pas penser que tout vous est dû. Cela vous aidera sans aucun doute pour vos relations à long terme.

Soudain mal à l'aise, Danny avança légèrement pour voir le visage de Mari. Il se sentait visé par la dernière partie de son intervention.

Il l'étudia attentivement. Elle se tenait, raide, sur l'estrade, comme si elle était en colère.

Etait-elle furieuse contre lui ? Dans ce cas, il ferait bien de disparaître avant qu'elle ne le voie ! Mieux valait qu'ils parlent en privé.

Il s'approcha alors de la porte pour s'échapper discrètement mais, au même instant, son voisin recula et il se trouva soudain à découvert.

Aussitôt, comme attirée par son uniforme immaculé, Mari tourna la tête vers lui.

Il ne chercha pas à éviter son regard. Il la fixa même.

Elle était pâle et ses beaux yeux étaient cernés. Sans doute était-ce le signe qu'elle avait mal dormi tous ces jours-ci. Il ne lui restait plus qu'à espérer qu'il n'était pas le seul responsable de ces insomnies.

Mais après avoir eu peur de ne plus jamais la revoir, il était néanmoins soulagé, et il lui adressa un sourire.

— Qu'est-ce que…, marmonna-t-elle, visiblement sous le choc.

Elle ne plaisantait pas lorsqu'elle lui avait dit qu'elle n'aimait pas les hommes en uniforme.

Si seulement il avait pu lui parler avant qu'elle ne le voie ainsi vêtu… Il commençait à regretter de ne pas avoir pris le temps nécessaire pour se changer avant de venir à la conférence.

Faute de pouvoir lui parler, il se contenta alors d'un petit signe de la main. Par ce signe, il voulait lui faire comprendre qu'il était heureux de la voir et qu'il espérait qu'ils pourraient bientôt se parler.

Mais elle ne lui répondit pas. Ne lui sourit pas. Ne lui fit aucun signe de connivence. Elle le dévisageait simplement, le regard noir, le visage fermé. Puis, au bout de quelques secondes, elle prit une profonde inspiration et s'appuya sur le pupitre, comme si elle craignait de défaillir.

— Vous allez bien ? s'inquiéta un jeune homme, percevant sa faiblesse soudaine.

Marissa se redressa alors, comme si elle se souvenait soudain qu'elle était en public.

— Ça va, merci, répondit-elle.

Puis elle détourna le regard. Elle regardait maintenant les étudiants, mais Danny ne se faisait guère d'illusion. C'était à lui qu'elle pensait.

Et il ne s'agissait pas d'aimables pensées.

Marissa ne parvenait pas à déterminer ce qui la mettait le plus en colère : l'apparition soudaine de Danny ou le fait qu'il soit un officier de marine.

Car de toute évidence il était militaire, il n'y avait aucun doute là-dessus. Il portait l'uniforme alors que ce n'était pas carnaval. Ce qui signifiait que son mécanicien Midas n'était pas l'homme parfait, le travailleur manuel qu'elle avait cru rencontrer.

Il n'était pas cet homme sans danger qu'elle avait imaginé. Au contraire, il était dangereux. Pour sa santé. Pour son cœur.

Qu'il ait su dès le départ qu'il n'avait aucune intention de l'appeler, ou qu'il ait changé d'avis après son départ du port, il l'avait fait souffrir. Et maintenant, elle avait le cœur brisé simplement de le voir en chair et en os.

En chair et en os, *et en uniforme…*

Elle était blessée, mais également folle de rage. Elle lui en voulait de ne pas l'avoir appelée, de lui avoir offert une nuit divine que jamais elle n'oublierait, alors qu'il savait qu'elle ne se reproduirait plus.

Et pourquoi avait-il en plus l'air aussi beau dans son uniforme ? Cherchait-il à la tourmenter, à l'énerver encore plus ?

Et pourquoi lui avait-il menti ? Si elle avait su qu'il était militaire, jamais elle ne l'aurait invité à déjeuner. Jamais elle ne l'aurait accompagné sur son bateau.

Son uniforme immaculé lui donnait peut-être une apparence d'officier, de gentleman, mais en réalité il n'était qu'un homme à femmes, un vulgaire menteur !

— Docteur, que faire si on rencontre la plus belle femme du monde, mais qu'elle n'est pas séduite par l'uniforme ? demanda soudain une voix.

— Ne lui mentez pas pour commencer, c'est la chose la plus importante, répondit-elle avec un regain d'énergie qui n'était en fait qu'un regain de colère.

— Que voulez-vous dire ?

Elle fixa le jeune homme qui avait parlé, assis au deuxième rang.

— Ne lui cachez jamais qui vous êtes vraiment. Je ne peux pas vous promettre que tout ira bien, mais je peux vous assurer que, si vous n'êtes pas honnête, vous n'obtiendrez pas ce que vous désirez. Si vous faites croire à cette femme que vous êtes quelqu'un d'autre, si vous essayez de la manipuler, de la séduire avant d'admettre que vous êtes militaire, elle sera forcément en colère lorsqu'elle le découvrira et vous perdrez alors toutes vos chances avec elle.

Tout en parlant, elle ne put s'empêcher de jeter un coup d'œil vers Danny. Son beau visage était fermé.

Tant mieux, cela voulait dire qu'il avait compris qu'elle parlait de lui !

— Mais comment parvenir à faire connaissance, si cette femme vous repousse dès qu'elle apprend que vous êtes dans l'armée ? demanda un autre étudiant.

— Dans ce cas, ne faites pas connaissance, répondit-elle d'un ton sec. C'est aussi simple que cela. Passez votre chemin…

Elle s'en voulait un peu de sa manière abrupte de répondre, mais ces jeunes gens devaient savoir la vérité. C'était important pour eux et elle refusait de leur mentir.

— Tournez la page, poursuivit-elle, vous rencontrerez une autre femme. Vous n'avez pas d'autre choix car créer une relation basée sur un mensonge échouera toujours à un moment ou à un autre.

Elle s'interrompit, entendant Danny se racler la gorge puis s'approcher de l'estrade.

Les jeunes gens lui souriaient tous à son passage. Ils semblaient tous le connaître et l'apprécier.

Tant mieux pour lui, mais cela ne changeait rien à sa situation. Rien du tout.

— C'est Midas, entendit-elle une voix marmonner.

Midas ?

On l'avait appelé Midas ? Elle n'y comprenait plus rien.

— Docteur Marshall, dit alors Danny d'une voix calme et sereine, montant sur l'estrade. Est-ce que cela vous dérange si je donne mon point de vue *de militaire* ?

Apparemment, elle était la seule des deux à se sentir troublée par la rencontre.

Mais évidemment, ce n'était pas une surprise pour lui. Il n'avait pas eu l'air étonné du tout lorsque leurs regards s'étaient croisés.

Peut-être était-il même venu ici car il savait qu'il la verrait. Pourquoi ? Il l'avait oubliée pendant deux semaines alors pour quelle raison venir la voir aujourd'hui ? Cela n'avait aucun sens.

Peut-être voulait-il de nouveau coucher avec elle. Eh bien il pouvait toujours y compter ! Il n'obtiendrait plus rien d'elle. Elle ne lui offrirait plus de plaisir.

Ce qui voulait dire qu'il ne lui en offrirait plus non plus. Et elle devait bien avouer que cela la chagrinait, car jamais un homme ne lui avait fait autant de bien en aussi peu de temps.

Mais leur aventure était terminée. Plus jamais elle ne ferait l'amour avec lui. Il l'avait trompée une fois, elle ne se laisserait pas tromper une seconde fois !

— Le mensonge n'est pas une bonne solution, commença Danny à l'attention des jeunes gens, sans même attendre sa réponse. Le Dr Marshall vous a expliqué pourquoi et vous avez compris…

Il ne la regardait pas, mais elle savait qu'il lui parlait à elle, autant qu'aux étudiants.

— Créer une relation durable et sincère exige de l'écoute. Si vous faites une erreur et si vous voulez arranger les choses, vous devez espérer que votre partenaire sera prête à vous écouter.

— Cela ne peut fonctionner que si vous avez une excuse valable, lança-t-elle.

Il se tourna enfin vers elle, la fixant de ses beaux yeux ambrés.

— Comment la femme en question peut-elle savoir si son excuse est valable, si elle ne lui laisse pas la chance de s'expliquer, docteur Marshall ?

— Certains faits n'exigent aucune explication.

— Par exemple ?

— Par exemple, si l'homme a menti sur qui il est et ce qu'il fait dans la vie, répondit-elle d'un ton froid. Un tel mensonge est inexcusable. Aucune explication n'y changera rien.

— Mais peut-être l'homme n'a-t-il pas vraiment menti, contre-attaqua-t-il. A-t-il affirmé qu'il n'était pas militaire ou bien la femme l'a-t-elle simplement supposé ?

A ces mots, Mari sentit ses certitudes vaciller.

Un jeune homme intervint à ce moment-là, la sortant de ses réflexions, sans se rendre compte que les deux orateurs en étaient maintenant arrivés à vider une querelle personnelle.

— On peut par exemple imaginer que l'homme rencontre la femme dans un club, posa-t-il comme hypothèse. Il n'est pas en uniforme, il n'est pas accompagné par d'autres soldats et n'a pas abordé le sujet de son travail.

— C'est exactement le cas que j'évoque ! lança Danny d'un ton triomphant.

— Non, ce n'est pas cela, rétorqua-t-elle. C'est impossible.

— Comment le savez-vous ? Comment la femme peut-elle être sûre que ce n'est pas ce qui s'est passé, si elle ne laisse pas à l'homme la possibilité de s'expliquer ?

Mari repensa rapidement à la journée qu'ils avaient passée ensemble, à leurs conversations.

Danny avait-il affirmé qu'il était mécanicien ou bien avait-elle déduit toute seule de sa tenue qu'il l'était ?

Elle blêmit.

Il n'avait rien affirmé. C'était elle qui avait commis une

erreur. Son mécanicien était en fait pilote dans la marine. Un pilote sans peur et sans reproche qui accumulait sans doute les conquêtes, comme dans les films.

— Midas est donc un surnom ? murmura-t-elle d'une petite voix.

Il l'entendit et acquiesça d'un signe de tête.

Sous le choc, elle ferma les yeux une seconde, essayant de rassembler ses esprits.

Elle avait déduit de sa tenue qu'il était mécanicien, mais il aurait pu la détromper. Il aurait dû le faire même ! Elle se souvenait très bien avoir parlé de l'armée avec lui, lorsqu'elle avait évoqué sa famille. Elle lui avait aussi dit qu'elle avait rompu une fois son premier commandement qui lui interdisait de sortir avec des soldats. Avait-il cru que cette règle ne s'appliquait pas aux pilotes ?

Se forçant à ne pas cCommandant Danny Wilkes, se présenta-t-il alors en lui tendant ouvertement la main. On m'appelle aussi Midas.

Blême, incapable de la moindre réaction, elle se contenta de lui serrer mécaniquement la main.

Ce contact électrisa aussitôt tous ses sens et elle se força à la retirer aussi rapidement que possible. Danny lui faisait toujours de l'effet, or elle ne voulait pas que ce soit le cas.

Le problème était qu'elle le désirait encore. Refoulant avec énergie les images de leur nuit de passion, elle se força à revenir au fil de la conversation.

— D'accord, admit-elle, la femme s'est peut-être trompée. Mais l'homme n'aurait pas dû jouer les innocents quand elle lui a dit qu'elle détestait l'armée et les hommes en uniforme.

— Elle ne déteste pas *tous* les hommes en uniforme. Elle ne peut pas *tous* les détester…

Elle se mordit la lèvre et se tourna vers les étudiants. Ils semblaient soudain très intéressés, subodorant que ce qui se passait sur l'estrade dépassait peut-être le cadre de la conférence.

— La femme parlait en général, se défendit Mari. Elle ne parlait de personne en particulier.

— L'homme aussi, répliqua-t-il. En plus, peut-être ignorait-il qu'elle ne savait pas qui il était ni ce qu'il faisait.

Lasse, elle secoua la tête. Elle se sentait perdue. Perdue et énervée à la fois.

— Elle ne le sait pas, intervint un jeune homme. Dans l'exemple, ils viennent de se rencontrer dans un club, il est seul et ne porte pas son uniforme. Donc elle ne peut pas savoir qui il est !

Danny se tourna vers l'étudiant.

— Mais imaginons qu'elle l'ait rencontré sur la base et qu'il portait à cet instant un tablier. Aurait-elle imaginé qu'il était cuisinier ?

— Vous vous moquez de moi ! lui lança-t-elle, à bout, sachant exactement ce qu'il essayait de prouver.

— Comment peut-il savoir ce qu'elle pense puisqu'elle n'a rien dit ? Elle ne lui a pas demandé s'il aimait son travail de cuisinier. En plus, comme il était sur son terrain, dans son élément, il n'avait aucune raison de penser qu'elle avait fait une mauvaise déduction.

— En effet..., murmura-t-elle, se rendant soudain compte qu'il avait raison.

Elle songea qu'il devait faire partie de l'armée depuis longtemps, s'il était pilote. Ce qui voulait dire que son travail faisait partie de sa personnalité. Il était sur la base et portait une tenue de travail qui ressemblait à un uniforme lorsqu'ils s'étaient rencontrés, alors il avait cru qu'elle avait compris ce qu'il faisait dans la vie.

— Alors, fit-il d'une voix aussi faible que la sienne, est-il toujours un mauvais garçon parce qu'il n'a pas le pouvoir de lire dans son esprit ?

Elle le vit sourire et se détendit légèrement. Elle ne pouvait résister à son sourire chaleureux. Sans compter que c'était elle qui s'était trompée.

— Non, admit-elle, ce n'est pas un mauvais garçon.

Danny lui adressa un large sourire avant de se tourner vers les étudiants.

— Vous voyez ? Parler et écouter l'autre sont deux éléments essentiels à la réussite d'une relation.

Elle le fixa et se raidit de nouveau. Cet homme était un séducteur, et il avait de la repartie. Il l'avait convaincue, mais l'aurait-elle été s'il n'avait pas été aussi beau ?

Si le problème n'avait été que son appartenance à l'armée, elle aurait pu se détendre complètement et tourner la page, car son statut était pour elle un obstacle insurmontable. Mais restait l'autre problème. Le fait qu'il ne l'avait pas appelée alors qu'il l'avait promis.

Il lui avait fait croire qu'il désirait la revoir.

Il lui avait demandé d'enregistrer son numéro dans son portable pour être sûr de ne pas le perdre. Il l'avait même informée du jour de son appel. Mais ses paroles n'avaient pas été suivies d'effets.

Et elle avait été blessée. Profondément blessée.

Il lui suffisait de se rappeler les messages qu'elle avait postés sur son blog pour savoir qu'elle avait été en colère.

Et puisqu'il l'avait blessée une fois, elle avait toutes les raisons de le fuir. Une aventure sans lendemain était une chose, mais une aventure avec quelqu'un qui pouvait lui faire du mal, quelqu'un avec qui elle n'avait pas d'avenir, c'en était une autre.

Peut-être aurait-elle pris le risque si elle avait été plus jeune, mais elle était adulte. Elle était responsable ; elle devait rester ferme.

— C'est un bon point, finit-elle par dire avant de détourner le regard et de s'intéresser aux étudiants. Le scénario que Danny… enfin… que le commandant Wilkes vient de vous exposer est un bel exemple des conséquences d'une mauvaise communication.

Il se tourna vers elle et sourit. Il semblait très intéressé par sa réponse.

— Alors vous… Je veux dire elle, elle ne lui en voudrait pas ? demanda-t-il, un peu inquiet.

— Peut-être pas.

— Si elle n'est pas en colère, peut-être va-t-elle accepter de lui donner une chance de s'expliquer ?

Elle haussa les épaules.

— Peut-être. Ou peut-être en a-t-elle assez entendu. L'important est qu'il ne faut pas faire de promesses si on sait qu'on ne pourra pas les tenir.

Tout en parlant, elle le fusillait du regard.

— Une fois qu'elle lui a dit clairement qu'elle n'est pas intéressée, il doit laisser tomber et tourner la page.

Il se raidit et elle eut l'impression qu'il lâchait un soupir de frustration.

Puis elle entendit :

— Jamais de la vie !

Chapitre 7

Lundi 23mai, 19 h 05

www.mari-la-deluree/23/05/2011/un de perdu

Je vous annonce avec fierté que j'ai survécu à ma première journée de travail. Je pense même m'en être plutôt bien sortie. Mais ce n'est pas le plus important. Le plus important, c'est que je crois avoir enfin trouvé un travail qui me convient et pour lequel je montre quelques facilités.

Tout cela doit vous sembler un peu mystérieux, je le sais bien. Je sais également que vous voudriez que je vous en dise un peu plus, mais ce n'est pas possible. Je tiens vraiment à séparer ma vie virtuelle de ma vie réelle.

L'autre nouvelle du jour, c'est que j'ai revu l'Homme parfait. Mon Homme parfait.

J'anticipe vos questions en vous répondant d'ores et déjà que non, il ne m'a pas expliqué pourquoi il n'avait pas appelé.

Enfin… Pour être honnête, je devrais plutôt dire que je ne lui ai pas laissé la possibilité de s'expliquer. Il a bien essayé de me parler alors que je partais, mais un collègue l'a interpellé et j'en ai profité pour éluder.

Je sais, je suis une poule mouillée, mais j'ai pensé qu'il valait mieux prétendre que je ne voulais pas entendre son explication plutôt que de me fâcher avec lui.

Nous avons néanmoins eu l'occasion de discuter un peu de l'affaire, en public, et je dois admettre que j'ai commis une erreur : je me suis trompée sur son compte.

Je lui en veux toujours de ne pas m'avoir appelée, mais je ne lui en veux plus pour… le reste.

Je n'en dirai pas plus. C'est frustrant pour vous, j'en ai parfaitement conscience, pour moi aussi d'ailleurs, mais je ne veux pas prendre le risque qu'il lise ce blog et découvre que c'est moi qui suis derrière. Vous imaginez sa réaction s'il tombait sur les messages que j'ai écrits ces derniers jours ?

Ce que je peux vous dire, par contre, c'est que j'ai eu l'impression qu'il voulait vraiment que je lui pardonne, que c'était important pour lui. J'ai même cru qu'il espérait me revoir, mais il ne me reverra pas. Je refuse de prendre le risque de souffrir une deuxième fois.

Ce comportement est celui d'une femme intelligente et responsable et pourtant, une partie de moi se sent misérable. Pourquoi ? Voilà la question que je vous pose aujourd'hui. Je vous laisse en débattre et je reviendrai plus tard.

Mari.

Danny arriva dans la rue où vivait Mari à 18 h 30 le soir suivant la conférence, curieux de voir sa réaction lorsqu'il frapperait à sa porte.

Peut-être lui refermerait-elle la porte au nez. Ou peut-être l'embrasserait-elle…

Non, les chances qu'elle se jette à son cou étaient très minces. Il ne devait pas rêver.

Mais l'hypothèse qu'il rencontre des difficultés certaines à se faire entendre — hypothèse la plus probable — n'allait pas pour autant le faire renoncer. Au contraire, il était déterminé à la voir et à lui expliquer pourquoi il ne l'avait pas appelée.

Il devinait qu'elle ne céderait pas facilement, mais il était résolu à se battre.

En plus, il avait une autre raison de venir la voir qui n'avait aucun rapport avec leur relation personnelle.

— C'est ta faute, Riddick, marmonna-t-il.

Le doyen l'avait en effet mis dans l'embarras, ou plutôt il avait décidé de mettre Marissa dans l'embarras.

D'un autre côté, il devait admettre que le doyen lui avait aussi fait une faveur en lui donnant l'opportunité d'obtenir l'adresse de la jeune femme.

Lorsque l'assistant du commandant l'avait convoqué dans son bureau, la veille au soir, pour évoquer les craintes de Riddick, il avait été tellement heureux qu'il aurait pu l'embrasser. Pas seulement parce qu'il avait désormais une bonne excuse pour la revoir, mais parce qu'il allait passer du temps avec elle, cette femme envoûtante, séduisante…

Avec un peu de chance, elle le laisserait lui raconter l'incident du téléphone et la convaincre de lui donner une seconde chance.

Elle fuyait les hommes en uniforme, alors sans doute devrait-il faire plus d'efforts que n'importe qui d'autre, mais il ne renoncerait sûrement pas avant de lui avoir expliqué pourquoi il ne l'avait pas appelée !

Tandis qu'il roulait en direction de son quartier, il espérait qu'elle n'habitait pas dans un immeuble ultra-sécurisé car, s'il devait sonner en bas du bâtiment et s'annoncer dans un Interphone, sans doute ne le laisserait-elle pas entrer. Il devrait alors attendre et se faufiler en même temps qu'un habitant de l'immeuble avec le risque qu'elle porte plainte pour harcèlement. Ce qui serait du plus mauvais effet sur le CV d'un militaire décoré.

Mais il ne devait pas y penser. Il devait se concentrer sur son but : parler à Mari.

Après avoir vu sa tristesse lorsqu'elle avait évoqué les promesses non tenues, il n'avait d'autre choix que de lui donner des explications et de lui présenter des excuses.

Il arriva enfin devant son immeuble et lâcha un soupir de soulagement en constatant qu'il n'y avait pas de code ni de sonnette. Enfin une bonne nouvelle !

Il monta les marches quatre à quatre jusqu'à son étage et frappa à la porte.

Pas de réponse.

Il attendit quelques secondes, puis frappa une nouvelle fois.

— Mari ? C'est Danny. J'ai besoin de te parler. Laisse-moi entrer, s'il te plaît. C'est… C'est à propos du travail, ajouta-t-il en espérant que cela ferait la différence.

En vain. Il n'entendait pas le moindre bruit à l'intérieur.

— Ne renoncez pas, jeune homme, elle est chez elle, lui indiqua soudain une voix féminine derrière lui.

Il se retourna et fixa la vieille femme qui venait de sortir de l'appartement opposé.

Peut-être était-ce la voisine à qui Mari avait confié son chat lorsqu'ils avaient passé la nuit ensemble, celle qui guettait ses moindres faits et gestes.

— Vous disiez ?

— Marissa…, reprit la vieille dame. Elle est chez elle, je l'ai entendue prendre une douche il y a moins de vingt minutes.

— Les murs sont apparemment minces.

— C'est ce que dit Marissa chaque fois que je regarde *Les Feux de l'amour*. Je ne comprends pas pourquoi elle n'aime pas ce feuilleton, il est passionnant.

Danny se mordit les joues pour ne pas éclater de rire.

— Marissa est chez elle. Je l'aurais entendue si elle était sortie alors, je vous conseille de frapper encore une fois.

Danny obéit, plaignant la jeune femme de devoir supporter au quotidien une voisine aussi curieuse et envahissante. Il l'imaginait derrière la porte, observant la scène par le judas.

Elle avait décidé qu'elle ferait celle qui n'était pas chez elle, mais maintenant qu'elle était démasquée, elle devait hésiter. Elle devait hésiter entre continuer à faire la morte jusqu'à ce qu'il renonce ou lui ouvrir afin de ne pas donner à sa voisine une nouvelle occasion de fouiner dans ses affaires privées.

Pour lui simplifier la vie, il aurait pu tourner les talons et partir bien sûr, mais… il ne pouvait s'y résoudre. Il refusait de renoncer.

Et puis, il devait lui parler du travail. C'était important.

— Elle vous attend ? demanda la vieille femme.

Il la dévisagea. Qui donc était-elle pour lui poser toutes ces questions ? La concierge de l'immeuble ?

— Non. Mais je voulais lui faire une surprise.

A ces mots, la vieille femme cessa de lui sourire et le foudroya du regard.

— Attention, mon garçon, je suis armée !

A cet instant, la porte de l'appartement de Mari s'ouvrit.

— Je suis là, fit cette dernière d'un ton nerveux. Je... J'étais en train de me sécher les cheveux.

— Je n'ai pourtant pas entendu le sèche-cheveux, rétorqua la voisine.

Sans un regard pour elle, Mari attrapa Danny par le bras et l'attira à l'intérieur.

— Elle allait vraiment me tirer dessus ?

— Oui, et je regrette de ne pas lui en avoir laissé l'occasion !

Son beau regard brillait de colère, ses joues étaient échauffées mais, malgré tout, elle était toujours d'une beauté à couper le souffle. Par contre, elle n'avait pas l'air consciente de l'effet qu'elle lui faisait.

Il se détourna de sa contemplation pour se concentrer sur sa mission : faire en sorte que Mari l'écoute.

Elle l'avait fait entrer. Cela ne voulait pas dire qu'elle n'allait pas le jeter dehors dans quelques secondes, dès qu'elle aurait la certitude que sa voisine n'était plus sur le palier. La partie n'était pas encore gagnée. Loin de là.

— Que fais-tu ici ? lui demanda-t-elle sans attendre, d'une voix froide et sèche. Comment as-tu su où j'habitais ?

— J'ai obtenu ton adresse par le bureau du personnel, admit-il, devinant qu'elle allait être fâchée.

— Je n'arrive pas à croire qu'ils aient accepté de te donner cette information !

— Comme je te le disais sur le palier, je suis ici en visite officielle. Je dois te parler du boulot.

Elle passa une main dans ses cheveux encore humides et détourna le regard comme si elle avait besoin, elle aussi, de rassembler ses pensées.

Il en profita pour jeter un coup d'œil autour de lui.

L'appartement était en désordre. Des papiers étaient éparpillés sur le canapé et la bibliothèque semblait prête à s'effondrer sous le poids des livres et des classeurs. Sur une console étaient posés deux petits chats en porcelaine et la photo d'une jeune fille et de deux jeunes hommes. Sans doute sa sœur et ses frères.

Une porte vitrée menait à un petit balcon décoré de plantes, meublé de quelques chaises colorées et d'une table sur laquelle était posé un ordinateur portable. Travaillait-elle dehors lorsque le temps s'y prêtait ? Oui, à l'évidence.

— Je t'écoute, reprit Mari. Qu'elle est cette mission officielle ? Je suis curieuse de le savoir, car tu ne portes pas ton uniforme ce soir.

Non, il ne portait pas son uniforme, simplement un jean usé et un T-shirt. Il avait renoncé à la tenue réglementaire de peur qu'elle ne le voie comme une provocation.

— Puis-je m'asseoir, Mari ? Le doyen a eu une idée pour tes conférences et je lui ai promis de t'en parler.

Elle eut un léger sursaut de surprise. Ou peut-être s'agissait-il de déception parce qu'elle venait de se rendre compte qu'il était bel et bien là pour parler travail.

C'était son intention, du moins pour commencer. Ensuite, il était décidé à aborder des questions plus personnelles. Et si après cela elle était toujours décidée à le mettre à la porte, alors il partirait, satisfait d'avoir au moins tenté sa chance.

Mais il espérait qu'elle ne le jetterait pas dehors car il ne désirait qu'une chose, qu'elle lui offre un nouveau départ, qu'elle lui laisse la possibilité de lui expliquer la raison de son silence.

D'un geste de la main, elle lui indiqua un fauteuil, qui faisait face au canapé. Il s'assit et sentit aussitôt quelque chose bouger derrière ses fesses.

Il se releva brusquement : une boule de poils blanc et gris le regardait avec de grands yeux noirs menaçants.

— Salut minou ! Dis donc, tu es aussi accueillant que ta maîtresse, on dirait !

— *Accueillante*. C'est une chatte. Elle ne te griffera pas, le rassura Mari. Elle veut juste jouer avec toi.

Comme pour prouver qu'elle avait raison, la chatte descendit du fauteuil, saisit une balle de mousse entre ses pattes et la poussa vers lui en miaulant.

— Je crois qu'elle a un peu trop fréquenté les chiens, au refuge où je l'ai adoptée. Elle a oublié qu'elle était un chat. Elle a miaulé, mais je suis persuadée qu'elle pense avoir aboyé.

— Vraiment ?

— Oui. Au fond d'elle, Brionne pense qu'elle est un chien. C'est pour ça qu'elle veut que tu lui lances la balle.

Danny prit alors la balle et la fit lentement rouler sur le sol. Aussitôt, la chatte courut l'attraper, la prit dans sa gueule et la lui rapporta, la déposant juste à ses pieds.

— C'est fantastique ! Tu as les avantages des chats et des chiens sans les inconvénients ! Tu peux jouer à la balle, mais on n'est pas obligé de te sortir tôt le matin. C'est génial !

— C'est vrai, admit Mari d'une voix douce, regardant avec affection l'animal.

Puis elle se tourna vers lui, le regard plus sévère.

— Pourquoi es-tu ici, Danny ?

Parce que je rêve de passer encore une nuit avec toi, eut-il envie de lui crier.

— Un des doyens a assisté à ta conférence hier, choisit-il plutôt de dire pour commencer. Et il a quelques inquiétudes…

— Un homme avec les cheveux gris et des sourcils très fournis ?

— Oui, c'était bien lui.

Il lui expliqua ensuite rapidement les craintes de Riddick, insistant sur le fait que ces inquiétudes n'avaient pas de rapport avec elle, mais simplement avec la personnalité du doyen.

— Si je comprends bien, dit-elle lorsqu'il eut terminé son explication, il pense que je ne devrais pas rester seule avec les étudiants ?

— Il a peur pour toi.

— Il estime que je ne suis pas capable de faire face à une salle remplie de jeunes gens de vingt ans ?

— Je crois surtout qu'il sait que tu n'es pas enseignante, que tu n'as pas beaucoup d'expérience et…

Elle baissa alors les yeux, comme si elle admettait qu'il avait raison sur ce point.

— Mais les étudiants ont beaucoup apprécié ton cours, en particulier quand je suis arrivé et que nous avons discuté tous les deux, continua-t-il pour la rassurer. Et cette discussion est arrivée jusqu'aux oreilles de l'assistant du commandant.

— Je n'arrive pas à croire que je t'ai laissé me déconcentrer ! fit-elle avant de cacher son visage entre ses mains, comme si elle avait honte. Pourquoi es-tu venu dans la salle ? Et pourquoi es-tu intervenu, Danny ? Pourquoi m'as-tu attaquée ainsi, pourquoi m'avoir tendu ce piège ?

— Il ne s'agissait pas d'un piège, Mari. Je voulais simplement te revoir.

— Et puis quoi encore !

— Je suis sérieux.

— Peu m'importe. Revenons-en plutôt à la raison de ta présence ici. Qu'est-ce que le commandant a entendu dire à propos de notre affrontement verbal ?

Elle qualifiait leur discussion d'affrontement verbal ? Si ça lui faisait plaisir…

Depuis qu'il l'avait rencontrée, toutes leurs discussions se déroulaient sur le même mode. C'était d'ailleurs un des traits de caractère qu'il appréciait chez elle. Elle avait de la repartie, elle parlait naturellement, sans calculer. Elle ne jouait pas.

— A vrai dire, la rumeur est plutôt positive. Les étudiants ont beaucoup apprécié de voir nos deux points de vue s'affronter. Prenant en compte les inquiétudes du doyen et le bon déroulement de notre dialogue, le commandant a décidé que…

— Hors de question ! le coupa-t-elle en secouant énergiquement la tête.

— Eh bien si… Le grand patron a même tellement aimé l'idée qu'il m'a demandé de venir te voir dès ce soir pour te faire cette proposition.

— Toi… Moi…, bafouilla-t-elle, incapable de proférer autre chose.

— Oui. Il veut que nous travaillions ensemble. Non pas qu'il pense que tu as mal travaillé, ajouta-t-il sans attendre pour tenter de la convaincre. Les étudiants t'ont adorée.

Ils l'avaient même un peu trop appréciée à son goût.

Il lui suffisait d'ailleurs d'imaginer leurs conversations à son sujet pour sentir la colère l'envahir. Mais il faisait confiance à Mari et savait qu'elle était plus que qualifiée pour ce poste. Alors, si sa présence à ses côtés permettait de calmer un peu les ardeurs estudiantines, il était partant. D'autant que, si Riddick était un dinosaure, il n'était pas le seul à avoir des idées rétrogrades sur le campus. Cela ne faisait pas si longtemps que l'Académie était devenue mixte et le sexisme y était toujours présent.

— Je ne comprends pas, reprit Mari, les sourcils froncés. Quel sera l'intérêt de faire le cours en binôme ?

— Peut-être parce que j'apparaîtrai aux étudiants comme un exemple vivant de ce que pourrait être leur futur. Je suis passé par le même chemin qu'eux, ils pourront s'identifier à moi.

— Mais ne sont-ils pas déjà tes étudiants ? Beaucoup avaient l'air de bien te connaître.

— Quelques-uns le sont, mais mes cours de physique aéronautique ne leur donnent pas une idée de leur future vie comme tes conférences peuvent le faire.

Elle se leva et se mit à arpenter le salon de long en large, les bras croisés sur la poitrine.

Danny jugea préférable de ne rien ajouter pour le moment, afin de la laisser réfléchir.

— C'est vrai que l'ambiance s'est améliorée après ton arrivée, admit-elle au bout de quelques secondes.

— Les élèves ne faisaient pas preuve de respect ? demanda-t-il, soudain inquiet.

— Non. Ce n'est pas ça. Ils étaient juste un peu passifs. Ils ont semblé s'intéresser beaucoup plus au cours après ton arrivée.

— J'ai brisé la glace en quelque sorte. Ma présence pourrait donc leur permettre d'être plus ouverts, plus attentifs et de participer plus.

Elle s'arrêta de marcher et le fixa.

— Cela pourrait être positif, concéda-t-elle. Quelques-uns

semblent très naïfs. Ils pensent que je suis venue à Annapolis sans comprendre qu'il ne s'agit pas simplement d'une question d'uniforme, de voyages et de femmes dans tous les ports.

Il hocha la tête. Il n'était pas convaincu.

— D'accord, ils n'en ont pas exactement parlé de cette façon…, dit-elle.

— Ils ont raison pour l'uniforme et les voyages. Mais même le plus jeune d'entre eux devrait savoir qu'une liaison avec une prostituée d'un port exotique comporte des risques.

Elle éclata de rire.

Puis, comme si elle se souvenait tout à coup qu'elle ne pouvait pas se permettre de rigoler avec lui, comme si elle se rappelait qu'elle était en colère, elle se raidit et son beau visage redevint sérieux.

— Mes prochains cours sont déjà prêts, Danny.

— Je ne veux pas modifier tes plans. Je resterai gentiment assis pendant le cours. Je n'interviendrai qu'à la fin, pour la discussion.

A l'évidence, elle hésitait.

Il n'en était pas surpris ; il savait même ce qu'elle pensait. Il regrettait de ne pas avoir débuté la conversation autrement. Ce n'était pas simplement le fait de travailler avec quelqu'un d'autre qui la dérangeait, mais le fait de devoir travailler avec lui.

Avec un peu de chance, espérait-il, ce ne serait plus un problème une fois qu'ils auraient abordé la seconde raison de sa visite.

Sur la route, il avait envisagé de commencer par la conversation personnelle, pensant que cela pourrait l'aider ensuite pour la partie professionnelle, puis il y avait renoncé de peur qu'elle ne se mette en colère et refuse ensuite de poursuivre le dialogue.

— D'accord, annonça-t-elle enfin d'une voix mal assurée. Je veux bien essayer.

Il sourit, repris d'espoir.

Maintenant que les questions professionnelles étaient réglées, il était temps d'aborder les questions personnelles. Il espérait juste qu'elle accepte de l'écouter jusqu'au bout.

Elle avait beau avoir réussi à garder un visage impassible, Mari devait bien avouer qu'elle était nerveuse. Elle désirait toujours Danny. Elle mourait d'envie de lui sauter dessus et de se noyer dans son regard ambré.

Mais elle ne pouvait pas se l'autoriser.

Un tel comportement était digne de Mari-la-délurée, pas du Dr Marissa Marshall, pas de la nouvelle femme qu'elle était.

Elle était en train de poster un message sur son blog lorsqu'il avait frappé à sa porte.

Après avoir compris qu'elle devait lui ouvrir, sinon sa voisine risquait de l'inviter chez elle à boire un thé, ou bien d'appeler la police, il lui avait fallu quelques minutes pour fermer son écran, puis cacher dans le placard les cartons contenant ses deux livres.

La dernière chose qu'elle voulait était bien lui révéler l'existence de son alter ego, Mari-la-délurée !

La situation ne manquait pas d'un certain piquant. Elle était en colère contre lui parce qu'il lui avait caché son statut de militaire, mais elle aussi avait un secret.

La différence était que lui savait qu'elle fuyait les hommes en uniforme. Il l'avait su avant même qu'ils ne fassent l'amour.

Malgré cela, il n'avait rien dit.

Il n'avait pas dit non plus qu'il refusait de sortir avec les femmes qui tenaient un blog sur internet. Mais l'écriture n'était plus son activité principale, à présent. Il ne s'agissait plus que d'un passe-temps. Elle avait été honnête lorsqu'elle lui avait parlé d'elle et de ce qu'elle attendait de la vie.

De toute façon, cela n'avait plus d'importance ; leur aventure était terminée. Désormais, leur relation serait uniquement professionnelle.

Elle ne cherchait pas particulièrement à lui cacher à tout prix sa vie d'auteur, elle n'en avait pas honte. Elle pensait même que ses livres pourraient l'amuser. Cela ne la dérangeait pas non plus qu'il découvre qu'elle jouissait d'une petite célébrité sur le net. Non, le problème était le contenu du blog. Elle s'était beaucoup livrée, durant les deux semaines au cours desquelles elle avait attendu son appel, et elle ne voulait pas qu'il découvre la douleur qu'il lui avait infligée, ni la manière dont elle avait réagi lorsqu'elle avait compris qu'il ne lui téléphonerait pas. Elle n'avait jamais mentionné son nom mais, s'il le lisait, il se reconnaîtrait à coup sûr.

L'Homme parfait… Elle avait vraiment perdu la tête lorsqu'elle l'avait surnommé ainsi !

Elle pourrait toujours effacer les messages problématiques, mais ce n'était pas ainsi qu'elle animait son blog. Et puis cela aurait été lâche. Si on ne pouvait assumer ses écrits, mieux valait ne rien écrire du tout. De la même manière, elle ne disait jamais dans le dos de quelqu'un ce qu'elle n'était pas capable de lui avouer en face.

Pourtant, serait-elle vraiment capable de traiter le lieutenant commandant Danny Wilkes de minable en face, comme elle l'avait fait sur son blog ? Honnêtement, elle avait des doutes.

Malgré tout, elle n'effacerait aucun de ses écrits. Mais elle n'allait pas non plus l'aider à trouver ce blog.

— Alors, reprit Danny, rompant le silence de plus en plus pesant. Peut-être pourrais-tu me donner le sujet de ta conférence de demain ?

— Le sexe sans danger, répondit-elle comme si de rien n'était.

— Le sexe… Vraiment ?

A le voir aussi gêné, elle regretta sa réponse.

Parler de sexe avec lui n'allait pas l'aider à apaiser ses tourments. Au contraire, elle risquait de perdre la tête un peu plus.

Elle y avait beaucoup pensé, ces dernières semaines. Les souvenirs de la nuit torride qu'ils avaient partagée étaient gravés dans sa mémoire ; ils la hantaient du matin au soir et du soir au matin. Un jour, elle avait même pensé à lui au supermarché, parce qu'elle venait d'apercevoir des kiwis et qu'ils en avaient mangé sur le bateau. Ça devenait ridicule !

— Tu as vraiment l'intention de parler sexe à de jeunes soldats, Mari ?

— Oui, répondit-elle d'une voix aussi assurée que possible. J'ai l'intention de leur rappeler les précautions d'usage, les risques de grossesse et comment les traditions varient d'un pays à l'autre. Le sujet est vaste. Je vais même aborder les lois d'immigration dans l'hypothèse où l'un d'eux mettrait une jeune femme enceinte.

— C'est intéressant, mais je suis content de savoir que je serai là.

Peut-être, mais pas elle.

— Je suis sûre que ce sera plutôt ennuyeux pour quelqu'un de ton... ton expérience...

Il poussa une exclamation horrifiée.

Elle avait exagéré, elle le savait bien.

— Ce que je veux dire, précisa-t-elle sans attendre pour tenter de se faire pardonner, c'est que tu as beaucoup voyagé...

— C'est vrai. Je serai néanmoins heureux de pouvoir être là, car les étudiants risquent d'être un peu excités.

— Je suis tout à fait qualifiée pour parler sexe, insista-t-elle d'un ton aussi professionnel que possible. Je n'ai pas besoin d'un baby-sitter.

— Je n'ai jamais dit que tu en avais besoin, Mari. Mais je suis heureux de savoir que je serai là, au cas où. C'est tout.

Il se tut un instant, puis demanda avec une pointe d'humour dans la voix :

— Vas-tu leur recommander de ne pas avoir d'aventure avec une femme qu'ils ne connaissent que depuis quelques heures ?

— Absolument. J'ai bien l'intention d'insister sur le fait qu'un tel comportement est à la fois stupide et immature. Je leur expliquerai que, si jamais ils commettent cette erreur une fois, ils devront faire en sorte de ne pas la commettre une seconde fois.

— Une erreur ?

— Une erreur, répéta-t-elle en rivant son regard au sien. Il s'agissait d'une erreur de jugement.

Tout à coup, il ne souriait plus. Il semblait même blessé.

— Mari... Contrairement à ce que tu sembles penser, je suis bien l'homme que tu as rencontré ce jour-là.

Oui... A part l'uniforme, le fait qu'il lui avait fait croire que cette rencontre était importante à ses yeux, et le fait qu'il ne l'avait pas rappelée.

Il se moquait vraiment d'elle !

Enfin… Maintenant qu'ils avaient réglé la question professionnelle, sans doute allait-il partir, songea-t-elle en le voyant se lever. Ce n'était pas la peine de se fâcher.

Elle l'imita donc, déterminée à l'accompagner jusqu'à la porte sans craquer, sans se jeter dans ses bras, sans se frotter lascivement à lui.

Mais Danny ne se dirigea pas vers la porte. Il se contenta de la fixer quelques instants, puis de sortir des documents de sa poche et de les lui tendre.

— Tiens, Mari.

— De quoi s'agit-il ?

— Regarde…

Elle soupira, puis attrapa les papiers, prenant bien soin de ne pas effleurer ses doigts qu'elle savait posséder des pouvoirs magiques. Elle avait déjà du mal à respirer parce qu'il était chez elle, alors, si elle le touchait, elle risquait de perdre complètement la tête et d'oublier toutes ses bonnes résolutions.

Elle jeta un coup d'œil à la première page. Il s'agissait d'une photocopie d'un ticket de caisse provenant d'un magasin d'appareils électroniques.

— Tu as acheté un téléphone 3G. Et alors ?

— Regarde la date. Je l'ai acheté il y a exactement deux semaines.

— Tu as sans doute fait une affaire, répondit-elle en lui rendant cette feuille.

Mais il refusa de la prendre.

— Tu ne veux pas savoir pourquoi je me suis acheté un nouveau téléphone portable ?

— Parce que tes correspondants ne t'entendaient pas bien ?

— Non, parce que j'ai fait tomber le mien dans l'océan.

— J'espère que personne ne te demandera jamais de tenir une bombe, les conséquences pourraient être désastreuses !

— Tu veux savoir quand je l'ai fait tomber ? continua-t-il, ignorant ses sarcasmes.

— Pas spécialement, mais j'ai l'impression que tu vas me le dire quand même.

— Environ une heure après ton départ du bateau, dit-il en s'approchant d'elle, effleurant ses jambes des siennes.

Le contact l'électrisa aussitôt et, comme ensorcelée, elle ferma les yeux.

Danny lui avait demandé d'enregistrer son numéro de téléphone dans le répertoire de son portable. Il ne l'avait pas noté sur un bout de papier, n'avait pas essayé de le retenir par cœur. Le seul moyen qu'il avait de l'appeler était donc de consulter l'appareil.

— Es-tu en train de m'expliquer que tu as perdu mon numéro de téléphone une heure à peine après que nous nous sommes quittés ? lui demanda-t-elle d'une voix aussi calme que possible, comme si sa réponse n'avait aucune importance.

Pourtant, ce n'était pas le cas. Loin de là.

— Oui, Mari, c'est exactement ce que je suis en train de t'expliquer.

Il parlait d'une voix grave, sensuelle, comme s'il cherchait à lui dire plus que des mots. Sa voix était si envoûtante qu'elle sentit peu à peu ses défenses s'affaiblir.

Mais la raison la rappela à l'ordre.

— J'imagine que tu vas maintenant m'expliquer que tu ne sais pas utiliser un annuaire ?

— Je ne connaissais pas ton nom de famille, Mari !

Elle réfléchit quelques secondes.

En effet, il l'ignorait. Tout comme elle ignorait le sien à ce moment-là.

Elle avait passé la nuit la plus magique, la plus érotique de toute sa vie avec un homme dont elle ignorait le nom…

Pas très responsable comme comportement !

— Sans compter que, lorsque j'ai réussi à obtenir ton nom de famille grâce à une affiche annonçant tes conférences, reprit-il, j'ai découvert que tu étais sur liste rouge.

— Oh…

— J'ai bien été tenté de venir jusqu'à Baltimore et de rouler au gré des rues jusqu'à apercevoir ta voiture, poursuivit-il. Je me souvenais que tu m'avais dit habiter près du port.

— Je me gare dans un parking privé, dit-elle d'une petite voix tremblante.

Il avait donc vraiment essayé de la retrouver ? Il ne l'avait pas abandonnée ?

— Passons maintenant à la preuve numéro 2, continua-t-il en lui montrant la deuxième feuille.

Il s'agissait d'un extrait d'un article qu'elle avait publié quelques mois plus tôt.

— Après avoir découvert ton nom de famille, j'ai fait des recherches et j'ai trouvé cet article. Comme tu peux le constater, à aucun endroit ne figure d'adresse pour contacter l'auteur. Pas de site internet non plus, pas d'adresse e-mail…

— J'essaye de préserver ma vie privée.

— Ce que je comprends tout à fait, Mari… Malheureusement, cela m'a empêché de te retrouver plus tôt. Pourtant, je ne suis pas un harceleur.

A ces mots, elle esquissa un sourire timide.

— En effet… Tu n'as jamais jeté de clous sur le parking.

— Je n'ai pas non plus regardé ton numéro d'immatriculation, lorsque je réparais ta voiture. Crois-moi, je l'ai bien regretté ensuite.

Il lui sortit une nouvelle feuille.

Il s'agissait d'un e-mail envoyé une semaine plus tôt.

— Comme tu peux le voir, Mari, j'ai aussi écrit à l'éditeur de la revue pour lui demander comment contacter le célèbre Dr Marissa Marshall.

Le courriel le confirmait en effet.

— Pas une fois, insista-t-il en dévoilant la feuille suivante, mais plusieurs fois. Et je n'ai obtenu aucune réponse.

Mari ferma les yeux.

Son cœur battait à toute allure dans sa poitrine. Danny avait vraiment essayé de la retrouver. Il n'avait pas menti. Tout ce malentendu, ces semaines d'incertitude puis de colère, de souffrance aussi, n'étaient le résultat que d'un malheureux incident de téléphone portable et des précautions qu'elle avait prises pour ne pas être harcelée.

— Tu as vraiment essayé, murmura-t-elle, encore sous le choc.

— Oui, dit-il en jetant toutes les feuilles sur la table basse. Même après avoir décidé de m'en remettre au destin pour croiser de nouveau ta route, non seulement j'ai continué à espérer, mais j'ai mis en œuvre tout ce que je pouvais pour être l'instrument du destin…

Touchée, elle esquissa un sourire.

Danny s'en était remis au destin ? Comme c'était romantique, surtout de la part d'un militaire ! Mais il n'était pas un homme comme les autres. Il était drôle, gentil, doux, intelligent…

L'homme idéal, en somme. L'homme parfait.

Malheureusement, ce n'était pas l'homme parfait pour elle.

Il ne pouvait pas l'être, puisqu'il vivait cette vie qu'elle s'était juré d'éviter à tout prix.

Leurs chemins s'étaient croisés la durée d'une nuit magique ; ils ne se recroiseraient plus. Il ne servait à rien d'espérer ou de persévérer. Danny était militaire, or elle refusait de sortir avec un homme en uniforme.

Certes, c'était un homme très différent de son père. Elle-même n'était pas non plus comme sa mère. Mais ce n'était pas le problème.

Même sans l'exemple de ses parents, elle connaissait suffisamment la vie des femmes de militaires pour savoir qu'elle n'en voulait pas. Elle voulait s'installer sans craindre de déménager tous les ans, sans craindre un coup de fil lui annonçant le pire. Elle ne voulait pas d'enfant se demandant si son père allait rentrer.

Et puis, elle approchait des trente ans et elle avait décidé de changer de vie, de devenir adulte, alors ce n'était plus le moment d'entretenir une relation sans avenir.

Car ils n'en avaient aucun, tous les deux, se répéta-t-elle avec force, comme pour s'en convaincre. Leur relation était condamnée d'avance.

Alors, même si leur nuit avait été fantastique, elle ne voulait pas se jeter dans ses bras et le supplier de lui faire l'amour.

— Je te remercie de m'avoir montré tout ceci, Danny. Je suis désolée d'avoir imaginé le pire et de ne pas t'avoir laissé la possibilité de t'expliquer hier soir. Je te prie de bien vouloir m'excuser…

Elle avait entendu ses remords et elle espérait qu'il entendrait les siens maintenant, car elle était sincèrement désolée.

— Je te pardonne, répondit-il en souriant, et je te propose de recommencer à zéro.

Elle le dévisagea un long moment, tentée d'accepter. Mais… Elle ne pouvait pas.

Elle serra alors les poings pour rassembler son courage.

— Je suis désolée, Danny, mais la réponse est non.

Il la fixa, interdit.

— Il vaut sans doute mieux que tu partes, maintenant.

Mardi 24 mai, 22 h 50

www.mari-la-deluree/24/05/2011/plus jamais ça

Amis lecteurs, j'ai appris quelque chose aujourd'hui, quelque chose d'important. J'ai appris que je ne devais pas faire de déductions prématurées, sans connaître toutes les données du problème. J'ai également appris que je devais faire confiance à mon instinct quand il me dit qu'une personne est bonne.

Je pense que mes expériences passées m'ont rendue méfiante (un psychologue aurait sans doute beaucoup à dire là-dessus). Toujours est-il que je suis ici ce soir pour dire que j'ai eu tort. Je m'en veux énormément de mon erreur et je me suis excusée.

J'ai appris ma leçon. Fini d'avouer toutes mes émotions sur ce blog, ce n'est pas très sain et ça ne m'aide pas. En plus, ça m'a conduite à faire une énorme erreur à propos de vous-savez-qui.

Oui, il est bien l'Homme parfait.

Il n'est simplement pas *mon* homme parfait.

Je ne peux pas l'avoir, alors j'essaye de me conduire en femme mature, en femme responsable, mais je dois avouer que c'est difficile et douloureux.

Et zut ! Voilà que je m'épanche de nouveau ! Je

ferais mieux de me taire, sinon je vais écrire des mots que je regretterai.

A plus tard,

Mari.

Chapitre 8

Après avoir eu toutes les raisons de se féliciter, Danny ne comprenait plus. La veille, Mari l'avait écouté ; elle avait fini par accepter ses explications puis ses excuses. Elle avait même eu l'air satisfaite qu'il soit venu jusque chez elle pour lui donner sa version des faits.

Ce qui ne l'avait pas empêchée de le mettre ensuite dehors…

Elle n'avait pas essayé de jouer les femmes difficiles à séduire, histoire de prendre une petite revanche et de lui signifier qu'il ne devait pas crier victoire trop tôt. Non, elle l'avait congédié, et il avait bien vu qu'elle retenait ses larmes au moment de refermer la porte. Elle était restée ferme, pourtant, refusant son offre de discuter plus longuement autour d'une tasse de café.

Il était donc parti, se contentant d'un simple salut de la tête, alors qu'il ne rêvait que d'une chose, prendre ses mains dans les siennes et lui demander quel était le problème. Le *vrai* problème.

Il s'était dit qu'elle fréquentait peut-être un autre homme, mais il n'avait aperçu aucun signe de présence masculine dans l'appartement. En plus, elle ne semblait pas le genre de femme à tricher, à tromper son partenaire. Non, elle qui avait tellement souffert du divorce de ses parents, il ne l'imaginait pas en femme adultère. Sans compter que sa voisine bavarde se serait fait un plaisir de le lui dire, si elle avait fréquenté un autre homme.

— Vraiment je ne comprends pas où est le problème, marmonnait-il tout en se dirigeant vers le bâtiment abritant la salle de conférences. Pourquoi a-t-elle aussi peur ?

Il y avait bien sûr la question de l'armée. Elle avait paru

très sûre d'elle lorsqu'elle avait parlé aux étudiants du refus catégorique de certaines femmes de vivre avec un soldat. Mais leur alchimie était telle qu'il ne pouvait imaginer qu'elle soit prête à y renoncer, alors qu'ils venaient à peine de se rencontrer.

Il devait donc y avoir une autre raison, mais laquelle ? Il n'en avait pas la moindre idée, mais il était bien décidé à la découvrir.

Peut-être en aurait-il l'occasion au cours des prochaines semaines, chaque lundi et mercredi, pendant leurs cours communs.

Ils seraient en public, mais la voir devant des témoins était mieux que ne pas la voir du tout. Et avec un peu de chance, il parviendrait à la percer à jour et à comprendre enfin les raisons profondes de son refus.

Ce qui ne faisait aucun doute pour lui, en revanche, c'était les sentiments qu'elle lui inspirait.

Peut-être aurait-il dû se demander pourquoi il avait craqué aussi rapidement et avec une telle intensité. Mais il ne se posait pas la question.

Comme il avait toujours su que voler était un besoin vital pour lui, il savait qu'il avait besoin de cette femme. Peut-être pas pour toujours, il n'avait jamais cru aux contes de fées, mais il était persuadé que les événements arrivaient pour une bonne raison. Il croyait au destin.

Le fait que Mari soit entrée dans sa vie tel un ouragan et qu'elle l'ait séduit aussi rapidement était selon lui un signe.

— Midas ! cria soudain une voix derrière lui alors qu'il approchait de la salle de conférences.

A travers la porte vitrée, il voyait que la salle était déjà remplie d'étudiants. Ils étaient encore plus nombreux que la fois précédente, si la chose était possible. Apparemment, la rumeur de la beauté de la nouvelle enseignante s'était vite répandue.

— Salut, Quag, fit-il lorsque son ami l'eut rejoint.

— Elle est là ?

Surpris, Danny se raidit. Il ne lui avait pas dit que la femme qu'il cherchait désespérément à retrouver et la nouvelle chargée de cours étaient la même personne.

— Qui ? demanda-t-il alors, comme si de rien n'était.

— La prof super sexy dont parle tout le monde sur le campus, pardi !

— J'espère que tu n'encourages pas les étudiants à parler d'elle en ces termes ?

— Tu crois que je suis stupide à ce point ? Mais j'ai des oreilles pour entendre leurs remarques.

— Eh bien, la prochaine fois que tu les entends parler d'elle de cette façon, tu me les envoies… Je leur donnerai tellement de travail qu'ils n'auront plus le temps de s'intéresser à elle, tu peux me croire !

Quag le dévisagea quelques secondes puis, comprenant soudain la raison de sa colère, il se mit à siffler.

— C'est elle, ta femme mystérieuse, hein ?

Pour toute réponse, Danny se contenta d'un geste de la tête.

— Ne t'inquiète pas, mon pote, le rassura Quag avant de s'éloigner, je te la laisse, tu l'as vue en premier.

— J'ai une meilleure idée… Et si vous alliez tous les deux à la chasse. Je choisirai celui d'entre vous qui me rapportera le gibier le plus gros. Qu'en pensez-vous ?

Danny blêmit en reconnaissant la voix de Marissa. Il se retourna lentement et l'aperçut à quelques mètres de lui, le visage fermé et le regard aussi glacial que sa voix l'avait été quelques secondes plus tôt.

Il ne faisait aucun doute qu'elle avait entendu chaque mot de sa conversation avec Quag.

— Je pensais que tu étais déjà à l'intérieur.

— Je devais déposer quelques formulaires à l'administration. Maintenant, si tu veux bien m'excuser…

Elle essaya de passer à côté de lui pour rejoindre la porte. Il l'en empêcha en posant doucement sa main sur son bras frêle. Par ce geste, il ne voulait pas lui bloquer le passage, simplement lui demander de rester.

Il la sentit hésiter, preuve qu'elle n'était plus en colère contre lui.

— Je suis désolé, Mari. Je ne suis pas un homme des cavernes, j'espère que tu le sais… Quag m'a simplement un peu provoqué.

— Laisse-moi deviner. C'est un autre pilote ?

— Tu as un problème avec les pilotes ?

— Pas du tout. Je suis persuadée que vous êtes très fiers de vos… machines…

— Nous le sommes, répondit-il d'une voix sensuelle. Nous adorons multiplier les loopings, aller et venir dans le ciel…

Il fit un pas dans sa direction, puis un autre, encore un autre, et elle recula d'autant, jusqu'à se glisser dans un petit passage qui menait à une salle vide. Personne ne pouvait les voir depuis l'intérieur. Personne ne pouvait non plus les voir depuis le couloir.

Il n'avait pas eu l'intention de la pousser jusque-là, mais c'était finalement l'endroit parfait pour lui parler sans qu'elle se sauve.

— Mari, je n'aurais pas dû partir hier soir sans te dire combien tu m'as manqué pendant ces dernières semaines.

Il laissa sa main se promener sur son bras, savourant la douceur de sa blouse de soie, se souvenant avec émotion de la douceur encore plus grande de sa peau.

— Danny…

— Je t'ai manqué aussi, je le sais.

Elle ne nia pas. Elle se contenta de baisser la tête.

Tout à coup, l'air lui manquait. L'émotion lui serrait la gorge. Chacune de ses respirations était remplie de son parfum fleuri ; chacun des battements de son cœur résonnait avec les siens.

— Je pensais que tu avais renoncé à coiffer tes cheveux en chignon, continua-t-il en s'approchant encore, glissant un pied entre ses talons aiguilles pour l'empêcher de partir.

Mari était vêtue d'un tailleur sexy qui soulignait ses formes parfaites, ses seins ronds et sensuels… Il mourait d'envie de déchirer sa blouse de soie et de s'en emparer, de prendre possession de ses lèvres gourmandes comme un drogué en manque, d'empoigner ses fesses jusqu'à la faire crier de plaisir.

Il voulait la posséder, ici, maintenant.

Il avait l'impression de la désirer plus encore que la veille, lorsqu'ils étaient seuls chez elle.

— Danny…, murmura-t-elle d'une petite voix. Arrête…

— Non. Toi, tu arrêtes. Arrête de faire semblant de ne pas me désirer !

— Je ne fais pas semblant, Danny.

A ces mots, il sentit son cœur se briser.

S'était-il trompé à ce point ?

Avait-il rêvé lorsqu'il avait cru voir de l'émotion dans son regard, dans sa voix chantante ? Avait-il rêvé lorsqu'il avait cru apercevoir sa langue rose sur ses lèvres quelques secondes plus tôt, comme si elle voulait l'embrasser ?

Non. Il n'avait pas rêvé, c'était impossible. Il ne s'était pas trompé à ce point. Il était sûr de ce qu'il avait vu, de ses impressions.

— Je dois t'applaudir, Mari. Tu es une menteuse hors pair. Bravo !

Puis, sans attendre de réaction de sa part, il entreprit de le lui prouver. De lui prouver qu'elle mentait et qu'elle le désirait.

Il plaqua sa bouche contre la sienne et l'embrassa sans la moindre retenue, comme si sa vie en dépendait, comme si rien d'autre au monde n'avait d'importance.

Preuve qu'il ne s'était pas trompé, elle accueillit son baiser et l'embrassa en retour. Elle fit danser sa langue contre la sienne, laissant échapper des petits soupirs de plaisir. Elle enfouit ses doigts dans ses cheveux, écrasa ses seins contre son torse et il sentit des feux d'artifice de désir exploser en lui.

De quoi en vouloir bien plus… Il ne pouvait pas s'arrêter, il la désirait tant que la frustration était en train de le gagner. Malheureusement, une porte claqua au loin et, à regret, il interrompit le baiser.

Puis il recula, le souffle court et, les yeux brillants, l'admira.

Se rendait-elle compte à quel point elle était belle, lorsqu'elle avait été bien embrassée ?

Bien embrassée… Il réprima un sourire. Si Mari savait ce qu'il pensait, sans doute le traiterait-elle de vantard et de macho. Mais vrai, elle était si belle… Il désirait l'embrasser davantage, pressé de retrouver la magie qu'ils avaient partagée sur le bateau.

— Je ne mentais pas, Danny, dit-elle enfin. Je ne fais pas semblant de ne pas te désirer. Je te désire. Je suis prête à l'admettre.

En entendant ces mots, il esquissa un sourire triomphant. Il n'avait donc pas rêvé ! Il n'était pas seul dans cette aventure !

Maintenant qu'elle avait avoué son attirance, il n'avait plus qu'une envie, l'entraîner dans la pièce vide la plus proche, verrouiller la porte et l'embrasser, encore et encore. Il voulait continuer ce qu'ils avaient commencé dix-sept jours et deux heures plus tôt.

— Je te désire Danny, poursuivit-elle, mais je ne veux pas poursuivre cette histoire.

A ces mots, toutes les images osées qui tourbillonnaient en lui quelques secondes plus tôt disparurent instantanément.

Perdu, il se passa une main nerveuse dans les cheveux et recula pour la regarder et tenter de comprendre.

— Explique-moi, Mari. Tu as dit que tu comprenais pour le téléphone, que tu me croyais…

— Oui, je te crois. Mais je ne veux pas d'une aventure avec un militaire. C'est tout.

S'il s'était agi d'une relation de longue durée, de celles qu'ils évoquaient justement la veille à la fin de la conférence, il aurait pu l'admettre, mais comment pouvait-elle renoncer à une simple aventure, à une aventure aussi magique, simplement à cause de son travail ?

— Tu es prête à renoncer à un homme à cause des vêtements qu'il porte ? demanda-t-il, incrédule.

— Oui.

— Je ne t'ai pourtant pas demandée en mariage ! Tu ne peux pas accepter tout bonnement que nous passions un peu de temps ensemble ?

— *Passer du temps ensemble* ? C'est de cela qu'il s'agit ? A mon avis, tu voulais plutôt dire « nous embrasser ».

— Non, ce que je voulais dire, en réalité, c'était « faire l'amour ».

Tandis qu'il parlait, il voyait les pointes de ses seins se tendre sous sa blouse et sa respiration s'accélérer. Elle le désirait, il n'avait pas le moindre doute là-dessus, mais elle était déterminée à ne pas se laisser aller à ce désir.

Paradoxe qui échappait complètement à sa compréhension.

— Allez, Mari…, insista-t-il d'un ton presque désespéré. Ne dis pas non à une aventure !

Il vit ses joues s'empourprer. Elle semblait hésiter, ce qui donna à Danny un regain d'espoir.

— Retrouvons-nous ce soir, s'il te plaît.

Elle ferma les yeux et il en profita pour repousser une mèche de cheveux soyeux qui s'était échappée de son chignon strict.

— Il n'est pas question que tu t'engages, ou que tu tombes amoureuse de moi… Il est juste question d'une relation qui nous fait du bien à tous les deux.

— Tomber amoureuse de toi… Je suis désolée, Danny, mais ça n'arrivera pas. Et je suis parfaitement capable de résister au désir. Je ne veux plus jamais coucher avec toi.

Elle mourait pourtant d'envie de coucher une nouvelle fois avec lui, contrairement à ce qu'elle venait de lui affirmer. Chaque parcelle de son corps en rêvait, le réclamait. Une seule nuit dans ses bras ne lui avait pas suffi. Elle en voulait d'autres. Beaucoup d'autres…

Il ne lui avait pas fallu plus de dix minutes pour comprendre qu'elle aurait du mal à résister.

Elle lui avait annoncé sa décision de ne plus jamais coucher avec lui et sans un mot de plus, elle était entrée dans la salle et avait commencé son cours sur le sexe… Ensuite, comme par magie, elle avait oublié toutes les raisons pour lesquelles elle l'avait repoussé. La tentation était trop grande, trop forte.

Durant son exposé magistral, Danny se tenait assis dans un coin de la pièce, en dehors de son champ de vision, et pourtant elle sentait sa présence. Elle sentait la chaleur de son regard, percevait son souffle, lorsqu'elle avançait dans sa direction. Tous ses sens étaient en éveil. Chaque centimètre carré de sa peau palpitait, frémissait.

Oui, sans doute allait-elle céder une fois encore, allait-elle faire l'amour avec lui.

Mais elle se contenterait d'une aventure. Il serait son amant, pas question d'amour ; elle ne pouvait pas se permettre de l'aimer. Cela allait à l'encontre de tous ses projets pour le futur, de toutes ses bonnes résolutions.

Heureusement qu'elle avait imprimé le déroulé de sa communication, et qu'elle pouvait s'y reporter fréquemment d'un rapide coup d'œil, car toutes ces pensées, ces tergiversations lui mettaient la tête à l'envers.

Elle avait pourtant toujours été capable de faire plusieurs choses à la fois. Parler, agir, réfléchir… Du moins était-ce ce qu'elle pensait, mais à présent, devant les visages interloqués de certains étudiants, elle commençait à avoir quelques doutes.

Avait-elle dit une bêtise ? Un lapsus monumental lui aurait-il échappé ?

— Avez-vous des questions ? leur demanda-t-elle, curieuse de voir leur réaction.

Personne ne lui répondit. Aucune main ne se leva. Tous se contentèrent de se regarder.

C'était d'autant plus étrange et déstabilisant que Danny lui aussi la regardait et qu'il semblait sous le choc.

Mais qu'avait-elle dit, bon sang ?

— Je voudrais vérifier quelque chose, osa enfin un jeune homme au fond de la salle. Venez-vous vraiment de nous dire qu'il n'y a rien de mal à avoir une aventure sans lendemain, à condition de sortir couvert ?

Avait-elle dit cela ? Non. Jamais de la vie ! C'était impossible !

— Puis-je répondre, Dr Marshall ? proposa alors Danny en se levant et en montant sur l'estrade.

— Je vous en prie, marmonna-t-elle, nerveuse, en rassemblant ses notes.

— Je crois que ce que le Dr Marshall essayait de dire, commença Danny, c'est que, parfois, on se laisse entraîner par nos émotions, parfois on ne peut résister à une attraction physique qui conduit à une aventure sans lendemain. Dans ce cas-là, il est alors important de se protéger.

Oui, voilà ce qu'elle avait voulu dire. L'étudiant avait mal compris.

— Ce n'est pas du tout ce qu'elle a déclaré, intervint un autre jeune homme.

— Zut, murmura-t-elle en baissant la tête.

Puis elle releva les yeux et regarda Danny. Il semblait se retenir pour ne pas éclater de rire.

Il se maîtrisa pourtant, et se tourna vers les étudiants qui semblaient beaucoup plus intéressés par ses remarques à lui que par celles de leur professeur.

Le premier étudiant, qui devait avoir environ dix-huit ans, reprit alors la parole.

— Le Dr Marshall a dit clairement qu'il ne fallait pas hésiter, qu'il fallait faire l'amour, même si on sait que l'aventure en question n'a pas d'avenir. Ce qui me convient tout à fait, commenta-t-il avec un petit rire. Je suis simplement surpris, je ne pensais pas entendre ces conseils ici.

— Le désir est un élan naturel, répondit Danny. Vous aimez probablement le sexe ou vous l'aimerez un jour…

Mari le considéra avec surprise. Il était bien naïf s'il pensait que ces jeunes gens n'avaient pas encore connu l'amour physique !

— Le Dr Marshall nous conseille donc de ne pas hésiter, si une femme nous fait des avances ? insista le jeune homme.

— Non ! rétorqua cette dernière avec force. Ce n'est pas ce que j'ai dit ! Vous avez des besoins, des désirs, c'est bien naturel, comme l'a souligné le commandant Wilkes, mais vous ne voulez pas souffrir et vous ne voulez pas faire souffrir votre partenaire…

— C'est dans une communication sur la santé publique qu'il faut expliquer ça, murmura un étudiant, faisant rire ses amis.

— Je ne parle pas simplement de maladies sexuellement transmissibles, insista Mari, s'efforçant de reprendre le contrôle de la situation. Vous allez tous devenir des pilotes, des membres des forces spéciales… Mais vous resterez avant tout des hommes, avec des cœurs, des cœurs qui peuvent être brisés.

— Par des femmes légères ?

Elle fusilla du regard le jeune homme qui venait de faire cette remarque.

— Peut-être pas vous. Je doute que vous tombiez amoureux dans un futur proche parce que, avec cette attitude, aucune femme ne vous prendra jamais au sérieux.

Son commentaire fut aussitôt accompagné des sifflets des amis du jeune homme, qui marmonna une excuse. Etait-il sincèrement désolé ou simplement embarrassé par la réaction des autres étudiants ? Ou encore parce que Danny venait de faire un pas ferme et menaçant dans sa direction ?

Sa présence dans la salle était peut-être une bonne chose, finalement. Grâce à lui, les étudiants écoutaient. Ils ne se dissipaient pas trop.

— Le risque d'une aventure sans lendemain n'est pas seulement d'attraper une maladie sexuellement transmissible. Vous risquez aussi de souffrir, d'avoir le cœur brisé, répéta-t-elle.

— Mais peut-être certains risques valent-ils le coup d'être pris, osa Danny.

— Pourquoi vous lancer, si vous savez que cette aventure est condamnée d'avance ? rétorqua-t-elle.

— Tout simplement parce qu'il est impossible d'affirmer qu'une relation est condamnée d'avance. Impossible de connaître le futur. Impossible de prévoir ce qui va se passer, le cours que peuvent prendre les événements…

Détournant le regard, elle fronça les sourcils, visiblement embarrassée pour répondre.

— Il faut être raisonnable, dit-elle cependant. Il n'est pas toujours possible d'écouter tous nos désirs et de les suivre sans réfléchir.

— Pourquoi ne pas réfléchir plus tard ? contre-attaqua-t-il, faisant rire toute la salle.

Les étudiants pensaient sans doute qu'il ne s'agissait que d'un trait d'humour, mais elle savait que ce n'était pas le cas.

— Vous me demandez pourquoi ne pas céder et réfléchir plus tard ? Je vous réponds qu'il n'y a pas de bon moment pour avoir le cœur brisé.

— Et je vous réponds à mon tour qu'il n'y a pas de bon moment pour renoncer à une relation qui pourrait s'avérer fantastique.

Fantastique… Oui, leur relation avait bel et bien été fantastique. Le moment de sensualité qu'ils avaient partagé avait été magique. Au moins, sur cet aspect-là des choses, ils étaient tombés d'accord.

— Comment pouvez-vous décréter que la relation est condamnée d'avance ? poursuivit Danny, la ramenant au présent. Si vous me demandez mon avis, je dirai que renoncer sans essayer est lâche.

Lâche ? Et elle qui venait de décider qu'elle était prête à coucher de nouveau avec lui ! Maintenant, elle n'avait plus qu'une envie : lui clouer le bec, à ce bellâtre !

— Les gagnants n'ont jamais renoncé, ajouta-t-il.

— Ceux qui se sauvent…

— Sont des déserteurs qui seront récupérés par les militaires de l'armée américaine.

Tous les étudiants éclatèrent de rire de nouveau.

— Ce que je veux dire, reprit Mari lorsque le calme revint, c'est que quelquefois il vaut mieux ne pas prendre de risques, il vaut mieux être prudent et renoncer pour sauver sa peau.

— Désolé, Dr Marshall, mais la lâcheté, le refus de prendre des risques… Ce ne sont pas des valeurs que nous enseignons ici.

— Nous ne sommes pas en train de parler de la guerre.

Danny adressa un sourire malicieux à la salle.

— En amour comme à la guerre, n'est-ce pas, soldats ?

Les jeunes éclatèrent encore de rire.

A l'évidence, ils appréciaient Danny, ils le respectaient. Mais en ce moment, il était en train de parler d'*eux deux*, de défendre à mots couverts sa propre cause, alors qu'elle essayait de leur parler d'eux.

Non, elle se voilait la face. Au fond, elle était en train de faire exactement la même chose que Danny.

Elle prétendait parler en général, donner des conseils, alors qu'en fait elle n'avait fait que délivrer un message personnel, elle n'avait fait qu'expliquer à Danny pourquoi elle avait refusé sa proposition et pourquoi elle ne voulait pas changer d'avis.

— Je pense qu'il est possible d'accepter une telle relation, à condition de s'y lancer sans illusions, sans en attendre rien, de façon à protéger son cœur, admit-elle alors. N'est-ce pas ainsi que vous préparez une bataille ?

— Non, lorsque nous nous lançons, nous sommes sûrs de nous, de notre triomphe. Nous n'envisageons jamais la possibilité d'une défaite.

— Vous en avez de la chance !

— Ce n'est pas si difficile.

Elle se força à quitter son beau visage du regard, un visage devenu soudain plus doux, comme s'il avait envie de lui dire qu'elle avait tort et qu'elle devait avoir foi en leur avenir.

Mais elle n'y croyait pas, du moins pas à long terme.

— Ce ne sont que des mots, de belles formules, reprit-elle en se tournant vers les étudiants. La vie n'est pas ainsi faite. Alors je vous pose la question : le risque mérite-t-il d'être pris si vous ne vous lancez pas corps et âme ?

— Evidemment qu'il vaut le coup ! rétorqua un étudiant. Un bon coup vaut toujours…

— Surveillez vos propos ! le reprit sévèrement Danny.

— Excusez-moi, commandant, fit le jeune homme en baissant les yeux, visiblement honteux.

— Pas de problème, le rassura-t-elle. A propos, je crois que l'heure est venue de nous séparer…

Les étudiants protestèrent, mais elle ne céda pas. L'heure c'était l'heure et la discussion avait assez duré.

Elle sourit aux jeunes gens qui s'approchèrent de l'estrade pour la saluer, puis reporta son attention sur ses notes. La prochaine fois, elle les imprimerait en plus gros caractères ou bien les apprendrait par cœur avant d'entrer dans la salle.

Et si elle pouvait éviter d'être embrassée et troublée par Danny Wilkes juste avant de commencer sa leçon, sans doute s'en porterait-elle beaucoup mieux.

— Alors, Mari, lui lança Danny, une fois qu'ils furent seuls dans la pièce. As-tu quelque chose à me dire ?

— Non. Rien.

— Tes remarques étaient très intéressantes.

— Je n'ai pas dit que…

— Si, tu l'as bien dit ! Et je crois que tu as suscité l'intérêt des étudiants. Pour eux, tu es…

— Une idiote ! marmonna-t-elle.

— Pas du tout. Tu n'as peut-être pas dit exactement ce que tu voulais, mais ta démonstration tenait la route.

Il fit quelques pas vers elle et, soudain, l'air lui manqua. Elle aurait pu lui demander de reculer, de ne pas envahir son espace vital car il l'empêchait de penser. Elle aurait dû lui dire même. Mais elle n'en fit rien. Elle ne pouvait pas le repousser, elle se sentait trop bien près de lui.

— Je suis impressionné, docteur Marshall, murmura-t-il en s'approchant encore.

Elle fit un pas en arrière, consciente que des étudiants discutaient encore dans le couloir, juste de l'autre côté de la porte fermée.

— Tu ne m'as pas beaucoup aidée, Danny.

— Tu me fais de la peine ; je pensais que je m'en étais bien sorti. J'ai réussi à leur faire croire que tu n'avais pas dit ce qu'ils ont pourtant entendu.

— Merci, répondit-elle, incapable de s'empêcher de sourire.

Il était si enthousiaste, si confiant, si gentil. Elle se détendait.

— Il faut que j'y aille, annonça-t-elle néanmoins.

— Tu dois te rendre à un enterrement ?

Un enterrement ? Elle le fixa, perplexe. De quoi parlait-il ?

— Puisque tu prévois toujours le pire, les chagrins d'amour, la solitude… J'imagine que tu organises des enterrements lorsque tu as du temps libre. Non ?

Elle éclata de rire.

— On ne t'a jamais dit que tu étais un idiot ?

— On ne t'a jamais dit que tu avais des fesses divines ?

— Très souvent, rétorqua-t-elle avec malice.

— Fanfaronne !

— Danny, arrête s'il te plaît… Arrête de tout faire pour que je t'apprécie.

— Je ne peux pas m'en empêcher, répondit-il en haussant les épaules. Et je ne peux pas m'empêcher non plus de t'apprécier.

— J'essaye pourtant de ne pas craquer, crois-moi.

— J'aimerais bien savoir pourquoi, Mari. J'ai compris que ton histoire personnelle t'a rendue prudente et t'a poussée à ne pas faire confiance aux hommes en uniforme. Mais pourquoi refuser ne serait-ce qu'une amitié ? C'est un peu stupide, non ?

— De l'amitié ? Tu ne veux que mon amitié ?

— Bien sûr que non. Mais ce serait déjà un début.

Un début… Oui, l'amitié pouvait être un début. Un début qui pouvait mener à quelque chose de fantastique.

Si seulement Danny était mécanicien comme elle l'avait cru au moment de leur rencontre… Elle n'hésiterait pas, alors.

Mais il n'était pas mécanicien, il était militaire, et même si elle avait toujours envie de lui, elle hésitait. Pourquoi se lancer dans cette aventure qu'elle estimait condamnée d'avance, quoi que Danny ait pu en dire ? Il lui suffisait de relire les messages postés sur son blog ces deux dernières semaines pour savoir combien cet homme l'avait blessée. Alors quelle femme serait assez bête pour prendre un tel risque ?

A moins que…

— J'imagine que tu n'es pas réserviste ?

Il plongea dans son regard et elle vit son sourire s'évanouir.

— Hélas non, Mari, je ne suis pas réserviste. Je ne resterai peut-être pas toujours à mon poste actuel, mais une chose est sûre, je ne quitterai pas l'armée de sitôt. Alors si tu ne veux vraiment pas l'assumer…

— Je t'ai déjà dit que je ne pouvais pas l'assumer !

— Je vais te faire une proposition. Oublions le verbe pouvoir ou le verbe vouloir, oublions les affirmations, utilisons plutôt le conditionnel.

Le conditionnel ? Pourquoi pas. Ce mode ouvrait en effet de nombreuses portes. Celle de la tristesse, de la déception, des regrets, mais aussi celle du bonheur et de la joie.

Si elle refusait de saisir cette chance, ne le regretterait-elle pas toute sa vie ?

Les pensées se bousculaient en elle. Elle riva son regard au sien, plongea dans l'ambre de ses yeux, et peu à peu, ses doutes s'évanouirent. Peu à peu, l'évidence s'imposa à elle.

— D'accord. Je *pourrais* peut-être l'assumer malgré tout.

Sans attendre, Danny posa une main douce sur sa joue. Emue, elle ferma les yeux et savoura ce contact brûlant. Le baiser qu'ils avaient partagé avant la conférence lui avait donné de nombreuses idées et l'avait aussi laissée sur sa faim.

Elle voulait l'embrasser. Malheureusement…

— La porte n'est pas verrouillée, dit-elle.

— Garde bien ça en tête, Mari.

— Que dois-je garder en tête ?

— Ton désir de m'embrasser de nouveau.

Elle ne nia pas, se contentant simplement de sourire en le regardant courir verrouiller la porte.

Les conversations dans le couloir semblaient plus lointaines. Elle jeta un coup d'œil à la pendule murale. Il était l'heure du déjeuner. Les étudiants étaient sans doute allés manger dehors, pour profiter du soleil. Ils étaient tranquilles pour un bon moment.

Danny revint vers elle, et demeura immobile pendant quelques minutes.

Son cœur battait si vite dans sa poitrine qu'elle avait l'impression qu'il pouvait l'entendre, car il avait ce regard qui disait : « Je veux te faire l'amour, Mari, tout de suite, maintenant, passionnément. »

Les yeux brillant d'anticipation, elle passa sa langue sur ses lèvres, l'encourageant.

Comme s'il n'attendait que cette invitation, Danny s'approcha, l'enlaça, puis plaqua sa bouche sur la sienne.

Sans attendre, elle l'invita en elle. Elle voulait le goûter, le savourer, le déguster, le posséder. Elle noua ses bras autour de son cou, l'attirant contre son cœur. Elle voulait plus de lui. Elle voulait qu'il lui donne du plaisir, qu'il lui fasse oublier la tristesse et les regrets qu'elle avait ressentis ces deux dernières semaines lorsqu'elle pensait que jamais elle ne le reverrait.

Déterminée, elle commença à se frotter lascivement contre lui pour le sentir plus proche, toujours plus proche, et des étincelles de plaisir se mirent à crépiter en elle.

Ce comportement hardi ne lui ressemblait pourtant pas. Ils étaient dans un lieu public, leur lieu de travail par-dessus le marché. Puisqu'aventure entre eux il y aurait, de toute évidence, sans doute aurait-elle dû céder la veille au soir, lorsqu'ils étaient dans son appartement. Mais elle s'était comportée comme la dernière des idiotes. Elle avait été stupide et lâche, tandis qu'aujourd'hui elle était brave et gourmande. Tellement gourmande, qu'elle voulait le posséder corps et âme. Tout de suite, même s'ils étaient à l'Académie.

Des projets plein la tête et des étoiles plein les yeux, elle fit un pas en arrière en direction du coin de la pièce, un coin à l'écart de la porte vitrée, sans cesser de l'embrasser.

Elle n'était plus que désir. Elle n'était plus qu'une boule d'émotions. Toute pensée rationnelle l'avait désertée, son corps avait pris le pouvoir et cette fois elle ne lui résisterait pas.

Une fois contre le mur, elle mit fin à leur baiser et le dévisagea.

— Nous sommes fous. Tu le sais ?

— Je le sais.

Il passa une main douce dans ses cheveux et enleva une à une les épingles qui retenaient son chignon. Il glissa ensuite ses doigts dans sa chevelure, lui imprimant un léger mouvement de vague pour finir de la libérer, puis descendit, lui caressant le cou, allumant des foyers partout où se posaient ses doigts. Electrisée par ce contact merveilleux, elle se cambra. Ses seins étaient tendus, son entrejambe humide. Un incendie de désir brûlait en elle, la consumait. Elle avait besoin de sentir ses mains sur son corps, sur sa bouche, sinon elle allait perdre la tête ; elle allait devenir folle.

Il délaissa sa bouche pour déposer une nuée de baisers humides dans le creux de son cou et, envoûtée, elle laissa échapper un soupir de plaisir.

— Je connais des hommes qui trouvent les vêtements moulants sexy, mais jusqu'à la fin de mes jours je vais frissonner de plaisir rien qu'en t'imaginant avec ta petite blouse fleurie, murmura-t-il.

Elle ne répondit pas, elle n'était plus en état. Elle pressa simplement ses hanches contre son sexe, tendu à l'extrême, puis, incapable de résister à la tentation, elle le caressa à travers son pantalon. Mais il ne se laissa pas faire. Il attrapa sa main, la leva au-dessus de sa tête et reprit le contrôle des opérations.

Elle lui sourit. Elle aimait savoir qu'elle lui faisait perdre la tête. Elle aimait aussi lorsqu'il était gentiment agressif, lorsqu'il l'écrasait contre le mur, sans toutefois lui faire mal.

— Ne bouge pas, murmura-t-il d'une voix rauque et envoûtante. Laisse-moi faire…

Le laisser faire ? Il n'avait pas précisé ses intentions mais, honnêtement, elles lui importaient peu car, à cet instant, elle était prête à le laisser faire ce qu'il voulait. Absolument *tout* ce qu'il voulait. Elle lui donnait carte blanche. Elle était sa maîtresse, son objet, et heureuse de l'être.

Il commença alors à déboutonner son chemisier.

Ses doigts, d'habitude si agiles, tremblaient. Il semblait craindre d'aller trop vite et de déchirer le tissu. Ce qui en théorie ne la gênerait pas. Le problème était qu'ils devraient tôt ou tard sortir de la salle.

Une fois la poitrine nue, elle se lova contre sa chaleur masculine, jusqu'à la sentir irradier tout son corps, jusqu'à frissonner de plaisir.

Il se laissa ensuite glisser sur les genoux, embrassant son ventre.

— Danny…, murmura-t-elle en enfouissant ses mains dans son épaisse chevelure dorée.

— Tu sens bon.

Elle ignorait s'il appréciait sa crème hydratante ou son corps lui-même, mais elle avait le sentiment que…

Il empoigna soudain ses fesses jusqu'à trouver la fermeture Eclair de sa jupe et, perdant le fil de sa pensée, elle ne sentit plus que son sexe s'enflammer.

— Tu portes une culotte aujourd'hui ? lui demanda-t-il d'une voix malicieuse.

— Je te laisse le plaisir de le découvrir…

Quelques secondes plus tard, sa jupe glissait sur le sol.

— Ça me plaît, dit-il pour toute réponse.

Un pressentiment, ou son instinct, lui avait fait choisir ce matin-là son string le plus petit, un string de dentelle noire. Si petit qu'il ne couvrait que l'étroite toison de son sexe.

Danny agrippa ses hanches, puis enfouit le visage contre la dentelle et, ensorcelée, Mari rejeta la tête en arrière, savourant son souffle chaud contre sa peau. Un désir inextinguible avait pris possession de son corps.

Elle ne pouvait plus attendre. Elle le désirait tant qu'elle était prête à le supplier de la posséder sur-le-champ.

Malheureusement, il ne le fit pas. Il ne glissa pas sa langue en elle pour la goûter.

— J'ai envie d'enfouir mon visage ici, susurra-t-il néanmoins comme s'il devinait ses regrets. Je rêve de te goûter, mais ça sera peut-être difficile à cacher.

Il avait raison sur ce point. Hélas… Ils devaient encore quitter la base.

— Mais plus tard, lui promit-il.

Et il commença à tracer un nouveau chemin de baisers sur son corps. S'abandonnant, elle oublia sa frustration. Ses seins étaient tendus. Ils n'attendaient que ses caresses.

Il dégrafa son soutien-gorge, les libérant, puis il les dévora du regard et, magiquement, Mari les sentit se tendre encore un peu plus.

— Magnifique…

— S'il te plaît, le supplia-t-elle en se cambrant un peu plus.

Elle ne pouvait plus attendre. Il était en train de la tuer à petit feu.

Comme s'il avait autant besoin de ce contact qu'elle, il prit un sein en coupe, le soupesa, le pinça et un râle s'échappa de sa gorge. Avec cette simple caresse, il venait de la mener au bord de l'extase.

Son autre main se glissa entre ses cuisses, effleura son string humide et elle sentit les prémices de l'orgasme la saisir, la faisant frissonner tout entière.

Mais cela ne lui suffisait pas. Elle le voulait en elle. L'attente était insoutenable.

Comme s'il devinait son impatience, il attrapa un préservatif dans sa poche.

Cette fois-ci, il ne repoussa pas ses mains lorsqu'elle dégrafa sa ceinture mais, comme elle n'allait pas assez vite à son goût, il s'occupa lui-même de faire glisser son pantalon et son caleçon.

Elle baissa les yeux sur son sexe. Il était tendu à l'extrême. Mais sa virilité ne l'impressionnait plus, elle ne l'inquiétait plus, car elle était prête pour lui, prête à l'accueillir au plus profond de son être.

— Prends-moi, dit-elle fébrilement.

Il la prit alors dans ses bras et elle noua ses bras autour de son cou, ses jambes autour de ses hanches, puis s'empala sur son sexe.

Il poussa un petit cri et elle serra ses muscles intimes jusqu'à le faire frissonner, jusqu'à lui prouver qu'elle pouvait le rendre fou de plaisir.

— C'est si bon.

— C'est toi…

Lentement elle se redressa, sans jamais rompre le contact, puis s'empala une nouvelle fois.

Elle enfouit son visage dans le creux de son cou pour étouffer ses soupirs et se mit à aller et venir au-dessus de lui, de plus en plus vite, de plus en plus fort jusqu'à tout oublier, où elle était, qui elle était.

Ils étaient seuls au monde. Seuls avec leur plaisir.

— Mari…

— Vas-y, l'encouragea-t-elle.

Il la poussait contre le mur et dans un dernier coup de reins s'insinua plus profondément, et ils lâchèrent, de concert, un long cri de plaisir. Ensuite, ils demeurèrent immobiles de longues minutes, essoufflés.

Mari sourit. Elle venait une fois encore de connaître un plaisir jamais atteint jusqu'à présent. Elle était tellement sous le choc qu'elle ne pensait plus ses jambes capables de la porter. Heureusement, Danny la soutenait toujours.

— Mari…, murmura-t-il soudain dans le creux de son oreille.

— Oui ?

— Je suis désolé de te l'annoncer, chérie, mais tu vas une nouvelle fois être obligée de traverser la base militaire sans culotte !

Elle éclata de rire, en se rappelant qu'il avait déchiré son string quelques minutes plus tôt.

— Savez-vous, lieutenant commandant Danny Wilkes, que depuis que, je vous ai rencontré, j'aime bien ne pas porter de culotte.

Chapitre 9

Vendredi 27 mai, 15 h 30

www.mari-la-deluree/27/05/2011/concours du vendredi

Désolée d'écrire aussi tard, chers lecteurs et chères lectrices, mais j'ai été très… occupée ces derniers jours.

Nous sommes vendredi, ce qui veut dire que je suis parvenue à bout de ma première semaine de travail.

Honnêtement, je crois que je m'en suis bien sortie et que, malgré quelques surprises, je me suis bien adaptée à mon environnement.

En fait, je me suis bien adaptée à beaucoup d'autres choses, mais je ne vous en dirai pas plus.

Vendredi, donc. D'habitude, c'est le jour du concours du rendez-vous le plus désastreux, le jour où je vous demande de me raconter en détail votre pire rendez-vous amoureux. Mais aujourd'hui, j'ai envie de changer la donne, j'ai envie d'un peu de bonne humeur, de joie, de bonheur. Je vous propose donc de partager vos souvenirs du *meilleur* rendez-vous galant de toute votre vie. Le plus excitant, le plus romantique, le plus extraordinaire…

Le récit le meilleur (et je vous rappelle que je suis seule juge) gagnera un exemplaire dédicacé de chacun de mes livres.

Je vois bien que vous avez quelques doutes, mais si, c'est bien toujours moi, Mari, la reine du sarcasme. Ma petite sœur ne m'a pas remplacée derrière le clavier.

Je pense juste qu'un peu de romance ne peut pas faire de mal, alors, lancez-vous !

Mari.

P.-S. : J'ai un rendez-vous demain soir, mais je ne me souviens plus comment faire. A-t-on le droit d'embrasser dès le premier rendez-vous ?

Pendant l'année scolaire, ou le trimestre d'été, Danny n'avait que très peu de temps libre. Entre ses cours, ses corrections, ses entretiens avec les étudiants, il travaillait généralement de 9 heures à 17 heures sans interruption.

Mais entre deux sessions, comme en ce moment même, il avait du temps devant lui. Ce qui était une bonne chose car, après son corps à corps passionné avec Mari dans la salle de cours, il avait pu se libérer pendant deux jours entiers pour passer du temps avec elle, se consacrer entièrement à leur aventure.

Ils avaient quitté le campus le mercredi après-midi, priant pour ne croiser personne de leur connaissance, et avaient ensuite passé les quarante-huit heures suivantes à faire l'amour. Ils n'étaient sortis du lit que pour commander à manger ou transférer leurs jeux sexuels sous la douche. Ou sur le balcon, au milieu de la nuit. D'ailleurs, ils seraient sans doute toujours au lit s'il n'avait eu besoin de retourner à Annapolis le vendredi après-midi, pour chercher des habits propres et vider sa boîte aux lettres. La réponse de la NASA n'allait en effet pas tarder.

Ce qui le rendait très nerveux.

Sans doute devrait-il parler sans attendre à Mari de ses ambitions. Elle qui détestait les militaires, peut-être considérerait-elle cette possibilité d'intégrer la NASA comme une bonne nouvelle.

Même s'il ne voulait pas penser au futur, même s'ils se connaissaient depuis moins d'un mois, il ne pouvait s'empêcher d'espérer que leur relation prenne un tour plus sérieux. Chaque minute qu'il passait aux côtés de Mari lui paraissait magique et il avait le sentiment qu'elle ressentait la même chose.

Alors oui, apprendre qu'il quittait l'armée pour une vie plus

« normale » à Houston pourrait lui plaire. Lui plaire énormément même.

Malgré tout, il ne se sentait pas prêt à lui révéler son secret tout de suite. Peu de personnes étaient au courant et cela lui convenait, car il ne voulait pas risquer de les décevoir. Bien sûr, son dossier était bon, mais il n'était pas le seul candidat. Loin de là.

Le samedi soir, après vingt-quatre heures passées sans Mari, Danny reprit la route de Baltimore, plus excité que jamais. A mesure que la distance se réduisait, son impatience augmentait. Mari lui avait tellement manqué qu'il aurait sans doute du mal à ne pas l'enlacer dès qu'il la reverrait, à ne pas l'embrasser et lui faire l'amour immédiatement.

Il leva les yeux au ciel. Décidément, il ne se reconnaissait plus ! Il se conduisait comme un drogué en manque. Mais il ne pouvait déjà plus se passer de Mari. Elle était devenue aussi nécessaire à sa vie que l'oxygène.

Il devrait pourtant se retenir, maîtriser ses ardeurs. Il avait en effet invité la jeune femme à dîner. Leur premier rendez-vous officiel.

Le premier déjeuner qu'ils avaient partagé ne comptait pas, car c'était elle qui avait payé, et c'était un échange de bons procédés, car il lui avait changé sa batterie.

Ce soir, il l'invitait dans un restaurant chic et il voulait que la soirée soit parfaite, inoubliable.

Il n'en revenait pas. Ils allaient vraiment « sortir » ensemble ? C'était fou… Mais il voulait que Mari sache combien il désirait être avec elle, et pas juste pour faire l'amour.

Même s'il adorait lui faire l'amour.

Il se gara devant chez elle puis, pour ne pas avoir à frapper à la porte, il lui passa un coup de fil pour la prévenir de son arrivée.

La voisine lui avait fait la conversation pendant près d'une demi-heure la veille, sur le palier, et il n'avait pas envie de voir son sourire en coin lorsqu'elle lui rappellerait une fois encore combien les murs entre les deux appartements étaient fins.

Parler sexe avec un copain de chambrée ne le dérangeait pas, mais avec une vieille femme qui aurait pu être sa grand-mère… Non, merci !

Une voisine qui ressemblait d'ailleurs plus à son grand-père qu'à sa grand-mère, qui avait une très bonne audition pour son âge, et les oreilles en alerte comme un enfant la nuit de Noël.

— Vous voici de retour, mon garçon ! lui lança-t-elle lorsqu'il atteignit le palier, malgré ses précautions. Vous n'en avez toujours pas assez ?

— Bonjour, madame Faraday, répondit-il aussi poliment que possible.

— Mari est chez elle, elle vient juste de sortir de la douche. Cette fois-ci, j'ai bien entendu son sèche-cheveux. Elle se fait belle pour vous.

Il réprima un soupir. La vieille femme n'exagérait pas lorsqu'elle déplorait l'épaisseur insuffisante des murs. Rien que d'imaginer ce qu'elle avait pu entendre, durant les deux jours pendant lesquels ils étaient restés enfermés là, il se sentait rougir. Mari aimait en effet crier son plaisir sans la moindre retenue.

Enfin… Mieux valait ne pas y penser s'il voulait rester digne devant la vieille dame, car si sa vision était aussi bonne que son audition, elle n'allait pas tarder à repérer le renflement de sa braguette.

— Etes-vous bricoleur ? lui demanda-t-elle. Vous vous y connaissez en antennes paraboliques ? J'ai appuyé sur un mauvais bouton de la télécommande hier et depuis, je n'ai plus d'image. A cause de ça, j'ai raté la fin des *Feux de l'amour*.

— C'est terrible, répondit-il en se forçant à ne pas éclater de rire.

Tout en parlant, il perçut un bruit de l'autre côté de la porte de Mari. Etait-elle en train de rigoler ? Sans doute.

Il l'imagina, refoulant tant bien que mal un fou rire, et il se força à ne pas l'imiter.

— Je m'en occupe tout de suite, madame Faraday.

Avec un peu de chance, s'il réparait sa télévision, elle passerait la soirée à regarder ses feuilletons. Ce qui voulait dire que le lendemain, il pourrait peut-être échapper à ses commentaires salaces.

Dix minutes plus tard, après avoir refusé du thé, des biscuits, un verre de bière et un hot dog, il réussit enfin à se débarrasser d'elle. Sans attendre, il traversa le palier.

Il allait frapper, lorsque la porte s'ouvrit. Mari lui prit aussitôt la main et l'attira chez elle avant de refermer précipitamment derrière lui.

— Salut, fit-elle.

— Salut, répondit-il.

Il n'en dit pas plus et referma ses bras autour de sa taille fine, avant de se pencher pour l'embrasser.

Lentement, il posa sa bouche sur ses lèvres et aussitôt, tous ses sens s'éveillèrent. Un délicieux frisson de plaisir glissa le long de son dos. Ce baiser était doux, sucré, enchanteur.

Tendres ou passionnés, les baisers de Mari lui étaient devenus nécessaires, indispensables, vitaux.

— Je t'ai manqué ? lui demanda-t-elle en rompant enfin leur étreinte.

— Est-ce que tu me trouveras trop fleur bleue à ton goût, si je t'avoue que j'ai passé mon temps à griffonner tes initiales sur du papier ?

Elle éclata de rire.

— Je suis sérieux, Mari, reprit-il d'une voix douce, tu m'as vraiment manqué. Bon. Est-ce que tu es prête ?

— Je prends juste ça…, répondit-elle en attrapant un sac sur la table de la cuisine.

— Qu'est-ce que c'est ?

— C'est pour toi.

— J'ai oublié notre anniversaire ?

Elle laissa échapper un petit rire puis posa un baiser sur sa joue.

— Maintenant que j'y pense, Danny, ça fait exactement trois semaines que nous nous sommes rencontrés.

— Quel est le symbole de l'anniversaire des trois semaines. Du papier ?

— Si je me souviens bien, il s'agit de rubis.

— Dans ce cas, nous ferions mieux de nous arrêter dans une bijouterie en chemin.

Elle lui donna un coup de coude amical.

— C'était une blague, Danny. Ce cadeau est... différent. C'est plutôt...

— Est-ce de la lingerie sexy ? lui demanda-t-il, soudain excité par cette idée. Parce que si nous sortons dans un restaurant chic et que tu m'offres un déshabillé de dentelle, je ne suis pas sûr de rester jusqu'au dessert. Je ne suis même pas persuadé d'être capable d'attendre jusqu'au plat de résistance.

— Non, il ne s'agit pas de lingerie. Même si j'ai bien envie, un de ces jours, de t'offrir une de mes culottes dans un joli paquet-cadeau.

— Je commence à me demander si tu en possèdes aucune.

— Si tu continues à en déchirer plusieurs par jour, je n'en aurai bientôt plus une seule !

— Mais tu aimes lorsque je les arrache avec mes dents, non ?

Pour toute réponse, elle lui adressa un clin d'œil malicieux, et il sentit une vague de chaleur l'envahir.

Il se força néanmoins à se calmer et jeta un coup d'œil à sa montre.

— On ferait mieux d'y aller. J'ai réservé une table dans un restaurant français.

— J'aime beaucoup manger français.

Lui aussi. Il aimait la nourriture française, mais il aimait encore plus embrasser Mari. Il lui suffisait même d'imaginer sa langue danser avec la sienne pour sentir son sexe se tendre et son sang battre dans ses veines.

Durant tout le trajet, il pensa à la nuit d'amour qui les attendait, aux baisers, aux caresses... Mais une fois au restaurant, déterminé à profiter du dîner, il se força à refouler ces images dans un coin de sa tête.

Ce serait pour plus tard, il devait être patient.

Ils s'installèrent à table et, quelques secondes plus tard, il la regardait boire quelques gorgées d'un cocktail de jus de fruits. Elle était si magnifique, si désirable… La tentation était trop forte, il n'arrivait pas à se contrôler.

— Arrête de me regarder comme ça, Danny, lui ordonna-t-elle soudain, le sortant de ses songes.

— Comment ?

— Comme si tu voulais me dévorer.

— Mais je veux te dévorer, Mari ! Alors si tu ne veux pas que ça arrive tout de suite, tu ferais mieux de me changer les idées.

— J'ai ce qu'il faut pour te changer les idées, répondit-elle en se penchant pour attraper le sac en papier qu'elle avait posé à ses pieds.

Il avait tellement été obnubilé par son désir qu'il en avait complètement oublié le paquet.

— Tu n'aurais pas dû m'acheter de cadeau, Mari.

Elle posa le sac sur la table mais ne le lâcha pas, et il la dévisagea, curieux.

— Ce n'est pas exactement un cadeau, c'est plutôt… une explication…

Elle semblait tendue tout à coup, fébrile et sérieuse à la fois. Elle ne flirtait plus, comme si ce qu'elle voulait lui dire, ou lui faire comprendre, était très important pour elle.

— Je suis intrigué…

Pour toute réponse, elle but une gorgée de son verre, comme si elle en avait besoin pour se donner du courage. Puis elle se lança.

— Je pense que tu dois connaître la vérité à mon sujet…

— Du moment que tu ne m'annonces pas que tu es mariée, tu n'as aucun souci à te faire, répondit-il pour tenter de la rassurer.

Elle esquissa un sourire timide mais semblait toujours aussi nerveuse, presque effrayée.

— Je ne suis pas mariée, Danny, mais…

Interloqué, il en oublia le sac. Il se contenta de la fixer, les yeux grands ouverts.

— Tu sais que je viens juste de soutenir ma thèse…

— Tu as découvert un vaccin contre le cancer ?

— Tu es bien loin de la vérité. Ce que j'ai fait c'est que… J'ai payé mes études en écrivant.

Cela ne le surprit pas. Il avait lu son article, il savait qu'elle était douée pour l'écriture.

— Voici donc des exemplaires des deux livres que j'ai publiés.

— Tu as publié des livres ? s'exclama-t-il, plein d'admiration.

Elle approuva d'un simple signe de tête, puis baissa les yeux.

Il posa alors un doigt sur son menton pour l'obliger à relever les yeux. Elle semblait vraiment inquiète de sa réaction. Pourquoi ? A moins qu'elle n'ait écrit des romans pornographiques, elle n'avait aucune raison d'être angoissée.

Sans attendre, il ouvrit le sac et en sortit les deux livres. Son regard fut aussitôt attiré par le pseudonyme qu'elle avait utilisé.

— Mari-la-délurée ?

— C'est moi.

Ce nom lui convenait bien. Il ne la connaissait pas depuis longtemps, mais il la savait délurée, en effet. Et sarcastique.

Son regard descendit ensuite vers les titres et il réprima un fou rire.

Mari, sa Mari si sexy, avait écrit un livre intitulé *Pourquoi il faut fuir les hommes* et un autre *Merci, mais mon vibrateur me suffit* !

Comment était-ce possible ?

— Je sais à quoi tu penses, Danny.

— Vraiment ?

Comment pouvait-elle le savoir alors que lui-même n'avait toujours pas décidé ce qu'il ressentait.

— Tu penses que je suis une féministe qui déteste les hommes.

Non, ce n'était pas ce qu'il pensait. Pas du tout. C'était même le contraire. Il pensait plutôt qu'un homme avait dû lui faire beaucoup de mal pour la rendre si amère. A cette idée, il sentit d'ailleurs la colère le gagner.

— De qui s'agit-il ?

— De qui parles-tu ?

— De l'homme qui t'a blessée si profondément que tu aies eu besoin d'écrire ces livres.

— Il n'y a eu aucun homme. Aucun homme en particulier.

Ce qui voulait dire qu'il y en avait eu plusieurs ? A cette idée, le malaise le gagna. Il n'était pas un saint, mais il n'aimait pas l'image de Mari accumulant les aventures.

— Je ne suis pas une fille facile qui a couché avec tous les hommes qu'elle a croisés, si c'est ce que tu crains…

Il ne répondit pas. Il laissa simplement échapper un soupir, attendant qu'elle lui en dise plus.

— La vérité, Danny, c'est que je suis sortie avec un nombre raisonnable d'hommes, que je ne crois pas être jamais réellement tombée amoureuse et que je n'ai jamais eu le cœur brisé.

Mais dans ce cas, pourquoi…

Comme si elle devinait les questions qui se bousculaient en lui, elle lui raconta alors toute l'histoire. Comment elle avait lancé son blog, lorsqu'elle était étudiante, comment elle y avait évoqué ses rendez-vous ratés et comment ce blog était devenu soudain très connu, au point qu'un agent l'avait repérée et lui avait proposé d'écrire un livre.

Elle avait signé deux ouvrages à la suite de cela, fait rire des femmes, obtenu du succès et gagné de l'argent.

Il se sentit très fier d'elle. Mais cela n'expliquait toujours pas pourquoi elle était aussi nerveuse, pourquoi elle avait eu aussi peur de lui montrer ses livres.

— C'est fantastique, Mari ! J'ai hâte de les lire !

— Ce sont avant tout des livres humoristiques, Danny. Il ne faut pas tout prendre au pied de la lettre et, surtout, il ne faut pas te sentir visé.

Il n'était pas inquiet, car il appréciait son humour. Mais il sentait qu'elle ne lui avait pas encore tout dit.

— As-tu d'autres secrets à me révéler ce soir, Mari ?

— Pardon ?

— Allez… Je sens qu'il y a autre chose…

Elle ferma les yeux quelques secondes et prit une profonde inspiration avant d'avouer :

— Mon blog existe encore, Danny. J'y écris toujours, tous les jours. C'est rigolo, un peu bête, mais j'ai de nombreux fidèles qui attendent mes articles avec impatience... Cela dit, toi, tu ne serais pas intéressé. Je suis même persuadée que tu détesterais ce blog, alors je veux que tu me promettes que tu n'iras pas le consulter.

Il la dévisagea. Ses joues étaient rouges, ses yeux humides. Pourquoi ? Il n'y avait aucune raison. A moins que...

Elle y avait parlé de lui... Voilà pourquoi.

— Je ne donne pas ton nom, ni ton titre, ni ton adresse, poursuivit-elle, confirmant ses doutes. Rien ne peut trahir ton identité. Personne ne peut savoir que je parlais de toi.

— Sauf moi.

Pour toute réponse, elle se contenta de se mordre les lèvres.

— Je me demande bien quand tu as parlé de moi.

Elle ne répondit pas, mais ce n'était pas nécessaire.

Elle avait à l'évidence déversé sa colère lorsqu'elle avait cru qu'il l'avait utilisée et que jamais elle ne le reverrait. Elle l'avait tellement maudit pendant ces quelques semaines qu'elle l'avait peut-être transformé en proie pour toutes les femmes frustrées du pays.

— Je te remercie de ne pas avoir cité mon nom. Je n'aimerais pas devoir constamment regarder par-dessus mon épaule de peur d'être attaqué par une horde de militantes féministes.

— Je suis vraiment désolée, Danny.

Il la croyait, et tentait d'analyser ses propres sentiments. Il était embarrassé, gêné, mais d'un autre côté il se rendait compte à quel point elle avait dû être en colère contre lui.

Il ne lui en voulait pas.

Il se reprochait surtout de l'avoir blessée.

Il la regarda s'agiter sur sa chaise. Elle semblait attendre une réponse, une réaction de sa part. Alors sans attendre, il noua ses doigts aux siens pour la rassurer.

— Tu n'as pas à t'inquiéter, Mari, je ne suis pas en colère.

— Non ?

— Non. Tu aurais pu effacer ces messages mais tu ne l'as pas fait.

— Cela aurait été lâche.

— Oui. Alors maintenant que nous…

Il ne dit pas qu'ils sortaient ensemble, ni qu'ils étaient amants ou fous l'un de l'autre. En fait, il n'avait aucun mot pour décrire leur relation.

— … sommes ensemble, continua-t-il, j'aurais pu ne jamais être au courant, mais tu m'en as parlé et ça me fait plaisir.

— Merci d'être aussi compréhensif. D'ailleurs, depuis, j'ai arrêté de m'épancher sur mon blog.

— Tu veux dire que tu n'es pas retournée sur le blog pour dire combien de fois tu avais touché les étoiles ces derniers jours ?

Il se tut et regarda le désir miroiter dans ses prunelles bleu azur. Elle semblait enfin rassurée et lui souriait.

— Peut-être aurais-je dû écrire que je n'ai pas mis de culotte ce soir, murmura-t-elle d'une voix sensuelle.

Sous le choc, sous le charme aussi, il serra les poings pour tenter de se contrôler. Par ces quelques mots, elle venait d'allumer un incendie de désir en lui et d'annihiler toute sa raison. Il ne pensait plus qu'à une chose désormais, lui faire l'amour.

Elle effleura sa cuisse avec un de ses pieds sublimes et tous ses sens s'éveillèrent aussitôt. Des images de ses longues jambes nouées autour de ses hanches surgirent dans son esprit. Il sentit ses joues s'empourprer et sa température grimper en flèche.

— Tu es bien malicieuse.

— Non, je vais te prouver au contraire combien je peux être gentille…

Il jeta un coup d'œil à la table, leurs verres, la corbeille de pain. Ils n'avaient pas encore passé commande.

— M'en voudras-tu, Mari, si je te propose de partir tout de suite et de passer prendre une pizza sur le chemin de ton appartement ?

— Une pizza que tu pourrais par exemple manger sur mon corps nu ?

A ces mots, un incroyable tourbillon de désir le saisit et il en oublia tout de la réalité. Il ne pensait plus qu'à elle, à son désir.

Incapable d'attendre plus longtemps, il jeta quelques billets sur la table.

Mari remit les livres dans le sac et, la main dans la main, ils sortirent à toute vitesse du restaurant. Ils coururent ensuite jusqu'à la voiture garée à l'arrière du bâtiment, au milieu d'un parking désert.

— Je n'en peux plus ! lui dit-il une fois dans la voiture. Il faut que je t'embrasse tout de suite, sinon je vais devenir fou ! Je vais perdre la tête !

Pour toute réponse, elle se contenta de s'installer sur ses genoux.

Il recula alors le siège pour lui faire de la place et se mordit la lèvre pour réprimer son impatience.

Mari plaqua sa bouche contre la sienne, en prit possession avec une infinie gourmandise et il la dévora comme si ce baiser était le dernier.

Il n'en pouvait plus d'attendre. Elle était en train de le tuer à petit feu.

Ses habits le gênaient. Il voulait sentir sa peau nue et soyeuse contre la sienne. Il voulait la sentir frissonner contre son cœur. Malheureusement, ils étaient dans une voiture.

— Nous ne devrions pas…

— Si, nous devrions ! dit-elle.

Puis, avec un érotisme fou, elle remonta lentement sa robe jusqu'à la taille, se reculant pour lui permettre de mieux la regarder.

Elle portait une culotte.

— Tu m'as menti, fit-il, l'air faussement en colère.

Elle lui adressa un clin d'œil malicieux, comme si elle lui cachait un secret, puis elle lui prit la main et l'approcha de la dentelle blanche. Là, il découvrit une fente qui lui donnait accès à ses replis les plus intimes, les plus brûlants.

— Ce n'est pas mon anniversaire et j'ai pourtant eu droit à deux cadeaux ce soir ! Merci, Mari.

Il glissa un doigt par la fente, et caressa son clitoris gonflé de désir.

Le souffle court, il insinua ensuite un doigt dans sa chaleur moite et, aussitôt, son sexe se tendit plus encore, lorsqu'il découvrit que sa toison avait disparu.

— J'ai entendu dire que c'est encore meilleur ainsi, lui susurra-t-elle d'une voix enjôleuse.

Il avala sa salive avec difficulté, tant le désir le tenaillait. Il mourait d'envie de le découvrir. Il mourait d'envie d'allonger son siège et de la dévorer toute la nuit durant. Mais c'était trop risqué. Pas dans cet endroit qui les livrait à la vue du premier venu. Au moins, assise sur lui, avec sa robe rabattue sur ses jambes, ils étaient discrets.

— S'il te plaît, le supplia-t-elle en se mettant à remuer doucement au-dessus de lui.

— C'est complètement fou !

— Il n'y a personne, Danny…

— Dans ce cas, considère ça comme un apéritif avant de rentrer à la maison, déclara-t-il, sachant que de toute façon il ne pouvait pas résister.

Un sourire triomphant aux lèvres, elle ouvrit alors sa braguette, libéra son sexe dur, puis se mit à le caresser de ses doigts experts.

Ensorcelé par cette douce torture, il se mit à gémir.

— J'ai pensé à toi, lui annonça-t-elle lorsqu'il mit la main dans sa poche pour attraper un préservatif. Savais-tu que les diaphragmes existent toujours ?

— Dieu merci, marmonna-t-il, impatient de venir en elle sans la moindre barrière.

Mari se laissa glisser sur lui d'un geste rapide, précis et il referma ses mains autour de ses hanches. Elle était plus belle que jamais, plus désirable que jamais.

Il bougea légèrement et elle se pencha pour l'embrasser de nouveau.

Malgré leur impatience quelques minutes plus tôt, ils semblaient heureux d'aller lentement maintenant.

C'était doux, c'était tendre. Ce qui était incroyable, sachant qu'ils étaient dans sa voiture, dans un parking public. Mais à cet instant, plus rien n'importait. Et Mari ne semblait pas gênée. Au contraire, elle paraissait s'amuser follement de la situation.

Tant mieux !

Il continua donc à lui faire l'amour, comme s'ils étaient seuls au monde.

Mais ils étaient seuls au monde. Ce soir, il n'y avait plus qu'elle, lui, dans cette voiture, avec leur désir.

Chapitre 10

Mercredi 1er juin, 7 heures

www.mari-la-deluree/01/06/2011/juin

Bon mois de juin !

Contrairement à ce que je dis en décembre à cause de Noël, contrairement à ce que je dis en mars parce que mon anniversaire tombe en mars, le mois de juin est vraiment mon mois préféré. L'été approche, la température monte mais les nuits sont encore fraîches, les fleurs éclosent mais les moustiques ne sont pas encore là… Bref, le mois de juin est fantastique.

Comme je l'ai écrit hier, je suis très occupée cette semaine. Je continue à travailler à temps partiel. D'ailleurs, je travaille ce matin. Par contre, j'étais en congé lundi, pour la Pentecôte, et j'ai passé une journée, disons… mémorable !

Vous ai-je déjà dit que j'ai avoué à l'Homme parfait l'existence de ce blog ? Je l'ai informé de la teneur de mes messages et il m'a promis qu'il n'irait pas les lire. Mais au cas où… Monsieur l'Homme parfait, es-tu en train de m'espionner ? Ce n'est pas bien. Je vais être obligée de te donner la fessée !

Si, malgré sa promesse, il fait un petit tour ici, je vous en supplie, amis lecteurs, soyez gentils avec lui. Je peux vous faire confiance ?

Petit message personnel maintenant.

John L., du Wyoming, tu dois vraiment te trouver une autre occupation. Les courriels menaçants ne fonctionnent pas, les lettres d'amour que tu m'envoies non plus. Et non, je ne te dirai pas où j'habite. Je ne suis pas stupide à ce point. Bavarde, mais pas stupide.

A plus !

Mari.

P.-S. : Comment se sent-on lorsqu'on est amoureux ? A vous d'en discuter. (J'espère vraiment que l'Homme parfait n'est pas en train de lire !)

Vendredi 3 juin, 7 heures

www.mari-la-deluree/03/06/2011/jour de paie

Ça y est, j'ai reçu mon premier salaire ! Hourra !

Je n'ai pas touché la cagnotte du gros lot, mais pour un emploi à mi-temps, je n'ai pas à me plaindre.

Autre grande nouvelle : je suis invitée à une soirée mondaine demain soir. Il faudra sans doute que je tourne ma langue sept fois dans ma bouche avant de dire quelque chose que je pourrais regretter, mais je suis contente.

Et vous, quels sont vos projets pour le week-end ?

P.-S. : Je n'ai pas oublié le concours du vendredi. La discussion de la semaine dernière sur les rendez-vous les plus romantiques était sympathique, mais un peu ennuyeuse. Je crois que je préfère finalement quand vous me racontez vos rendez-vous ratés. C'est bien plus drôle. Alors, à vos marques… Prêts ? Partez !

— Qu'en penses-tu ?

Les mains sur les hanches, Mari fit tourbillonner sa longue robe noire et Adam, son frère, approuva d'un signe de tête.

Le jeune homme, qui vivait à Washington, était venu lui rendre visite. Il était toujours de bon conseil lorsqu'elle ne savait pas comment s'habiller. Il avait bien meilleur goût qu'elle, et c'était lui qui avait choisi la robe. Il l'avait emmenée faire du shopping durant l'après-midi après qu'elle lui avait annoncé qu'elle était invitée à une grande soirée mondaine.

— Tu es vraiment magnifique, Mari ! Tu vas complètement faire perdre la tête à ce type !

Ce ne serait pas la première fois. Elle ne se souvenait plus combien de fois elle lui avait fait l'amour, mais elle ne s'en lassait pas. Elle avait l'impression que jamais elle ne se lasserait de cet homme extraordinaire, cet homme qui lui faisait toucher les étoiles dès qu'il la caressait, qu'il l'embrassait.

Il ne s'agissait plus simplement d'une histoire de sexe entre eux. Leur relation s'était remplie d'émotion, de tendresse.

Elle avait l'impression que Danny ne voulait pas la quitter. Après avoir joui, il embrassait ses cheveux, lui caressait la joue, lui murmurait des mots doux dans le creux de l'oreille pendant qu'elle s'endormait.

Et quand elle se réveillait, il était toujours en elle. Elle le sentait aussitôt durcir et ils refaisaient l'amour.

La vie était parfois pleine de surprises. Il y avait encore deux semaines à peine, elle était persuadée que jamais elle ne le reverrait et aujourd'hui, elle était heureuse, comblée. Elle flottait sur un nuage de bonheur.

— Je n'arrive toujours pas à croire que tu sors avec un soldat ! s'exclama encore Adam.

— Il n'est pas exactement soldat, il est aviateur dans la marine.

— C'est la même chose. Je suis juste surpris car, il n'y a pas longtemps, tu jurais que jamais tu ne sortirais avec un militaire, et voilà que ce soir tu es invitée à une réception sur la base d'Annapolis…

— Je sais, c'est complètement fou.

Une partie d'elle, celle qui adorait se trouver entre les bras musclés de Danny, la tête contre son torse, était impatiente d'aller à cette soirée. Une autre partie, celle qui se souvenait des dégâts que l'armée pouvait causer à un mariage et à une vie de famille, tremblait à l'idée de ce bal et ne pensait qu'au moyen de refuser tout engagement, à fuir.

Elle se força cependant à ne pas paniquer et à se détendre. Elle essaya de refouler dans un coin de sa tête les disputes de ses parents, les larmes de sa mère accusant son père de la tromper, les cris de son père la traitant alors de femme ridicule qui dramatisait tout. Ces soirs-là, elle ouvrait la porte de sa chambre à ses frères et à sa sœur. Ils se serraient tous les quatre dans son lit et se forçaient à ne pas penser aux batailles qui se déroulaient à quelques mètres à peine d'eux.

Elle détestait les hommes qui trompaient leurs épouses, alors elle pouvait comprendre la colère de sa mère, sa détresse, sa frustration. Mais abandonner ses enfants ? Car, eux, que lui avaient-ils fait ? En quoi étaient-ils coupables ? Cela, elle ne le comprenait toujours pas et, quinze ans plus tard, elle ne pouvait encore l'accepter.

— Tu vas bien ? lui demanda soudain Adam.

Son frère était doté d'une intuition hors du commun.

— Ça va, répondit-elle d'une petite voix.

— Ne fais pas ça, Mari… C'est une très mauvaise idée.

— De quoi parles-tu ?

— Ne te compare pas à eux.

Elle n'avait pas besoin de lui demander de précisions. Elle savait à qui il faisait allusion.

— Tu n'es pas comme elle, Mari. Et cet homme n'est pas comme papa.

Il avait raison, bien sûr. Mais son cœur appréhendait les choses autrement…

Elle n'avait pas eu de vraie conversation avec sa mère depuis près de quinze ans, depuis que cette dernière avait quitté le domicile conjugal avec un diplomate, à l'époque où ils vivaient en Allemagne. Elle ne savait plus vraiment qui elle était, ni si elle s'était mise à lui ressembler en grandissant, puis en devenant une femme. Elles ne s'envoyaient plus que de brèves nouvelles par courriel, de temps en temps. Elles n'étaient plus suffisamment proches pour lui demander pourquoi elle les avait abandonnés.

Elle n'était pas proche de son père non plus et jamais elle ne le serait. Mais elle lui était néanmoins reconnaissante de ne pas les avoir abandonnés à son tour. Il avait toujours été sévère, froid, mais là cependant, tous les jours, pour subvenir à leurs besoins et assister à leurs spectacles de fin d'année. Il n'avait pas été un bon mari, mais s'était efforcé d'être le meilleur père possible, compte tenu de sa personnalité, de ses disponibilités. Ce n'était peut-être pas grand-chose mais, au moins, il avait fait des efforts.

— Arrête ! répéta Adam avec autorité. Je suis sérieux, Mari…

— Excuse-moi, mais je crois que j'ai un peu le trac. Je ne suis pas habituée à ces soirées où les hommes paradent en uniforme avec leurs médailles sur la poitrine et où les femmes, ivres, colportent des ragots.

Tout ce qu'elle désirait, c'était passer la soirée avec Danny. Elle n'avait pas besoin de porter une robe de bal pour être heureuse avec lui.

— Cet homme doit vraiment être spécial, si tu es prête à faire tout ça pour lui.

— Il l'est, admit-elle.

Adam s'installa sur le canapé et commença à jouer avec la chatte.

— Si je comprends bien, tu lui as pardonné de ne pas t'avoir appelée pendant deux semaines.

— Tu m'as dit que tu n'étais jamais allé sur mon blog !

— Je t'ai menti, répondit-il en haussant les épaules. J'adore ton blog, en fait… Je le lis tous les jours et j'ai eu de la peine pour toi en voyant combien il t'avait blessée.

Devinant la curiosité de son frère, elle lui raconta alors toute l'histoire, y compris l'épisode où Danny était arrivé chez elle avec toutes les preuves de ses recherches.

— Je crois que tu as eu raison de lui donner une seconde chance.

Elle allait répondre qu'elle ne le regrettait pas, lorsqu'elle entendit frapper à la porte.

— Le voilà, annonça-t-elle, soudain nerveuse.

C'était la première fois qu'elle allait présenter Danny à un membre de sa famille et Adam était celui dont elle se sentait le plus proche, celui dont l'opinion était la plus importante à ses yeux. Parce qu'il n'avait que trois ans de moins qu'elle, ils avaient partagé les responsabilités ; il l'avait aidée à prendre soin des deux plus petits. De cette expérience, ils avaient tiré un lien très fort, unique, que jamais rien ne pourrait rompre.

— Veux-tu que je lui ouvre et que je joue les grands frères protecteurs ?

— Je te rappelle que tu es plus jeune que moi !

Ignorant sa remarque, Adam se leva et, sans un mot, alla ouvrir.

Danny n'eut pas l'air surpris de trouver un homme chez elle. Il se contenta de sourire, affable, comme toujours.

— Vous devez être Danny…

— Vous avez l'air de me connaître mais je ne peux pas en dire de même. Je ne vous connais ni d'Eve ni d'Adam.

— Je suis le frère de Mari. Adam, justement !

Danny éclata de rire et Adam l'imita, puis ils se serrèrent chaleureusement la main et commencèrent à discuter.

Danny était aussi charmant et aimable que d'habitude et Mari vit son frère sourire. Il semblait se rendre compte que Danny était un homme foncièrement bon.

Mari frissonna en s'apercevant soudain que Danny portait son uniforme. Un frisson d'admiration mais aussi de crainte.

Lorsqu'ils passaient du temps ensemble, elle oubliait qu'il était militaire. Lorsqu'il était nu, elle oubliait qu'il était aviateur dans la marine ; elle oubliait qu'il était si beau ; qu'il devait séduire toutes les femmes qu'il croisait.

Mais il *n'avait pas* d'aventure avec toutes les femmes qu'il rencontrait, se rappela-t-elle pour se rassurer. Il n'était pas comme son père. Elle le savait mais, parce qu'elle manquait d'assurance, elle ne parvenait pas à oublier ses angoisses. Même reléguée dans un coin de sa tête, sa peur de souffrir l'empêchait de s'abandonner totalement et de profiter du moment présent.

Sa mission à la base navale allait bientôt se terminer. Il ne lui restait plus que deux cours à assurer sur le campus. Ensuite, que se passerait-il ? Reverrait-elle Danny ?

Elle devinait bien qu'il aurait envie de la revoir, elle aussi d'ailleurs, mais pendant combien de temps ?

Et combien de temps encore avant qu'il ne reparte en mission à l'autre bout du monde ?

Peut-être lui demanderait-il de l'accompagner à l'étranger et peut-être y réfléchirait-elle sérieusement.

Oui, elle y réfléchirait, car elle était folle de lui. Non sans grandes inquiétudes cependant. Que se passerait-il en effet si elle l'accompagnait ? Cette vie avec l'armée ne finirait-elle pas par l'étouffer, par lui faire perdre la tête ? Les doutes la gagneraient peut-être, les regrets… Leur relation finirait par se détériorer, jusqu'à la rupture.

Mais ces questions étaient prématurées, ou même sans objet. Rien ne l'empêchait pour le moment de poursuivre cette relation et d'en profiter autant que possible, aussi longtemps que possible.

Comme s'il venait seulement de l'apercevoir, Danny l'applaudit et elle sortit de sa réflexion.

— Waouh ! fit-il en sifflant d'admiration.

Emue, elle fit quelques tours devant lui.

— Tu aimes ? lui demanda-t-elle. C'est Adam qui a choisi la robe.

— Je n'applaudissais pas la robe, répondit Danny d'une voix sensuelle.

Il la dévorait du regard, comme s'il n'avait pas passé toutes ces dernières semaines au lit avec elle, et elle sentit son rythme cardiaque s'emballer peu à peu.

La regarderait-il toujours ainsi lorsqu'ils seraient devenus vieux ?

Etait-il même possible que leur relation dure aussi longtemps ? Non. L'excitation du début finissait toujours par s'atténuer. Pourtant, une petite voix dans sa tête lui disait que Danny était le genre d'homme à accorder à la femme qu'il aimait des regards amoureux même à quatre-vingts ans. Et elle voulait être cette femme, celle qu'il regarderait ainsi lorsqu'il serait un vieux monsieur.

Surprise par ces pensées, qui ne lui ressemblaient pas, elle hocha la tête. Cette idée ne l'étonnait pas autant que cela malgré tout. Elle s'était bien rendu compte qu'elle était tombée amoureuse. Après avoir dormi dans ses bras, ri avec lui, après l'avoir regardé se raser, manger, elle savait qu'elle en voulait plus. Jamais elle ne serait rassasiée. Jamais plus elle ne serait heureuse sans lui.

— Peut-être devrait-on rester ici, suggéra soudain Danny. Je ne suis pas certain de pouvoir faire confiance à Quag, ou à aucun autre de mes collègues… Ils vont tous essayer de te séduire !

Pour avoir croisé le dénommé Quag, elle comprenait ses inquiétudes. Ce type ne pouvait pas s'empêcher de flirter.

— Tu peux me faire confiance, répondit-elle néanmoins.

— Oui, vous pouvez faire confiance à Mari, intervint Adam. Elle est le genre de femme qu'on veut garder pour toute la vie.

Elle leva les yeux au ciel. Adam ne pouvait-il pas être plus discret ? Enfin, cette remarque était bon signe. Cela voulait dire que Danny lui avait fait bonne impression.

— Bon les enfants, reprit paternellement Adam, vous devriez y aller. J'ai été content de vous rencontrer, Danny… Quant à toi, Cendrillon, tu es magnifique ! Amuse-toi bien ce soir.

Cendrillon… Elle se sentait en effet comme une princesse de conte de fées, prête à aller danser au bras de son prince charmant.

Ni l'un ni l'autre ne parlèrent beaucoup pendant le trajet. Danny ne manquait pourtant pas de sujets de conversation. Il avait même une grande nouvelle à lui annoncer. Mais il n'aborda pas le sujet dans la voiture, de peur de ne plus être assez concentré ensuite pour conduire.

La lettre qu'il attendait depuis si longtemps était enfin arrivée.

Lorsqu'il avait trouvé dans sa boîte aux lettres l'enveloppe aux couleurs de la NASA, il s'était senti aussi nerveux qu'un étudiant attendant sa lettre d'admission à l'université de ses rêves, puis il était devenu fou de bonheur en prenant connaissance de la réponse. Il avait été accepté. Il avait été retenu pour le programme de formation des astronautes. Il faisait partie de la petite centaine d'heureux parmi des dizaines de milliers de candidats !

Il allait être astronaute. S'il travaillait dur, peut-être volerait-il dans l'espace dans quelques années !

Après des années de travail, des années d'efforts pour obtenir les meilleures notes possibles, il avait réussi. Son rêve de petit garçon allait enfin se réaliser…

Il avait obtenu ce dont il rêvait depuis toujours et, cerise sur le gâteau, la femme idéale était assise à côté de lui. Une femme magnifique, intelligente, drôle, une femme dont il était fou amoureux.

Il avait cependant quelques inquiétudes sur la réaction de Mari. Elle serait certainement heureuse de savoir qu'il allait quitter l'armée plus tôt que prévu. Houston l'intéresserait sans doute plus qu'une base militaire à l'autre bout du monde, mais tant qu'il ne connaissait pas sa réponse, tant qu'il ne pouvait que faire des suppositions, il ne parvenait pas à se détendre.

Ils arrivèrent enfin à Annapolis et il se gara devant le yacht-club, où le gala était organisé. Mais plutôt que d'entraîner la jeune femme vers le bâtiment où l'orchestre jouait déjà, il lui prit le bras et l'entraîna vers la plage.

— Je dois te parler, Mari…

Comme si elle s'attendait à entendre une mauvaise nouvelle, il la sentit se raidir.

— J'ai une nouvelle fantastique à t'annoncer, dit-il alors sans attendre, pour la rassurer. J'ai obtenu une chose dont je rêvais depuis très longtemps.

Curieuse, elle se tourna vers lui.

— J'ai hâte de l'apprendre, Danny.

Mais il préféra l'emmener un peu plus loin, au calme, là où la pleine lune se reflétait sur l'océan.

— Dis-moi tout, je suis curieuse.

Il s'arrêta de marcher et fixa le ciel.

— Magnifique, n'est-ce pas ? dit-il. Je crois que je t'ai déjà dit que, depuis que mon père m'a emmené voir les avions atterrir à O'Hare, lorsque j'avais cinq ans, j'ai toujours rêvé de voler ?

— Tu me l'as plus ou moins expliqué, en effet, mais sur le moment j'ai cru que tu disais que cette visite t'avait donné envie de devenir mécanicien.

Se souvenant de leur première rencontre, et du malentendu qui avait suivi, il éclata de rire. L'incident ne datait que d'un mois à peine, mais leur relation avait bien évolué depuis.

— Ce que je ne t'ai pas dit, c'est que je ne rêve pas seulement de voler dans des avions, continua-t-il en pointant son doigt en direction du ciel. C'est à la lune que je rêve…

— A la lune ?

— La lune, oui…

— Je crois qu'on peut donner son nom à une étoile, mais pour la lune, c'est peut-être un peu plus difficile, non ?

— Je veux aller sur la lune, Mari !

Tout en prononçant ces mots, il la vit ouvrir la bouche. Elle semblait éberluée.

— Tu veux être astronaute ?

— Je le veux et je *vais* l'être.

Elle demeura bouche bée, incapable de prononcer le moindre mot.

— Je l'ai appris aujourd'hui. Ma candidature a été retenue par la NASA. Je pars à Houston dans un mois.

— Mon Dieu…

Toute la journée, il s'était demandé avec angoisse quelle serait sa réaction, si elle aurait peur, si elle lui en voudrait de ne pas lui en avoir parlé plus tôt, si elle lui en voudrait de son départ… Mais à sa grande surprise, elle lui adressa un large sourire. Elle semblait aussi heureuse que lui.

— Félicitations, Danny, c'est une nouvelle incroyable !

Soulagé, il la prit dans ses bras et l'embrassa avec effusion. Elle ne cessait de le surprendre, de le surprendre en bien. C'était fantastique.

Il mit fin à leur baiser, mais continua à la serrer dans ses bras, puis il plongea dans son regard et la dévisagea, comme pour se souvenir de son visage, comme pour graver à jamais ce moment en lui.

— Tu vas vraiment aller dans l'espace, Danny ?

— Si le destin le veut bien, oui. Mais avant ça, je vais devoir suivre des années de formation intense.

Elle prit son visage en coupe, dessina sa bouche de son pouce et il sentit son cœur se mettre à battre à toute allure.

— Tu vas y arriver, je n'ai aucun doute là-dessus.

— Tu sais ce que ça veut dire, reprit-il, se demandant si ce n'était pas trop tôt pour lui demander si elle aimerait vivre à Houston.

La première année serait la plus dure, mais il ne pourrait pas attendre un an. Il ne pourrait pas passer une année sans elle. Peut-être pourrait-elle alors chercher du travail là-bas. Personnellement, cela lui semblait une bonne idée.

Il ne lui restait plus qu'à espérer qu'elle soit du même avis.

Il allait aborder le sujet lorsqu'une voix masculine le coupa dans son élan.

— Te voilà enfin, Danny ! Il faut que tu viennes, tout le monde t'attend à l'intérieur pour te féliciter.

Mécontent de cette interruption, Danny lâcha Mari et se tourna vers Quag.

— Bravo Midas ! continua ce dernier en lui serrant la main. Je savais que tu pouvais y arriver !

Surpris de ces félicitations, car il n'avait parlé à personne de son projet, à part à ses parents et à l'instant même à Mari, il ne répondit pas.

— Le commandant a reçu un coup de fil d'un de ses amis à Houston, poursuivit Quag, lui donnant l'explication. C'est une nouvelle extraordinaire, mon vieux !

Il se tut enfin et se tourna vers Mari.

— Vous êtes prête à devenir la première fan de notre nouvelle superstar ?

Danny vit le sourire de Mari s'évanouir. Pourquoi diable Quag les avait-il interrompus ? Il était content de savoir son ami heureux pour lui, mais il aurait voulu avoir quelques minutes supplémentaires de tête à tête avec la jeune femme pour en savoir plus sur ce qu'elle pensait de la nouvelle et de ses conséquences pour eux. Elle était heureuse pour lui, certes, mais il voulait entendre de sa bouche comment elle imaginait le futur de leur relation. Malheureusement, le commentaire de Quag n'allait sûrement pas le servir !

— Mari est beaucoup plus qu'une fan, rétorqua-t-il en prenant la main de la jeune femme dans la sienne.

Il ne voulait pas qu'elle soit une simple fan. Il espérait que... Oui, il espérait qu'un jour elle finirait par devenir femme d'astronaute.

Car il l'aimait. Il l'aimait de tout son cœur, et pour toujours. Peu importait maintenant comment ils s'étaient rencontrés, peu importait si le destin avait joué un rôle ou non. Chaque minute passée à ses côtés faisait grandir son amour pour elle.

— Allons-y, insista Quag. Le commandant va déboucher une bouteille de champagne rien que pour toi. Il faut que tu sois là.

Danny adressa alors un regard désolé à Mari puis l'entraîna vers la salle, sans lâcher sa main pour autant.

Il avait l'intention de rester toute la soirée à ses côtés car, la connaissant, il devinait qu'elle se laisserait déborder par les pensées négatives s'il la laissait seule.

Malheureusement, une fois à l'intérieur, ses supérieurs et ses collègues se précipitèrent vers lui et il se trouva séparé de Mari.

Il ne put faire moins que prendre le temps de leur répondre, de discuter un peu avec eux, de les remercier de leurs félicitations, tout en cherchant la jeune femme du regard. Il n'avait jamais grand mal à la trouver car elle était indéniablement la plus belle femme de la soirée. Chaque fois que leurs regards se croisaient, elle levait le pouce pour lui indiquer que tout allait bien et qu'elle se débrouillait toute seule.

Il lui fallut une bonne heure pour réussir à se libérer. Sans attendre, il partit alors à la recherche de Mari. Il voulait s'excuser de s'être laissé accaparer ainsi et de l'avoir abandonnée au milieu de tas de gens qu'elle ne connaissait pas, puis l'entraîner dans le recoin le plus proche et l'embrasser jusqu'à en perdre la tête.

Il se contenterait aussi d'une danse, si elle préférait.

— Je crois qu'elle est allée aux toilettes, lança soudain une voix féminine derrière lui.

Il se retourna et se trouva nez à nez avec une enseignante que les étudiants appelaient Amiral en raison de son autorité.

— Pardon ?

— Vous cherchez le Dr Marshall, commandant ? Vous êtes venu avec elle ce soir, je crois…

Pour toute réponse, il se contenta d'un signe de tête.

— Elle est allée se repoudrer.

— Merci.

— Je suis heureuse de constater que vous avez décidé de transposer votre relation dans la vraie vie et de ne plus vous contenter de la vivre dans une salle de cours.

Se souvenant soudain du moment de passion qu'ils avaient partagé à l'Académie, Danny se figea net. Cette femme était-elle au courant ? Quelqu'un les avait-il aperçus ? Ils avaient pourtant été prudents.

— La rumeur du succès de vos cours en binôme s'est propagée sur tout le campus, poursuivit-elle.

Ouf ! Elle ne faisait allusion qu'à leurs petits jeux de rôle en fin de conférence.

Rassuré, Danny se détendit. Il la remercia puis la salua.

Sa remarque préliminaire lui avait fait prendre conscience qu'il était temps pour lui de rendre officielle sa relation avec Mari. En espérant qu'elle ne prenne pas ses jambes à son cou !

Déterminé à ne pas attendre plus longtemps pour lui en parler, il se dirigea vers les toilettes pour dames et se posta devant la porte. Il ne voulait pas risquer de la rater.

Une autre porte s'ouvrit, la porte menant au parking, et une jeune femme brune apparut.

— Danny ! cria-t-elle avant de s'élancer vers lui.

C'était Jazzy, sa petite sœur. Il la prit dans ses bras. Il était tellement heureux de la voir qu'il ne pouvait plus parler, les mots lui manquaient.

Comme lorsqu'ils étaient enfants, elle s'accrocha à ses bras tel un petit singe et le serra contre elle, comme si elle ne l'avait pas vu depuis des années.

— Est-ce que je dérange ? demanda au même instant une voix glaciale.

Sans lâcher sa sœur, Danny se retourna et aperçut Mari. Elle venait de sortir des toilettes et, à l'évidence, elle avait assisté à toute la scène.

C'était un euphémisme de dire qu'elle n'avait pas l'air très contente !

— Je crois que je vais avoir des problèmes, murmura-t-il en se rendant soudain compte que les apparences ne jouaient pas en sa faveur.

— Seulement si c'est ta petite amie, répondit sa sœur.

Danny n'avait jamais imaginé que Mari pourrait être une femme jalouse, et pourtant elle était en train de les foudroyer du regard, Jazz et lui.

Il n'était pas ravi de se retrouver dans cette situation, mais il devait néanmoins admettre qu'il était assez satisfait de la savoir jalouse. Cela lui donnait de l'espoir pour le futur de leur relation.

— Mari, j'aimerais te présenter Jazz, ma petite sœur…

Mari ouvrit la bouche, puis mit ses mains sur ses joues, comme pour masquer sa honte.

— C'est vous, Jazzy Girl ?

— Oui, c'est moi !

— Je suis désolée, s'excusa Mari, je n'aurais pas dû penser que…

— Ne vous en faites pas, vous vous êtes comportée comme n'importe quelle femme amoureuse. Si j'étais sortie des toilettes et que j'avais aperçu une femme dans les bras de mon petit ami, croyez-moi, il y aurait eu des dégâts !

— Comme ça au moins, je suis prévenu ! répliqua une voix d'homme derrière eux.

Danny se retourna et sourit à Blake, le fiancé de sa sœur.

Jamais il n'aurait pensé que sa bouillonnante petite sœur finirait avec un homme aussi sérieux, aussi gentil mais aussi conservateur que Blake. Ils semblaient pourtant parfaits l'un pour l'autre.

— Je suis content de te voir, Blake, lança Danny en serrant la main de son futur beau-frère.

— Je n'arrive pas à croire que j'ai gâché vos retrouvailles familiales en me conduisant comme une pimbêche, reprit Mari. Je vous demande à tous de me pardonner…

Danny la rejoignit et passa tendrement son bras autour de ses épaules pour la rassurer, mais elle semblait toujours aussi embarrassée.

— Je suis vraiment désolée, Danny.

— Ce n'est rien…

— Tu as été si gentil avec Adam…

— Adam ? Qui est Adam ? demanda Jazz. Votre ex ?

— Non, c'est son frère, répondit à sa place Danny.

— Mais j'imagine que votre frère n'était pas dans vos bras lorsque Danny est arrivé ? dit encore la pétillante Jazz.

Mari éclata de rire et il se détendit. Tout allait bien. Le mauvais moment était passé.

— Je n'arrive pas à croire que vous soyez ici, reprit Danny, toujours abasourdi.

— Dès que ta mère nous a annoncé la grande nouvelle, répondit Blake, Jazz a appelé Amanda, qui a réussi à nous trouver des places sur un vol pour Annapolis.

Amanda était la meilleure amie de sa sœur. Elle dirigeait une petite compagnie aérienne basée à Chicago. Blake travaillait au service de presse de l'aéroport tandis que Jazz était mécanicienne. A eux deux, ils possédaient donc un réseau efficace lorsqu'ils avaient besoin de places de dernière minute.

— Quag nous a dit que tu serais là ce soir, continua Jazz, et il nous a invités pour te faire une surprise.

— Pour une surprise, c'est une bonne surprise.

Peut-être même était-il aussi surpris que Mari avait dû l'être lorsqu'elle l'avait aperçu avec une autre femme dans les bras.

Ils allèrent danser tous les quatre mais, même si Mari avait l'air détendue maintenant, Danny sentait qu'un nuage sombre flottait au-dessus d'eux. Son rire chantant n'était pas aussi léger que d'habitude. De temps en temps, il surprenait un voile de tristesse dans son beau regard azur.

Il ne comprit pourquoi que très tard dans la nuit, lorsqu'il la raccompagna chez elle.

Là, il essaya de la prendre dans ses bras, mais elle se déroba.

— Je suis heureuse pour toi, Danny, sincèrement. Mais je pense qu'il vaut mieux que nous arrêtions dès maintenant.

Chapitre 11

Mari n'avait pas l'intention de lui annoncer sa décision de cette façon. Pourtant, elle l'avait fait. Si Adam lui avait demandé, l'après-midi même, si cette soirée serait la dernière qu'elle passerait avec Danny, non seulement elle aurait répondu que non, mais elle aurait été horrifiée à cette idée.

Elle venait cependant bel et bien de rompre.

Leur relation allait droit dans le mur. Si elle avait persisté dans cette voie, elle aurait forcément souffert, alors mieux valait tout arrêter dès maintenant. Mieux valait le quitter pendant qu'elle le pouvait encore, qu'elle n'était pas encore trop attachée à lui.

— Qu'est-ce que tu dis ? demanda Danny, abasourdi.

— C'est fini, Danny. Je suis désolée, mais je ne veux plus te voir.

Sa façon de lui annoncer sa décision était brutale, d'autant plus que Danny venait de voir son rêve de toujours se concrétiser et qu'il en était si heureux, mais elle l'avait fait. Elle lui avait annoncé que tout était fini entre eux.

Durant toute la soirée, elle avait été en proie à un maelström d'émotions, de questions, de panique. Il ne s'agissait pas simplement du fait d'avoir aperçu Danny enlaçant une autre femme, d'ailleurs la méprise était levée. Non, son malaise remontait à plus loin, lorsqu'elle avait vu comment tout le monde regardait Danny depuis que la grande nouvelle avait été annoncée.

Le monde de l'homme qu'elle aimait s'était métamorphosé en quelques heures et elle en était heureuse pour lui — sincèrement heureuse —, car son rêve allait enfin se réaliser, mais, ce rêve, elle ne le partageait pas, même si lui n'en était pas encore conscient.

Durant la soirée, où qu'elle ait porté son regard, elle avait vu une femme différente se pavaner devant Danny, lui faire les yeux doux, et elle refusait de devenir une de ces créatures insipides. Pire encore, elle refusait de voir l'une de ces créatures insipides prendre place dans le cœur de Danny, même temporairement, comme cela s'était passé pour sa mère.

— Tu n'es pas sérieuse ? parvint-il enfin à demander après quelques longues secondes de silence.

— Si. Je suis désolée, Danny.

Puis elle se tut et se dirigea vers la cuisine. Elle avait besoin d'un verre d'eau pour se rafraîchir. Et surtout pour ne pas craquer et risquer de s'effondrer entre ses bras.

Elle ne pouvait pas le toucher ni le laisser la toucher. C'était impossible, sinon elle l'embrasserait, elle finirait au lit avec lui, et ses belles résolutions s'envoleraient une fois de plus.

— Mari, peux-tu m'expliquer au moins ?

Elle but une gorgée d'eau avant de répondre.

— Nous savions depuis le début que cette relation ne durerait pas, Danny Et maintenant que tu pars pour Houston…

— Tu penses que mon départ signe la fin de notre relation ?

— Honnêtement, je me demandais même si on se verrait la semaine prochaine, après la fin de mes cours.

Pendant qu'elle parlait, il tenta de lui prendre la main, mais elle se déroba.

— Je ne comprends pas, Mari. Je suis fou de toi et tu es folle de moi !

— Ce n'est pas le sujet.

Qu'est-ce qui était le sujet, alors, si l'amour ne l'était pas, dans la situation présente ? Il se passa une main dans les cheveux d'un geste las. Il semblait perdu, blessé. Elle l'avait vu si heureux durant toute la soirée, et maintenant il était triste à cause d'elle. Elle s'en voulait de lui faire de la peine. Elle avait envie de le consoler, de revenir sur ses paroles. Mais elle se retint. A quoi bon rendre leur rupture plus douloureuse ?

Elle lui devait pourtant une explication.

— Danny, je t'ai dit ce que je pensais de la vie militaire. Je ne veux pas passer mon existence à déménager aux quatre coins du monde. Je ne veux pas vivre sur une base. Je ne veux pas passer mes journées à me faire du souci pour toi.

— Mais je ne vais plus être envoyé en mission, Mari !

— Non, tu seras envoyé dans l'espace… C'est pire ! rétorqua-t-elle en pensant aux derniers accidents de navette, aux morts qu'ils avaient causés.

— Je ne vais pas partir dans l'espace avant des années, et sans doute pas plus de quelques fois dans toute ma vie.

Certes, mais cela ne changeait rien.

En fait, le problème principal n'était pas tant son inquiétude ou la perspective de multiples déménagements.

— Il reste ta relation avec l'armée, poursuivit-elle. J'ai grandi dans un environnement militaire et je me suis promis de ne jamais revivre ça.

— Je ne vivrai plus une vie de soldat, Mari, puisque j'ai été recruté par la NASA !

— Je sais mais, d'une certaine façon, ce sera pire, répéta-t-elle.

Il la dévisagea sans comprendre.

— Notre pays adore les héros, et les astronautes sont ses derniers héros. Tu vas passer ta vie à être invité partout, à des cérémonies officielles, des soirées, des colloques, des conférences…

— Tu te moques de moi, dis ? Je vais passer les premières années en cours, en entraînement, à me demander dans quel bourbier je me suis mis.

— Mais tu finiras par devenir cet homme, ce héros sans peur et sans reproche qui, lorsqu'il n'est pas en train de sauver le monde d'un astéroïde, voyage aux quatre coins de la terre pour rencontrer ses fans…

— Tu réagis comme ça parce que tu m'as surpris en train d'enlacer ma sœur ?

— Non, répondit-elle avec autant de vigueur que possible,

mais c'est lié à l'impression que j'ai eue d'être une jalouse imbécile lorsque j'ai assisté à cette scène.

— Pour l'amour de Dieu, Mari, je ne suis pas un homme qui saute sur tout ce qui bouge ! J'ai trente-trois ans ! Je ne me conduis plus ainsi depuis des années, depuis que j'ai été blessé en Afghanistan.

Elle était au courant de l'accident, mais se raidit pourtant à cette évocation. Il lui avait raconté ce qu'il lui était arrivé, dans la vallée de Kandahar. Les longues heures passées seul, blessé, ignorant ce que serait sa vie s'il s'en sortait, sachant juste qu'il voulait s'en sortir. Ces mots l'avaient touchée et elle avait passé longtemps, cette nuit-là, à embrasser son impressionnante cicatrice.

— Je sais que tu n'es pas un homme à femmes, Danny. Je n'ai pas peur que tu me trompes…

— Je ne le ferais jamais.

— Je le sais, je te fais confiance, mais…

Comment lui expliquer ce qu'elle ressentait ?

— Je me connais. Un avenir radieux t'attend et j'ai peur de devenir une femme aigrie à tes côtés. Je suis intelligente et j'ai envie de voir jusqu'où je suis capable d'aller professionnellement. Je ne veux pas tout abandonner pour devenir une petite amie anxieuse, jalouse, passant son temps à se demander où tu es et avec qui, si tu as cinq minutes de retard. Je ne veux pas devenir cette femme. Jamais.

Danny croisa les bras, s'adossa contre la porte et riva son regard au sien. Un regard si perçant, si glacial qu'elle se mit à frissonner.

— Pourquoi n'admets-tu pas la vérité, Mari ? Pourquoi ne reconnais-tu pas que tu as peur de devenir comme ta mère ?

Incapable de nier, elle ne répondit rien. Elle avait passé des années à souffrir des conséquences des choix de sa mère et elle refusait de mener une vie similaire.

Danny n'était pas le même genre d'homme que son père, elle en était convaincue, mais il ne pouvait jurer qu'elle ne deviendrait pas une femme jalouse et frustrée.

— Tu vas vivre une vie de star, Danny, reprit-elle.

— C'est sûr ! Etre harcelé en permanence par les fans, quel bonheur ! ironisa-t-il.

— Je suis sérieuse, Danny, le coupa-t-elle d'un ton sec. Ils sont harcelés par des femmes capables de porter des couches-culottes pour rouler pendant toute une nuit sans s'arrêter et tuer leur rivale !

Il hocha la tête. Un fait-divers qui avait en effet défrayé la chronique quelques années plus tôt.

— On dirait que tu as vraiment pensé à tout, Mari…

Elle le dévisagea. Pour la première fois, il ne la regardait plus avec tendresse. Son beau regard était noir, son visage fermé, sa mâchoire serrée. Il semblait déçu.

— Je vois que tu as une très haute opinion de moi.

— Danny…

— Ne dis plus rien, s'il te plaît. Je suis désolé pour toi. Tu as passé la majeure partie de ta vie à fuir pour ne pas risquer de souffrir comme tu as souffert lorsque tu étais enfant. Tu t'es enfermée dans les études, tu te caches derrière un pseudonyme lorsque tu écris sur ton blog parce que tu n'as pas le courage de dire tes sentiments haut et fort…

Il se tut et se dirigea vers la porte. Il n'avait pas envie d'argumenter en vain.

— Je n'ai jamais dit que je ne tenais pas à toi, Danny…

— Ne dis pas un mot de plus. Je ne veux plus t'écouter !

La gorge serrée, Mari le regarda s'éloigner, incapable de faire un geste pour le retenir. Elle avait l'impression que ses pieds étaient coulés dans du béton.

Elle devait accepter les conséquences de ses actes, lui rappela la voix de la raison. Dans ce cas, pourquoi était-elle aussi émue ? Pourquoi tremblait-elle comme une feuille ? Pourquoi parvenait-elle à peine à respirer ?

Danny ouvrit la porte et se retourna une dernière fois, avec un regard de pitié.

— J'ai toujours pensé que tu étais pessimiste de nature, que tu essayais de te protéger parce que tu avais souffert dans le passé. Mais la vérité, c'est que tu es lâche. Oui, lâche…

Elle ouvrit la bouche pour répondre mais aucun mot ne sortit. Que pouvait-elle répondre de toute façon ?

Je suis désolée, je ne voulais pas te dire tout ça.

Je t'aime.

Mais avant qu'elle ait eu le temps de réagir, Danny était parti. Elle écouta le bruit de ses pas décroître dans l'escalier jusqu'à s'éteindre complètement, disparaître... Comme l'homme qu'elle aimait.

Sous le choc, elle demeurait pétrifiée, sentant les larmes lui monter aux yeux.

Que diable avait-elle fait ?

— Il a tort sur un point ! lança soudain une voix péremptoire.

Mme Faraday se tenait sur le palier.

— Vous n'êtes pas seulement lâche, Mari. Vous êtes aussi une idiote !

Dimanche 2 juin, 3 h 38

www.mari-la-deluree/02/06/2011/bon Dieu

Je suis une femme lâche.

Ce soir, j'ai commis la plus grosse bêtise de toute ma vie.

Malheureusement, je ne sais pas comment la réparer.

Il fallut à Danny pas loin de trente-six heures pour se calmer après sa conversation avec Mari. La femme qu'il aimait, et avec qui il imaginait passer le reste de sa vie, l'avait laissé tomber simplement par peur de ce qui pouvait se passer.

Il avait repassé leur conversation des milliers de fois et il n'arrivait toujours pas à comprendre.

Jazz et Blake logeant chez lui, il avait dû masquer sa colère et sa tristesse. Sa sœur avait évidemment remarqué qu'il se passait quelque chose, mais pour une fois, sans doute grâce à l'influence de Blake, elle n'avait pas insisté pour qu'il lui raconte ce qu'il avait sur le cœur. Elle s'était contentée de lui prendre la main et de lui murmurer des mots de réconfort.

— Tout s'arrangera, tu verras, lui avait-elle dit avant de partir ce soir-là.

Après leur départ, il avait écouté tous les messages sur son répondeur, les félicitations des collègues, des amis, des membres de sa famille…

Il ne pouvait le nier, il était excité et heureux d'avoir été choisi par la NASA. Mais sa rupture avec Mari l'empêchait de se réjouir comme il l'aurait mérité et d'envisager cet avenir plein de promesses d'un cœur léger.

La nuit suivante, il avait dormi deux heures à peine, hésitant entre se soûler pour anesthésier sa douleur et repartir à Baltimore pour faire admettre à Mari qu'elle était amoureuse de lui.

— Elle est amoureuse, se répéta-t-il pour se donner du courage, le lundi matin.

Il savait qu'elle l'aimait. Il n'avait pas besoin d'entendre les mots pour en être certain. Le problème n'était pas ses sentiments pour lui. Non, le problème, c'était son manque de confiance, son manque de courage. Des qualités dont lui ne pouvait pas se passer dans sa vie de tous les jours.

Leur cours commun allait bientôt commencer, mais il choisit de ne pas y aller, de rester chez lui.

De toute façon, Mari n'avait pas besoin de lui. Elle se débrouillerait très bien toute seule.

Seulement, s'il ne voulait pas craquer et aller la retrouver, il devait s'occuper l'esprit. Il alluma donc son ordinateur portable et fit quelques recherches sur Houston et la vie qu'il mènerait là-bas. Mais au bout de quelques minutes, incapable de s'en empêcher, il tapa l'adresse du blog de Mari : www.mari-la-deluree.com.

Il avait promis à la jeune femme de ne pas le visiter et il avait tenu parole jusqu'à présent.

— Mais nous ne sommes plus ensemble, marmonna-t-il. Ma promesse ne compte donc plus.

La page s'ouvrit et il reconnut le petit personnage façon manga qui ressemblait à Mari avec ses cheveux blond cendré et ses grands yeux bleus. Puis il lut son dernier message.

Il avait été posté au milieu de la nuit, preuve que tout comme lui, Mari n'avait pas bien dormi.

Il lut le message deux fois.

Mari y affirmait avoir commis la plus grosse erreur de toute sa vie.

Il sentit son rythme cardiaque s'emballer.

Mari avait également écrit qu'elle ignorait comme réparer sa bêtise.

Mais si elle était sincère, si elle regrettait vraiment leur rupture, elle serait venue le voir, non ? Or elle ne lui avait donné aucune nouvelle.

A moins qu'elle ne vienne après son cours... A moins qu'elle n'attende de le croiser sur le campus...

Après réflexion, il décida de se rendre à l'Académie.

Mari s'efforça de demeurer enthousiaste et réceptive aux remarques et questions des étudiants durant tout son cours mais, après avoir compris que Danny ne viendrait pas, elle avait vraiment eu du mal. Les jeunes gens semblaient eux aussi déçus. La nouvelle de son admission à la NASA s'était rapidement répandue et ils voulaient tous le féliciter.

Au fond, elle n'était pas surprise par son absence. Après tout, pourquoi serait-il venu ? Elle s'était conduite comme une idiote avec lui, comme une petite fille capricieuse.

Maintenant elle le regrettait. Oh ! elle le regrettait tellement !

Peut-être aurait-elle été capable de mieux contrôler ses émotions si elle n'avait pas discuté avec Adam un peu plus tôt ce jour-là. Peut-être ne se serait-elle pas souvenue avec autant de précision des nuits de panique, lorsque ses parents se disputaient... Et ces images ne seraient pas revenues à son esprit chaque fois que quelqu'un félicitait Danny pour son admission.

Il ne l'abandonnerait pas ; il ne la trahirait pas, il était trop noble pour cela, trop honnête. Il était incapable de masquer ses émotions. Il lui suffisait de voir son sourire chaleureux, d'entendre la tendresse dans sa voix, sa gentillesse, pour savoir qu'il était un homme bon.

Un véritable gentleman. Un homme qui méritait qu'elle lui fasse confiance. Un homme à qui elle faisait déjà confiance.

Et pourtant, elle l'avait rejeté.

— Tu es la dernière des idiotes, marmonna-t-elle.

— Quoi ? demanda un étudiant assis au premier rang.

En fait, tous les étudiants qui, quelques minutes plus tôt, semblaient dormir, venaient de se redresser, comme s'ils l'avaient entendue.

— J'ai dit que j'étais une idiote, répéta-t-elle.

— Pourquoi ? Qu'avez-vous fait ?

— Quelque chose que vous n'auriez sans doute jamais fait. J'ai choisi la carte de la sécurité. J'ai refusé de prendre des risques.

— Ça m'arrive aussi de jouer la carte de la sécurité, répliqua un garçon au fond de la salle. J'achète alors des préservatifs !

— Pour les utiliser comme ballons ? lui demanda un autre étudiant.

Toute la salle éclata de rire et elle se détendit un peu. Elle les aimait bien, ces jeunes gens. Elle les appréciait tellement qu'elle se demandait si elle ne devrait pas penser à devenir enseignante pour de bon, professeur de psychologie.

Elle avait le sentiment qu'elle pourrait apporter quelque chose aux étudiants en première année d'université. Pas en leur parlant de la vie presque sur le ton de la conversation, comme elle le faisait à l'Académie, mais en leur donnant de véritables cours. Quelques jours auparavant, elle avait d'ailleurs pensé appeler son ancien professeur à l'université John-Hopkins pour savoir s'ils ne recrutaient pas. Mais c'était avant le drame de samedi soir, avant qu'elle n'apprenne que Danny allait déménager à Houston, avant de savoir qu'elle avait envie de partir avec lui, avant de rompre.

Aujourd'hui, elle devait s'excuser, lui avouer qu'elle l'aimait et qu'elle lui faisait confiance.

Oui, voilà ce qu'elle devait faire, ce qu'elle allait faire.

Une fois son cours terminé, elle se rendrait chez lui. Elle

frapperait à sa porte jusqu'à ce qu'il lui ouvre. Il en valait le coup. Leur relation en valait le coup.

— En fait, continua-t-elle lorsque les étudiants reprirent leur sérieux, je parlais de jouer la carte de la sécurité émotionnelle. Je me suis conduite comme une lâche, au lieu de suivre mon cœur, et maintenant je le regrette.

Elle le regrettait même amèrement.

— Une histoire d'amour ? demanda un étudiant.

Elle esquissa un sourire las.

— Oui, je sais, à dix-huit ans, l'amour est peut-être la dernière chose qui vous intéresse, mais un jour vous comprendrez.

— Un homme vous a brisé le cœur ?

En fait non. Elle se l'était brisé toute seule. Et elle avait sans doute aussi brisé le cœur de Danny.

— Parce que si un homme vous a fait du mal, continua l'étudiant, il va avoir affaire à nous !

Elle lui sourit, prête à le remercier, lorsqu'une voix le coupa dans son élan.

Une voix masculine envoûtante.

— Oui, vous êtes l'une d'entre nous et nous nous soutenons toujours, dans toutes les circonstances.

Danny…

Elle ne le voyait pas mais elle reconnaissait sa voix.

Abasourdie, elle se tint au pupitre pour ne pas tomber. Son cœur faisait des bons énormes dans sa poitrine, ses jambes flageolaient.

Les étudiants aussi reconnurent sa voix. Ils se retournèrent, et ceux qui étaient debout s'écartèrent pour faire place à Danny, qui avançait du fond de la salle.

— On est au courant pour la grande nouvelle ! lui lança un jeune homme.

— Bravo, Midas ! cria un autre.

Tous le félicitèrent et Danny les remercia, il leur sourit mais son regard était fixé sur Mari. Sur elle uniquement.

— Je suis désolé d'être en retard, murmura-t-il lorsqu'il atteignit enfin l'estrade.

— Pas de problème, répondit-elle d'une petite voix nerveuse. Le sujet du jour n'était pas très intéressant, de toute façon.

— Prendre des risques et suivre son cœur ? Je trouve au contraire que c'est un très bon sujet, rétorqua-t-il, une lueur malicieuse dans le regard.

— En fait, vous avez raison, reprit-elle à voix haute, c'est un bon sujet.

— Alors, quelle est votre opinion ?

— Sur le fait de prendre des risques ?

— Et de suivre votre cœur.

Avant de répondre, elle avala sa salive pour se donner du courage.

— Je crois que, si vous tenez vraiment à quelqu'un, le risque vaut toujours le coup d'être pris. Il suffit de croire à…

— A la destinée ?

— A l'amour.

Elle vit alors ses beaux yeux ambrés se mettre à briller de plaisir. Elle venait de lui avouer qu'elle l'aimait et il l'avait compris…

— Il n'y a pas de place pour la lâcheté lorsqu'on aime quelqu'un, ajouta-t-elle, espérant qu'il verrait maintenant sa détermination.

Elle voulait qu'il l'écoute, qu'il l'entende et qu'il la croie.

— Tous les doutes, toutes les angoisses peuvent être laissés de côté lorsque la relation est la bonne. Aimer quelqu'un veut dire lui faire confiance, espérer un avenir radieux, sans chercher à imaginer tout ce qui pourrait mal se passer.

Autour d'eux, les étudiants s'étaient tus, comme s'ils percevaient qu'un événement majeur était en train de se dérouler devant eux, entre leurs deux professeurs.

— Vous croyez donc qu'il est possible en fin de compte d'oublier des années d'angoisse, docteur Marshall ? demanda-t-il en s'approchant d'elle.

Elle ferma les yeux. Elle mourait d'envie de se lover contre lui, de se fondre dans sa chaleur, mais elle se retint. Ils étaient encore en public.

— Il faut se battre pour ce qui vaut vraiment le coup, oui. Et je sais maintenant que je suis prête, déclara-t-elle avec un aplomb qui la surprit.

Quelques murmures dans la salle lui indiquèrent que les étudiants n'étaient plus dupes de leur échange. Ils avaient compris que ce n'était plus le professeur qui parlait mais la femme. Peu lui importait, parce qu'après avoir pleuré pendant deux jours, après avoir regretté d'avoir rompu avec Danny, elle était prête à tout pour qu'il lui pardonne et pour qu'il accepte de lui donner une autre chance, y compris à faire sa déclaration en public.

Elle riva alors son regard au sien, plongea dans ses doux yeux couleur ambre et vit qu'il lui pardonnait. Oui, il lui pardonnait. Mais cela ne lui suffit pas. Elle était déterminée à faire un effort supplémentaire.

— Je t'aime, Danny.

Les murmures dans la salle s'intensifièrent en une houle sourde, mais elle les ignora. Une seule chose comptait : l'homme debout en face d'elle.

— Je t'aime, et je regrette d'avoir laissé la peur me gouverner.

Il ouvrit la bouche pour parler, mais elle leva la main pour l'en empêcher. Elle n'avait pas terminé.

— J'ai oublié qui tu étais, Danny, qui je suis, ce qu'est notre relation, dit-elle en lui prenant la main. Je ne ferai plus jamais cette erreur. Acceptes-tu de me donner une nouvelle chance ?

Elle sentit ses doigts serrer sa main plus fort, avec une telle tendresse qu'elle se sentit fondre.

— Oui, j'accepte, murmura-t-il, effleurant ses lèvres des siennes. Je t'aime, Mari.

Les étudiants commencèrent à applaudir et elle noua ses bras autour de son cou avant de l'embrasser avec une passion inédite, comme pour vérifier qu'elle n'était pas en train de rêver.

Mais elle ne rêvait pas. Elle était là où elle voulait être, dans les bras de l'Homme parfait.

— Midas ! lança soudain un étudiant, les interrompant. Est-ce que ça veut dire que le Dr Marshall va partir avec vous à Houston ?

— Je l'espère bien, répondit Danny.

Puis il se laissa glisser sur un genou, devant elle.

Elle avait espéré qu'il lui répondrait qu'il l'aimait lui aussi, qu'il voulait être avec elle. Jamais elle n'avait imaginé qu'il se mettrait à genoux devant elle !

— Mari-la-délurée, accepterais-tu de devenir la femme d'un astronaute ?

Incapable de les retenir plus longtemps, Mari laissa les larmes couler le long de ses joues. Des larmes de bonheur.

— Je n'ai pas envie d'être la femme d'un astronaute, Danny. Je veux juste être *ta* femme.

Épilogue

Dimanche 18 septembre, 6 heures

www.mari-la-deluree/18/09/2012/mariés !

Je suis mariée !

Pouvez-vous le croire ? Pensiez-vous voir ce jour arriver ? Moi, une femme mariée ? Je sais que vous avez vu ce jour se dessiner depuis quinze mois, puisque je n'ai pas réussi à vous cacher mon bonheur, mais pour ceux qui sont nouveaux sur le blog, sachez qu'à une époque, je passais mon temps à dénigrer les hommes.

Mais ça, c'était avant que je rencontre l'Homme parfait.

Mon homme parfait.

Notre mariage, même s'il n'était pas parfait, était parfait pour nous en tout cas. Et mémorable, puisque ma nouvelle belle-sœur a choisi ce moment pour accoucher.

Combien de personnes ont déjà assisté à un mariage pendant lequel une femme enceinte perd les eaux ?

Sur le moment, ma belle-sœur n'avait pas l'air particulièrement inquiète de la tournure des événements. Elle regrettait juste d'avoir sali ses chaussures. Je crois que c'était le prêtre le plus embêté, à cause de son tapis. Mais ne vous inquiétez pas, nous lui avons laissé un gros chèque pour le remplacer.

Ma belle-sœur était, comme d'habitude, débordante d'énergie, bouillonnante d'enthousiasme. Elle s'est assise et a tranquillement poursuivi ses exercices de respiration pendant que le prêtre terminait son sermon.

Puis, sitôt la fin de la cérémonie, elle est partie pour l'hôpital, accompagnée de ma belle-mère qui ne voulait pas rater la naissance de son premier petit-enfant.

Pendant ce temps-là, nous avons continué à faire la fête. Nous étions d'ailleurs en train de couper le gâteau lorsque nous avons appris que ma belle-sœur venait de mettre au monde un petit garçon.

Nous avons attendu la première danse puis, mon Homme parfait et moi, nous sommes allés faire un petit tour à la maternité. Vous auriez dû voir les regards des infirmières lorsque je suis entrée avec ma robe de mariée !

Il est maintenant 6 heures du matin et je termine ce message avant de partir pour l'aéroport. Notre vol pour les Bahamas décolle dans trois heures. J'ai hâte que notre lune de miel débute enfin !

Même si j'ai un accès à internet, je n'écrirai pas sur le blog pendant les vacances, vous êtes prévenus. J'ai bien l'intention de profiter de chaque minute de ce voyage avec mon homme qui a travaillé si dur ces derniers mois.

Il s'agit de ses premières vacances depuis qu'il a commencé son nouveau travail. Je ne peux pas vous dire ce qu'il fait, sauf que c'est vraiment un héros.

A plus tard,

Mari.

KATHY LYONS

Troublant corps à corps

Traduction française de
ISABELLE DONNADIEU

Sexy

HARLEQUIN

Titre original :
IN GOOD HANDS

Ce roman a déjà été publié en 2016

Chapitre 1

— Alors, demanda Amber Smithson sur le ton de la confidence à l'adolescente tout de noir vêtue, assise devant elle. Qu'a-t-il dit ? Raconte-moi tout.

Pour toute réponse, la jeune fille jeta un coup d'œil nerveux dans la salle de restaurant. Elle semblait hésiter.

— Ne t'inquiète pas, la rassura Amber, j'ai déjà vérifié. Il n'y a personne de l'hôpital ici. Tu peux te détendre…

Lizzy la fixa encore quelques instants d'un air grave, puis lui fit un large sourire.

— Les résultats de ma prise de sang sont très bons. Ils sont si bons que mon médecin n'en croyait pas ses yeux !

— Je ne suis pas surprise…

Le Dr Bob Brickers était en effet un médecin de la vieille école pour qui la pénicilline était la réponse à tous les maux. Il ne pouvait admettre que les tisanes, les séances de méditation et d'équilibrage énergétique qu'elle prescrivait puissent avoir un effet curatif sur un diabète de type un ou toute autre affection.

— Mon corps produit tout seul de l'insuline, poursuivit la jeune fille. C'est ce que m'a expliqué le Dr Brickers. Selon lui, je devrais bientôt pouvoir me passer des piqûres et…

Amber l'interrompit d'un geste de la main.

— Une chose à la fois, Lizzy. Ton diabète est sous contrôle, c'est une excellente nouvelle mais…

— Je sais, je sais… Je n'ai pas dit un mot au Dr Brickers du traitement que vous me faisiez suivre, mais je sais que ça va fonctionner. J'en suis persuadée !

Heureuse, Amber sourit.

Parce qu'elle exerçait comme médecin à la prestigieuse clinique Mandolin, elle ne pouvait avouer à personne qu'elle prescrivait des traitements alternatifs, et surtout pas qu'elle les prescrivait aussi aux patients du Dr Brickers, son supérieur hiérarchique. Mais la mère de Lizzy était une de ses bonnes amies, elle connaissait ses méthodes et l'avait suppliée d'aider sa fille car les traitements classiques n'avaient aucun effet sur son problème de santé. Amber avait donc prescrit à l'adolescente des tisanes, des séances de méditation, de bioénergie et, à sa grande satisfaction, le traitement avait fonctionné.

— Pour que les résultats soient durables, il est important que tu poursuives tes efforts, Lizzy, lui rappela-t-elle. Continue le régime et surtout fais du sport.

— Je le ferai, c'est promis. Et je ne parlerai à personne du traitement que vous m'avez prescrit. J'ai bien compris que vous seriez licenciée, sinon. Mais c'est absurde, puisque ça fonctionne !

Le traitement avait en effet porté ses fruits. C'était une excellente nouvelle, mais elle ne pouvait en faire état, car personne, à la clinique, n'était prêt à en convenir. Certains jours, Amber avait du mal à garder secret son intérêt pour les traitements alternatifs, à le cacher à une administration terriblement conservatrice. Mais d'autres jours, comme celui-ci, elle se rendait compte que ses efforts valaient vraiment la peine et elle oubliait la frustration qu'elle ressentait le reste du temps.

C'était pour des moments comme ceux-ci qu'elle était devenue médecin. Qu'il s'agisse de médecine chinoise, de médecine ayurvédique, ou bien de médecine occidentale, du moment que le traitement fonctionnait, elle l'appliquait.

Si seulement ses collègues pouvaient être un peu plus ouverts ! Certains l'étaient, évidemment, mais ils étaient si rares ! Pour les administrateurs et les caciques de la clinique, la médecine occidentale était la seule valable. Alors, à moins que ceux-ci ne démissionnent ou ne prennent leur retraite, rien ne changerait, jamais elle ne pourrait développer ses méthodes, jamais elle ne se sentirait libre.

Elle voulait croire pourtant que tout n'était pas perdu et qu'un jour, elle pourrait pratiquer la médecine comme elle l'entendait. Elle espérait juste que ce jour arriverait vite car elle commençait à perdre patience.

Elle passa la fin du déjeuner à rire avec Lizzy comme une adolescente, puis elle la déposa au lycée avant de retourner à l'hôpital.

Au départ, travailler à la clinique Mandolin lui avait semblé une évidence. Six générations de Smithson y avaient travaillé avant elle. Sa mère y avait même fait toute sa carrière. En plus, Mandolin était une clinique réputée dans tout le pays, un lieu prestigieux, alors elle n'avait pu refuser une telle opportunité.

Mais, au fil des mois, ses espoirs avaient peu à peu fait place à la déception. Elle avait découvert combien son patron avait l'esprit obtus, pas seulement vis-à-vis des traitements alternatifs mais également à l'égard de tous ceux qui y pensaient. Elle avait alors dû cacher son intérêt pour les médecines douces et vu ses patients, comme Lizzy, pendant sa pause déjeuner, loin de l'hôpital. Mais elle commençait à être fatiguée d'être obligée de ruser sans cesse.

Encore plongée dans ses pensées, elle poussa la porte de l'hôpital et, aussitôt, se trouva entraînée par le Dr Jack Ross, un talentueux neurologiste qui était également son meilleur ami. A l'évidence, il l'attendait avec une certaine impatience. Elle devina qu'il devait avoir des nouvelles croustillantes à lui révéler.

— Devine qui vient de tuer un patient ? lui demanda-t-il dès qu'ils se retrouvèrent seuls dans l'ascenseur.

— Mon Dieu, Jack, ne me dis pas qu'un nouveau patient est mort !

Ils travaillaient dans un hôpital ; des gens y mouraient, c'était dans la nature des choses. Mais ces derniers temps, le taux de mortalité avait fortement augmenté à Mandolin et les administrateurs s'inquiétaient, partant à la chasse au responsable chaque fois qu'un décès inexpliqué survenait.

— Eh si… Un nouveau patient est bel et bien mort. Le

problème, cette fois-ci, c'est que la famille a porté plainte et qu'elle est soutenue par un autre médecin.

Les portes de l'ascenseur s'ouvrirent et avant qu'Amber puisse réagir, Jack l'attira vers la salle de repos.

— Qui est mort ? lui demanda-t-elle une fois la porte refermée.

Peut-être s'agissait-il de quelqu'un qu'elle connaissait.

— Une femme. Je crois qu'elle avait quatre enfants. L'aîné est avocat.

— Donne-moi un nom, s'il te plaît.

— Elle était soignée pour un cancer du col de l'utérus, répondit-il à la place, mais elle est décédée d'une crise cardiaque. Je suis surpris, Amber, que tu ne m'aies toujours pas demandé qui était son médecin !

Elle ne lui avait pas posé la question car elle connaissait la réponse. Il n'y avait qu'un praticien dont Jack souhaitait le départ plus que tout. Il s'agissait du Dr Brickers, celui-là même qui faisait de sa propre vie un enfer.

— Parle moins fort, Jack, on risque de nous entendre ! Dis-moi ce qu'il s'est passé, exactement.

— Tu te souviens que Brickers a pris des vacances récemment. Pour pouvoir partir sans être dérangé, sans être obligé de revenir, il a augmenté l'intensité du traitement par rayons de cette femme alors qu'elle n'était pas prête. Elle n'était pas en état de subir une nouvelle séance et hier, elle a succombé à une crise cardiaque.

A ces mots, Amber sentit sa gorge se nouer. Brickers ne pouvait pas être irresponsable à ce point ! Tout le monde, à la clinique, jonglait avec son emploi du temps pour pouvoir prendre quelques jours de vacances, mais aller jusqu'à mettre la vie d'un patient en danger ? Jamais, surtout quelqu'un qui…

Elle s'interrompit, écarquilla les yeux et ouvrit la bouche. Tout à coup, l'air lui manquait.

— Jack… Dis-moi le nom de cette patiente, s'il te plaît.

— Je ne m'en souviens pas. Son prénom était Vera, il me semble.

— Vera Baker ?

— Peut-être.

Jack n'était pas sûr, mais elle l'était.

Elle sentit les larmes monter, et ferma les yeux. Vera était décédée… Jamais plus elle n'aurait l'occasion d'échanger des recettes avec elle, jamais plus elle ne plaisanterait, ne rirait avec elle…

— Mon Dieu, non… Pas Vera !

Deux heures plus tard, Amber était convoquée chez le directeur. A peine avait-elle pénétré dans son bureau que Bob Brickers, qui s'y trouvait lui aussi, lui lança un regard noir, accusateur.

— Avez-vous, oui ou non, vu ma patiente derrière mon dos ? lui demanda-t-il sans attendre.

— Vera est venue me consulter, expliqua-t-elle au directeur, ignorant son collègue. La chimiothérapie l'avait affaiblie, elle avait entendu parler de médecine douce et…

— C'est vous ! l'interrompit Brickers. Vous lui avez donné une de vos fichues tisanes en mon absence et c'est ce qui l'a tuée !

Comme si elle ne l'avait pas entendu, Amber continua ses explications à destination du directeur, se forçant à parler d'un ton aussi calme et clair que possible.

— Mes traitements fonctionnaient. Mme Baker avait repris des forces, mais pas suffisamment encore pour subir une nouvelle séance de rayons. Une séance que le Dr Brickers lui a prescrite de façon anticipée pour pouvoir partir tranquille en vacances.

— Ce n'est pas vrai ! se défendit l'interpellé en criant, puis s'arrêtant net lorsque le directeur leva la main.

— Ce n'est pas le plus important, Amber, déclara ce dernier. La question est : avez-vous oui ou non vu la patiente de Bob ?

— Oui, admit Amber.

— Lui avez-vous, oui ou non, prescrit des tisanes ?

— Oui. Je lui ai également prescrit des séances de bioénergie. Des traitements qui commençaient à porter leurs fruits…

Le directeur secoua la tête avec impatience, et Amber sentit son sang se glacer dans ses veines. Elle baissa la tête.

— Vous savez que c'est interdit par le règlement ? Vous ne pouvez pas voir le patient d'un collègue dans son dos et encore moins lui prescrire des traitements alternatifs. Bon Dieu, Amber, à quoi pensiez-vous ?

— Je vous l'ai dit, ce traitement commençait à faire effet, répéta-t-elle d'un ton proche de la supplication.

— Ma patiente est morte ! lui rappela sèchement Brickers.

— Elle est morte car vous lui avez imposé des radiations alors qu'elle n'était pas en état !

Le directeur soupira et, fatiguée par cette discussion, elle l'imita.

— Vous ne pouvez pas jouer sur les deux tableaux, Amber. Soit la patiente allait mieux, soit ce n'était pas le cas.

— Monsieur…

— Je suis désolé, mais vous avez enfreint le règlement, vous avez agi dans le dos de votre supérieur et, aujourd'hui, une patiente est morte.

Amber prit une profonde respiration pour se forcer à rester calme.

— Vous avez raison, monsieur, j'aurais dû dire au Dr Brickers que Vera Baker m'avait sollicitée. Je suis désolée, cela n'arrivera plus. Mais vous ne pouvez pas considérer le traitement…

— Qui a prescrit ce traitement alternatif ? la coupa-t-il.

— C'est moi, monsieur, mais ce traitement était sans danger. Il consiste en…

— A-t-il été approuvé par l'Association Américaine de Médecine comme un traitement contre le cancer ?

— Vous savez bien que ce n'est pas le cas, monsieur.

— Dans ce cas, Amber, je n'ai d'autre choix que de vous demander de démissionner. Vous le comprenez, j'espère…

— Vous me licenciez ? Alors que le traitement fonctionnait ? Alors que la patiente reprenait des forces ?

Elle le fixa, incrédule, sous le choc.

— Nous ne pouvons pas avoir de médecins pratiquant des

médecines alternatives à la clinique Mandolin. Ce n'est pas ce que les patients recherchent en y venant et ce n'est pas ainsi que nous fonctionnons.

— Même si ces traitements sont efficaces ?

— Les risques de plaintes sont trop importants. Je sais que nous travaillons tous très dur, que nous sommes tous soumis à un stress intense, mais nous sommes une clinique de luxe et nos patients doivent guérir.

« Nos patients *doivent* guérir » ?» Pensait-il qu'elle l'ignorait ? Pensait-il qu'il s'agissait d'un jeu pour elle ?

— La guérison de cette patiente était mon but, mon seul et unique but !

— Mais votre méthode n'était pas la bonne. Ecoutez, Amber, si vous me promettez d'oublier toutes ces techniques chinoises, indiennes et autres, tous ces remèdes absurdes, je pourrai peut-être me contenter de vous réprimander. Vous êtes un bon médecin, cela serait dommage de vous perdre.

— Ces *remèdes absurdes*, comme vous dites, fonctionnent ! Laissez-moi conduire une recherche de grande ampleur et…

A côté d'elle, Bob Brickers éclata de rire et elle s'interrompit.

— Comment pouvez-vous être aussi stupide ? fit-il en la foudroyant d'un regard méprisant.

— Contentez-vous de pratiquer la médecine occidentale, Amber, ajouta le directeur, et tout ira bien.

La situation était on ne pouvait plus claire. Si elle voulait continuer à exercer au sein de la prestigieuse clinique Mandolin, elle devait abandonner ses recherches sur les traitements alternatifs, elle devait prétendre que la chimie était la seule médecine valable.

Mais elle ne le pouvait pas. Elle s'y refusait, parce que ce n'était pas vrai.

— Mon métier est de soigner, monsieur. C'est ce que je veux faire, ce que je sais faire. Si un traitement fonctionne, je le prescris, quel qu'il soit.

— La médecine occidentale fonctionne.

— Pas sur tout le monde.

Elle se leva et se dirigea vers la porte.

— Ma lettre de démission sera sur votre bureau dans une heure, ajouta-t-elle avant de sortir sans se retourner.

Chapitre 2

Deux ans plus tard

Se forçant à conserver son sens de l'humour, Roger Martel fixa son médecin.

— C'est pour cette raison que vous m'avez fait venir ici, docteur ? Et moi qui pensais que j'étais en train de mourir !

— L'hypertension est une pathologie grave, Roger. Si vous ne contrôlez pas votre tension, vous mourrez.

Roger réprima un frisson d'angoisse. Il fanfaronnait, mais à la vérité, il était très inquiet. Pourtant, le diagnostic n'avait rien pour le surprendre. Il avait toujours souffert d'une tension un peu trop élevée, comme tous les hommes de sa famille, et il savait que ce problème n'était pas bénin. Son oncle et son grand-père avaient ainsi succombé tous les deux à des crises cardiaques avant d'atteindre les cinquante ans et il y avait de fortes probabilités que le même destin l'attendait. A moins que la médecine ne trouve enfin une solution à sa pathologie.

Hélas, il ne croyait pas aux miracles.

— Si je comprends bien, docteur, reprit-il d'un ton las, ce nouveau médicament n'a pas fonctionné.

— Votre pression est encore plus élevée qu'avant, Roger.

Ce traitement était le treizième qu'il suivait. Sans plus de résultat que les précédents…

— Il doit pourtant bien y avoir une solution ! Peut-être un traitement expérimental…

— Vous devez arrêter de vous reposer uniquement sur la

médecine, Roger, et changer de mode de vie. Vous risquez à tout moment la crise cardiaque et avant que vous ne me posiez la question…

Le praticien s'interrompit pour jeter un coup d'œil à son dossier et Roger le regarda faire, de plus en plus nerveux.

— Si j'en crois ce dossier, vous avez tenté tous les traitements existants. Je suis même votre troisième médecin…

— Quatrième.

— Quatrième, si vous voulez, mais votre état est tel, aujourd'hui, que je ne peux même pas vous autoriser à prendre l'avion.

Roger balaya ces mots d'un geste de la main.

— Ce n'est pas un problème, personne ne vérifie et puis…

— Roger !

Il se tut et ferma les yeux, se forçant à rester calme. Malheureusement, la seule image qui vint à lui à cet instant fut celle de son père, immobile dans son fauteuil, le regard cireux. Il n'avait pas succombé à son infarctus, lui, mais avait perdu l'usage d'un tiers de son corps.

— Je me sens bien, docteur, reprit-il en tentant de refouler l'image de son père.

— Dois-je vous rappeler que l'hypertension est aussi appelée « le poison silencieux » ?

Non, ce n'était pas la peine. Il le savait. Il était bien conscient du danger qu'il encourait.

— Alors, dites-moi, quelles sont les options qui me restent ?

— Parlez-moi de votre régime et des activités sportives que vous pratiquez…

— Je nage entre deux et trois kilomètres tous les matins, je ne mange de la viande rouge que ponctuellement et je sais que les olives des martinis ne sont pas considérées comme des légumes.

— Et votre travail ?

En entendant ce mot, Roger sentit tous ses muscles se tendre.

— Je suis directeur financier d'une entreprise de robotique dirigée par mon meilleur ami. Il est l'inventeur et moi, je tiens les cordons de la bourse. Je fais en sorte que ses inventions deviennent réalité et se vendent bien.

— Si je comprends bien, c'est vous qui faites tout, dirigez tout, et vous angoissez pour tout. Le stress est en train de vous tuer à petit feu, est-ce que vous en avez conscience ?

— Je ne suis pas sous pression comme d'autres peuvent l'être, se défendit-il d'un ton aussi ferme que possible, comme pour s'en convaincre lui-même. Je ne suis pas un génie obligé de produire des miracles pour ne pas décevoir.

Le médecin fit la moue. Il ne semblait pas convaincu.

— Vous êtes entouré de génies stressés mais, si je vous comprends bien, vous ne souffrez d'aucune pression, vous n'avez aucun problème à suivre leurs intelligences fulgurantes, vous n'avez pas à travailler dur, vous n'avez pas des milliers de problèmes à gérer chaque jour. C'est bien cela ?

Pour toute réponse, Roger se contenta de hausser les épaules. Pour être honnête, il devait bien admettre qu'il avait parfois l'impression d'être la seule personne sensée au travail. A d'autres moments, il se sentait l'imbécile en charge de tous les problèmes.

— D'accord, j'ai des responsabilités mais ce qui est important c'est que j'aime mon travail. Je l'adore, même.

— Avez-vous pensé à la méditation ? lui demanda le médecin, ignorant sa remarque. Ou au yoga ? Cela pourrait vous aider à…

Du yoga ? Roger leva les yeux au ciel. Est-ce qu'il avait une tête à faire du yoga ?

— Roger, insista le médecin, vous avez épuisé toutes les solutions médicales classiques, vous comprenez ? Je ne peux rien faire de plus pour vous, vous devez absolument changer de mode de vie.

— Avez-vous d'autres suggestions ?

— Oui, prendre des vacances. Quand êtes-vous parti pour la dernière fois ?

— Il n'y a pas très longtemps. Je suis allé skier dans le Colorado, à Noël.

— Noël dernier ? Il y a neuf mois ?

— Je crois, oui… A moins qu'il ne s'agisse déjà de l'année dernière. Je ne me souviens plus très bien…

— Dans ce cas-là, ma prescription est simple : prenez des

vacances. Maintenant ! Et chan-gez-de-vie ! scanda le médecin. Déterminez l'origine du stress qui vous tue à petit feu et trouvez une solution.

— Mais…

— Faites-le, Roger. C'est urgent ! C'est une question de vie ou de mort !

Il y avait quelque chose d'enrichissant, d'instructif, dans le fait de travailler comme jardinière remplaçante, songeait Amber en arrosant un buis parfaitement taillé.

Il n'y avait pas de plantes à la clinique Mandolin, ou du moins il n'y en avait pas dans son souvenir. A l'époque, elle trouvait son lieu de travail propre et sain. Aujourd'hui, elle se rendait compte qu'il n'était que stérile, sans âme… C'était pour cette raison qu'elle prenait autant de plaisir à aider cette entreprise urbaine à intégrer la nature en son cœur même.

Cet emploi de jardinière remplaçante n'était pas son véritable travail, juste une façon pour elle de boucler ses fins de mois et d'aider la jardinière titulaire, son amie Mary, qui souffrait d'arthrite.

Amber aimait être en contact avec les plantes. Et puis, lorsqu'elle s'en occupait, lorsqu'elle observait les employés de l'entreprise aller et venir, l'air toujours terriblement pressé, toujours terriblement affairé, elle se rappelait toutes les raisons pour lesquelles elle avait quitté le monde stressant de la médecine traditionnelle.

L'atmosphère qui régnait dans cette firme de robotique était aussi tendue qu'à la clinique Mandolin. Les gens n'y travaillaient peut-être pas sur des corps humains, mais des sommes colossales étaient néanmoins en jeu. Personne ne pouvait se permettre d'échouer, exactement comme à la clinique.

Heureusement, elle vivait désormais loin de ce monde. Depuis deux ans, elle se consacrait aux médecines douces, aux médecines alternatives, comme elle l'avait toujours désiré. Personne ne lui parlait plus d'assurance, de risque, personne ne lui imposait rien… Hélas, personne ne payait ses factures non plus. Et pour être honnête, elle devait reconnaître que depuis deux ans, elle se contentait de survivre, seule, ses patients la payant plus souvent en tartes aux pommes qu'en dollars. Ses finances étaient perpétuellement dans le rouge !

Sa famille était prête à l'aider, mais à la condition qu'elle revienne à la médecine traditionnelle, de préférence à Mandolin. Ce qu'elle refusait. Ou du moins ce qu'elle avait refusé jusqu'à présent car, aujourd'hui, sa situation était telle qu'elle se sentait prête à accepter des compromis.

Mais ce n'était pas le moment de prendre une décision. Elle devait arroser les plantes et…

Elle sortit de ses réflexions en apercevant Roger Martel, le directeur financier de RAQ — Robots Au Quotidien —, pénétrer dans le hall. Elle fit un pas en arrière et s'abrita derrière un buisson, prise d'une timidité soudaine. Cet homme était aussi beau qu'un dieu grec !

Cela faisait un mois qu'elle l'avait remarqué. Dès qu'elle l'avait vu, elle était tombée sous le charme de sa silhouette puissante, de ses cheveux noirs, épais et, depuis, elle l'observait dès qu'elle en avait l'occasion. Il lui suffisait d'être dans la même pièce que lui pour que l'air lui manque, que tous ses sens s'éveillent, que son cerveau se mette en alerte, comme si elle devait prendre des décisions importantes sur-le-champ. Elle sentait confusément qu'il représentait tout ce qui lui manquait de son ancienne vie, le pouvoir, l'urgence, la certitude qu'elle était en train d'accomplir un geste qui comptait.

Roger Martel s'approcha de la réception et, aussitôt, la jeune femme installée derrière le comptoir décrocha son téléphone.

— Roger est de retour, dit-elle dans le combiné. Oui, je vais lui dire…

Sans raccrocher, elle lui tendit une pile de papiers roses.

— Ginny voudrait vous voir dans une demi-heure, lui annonça-t-elle.

— Ce sera dans une heure et demie, au plus tôt, répondit-il.

La réceptionniste lui tendit ensuite deux larges enveloppes.

— Bon Dieu, soupira-t-il, je suis parti il y a à peine une heure !

— C'était une heure très riche, répondit la jeune femme, un sourire malicieux aux lèvres.

A ces mots, Amber réprima un fou rire.

A une époque, elle non plus ne pouvait pas partir déjeuner sans retrouver une pile de messages téléphoniques à son retour.

Roger Martel paraissait le genre d'homme à apprécier cette vie, le stress permanent, mais en le voyant soudain prendre une profonde respiration, comme s'il suffoquait, elle changea d'avis.

— Alors, Claire, reprit-il avec un large sourire, comment ça va avec votre nouveau petit ami ? A-t-il apprécié le vin que je vous ai conseillé ?

La réceptionniste le fixa, les yeux grands ouverts, comme si elle était surprise par la question.

— Oui, répondit-elle. Il va également suivre votre conseil pour le restaurant. Il m'y invite demain soir.

— Laissez-le payer, vous le méritez bien. Attendez… Si je me souviens bien, je vous ai promis un déjeuner là-bas pour être venue travailler un dimanche.

— Ça ne m'a pas dérangée, Roger…

— Mais Tommy m'en a voulu…

C'était à peine une question. La jeune femme haussa les épaules. Elle semblait mal à l'aise.

— Tommy doit apprendre à faire des concessions pour ma carrière.

— Vous avez raison, mais puisque je vous ai promis un repas, je dois le payer.

Il sortit sans attendre son téléphone de sa poche et, quelques secondes plus tard, il parlait au maître d'hôtel.

— Tout est arrangé, dit-il après avoir raccroché. La meilleure table vous attend. Le restaurant a déjà enregistré ma carte de crédit, vous n'avez plus à vous occuper de rien.

Amber jeta un coup d'œil à travers le feuillage du buisson, ébahie. Rares étaient les patrons qui faisaient de tels gestes à l'intention d'une de leurs employées.

— Ce n'était pas nécessaire, mais merci tout de même, fit la jeune femme.

— C'est un plaisir, Claire. Je vous demande juste de passer une bonne soirée…

Sans un mot de plus, il s'éloigna et alla rejoindre un ingénieur qui l'attendait dans le couloir. Amber laissa s'attarder son regard sur son corps parfait.

— Qu'il est beau ! J'adore les hommes en costume, murmura-t-elle, en sortant de sa cachette.

— Moi aussi, lui répondit Claire. Dommage qu'il soit gay.

A ces mots, Amber se redressa.

— Quoi ? Mais non, il n'est pas gay. Il transpire la testostérone !

— Et pourtant…

— Pourquoi dites-vous ça ? Parce qu'il s'habille bien ?

— Non, pas pour ça, pas uniquement, du moins…

Elle jeta un coup d'œil autour d'elle pour vérifier que personne d'autre qu'Amber ne pouvait l'entendre.

— Toutes les femmes de l'entreprise, moi y compris, ont tenté leur chance avec lui. Des blondes, des rousses, des brunes, des femmes à la beauté classique, d'autres moins…

— Et il n'a jamais cédé ?

— Jamais.

Amber secoua la tête. Elle refusait de le croire.

— Selon moi, ça veut simplement dire qu'il sait séparer le travail du plaisir.

— Non, non… Ce n'est pas tout… Il participe régulièrement à des soirées mondaines, où il apparaît toujours au bras de femmes magnifiques…

— Et alors ?

— Alors, nous essayons toujours de savoir ce qu'il en est réellement et chaque fois, la réponse est la même. Il ne s'agit que d'une amie.

Amber éclata de rire.

— Cela ne veut pas dire qu'il est gay, Claire. Juste qu'il est difficile, et surtout très discret !

— Croyez-moi, insista la réceptionniste. Aucun homme ne peut être aussi vertueux, sauf s'il est gay.

— Je ne suis pas d'accord. Il est évident que c'est un joueur, un homme qui vit sa vie en toute discrétion mais qui aime le sexe.

Les deux femmes éclatèrent de rire puis jetèrent un nouveau coup d'œil vers le couloir. A cet instant, Roger se retourna et leur sourit.

— Il est gay, murmura Claire.

— Non, c'est un pur hétérosexuel, mais discret. Croyez-moi, je connais ce genre d'homme.

Claire la dévisagea, laissant son regard s'attarder sur sa simple robe à fleurs, sur ses sandales à talons plats et Amber devina les questions qu'elle se posait.

— Vous pensez que j'ai toujours porté ce genre de vêtements ? Non, j'ai passé des années à sortir avec des hommes comme Roger. Mon père était un homme d'affaires, et ma mère dirige le service cardiologie d'une clinique de luxe. J'ai toujours été entourée d'hommes comme lui…

— Et… que s'est-il passé ? demanda alors Claire, ne comprenant pas, à l'évidence, comment elle s'était retrouvée à arroser des plantes.

— J'en ai eu assez de cette vie, répondit-elle simplement. J'ai décidé de vivre comme je l'entendais, mais ça ne veut pas dire que j'ai tout oublié. Laissez-moi vous dire que le sexe avec de tels hommes vaut le détour !

— Attendez… Mais… je vous connais ! Mary m'a parlé de vous…

— Il ne faut pas croire tout ce que dit Mary.

— Elle m'a dit que vous alliez la remplacer pendant quelque temps. Vous êtes médecin, n'est-ce pas ? Vous dirigez une clinique gratuite dans un quartier pauvre de Chicago, dont j'ai oublié le nom.

— Cherry Hills. Mais, malgré le nom, il n'y a ni cerisier ni colline aux alentours.

Cherry Hills était un ancien quartier industriel dont les entrepôts avaient été ensuite reconvertis en lofts destinés aux artistes. Mais ces appartements abritaient aujourd'hui beaucoup plus de mères célibataires et de drogués que de futurs Picasso.

— Vous êtes le Dr Diamant…

— Mon nom est Amber. Mais c'est vrai que certains de mes patients m'ont surnommée ainsi car ils associent mon nom à celui d'une pierre précieuse.

Elle ne souhaitait pas engager la conversation plus avant sur ce sujet. Malheureusement, il était trop tard, Claire semblait bien décidée à en apprendre plus.

— Mary dit que vous êtes un mélange de Robin des bois et de Mère Teresa.

— Désolée, Claire, mais il est l'heure que je retourne m'occuper des plantes !

Sans un mot de plus, elle reprit son arrosage. Elle détestait être considérée comme une héroïne parce qu'elle travaillait dans une clinique où les soins étaient gratuits. C'était pour cette raison qu'elle préférait rappeler à ses interlocuteurs qu'elle venait d'un milieu d'affaires plutôt que de la médecine traditionnelle.

Quant à la clinique… Elle n'était gratuite que parce que ses patients, pour la grande majorité, n'avaient pas les moyens de la payer.

Mais Claire n'était pas décidée à en rester là.

— Pourquoi êtes-vous aussi sûre que Roger est hétérosexuel, Amber ?

Elle sursauta. Elle ne s'attendait pas à cette question.

— Je le sais, c'est tout.

— Alors prouvez-le !

— Comment ?

— En faisant en sorte qu'il vous embrasse.

Amber esquissa un sourire rêveur. Cela faisait un mois qu'elle rêvait de l'embrasser !

— Je vous parie un double cappuccino que vous n'y arriverez pas, la défia Claire.

— Je ne bois pas de café.

— Dans ce cas, je vous parie une demi-douzaine de ces muffins dont raffole Mary.

Voilà qui était très tentant…

Sans compter qu'elle avait une idée très précise de la façon dont elle pourrait aborder Roger Martel.

Les robots produits par RAQ pouvaient en effet intéresser son ancien collègue Jack Ross. Jack, son meilleur ami, qui avait aussi été son amant il y avait bien longtemps, et qui l'avait contactée pour tenter de la convaincre de revenir à la clinique.

Jusqu'à présent, elle avait refusé cette idée, mais aujourd'hui qu'elle n'avait plus un sou, elle se demandait si elle ne devait pas envisager cette solution, surtout si, comme l'affirmait Jack, la situation à Mandolin avait changé.

Elle pourrait ainsi aborder Roger, lui proposer un rendez-vous avec Jack, et utiliser ce moment de conversation pour évaluer quelles étaient ses chances de revenir à la clinique.

Si, en même temps, elle parvenait à échanger un baiser avec Roger, elle aurait alors tout ce dont les filles rêvaient.

— Alors ? lui demanda Claire.

— Pari tenu !

Chapitre 3

Lorsque son Interphone sonna, Roger réprima un juron. Il était 19 heures passées, un vendredi soir, et il n'avait qu'une envie, partir.

— Avez-vous un moment ? lui demanda la réceptionniste. J'ai ici quelqu'un qui voudrait vous voir. Cela ne prendra que cinq minutes.

— Ce n'est pas un bon moment, Claire. La soirée d'enterrement de vie de garçon de Sam commence dans moins d'une heure et…

— Cinq minutes, pas une de plus, fit une voix féminine qu'il ne connaissait pas.

Une voix douce, précise, sexy…

— Je n'ai vraiment pas le t…

— Vous ne le regretterez pas, insista l'inconnue de sa voix chaude. J'ai quelques idées concernant votre nouveau robot et je pense qu'une entrevue pourrait nous être profitable à tous les deux.

C'était exactement ce qu'il fallait dire pour retenir son attention. Robots Au Quotidien avait désespérément besoin de trouver de nouveaux marchés, de nouveaux débouchés. Les entreprises de robotique comme la sienne ne pouvaient pas se contenter de quelques produits grand public si elles voulaient survivre. Elles devaient développer et vendre des machines rendant des services réels, dans des domaines très spécialisés, comme la médecine.

— Cinq minutes, pas plus, concéda-t-il avant d'éteindre son ordinateur.

Il était pressé de partir, mais rien ne l'empêchait de parler à cette femme tout en se préparant pour la fête de Sam.

Etant le témoin du futur marié, il voulait arriver tôt pour vérifier que tout était en place. Sam ne se rendrait compte d'aucun de ses efforts, il ne penserait qu'à Julie, sa fiancée, mais peu importait. C'était son rôle de veiller au moindre détail.

Claire poussa la porte de son bureau, invitant une jeune femme à y pénétrer et, sortant de ses réflexions, il détailla la nouvelle venue sans chercher à dissimuler l'agréable surprise que son apparition constituait.

Vêtue d'une jupe crayon et de bottines à talons aiguilles, elle était d'une élégance rare. Ses cheveux tirés en arrière dans un chignon strict lui donnaient l'allure d'une femme d'affaires, d'une femme d'affaires ayant du goût.

Mais ce qui attirait son attention, ce n'était pas simplement sa tenue, c'était tout un ensemble, son charisme, le sex-appeal qui se dégageait d'elle…

Impatient de faire sa connaissance, il se leva.

Il ne pensa alors plus seulement à l'avenir de RAQ. Le parfum fleuri de cette femme venait de réveiller tous ses sens.

Quand cela lui était-il arrivé pour la dernière fois ? Il ne s'en souvenait pas. Aucune femme ne l'avait excité à ce point et aussi rapidement depuis… Depuis la puberté, sans doute. Heureusement, il était plus âgé aujourd'hui, et capable de maîtriser son désir. Du moins l'espérait-il.

La jeune femme se tourna vers Claire et lui sourit. Ce sourire était celui d'une femme simple, naturelle, sincère, qui contrastait avec son allure impeccable de femme d'affaires.

— Merci, Claire, dit-elle avant de prendre le carton que lui tendait la réceptionniste. Et merci pour les muffins.

— Ceux-ci sont pour Mary, lui répondit Claire, le regard malicieux. Vous devrez gagner les vôtres !

— Je sais, répondit la jeune femme.

Amusé, Roger observa leur dialogue puis, se souvenant soudain de l'heure, il se redressa.

— Je suis désolé de vous interrompre, mais je n'ai pas beaucoup de temps, dit-il avant de refermer son sac puis de le rouvrir immédiatement, en laissant échapper un juron.

Il avait oublié son agenda. Il l'avait sorti pour trouver des dates pour ses vacances… Et découvrir qu'il n'avait aucun moment de libre avant au moins trois mois.

Peut-être devrait-il démissionner ?

Non, il ne pouvait pas quitter son travail comme cela, du jour au lendemain, c'était impossible.

La jeune femme lui tendit à cet instant une carte de visite et il oublia qu'il devait prendre des vacances.

— Ce ne sera pas très long, monsieur Martel, déclara-t-elle, je vous le promets.

Avant qu'il ait eu le temps de répondre, Claire le coupa dans son élan.

— Je dois partir, Roger. Je vais fermer la porte de devant, vous n'aurez qu'à passer par le laboratoire. N'oubliez pas d'éteindre les lumières !

— Je n'oublierai pas. Passez un bon week-end, Claire…

Il examina la carte de visite.

— Dr Amber Smithson… de la clinique Mandolin…, lut-il à haute voix.

Intrigué, il releva la tête. La jeune femme ne ressemblait pas aux médecins qu'il fréquentait.

— Qu'est-ce qui vous amène à Chicago, docteur Smithson ?

Sans attendre son invitation, elle s'assit dans le fauteuil face au bureau, dévoilant des jambes dignes de celles d'une ballerine et il sentit sa raison commencer à le déserter.

— Des choses et d'autres, répondit-elle.

— Un gala de bienfaisance ?

Cela lui semblait une raison plausible. Lui-même fréquentait les soirées mondaines dans l'espoir de rencontrer des personnes intéressées par ses robots.

— Pas cette fois-ci, monsieur Martel.

— Docteur Smithson…, fit-il en remettant son agenda dans son sac.

— Appelez-moi Amber.

— Vous avez toute mon attention, Amber. Dites-moi ce que vous voulez.

— Je suis ici car j'ai un ami qui pourrait être intéressé par un rendez-vous avec un responsable de RAQ. Votre entreprise propose des produits intéressants et il y a des opportunités…

Il l'interrompit d'un geste de la main.

— Sam n'est pas là en ce moment mais je suis persuadé que nous pourrons organiser sans problème un rendez-vous.

— Sam ? Vous voulez parler de M. Finn ? Le génie de l'entreprise ? J'ai entendu parler de lui. De vous aussi… Vous êtes l'homme qui tient les cordons de la bourse. Vous êtes l'homme des décisions.

Il approuva d'un signe de tête. Tout ce qu'elle disait était vrai.

Sam et lui étaient amis depuis des années et ils avaient créé l'entreprise ensemble mais, en son sein, les rôles étaient bien partagés. Sam était le visionnaire de l'équipe, tandis que lui était l'homme du terrain. C'était lui qui permettait aux rêves de Sam de devenir réalité.

— Vous semblez en savoir long sur notre entreprise, Amber.

— J'ai fait quelques recherches, répondit-elle en esquissant un sourire.

Elle était magnifique lorsqu'elle souriait.

Elle n'était pas d'une beauté classique, parfaite, mais elle resplendissait.

La sonnerie de sa montre le ramena à regret à la réalité et il lui adressa un sourire contrit.

— Vous devez partir ? Je comprends, dit-elle en se levant. J'ai été heureuse de vous rencontrer.

— Combien de temps restez-vous en ville ? lui demanda-t-il sans même réfléchir.

Il n'avait pas beaucoup de temps libre, mais peut-être pouvait-il se libérer le temps d'une soirée.

— Je ne sais pas encore, répondit-elle d'une voix un peu

gênée. Ce voyage était... C'était une décision de dernière minute. Mais sachez que mon intérêt pour votre société est sérieux, même si j'ai quelques motivations secrètes.

A ces mots, il éclata de rire. Il se doutait qu'elle avait des motivations secrètes. Aucune femme aussi belle qu'elle ne se trouvait sur son chemin sans raison.

— Il y a une part de jeu dans toute rencontre, je le comprends bien, Amber. Malheureusement, je dois vraiment y aller.

— Cela ne vous dérange pas si je sors en même temps que vous ?

Incapable de s'en empêcher, il sourit.

— Pas de problème, nous allons emprunter l'ascenseur de prestige.

— Je suis impatiente, répondit-elle en le suivant.

Mais elle allait être déçue, songea-t-il dans le couloir car l'ascenseur de prestige était en fait l'ascenseur de service, un ascenseur aux allures de monte-charge, immense et impersonnel.

Allait-elle lui en vouloir ?

Il l'observa attentivement lorsqu'il lui indiqua l'ascenseur. Mais non, elle ne semblait pas fâchée. Elle lui lança même un sourire amusé. Un sourire aussi chaleureux que celui qu'elle avait adressé à Claire un peu plus tôt.

Lorsqu'elle souriait ainsi, il avait l'impression de découvrir une autre femme que celle qui portait ce tailleur sérieux. Et cette autre femme lui plaisait.

Une fois à l'intérieur de l'ascenseur, il appuya sans attendre sur le bouton du parking et l'observa taper du pied sur le sol en caoutchouc.

— Je vois qu'il n'y a ici aucun chichi inutile... Ça me plaît, Roger.

— Je suis heureux de l'apprendre.

Soudain, avec une sorte de hoquet qui fit trébucher la jeune femme, l'ascenseur se mit à descendre.

Roger la rattrapa. Que pouvait-il faire d'autre ? Tout homme bien élevé aurait fait la même chose.

Lorsque l'ascenseur s'arrêta dans un second hoquet, quelques secondes plus tard, ils étaient collés l'un à l'autre.

— Que se passe-t-il ? demanda-t-elle en levant de grands yeux vers lui.

Se forçant à oublier le désir que ce contact avait fait naître en lui, il recula. Maintenant qu'ils avaient tous les deux recouvré leur équilibre, il n'avait plus besoin de se tenir aussi près d'elle. C'était dommage car elle sentait très bon.

Mais il y avait plus urgent…

N'y connaissant rien en technique, il s'approcha du panneau de contrôle de l'appareil et appuya sur le bouton d'alarme. En vain.

C'était vendredi soir, tard, et les bureaux étaient déserts.

Réprimant un juron, il sortit son téléphone et composa le numéro de Sam. Malheureusement ce dernier ne répondit pas non plus.

— Sam, dit-il lorsque la messagerie se déclencha. Nous sommes coincés dans l'ascenseur de service. Appelle-moi et dis-moi ce que je dois faire pour en sortir.

Puis il raccrocha, gagné par la colère.

Ils risquaient d'être enfermés dans ce machin toute la nuit !

Il releva les yeux, rencontra ceux d'Amber et se détendit un peu. Se retrouver coincé dans un ascenseur avec une créature aussi séduisante pouvait ne pas être totalement désagréable. Le problème était qu'il ne la connaissait pas. Il ignorait comment elle réagissait lorsqu'elle se trouvait dans une situation de stress. Or une femme comme elle avait forcément des projets pour la soirée.

— C'est une blague, n'est-ce pas ? dit-elle enfin. Nous ne sommes pas réellement coincés dans cet ascenseur ?

— Mon associé l'a bricolé récemment. Mais ne me demandez pas ce dont il s'agit, je n'en ai pas la moindre idée. Les questions techniques m'échappent. Tout ce que je peux vous dire c'est que, malheureusement, personne n'est disponible pour nous sortir de là, surtout pas Sam Finn qui est en ce moment même en route pour son enterrement de vie de garçon. Une soirée à laquelle je devais me rendre et à laquelle je ne participerai pas, sauf s'il daigne consulter sa messagerie, ne me voyant pas arriver…

— Si je comprends bien, Roger, rétorqua-t-elle en éclatant de rire, nous sommes prisonniers là-dedans pour une durée indéterminée ?

Elle ne semblait pas du tout en colère. Non, elle semblait plutôt sincèrement amusée.

Cette réaction le surprenait.

— La vie est parfois ironique, vous ne trouvez pas, Roger ?

— De quoi parlez-vous ?

— Nous sommes coincés dans cet ascenseur, alors qu'il n'y a plus personne dans le bâtiment.

Il la dévisagea. Le rire était-il une réaction au stress ? A la claustrophobie ? Non, à l'évidence. Mais cela le surprenait car jamais jusqu'ici il n'avait rencontré une femme qu'un changement de programme amusait.

— Je pourrais bien appeler la police, mais il s'agit de l'ascenseur de Sam. Je ne voudrais pas qu'une intervention maladroite abîme le système qu'il a créé alors qu'il nous suffit d'attendre qu'il rappelle.

— Ne vous en faites pas.

— Ça ne vous dérange pas d'être coincée ? Je ne comprends pas…

Sans un mot, elle s'approcha et posa un doigt sur ses lèvres.

— Vous n'avez pas besoin de comprendre. Je ris simplement de voir combien le destin me facilite les choses. Mais je me sens aussi un peu coupable car, pour tout vous dire, je n'ai pas été très honnête avec vous…

En entendant ces mots, il se raidit et retira ses doigts fins de son visage.

— Je n'aime pas les mensonges, docteur Smithson.

— Moi non plus, mais je ne vous ai pas vraiment menti. Je vous ai simplement caché le but réel de ma visite.

Impatient d'en savoir plus, il croisa les bras sur sa poitrine et attendit.

— Je suis ici à cause d'un pari, avoua-t-elle alors.

Chapitre 4

— Claire pense que vous êtes gay. Est-ce que vous le saviez ?

Roger ne répondit pas. Sans doute avait-il besoin d'un peu de temps pour digérer cette information.

— Claire affirme que vous êtes gay, reprit Amber, et moi, je soutiens que ce n'est pas le cas. Comme nous n'étions pas d'accord, nous avons décidé de parier.

— Vous avez parié ? C'est donc un jeu ? Est-ce que vous avez aussi programmé l'ascenseur pour qu'il tombe en panne ?

— Bien sûr que non !

Il la dévisagea attentivement, comme s'il hésitait à la croire.

— A quelle question répondez-vous, Amber ? Non, ce n'est pas un jeu ou non, vous n'êtes pas responsable de l'arrêt de l'ascenseur ?

— Je suis médecin, Roger, pas ingénieur mécanique. Même si ma vie en dépendait, je serais incapable d'arrêter un ascenseur. Quant au pari… L'enjeu en est un baiser. Juste un petit baiser… Rien de bien méchant, vous voyez…

Surprise par le ton sensuel qu'elle venait d'employer, elle se redressa. Que lui arrivait-il ? Est-ce qu'elle s'était soudain transformée en séductrice professionnelle ? Cela ne lui ressemblait pourtant pas.

Se forçant à se reprendre, elle l'observa. Il semblait en pleine réflexion.

— Quel est le premier prix ? lui demanda-t-il soudain.

Le premier prix ? Pour elle, c'était un baiser à un homme

d'affaires sexy en diable. Mais ce n'était sans doute pas la réponse qu'il attendait.

— C'est une boîte de gâteaux comme ceux-ci, répondit-elle, en désignant le paquet qu'elle tenait à la main.

Il éclata de rire et elle le dévisagea, s'attardant sur ses adorables fossettes. Des fossettes qui lui donnaient un air coquin.

— Une boîte de muffins ? répéta-t-il. J'ignore si je dois me sentir flatté ou insulté.

— Attention, il ne s'agit pas de n'importe quels muffins ! Il s'agit de muffins végétaliens.

— C'est pire, non ?

Pour toute réponse, elle se contenta de sourire.

Roger n'était pas furieux, c'était déjà une bonne nouvelle. Mais maintenant que devait-elle faire ?

Si elle avait porté son habituelle robe à fleurs, elle aurait su comment agir. Elle n'aurait pas eu besoin de réfléchir, il lui aurait suffi d'être naturelle. Mais ce soir, elle était habillée comme une femme d'affaires et elle hésitait. D'ailleurs, lorsqu'elle était vêtue ainsi, elle regrettait la femme qu'elle était autrefois, le médecin pratiquant à la clinique Mandolin, travaillant pour l'amélioration de la médecine et le bien-être de ses patients.

— Etes-vous vraiment médecin ? lui demanda soudain Roger, la sortant de sa réflexion.

— Oui, et j'ai vraiment travaillé à la clinique Mandolin…

Il la fixait, toujours perplexe. Pour lui prouver qu'elle ne mentait pas, elle attrapa son sac et en sortit son téléphone portable. Il ne s'agissait pas d'un modèle dernier cri mais peu importait. Elle composa un numéro puis brancha le haut-parleur afin qu'il puisse suivre la conversation.

— Clinique Mandolin, que puis-je faire pour vous ? répondit une voix.

— Je souhaiterais parler au Dr Jack Ross, s'il vous plaît, de la part du Dr Amber Smithson. C'est à propos d'un patient.

En face d'elle, Roger jeta un coup d'œil à sa montre.

— Je sais qu'il est tard, mais Jack travaille toujours tard le vendredi soir…

— Amber ! répondit enfin Jack. Un miracle s'est-il produit ? Tu as enfin décidé de revenir à la réalité ? Ce serait une bonne nouvelle car, après notre dernière conversation, j'ai parlé au directeur. Il n'est plus opposé à ton retour, mais sans doute devras-tu le caresser un peu dans le sens du poil.

Amber esquissa un sourire. Jack venait de prononcer les mots qu'elle rêvait d'entendre, mais elle ne devait surtout pas s'emballer. D'autant que ce n'était pas pour cette raison qu'elle l'appelait ce soir, se rappela-t-elle en fixant son compagnon d'infortune.

— Jack, je suis actuellement avec Roger Martel, le directeur financier de RAQ, l'entreprise de robotique. Je crois que tu la connais. Nous sommes sur haut-parleur.

Pendant qu'elle parlait, Roger sortit son BlackBerry et elle le vit chercher des informations sur Jack puis hocher la tête. Il y avait de quoi : le CV du Dr Ross était impressionnant. Non seulement il était un neurologiste réputé, mais son travail avec les amputés en faisait un partenaire particulièrement intéressant pour RAQ.

— Bon Dieu, Amber, non ! Pas une nouvelle entreprise de robotique ! s'exclama Jack lorsqu'elle se tut. Il ne se passe pas une semaine sans que l'une d'elles ne me harcèle !

— Accorde-leur une heure, s'il te plaît, Jack. Laisse-les te prouver leur valeur.

Jack ne répondit pas. Il devait être en train de réfléchir.

— D'accord, finit-il par répondre en grognant. J'ai une heure de libre le premier mardi du mois prochain. Je pourrai les recevoir.

— Ils seront deux, répondit-elle en souriant à Roger. Roger Martel et Sam Finn…

— Je ne les recevrai que si tu es là, Amber.

— Si c'est une condition *sine qua non*, alors j'y serai.

— Mardi 1er, à 15 heures, répéta Jack.

Puis, sans un mot de plus, il raccrocha.

Ignorant qu'en penser, Amber prit une profonde inspiration. Elle avait l'impression qu'habillée ainsi, avec ses cheveux noués en chignon, elle faisait un voyage dans le temps. Elle était de nouveau le Dr Smithson, ne pensant qu'à sa carrière, qu'à organiser des rendez-vous aux quatre coins du pays. Jamais elle ne s'était sentie aussi puissante, aussi influente que dans cette situation. C'était agréable… Mais aussi un peu bizarre. Elle eut honte, tout à coup. Elle avait l'impression de sacrifier tous ses idéaux.

Une petite voix dans sa tête lui rappela à cet instant l'état catastrophique de son compte en banque et elle se reprit. Elle ne pouvait pas se permettre d'avoir des scrupules en ce moment.

— Vous n'avez donc pas menti sur qui vous êtes, dit enfin Roger.

— En effet…

— Et à propos du jeu de séduction ?

Il avait employé un ton froid, un peu trop sec à son goût.

Tant pis. Elle n'avait jamais supplié un homme de l'embrasser ou de lui faire l'amour et elle n'allait sûrement pas commencer aujourd'hui.

— Comme je vous l'ai dit, éluda-t-elle, le destin nous joue parfois des tours.

— Vous ne répondez pas à ma question.

— C'est pourtant ma réponse.

Il lui adressa alors un regard noir, intense, et elle plongea ses yeux dans les siens pour essayer de le percer à jour. En vain.

— Vous pensez donc que je suis gay ?

— C'est l'opinion de Claire. Personnellement, j'ai parié que ce n'était pas le cas mais peut-être me suis-je trompée.

Puis elle se tut et l'observa.

Après une telle affirmation, un homme normalement constitué voudrait lui prouver qu'elle ne se trompait pas. Elle avait envie qu'il le lui prouve. Elle en mourait d'envie, même.

— J'ai parié que vous étiez un homme qui aime les femmes…

— Et vous, vous êtes une femme qui aime jouer avec les hommes, rétorqua-t-il en l'enveloppant d'un regard à la fois prédateur et malicieux.

— Oui, je l'admets, j'aime jouer. Mais cela ne veut pas dire que je joue ce soir.

— Et pourtant, vous avez parié avec Claire. Vous vous êtes habillée pour moi, pour pouvoir parvenir jusqu'à mon bureau…

Peu à peu, elle vit son beau regard couleur chocolat se réchauffer, s'illuminer, se mettre à briller, comme s'il avait pris sa décision et choisi de relever le défi.

— Comment un seul baiser pourrait-il prouver que je ne suis pas gay, Amber ?

Sans attendre sa réponse, il fit un pas en avant, la fixant d'un regard brûlant. Elle se força à demeurer impassible, immobile.

Devant un tel prédateur, la plupart des femmes auraient fait un pas en arrière mais pas elle. Elle refusait de céder.

Quelques secondes plus tard, elle sentit son souffle chaud effleurer son cou. Aussitôt, un délicieux frisson la parcourut. Toute sa peau se mit à palpiter.

— Vous êtes libre de faire semblant, Roger.

— Je ne vais pas faire semblant, répondit-il d'une voix rauque, ensorcelante.

D'une voix si chaude, si pleine de désir qu'elle sentit aussitôt tous ses sens s'éveiller, et sa température grimper de plusieurs degrés.

— Un baiser… Un seul baiser…, murmura-t-il avant d'effleurer sa joue avec ses lèvres sensuelles.

Elle ferma les yeux et savoura le contact.

— Ce baiser répond-il à vos attentes ? lui demanda-t-il alors, avant d'en déposer un nouveau sur la pointe de son nez. Et celui-ci ?

Il parvint enfin à sa bouche et, le cœur battant à toute allure dans sa poitrine, elle retint son souffle.

Il posa doucement ses lèvres sur les siennes et, envoûtée, elle ferma les yeux. Jamais elle n'avait connu un baiser aussi savoureux, aussi délicieux.

Elle n'avait plus qu'une envie, l'approfondir, faire danser sa langue avec la sienne, sans jamais s'arrêter.

Malheureusement, il ne semblait pas que ce fût le projet de Roger.

— Pas mal, commenta-t-elle lorsqu'il rompit le baiser. Je crois que j'ai gagné mon pari.

— Je suis heureux d'avoir pu vous rendre service, Amber. Si vous avez besoin de preuves supplémentaires, n'hésitez pas…

— Est-ce une invitation ?

Elle l'observa réfléchir, sans jamais cesser de la dévorer du regard.

— Oui, c'est une invitation. Avez-vous un autre jeu en tête ?

Il la provoquait.

Allait-elle répondre ? En aurait-elle le cran ? Cela faisait deux ans qu'elle n'avait pas fréquenté d'homme, qu'elle n'avait pas *joué*, pour reprendre l'expression qui semblait plaire à Roger. Cela faisait deux ans qu'elle passait tout son temps à étudier les médecines alternatives. Mais cela faisait aussi deux ans qu'elle ne s'était pas autant amusée.

Alors, était-elle prête à aller plus loin avec lui ?

Oui, évidemment ! Après deux ans d'abstinence, elle était plus que prête. Surtout avec un homme comme lui.

Elle dénoua lentement son chignon, libérant ses cheveux avec sensualité, puis elle lui adressa un clin d'œil coquin.

— Il existe un jeu tantrique auquel j'ai toujours rêvé de jouer…

Tout en parlant, elle le vit avaler sa salive. Elle lui faisait de l'effet. Il n'y avait qu'à voir le renflement de sa braguette pour en être persuadée…

— Un jeu tantrique, dites-vous…

Sans le quitter des yeux, elle fit un pas dans sa direction puis approcha sa bouche de son oreille, et plaqua une main contre son torse pour sentir son cœur qui battait à toute allure.

— Oui, un jeu tantrique… Le principe en est simple : le premier qui jouit a perdu.

A ces mots, il laissa échapper un petit gémissement et elle sourit, satisfaite. Il était intéressé. Il était même conquis.

— Ça me semble un bon jeu, dit-il enfin en la saisissant brusquement par les hanches. Mais tu crois vraiment que je suis prêt à jouer avec toi, Amber ? Tu penses que je suis prêt à mettre en jeu un contrat avec la clinique juste pour coucher avec toi ?

— Je le pense, répondit-elle en lui mordillant l'oreille.

— Et pourquoi le ferais-je ?

— Parce que j'ai attiré ton attention…

Elle ouvrit deux boutons de sa chemise pour glisser un doigt à l'intérieur.

— Beaucoup de femmes attirent mon attention ; ce n'est pas pour autant que j'ai envie de coucher avec toutes…

Tandis qu'il parlait, il laissait vagabonder ses mains sur elle, effleurant sa poitrine et aussitôt, elle sentit ses seins se tendre et sa respiration se faire plus rauque. Elle avait oublié combien les prémices de l'amour pouvaient être agréables, combien il était bon de se laisser aller.

— Je veux bien le croire, Roger, mais je suis certaine que très peu d'entre elles se sont retrouvées coincées dans cet ascenseur avec toi.

Il éclata de rire puis se tut, redevenu sérieux tout à coup. Elle aussi demeura silencieuse. Ils semblaient tous deux se poser la même question : allaient-ils vraiment oser ?

— Est-ce que tu as des préservatifs ? lui demanda-t-il enfin, répondant ainsi à ses interrogations.

— Dans mon sac à main. J'espère qu'il n'y a pas de caméra dans l'ascenseur.

Il lui répondit non d'un signe de tête puis lui sourit, et elle sentit des étincelles de désir exploser en elle. Elle avait hâte de jouer avec cet homme, cet homme au sourire dévastateur, cet homme aux mains puissantes et expertes…

Comme s'il devinait son impatience, il la plaqua contre la cloison. Mais juste au moment où elle pensait qu'il allait lui donner un baiser fougueux, la posséder, il se redressa et la laissa pantelante, le souffle court. Dans une frustration terrible.

— Le premier qui jouit a perdu, c'est bien ça, Amber ?

— Oui, c'est la règle du jeu.

— Quel sera mon prix si je gagne ?

Son regard rivé au sien, elle promena une main sur son torse puis la posa sur son pantalon pour sentir son sexe. Il était tendu, ferme, dur.

Elle accentua sa caresse jusqu'à le voir se mordre les lèvres, jusqu'à le conduire au bord de l'extase.

— Le vainqueur gagne le droit de rejouer.

— Ça me convient, dit-il.

Puis, sans attendre une seconde de plus, il défit la fermeture de sa jupe et la fit glisser sur le sol.

Amber se tenait maintenant debout devant lui, en string, perchée sur ses talons aiguilles. Si elle voulait faire marche arrière, c'était le moment ou jamais.

Mais elle ne désirait pas faire marche arrière. Elle était bien décidée à aller jusqu'au bout de la partie engagée. Elle repoussa sa jupe du bout de sa chaussure, puis s'attaqua à la chemise de Roger.

Elle voulait agir comme une femme forte, libérée, mais elle était si nerveuse qu'elle avait du mal à la déboutonner. A moins que ce ne soit l'émotion procurée par les caresses de Roger sur ses cuisses, par ses doigts agiles qui effleuraient ses fesses, lui faisaient perdre la tête.

Dieu que ces mains étaient magiques ! Dieu qu'elles étaient douces !

Un incendie de désir brûlait en elle. Elle noua une jambe autour de ses hanches pour l'attirer encore plus près, pour sentir sa chaleur masculine.

Elle mourait d'envie de s'empaler sur lui. De le sentir en elle, profondément. Elle ne voulait pas attendre. Elle ne pouvait plus attendre.

Les yeux brillant d'anticipation, son sang rugissant dans ses veines, elle tenta de faire glisser son pantalon sur ses hanches. En vain. Ses mains tremblaient trop… Et puis, elle n'avait pas assez de place pour bouger.

Il plaqua un peu plus son corps contre le sien puis se mit à se mouvoir avec langueur contre elle et, le corps en feu, elle se mit à gémir.

C'était bon, mais il ne respectait pas les règles ! Ses mains étaient prisonnières. Elle ne pouvait bouger alors que lui avait tout loisir d'ouvrir son chemisier.

Il dégrafa son soutien-gorge, libérant ses seins, puis il les prit en coupe, en pinça les pointes offertes et elle rejeta la tête en arrière, frissonnante. Son cœur battait à une allure folle dans sa poitrine, elle respirait avec peine. Toute raison l'avait désertée. Elle n'était plus qu'une boule d'émotions. Jamais elle n'avait connu un désir aussi puissant, aussi intense.

Elle n'en revenait pas de ce qui arrivait : il n'allait tout de même pas la faire jouir comme ça, sans même enlever son pantalon !

Il se pencha soudain, referma sa bouche sur un de ses tétons et elle devina qu'il était aussi doué avec la bouche qu'avec les doigts. Jamais elle n'avait connu un homme comme lui, qui lui faisait un tel effet. S'il continuait à l'envoûter ainsi, elle n'allait pas tarder à perdre le jeu.

Mais elle ne voulait pas céder. Elle ne voulait pas faiblir aussi facilement.

Se forçant à se ressaisir, à reprendre le contrôle de la situation, elle libéra ses mains et le repoussa légèrement. Elle agrippa ensuite sa chemise et, sans plus prendre le soin de la déboutonner correctement, tira dessus et libéra ses épaules.

Il se redressa et la fixa, surpris par sa réaction.

— Jamais je n'ai rencontré une femme aussi sexy que toi, Amber.

Heureuse, elle sourit. Elle ne s'était pas trompée. Il aimait les femmes de pouvoir, les femmes avec lesquelles il pouvait rivaliser.

— Si tu ne m'aides pas à t'enlever ta chemise, Roger, je vais être obligée d'arracher les boutons des poignets.

— Tu n'es pas forte à ce point.

— Si, mais je risque de te faire mal.

Il lui adressa un clin d'œil taquin.

Il lui lançait un nouveau défi ? Pas de problème, elle était prête à le relever, à lui prouver qu'elle était capable de lui arracher sa chemise.

Malheureusement, le tissu était plus solide qu'elle ne l'imaginait.

Elle était toujours en train de se battre avec lorsque, d'un geste, il la retourna et la plaqua contre son torse. Elle ne pouvait plus bouger. Elle était sa prisonnière et il pouvait la caresser comme il l'entendait.

Il laissa une main glisser le long de son épaule, descendre vers ses seins, vers son ventre, puis il lui mordilla la nuque et elle se mit à frissonner de tout son long.

Le souffle chaud de sa respiration dans son cou électrisait tous ses sens.

Soudain, avant même qu'elle la sente venir, une vague de plaisir d'une incroyable intensité l'envahit et elle perdit la tête. Tous les muscles tendus, elle chavira, laissant échapper un long cri.

C'était l'orgasme le plus sauvage, le plus puissant, le plus excitant qu'elle avait senti depuis des années.

Heureusement d'ailleurs que Roger la tenait, sinon elle serait tombée sur le sol. Ses jambes ne la portaient plus, elle n'avait plus aucune force. Elle n'était plus qu'une poupée de chiffon.

Il lui fallut plusieurs minutes pour reprendre possession de tous ses moyens.

Roger avait gagné la partie. Elle imaginait qu'il aurait l'air triomphant, mais quand elle se retourna pour le regarder, il semblait au contraire très surpris.

Elle allait lui demander la raison de cet étonnement lorsqu'il l'attira à lui et l'embrassa avec une douceur inouïe.

— Tu es fantastique, Amber, murmura-t-il ensuite. C'était… fantastique ! Je n'ai jamais vu une femme aussi belle en jouissant.

Incapable de répondre, elle se contenta de le fixer. Qu'aurait-elle pu dire ? L'expérience la laissait encore sous le choc. Elle avait joui sans même qu'il prenne la peine de lui ôter son string !

— A toi de choisir, maintenant, poursuivit-il.

Elle le fixa, perdue.

— Choisir ? Mais quoi ?

— Le lieu et l'heure pour la revanche.

Chapitre 5

Roger se força à ne pas sourire pendant qu'Amber essayait de retrouver sa dignité. En apparence, elle semblait détendue, mais il sentait que l'émotion la tenaillait encore. Après tout, il avait suffi qu'il lui embrasse la nuque pour qu'elle jouisse.

Après une telle expérience, il se sentait comme un dieu du sexe. C'était sans doute très présomptueux de sa part, mais n'importe quel homme, dans une telle situation, aurait sans doute réagi de la même façon.

Il se sentait tellement bien à cet instant, tellement heureux, que son érection ne le dérangeait même pas. Cette réaction était d'autant plus étrange qu'il n'avait jamais été à l'aise dans un ascenseur.

— Je n'ai jamais…, bafouilla Amber. Je veux dire… Ça fait longtemps, mais jamais…

Elle passa une main sur ses joues rosées, visiblement gênée.

— Je ne sais pas quoi dire, Roger…

Elle avait l'air si fragile, tout à coup, si vulnérable qu'il sentit l'émotion l'étreindre. Il lui caressa doucement les cheveux.

— Tu n'as pas besoin de parler. C'était fantastique… Vraiment…

— Mais tu ne m'as pas encore prouvé que tu n'es pas gay.

— Quoi ?

— D'après Claire, aucun homme n'est aussi gentil, aussi vertueux, sauf s'il est gay.

Il éclata de rire. Il ne voulait pas avoir l'air de se moquer, mais à l'idée que deux femmes avaient parié sur sa vie sexuelle, il ne parvenait pas à demeurer sérieux.

Amber avait encore des doutes ? Qu'à cela ne tienne… Il allait lui prouver qu'il n'était pas gay, qu'il aimait les femmes, qu'il les adorait même. Et sans tarder…

Il lui prit la main et l'écrasa contre son érection.

Un frisson glissa aussitôt le long de son dos, la chair de poule le gagna et il ferma les yeux. Cette caresse était délicieuse. Amber savait vraiment comment caresser un homme, même à travers un pantalon.

— J'aime les femmes, Amber, marmonna-t-il, le souffle court. Tu veux que je te le prouve ?

— Oui.

Il la dévisagea. Sa peau laiteuse palpitait. Son regard brillait.

— Oui, répéta-t-elle avec une ferveur étonnante, prouve-moi que tu aimes les femmes !

Ces mots lui firent l'effet d'une décharge électrique. Oubliant toute retenue, reléguant dans un coin de sa tête toutes les questions qui pouvaient encore le tenailler, il la plaqua contre la cloison. Puis il referma ses mains autour de ses seins parfaits, les soupesa, les admira. Ces caresses étaient délicieuses mais il voulait plus, il voulait la posséder. Il abandonna alors ses seins voluptueux pour se débarrasser de son pantalon avec un soupir d'impatience. Il était à bout, il ne pouvait plus attendre. Il voulait la posséder, corps et âme, tout de suite.

Il tenta de faire glisser son string le long de ses jambes parfaitement galbées mais elle l'en empêcha.

— J'ai arraché ta chemise, tu peux arracher mon string si tu le désires.

— Oh oui…

Il avait le corps en feu. Alors, sans attendre une seconde de plus, les yeux rivés aux siens, il en attrapa l'élastique et le déchira.

— Préservatif…, dit-elle pour seule réaction.

Il se pencha pour attraper son portefeuille dans la poche de son pantalon, mais elle le stoppa dans son élan.

— Depuis combien de temps ce préservatif se trouve-t-il dans ton portefeuille ?

Il essaya de se rappeler. Sans doute depuis bien trop longtemps, en conclut-il.

Il sortait de temps en temps avec de belles femmes, mais cela faisait une bonne année qu'il n'en avait pas raccompagné une jusque dans son appartement.

— Il vaut peut-être mieux prendre un des tiens, fit-il.

Elle se pencha généreusement pour attraper son sac à main et une nouvelle vague de désir l'envahit. C'était d'un érotisme fou. Elle dévoilait son intimité sans la moindre retenue. Il n'avait plus qu'une envie, la posséder.

Mais il se retint. Il savait qu'il lui suffirait de s'insinuer dans sa chaleur moite pour toucher les étoiles, mais il n'avait pas encore de préservatif.

Sans se relever, elle lui tendit la protection.

— Tu aimes ce que tu vois ? lui demanda-t-elle d'une voix sensuelle.

Trop ému pour répondre, il se contenta d'ouvrir le paquet et d'enfiler le préservatif.

Elle ne se releva pas. A l'évidence, il s'agissait d'une invitation.

Alors, oubliant toutes ses hésitations, il la pénétra d'un geste puissant, précis.

Elle poussa un petit cri, s'arc-boutant, et il se mit à aller et venir en elle. Il la sentait serrer ses muscles intimes et, un plaisir intense le consumant, les prémices de l'orgasme le saisirent peu à peu.

Où avait-elle appris à faire ça ?

Il aurait voulu ralentir, profiter plus longtemps de ce moment, mais il ne pouvait pas. Il était incapable de résister, son esprit avait abdiqué. Il n'était plus qu'une boule d'émotions, il n'était plus que désir, plus que plaisir.

Il lui agrippa les hanches et accéléra ses mouvements. Il voulait lui donner du plaisir mais ignorait encore combien de temps il pourrait se contrôler, surtout si elle continuait à lui masser ainsi le sexe.

Tout à coup, elle se cambra un peu plus, accentua ses caresses intimes puis lâcha de nouveau un cri. Alors il abdiqua. Rendit les armes. Il donna un dernier coup de reins puis explosa.

Il avait l'impression d'avoir abordé un nouveau monde.

Mais le plaisir ne durait jamais, il le savait.

Quelques secondes plus tard, il sentit l'orgasme se dissiper et son esprit reprendre le contrôle. La réalité lui apparut alors telle qu'elle était : il venait de faire l'amour, dans un ascenseur, à une femme qu'il avait rencontrée moins d'une heure plus tôt !

Etait-il devenu fou ?

Il prit une profonde inspiration et tenta de se reprendre. En vain. Son corps ne répondait pas. Son esprit était en éveil mais son corps ne lui obéissait plus.

Quant à Amber, elle semblait toute molle.

— Tu n'es pas gay, dit-elle. Ou si tu l'es, je ne veux pas le savoir.

— Je ne suis pas gay, Amber, je te le certifie. Mais je dois savoir une chose... S'agissait-il seulement de la revanche ou aurai-je la possibilité de te revoir ?

Aussitôt ces mots prononcés, il les regretta.

Voulait-il la revoir ? Vraiment ? Evidemment ! Faire l'amour avec elle était une expérience unique. Hélas, aucun homme n'avait la chance de vivre une relation fabuleuse, sans lien, sans engagement, avec une femme aussi belle, aussi séduisante. Une femme qui pouvait se pencher en avant et embrasser ses chevilles sans plier les jambes !

Elle semblait hésiter sur la réponse à lui donner.

Tant mieux. Cela voulait dire qu'elle était aussi mal à l'aise que lui.

— Je crois... Je crois qu'il s'agissait de la revanche mais... Je ne suis pas ce genre de femme, ou du moins je ne le suis plus, fit-elle en lui indiquant d'un geste de la main sa jupe et ses talons aiguilles.

— Je ne suis pas non plus ce genre d'homme, Amber, répondit-il sans vraiment comprendre où elle voulait en venir. Mais...

— C'était bon, n'est-ce pas ?

— Oui, se contenta-t-il de répondre.

C'était mieux que bon en réalité, mais aucun mot ne pouvait décrire ce qu'il avait vécu.

— Nous pouvons peut-être dîner un de ces jours dans un lieu public, suggéra-t-il.

Mais Amber ne répondit pas.

Elle commença à remettre sa jupe et lui se sentit soudain comme le dernier des idiots, son caleçon et son pantalon en tire-bouchon sur les chevilles.

Mieux valait qu'il se rhabille, cela faciliterait sans doute la conversation.

— Alors, tu es médecin ? reprit-il une fois qu'ils furent tous deux vêtus.

— En fait… C'est un peu compliqué…

— Explique-moi, nous avons le temps.

— C'est vrai, j'avais oublié que nous étions enfermés dans un ascenseur ! Pour te faire l'histoire courte, j'ai bien mon diplôme et j'ai travaillé plusieurs années à la clinique de Mandolin. Cela marchait bien. Si j'avais voulu, j'aurais pu monter en grade et faire toute ma carrière là-bas, mais je ne souhaitais pas me limiter à la pratique de la médecine occidentale, alors il a fallu que je choisisse.

— Et qu'as-tu choisi ?

— La recherche. J'ai toujours ressenti le besoin viscéral d'explorer, d'étudier, de comprendre, mais mes supérieurs hiérarchiques n'en voyaient pas la nécessité. Le moment est vite arrivé où tout compromis était devenu impossible.

Il croisa les bras et l'étudia attentivement. A l'évidence, elle ne lui avait pas tout dit. Personne ne renonçait ainsi à une telle carrière sans un événement majeur.

— Qu'es-tu venue faire à Chicago ? Laisse-moi deviner… Il y avait un homme derrière cela.

— Non, aucun homme. J'avais quitté mon dernier petit ami un an plus tôt. Et, honnêtement, j'ai toujours été trop concentrée sur la médecine pour avoir une relation sérieuse. Non, je suis d'abord venue à Chicago pour rendre visite à Mary.

— Mary ?

— Mary est la jardinière de RAQ. Ces muffins sont pour elle, lui rappela-t-elle en lui montrant la boîte.

Elle ne se souvenait plus à quel moment elle l'avait posée sur le sol.

— Ah oui !

— Mary a été une de mes premières patientes lorsque j'ai commencé à exercer. Lorsque j'ai quitté Mandolin, j'ai pris ma voiture, j'ai roulé pendant des heures, jusqu'à me retrouver chez elle. Et je suis restée.

— Pour faire quoi ?

— A part la remplacer pour arroser les plantes, tu veux dire ?

Il ouvrit les yeux tout grands. Il n'avait pas l'air de comprendre.

— Je remplace Mary en ce moment, Roger. C'est moi qui arrose les plantes… Tu m'as vue cet après-midi, après ton rendez-vous.

Il ouvrit les yeux un peu plus grands encore. Il ne semblait toujours pas se souvenir.

— Je pensais bien que tu ne m'avais pas reconnue, mais ça n'est pas grave. Imagine-moi ainsi, dit-elle en relevant ses cheveux en queue-de-cheval, et avec une robe à fleurs et des sandales plates.

— Mon Dieu, c'était toi ? C'est toi cette femme qui pourrait être si belle si elle faisait un effort ?

Aussitôt ces mots prononcés, il les regretta.

— Excuse-moi, Amber. Mais c'est ce que j'ai alors pensé. En réalité, tu es belle. Tu es même magnifique.

— Je pense que je suis belle même sans faire d'effort. La beauté vient surtout de l'intérieur, si tu veux mon avis.

— Dans ton cas, la beauté vient de l'intérieur *et* de l'extérieur.

Elle le remercia d'un sourire, mais elle semblait toujours mal à l'aise.

— Tu as donc renoncé à la médecine ? reprit-il, déterminé

à en savoir beaucoup plus sur elle. Et tu travailles désormais comme jardinière ?

— Non, pas du tout. Comme je te l'ai dit, je fais de la recherche. Mais il ne s'agit pas de recherche dans un laboratoire, il ne s'agit pas d'études financées par des entreprises pharmaceutiques.

— Quel genre de recherche alors ?

— De la recherche sur les médecines douces.

Puis elle se tut et le fixa d'un petit air de défi, comme si elle s'attendait à ce qu'il se moque d'elle. Mais il n'éclata pas de rire. Il n'avait rien contre les médecines douces.

Pendant la dernière année de sa vie, sa mère avait en effet été tentée par elles. Elle avait essayé l'aromathérapie et d'autres médecines alternatives. Cela ne l'avait pas guérie mais, au moins, cela l'avait soulagée et apaisée.

— Quel genre de médecine douce ?

— J'étudie les traitements par rééquilibrage énergétique. Des traitements qui ne comprennent ni plante, ni aiguille, juste des…

— Des prières. Je connais.

Elle écarquilla les yeux.

— Ma mère a tenté les médecines douces avant de mourir alors je m'y suis également intéressé, lui expliqua-t-il, devinant sa surprise.

— Elle est décédée et, pourtant, tu ne rejettes pas ces techniques ?

— Lorsqu'elle a fait ces expériences, je n'attendais plus la guérison et elle non plus, alors je n'ai pas été déçu. J'ai moi-même des soucis de santé qui me poussent à étudier toutes les voies possibles en ce moment.

Il avait d'ailleurs passé une partie de l'après-midi à chercher sur internet les réponses des médecines douces à l'hypertension.

Elle lui adressa un sourire ravi.

— Je vois que tu as l'esprit ouvert, ça me plaît.

Oui, il avait l'esprit ouvert. Mais surtout, il n'avait pas le choix ! Sa tension avait atteint un tel niveau qu'il devait à tout prix trouver une solution, s'il voulait continuer à travailler comme il le faisait.

Et puisque Amber était médecin et qu'elle était spécialisée dans les médecines douces, peut-être aurait-elle une solution à lui proposer.

— Tu as trouvé des traitements efficaces ? lui demanda-t-il alors, comme si de rien n'était.

— Je crois, oui.

— Dis-moi tout. Ça m'intéresse… Il se trouve que je suis un patient à la recherche d'un traitement alternatif contre l'hypertension.

— Tu souffres d'hypertension ?

— Oui, et je veux que tu deviennes mon médecin, Amber. Je ferai tout ce que tu m'ordonneras pour guérir. Tout, sauf quitter mon emploi.

Chapitre 6

Eberluée, Amber dévisagea l'homme qui venait de lui offrir, coup sur coup, les deux meilleurs orgasmes de sa vie.

— Tu veux que je devienne ton médecin ? répéta-t-elle.

— Oui.

— Sais-tu que cela va à l'encontre de toutes les règles d'éthique ? Ce que je veux dire, c'est que… Nous venons juste de…

Elle bafouillait, ne disposant pas de mots suffisamment forts pour décrire les moments qu'ils venaient de partager. De plus, la dernière chose qu'elle souhaitait était de se lancer dans une relation professionnelle avec lui.

— Tu viens de dire que tu n'es plus médecin mais chercheur, ajouta-t-il, comme s'il devinait ses scrupules.

— Ça ne veut pas dire…

— Je ne suis pas à la recherche d'un médecin traditionnel, Amber. J'en ai vu, beaucoup, j'ai essayé leurs traitements et ils ne fonctionnent pas. Je veux explorer les autres médecines, l'acuponcture, les plantes… Je te propose de faire tes recherches sur moi, de m'utiliser comme cobaye… Tout ce que je te demande, c'est de ne pas me priver de mon travail.

— Je suis persuadée que ton médecin a déjà évoqué avec toi toutes les solutions pour faire baisser ta tension. Tu peux faire un régime, de l'exercice…

— Oui, je sais tout ça et je le fais déjà. Malheureusement, ça n'a aucun effet.

— Tu prends des médicaments ?

Il lui récita alors tous les traitements qu'il avait essayés et ceux qu'il suivait toujours. Et il y en avait un grand nombre !

— Quelle est ta tension, exactement ?

Pour toute réponse, il sortit de la poche de sa veste une petite carte qui rassemblait ses résultats sanguins des cinq derniers mois.

Elle la consulta. Roger souffrait à l'évidence d'une grave hypertension.

— Depuis combien de temps ta tension est-elle aussi élevée ?

— Elle augmente régulièrement depuis mon adolescence. Mais depuis un an et demi, elle est plus ou moins stable.

Se forçant à demeurer impassible pour ne pas lui montrer son inquiétude, elle lui rendit la carte. Il devait en effet trouver un remède, il n'avait pas le choix. Si aucun des traitements qu'il avait suivis n'avait porté ses fruits, il devait chercher dans une autre direction. Et si elle était son médecin traitant, elle savait exactement ce qu'elle lui recommanderait.

— Alors ? Es-tu prête à m'aider ?

Désolée, elle secoua la tête.

— Je ne peux pas, Roger. Nous…

Faute de mots, elle s'interrompit net. Elle ne pouvait pas dire qu'ils partageaient une relation, ce n'était pas le cas. D'un autre côté, ils n'étaient plus non plus des étrangers.

— Il y a certaines règles que je ne peux pas me permettre de transgresser.

— Je comprends… Mais tu pourrais au moins me donner quelques conseils. Après ce que nous venons de vivre, je crois que nous pouvons dire que nous sommes amis.

Amis ? Oui, ils pouvaient en effet dire qu'ils étaient amis.

Elle approuva d'un signe de tête.

— Alors, reprit-il. En tant qu'amie, que me conseilles-tu ?

— Je te conseille de modifier ton régime alimentaire et de ne plus manger que des aliments crus, puis de méditer et d'engager quelqu'un pour des séances de bioénergie. Par ailleurs, je te conseille aussi de prendre de longues vacances, dès maintenant, et d'en profiter pour réfléchir à ta vie. Un élément extérieur agit sur ta tension et tant que tu n'auras pas découvert de quoi il s'agit, tu ne pourras pas guérir. Il faut que tu apprennes à écouter.

— Que dois-je écouter ? Des CD de méditation ?

— Non, tu dois t'écouter *toi*. Tu dois écouter ton corps, ton âme. Tu dois réfléchir à ce que tu attends de la vie.

— La réponse est simple, Amber. Mon corps aime la viande rouge, mon travail et toi. Et pas forcément dans cet ordre…

Charmée par son ton tendre et sérieux à la fois, elle éclata de rire, avant de vite se reprendre.

— Comme amie, je te conseille également de commencer ta nouvelle vie par une retraite spirituelle de deux semaines pendant laquelle tu mangeras de la nourriture crue et pratiqueras la méditation. Mais pour que cela soit efficace, il est important que tu abandonnes derrière toi tous tes appareils électroniques.

A ces mots, elle le vit froncer les sourcils.

— Je ne vois pas en quoi cette solution est différente d'une démission !

— Et moi je ne vois pas en quoi mourir d'une crise cardiaque est différent d'une démission !

— J'ai l'impression d'entendre mon médecin traitant, rétorqua-t-il d'un ton sec.

Elle le dévisagea. Il jouait les gros durs mais la vérité était qu'il avait peur. Il était dos au mur et le savait.

Attendrie par cette vulnérabilité, elle l'embrassa.

Quelques secondes plus tard, elle sentit des bras puissants se refermer autour de ses hanches. Roger l'attira plus près de lui et son sang se mit à rugir dans ses veines. Un désir inextinguible s'empara d'elle.

— J'ai entendu dire que faire beaucoup l'amour est très bon pour lutter contre l'hypertension, lui murmura-t-il d'un ton malicieux dans le creux de l'oreille.

Elle allait lui lancer une réponse sarcastique sur le thème des hommes qui considèrent le sexe comme la réponse à tous leurs problèmes, mais il ne lui en laissa pas le temps. Il plaqua sa bouche sur la sienne, fit danser sa langue experte avec la sienne et sa raison abdiqua.

Puis le ciel leur tomba sur la tête. Ou plutôt le plafond.

Peut-être était-ce une bonne chose car seul un tel incident était capable de les couper dans leur élan, de les ramener à la réalité et de les empêcher de faire l'amour une nouvelle fois.

— Aïe ! cria Roger. Qu'est-ce que…

— Désolé, fit une voix masculine au-dessus d'eux.

Amber leva alors la tête et aperçut un homme.

— La prochaine fois, préviens-nous avant de nous assommer ! D'ailleurs, qu'est-ce que tu fais ici ? Tu ne devrais pas être à ton enterrement de vie de garçon ?

Enterrement de vie de garçon ? Est-ce que cela signifiait que leur sauveur était Sam Finn, le directeur général de RAQ, l'inventeur génial et le meilleur ami de Roger ?

— Quelqu'un devait vous sauver, non ? répondit Sam, alors pourquoi pas moi ?

— Tu aurais pu m'envoyer les instructions par texto au lieu de te déplacer.

— Je l'ai fait ! Mais apparemment tu étais trop occupé pour entendre la sonnerie de ton téléphone !

Amber sentit le rouge lui monter aux joues. Avaient-ils vraiment été si absorbés qu'ils ne s'étaient même pas rendu compte que leur sauvetage était en cours ?

Se forçant à oublier la honte qu'elle en ressentait, elle regarda Sam se glisser dans l'ascenseur puis ouvrir le panneau de contrôle.

— A propos, lança-t-il soudain en se tournant vers elle, je suis Sam, l'associé de Roger, son meilleur ami et le sauveteur de la semaine.

— Moi je suis le tien tous les autres jours de la semaine, rétorqua Roger.

— Je suis Amber, une amie de Roger. Et en tant que telle, je ne viole aucune clause de confidentialité si je vous dis que Roger a besoin de prendre au moins deux semaines de vacances, maintenant. C'est important pour sa santé.

Comme elle l'imaginait, Roger lui adressa aussitôt un regard noir, comme si elle l'avait trahi. Mais elle l'avait fait pour son bien.

— C'est vrai ? demanda Sam.

— Nous avons rendez-vous à la clinique de Mandolin le mois prochain, lui répondit plutôt Roger. Pour le travail. Un médecin, là-bas, est intéressé par nos produits.

Mais Sam ne releva pas. Il dévisageait Roger et semblait inquiet.

— C'est à cause de ton hypertension ?

— Oui, et je prendrai des vacances juste après ce rendez-vous, promit Roger.

— Mais il y a la convention…

— Zut, je l'avais complètement oubliée ! Dans ce cas, je prendrai mes vacances juste après.

— Après, il y aura l'audit… C'est généralement toi qui t'en occupes et…

— C'est vrai, et je veux m'en occuper.

Sam fit la moue puis se tourna vers Amber.

— Dites-moi la vérité, comment va-t-il ?

— Comme vous pouvez le voir, lui répondit-elle, il a l'air en forme, mais je pense sérieusement qu'il doit soigner sans attendre son hypertension.

— En prenant des vacances ?

— Je vais prendre des vacances, dit Roger. Bientôt. Je vous le promets à tous les deux…

— Non, coupa Sam avec autorité. Je t'ordonne de prendre des vacances maintenant ! L'entreprise fonctionnera très bien sans toi.

— Tu parles ! rétorqua Roger, tu ne peux même pas te débrouiller pour faire fonctionner l'ascenseur !

Pour toute réponse, Sam se contenta de le foudroyer du regard avant d'appuyer sur un simple bouton. Aussitôt, l'appareil se remit à bouger.

Quelques secondes plus tard, les portes s'ouvrirent au rez-de-chaussée. Roger et Amber en sortirent pendant que Sam continuait à manipuler fils et boutons dans le panneau de contrôle.

— Sam, reprit alors Roger avec une pointe de désespoir dans la voix, je sais que tu ne veux que mon bien, mais ces vacances… Ce n'est pas…

— Roger, merci d'avoir organisé ma soirée d'enterrement de vie de garçon, elle était très réussie.

— Sam…

— Tu seras un fantastique témoin, mais je te le dis très clairement, si je te revois pendant les deux prochaines semaines, je te vire ! Je ne rigole pas. J'ai besoin d'un témoin vivant pour me marier !

— Je ne peux pas disparaître ainsi, Sam, c'est impossible. Je dois…

Mais Sam ne l'écouta pas. Il se tourna vers Amber.

— C'était un plaisir de vous rencontrer, Amber…

Il appuya ensuite sur un dernier bouton et les portes de l'ascenseur se refermèrent.

Roger tenta de les bloquer. En vain.

— Sam, cria-t-il alors en tapant sur les portes de métal. Espèce d'abruti !

Mais Sam ne répondit pas.

Roger s'adossa alors contre les portes de l'ascenseur et ferma les yeux. Il semblait soudain très las.

Il avait également l'air fâché, alors sans doute, songea Amber, ferait-elle mieux de fuir avant qu'il ne reporte toute sa rage sur elle !

Non, elle ne fuirait pas ! Ce serait lâche car c'était elle qui avait vendu la mèche. Elle devait accepter les conséquences de ses paroles. En plus, connaissant maintenant l'état de la tension de Roger, il risquait à tout moment une crise cardiaque, alors il valait mieux qu'elle demeure à ses côtés.

— Tu peux y aller… Tu peux te défouler, et m'insulter.

Il rouvrit les yeux et la foudroya du regard.

— Etais-tu vraiment obligée de tout lui avouer ?

— Je ne suis pas ton médecin traitant, Roger. Je suis simplement ton amie et en tant qu'amie, je m'inquiète de ta santé.

— Tu n'as pas peur que je t'étrangle pour me venger ?

Détectant une pointe d'humour dans sa voix, elle esquissa un sourire.

— Non. Je ne crains qu'une chose, que tu succombes à une crise cardiaque avant d'avoir eu le temps de guérir.

— Mais je me sens bien !

— Je te propose un marché. Un marché qui est une preuve de ma confiance en toi.

Il ne répondit pas. Il se contenta de croiser les bras, attendant qu'elle lui en dise plus.

— Je suis prête à remonter dans ton bureau, à dire à Sam que je me suis trompée, que ta tension est sous contrôle et que nous pouvons te laisser gérer ta santé tout seul.

— Vraiment ?

— Oui, à une condition. Je veux que tu fermes les yeux, que tu respires profondément et que tu ne penses à rien pendant au moins une minute. Je veux que tu écoutes ta respiration, ton corps, sans prononcer le moindre mot.

— C'est tout ?

Il semblait étonné.

— Oui, c'est tout mais, franchement, je serais surprise si tu tenais plus de trois secondes.

— Tu te trompes. J'avais l'habitude de faire de tels exercices avec ma mère. Vas-y, je suis prêt…

— Je te rappelle que tu ne dois penser à rien du tout.

— Je sais, je sais, je dois m'écouter, j'ai compris. Ce n'est pas la première fois que je médite, Amber.

Elle l'observa attentivement. A l'évidence, il ne s'agissait pour lui que d'un défi supplémentaire à relever.

— Je vais avoir besoin d'une montre. Peux-tu me prêter la tienne ?

— Tu n'as pas de montre ?

— Non, je n'en ai plus depuis que j'ai quitté la clinique.

Il lui tendit la sienne tout en la dévisageant, incrédule. Comment pouvait-on vivre sans montre ?

— Alors, prêt ?

— Oui, prêt, répondit-il d'une voix soudain plus profonde.

Il n'avait pas menti, il avait déjà pratiqué la méditation. Elle le voyait à la façon dont il respirait et dont il avait relâché ses épaules.

— C'est parti, dit-elle avant de mettre en marche le chronomètre.

Puisqu'il méditait, songea-t-elle soudain, peut-être pourrait-elle l'imiter.

Elle se mit alors en position, puis régula sa respiration. Elle entendait les bruits de la rue mais se força à les ignorer, à se concentrer sur son corps, sur les mouvements de l'air dans ses poumons, rejetant toute la frustration qu'elle recelait en elle puis refoulant toutes ses pensées.

Mais au bout de quelques secondes, curieuse de voir comment Roger s'en sortait, elle rouvrit les yeux.

Ses yeux étaient toujours fermés, sa respiration régulière.

Après tout, peut-être s'était-elle trompée, peut-être était-il parfaitement capable de refouler son stress tout seul. Il était peut-être même plus fort qu'elle à cet exercice, car elle n'avait pas été capable de se détendre totalement.

Elle se remit en position mais, au bout de quelques secondes, ses pensées revinrent à Roger.

Elle l'écouta. Sa respiration semblait moins régulière.

Elle rouvrit les yeux et vit qu'il la fixait. Elle jeta un coup d'œil à la montre. Il ne s'était écoulé que trente-quatre secondes. Il n'avait pas tenu une minute.

— A quoi penses-tu ?

Il baissa la tête avant de la relever et de la regarder, fixement, profondément.

— Tu n'en as pas une petite idée ? se contenta-t-il de répondre.

Son regard rencontra le renflement de sa braguette et elle réprima un fou rire.

— En tant que médecin, je peux affirmer sans le moindre doute que ton hypertension n'a aucune conséquence sur ta virilité.

— Vraiment ?

— Malgré cela, je crois que j'ai gagné, Roger. Tu pensais, n'est-ce pas ? Tu ne te contentais pas de ressentir ces… changements physiques ?

— Je pensais, j'imaginais, je fantasmais, je faisais tout ce que font les hommes habituellement.

Les joues roses, elle baissa les yeux. Son esprit ignorait ce qu'elle pouvait répondre à ces mots. Par contre, son corps en avait une idée très précise.

— Alors, reprit-il soudain, comme si de rien n'était, que faisons-nous maintenant ?

— Pour en revenir à tes vacances, je te conseille une retraite holistique. C'est assez cher, mais tu…

— Je n'en ai pas besoin. J'ai déjà un lieu de retraite en tête. Ton appartement. Ou le mien, si tu préfères.

Son corps trouvait cette idée très bonne, mais son esprit la repoussa.

— Roger, tu dois être sérieux ! Le sexe n'est pas…

— Je prends tout ça très sérieusement, Amber. Tu n'as pas idée à quel point. Mais puisque tu es l'amie qui a tout révélé à Sam, tu es l'amie qui va m'aider à trouver une solution.

— Je te préviens tout de suite que les résultats ne seront pas immédiats, je ne suis pas magicienne. Tu vas devoir travailler, remettre en question tout ton mode de vie.

Pendant qu'elle parlait, il réajusta sa veste puis reprit son sac.

— Je suis prêt à remettre en question mon mode de vie. Et je te choisis pour m'aider à le faire.

— Roger…

— Amber, s'il te plaît. Je suis à court de solution et de temps. J'ai tenté treize traitements différents, des membres de ma famille sont morts de crise cardiaque. Tu crois vraiment que j'ignore la gravité de mon état ?

Il s'interrompit, prit une profonde inspiration, puis riva son regard au sien.

— Aide-moi, s'il te plaît…

Elle le dévisagea. Son visage demeurait impassible, mais son regard semblait désespéré.

Pouvait-elle l'aider ? Etait-elle capable de lui donner des conseils sans lui sauter dessus à la moindre opportunité ? Car il n'était pas le seul à ressentir un désir intense en cet instant, elle aussi. Elle venait juste de vivre les deux meilleurs orgasmes de toute sa vie et elle était prête à recommencer l'expérience sans attendre.

Tous ses sens étaient en éveil, ses seins étaient tendus, son sexe humide et brûlant.

Pouvait-elle faire l'amour avec lui tout en lui prodiguant des conseils médicaux ? Cela semblait si contradictoire !

D'un autre côté, elle ne pouvait pas non plus l'abandonner à son triste sort. Elle ne pouvait pas l'abandonner avant qu'il lui fasse l'amour une dernière fois.

— Mon appartement, dit-elle enfin. Je vais te faire à dîner.

Chapitre 7

Roger suivit la voiture d'Amber jusque chez elle, dans un ancien quartier industriel qui accueillait aujourd'hui des logements sociaux décrépis. Un quartier à l'évidence mal famé, nota-t-il en garant son quatre-quatre au niveau d'une borne à incendie. Il risquait sans doute une amende mais ne s'en soucia guère. L'important pour le moment était de ne pas laisser Amber marcher seule alors qu'il faisait déjà nuit.

— Amber ! l'appela-t-il en sortant de son véhicule. Tu habites vraiment ici ?

— Oui, répondit-elle avant de se pencher et de saluer une clocharde installée dans l'embrasure d'une porte. Bonjour, Tammy, comment va ta toux, aujourd'hui ?

— Mieux, merci, docteur, répondit la femme avant de se tourner vers Roger. Dites donc, en voilà une voiture ! Vous avez gagné le gros lot ?

Mal à l'aise, Roger ne répondit pas.

— Tu devrais manger des fruits, Tammy, reprit Amber, ça te ferait du bien.

— Je n'ai pas les moyens, répondit cette dernière. Mais si ton ami pouvait m'aider…

Sans attendre, Roger sortit un billet de cinq dollars de son portefeuille. Dans d'autres circonstances, il ne se serait pas arrêté, il n'aurait pas regardé cette femme, mais maintenant qu'elle lui avait parlé, il ne pouvait plus l'ignorer. Il était même ravi de l'aider.

— Merci, fit Tammy, vous êtes un homme bon.

— Je te conseille d'utiliser cet argent pour t'acheter des fruits, insista Amber.

— Le rhum est bien fabriqué à partir de fruits, non ?

Amber leva les yeux au ciel puis, d'un geste de la main, lui indiqua le quatre-quatre.

— En échange du billet, tu pourrais peut-être surveiller la voiture. D'accord, Tammy ?

La femme ne répondit pas. Elle se contenta de croiser les bras et de remonter le col de son manteau. Roger accéléra son allure et rejoignit Amber, qui était déjà quelques mètres plus loin.

— Va-t-elle le faire ? Va-t-elle vraiment jeter un coup d'œil sur mon quatre-quatre ?

— Je ne sais pas. Ça va dépendre de son humeur, répondit-elle en haussant les épaules.

Puis elle ouvrit la porte d'une ancienne usine reconvertie en immeuble d'habitation et il la suivit jusqu'au troisième étage, où elle s'arrêta devant une lourde porte métallique.

— Voilà mon chez-moi, annonça-t-elle avant d'ouvrir et d'entrer.

Il la suivit en silence, curieux de voir dans quel décor elle vivait. Elle portait toujours son tailleur et ses talons aiguilles, mais n'avait pas rattaché ses cheveux qui retombaient sur ses épaules. Elle était toujours chic mais dégageait en même temps une impression de douceur et de simplicité.

La femme d'affaires qu'il avait rencontrée une heure plus tôt inspirait le respect. Ici, dans cet appartement, il découvrait une autre femme. Une femme bien dans sa peau, heureuse de qui elle était et de ce qu'elle faisait. Une femme naturelle, plus attirante encore que l'autre et tout aussi désirable.

— Mon royaume…, dit-elle.

Il fit quelques pas en avant et examina les lieux. L'appartement était très grand mais peu meublé. Le mobilier se résumait à une table surmontée d'une pile de livres, une armoire de métal et un canapé qui avait dû être acheté d'occasion. Par l'embrasure de la porte, il aperçut la chambre au milieu de laquelle trônait un large futon. Au mur, des cintres étaient accrochés sur des patères. Enfin, quelques plantes complétaient le décor.

C'était un royaume quasiment vide mais qui semblait parfaitement lui convenir. A lui aussi, d'ailleurs. Il s'y sentait bien. Sa respiration était en effet plus lente, plus profonde, depuis qu'il y était entré.

— Il me plaît, dit-il, tout étonné de cette révélation.

Elle se retourna vers lui.

— Assieds-toi, je t'en prie… Je vais me changer.

Elle disparut dans la chambre et il en profita pour ôter sa veste et s'installer sur le canapé. Une fois assis, il commença à s'agiter. Oubliée la merveilleuse sensation de paix. Il se sentait nerveux, fébrile, comme s'il lui manquait quelque chose.

Il regarda autour de lui. Aucune chaîne hi-fi, ni télévision en vue. Il n'y avait pas non plus de magazines sur la table basse. D'ailleurs, il n'y avait même pas de table basse ! Aucune distraction, aucun bruit. Sans doute était-ce ce silence qui le déstabilisait. Il n'y était pas habitué.

Peut-être pourrait-il profiter de ce moment de calme pour vérifier ses courriels ? Il alluma son BlackBerry et lut rapidement les messages reçus mais aucun n'était très intéressant.

— Tu travailles ? lui demanda Amber en sortant enfin de la chambre.

Elle avait ôté son tailleur et portait un pantalon de yoga et un simple débardeur. Elle avait attaché ses cheveux en queue-de-cheval mais quelques mèches folles s'étaient échappées et encadraient son beau visage serein.

Dieu qu'elle était belle ! Plus encore peut-être qu'habillée en femme d'affaires !

S'il ne l'avait pas vue entrer dans la chambre vêtue de son tailleur et de ses escarpins, il aurait pu croire qu'il s'agissait de deux personnes totalement différentes. De deux sœurs, dont il aurait devant lui la version plus jeune, plus détendue, plus heureuse.

— Tu es une femme pleine de surprises, Amber.

Elle lâcha un petit rire.

— C'est pourtant bien moi, répondit-elle en souriant avant de se diriger vers l'évier de la cuisine.

Il la regarda mouiller un tissu puis le passer sur son visage, enlevant le peu de maquillage qu'elle portait. Lorsqu'elle releva la tête, quelques secondes plus tard, son teint était tout rose, frais, encore plus sublime qu'avant.

— La femme que tu as rencontrée tout à l'heure était le Dr Smithson mais elle n'existe plus vraiment. Sauf, bien sûr, si elle doit attirer le regard du directeur financier de RAQ.

— Tu l'as bel et bien attiré. J'aime beaucoup le Dr Smithson, mais je dois avouer que j'ai un petit faible pour Amber.

— Et moi j'aime beaucoup ton BlackBerry, dit-elle en tendant la main.

Il la dévisagea sans comprendre. Que voulait-elle ?

— Donne-moi ton téléphone, Roger.

Obéissant, il le lui tendit, ignorant ce qu'elle voulait en faire. Elle alla le placer dans l'armoire métallique qu'elle verrouilla.

— Amber…

— Tu es officiellement débranché, Roger. Pas d'iPod, pas de téléphone portable… Lorsque tu es chez moi, il n'y a pas d'électronique. Tu dois suivre les ordres de ton médecin et apprendre à vivre dans un environnement calme.

— Les appareils électroniques ne sont pas bruyants, Amber ! Je suis même prêt à désactiver les sonneries, si tu veux.

— Quand je parle de calme, Roger, je ne parle pas simplement d'absence de bruit. Je veux que ton esprit soit libre, en paix. Or tu ne peux pas écouter ton âme, si tu vérifies tes courriels toutes les trois minutes !

Ce qu'elle disait avait du sens. Il ne pouvait que l'approuver.

— Tu donnes le même conseil aux clochards ? Tu leur ordonnes d'écouter leur âme ?

— Eh bien, oui, et j'exige qu'ils me confient leurs lecteurs de CD.

— Parce qu'ils ont des lecteurs de CD ?

— Tu n'imagines pas avec quoi ils viennent ici, répondit-elle en levant les yeux au ciel. Bon, si je me souviens bien, je t'ai promis à dîner.

En effet, elle lui avait fait cette promesse.

Il la rejoignit dans la cuisine où elle alla s'installer et s'accouda contre le bar.

— J'ai une meilleure idée, Amber… Je vais t'inviter à dîner. Je te laisse choisir le restaurant. On peut manger italien, japonais…

— Non.

— Tu n'aimes pas les sushis ?

— Au contraire, je les adore. Il s'agit d'ailleurs d'un des plats qui me manque le plus.

— Dans ce cas-là, je vais réserver…

— Non !

Elle ne dit rien de plus. Elle se contenta de sortir deux grands bols d'un placard.

Soit…

Ils mangeraient donc chez elle. Il se contenta alors de l'observer, ouvrant des yeux de plus en plus grands et effarés au fur et à mesure qu'elle ajoutait des épinards dans les bols.

— Amber… Tu en as peut-être mis un peu trop, non ?

Elle releva la tête et le regarda puis, sans un mot, continua sa préparation, ajoutant quelques tomates cerises.

Elle avait raison de ne pas lui répondre, se dit-il. Après tout, c'était lui qui lui avait demandé de l'aider. C'était lui qui avait insisté pour qu'elle le guérisse de son hypertension.

— Je peux peut-être t'aider à faire quelque chose ? Je connais quelques bonnes recettes de poulet…

— C'est gentil, mais ce n'est pas nécessaire, je m'occupe de tout. Installe-toi sur le canapé.

— J'aime bien te regarder cuisiner.

Ce n'était pas un mensonge. Il aimait vraiment la regarder. Il aimait la façon qu'elle avait de bouger en silence, sans gestes brusques. Une impression d'harmonie se dégageait d'elle. Elle lui faisait penser à une danseuse.

Il la regarda saupoudrer quelques amandes sur les épinards puis ajouter des quartiers d'orange.

— Terminé ! s'exclama-t-elle enfin en lui tendant un bol. Voici pour toi.

Quelques secondes plus tard, elle lui tendit un verre d'eau filtrée puis une fourchette.

— Bon appétit !

— Cette salade a l'air délicieuse, fit-il d'un ton peu convaincu. Et elle est très copieuse.

— C'est normal, tu es grand. J'ai pensé que tu aurais très faim.

— C'est tout ce qu'il y a ? Pas de poulet ? Pas de vin ?

Elle posa sa fourchette et le fixa avec autorité, redevenant à cet instant le Dr Smithson, sérieuse et implacable.

— Je te rappelle que tu m'as demandé de contrôler ta tension, Roger. Tu m'as suppliée de trouver un traitement alternatif, tu m'as affirmé en avoir assez de la médecine traditionnelle.

— C'est vrai, mais…

— Voilà ton traitement. Il se compose de séances quotidiennes de méditation et d'un régime à base d'aliments vivants.

La méditation, il connaissait, mais un régime à base d'aliments vivants ? Il n'en avait jamais entendu parler.

— Ce sont des aliments qui n'ont pas été cuits, lui expliqua-t-elle sans attendre, comme si elle devinait ses interrogations. Parce qu'ils n'ont été modifiés d'aucune façon, ils possèdent le plus fort taux d'énergie et sont faciles à assimiler.

— Des aliments vivants, répéta-t-il en blêmissant. De la salade…

— De la salade, en effet, mais pas seulement. Tu vas également manger des fruits, des légumes, des noix…

Tout en parlant, elle attrapa deux bocaux, l'un contenant des noisettes, l'autre des pommes séchées, puis les lui tendit avec un sourire moqueur.

C'était donc cela ! Il l'avait forcée à s'occuper de lui alors elle se vengeait. Elle lui imposait le régime le plus strict possible pour le faire craquer.

Il avait tout compris !

— Combien de temps suis-je censé suivre ce régime ?

— Idéalement, toute ta vie.

Sous le choc, il éclata de rire.

— De la salade ? Toute ma vie ?

— Au moins jusqu'à ce que ta tension soit sous contrôle. Personnellement, ça fait dix-sept mois que je ne mange plus que des aliments vivants et pour rien au monde je renoncerais à ce régime.

Elle ne mangeait plus que de la salade depuis un an et demi ? Il avait du mal à le croire. Il l'avait vue nue et elle était ferme, musclée. Or il fallait des protéines pour obtenir de tels muscles, plus de protéines que ne pouvaient en offrir quelques poignées d'épinards et de noisettes !

Ce mensonge n'était sans doute qu'une manœuvre supplémentaire.

Il ignorait encore ce qu'il allait faire le lendemain. Pour le moment, il savait juste qu'il était déterminé à relever le défi qu'elle lui avait lancé.

— Pas de problème, dit-il enfin. Je suis prêt à manger des aliments vivants. Tu as du fromage ?

— Ton régime ne comprend pas de produits laitiers, Roger. Crois-moi, les produits laitiers causent plus de problèmes qu'ils n'en résolvent. Et avant que tu me poses la question, je t'annonce que tu devras également te passer de café.

— Ça fait un an que je ne bois plus que du décaféiné.

— Tant mieux, ça sera plus facile pour toi.

Il lui adressa un sourire coquin.

— Malgré les apparences, Amber, je fais attention à mon alimentation. Je ne mange même pas de chocolat.

— Pas de chocolat ! Comme y arrives-tu ?

Il éclata de rire. Elle n'était donc pas aussi vertueuse qu'elle voulait bien le laisser croire ! Comme tout le monde, elle avait un point faible et le sien était de toute évidence le chocolat.

Maintenant qu'il le savait, il allait pouvoir négocier.

— Amber, je suis désolé de t'avoir forcée à m'aider.

— Tu n'as pas…

Il leva la main pour l'arrêter. Il n'avait pas fini de parler.

— Je l'ai fait et je m'en excuse. Mais sache que je désire vraiment guérir.

— Tant mieux.

— Maintenant que c'est dit, est-ce qu'on peut arrêter cette blague ? Je te promets que je méditerai et que je prendrai tous les compléments alimentaires que tu me prescriras. Je suis même prêt à m'enduire de boue, mais de la salade à perpétuité ? Soyons sérieux…

— Je suis très sérieuse, Roger. Sois tu acceptes de suivre ce régime, soit tu rentres chez toi.

— Si je rentre, pourrai-je te revoir ?

Elle se mordit la lèvre, hésitant.

— Tu m'as demandé un conseil d'amie, et je te l'ai donné. Quant à te voir ou non… Je ne sais pas. Je n'ai pas encore réfléchi au reste…

A vrai dire, lui non plus n'y avait pas réfléchi, mais s'il voulait la revoir, il ne semblait apparemment pas avoir le choix.

— Des aliments vivants, alors. Juste des aliments vivants ?

— Oui. C'est la seule solution.

— Est-ce que je pourrai retrouver mon régime habituel une fois que ma tension sera retombée ?

— La définition d'un régime sain est flexible. Elle dépend d'abord de la personne dont il est question.

Bon… Il avait déjà essayé les régimes classiques, le sport… Sans résultats satisfaisants. Qu'est-ce qu'il risquait, à tenter un régime d'aliments vivants ? En plus, Amber ne lui proposait pas de s'injecter des potions étranges dans les veines, elle ne lui demandait rien d'autre que manger de la salade pendant quelque temps. Ce n'était pas si terrible. Mieux en tout cas que la démission, conseil que tout le monde lui donnait.

— Très bien, j'accepte le régime que tu me proposes. Où est la sauce de salade ?

— Je n'en utilise jamais. Essaye plutôt ceci…

Tout en parlant, elle coupa un citron et en fit tomber quelques gouttes sur sa salade.

Génial ! songea-t-il en se forçant à sourire.

Ce traitement avait intérêt à avoir des effets rapides car sinon, ce n'était pas une crise cardiaque mais la frustration et l'envie d'un bon steak qui allaient le tuer !

— Après dîner, lui annonça Amber, nous ferons un peu de yoga, alors prends des forces, tu en auras besoin.

Chapitre 8

Roger avait accepté ses exigences avec moins de difficultés qu'Amber ne l'avait imaginé. Une fois sa stupéfaction passée, il avait mangé la salade qu'elle lui avait préparée sans trop rouspéter, et il avait même réussi à lui faire croire, ensuite, qu'il l'avait aimée.

Mais combien de temps cette docilité durerait-elle, avant qu'il en ait assez ? Elle n'en avait pas la moindre idée. Par contre, elle en savait maintenant un peu plus sur lui. Pendant le dîner, ils avaient évoqué son travail, ses goûts en matière de loisirs…

Puis l'heure de faire un peu de yoga était arrivée. C'était son rituel habituel et elle estima qu'elle n'avait aucune raison de ne pas le suivre ce soir-là. D'autant qu'elle avait souvent partagé sa séance quotidienne avec des voisins ou des patients. Mais cette fois, elle n'allait pas faire du yoga avec Sandy, la mère célibataire du deuxième étage. Non. Son partenaire serait Roger, l'homme le plus sexy du monde, qui n'avait pas de vêtements de sport avec lui mais avait affirmé pouvoir suivre la séance en sous-vêtement.

Sur le coup, elle avait cru que cela ne poserait pas de problème, étant donné ce qui s'était passé dans l'ascenseur, mais lorsqu'elle l'aperçut, juste vêtu de son caleçon décoré de petits robots, elle comprit son erreur.

Impossible de se concentrer, avec ce torse puissant aux abdos parfaitement dessinés sous les yeux, ces cuisses musclées et bien galbées, ce…

Qu'est-ce qu'il lui arrivait ? Certes, elle avait passé presque deux ans sans faire l'amour, mais qu'une partie de jambes en l'air dans un ascenseur suffise à la transformer en obsédée sexuelle !

— Et maintenant ? lui demanda Roger, qui attendait tranquillement ses directives.

Elle releva la tête, brusquement tirée de ses réflexions. Il ne semblait ni nerveux, ni gêné par sa tenue. Au contraire, même. Il se tenait devant elle comme un animal prêt à bondir sur sa proie.

La proie… c'était elle… Et elle mourait d'envie qu'il se jette sur elle !

— C'est…

Elle s'interrompit et se racla la gorge. Elle était tellement troublée par sa quasi-nudité qu'elle parvenait à peine à parler.

— Pratiquer le yoga en couple n'est pas très compliqué, reprit-elle. Il suffit que tu te tiennes face à moi et que tu imites chacun de mes gestes. Je t'aiderai pour certaines postures, si tu as du mal.

Pour toute réponse, il se contenta de sourire. Il n'avait jamais fait de yoga mais il était sportif, aussi n'aurait-il sans doute pas trop de difficultés.

Son but n'était pas de le faire souffrir, mais juste de le faire transpirer un peu. Du moins, tel était son but avant de le voir en petite tenue car maintenant… Maintenant qu'elle se rendait compte combien il était beau…

— On commence ? lui demanda-t-il avec impatience.

Revenant brusquement au présent, elle se mordit la lèvre, un peu honteuse.

— Excuse-moi, je… j'étais en train de réfléchir…

Il lui adressa un clin d'œil coquin, qui signifiait qu'il n'était pas dupe et tout à fait prêt à se priver de la séance de yoga pour passer à un autre genre d'activité en couple si elle le désirait.

A vrai dire, elle en avait très envie… Son corps y était prêt mais sa raison la rappelait à l'ordre.

— Tu dois essayer de ne plus penser à rien, Roger, l'encouragea-t-elle comme pour s'en convaincre elle-même. Concentre-toi sur ton corps…

— Je ne sais pas ce que ça veut dire.

— Ça veut dire que tu dois arrêter de penser au sexe !

— Dans ce cas, il faudrait que tu mettes un manteau sinon je n'y arriverai jamais. Tu es trop sexy comme ça…

A ces mots, Amber sentit sa température grimper de quelques degrés et les pointes de ses seins se tendre.

Elle soupira. Jamais elle ne pourrait mener cette séance de yoga à son terme. C'était impossible, elle le désirait trop ! Pourtant, elle devait le faire, c'était important pour le bien-être de Roger.

Elle inspira profondément pour se concentrer et commença.

— Inspire en levant tes bras vers le ciel, dit-elle en faisant elle-même le geste.

Il l'imita et elle ne put s'empêcher de laisser son regard s'attarder sur son torse qui montait et descendait au rythme de sa respiration.

— Maintenant, expire à fond et penche-toi en avant. Essaye de garder tes jambes aussi tendues que possible…

Tout en parlant, elle lui montra le mouvement, se penchant comme elle l'avait fait dans l'ascenseur, pour attraper le préservatif dans son sac à main. Aussitôt, des images on ne peut plus précises de leur corps à corps lui revinrent à la mémoire. Elle sentit l'émotion la submerger, son souffle devint irrégulier et sa concentration commença à l'abandonner. Elle refoula tant bien que mal ces souvenirs, se forçant à se concentrer sur la séance présente.

— Pose tes doigts au sol puis relève la tête, comme un singe.

Elle lui montra une fois encore le mouvement, étirant aussi loin que possible sa colonne vertébrale. Elle rencontra alors son magnifique regard, y plongea les yeux et, malgré sa volonté de ne pas faiblir, s'y noya. Tous ses sens s'éveillèrent et son rythme cardiaque s'emballa. Ce n'était pourtant pas le moment !

— Nous devons intégrer nos corps, poursuivit-elle tant bien que mal.

— Je n'ai pas quitté le mien, répondit-il amusé. Et toi ?

— Ce n'est pas ce que je voulais dire, rétorqua-t-elle d'un ton un peu sec.

Elle s'en voulut immédiatement de ce léger mouvement

d'humeur, mais comment se concentrer avec un homme pareil en face de soi ? Elle ne parvenait pas à penser à autre chose qu'au sexe.

— Ne pense à rien d'autre qu'à ton corps, Roger, concentre-toi sur tes muscles qui s'étirent, sur l'air qui emplit tes poumons…

— Ou sur mon sexe si tendu qu'il en devient douloureux…

Ces mots donnèrent un nouveau coup de fouet à son désir mais elle se força à refouler ces sensations, ces émotions, à oublier la chaleur qu'elle sentait monter en elle.

— Roger ! Sois sérieux, s'il te plaît ! Maintenant, remonte lentement à la verticale de façon à sentir chacune de tes vertèbres se remettre en place et…

Elle s'interrompit et ferma les yeux. Elle n'y arrivait plus. Ses joues étaient en feu. Elle n'était plus qu'une boule d'émotions et de désir.

Au départ, elle voulait le voir transpirer, mais c'était elle qui était moite ! C'était elle dont le sexe était désormais si humide que Roger finirait bientôt par s'en rendre compte.

Elle rouvrit les yeux et, sans plus résister, laissa son regard s'attarder sur son corps parfait jusqu'à rencontrer son érection. Une érection qu'elle rêvait de caresser.

Ils étaient maintenant si proches l'un de l'autre que quelle que soit la prochaine pose, elle allait être forcée de le toucher.

— Pose ton pied droit en avant, en fente, dit-elle d'une voix mal assurée.

Elle lui montra le mouvement en se mettant elle-même en position et ses genoux effleurèrent ses hanches.

— Maintenant, sans te relever, ouvre ta hanche de façon à te tourner un peu plus vers moi…

Suivant son propre conseil, elle se tourna vers lui. Elle sentit des gouttes de sueur perler sur son front. Elle avait si chaud, tout à coup… Elle se répéta qu'elle aidait Roger, qu'elle lui apprenait à s'ouvrir aux énergies vitales, mais elle sentait peu à peu son corps prendre le pouvoir sur sa raison. Elle n'avait plus qu'une idée en tête, faire l'amour avec lui.

Elle l'observa. Il semblait avoir du mal avec la dernière

posture. Ce n'était pas surprenant car la fente n'était pas un mouvement aisé pour les hommes.

— Avance un peu plus ton pied, lui conseilla-t-elle.

Il essaya, mais son pied glissa et il vacilla. Elle le retint en posant une main sur sa cuisse et l'autre sur son torse, qu'elle trouva brûlant.

— Et maintenant…, poursuivit-elle en caressant doucement sa peau, ouvre-moi cette hanche.

— Ouvrir ma hanche ? répéta-t-il, perplexe.

Pour toute réponse, elle posa les mains sur ses deux hanches et exerça une pression légère sur son bassin. Malheureusement, il n'était pas si souple que cela et sa main secourable glissa et se retrouva soudain sur son sexe tendu. Elle s'empourpra aussitôt, mais au lieu d'ôter sa main, elle commença à le caresser à travers le caleçon.

— Tiens ! Voilà un aspect du yoga qui me plaît particulièrement, fit-il remarquer.

Honteuse, elle stoppa ses caresses et retira sa main.

— Ce n'est pas du yoga, Roger, tu le sais bien.

— Je ne suis pas en train de me plaindre…

Elle s'approcha de lui. Elle n'avait pas encore renoncé entièrement à sa séance, même si elle avait besoin de sentir sa chaleur contre sa peau, même si son cœur battait maintenant si fort dans sa poitrine qu'elle avait l'impression qu'il allait exploser.

— Reste face à moi et étire ton torse… Essaye d'étirer tous tes muscles de façon à aligner ton genou avec ton coude.

— Tu te moques de moi ?

— Non, pas du tout.

Il s'agissait d'une réelle pose de yoga. Elle ne l'avait pas inventée ; elle la pratiquait même tous les jours. Mais s'était-elle déjà retrouvée le visage au niveau de l'entrejambe d'une autre personne ? Non. Jamais non plus elle n'avait glissé sa main dans le caleçon de son partenaire, ni n'en avait effleuré la virilité triomphante.

Envoûtée par ce contact, le corps enflammé, elle le prit dans sa bouche.

— Mon Dieu ! Amber !

Elle laissa sa langue aller et venir sur son sexe et, tout à coup, le sentit poser un genou à terre. Elle empoigna alors ses fesses fermes, y planta ses ongles.

— Amber…

Il la força à se redresser et riva son beau regard au sien. Il semblait amusé.

— Tu m'as demandé d'imiter tous tes mouvements…

Et, le regard brillant, il enfouit ses mains dans son pantalon et le fit glisser sur ses fesses.

— Alors c'est ce que je vais faire…

Il la fit doucement basculer en arrière, et elle se laissa glisser sur le sol, sans la moindre protestation.

Sa raison lui dictait de reprendre la séance de yoga mais son sang bouillait tellement dans ses veines que plus rien ne pouvait l'arrêter. Elle n'était plus que désir. Elle n'avait plus qu'une seule envie, le sentir en elle, et le plus vite possible.

— Roger… Tu n'es pas obligé de…

Il déposa une nuée de baisers humides le long de sa cuisse et elle s'interrompit. Elle n'était plus en état de parler.

— Tu m'as ordonné d'imiter chacun de tes mouvements et, crois-moi, c'est bien ce que j'ai l'intention de faire !

A cette promesse, un long frisson la secoua des pieds à la tête. Chaque parcelle de son corps était en feu. Elle se consumait.

— Dans ce cas, reprit-elle, le souffle court, j'imagine qu'il faut que je te montre le prochain mouvement…

Son sexe était toujours tendu, ferme, long, et juste sous ses yeux. Parfait…

Les yeux brillant d'anticipation, elle l'agrippa et fit rouler son pouce sur son extrémité humide avant d'y déposer un petit baiser. Au même instant, elle sentit le pouce agile de Roger effleurer son bouton de plaisir. Elle réprima difficilement un petit cri. Les sensations étaient si intenses qu'elle se sentit glisser dans un autre monde.

Elle réitéra son geste et Roger suivit d'un doigt ses replis les plus intimes. Aussitôt, la chair de poule la gagna.

Se cambrant, elle lui empoigna les testicules, les fit rouler dans ses paumes, alors il glissa un doigt en elle, dans sa chaleur moite. Leurs mouvements n'étaient pas exactement identiques mais peu importait car les sensations étaient magiques. Jamais elle n'avait partagé un tel moment de volupté avec un homme.

Elle prit de nouveau son sexe dans sa bouche et lui glissa sa langue dans son intimité. La tête lui tournait. Elle ne savait plus qui elle était, où elle était. Elle avait quitté le monde réel.

Elle sentit peu à peu tout son corps se mettre à frémir. Puis Roger la plaqua sur le sol. Elle aurait dû protester, elle en avait même l'intention mais, envoûtée par ses caresses, elle ne pouvait plus réagir. Elle se contenta alors de se frotter lascivement contre lui, contre son sexe, et sentit peu à peu les prémices de l'orgasme l'envahir. Elle serrait les dents pour se retenir mais les sensations étaient trop puissantes.

Quelques secondes plus tard, les vagues d'un plaisir immense la secouèrent.

Après avoir repris son souffle, elle se tourna vers lui et lui sourit, puis elle l'attrapa par l'oreille.

— Préservatif, murmura-t-elle.

Chapitre 9

Encore une fois ! Il ne s'en serait pas cru capable et, pourtant, il venait encore d'exploser en elle ! Mais au moins, cette fois-ci, ils avaient réussi à rejoindre le lit.

Après leur séance de yoga très spéciale, ils avaient réussi à se déplacer jusqu'au futon. Là, Amber s'était lovée entre ses bras quelques secondes, lui expliquant qu'elle avait besoin de se reposer un petit peu.

Elle ne portait pas de parfum mais sentait si bon qu'envoûté, il avait déposé quelques baisers dans le creux de son cou fin. Puis, comme hypnotisées par cette sirène enjôleuse, ses mains avaient trouvé ses seins aux courbes parfaites et il les avait pris en coupe avant de les caresser. Amber s'était cambrée et… conquis par les petits cris sensuels qui sortaient de sa bouche, il l'avait de nouveau possédée.

Il avait à peine eu le temps de mettre un préservatif qu'il l'avait pénétrée par l'arrière.

Amber était tendue comme un arc contre ses hanches, et il avait commencé à bouger en elle, sans jamais cesser de lui caresser les seins. Concentré sur ses sensations, il était parvenu à se contrôler un peu plus longtemps qu'il ne le pensait, mais lorsqu'elle avait serré ses muscles intimes autour de son sexe, il avait perdu toute maîtrise. Il avait donné un dernier coup de reins et explosé.

Une fois encore.

Vingt minutes plus tard, il l'entendit bouger et il rouvrit les yeux.

— Nous étions supposés méditer, Roger, lui susurra-t-elle d'une voix sensuelle.

— J'ai atteint le paradis grâce à une autre forme de méditation.

Amber laissa échapper un petit rire satisfait.

— Je crois que tu as atteint le paradis plusieurs fois, Roger !

— A vrai dire, j'y suis toujours, répondit-il en se lovant un peu plus contre elle, enfouissant son visage dans le creux de son cou.

— Maintenant, je n'ai plus aucun doute sur ton orientation sexuelle. Tu es tout sauf gay !

— Nous ferions mieux de recommencer demain matin, au cas où j'aurais fait semblant, marmonna-t-il avant de refermer les yeux.

Puis il s'endormit en l'écoutant rire doucement.

Il se réveilla au son d'un bruit de mixer. Un bruit fort et désagréable.

Il rassembla tant bien que mal ses esprits et tenta de se rappeler où il était. Une chose était sûre, il ne s'était pas senti aussi bien, aussi détendu, depuis des années.

Il s'étira lentement, laissant son corps se réveiller à son rythme et, peu à peu, les souvenirs lui revinrent. Amber, l'ascenseur, le yoga, les câlins… Il venait de vivre la meilleure nuit de toute sa vie !

Impatient de retrouver la jeune femme, il esquissa un sourire rêveur puis, le bruit s'étant arrêté, se leva.

Prêt à passer le meilleur samedi de toute sa vie, il remit son pantalon puis s'arrêta net en entendant une voix masculine.

Une voix forte, dure.

Il tendit l'oreille.

— Allez, Doc, disait la voix, vous savez bien qu'il n'y en a pas de plus beaux. Ils sont faits main. Vous voulez le lot complet ? Oui, je vois que vous le voulez. Je vous le cède pour deux mille dollars. C'est une affaire.

Torse nu, Roger ouvrit lentement la porte de la chambre. Il

aperçut alors Amber dans la cuisine, en train de verser un breuvage verdâtre dans un verre tandis qu'un jeune homme d'une vingtaine d'années, vêtu d'un jean trop grand, arpentait le salon.

— Regardez ces pierres, Doc ! C'est de la qualité !

Il vit Amber jeter un coup d'œil sur les bijoux puis tendre le verre au jeune homme.

— Merci, Doc, mais je ne bois pas ce genre de truc.

Amber ne répliqua pas. Elle se contenta de se servir un autre verre et d'en boire une gorgée.

— Les bijoux, Doc… Alors, vous les achetez ?

Encore une fois, Amber ne répondit pas.

Roger fit alors quelques pas en direction de la cuisine.

Amber le vit, lui adressa un large sourire et, aussitôt, il sentit ses joues prendre des couleurs et son cœur accélérer. Le jeune homme continuait à aller et venir dans la pièce, sans prêter attention à lui.

— Je vous les fais à huit cents dollars. C'est un prix parce que je vous aime bien. Vous les prenez ?

Amber se retourna et sortit un autre verre du placard.

Elle portait une nouvelle tenue de yoga qui mettait en valeur son corps parfait, son corps de déesse, nota Roger en s'approchant. Une tenue qu'il avait bien envie de lui enlever avant de la caresser, des heures durant.

Il jeta un coup d'œil en direction du visiteur. Lui aussi regardait Amber avec des yeux brillants. Voilà qui ne lui plaisait pas, mais pas du tout !

Déterminé à montrer au jeune homme qu'Amber était à lui, rien qu'à lui, il s'approcha d'elle, passa un bras autour de ses épaules et déposa un baiser gourmand sur ses lèvres couleur framboise.

— Bonjour, murmura-t-il d'une voix tendre.

— Bonjour, répondit-elle du même ton avant de s'écarter de lui légèrement. Roger, je te présente Spike. Spike, voici Roger…

Il étudia attentivement le fameux Spike. Sale, mal rasé, le regard noir, il le rendait nerveux. Malgré tout, il se força à garder un visage impassible.

— Enchanté, Spike, dit-il avant d'étudier les bijoux posés sur le comptoir. C'est à vous ?

— Oui, répondit le jeune homme. Le docteur en a très envie. D'ailleurs, si un homme voulait la séduire, sans doute les lui offrirait-il…

— Merci, Spike, mais je ne crois pas avoir besoin de ces bijoux pour rentrer dans les bonnes grâces d'Amber.

— A ce propos, qui les a fabriqués ? demanda cette dernière.

Elle n'avait pas parlé d'une voix forte mais il se dégageait d'elle une grande autorité.

— C'est… C'est une fille, marmonna Spike. Elle me les a vendus pas chers. Allez, je vous les fais à cinq cents dollars. Pour ce prix, je suis même prêt à boire votre jus.

Amber lui sourit, à l'évidence satisfaite, puis elle se tourna vers Roger et lui tendit un verre.

— Celui-ci est pour toi, lui dit-elle.

Se forçant à en ignorer la couleur, il en avala une gorgée, suspicieux. Mais à sa grande surprise, le mélange était plutôt bon. Un peu trop sucré à son goût, mais bon.

— Vous avez quelques billets pour moi, Doc ? reprit Spike. Vous pouvez me faire un chèque, mais je préférerais du liquide. Ça m'éviterait d'aller à la banque.

Amber ne répondit pas. Elle saisit un des bracelets et l'étudia.

— Fabriqué à la main par Moira, lut-elle sur l'étiquette. Cette Moira possède même un site internet…

A ces mots, Roger vit Spike se raidir. Il semblait plus nerveux.

— J'ai besoin d'argent, Doc. Il faut m'en donner.

— Je ne vais pas acheter des objets volés, Spike, lui répondit Amber avec calme. Par contre, je suis prête à vous aider avec des séances de rééquilibrage énergétique. Et je vous promets de ne rien dire à la police.

— Je n'ai rien volé ! rétorqua Spike, rageur, en tapant du poing sur le bar.

Roger se précipita aussitôt de l'autre côté pour s'interposer.

— Il vaut mieux que vous partiez, Spike…

— Désolé, bafouilla Spike. Mais… ça me met en colère

quand on me traite de menteur. Je n'ai rien volé, je ne suis pas ce genre de type. Je suis juste dans une mauvaise passe. J'ai besoin d'argent sinon ils me feront du mal… Vous comprenez, Doc ? Ils vont me tuer si je ne paye pas. Juste quelques billets, je sais que vous avez de l'argent…

Roger serra les poings. Il en avait assez entendu.

Il se doutait bien que Spike était plus rapide, plus violent, plus désespéré que lui, mais il était prêt à prendre le risque.

Pour Amber.

— Partez maintenant, ordonna-t-il au jeune homme d'un ton aussi ferme que possible.

— Laissez-moi tranquille ! riposta l'autre en le repoussant.

— Arrêtez, tous les deux ! cria Amber.

— Recule, Amber, s'il te plaît. Il est dangereux.

Mais elle ne l'écouta pas et se tourna vers Spike.

— Tu ne devrais pas vivre ainsi, lui dit-elle d'une voix douce. Tu peux changer, tu dois essayer.

— Mais ils vont me tuer !

— Alors quitte la ville. Recommence ta vie ailleurs.

Il fit un pas vers elle, l'air menaçant.

— Je n'irai nulle part ! J'ai besoin d'argent !

Roger l'attrapa par le col et le poussa de toutes ses forces vers la porte.

— Lâchez-moi ! cria Spike en tentant de se libérer de son étreinte.

Mais Roger ne le lâcha pas. Il continua à le pousser vers la porte.

— Doc, les bijoux ! Laissez-moi au moins reprendre les bijoux !

— La police les prendra. D'ailleurs, Amber est déjà en train d'appeler le commissariat, répliqua-t-il, priant pour que ce soit bel et bien le cas.

— Je ne vous ferai pas de mal, Doc, je vous le promets, mais je veux les bijoux. Lâchez-moi !

Spike continua à l'insulter et, d'un regard, il remercia Amber de lui avoir ouvert la porte. Malheureusement, elle n'avait pas de téléphone à la main, ce qui voulait dire qu'elle n'avait pas appelé la police.

Rassemblant alors toutes ses forces, Roger poussa Spike hors de l'appartement avant de verrouiller la porte.

Le jeune homme se mit aussitôt à tambouriner, à crier, mais il l'ignora. La porte était en métal ; ils étaient en sécurité.

— Tu vas bien ? demanda-t-il sans attendre à Amber.

Elle était pâle et semblait très émue.

— Ça va, répondit-elle d'une petite voix. Est-ce qu'il t'a fait mal ?

Spike lui avait bien donné quelques coups, mais rien de grave.

— Non, ça va. Où est le téléphone ? Je vais appeler la police, ce que tu aurais dû faire il y a déjà cinq minutes ! Pourquoi est-ce que tu as laissé entrer ce type ?

Amber haussa les épaules et se tourna vers la porte de l'appartement derrière laquelle Spike continuait à crier.

— La police est en chemin, lui cria Roger, tu ferais mieux de partir !

Quelques secondes plus tard, il entendit des pas s'éloigner et il lâcha un soupir de soulagement.

— Sa mère habite de l'autre côté de la rue, lui expliqua Amber comme pour s'excuser. Elle m'a demandé d'aider Spike avec quelques séances de bioénergie. Elle voulait que je l'aide à guérir de son addiction au jeu.

— Le traitement semble très efficace !

— Tu crois que je n'en suis pas consciente ?

Roger se reprocha immédiatement son ton ironique. Ce n'était pas la faute d'Amber si elle vivait dans un quartier mal famé, plein de drogués et de fous. Seulement maintenant, il était hors de question qu'elle reste une seconde de plus ici !

— Excuse-moi, Amber. Je sais que tu fais de ton mieux.

Elle lui adressa un regard noir puis retourna dans la cuisine et vida son verre. Il aperçut alors sa main fine trembler et de nouveaux remords l'envahirent.

Il fit le tour du bar et l'enlaça. Elle résista un moment puis finit par se détendre dans ses bras.

— Ma remarque était méchante et déplacée. Je te prie de m'excuser… Je sais que ce n'est pas ta faute. C'est juste que c'est la première fois que je me trouve face à un psychopathe.

— Spike n'est pas un psychopathe, il souffre juste d'addiction et…

Elle s'interrompit et passa une main lasse sur son visage.

— Mon Dieu, reprit-elle en fermant les yeux, que vais-je dire à sa mère ? Elle s'imagine que j'ai la solution miracle pour lui. Je fais de mon mieux, mais Spike doit accepter sa part de responsabilité s'il veut pouvoir s'en sortir.

Pensait-elle réellement que des séances de rééquilibrage énergétique pouvaient guérir quelqu'un d'un problème d'addiction ?

Non, puisqu'elle venait de dire que Spike devait admettre sa part de responsabilité. Malgré tout, elle semblait abattue, comme si elle avait échoué.

— Peux-tu me rendre mon téléphone ? lui demanda-t-il. Nous allons appeler la police.

— Non, Roger… Je vais simplement essayer de joindre Moira via son site internet et nous lui rapporterons les bijoux. Spike a déjà suffisamment de problèmes. Je ne veux pas lui en rajouter d'autres.

— Il a volé ces bijoux, Amber. Et il t'a menacée. Il est tellement désespéré qu'il va peut-être commettre un hold-up. S'il veut survivre, la police est la seule solution.

Amber ne répondit pas.

— Amber…

— Je ne peux pas m'empêcher de penser à sa mère…

— Elle n'y est pour rien. Spike s'est mis tout seul dans cette situation. L'encourager dans son addiction ne l'aidera pas, tu le sais.

— Je ne l'encourage pas, je…

— Tu le protèges de la police, et tu le protèges des conséquences de ses actes. Réfléchis… Il va finir par faire du mal à quelqu'un.

Tout en parlant, il la dévisageait. Elle semblait savoir qu'il avait raison, mais elle semblait aussi avoir besoin qu'il la force à voir la réalité en face.

Cela ne le dérangeait pas, du moment qu'elle parvenait à la bonne conclusion.

Quelques secondes plus tard, elle sortit la clé de l'armoire métallique et la lui tendit, puis, tandis qu'il parlait à la police, alla se recroqueviller sur le canapé.

En cet instant, elle ne ressemblait plus à la femme forte qu'il avait rencontrée la veille. Elle semblait perdue, déçue.

Et le cœur de Roger se serra.

Chapitre 10

Impatiente de respirer un peu d'air frais et d'oublier ses soucis l'espace d'un instant, Amber avait laissé Roger finir sa déposition avec les policiers et était sortie dans la rue… Pour découvrir que le quatre-quatre avait été vandalisé.

Les fenêtres avaient été fracassées et une porte enfoncée, comme si quelqu'un avait donné rageusement des coups de pied dedans.

Spike…

Spike devait être à l'origine de ce saccage. Elle ressentit plus douloureusement encore l'impression d'avoir échoué dans sa mission avec le jeune homme.

— Bon Dieu ! lança soudain Roger derrière elle.

Elle sentit ses mains puissantes se poser sur ses épaules. Elle se retourna et le dévisagea. Il semblait accablé par l'étendue des dégâts.

— Au moins, fit-elle pour tenter de le réconforter, tu n'as pas eu d'amende.

— C'est vrai, lâcha-t-il dans un soupir, voyons le bon côté des choses… Comment te sens-tu ?

— Ta voiture a été vandalisée. Ce serait plutôt à moi de te demander comment tu te sens, pas l'inverse !

— Je ne suis pas d'accord. Ma voiture est assurée tandis que toi, non.

Elle eut un petit sourire.

— Sérieusement, Amber… Tu n'as pas l'air d'aller bien.

Elle prit une profonde inspiration et se força à évoquer les éléments positifs de sa vie. Elle était en bonne santé, il faisait beau, elle venait de passer une nuit fantastique et, cerise sur le gâteau, la raison de son bonheur se trouvait à côté d'elle et la regardait comme si… Pas exactement comme si elle était la personne la plus importante de sa vie, non, mais comme s'il tenait à elle. Il n'y avait vraiment pas de quoi aller mal. Elle devait garder ce fait à l'esprit et oublier le reste, en particulier Spike et l'échec de son traitement.

— Rassure-toi, je vais bien, répondit-elle d'une voix aussi assurée que possible. Ceci étant dit, tu veux probablement rentrer chez toi, te changer, appeler ton assurance et…

Elle s'interrompit en entendant un des policiers sortir de l'immeuble.

— Officier ! J'ai un autre délit à déclarer ! lui cria Roger. Tu devrais remonter et préparer ton sac, Amber, dit-il ensuite. Pendant ce temps, je vais en finir avec les démarches et appeler une dépanneuse. Ensuite, nous irons déjeuner.

Il était vraiment adorable et tellement prévenant ! Touchée, elle lui sourit. Sa présence lui faisait du bien car, bien qu'elle ne voulût pas l'admettre, l'incident avec Spike l'avait blessée. Mais elle devait être plus puissante que ses craintes. Elle ne devait pas fuir devant le danger. Elle devait rester chez elle et se montrer forte.

Pendant que Roger était occupé avec le policier, elle remonta dans son appartement.

Sur le palier, elle croisa Mary.

— Amber, que se passe-t-il ? Pourquoi la police est-elle là ?

— Comment vous sentez-vous aujourd'hui, Mary ? répondit-elle, ignorant la question, préférant surveiller les mouvements de son amie, qui souffrait d'arthrose.

Mais à son grand soulagement, cette dernière semblait en forme.

— Comme vous le voyez, Amber, j'ai pu me lever aujourd'hui. Je pensais aller me promener puisque vous m'avez conseillé de sortir un peu plus mais, lorsque j'ai vu arriver la voiture de police, je suis vite rentrée. On dit que Spike vous a attaquée, c'est vrai ?

Mary la suivit jusque chez elle. Quelques minutes plus tard, ce fut Sandy, la voisine mère célibataire, qui sonna à la porte, bientôt imitée par d'autres habitants de l'immeuble. Maintenant que la police était partie, tout le monde venait aux nouvelles.

Pour ne pas les inquiéter plus que nécessaire, Amber leur donna la version courte, à savoir que Spike se trouvait dans une mauvaise passe, mais qu'il ne lui avait pas fait de mal.

Le débat dériva rapidement sur la question des addictions et comme elle ne souhaitait pas y participer, Amber alla dans la cuisine préparer des boissons et des en-cas pour tous. Cela lui faisait plaisir de s'occuper d'eux, sachant que pour certains il s'agirait de leur seul véritable repas de la journée.

Quelques minutes plus tard, Roger revint dans l'appartement et, aussitôt, tous les regards se tournèrent vers lui.

Il sembla surpris de voir tant de monde réuni.

— Je suis soulagé de constater que tu as de nombreux amis qui prennent soin de toi, dit-il en avançant dans le salon.

— Nous sommes tous ici pour soutenir le Dr Diamant, l'informa Josie, la fille de Sandy.

Il ne répondit pas et Amber en profita pour le dévisager. Il arborait une moue légèrement sceptique, comme s'il devinait que ces amis disparaîtraient si le danger devenait réel ou si la police revenait. Elle en avait parfaitement conscience, mais ne leur en voulait pas pour autant. Ces gens avaient tous beaucoup d'autres soucis, et des soucis bien plus graves que les siens.

A son grand soulagement, Roger ne fit aucun commentaire.

— Je vous présente mon ami Roger, lança-t-elle alors à la cantonade.

— Roger ? *Le* Roger de la société de robotique ? s'exclama Mary.

— C'est exact. Je…

— Mon Dieu ! le coupa Mary en se tournant vers Amber, vous en avez de la chance ! Ça fait des mois que je m'occupe des plantes, là-bas, et Roger n'est jamais venu chez moi !

Plusieurs personnes tentèrent de la faire taire.

— Quoi ? répliqua Mary. Je dis juste que…

— Que je devrais m'intéresser un peu plus à mon personnel ? termina Roger. Je suis d'accord avec vous. Ceci dit, je vais devoir interrompre votre réunion, j'en suis désolé, mais Amber et moi devons partir… Sachez cependant que je suis heureux de voir qu'elle a de nombreux amis sur qui compter en cas d'urgence.

Le pensait-il vraiment ou était-ce de l'ironie ?

Amber estima que cela n'avait pas d'importance. Elle aussi avait envie qu'ils partent. Elle avait besoin de calme.

Elle demeura silencieuse pendant que Roger raccompagnait tous les voisins à la porte.

— La dépanneuse est passée, dit-il en refermant derrière eux, nous pouvons donc y aller. Ça te tente de manger italien ? Je connais…

Il s'interrompit, se rendant compte seulement qu'elle n'avait pas bougé.

— Amber, ce que tu peux être têtue !

— Je te remercie pour tout, Roger. Je n'aurais pas pu me débarrasser de Spike toute seule, tu as été formidable.

— Pourquoi ne pas me remercier devant un plat de lasagnes ?

Elle fit non de la tête.

— Tu ne veux pas de lasagnes ? Pas de problème. Nous mangerons de la salade, mais il en faudra beaucoup parce que je meurs de faim !

— En fait, dit-elle en s'approchant du réfrigérateur, nous pouvons manger ici… J'ai cuisiné des lasagnes hier matin.

Des lasagnes un peu particulières puisqu'il s'agissait d'un plat à base de tranches de courgettes et de tomates écrasées, qui n'avait que vaguement l'aspect de la spécialité italienne. Quant au goût, il n'avait rien à voir avec !

— Tu ne peux pas rester ici, Amber…, insista-t-il. Spike peut revenir à n'importe quel moment.

— Ne t'inquiète pas, je vais verrouiller la porte et j'ai mon portable pour appeler la police au cas où.

— Amber…

— Non, Roger, c'est chez moi, ici. C'est mon sanctuaire.

— C'est un chouette appartement, j'en conviens, mais

pour le moment tu n'y es plus en sécurité. Tu n'as pas envie de t'installer dans un lieu sûr, au moins en attendant que Spike soit sous les verrous ?

Elle ne répondit pas ; elle ignorait quoi répondre.

Tant que ses voisins étaient là, elle était parvenue à refouler ses craintes, mais qu'en serait-il après le départ de Roger, lorsqu'elle se retrouverait toute seule ? Elle l'ignorait. Elle savait juste qu'elle devait rester forte. C'était important.

— Je ne peux pas me cacher chaque fois que j'ai peur, Roger.

— Je ne te demande pas de quitter ton appartement pour toujours, juste pour quelques jours, le temps que la police arrête Spike.

Elle secoua la tête. Elle refusait de céder à ses craintes.

— Spike ne reviendra pas. Il sait qu'il n'y a rien pour lui ici.

— Il y a de l'argent…

— Non, il n'y en a pas.

— Mais lui pense qu'il y en a. Tu te souviens ? Il a dit qu'il savait que tu en avais.

— Il avait perdu la tête.

— Sans doute, mais ça ne veut pas dire qu'il ne reviendra pas à la charge. Peut-être même reviendra-t-il armé, cette fois.

A ces mots, Amber croisa les bras sur sa poitrine, sentant une sueur froide glisser le long de son dos.

— Tu n'essayes pas de me faire peur pour que je vienne avec toi, quand même ? Ce ne serait pas honnête.

— Non, je n'essaye pas de te faire peur. Les policiers étaient du même avis que moi. Je…

Il s'interrompit, l'enlaça et, à bout de résistance, elle se laissa faire.

— Allez, Amber, murmura-t-il en lui caressant les cheveux. Tu sais que c'est une solution raisonnable. Et je promets de ne pas te sauter dessus. Sauf, si tu le désires, bien sûr.

Le désirait-elle ? Evidemment ! Pas sur l'instant, mais bientôt.

— Dis-moi ce qui t'inquiète, reprit Roger d'une voix douce, devinant qu'elle ne lui avait pas tout dit.

Il avait deviné : elle n'avait pas tout dit, en effet. Elle ne savait plus où elle en était.

— J'ai beaucoup réfléchi à ma vie, ces derniers temps, et je me demande si je n'ai pas commis une erreur en venant à Chicago…

— Je comprends qu'un incident comme celui de ce matin puisse te conduire à douter, et faire remonter des questions existentielles à la surface. Il n'y a rien d'étonnant à ça…

— Ma vocation est de soigner les gens. C'est ainsi que je suis et que j'ai toujours été. Je suis venue ici après mon expérience à la clinique de Mandolin, parce que la médecine traditionnelle ne m'apportait pas ce que je recherchais, parce que la politique de l'établissement venait en travers de ma route et parce que je voulais explorer des traitements alternatifs.

— Et tu te demandes si tout ça n'a pas été un gâchis ?

— Oui, avoua-t-elle d'une toute petite voix.

Il resserra son étreinte et noua ses doigts aux siens.

— Si j'en crois ces gens qui étaient là tout à l'heure, tu n'as pas gâché ta vie. Tu les aides, tu les réconfortes.

— Merci, Roger, mais…

— Mais tu ne sais pas si cela suffit ? Tu ne sais pas si tes recherches ont abouti à autre chose qu'à ruiner ta carrière médicale ?

Eberluée, elle le fixa, les yeux tout grands. Comment était-il capable de lire si bien en elle ?

— Ce n'est pas difficile à deviner, Amber. Il est évident que tu as l'impression d'avoir échoué avec Spike. Tu as fait de nombreux sacrifices pour poursuivre ta passion et tu te demandes si tes sacrifices en valaient vraiment le coup.

Emue qu'il la comprenne si bien, elle se lova un peu plus contre lui et ferma les yeux. Elle se sentait si bien contre son cœur qu'elle ne voulait plus le quitter.

— Par contre, reprit-il, je ne comprends pas en quoi les questions qui te tenaillent t'empêchent de venir chez moi. Tu pourras y réfléchir aussi bien qu'ici.

Elle sourit. Décidément, il ne perdait jamais le nord. Sans

doute pourrait-elle réfléchir calmement et sans avoir peur, chez lui. Sans doute aussi serait-elle trop perturbée par sa proximité pour prendre les décisions importantes concernant sa vie qui s'imposaient.

Mais comme elle ne pouvait pas le lui avouer, elle choisit un autre angle d'attaque.

— Tu vis dans un gratte-ciel, c'est bien ça ?

Il approuva d'un signe de tête.

— Et tu possèdes sans doute tout l'équipement de l'homme moderne, un immense écran plat, une chaîne hi-fi, une machine à espresso…

— Non, j'ai donné ma cafetière lorsque j'ai renoncé au café.

Elle éclata de rire. Ce n'était pas la machine à espresso qui allait faire la différence.

Le problème était que Roger vivait la vie qu'elle-même avait un jour rejetée. Et après deux années passées dans un ancien entrepôt à moitié vide, cette vie lui semblerait de nouveau magique.

— Ta vie, c'est celle que je vivais autrefois. Une vie pleine de stress, d'agitation…

— Et alors ?

— Alors ? Si je replonge, même momentanément, dans cette vie-là, j'aurai du mal à prendre ma décision en toute objectivité. Et je ne suis pas prête à m'avouer que tout ce que j'ai fait ici était vain.

— Penses-tu vraiment qu'une nuit ou deux sur mon canapé puisse produire de tels effets ?

Dit ainsi, cela semblait stupide, en effet, mais les choses n'étaient pas aussi simples.

— Amber, si je rentre tout seul chez moi, je vais passer la journée à me faire du souci pour toi. Ça risque d'être très mauvais pour ma tension !

— Ne sois pas idiot !

— Je ne suis pas idiot, juste lucide. Je sens déjà mon sang couler plus vite dans mes veines. C'est un signe que ma tension a encore monté.

A ces mots, le médecin qui sommeillait en elle se réveilla.

— Tu veux t'asseoir ?

— Non. La seule chose qui pourrait me calmer et me rassurer serait que tu viennes avec moi, en lieu sûr.

— Roger…

— Amber, s'il te plaît. Au moins pour la nuit qui vient, d'accord ? Sinon, je crois que je vais succomber à une crise cardiaque !

Elle soupira. Que pouvait-elle répondre à une telle menace ? Rien, car le risque d'infarctus était réel. Elle était même tellement proche de lui à cet instant qu'elle pouvait voir sa carotide battre précipitamment.

— C'est bon, concéda-t-elle. Mais laisse-moi te dire que tu ne respectes pas les règles du jeu.

— Pas quand l'enjeu est aussi important, c'est vrai, répondit-il avec une pointe de moquerie dans la voix avant de redevenir sérieux. Je serai heureux de t'aider à réfléchir sur ta vie, sur tes recherches, y compris sur la gestion des problèmes d'addiction. Nous parlerons de tout ce que tu veux, en détail, mais en lieu sûr.

— Il faudra vraiment que je réfléchisse, insista-t-elle, se doutant qu'elle aurait bien d'autres projets en tête.

— Je promets de ne pas t'embêter.

Mais elle n'irait chez lui que pour une nuit, pour voir si elle pouvait réfléchir sérieusement à ses côtés sans qu'ils se précipitent l'un sur l'autre à tout instant pour faire l'amour.

— Nous allons emporter mon plat de lasagnes et, ce soir, nous méditerons. Est-ce que ça te convient ?

— C'est parfait, répondit-il d'un ton goguenard. J'ai un très bon souvenir de notre séance de yoga d'hier !

— J'ai dit méditer, pas faire l'amour !

— Tu n'es vraiment pas drôle, Amber !

Un sourire aux lèvres, elle leva les yeux au ciel. Malgré ses affirmations, elle savait que la séance de méditation finirait par un corps à corps des plus sensuels car elle était incapable de lui résister.

Mais, pour leur bien à tous les deux, elle devait rester ferme. Ils devaient réfléchir à leur vie, à leur futur.

Lui devait trouver un remède durable à son hypertension et elle, une solution à ses problèmes financiers.

Chapitre 11

En pénétrant dans l'appartement de Roger, Amber ne put réprimer un fou rire.

Surpris, Roger l'interrogea du regard.

Pour toute réponse, elle lui fit un signe de la main qui signifiait « ce n'est rien, ne fais pas attention », mais il insista.

— Je ris simplement car j'aurais pu deviner qu'il s'agissait de ton appartement.

— Pourquoi ? Parce que le décor me ressemble ?

Le salon était meublé d'un impressionnant canapé de cuir qui faisait face à un grand écran et d'un bureau jonché de papiers et de livres, et de lourdes tentures bordeaux habillaient les fenêtres.

— Oui, il te ressemble, mais pas à cause du décor.

Elle fit quelques pas en avant, très oppressée. La pièce était surchargée en énergie. Elle manquait d'air, elle manquait d'espace.

— L'atmosphère est trop encombrée, ici, dit-elle.

— Tu parles comme si c'était négatif.

Elle haussa les épaules, ignorant comment lui expliquer ce qu'elle ressentait. Elle essaya pourtant.

— Quand je vois cet endroit, Roger, je vois ton esprit qui tourne, qui tourne dans ta tête jusqu'à t'enivrer.

— Je ne comprends pas. Je pensais que tu voulais que je réfléchisse à ma vie et…

— C'est vrai, mais je me demande si cet appartement est vraiment propice à la réflexion. Tu comprends le but de la méditation, n'est-ce pas ? Il s'agit de se vider la tête pour laisser la place à l'essentiel, au supérieur.

— Au supérieur ?

— A Dieu…

A ce mot, elle le vit blêmir. Sans doute craignait-il qu'elle ne se transforme en une espèce de gourou fanatique.

— Je ne te parle pas de religion organisée, sauf bien sûr si cela peut t'aider, le rassura-t-elle sans attendre. Je dis simplement qu'il existe quelque chose de supérieur. Qu'il existe un monde au-delà de ton esprit et qu'à moins que tu ne t'ouvres, que tu n'ouvres ton âme, tu ne trouveras jamais cet ailleurs.

— Tu es la personne la plus étrange que j'aie jamais rencontrée, Amber.

— Parce que je parle de Dieu, d'esprit et d'espace ?

— Non, parce que tout ce que tu dis a un sens. Tu es médecin… tout en ne l'étant pas. Tu prends soin des autres en risquant ta vie, tu es maternelle et pourtant, tu m'as séduit dans un ascenseur en te comportant en femme la plus sexy du monde. Tout cela me semble bien contradictoire. J'ai le plus grand mal à te cerner.

— Je ne suis pas surprise. Ton esprit est trop préoccupé pour que tu puisses penser à quoi que ce soit.

— J'arrive tout à fait à penser à toi !

Elle posa une main sur son torse et le repoussa légèrement. Le regard qu'il dardait sur elle en disait long, mais elle n'était pas prête pour un nouveau corps à corps. Du moins son esprit ne l'était-il pas. Il tourbillonnait trop, les pensées se bousculaient trop en elle. Elle avait besoin de prendre son temps, de souffler un peu.

— Je te propose de manger, Roger. Ensuite, nous verrons.

— Vraiment ? demanda-t-il d'une voix pleine d'espoir.

— Oui, mais maintenant, à table !

Il était incorrigible !

— Ça n'a pas du tout le goût de lasagnes !

En se mettant à table, Roger avait encore un peu d'espoir, mais la première bouchée réduisit cet espoir à néant. Les pâtes avaient été remplacées par des tranches de courgettes, le fromage par des noix de cajou et la sauce bolognaise par des tomates fraîches écrasées. Il ne s'agissait de rien de plus que d'une salade d'un nouveau genre.

— Tu n'aimes pas ? lui demanda Amber.

Pour toute réponse, il se contenta de faire la moue.

— Tu as le droit de ne pas aimer. Mais il vaut mieux manger ce que contient ton assiette plutôt que de succomber à une crise cardiaque.

— Si vivre veut dire mener une vie morne, je me demande si je ne préfère pas la mort.

Elle éclata de rire et une sensation de soulagement envahit Roger. La femme inquiète et accablée du matin avait disparu. Il retrouvait enfin la femme chaleureuse et souriante qu'il avait rencontrée la veille.

— Ecoute, reprit-elle en redevenant sérieuse, je sais que c'est difficile, mais tu dois te concentrer sur le but, sur l'horizon…

— Laisse-moi deviner… L'horizon dont tu me parles, ce sont des spaghettis de concombres ? Un cheesecake fabriqué à partir de deux kumquats et d'une pistache ?

Elle éclata de nouveau de rire et, charmé, il l'imita.

— Excellente idée, Roger ! Tu pourrais peut-être te reconvertir et ouvrir un restaurant ?

— Un restaurant de cuisine crue ?

— Pourquoi pas ? Je possède une bonne dizaine de livres de recettes à base d'aliments vivants.

Dubitatif, il fronça les sourcils.

— Je ne me moque pas. Je te les montrerai lorsque tu me raccompagneras chez moi.

— C'est gentil mais non, merci.

Elle n'insista pas. Elle lui prit simplement la main et la serra dans la sienne.

— Donne-moi trois semaines, d'accord ? Tu verras que tes goûts évolueront. Tu développeras de nouvelles papilles gustatives.

— De nouvelles papilles ? Je peux avoir de nouvelles papilles ?

— Oui, des papilles capables d'apprécier ce genre de nourriture.

Incrédule, il se contenta de répéter ce qu'elle venait de dire.

— Je ne rigole pas, Roger ! Je perçois vraiment la vie dans ce que je mange ! Ce n'est pas que je n'aime pas le poisson, le pain ou un bon steak, même si ça fait des années que je n'ai pas mangé de viande rouge. Simplement, aujourd'hui, ces aliments ont pour moi un goût de mort, tandis que ces lasagnes sont délicieuses car elles sont pleines de vie. Je n'ai aucun autre mot pour les décrire. Elles sont vivantes et cela suffit à mon plaisir.

Il la fixa, éberlué. Où percevait-elle de la vie dans ces lasagnes ?

— Attends trois semaines, Roger… Et tu me comprendras.

Il avait de sérieux doutes, mais voulait bien jouer le jeu. Trois semaines, ce n'était pas le bout du monde…

— Je sais que si je ne contrôle pas ma tension, je risque à tout moment la crise cardiaque. Je sais qu'en cas d'infarctus, une partie de mon cerveau pourrait mourir, que je risquerais de ne plus être capable de mener une vraie conversation. Ce serait dommage mais, d'un autre côté, je ne m'intéresserais plus à ce qu'il y aurait dans mon assiette. Tu pourrais alors me donner toute la salade que tu voudrais.

Elle lui sourit, se leva et alla déposer un baiser sur son front.

— Maintenant que tu as terminé, je propose que nous passions à la méditation.

— Si la séance de méditation ressemble au yoga d'hier, je suis prêt. Plus que prêt, même !

Elle le fusilla du regard et il leva les mains pour s'excuser.

— Je rigolais, Amber ! Je prends ce traitement beaucoup plus au sérieux que je n'en ai l'air.

Elle le dévisagea, dubitative.

— Je t'assure ! Mais honnêtement, je pense qu'il y a plus de chances que ma peau devienne verte que de nouvelles papilles apparaissent sur ma langue.

— Si ça arrive, je promets de publier un article sur ton cas dans une revue médicale. Tu seras célèbre.

— Mais je serai vert.

— La célébrité a hélas ses revers.

Son hypertension aussi avait des revers. Raison de plus pour faire des efforts, lui rappela la petite voix de la raison.

S'il voulait vivre, il n'avait d'autre choix que d'effectuer des changements drastiques dans sa vie. Alors, si le traitement se composait de salade et de méditation, il allait le suivre.

Amber avait déjà posé deux grands coussins sur le sol lorsqu'il la rejoignit dans le salon.

Elle s'installa sur le premier, s'adossant contre le canapé, puis elle tendit ses longues jambes devant elle et posa les mains sur ses cuisses.

— J'espère que tu ne vas pas me demander de prendre la position du lotus car je ne pense pas que j'en serais capable.

— Ne t'inquiète pas. Je ne sais pas faire le lotus moi non plus.

— Que dois-je faire alors ?

Elle lui indiqua le second coussin, à côté d'elle.

— Assois-toi confortablement. Mais pas trop confortablement non plus, il ne faut pas que tu t'endormes.

Il obéit, s'adossa contre le canapé et tendit ses jambes devant lui.

— Et maintenant ?

Sans attendre, elle commença la séance.

C'était plutôt simple car il s'agissait principalement de bien respirer pour vider son esprit.

Il s'y appliqua. Et s'endormit au bout de quelques minutes…

En entendant sa respiration devenir plus profonde et plus régulière, Amber devina qu'il s'était endormi et elle ouvrit les yeux. Elle le trouva irrésistible avec sa chemise toute froissée et esquissa un sourire attendri.

Elle ne lui en voulait pas de ce sommeil impromptu. Cela lui était souvent arrivé à elle aussi, lors de ses premières séances de méditation.

Ce qui était important, c'était qu'il faisait des efforts. Qu'il suivait ses conseils, mangeait les repas qu'elle lui préparait, faisait du yoga… Sans compter qu'au lit, il était l'amant le plus généreux qu'elle avait jamais rencontré.

Elle profita de ce moment de répit pour réfléchir tranquillement.

Elle avait des décisions importantes à prendre.

Pendant que Roger était sous la douche, un peu plus tôt, elle avait utilisé son ordinateur pour lire ses courriels et avait découvert un message de Jack. Ce dernier lui annonçait que Bob Brickers allait prendre sa retraite, et suggérait que le moment était peut-être venu pour elle de reprendre son poste à la clinique. Il estimait qu'elle avait de grandes chances de se faire réengager.

Il lui avait suffi de lire ce message pour avoir le sentiment que son ancienne vie était à portée de main. Avec un peu de travail, elle pourrait redevenir sans mal la femme qu'elle était autrefois, sans Brickers pour lui mettre des bâtons dans les roues.

Elle accompagnait Roger et Sam à Mandolin dans deux semaines pour leur rendez-vous avec Jack. L'occasion pour elle de négocier aussi son retour. Il ne lui restait qu'à en prendre la décision.

Elle jeta un coup d'œil à Roger. Il dormait toujours.

Etait-elle prête à quitter Chicago ? Etait-elle prête à renouer avec son ancienne vie ?

Chapitre 12

Roger ouvrit les yeux. Amber était assise sur le sol, un crayon à la main, un énorme cahier sur les genoux. Elle lui sourit.

— Mon nez me démange…, dit-il.

— C'est parce que tu es en train de te débarrasser des mauvaises énergies qui t'entourent.

Ah bon… Il aurait plutôt pensé qu'il s'agissait d'une réaction allergique. Enfin…

— Qu'est-ce que tu es en train de faire ?

Elle posa son stylo et s'étira avant de lui répondre.

Elle était vraiment belle quand elle s'étirait ainsi, dévoilant un cou aussi fin et gracieux que celui d'une danseuse…

— Je viens de terminer une séance de rééquilibrage énergétique sur Spike. Je ne pense pas pouvoir le sortir complètement d'affaire, mais j'espère l'aider à trouver un moyen de reprendre sa vie en main.

Il jeta un coup d'œil intrigué sur le cahier. Les pages en étaient recouvertes d'une écriture fine et serrée.

— Tu travailles avec un simple cahier ?

— Oui. L'énergie ne connaît aucune barrière matérielle. Sinon, les micro-ondes et autres appareils de ce genre n'existeraient pas.

Il haussa les épaules, peu convaincu, mais après tout, songea-t-il, qu'en savait-il ? Il n'était pas scientifique.

— Quel est ton taux de réussite avec cette méthode ?

— Cela dépend de ta définition de la réussite. Même si mes patients ne guérissent pas, à quelques exceptions près, la plupart constatent une amélioration de leur état.

— Vraiment ?

— Vraiment. J'ai vu des allergies disparaître du jour au lendemain, des asthmes diminuer considérablement et…

Elle s'interrompit et repoussa son cahier avant d'étirer ses jambes. Un spectacle si charmant, si érotique, qu'il sentit son esprit abdiquer. Il s'efforça pourtant de poursuivre la conversation, réellement curieux d'en savoir plus sur elle.

— Tu as donc des patients…

— Oui, j'ai des patients, mais malheureusement pas assez pour me permettre de rembourser mes derniers prêts étudiants. J'espère trouver une solution rapidement.

Sous couvert d'une confidence, elle fermait en fait la conversation, un peu réticente apparemment à évoquer les traitements qu'elle prescrivait. Dommage, car il désirait vraiment la connaître mieux, en savoir plus sur la vie qu'elle menait.

Son estomac se mit tout à coup à gargouiller.

— Je crois que j'ai faim. Tu veux quelque chose ?

— Non, merci. Mais je te conseille de manger une banane. A moins que tu ne veuilles que je te prépare…

— Pitié ! la coupa-t-il, pas une autre salade ! Je préfère de loin une banane !

Sans attendre, il se leva et se dirigea vers la cuisine. Malheureusement, les placards ne contenaient pas grand-chose. En tout cas pas d'aliment vivant.

— Je vais aller faire quelques courses…, annonça-t-il alors.

— Est-ce que ça t'ennuie d'y aller sans moi ? J'ai encore du travail. Je vais te préparer une liste.

Quelques minutes plus tard, elle lui tendit une feuille qu'il examina avec une attention un peu inquiète.

- Tous les légumes à feuilles vertes que tu trouves
- Du chou frisé
- N'importe quel fruit que tu aimes
- N'importe quelles noix que tu manges

— Il y a un marché bio pas très loin… Tu n'as qu'à y aller et te lâcher.

— Quand je vois cette liste, je n'ai pas très envie de me lâcher !

— Peut-être pourra-t-on faire une nouvelle séance de yoga à ton retour, répondit-elle avec un clin d'œil, pour l'encourager.

Elle avait choisi le bon argument car, instantanément, il sentit son sang se mettre à rugir dans ses veines et sa température grimper de plusieurs degrés.

De la salade contre du sexe ? Voilà le genre de marché qu'il aimait !

— Je serai de retour dans une heure, déclara-t-il, soudain très impatient d'en finir avec les courses.

— Je serai là… Et peut-être même déjà nue…

A ces mots, il s'arrêta, attrapa le stylo et griffonna fébrilement sur la liste.

— Que rajoutes-tu ? lui demanda-t-elle, curieuse.

— Des préservatifs !

Il sourit en la voyant rougir.

Finalement, un menu composé presque exclusivement de salade avait ses avantages.

Il y avait quatre jours maintenant qu'ils étaient revenus dans l'appartement d'Amber, et Roger s'y sentait bien.

Evidemment, il était toujours prêt à tuer pour un bon steak saignant. Evidemment, il devait supporter des heures durant les envahissants voisins de la jeune femme et les écouter se plaindre de leurs soucis de santé, de leur sciatique, de leurs rhumatismes… Mais leurs corps à corps quotidiens, une fois qu'ils se retrouvaient seuls, compensaient largement ces quelques désagréments.

L'autre bonne nouvelle, c'était que sa tension baissait. Il avait peine à le croire, mais les résultats étaient là. Pour Amber, nul doute qu'il s'agissait du résultat des séances de bioénergie, de ces pages qu'elle noircissait tous les jours sur son cahier. Pour lui, cette amélioration était surtout la conséquence des incroyables moments de sensualité qu'ils partageaient.

Mais quelle que soit la cause de cette amélioration, il en était très heureux. Il espérait qu'elle marquerait la fin de son régime cru, car il commençait à en avoir assez des jus de fruits et des salades.

Il contempla les tomates coupées en rondelles dans son assiette et sentit tout à coup la colère le gagner. Elles étaient censées être rouges, or elles étaient tachées de blanc, comme si elles étaient abîmées. Des tomates biologiques qu'il avait payées à prix d'or !

— Ces magasins bio ! cria-t-il. Ils se moquent du monde ! Ils vendent hors de prix des produits que les supermarchés classiques refusent de vendre !

Amber le fixa, impassible, et sa colère grandit encore, attisée par le fait de se retrouver chez elle, dans cet environnement au décor minimaliste. Chez lui, au moins, il disposait de tout le confort nécessaire mais ici, il n'y avait qu'un futon et ces foutus voisins !

Il serra les poings. Il savait qu'il était en train de dépasser les bornes mais il n'arrivait pas à se calmer. Il ne parvenait pas à se maîtriser. Sa fureur était trop forte.

Il se leva et commença à arpenter l'appartement, critiquant toujours la qualité des produits alimentaires. Il avait l'impression que son esprit était sorti de son corps et qu'il le regardait évoluer dans la pièce comme s'il avait été deux personnes distinctes. Il voyait bien ce qu'il y avait d'outré chez l'une d'elles, mais il ne se contrôlait plus.

Pendant ce temps, Amber demeurait assise, se contentant de l'observer sans rien dire.

Evidemment qu'elle ne disait rien, les tomates qui se trouvaient dans son assiette à elle étaient belles et bien rouges ! Non seulement elle lui imposait ce régime stupide mais en plus, elle lui laissait les tomates abîmées !

— Je me doutais que ça allait arriver, dit-elle soudain. Je savais que tu finirais par te mettre en colère.

— Tu t'y attendais ? Tu t'attendais à ce que je perde la tête ? Tu aurais dû me le dire, j'aurais perdu la tête plus tôt !

Elle sourit à sa remarque.

Heureusement qu'elle n'avait pas éclaté de rire car il aurait peut-être fait un geste qu'il aurait amèrement regretté par la suite.

Il se passa la main dans les cheveux, se forçant à respirer lentement pour se calmer. En vain.

Il avait besoin de bouger, de faire quelque chose, n'importe quoi, sinon il allait devenir fou.

Pendant ce temps, Amber continuait à lui parler d'une voix posée qu'il ne supportait plus.

— Ton corps est en train de se débarrasser de ses énergies négatives, lui expliqua-t-elle. Il se débarrasse de ses toxines, de tes anciennes habitudes mais, pendant le processus, il a dû heurter une poche de colère.

— Une poche de colère ? Mais ce n'est pas de la colère que je ressens, c'est de la rage !

— Décris-moi ça précisément…

Lui décrire ? Elle ne l'avait donc pas entendu ?

— Ce que je ressens, c'est de la rage, Amber. Je viens de te le dire !

Pour toute réponse, elle fit un petit signe de la tête et son beau visage se fit plus sérieux. Elle venait de revêtir son masque de médecin, le même masque que celui qu'elle portait lorsque ses voisins venaient lui raconter leurs problèmes.

Il avait assisté à de telles séances. Elle se taisait, elle écoutait jusqu'à ce que la personne s'arrête, la remercie et reparte. Il avait admiré cette manière de faire, il avait été impressionné même, mais jamais il n'aurait imaginé qu'elle utiliserait la même technique avec lui. Et le fait qu'elle ait osé ne faisait qu'attiser sa fureur.

— Arrête de me regarder comme ça, Amber. Je ne supporte plus ce jeu du silence !

— Ce jeu du silence ?

— Oui. J'ai besoin que tu me parles.

— Je préférerais que ce soit toi qui parles et qui m'expliques les raisons de ta colère.

— Le problème c'est que je n'en sais rien ! Peut-être la laitue était-elle empoisonnée, peut-être suis-je en train de développer un anévrisme, peut-être un excès de sexe me fait-il perdre la tête… Je n'en sais rien. Je n'en sais rien !

Il la vit esquisser un sourire amusé.

— Et ne rigole pas, s'il te plaît !

— Je crois que tu es fou, Roger.

— Non, je ne suis pas fou. Je suis en colère !

— En colère, si tu veux. Dans ce cas, je voudrais que tu vives ta rage et que tu me dises ce que tu vois en dessous.

— C'est facile, je vois encore de la rage.

— Et ?

— Je ne comprends pas ce que tu essayes de me faire dire.

— Je te demande de me dire la première chose qui te vient à l'esprit.

Il avait besoin d'évacuer sa rage. De se défouler. Il avait besoin de taper. Voilà ce qu'il lui venait à l'esprit !

A cette pensée, il se raidit.

Il n'avait pas boxé depuis son enfance. Alors pourquoi y pensait-il maintenant ? Cela n'avait aucun sens.

Il baissa les yeux et remarqua que ses poings étaient serrés. Il voulait vraiment frapper !

— Roger ?

Abasourdi, il se tourna vers Amber.

— Je… J'ai envie de frapper, marmonna-t-il, sous le choc. J'ai l'impression que je suis sur un ring de boxe.

— C'est un sport que tu pratiques ?

— Non. Enfin… J'ai essayé lorsque j'avais douze ans. Le père d'un ami nous avait invités dans un club. Mais je n'ai jamais ressenti ce besoin viscéral de taper jusqu'à aujourd'hui.

— Tu as été battu, à la boxe ?

— Non… Mais je me souviens d'un jeune, très rapide, qui sautillait sans cesse. Il devait avoir environ dix-huit ans. Je ne sais plus exactement ce qu'il a fait… Sans doute nous a-t-il insultés, ou s'est-il moqué de la façon dont nous boxions…

— Et ça t'a mis en colère ?

— Non. Je pense que j'ai eu honte, que…

Il s'interrompit et la fixa.

— Tu ne penses tout de même pas que mon hypertension est la conséquence de ma rencontre avec un abruti lorsque j'avais douze ans ?

— Je n'en sais rien. J'essaye juste de comprendre ce que ces souvenirs évoquent pour toi.

— Ils n'évoquent rien de particulier à part le fait que douze ans est le pire des âges. On est suffisamment grand pour voir que le monde est injuste, mais encore trop petit pour se défendre.

— Personnellement, j'ai bien aimé avoir douze ans. Je pouvais utiliser le maquillage de ma grande sœur et, en même temps, personne ne se moquait de moi si je jouais à la poupée. A douze ans, on peut à la fois être un enfant et se comporter en adulte, sans les responsabilités.

Il fit la moue.

— C'est peut-être ainsi pour les filles mais pour les garçons, douze ans est le pire des âges. Nous n'avons qu'une idée en tête, prouver que nous sommes des hommes, des vrais, alors que nous ne sommes en réalité que des petits garçons.

Elle lui sourit puis demeura silencieuse quelques secondes.

— A quoi penses-tu maintenant ? demanda-t-elle ensuite. Toujours à la boxe ?

— Oui. Je me souviens que nous n'étions pas assez âgés pour monter sur le ring. Nous n'étions même pas assez grands pour taper dans le grand sac. Nous ne pouvions rien faire, en fait, à part attendre d'avoir grandi. C'était horrible et…

Elle prit sa main dans la sienne pour l'interrompre et le forcer à s'arrêter de marcher.

Il demeura immobile quelques instants, le regard dans le vague, puis se laissa tomber sur le canapé et enfouit son visage dans ses mains. Etait-il devenu comme l'imbécile du cours de boxe ? Trop nerveux pour accomplir quoi que ce soit ?

— Roger ? s'inquiéta Amber. A quoi penses-tu ?

— Je ne pense à rien. J'ai honte, c'est tout.

Elle ne répondit pas mais vint s'installer à côté de lui sur le canapé. Aussitôt, son parfum sucré l'enveloppa, sa présence l'apaisa et sa respiration ralentit peu à peu.

— Tu devrais te méfier, Amber ! Vu mon état, je suis capable de te sauter dessus.

Il avait prononcé ces mots sur le ton de la plaisanterie, mais il savait en son for intérieur qu'ils n'étaient pas très éloignés de la réalité. Il se sentait toujours agité, coléreux, et il savait qu'une des façons d'évacuer toute cette tension serait de faire l'amour, avec brutalité. Ce n'était pourtant pas son genre.

Il se redressa légèrement, troublé par la pensée qui venait de le traverser.

— Ne repousse pas tes pensées, Roger, reprit Amber, devinant les tourments qui l'assaillaient. Vis-les, laisse-les s'évacuer à leur rythme.

— Malheureusement, elles refusent de partir. Je ne comprends pas ce qui m'arrive… Il y a une demi-heure, je me sentais bien !

— Peu importe comment tu te sentais tout à l'heure, concentre-toi sur ce que tu ressens *maintenant*.

— Je me sens aussi inutile, aussi impuissant que lorsque j'avais douze ans. T'ai-je dit que Sam ne répond plus à mes courriels ? Il dit que nous parlerons du travail lorsque je reviendrai, comme si l'économie globalisée allait attendre mon retour ! Qui me dit que l'entreprise ne va pas faire faillite pendant mon absence ? Peu de gens peuvent se payer des robots, les ventes vont chuter et lorsque je reviendrai, il sera trop tard !

Il se releva et recommença à marcher de long en large. Il ne pouvait pas rester immobile sans rien faire.

Puis il s'arrêta et prit une profonde inspiration.

Sa colère n'était pas rationnelle du tout… C'était ridicule ! Du n'importe quoi !

— Je crois que j'ai besoin d'un bon steak ! Toute cette salade est en train de me faire perdre la tête.

Amber éclata de rire, puis elle se leva et alla se planter devant lui.

— Pourquoi suis-je le seul en vacances forcées ?

— Tu es en vacances forcées, comme tu dis, parce que tu souffres d'hypertension mais il ne sert à rien de te demander pourquoi tu es dans cette situation. Tu devrais plutôt essayer d'évacuer le stress qui est en toi.

— J'ai juste besoin de retourner au travail. Sam se conduit comme un imbécile et…

Elle l'interrompit en plaquant sa bouche contre la sienne. Incapable de résister à la tentation, il l'enlaça et l'attira à lui, écrasant son corps contre le sien, son sexe tendu contre ses hanches.

Mais elle le repoussa, impassible.

— Les sentiments que tu éprouves sont réels, Roger. Tu dois les affronter.

— Je vais les affronter, répondit-il tout en la menant vers la chambre. Mais pour le moment, j'ai besoin de faire l'amour.

— Tu veux me faire l'amour ?

— Tu n'es pas d'accord ?

— Si, mais ensuite, il faudra méditer.

Il l'interrompit en l'embrassant.

— Je te promets de méditer, Amber. Je te promets de réfléchir à mes problèmes. Mais plus tard…

Pour l'instant, c'était de sexe qu'il avait besoin.

Chapitre 13

A la perspective du moment qui les attendait, Amber sentit un délicieux frisson lui parcourir tout le corps et elle esquissa un sourire de ravissement.

Elle savait que Roger pouvait être le plus doux, le plus tendre des amants ; il le lui avait prouvé déjà à de nombreuses reprises. Mais cette fois-ci, son comportement était différent. Il faisait preuve d'une autorité qu'elle ne lui avait encore jamais vue, comme s'il avait besoin d'évacuer toute la frustration qu'il ressentait.

Cette réaction ne la surprenait pas. Elle ne la dérangeait pas non plus.

En tant que docteur en médecine, elle était souvent amenée à jouer les toutes-puissantes — ce qui ne lui déplaisait pas, d'ailleurs —, et en contrepartie, elle ressentait parfois la tentation d'être dominée.

C'était sans doute pour cette raison qu'ils s'entendaient aussi bien, qu'ils se comprenaient aussi bien et que leurs corps à corps étaient aussi magiques.

Les yeux brillant d'anticipation, le cœur battant à toute allure dans sa poitrine, elle regarda Roger retirer la ceinture de son jean et la brandir en l'air.

— Cette ceinture me donne des idées, fit-il d'une voix rauque.

— Tu veux voir qui est le plus fort ?

— Tu m'as traité de dieu du sexe le jour de notre rencontre, Amber… Tu te rappelles ?

Elle se pencha vers lui, approcha sa bouche de son oreille et lui en mordilla le lobe.

— Très bien, oui…, susurra-t-elle, mais j'aimerais que tu me prouves que c'est toujours le cas, que ton régime n'a pas eu d'effets indésirables sur ta libido.

Pour toute réponse, il referma la ceinture autour de ses poignets puis l'attira à lui, la coinçant entre ses cuisses.

Elle se laissa emprisonner, les yeux fixés sur sa virilité. Non, le régime n'avait pas eu d'effets indésirables. Son sexe était dur comme un roc, tendu à l'extrême.

Cette vision d'un érotisme fou donna un coup de fouet à son désir.

— C'est parti, murmura-t-il dans un souffle, avant de s'emparer de sa bouche avec une gourmandise inouïe.

Elle se débattit, non pas pour l'empêcher de l'embrasser mais parce qu'elle voulait prendre le pouvoir. Elle n'avait jamais joué ainsi avec aucun autre homme mais avec Roger, elle aimait cela.

Déterminée à garder le contrôle sur les événements, elle fit danser sa langue contre la sienne avec tant de force qu'ils finirent par perdre l'équilibre et tomber sur le futon.

Mais elle ne perdit pas son objectif de vue pour autant.

Malheureusement, Roger la perturba en lui arrachant son débardeur. Seulement, s'il voulait la déshabiller complètement, il allait devoir enlever la ceinture.

Apparemment, il avait d'autres projets en tête car, profitant de sa surprise, il s'empara de nouveau de sa bouche, et l'embrassa comme si c'était la première fois, ou la dernière, lui mordillant les lèvres avec une sensualité folle, électrisant tous ses sens, faisant palpiter chaque centimètre carré de sa peau.

Alors elle referma sa main autour de son sexe tendu et le serra à travers le caleçon.

Il se redressa et la fixa, le regard encore plus gourmand, plus brillant.

— Voilà ce que nous allons faire, proposa-t-elle d'un ton enjôleur, tu vas te déshabiller et me laisser t'attacher…

Il ne dit rien. Il se contenta d'écarquiller les yeux.

— Ensuite, tu vas t'allonger et tu vas faire tout ce que je te demanderai.

— Je ne…

Il s'interrompit net lorsqu'elle le serra un peu plus fort.

— Tu dois m'obéir, Roger.

— Tu ne pourras pas me tenir ainsi indéfiniment… A la minute où tu relâcheras ton étreinte, je reprendrai le pouvoir, je te retournerai et te donnerai la fessée.

Une fessée ? Voilà qui était nouveau… Jamais aucun homme ne l'avait menacée d'une fessée, même pas lorsqu'elle était enfant. Mais l'idée lui plaisait. Elle l'excitait même, car ils savaient tous les deux qu'il était plus grand et plus fort qu'elle et qu'il pouvait facilement gagner.

Sauf qu'elle n'avait aucune intention de respecter les règles du jeu.

— J'espère que tu n'as pas l'intention d'utiliser la force contre moi, Roger. Ce ne serait pas juste.

— J'attends que tu me montres ton jeu.

Il ne fallut pas plus d'encouragement à Amber pour se lancer.

Un sourire malicieux aux lèvres, elle resserra son étreinte autour de son sexe. Elle le serra si fort qu'il en ouvrit la bouche de stupéfaction et elle en profita pour se débarrasser de la ceinture.

La première étape de son plan accompli, elle finit d'enlever son débardeur et, sans jamais le quitter des yeux, se posta devant lui, la poitrine nue, les bouts de ses seins pointant dans sa direction.

— Enlève ta chemise, Roger…

Encore une fois, il obéit, tandis qu'elle le regardait faire sans relâcher son étreinte.

— Et maintenant, allonge-toi sur le lit.

Ce n'était pas très facile de tenir un homme par son sexe à travers son caleçon pendant qu'il s'allongeait, mais elle y parvint néanmoins.

Elle jeta ensuite un coup d'œil autour d'elle : où l'attacher maintenant ? Son futon ne possédait pas de tête de lit. Elle avait bien la ceinture à la main, mais rien à quoi la fixer.

Roger avait le regard qui pétillait d'amusement. Il avait compris son souci.

— Tu as un problème, Amber ? demanda-t-il avec malice.

— Bien sûr que non, je…

Elle le tenait toujours aussi fermement et pourtant, il était en train de reprendre le pouvoir, sans doute parce qu'il savait qu'elle ne ferait rien qui risquerait de le blesser.

Alors, d'un geste, il la poussa. Par réflexe, elle croisa les bras sur sa poitrine, se rendant compte, mais trop tard, qu'elle l'avait lâché.

Il referma ses bras autour d'elle et l'entraîna sur le lit.

Lui n'avait même pas besoin de l'attacher. Il était si fort que son poids seul suffisait à la bloquer.

Elle se débattit, néanmoins, se tortilla, tenta de le repousser, le mordit même. En vain. Il plaqua ses bras au-dessus de sa tête et attacha ses poignets ensemble.

— Et maintenant, que vas-tu faire, Roger ?

— Je te propose un accord. Tu enlèves ton pantalon pendant que je mets un préservatif. C'est un bon accord, si tu ne veux pas te retrouver enceinte…

En entendant ces mots, Amber se figea.

Un bébé… Son bébé…

C'était une idée complètement folle. Elle n'avait pas les moyens d'élever un enfant pour le moment. Sans compter qu'elle ignorait si elle possédait les qualités pour être une bonne mère. Les parents ne devaient-ils pas être bien installés avant de mettre un enfant au monde ? Or elle n'avait toujours pas fait son choix entre réintégrer la clinique de Mandolin ou poursuivre ses recherches en matière de médecines alternatives.

Elle jeta un coup d'œil à Roger. Lui aussi semblait surpris, lui aussi était immobile, à l'exception de son sexe qui palpitait contre sa peau, lui prouvant, sans le moindre mot, combien il voulait faire un bébé avec elle.

Elle ferma les yeux. C'était complètement fou !

Mal à l'aise, elle se redressa.

— Je n'ai rien dit !

— Tu n'en avais pas besoin. Tu y pensais très fort.

Elle déposa un petit baiser sur la pointe de son épaule pour gagner quelques secondes avant de répondre, s'enivrant au passage de son parfum.

— Je… Je veux des enfants, un jour, bien sûr… Peut-être même avec toi, mais…

— Je sais. Tu ne me nourris que de salade. Cela peut sembler une relation parfaite en ce moment mais…

— Nous n'avons fait connaissance que la semaine dernière, poursuivit-elle.

— Malgré tout, je pense que tu ferais certainement une très bonne mère.

Elle éclata de rire et leva les yeux au ciel.

— Franchement, Roger, j'en doute ! Je ne sais même pas quel est mon but dans la vie. Par contre, je suis persuadée que, toi, tu ferais un père formidable.

— Tu es patiente, honnête ; tu es intelligente également. Ce sont des atouts.

— Tu compenserais mes lacunes. Tu pourrais leur apprendre la discipline, la concentration…

Il lui prit la main et la caressa doucement avant de river son regard au sien.

Désormais, ils ne jouaient plus.

Emue, elle l'embrassa et, peu à peu, quittant le monde des rêves, elle intensifia son étreinte.

Quelques secondes plus tard, il libéra ses mains et, en quelques mouvements, elle se débarrassa de son pantalon pendant qu'il ouvrait l'emballage du préservatif.

— L'idée me plaît, vraiment, dit-il soudain, mais…

— Nous ne sommes pas prêts. Ni l'un ni l'autre. Je comprends.

Il approuva d'un signe de tête et elle l'aida à dérouler la protection sur son sexe.

Puis il commença à la caresser. Des milliers de feux d'artifice brûlaient en elle. Son sexe était presque douloureux tant elle le désirait.

Elle laissa ses mains vagabonder sur son torse ferme, sur ses muscles parfaitement dessinés et savoura ce contact, les yeux fermés.

Lorsqu'il se positionna entre ses cuisses, elle ouvrit les jambes pour l'accueillir, impatiente. Mais il ne bougea pas.

— Merci, Amber, dit-il.

— Pour quoi me remercies-tu ?

— Je te remercie car tu m'as montré que la vie n'est pas forcément un rapport de force.

Puis, lentement, il s'insinua en elle, se mit à aller et venir dans sa chaleur moite, et elle accompagna ses mouvements, emportée par un flux d'émotions. Il semblait savoir intuitivement comme réagissait son corps. Il semblait savoir où la caresser pour la faire vibrer. Leurs deux corps s'entendaient à merveille.

L'orgasme l'emporta d'un coup et elle se lova contre lui.

Elle se sentait heureuse, en paix, détendue. Les incertitudes concernant son futur étaient toujours là, mais à cet instant, elle se savait suffisamment forte pour l'affronter.

— Roger ?

Il ouvrit les yeux.

— Je dois te dire quelque chose à propos de Jack avant notre rendez-vous à la clinique.

Chapitre 14

Elle lui parla alors de Jack Ross, de leur relation professionnelle mais aussi intime, et Roger sentit son cœur se contracter dans sa poitrine à l'idée de le rencontrer. Non pas à cause de ce qu'Amber lui avait avoué, mais de la façon dont elle le lui avait dit.

Elle avait commencé par lui expliquer que son ancien patron, un « salaud » pour reprendre ses mots, allait enfin prendre sa retraite. Jack était convaincu que si elle reprenait contact avec ses anciens collègues et si elle jouait finement, elle avait une bonne chance de récupérer son ancien poste.

Il n'était pas surpris. Une femme aussi talentueuse qu'elle méritait de travailler dans une clinique aussi prestigieuse que Mandolin. Par contre, ce qu'il ne comprenait pas, c'était pourquoi, après sa démission forcée, elle était allée s'installer à Cherry Hills, se contentant de soigner ses voisins, le plus souvent gratuitement.

Elle ne lui laissa pas le temps de lui poser la question, reprenant ses confidences à propos de Jack.

— Nous avions l'habitude de beaucoup discuter. Que nous parlions recherche, physique ou cinéma, nous finissions toujours au lit. Lorsque nous faisions l'amour, c'était souvent à la limite de la violence et pourtant…

— Tu aimais ça ?

La véritable question qu'il désirait lui poser était en réalité si elle avait aimé Jack.

— Je ne sais pas, répondit-elle sincèrement. A l'époque, ma vie n'était qu'une succession de batailles, de rapports de force.

J'étais plus intéressée par ma carrière que par les hommes. Jack et moi, nous étions… Disons que nous partagions une sorte d'amitié sexuelle. Mais cette relation a pris fin il y a bien longtemps.

Roger s'adossa contre le mur et elle posa la tête sur sa poitrine.

En d'autres circonstances, un tel geste aurait réveillé ses sens. Mais pas cette fois-ci, pas alors qu'elle était en train de répondre aux questions qu'il se posait sur son passé. Et surtout pas alors qu'elle lui parlait d'un autre homme !

— Il y avait de la passion entre vous ?

— Etait-ce de la passion ou une addiction ? Du désir ou simplement de l'habitude ? Je l'ignore. Tout ce que je sais, c'est que ma carrière et mes recherches sont toujours passées en premier.

Il comprenait cette attitude pour l'avoir adoptée lui-même.

— Si j'ai bien compris, tu as organisé ce rendez-vous avec Jack pour sonder l'ambiance à la clinique ?

Il la vit se raidir.

— Non ! répondit-elle avec vigueur. J'ai organisé ce rendez-vous car je pense que RAQ a quelque chose à offrir à la clinique. Quant à ma relation avec Jack, elle était terminée bien avant que je quitte Mandolin. Je n'ai même pas pensé à lui lorsque j'ai pris la décision de partir.

Il la croyait. Pourtant, il avait l'impression qu'elle ne lui disait pas tout, qu'il y avait autre chose.

— Tu vas le revoir, si tu retrouves ton poste ?

Elle sourit et lui montra le lit d'un geste de la main.

— Après tout ceci, Roger, tu crois vraiment que j'ai le cœur à penser à mon ex ?

Il haussa les épaules avec une feinte désinvolture pour tenter de masquer les doutes qui l'assaillaient.

— Je ne sais pas…

— Roger ! Jack ne m'intéresse plus ! Je te le répète : notre histoire est terminée depuis longtemps.

Elle lui prit la main et noua ses doigts aux siens. Il laissa échapper un long soupir puis il l'embrassa. Un baiser tendre qui réveilla instantanément son désir.

Mais Amber rompit leur étreinte. Elle n'en avait pas fini avec ses explications.

— Il est vrai néanmoins, reprit-elle, que votre rencontre avec Jack va me permettre de savoir si un retour à la clinique est envisageable ou non pour moi.

Un retour dans une clinique de l'Arizona… A l'autre bout du pays…

— Tu dois vraiment retourner là-bas ? Tu ne pourrais pas trouver du travail dans un autre hôpital, à Chicago ou pas très loin ?

— Si, je pourrais. Mais je pense que je n'ai pas terminé là-bas ce que j'y ai commencé. C'est une des meilleures cliniques du pays et si elle proposait des traitements alternatifs, d'autres établissements l'imiteraient et ça pourrait faire évoluer la médecine moderne.

— Je comprends, fit-il.

Et pourtant, il avait bien envie de répondre que non, il ne comprenait pas. Mais cette réaction aurait été égoïste de sa part. C'était la carrière d'Amber qui était en jeu, pas la sienne !

Il n'avait d'autre choix que de se conduire comme le meilleur petit ami possible, comme l'amant le plus compréhensif possible.

— Je me demande néanmoins pourquoi tu n'as pas tenté de retourner à Mandolin plus tôt.

— Tout simplement parce que j'aime ma vie ici. Je fais du bon travail.

— Du bon travail ? Servir des cocktails de fruits à des mères célibataires, organiser quelques séances de yoga ou de méditation, ça te suffit ? Ce n'est pas du travail, Amber. Ce ne sont que… des vacances caritatives !

Il la sentit se raidir immédiatement.

— Est-ce que ça veut dire que tu ne crois pas en mon travail ? Que pour toi, seule la médecine traditionnelle est valable, même si elle n'a pas guéri ton hypertension ?

— Je crois…, commença-t-il prudemment, ennuyé de la

tournure que prenait la conversation, je crois que l'hypertension est un trouble sérieux qui dépend de nombreux facteurs…

— Tu ne penses pas que certains de ces facteurs puissent être énergétiques ? Tu ne crois pas que la médecine traditionnelle ignore peut-être volontairement des pistes, quand elles ne permettent pas de prescrire — donc de vendre — des médicaments ?

Amber était sans aucun doute une jeune femme formidable, mais certains aspects chez elle lui échappaient complètement. Il n'arrivait pas à concevoir que quelqu'un d'aussi brillant ait pu abandonner une carrière prometteuse pour se lancer dans des médecines alternatives discutables telles que la bioénergie.

— Tu as fait des études poussées, Amber. Tu penses vraiment que toute la médecine traditionnelle est à rejeter ? Depuis mille ans, les médecins en ont trouvé, des traitements, tout de même ! Et pas des moindres !

— La médecine classique a ses avantages, je ne le nie pas, je ne suis pas idiote… Mais je pense qu'elle ne détient pas toutes les solutions. Les traitements traditionnels n'apportent pas de réponse à tout, peut-être parce que les médecins ne se posent pas les bonnes questions.

— Mais toi, c'est ce que tu fais ? Tu te poses les bonnes questions ?

Elle commença par lui répondre d'un signe de tête affirmatif, puis sembla soudain moins sûre d'elle.

— Je crois, en tout cas, tempéra-t-elle. Disons que je travaille dans la bonne direction.

Il restait peu convaincu. Elle vivait dans un quartier mal famé, dans un quartier où ne venaient jamais les policiers, son appartement était quasiment vide…

— Tu penses que l'argent et la recherche sont inséparables ?

— Parlons-en de tes recherches ! Tu t'assois par terre et tu fixes l'horizon !

— J'ai des patients, je travaille. Ce n'est pas parce que tu ne peux pas voir avec tes yeux ce que j'accomplis que je ne fais rien, rétorqua-t-elle d'un ton sec.

Puis elle se leva, attrapa son peignoir et se planta en face de lui.

— Pourquoi est-ce que tu me poses toutes ces questions maintenant ? Tu es toujours en colère ?

— Ce n'est pas…

Il s'interrompit. Il ne savait pas comment décrire l'épisode qu'il avait vécu plus tôt.

— Mes questions ne sont pas une conséquence de mon humeur, choisit-il de répondre. Je me pose ces questions pour toi, Amber. Je cherche à comprendre ce que tu attends de la vie, comment tu en es arrivée là, pourquoi tu as tout quitté en Arizona pour t'installer ici, à Cherry Hills.

Quelque chose de grave avait dû se passer. Il le devinait à la façon qu'elle avait d'éviter ses questions, de le repousser. Mais il refusait de se laisser faire. C'était trop important. Il devait savoir.

Il posa un doigt sur son menton et l'obligea à relever la tête.

— Parle-moi, Amber. Je peux t'écouter sans te juger. Peu importe ce qui s'est passé…

Elle semblait hésiter.

— D'accord, finit-elle par dire. Mais d'abord, j'ai besoin de chocolat.

Il la suivit jusque dans la cuisine et la regarda mélanger dans son mixer un avocat, des dates, du sirop d'agave et de la poudre de cacao.

Elle demeurait silencieuse et il respecta son silence. Elle parlerait lorsqu'elle se sentirait prête.

Quelques minutes plus tard, elle lui tendit un bol, lui présentant son contenu comme de la mousse au chocolat.

— Tu te moques de moi ? s'écria-t-il, oubliant sa promesse de ne pas la juger. Ce n'est pas de la mousse au chocolat !

— Goûte. Tu verras, c'est bon…

Elle plongea une cuillère dans le bol et il la dévisagea. Ce geste lui aurait paru très érotique s'il n'avait pas su la composition du mélange. Un peu inquiet, il plongea à son tour sa cuillère dans le bol et la porta à sa bouche.

C'était bon, en effet. La mousse était crémeuse, goûteuse… Et bien chocolatée…

Il en prit une nouvelle cuillerée. C'était bien meilleur que les salades !

— Combien de temps poursuis-tu ta route avant d'admettre que tu t'es trompé, Roger ? lui demanda-t-elle soudain. Combien de temps avant d'admettre ton erreur ou le fait que ce que tu entreprends ne te convient pas ?

— Je ne peux pas répondre à cette question. Je suis simplement un type qui essaye de vendre les robots inventés par son meilleur ami.

— Mais tu as commencé par des études de droit, si je ne me trompe ?

— J'ai en effet étudié à l'école de droit mais je n'ai jamais voulu devenir avocat, même pas avocat d'affaires. Je voulais étudier la construction juridique des entreprises, pour travailler pour elles et non contre elles. Il m'a fallu du temps pour savoir exactement ce que je désirais faire, mais ensuite, je n'ai pas regretté mon choix une seule fois.

— Mais est-ce que tu ne t'es pas trompé au départ ? Tenté le droit pénal par exemple ou…

— Le droit de la propriété intellectuelle, oui… J'ai même failli en faire mon métier.

— Et ?

— J'ai compris que ce n'était pas pour moi. Je préférais travailler dans une entreprise, protéger les créations de Sam, les vendre…

— Est-ce que c'est un événement particulier qui t'a fait renoncer au droit de la propriété intellectuelle ?

— Non. Rien de spécial. Juste une série de petites choses qui m'ont permis de me rendre compte que cette discipline ne me correspondait pas.

— C'est un peu ce qui s'est passé pour moi aussi, sauf que j'hésitais entre quelque chose qui ne me convenait pas du tout et quelque chose qui ne fonctionnait que partiellement. Prenons ton hypertension, par exemple. Dans le meilleur des cas, tu prends une pilule tous les matins pour le reste de ta vie.

Il hocha la tête. Cela lui semblait une bonne option. Ainsi, il n'aurait pas besoin de démissionner, n'aurait pas à faire attention à son régime, à se demander constamment si les battements dans ses tempes n'étaient pas les signes avant-coureurs d'une crise cardiaque.

— Le problème, c'est que cette solution partielle n'est pas une bonne solution. La médiocrité n'est pas une option, ce n'est que de la gestion *a minima*. Ton corps ne devrait pas avoir besoin d'une pilule pour réguler ta tension.

— C'est pourtant le cas.

— Oui, mais cela ne devrait pas être. Tu ne peux pas être déclaré en bonne santé si ton corps a besoin d'un médicament.

— Eh bien, il ne te reste plus qu'à faire des recherches, qu'à déterminer les causes de l'hypertension et trouver une solution. Seulement, tu ne peux pas modifier l'ADN d'une personne, tu ne peux pas intervenir sur les facteurs mentaux, environnementaux… Tu ne peux pas soigner tout le monde, Amber !

— Mais si je pouvais…

— Soigner tout le monde ?

Elle esquissa un petit sourire rêveur.

— Imagine qu'il y ait une nouvelle façon d'aborder le monde, les atomes, leurs vibrations et…

— Si tu veux étudier les atomes, tu devrais faire de la recherche biomédicale, ou bien…

— Ou bien faire de la recherche dans la direction où je pense que la médecine devrait aller ?

— Oui.

— C'est justement ce que je fais ! En ce moment même !

— Avec ton cahier et ton crayon ?

Elle ne daigna pas répondre, et se mit à faire la vaisselle.

— Donnes-tu des ordres à Sam lorsqu'il se lance dans une nouvelle invention ? demanda-t-elle tout à coup, sans même se retourner.

— Tout le temps.

— Et il t'écoute ?

— De temps en temps. Enfin… Non. Jamais.

— Alors pourquoi penses-tu savoir mieux que moi dans quelle direction je dois mener mes recherches ?

Il se figea. Elle avait marqué un point.

Il avait néanmoins des arguments à lui opposer…

— La méditation a un rôle à jouer dans la médecine, j'en conviens, Amber. Mais elle n'est pas et ne sera jamais un remède contre le cancer par exemple.

— Comment peux-tu l'affirmer ? De quand date la dernière recherche sur les malades atteints d'un cancer qui pratiquent la méditation ?

Il n'en avait aucune idée. D'ailleurs, il ne savait même pas s'il existait de telles recherches.

— Je m'excuse, Amber. J'ai eu tort de te dire dans quel domaine faire tes recherches. Tu sais mieux que moi ce qui te convient.

— Merci de l'admettre !

— Mais je pense néanmoins que tu aurais pu mener ces recherches à la clinique. Tu aurais pu travailler à mi-temps là-bas. Tu n'avais pas besoin de tout abandonner pour fuir jusqu'à Chicago. Pourquoi as-tu quitté Mandolin ?

Elle soupira et finit par avouer ce qu'il craignait d'entendre depuis le début de la conversation.

— J'ai tué un patient.

Chapitre 15

Amber refoula tant bien que mal le flot d'émotion et de culpabilité qui lui nouait la gorge. Elle avait encore beaucoup du mal à parler des événements qui s'étaient produits deux ans plus tôt. Elle s'en voulait de réagir ainsi devant Roger, mais elle ne pouvait pas lui en vouloir d'avoir abordé le sujet.

— Elle s'appelait Vera Baker, dit-elle. Elle était la patiente de mon patron mais était venue me consulter en secret, en quelque sorte. La chimiothérapie l'avait beaucoup affaiblie et elle désirait des conseils sur les traitements alternatifs.

— Tu lui as donc donné des conseils.

— Oui, rien de drastique, seulement un changement de régime, des séances de bioénergie, des tisanes… Et les résultats ont été au rendez-vous. Elle a repris des forces, elle se sentait mieux.

— Tu ne l'as donc pas tuée.

Elle esquissa un sourire désabusé.

— Ce n'est pas aussi simple. Mon patron a constaté qu'elle avait repris des forces et, comme il souhaitait partir tranquille en vacances, il a avancé la date de son traitement par radiation. Malheureusement, elle n'avait pas repris suffisamment de forces pour supporter les rayons et elle a succombé à une crise cardiaque.

Il lui prit la main dans un élan de compassion.

— Je suis désolé, Amber ! Ça a dû être terrible pour toi. Mais je ne vois pas, dans ce que tu me racontes, que tu l'aies tuée.

— Je ne l'ai pas tuée *stricto sensu*, c'est vrai, mais j'ai ma part de responsabilité dans son décès.

— Je ne comprends pas…

— Je n'avais pas informé mon patron que Vera était venue me consulter. J'ai enfreint les règles de la clinique, j'ai prescrit un traitement non approuvé par les autorités sanitaires et la patiente est décédée. J'ai commis une faute professionnelle.

— Tu n'as rien fait de mal, Amber ! s'insurgea Roger, lui lâchant la main pour croiser les bras sur sa poitrine, l'air farouche.

— Je sais bien, mais les hôpitaux ont des règles et je ne les ai pas respectées. Je suis donc fautive.

— Si je comprends bien, tu as été réprimandée, contrainte à la démission et aujourd'hui, tu penses pouvoir être réengagée ?

Elle soupira.

— A vrai dire, je n'en sais rien. D'après Jack, le directeur a enfin compris que mon ancien patron n'était pas irréprochable lui-même, alors peut-être pourrais-je faire valoir que j'ai, moi aussi, été une victime de l'affaire.

— Tu as bel et bien été une victime de l'affaire !

— Il y a plusieurs arguments en faveur de mon retour à la clinique : je serais de nouveau proche de ma famille, je gagnerais bien ma vie, je pourrais soigner beaucoup plus de patients qu'ici et je pourrais peut-être même jouer un rôle dans l'évolution de la médecine américaine, ou au moins développer quelques traitements.

— Ce serait une bonne chose.

— Maintenant, les points négatifs : je retrouverais le monde de l'argent et de la politique. J'ignore si mes recherches seraient acceptées et si je pourrais m'opposer à mes éventuels adversaires.

— A mon avis, la meilleure solution, c'est d'aller à la clinique et de sonder l'ambiance.

Roger avait raison, et c'était d'ailleurs bien ce qu'elle avait l'intention de faire. Pourtant, elle redoutait ce que ce rendez-vous à la clinique pourrait entraîner. S'il lui prenait l'envie furieuse d'y retourner ? Si l'idée de retrouver son ancienne vie la happait ?

Une semaine auparavant encore, elle aurait vu cette découverte comme un miracle, la solution idéale à ses problèmes, à ses interrogations. Mais c'était avant de connaître Roger et aujourd'hui, elle n'était plus sûre de pouvoir renoncer à lui.

Des bras puissants se refermèrent autour de sa taille. Elle esquissa un sourire. Elle n'avait pas senti Roger bouger, mais heureuse, elle se lova contre lui et ferma les yeux.

— Tu as le droit d'admettre que tu as envie de repartir, lui murmura-t-il dans le creux de l'oreille. Tu as le droit de dire que ton ancienne vie te manque, il n'y a rien de mal à cela.

— Le problème, c'est que je ne suis pas sûre d'avoir envie de repartir.

— Pourtant, si je me souviens bien, notre relation a commencé parce que tu cherchais un moyen de renouer avec la clinique. Tu avais l'air très à ton aise, dans l'ascenseur, avec ton tailleur de femme d'affaires et tes talons aiguilles.

Elle se redressa et le fixa, étonnée de sa remarque.

— Tu penses que je désire retourner à la clinique parce que j'ai paradé devant toi en talons aiguilles ? Tu n'as rien compris, Roger !

Elle se tut et passa une main lasse sur son visage. La vérité, c'est qu'elle ne savait plus où elle en était, elle se sentait complètement perdue.

— Si j'ai dit ça, c'est parce que j'ai vu ton CV sur ton bureau, Amber. J'ai vu aussi tes notes de compte rendu sur les recherches que tu as effectuées ces deux dernières années…

— Je n'ai fait que mettre un peu en forme ce que je pourrais dire et faire si je repartais là-bas. Rien de plus.

— Et qu'est-ce que ça t'a appris ?

— Rien ! Il ne s'agissait que de réflexions.

— Si tu le dis…

Il haussa les épaules.

— Mais en le faisant, peut-être espérais-tu trouver une réponse à ta question. Peut-être en as-tu assez de vivre au milieu des clochards. Je n'en sais rien… D'ailleurs, je ne sais même pas pourquoi nous nous disputons et pourquoi tu es en colère contre moi.

Elle se laissa tomber sur son futon, en larmes.

— C'est terrible, Roger, mais je ne sais pas ce que je veux !

— Ce n'est pas grave, répondit-il en la prenant dans ses bras.

Je te promets que nous trouverons la réponse à tes questions, ensemble.

En parlant avec Amber, Roger en avait appris beaucoup sur le fonctionnement des hôpitaux. Il avait également découvert que la jeune femme était une surdouée.

Il avait cru qu'elle passait ses journées à lire, méditer et manger de la salade. Il s'était trompé. Elle travaillait vraiment, elle étudiait. Elle avait obtenu des diplômes en acuponcture, en médecine ayurvédique. Elle avait suivi une formation de massage thaïlandais et se penchait maintenant sur les techniques de rééquilibrage énergétique, une discipline qu'elle considérait comme très prometteuse.

S'il s'était mépris un temps sur le bien-fondé de ses activités à Chicago, il pensait désormais que son talent n'était pas reconnu à sa juste valeur. Amber méritait d'avoir une armée de chercheurs sous ses ordres pour analyser les résultats des essais cliniques et chercher des financements pour les études suivantes. Ce qu'elle pourrait faire dans un environnement tel que la clinique Mandolin.

Sauf que les médecins en poste dans cet établissement ne pratiquaient que la médecine occidentale.

Quelle était la solution alors ? Il l'ignorait. La seule option était sans doute de faire confiance à Amber et de la laisser mener les choses comme elle l'entendait. Elle était brillante, extrêmement brillante même, et il n'était pas en position de lui dire ce qu'elle devait faire. Il ne croyait peut-être pas à la bioénergie, mais il avait foi en elle alors il devait simplement suivre ses suggestions, même si cela voulait dire manger de la salade et de la mousse au chocolat à base d'avocat.

D'ailleurs, il devait reconnaître que ce régime fonctionnait. Cela faisait une semaine qu'il le suivait et il se sentait mieux, plus calme, plus détendu.

Il devait aussi avouer qu'il était en train de tomber amoureux.

Au départ, il pensait qu'il aimait simplement faire l'amour

avec elle. Mais plus le temps passait, plus il se rendait compte qu'il ne s'agissait pas pour lui d'une simple affaire de sexe. Il était bel et bien en train de tomber amoureux d'elle.

Il aimait sa façon de penser. Il adorait son esprit vif, pétillant, toujours en alerte. Tout ce qu'elle disait était intéressant, même s'il ne comprenait pas toujours. Et puis, elle l'écoutait, elle l'écoutait vraiment et n'avait aucune difficulté à admettre son erreur lorsque c'était le cas.

En résumé, il se sentait bien avec elle.

Amber le poussait, mais jamais trop fort. Pour elle, il avait envie de progresser, de s'améliorer, de faire des efforts. Il voulait devenir plus patient, plus attentif. Il était prêt à manger de la salade et d'autres aliments vivants simplement parce que cela la rendait heureuse. Il voulait passer tout son temps avec elle, suivre l'avancée de ses recherches, la voir triompher de ceux qui l'avaient dénigrée. Car elle allait faire de grandes découvertes, il en était persuadé. Comment pourrait-il en être autrement ? Elle avait le talent pour, il ne lui manquait qu'une aide matérielle et un soutien émotionnel.

Ce soutien émotionnel, il avait envie de le lui apporter. Il se sentait prêt à faire n'importe quoi pour rester à ses côtés. Mais il était réaliste. Amber méritait mieux — beaucoup mieux — qu'un appartement à moitié vide dans un quartier mal famé de Chicago ; elle méritait mieux qu'un mariage avec un homme qui en savait assez pour fréquenter des génies mais n'en était pas un lui-même.

Autant d'arguments qui lui faisaient dire qu'il avait perdu d'avance.

A la minute où elle goûterait de nouveau à son ancienne vie, elle le quitterait. Elle suivrait sa carrière, rencontrerait des hommes plus à même que lui de la comprendre, de la seconder, et il resterait seul devant son bol de salade, le cœur brisé.

Chapitre 16

Amber trouva le vol jusqu'à Phoenix plutôt agréable. Jusqu'à présent, chaque fois qu'elle avait pris l'avion, elle avait travaillé, n'éteignant son téléphone que pendant les phases de décollage et d'atterrissage, lisant des dossiers entre-temps. Mais cette fois-ci, elle n'avait emporté qu'un roman qu'elle avait très envie de lire.

Sa mission était de faciliter les relations entre la clinique Mandolin et les dirigeants de RAQ et, parallèlement, de déterminer si elle pouvait retrouver, en reprenant un poste dans l'établissement, les aspects positifs de son ancienne vie sans les inconvénients. Or pour cela, elle n'avait besoin d'aucune préparation, d'aucun dossier. Il lui suffirait d'ouvrir les yeux, les oreilles, et de s'imprégner de l'atmosphère.

Ce voyage avait été aussi pour elle l'occasion de faire véritablement connaissance avec Sam et elle avait été surprise de constater à quel point elle avait apprécié de discuter avec lui. Pour la première fois depuis bien longtemps, elle avait l'impression d'avoir rencontré un esprit frère, quelqu'un qui cherchait réellement à comprendre les gens.

C'était agréable. Fantastique, même.

Elle passa donc tout le trajet à l'écouter parler de ses derniers projets, de ce qu'il avait vu récemment à la télévision, de son prochain mariage… En attendant leurs bagages, elle discuta avec lui de l'architecture des aérogares. Dans le taxi, de l'ergonomie des sièges de voiture et dans le hall de l'hôtel, du réchauffement climatique. Pourtant, elle était toujours pleine d'énergie lorsqu'elle le salua enfin et rejoignit Roger dans leur chambre.

Roger, lui, était resté silencieux pendant tout le voyage. Elle avait bien essayé de l'inclure dans leur discussion, à de nombreuses reprises. En vain. Il s'était contenté de les écouter, le visage fermé.

A peine entrée dans la chambre, elle se laissa tomber sur le lit king-size et ferma les yeux, savourant le calme, le silence. Au bout de quelques secondes, son esprit se mit de nouveau à bouillonner et elle repensa aux conversations de l'avion. Mais elle ne voulait plus de ce bouillonnement.

Elle aspirait au repos de l'esprit et ne voyait que deux solutions pour y parvenir. Méditer, s'asseoir en silence et vider son cerveau. Ou alors s'immerger dans le plaisir, dans la volupté, entre les bras de Roger.

La seconde solution était la plus attirante, évidemment.

Le rendez-vous avec Jack n'avait lieu que le lendemain, alors rien ne les empêchait de commander à dîner dans la chambre et de s'amuser, toute la nuit durant.

Elle roula sur le lit, puis adressa un sourire malicieux et plein de promesses à Roger.

— Salut, mon chéri, susurra-t-elle d'une voix enjôleuse.

Il ne répondit pas, continuant à lire des documents sur son ordinateur portable. Au bout de quelques secondes, il se retourna néanmoins et elle put le dévisager à loisir. Il semblait tendu, nerveux. A l'évidence, il avait un problème.

Un peu inquiète, elle se redressa et s'assit à côté de lui.

— Tu es bien silencieux. D'ailleurs, tu as été silencieux pendant tout le voyage.

— Je n'avais rien à dire.

Il n'avait rien à dire ? Allons donc !

S'il n'avait pas eu l'air aussi sombre, sans doute aurait-elle éclaté de rire, mais il ne semblait pas d'humeur, alors elle se retint.

— Tu as toujours quelque chose à dire, Roger, même si c'est pour affirmer que nous sommes hors sujet !

— Je ne voulais pas freiner ta créativité.

Cette fois-ci, elle laissa fuser un petit rire.

— La créativité exige autant de discipline que de réflexion. C'est du moins ce que tu m'as répété à de nombreuses reprises.

Pour toute réponse, il se contenta de soupirer avant de s'intéresser de nouveau à son ordinateur.

— Ça fait deux semaines que nous sommes ensemble, lança-t-il soudain. Et je ne suis pas sûr que cela puisse durer encore bien longtemps.

A ces mots, elle blêmit.

— Que… Qu'es-tu en train de dire, Roger ?

— Je dis juste que nous ne nous connaissons que depuis deux semaines, rien de plus, répondit-il sans même relever la tête de son écran.

Oui, et alors ? Elle ne comprenait pas où il voulait en venir.

Elle prit son beau visage entre ses deux mains et le força à la regarder.

— Que se passe-t-il ?

— Rien.

— Est-ce que tu préfères que je réserve une autre chambre ? Ça te dérange de travailler et de sortir avec moi en même temps ? Tu trouves que je parle trop ?

Il l'interrompit en posant un doigt sur ses lèvres.

— Amber… Arrête, s'il te plaît.

— Qu'est-ce qu'il y a ? Roger. Que se passe-t-il dans ta tête trop pleine ?

— Ma tête trop pleine ? Mais est-ce que tu t'es seulement entendue, avec Sam ? Bon Dieu, Amber, même Einstein n'aurait pas pu vous suivre !

C'était donc cela…

— Si Einstein avait été là, c'est nous qui aurions été lâchés. As-tu déjà essayé de lire la théorie de la relativité ? Personnellement, je n'ai jamais réussi à dépasser la page 6 et pourtant, je suis plutôt bonne en maths.

— La page 6 ? Seulement ? Tu me déçois, répondit-il avant de l'embrasser tendrement.

Aussitôt, elle sentit tous ses sens s'éveiller et son désir s'épanouir. Mais à son grand regret, il rompit l'étreinte au bout de quelques secondes.

— Plus sérieusement, Amber, la plupart des gens ne dépassent pas la deuxième page.

— Tu as essayé ?

— Oui. Un jour, alors que nous avions dix ans, Sam et moi avons fait un pari pour voir qui était le plus intelligent.

— Qui a gagné ?

— Ni l'un ni l'autre, même si Sam a atteint la page 4.

— A dix ans, moi, je jouais encore à la poupée !

— Tu jouais également au chirurgien vétérinaire si je me souviens bien.

C'était vrai. Elle le lui avait avoué quelques jours plus tôt.

— Uniquement parce que j'avais la chance d'avoir un oncle vétérinaire qui ne savait rien refuser aux petites filles comme moi.

— Aux *brillantes* petites filles comme toi, corrigea-t-il.

— Tu étais brillant, toi aussi…

— Amber… Je veux bien avouer que je suis peut-être plus intelligent que la moyenne, que je possède un talent certain pour la gestion, mais je ne suis pas du même niveau que Sam ou toi. Je ne fais pas partie de la même catégorie.

— De la même catégorie ?

— Je ne suis pas un génie !

Quelques années plus tôt, elle se serait récriée qu'elle n'était certainement pas un génie. Par fausse modestie uniquement, car elle savait bien qu'elle était très intelligente. Mais aujourd'hui, elle avait l'impression de posséder le genre d'intelligence qui n'aidait pas pour la vie de tous les jours. Elle se demandait si ses connaissances en médecine n'entravaient pas plus son cerveau qu'elles ne l'aidaient.

Mais comment expliquer tout cela à Roger ? Comment exprimer une chose qu'elle peinait elle-même à cerner ?

— Tu ne devrais pas te sous-estimer, Roger, choisit-elle finalement de répondre, avant de plaquer sa bouche contre la sienne.

Puis elle recula et riva son regard au sien.

— Sans toi, Sam aurait conduit RAQ dans l'impasse depuis bien longtemps.

— Tu parles du travail, là. Mais est-ce que je suis capable d'avoir une relation avec une fille qui est un génie ?

Elle esquissa un sourire et se lova un peu plus contre lui, s'enivrant de son parfum musqué, de sa chaleur.

— Cette fille te désire, lui murmura-t-elle ensuite avec sensualité.

Pour toute réponse, il posa les mains sur ses hanches et en quelques mouvements, la débarrassa de son chemisier. Impatiente, elle lui ôta sa chemise, déterminée à lui montrer à quel point elle le désirait, à quel point elle voulait l'aimer et lui faire l'amour.

Elle adorait la façon qu'il avait de la toucher, de la faire vibrer jusqu'au plus profond de son corps. Elle adorait caresser sa peau ferme, brûlante. Elle adorait le sentir en elle, aller et venir avec force.

A d'autres moments, elle aimait le fait de pouvoir parler de tout avec lui, y compris de ses recherches, sans avoir honte ni se sentir ridicule. Roger ne partageait pas toutes ses idées, loin de là, mais il l'écoutait, patiemment.

Ce qu'elle préférait par-dessus tout, c'était qu'elle se sentait bien avec lui. Détendue, en paix, comme s'il la protégeait de toute la rudesse du monde. Il l'aidait aussi à garder la tête sur les épaules.

Oui, elle aimait tout cela chez lui. Est-ce que ça signifiait qu'elle l'aimait tout court ? Peut-être, ou peut-être pas. Peut-être s'agissait-il juste de l'effet du désir qu'elle ressentait pour cet amant incroyable.

Il s'insinua en elle, d'un geste précis et ferme, et elle se cambra au maximum, pour mieux accompagner ses mouvements.

Les sensations étaient si intenses que sa tête se mit tout à coup à tourner.

Il accéléra son tempo, sa danse en elle et, soudain, une vague d'une puissance inouïe l'envahit. Elle ferma les yeux, rejeta la tête en arrière et succomba au plaisir, lâchant un long cri.

Elle était au paradis.
Mais était-ce de l'amour ?
Elle l'ignorait.
Elle l'ignorait encore lorsque son téléphone sonna.

Chapitre 17

— C'est Jack, annonça-t-elle après avoir jeté un coup d'œil à l'écran.

Roger rassembla toutes ses forces pour demeurer silencieux afin de ne rien dire qu'il pourrait regretter.

Ils étaient allongés, leurs deux corps alanguis, mêlés, en paix et, quelques secondes plus tôt, il songeait à lui avouer qu'il était amoureux d'elle.

Et qui l'avait stoppé dans son élan ? L'ancien amant d'Amber ! Un comble !

— Je ferais mieux de répondre, murmura-t-elle. Il y a peut-être un problème avec le rendez-vous…

Amber avait pris une telle place dans sa vie en l'espace de deux petites semaines que c'en était incroyable ! Quinze jours après l'avoir rencontrée, il ne se préoccupait plus de sa tension, ou de ce rendez-vous qui pouvait assurer l'avenir de RAQ. Non. Il ne pensait plus qu'à une personne, Amber. Il ne désirait plus qu'une chose, qu'Amber reste à ses côtés, dans ses bras, pour le reste de sa vie.

C'était tellement fou qu'il n'en revenait pas.

Ce comportement lui rappelait celui de Sam lorsqu'il avait une idée en tête et que rien ni personne ne pouvait plus l'arrêter. C'était alors lui qui était chargé de faire entendre la voix de la raison, de modérer son entrain.

Mais pour une fois, c'était à lui de retrouver la raison. Avant de s'emballer et de faire des projets d'avenir, il devait attendre de voir si Amber décidait de rester en Arizona et de reprendre un poste à la clinique. Il était bien trop tôt pour songer à lui acheter une bague de fiançailles !

Amber avait pris la communication. Jack parlait si fort dans l'appareil qu'il pouvait l'entendre. Il savait donc que ce dernier était en train d'inviter Amber à boire un verre. A l'évidence, il espérait renouer avec elle.

Quel salaud ! Il ne le connaissait pas et pourtant, il le détestait déjà.

— Je dois voir Jack, lui annonça-t-elle après avoir raccroché. Il veut discuter avant le rendez-vous de demain…

— Je comprends, fit-il d'une voix aussi calme et assurée que possible. Pendant ce temps, j'irai dîner avec Sam. Nous en profiterons pour travailler notre présentation de demain.

— Merci, mon chéri, tu es le meilleur !

Oui, il était le meilleur. Et le plus grand aussi… Le plus grand imbécile de l'Arizona et de l'Illinois réunis !

Malgré tout, il demeura impassible pendant qu'elle se rhabillait, se contentant de la regarder pendant qu'elle remettait ce tailleur et ces talons aiguilles qui lui avaient fait perdre la tête quinze jours plus tôt.

Elle déposa enfin un petit baiser sur ses lèvres puis, sans un mot de plus, s'en alla. Il ne bougea pas. Il se contenta d'écouter le bruit de ses talons s'éloigner dans le couloir.

Puis au bout de deux minutes, sentant la nausée l'envahir, il décrocha son téléphone.

— Sam ? J'en ai assez de manger de la salade, je rêve d'un bon steak bien saignant. Ça te tente ?

Jack n'avait pas changé. Ses cheveux étaient toujours parfaitement coupés et son costume signé par un grand couturier.

Elle lui adressa un sourire ravageur en l'apercevant au bar.

Il n'avait pas choisi ce restaurant au hasard ; il était fréquenté par la haute société de la ville. Sans doute espérait-il croiser un collègue qui pourrait l'aider dans son ambition.

Il agissait déjà de la sorte lorsqu'ils sortaient ensemble. Elle aussi d'ailleurs. Mais la première fois qu'elle était sortie dîner à Chicago et n'avait pas passé la soirée aux abois, elle s'était sentie merveilleusement libérée, comme si le simple fait de manger sans guetter une opportunité professionnelle lui avait enlevé un poids.

Jack alla s'installer à une table, non loin d'un couple qu'il semblait connaître.

Elle s'approcha.

— Jack..., fit-elle en s'installant en face de lui. J'espère que je ne suis pas trop en retard.

— Mon Dieu, Amber, comme tu es belle ! répondit-il en lui adressant son sourire de séducteur, un sourire qu'elle ne connaissait que trop bien. La recherche te réussit, tu es resplendissante.

Elle l'embrassa sur les deux joues et il lui caressa le bras, comme il en avait l'habitude, laissant ensuite ses doigts s'attarder sur sa main un peu plus longtemps qu'elle ne l'aurait voulu.

— Je ne peux rien te cacher, répondit-elle d'une voix suffisamment forte pour que leurs voisins de table les entendent. J'ai obtenu des résultats intéressants dans mes recherches. Même mes cheveux ont arrêté de blanchir...

— Vos cheveux ont arrêté de blanchir ? demanda sa voisine, une femme d'une cinquantaine d'années.

— Oui, répondit-elle comme si de rien n'était, comme si cette proximité était le fruit du hasard et non le résultat des manipulations de Jack. Mes cheveux ont même commencé à repousser bruns. C'était une grande surprise.

— Pardonnez-moi... J'oublie les bonnes manières, s'écria alors Jack. Je vous présente le Dr Amber Smithson, une brillante praticienne que j'espère voir bientôt revenir à la clinique Mandolin. Amber, laisse-moi te présenter...

Quelques minutes plus tard, Jack et elle s'installaient à la table des deux membres du conseil d'administration de la clinique pour partager un verre.

Sans attendre, Amber évoqua ses recherches sur les effets de la peau des pommes de terre sur le foie.

Quelques minutes plus tard, ils commandèrent quelques

amuse-gueules au crabe et pour la première fois depuis deux ans, elle goûta d'un plat qui n'était pas à base d'aliments vivants.

Comme tous les rendez-vous dans ce monde d'intrigues, chacun avait des motivations cachées. Ainsi Jack était déterminé à mettre en avant ses recherches, la présentant comme une espèce de Diane Fossey sans les gorilles, une femme qui se serait immergée dans le monde de la pauvreté, dans le monde des médecines alternatives et qui en serait sortie victorieuse. Il laissa ensuite entendre combien la clinique pourrait profiter de la compétence et du sérieux d'un tel médecin.

Les membres du conseil d'administration l'écoutèrent avec attention et elle fit de même. Jack possédait un véritable don pour fasciner ses auditeurs.

Ils lui posèrent ensuite des questions, l'interrogeant sur la façon dont elle pourrait améliorer la réputation de la clinique et accroître ses revenus. Amber répondit de façon aussi claire que possible, avec autant de diplomatie que possible, parlant de ses années de recherches à Chicago de la même façon que Jack, y ajoutant simplement quelques anecdotes.

La conversation se poursuivit ainsi, et Jack joua son rôle d'entremetteur à merveille. Mais lorsque le couple quitta enfin le bar, elle était tellement fatiguée par les efforts fournis qu'elle commençait à avoir mal à la tête.

— Encore quelques soirées de ce genre, commenta Jack en trinquant avec elle, et je suis persuadé que les membres du conseil d'administration t'ouvriront tout grand les portes de la clinique.

— Tu savais qu'ils se trouveraient dans ce bar ?

— Oui, je plaide coupable. Cette information m'a coûté une boîte de chocolats fins pour l'assistante du Dr Cordon.

Amber réprima un petit rire désabusé. Jack avait toujours été très doué pour obtenir ce qu'il désirait de la part des secrétaires !

— Tu pourrais accomplir des miracles, Jack, si tu faisais preuve d'autant de pugnacité avec tes patients qu'avec les secrétaires de la clinique !

Ce n'était pas la première fois qu'elle l'accusait de la sorte. C'était même devenu un petit jeu entre eux.

— Les médecins qui ne pensent qu'à leurs patients ne gagnent pas d'argent, rétorqua-t-il.

C'était simpliste, mais véridique. Elle était bien consciente que la médecine ne se résumait pas, ou plutôt ne se résumait plus — malheureusement —, à la relation entre un patient et son médecin, et que de nombreux enjeux, notamment financiers, nécessitaient un positionnement plus politique.

Positionnement qui la dérangeait fortement, car elle avait choisi d'être médecin pour soigner, uniquement soigner. Mais peut-être était-ce le prix à payer pour faire avancer la science, songea-t-elle en soupirant.

Enfin... Elle était trop fatiguée pour y réfléchir. Elle ne désirait plus qu'une chose à présent, retrouver Roger le plus vite possible.

— Merci, Jack, dit-elle avant de se lever. Il est temps pour moi de retourner à mon hôtel.

— Amber... Nous devons encore discuter. La composition du conseil d'administration a changé depuis ton départ. Si tu désires revenir à la clinique, tu dois savoir qui en sont les nouveaux membres et ce qu'ils attendent.

Elle se mordit la lèvre, hésitant sur ce qu'elle devait faire. Elle mourait d'envie de se lover contre Roger, d'oublier son mal de tête entre ses bras, mais elle savait également qu'elle devait penser à son avenir professionnel.

A contrecœur, elle se rassit donc.

— D'accord, Jack. Dis-moi tout...

Deux heures plus tard, son mal de tête s'était transformé en migraine. Elle avait l'impression que sa tête était prête à exploser ; elle avait la nausée.

Jack semblait vouloir continuer à discuter mais pas elle. Après deux ans à vivre dans le silence de son appartement, même le bar le plus silencieux lui paraissait bruyant, étouffant, usant.

Résolue à retrouver Roger, elle se leva une nouvelle fois.

— Je crois que je vais rentrer, Jack.

— Déjà ? Mais il n'est même pas 22 heures !

22 heures ? Autrefois, elle travaillait encore à 22 heures.

Et ce n'était même pas exceptionnel. Mais depuis, elle avait changé de vie.

— Une grosse journée m'attend demain, lui expliqua-t-elle en déposant un baiser chaste sur sa joue. J'ai rendez-vous avec un des plus grands neurochirurgiens du pays !

— En effet, répondit-il tout en tentant d'effleurer sa bouche.

Mais devinant sa manœuvre, elle fit un pas en arrière.

Elle se posait peut-être des questions sur son avenir, mais aucune sur sa relation avec Jack. C'était bel et bien terminé entre eux, depuis bien longtemps.

— Bonne nuit, Jack.

— Bonne nuit, ma belle…

Sans un mot de plus, elle se précipita dehors et sauta dans un taxi.

Son téléphone sonna soudain.

C'était Sam, complètement paniqué.

— Amber, tu dois tout de suite venir à l'hôpital. Roger a eu un malaise.

Chapitre 18

— C'était juste un petit étourdissement ! Pas de quoi employer les grands moyens !

— Si tu le dis, Roger… Je te rappelle quand même que tu as terminé la tête dans ton assiette de purée !

Roger se passa une main sur le visage. Il comprenait la peur qu'il avait faite à Sam, mais il ne désirait qu'une chose, prendre une douche, quitter le service des urgences et retourner à l'hôtel.

Bon, d'accord, il avait eu un moment de faiblesse lorsqu'il s'était levé pour aller jusqu'au buffet. Mais maintenant, il se sentait très bien. Un simple étourdissement, rien de plus. Pas de quoi fouetter un chat… Il s'accrochait à cette version, car après avoir entendu le corps médical lui répéter pendant des années qu'il risquait la crise cardiaque à tout moment, il aurait été terrifiant de penser que son heure était venue.

Il s'efforça de respirer calmement, de ne pas envisager le pire, et regarda Sam arpenter la chambre de long en large. Sam qui venait d'appeler Amber pour lui raconter, en détail, les événements de la soirée.

— Amber arrive, dit ce dernier après avoir raccroché.

— Je te rappelle qu'il est interdit d'utiliser un téléphone portable dans un hôpital, Sam. Ça crée des interférences.

— RAQ pourrait peut-être se pencher sur le problème…

— Sam ! Tu ne veux pas te taire, s'il te plaît ?

Sam le dévisagea attentivement pendant quelques instants, inquiet.

— Je pensais que tu allais mieux, Roger. Tu avais l'air

heureux, le visage reposé et les yeux brillants de l'homme comblé au lit...

— Les yeux brillants de l'homme comblé au lit ?

— Tu sais très bien ce que je veux dire. Depuis tes vacances, tu semblais plus calme, moins stressé. Je pensais que ta santé s'était améliorée.

— C'était le cas. C'est d'ailleurs toujours le cas, se défendit Roger avec autant de conviction que possible.

Une voix féminine interrompit leur discussion.

— Les gens en bonne santé ne s'effondrent pas dans leur assiette de purée, monsieur Martel !

La voix appartenait à une petite brunette qui semblait avoir une vingtaine d'années mais aurait tout aussi bien pu en avoir quarante si elle était passée entre les mains d'un bon chirurgien esthétique.

— Je suis le Dr Alexandra Hamilton, poursuivit cette dernière, et j'ai le regret de vous informer que vous n'êtes pas en bonne santé, monsieur Martel. Vous êtes au contraire au bord du gouffre. Heureusement, nous avons une bonne équipe de médecins ici et nous allons nous occuper de vous. Dans quelques heures, vous serez d'aplomb et vous pourrez retrouver votre régime de trois martinis quotidiens.

— Je ne bois pas de martinis.

Elle jeta un coup d'œil à son dossier, l'air surpris, mais ne dit rien. Elle se contenta de hausser les épaules et il réprima une grimace de dégoût.

Il n'aimait pas ce genre de personne qui jugeait les autres à partir de stéréotypes. A cause de son hypertension, les gens s'imaginaient qu'il ne faisait pas de sport, qu'il buvait et ne mangeait que de la viande rouge. Mais ce portrait ne lui ressemblait pas du tout.

Il allait d'ailleurs protester lorsque la femme reprit la parole.

— Vous allez passer quelques tests. Nous nous reverrons ensuite pour discuter de votre cas.

Puis, sans un mot de plus, elle sortit.

Sam et lui échangèrent un regard perplexe.

Un médecin était venu, avait dit quelques mots et avait disparu. A l'évidence, c'était ainsi que fonctionnait le monde de la médecine aujourd'hui, il devait s'y faire.

Pour patienter, il essaya quelques techniques de relaxation que lui avait apprises Amber mais une infirmière l'interrompit bientôt. Elle lui fit une prise de sang puis l'installa dans un fauteuil roulant et il se laissa faire, sans dire un mot. Tout semblait se dérouler comme le médecin le lui avait annoncé et pourtant, il sentait l'angoisse l'étreindre. La crainte de la crise cardiaque lui nouait la gorge.

Et pourquoi Amber n'était-elle toujours pas là ? Sam lui avait pourtant dit qu'elle arrivait !

Peut-être avait-elle eu un accident de voiture… Ou peut-être ne l'avait-on pas autorisée à le voir car elle ne faisait pas partie de sa famille…

Comme si elle avait pris possession de son esprit, il entendit soudain une petite voix lui ordonner d'arrêter de se torturer, de respirer profondément, d'écouter son corps et il essaya d'appliquer ces conseils. En vain. Son rythme cardiaque ne cessait d'augmenter.

Pourtant, il n'avait aucune raison de paniquer. Il était à l'hôpital. Quel meilleur endroit pour avoir une crise cardiaque ?

Après son électrocardiogramme, une infirmière le raccompagna dans sa chambre.

Sans doute Amber était-elle arrivée maintenant, songea-t-il plein d'espoir. Malheureusement, lorsqu'il rentra dans la pièce, il n'y trouva que Sam.

— Amber est là, lui annonça aussitôt son ami, comme s'il devinait son impatience. Elle a regardé ton dossier et elle a dit qu'elle allait revenir dans quelques instants.

Soulagé de savoir qu'elle n'avait pas eu d'accident ni qu'elle avait pris la fuite avec Jack, Roger ferma les yeux et lâcha un long soupir de soulagement. Il avait hâte de la voir.

— Elle affirme que cet incident n'est qu'un petit grain de sable sur le chemin de la guérison causé par un traitement qui n'est plus adapté.

— Je prends ce traitement depuis des années…

— Oui, mais le dosage est trop important, maintenant, le coupa Amber en entrant. La dose est devenue trop forte car ta tension a baissé.

Il la regarda s'approcher, la dévorant du regard. Elle était si belle ! Même avec les cheveux en désordre, il n'avait jamais vu une femme plus belle, plus désirable.

Il lui prit la main et elle se pencha pour l'embrasser.

Maintenant qu'elle était là, il se sentait déjà mieux.

— Tout s'explique ! lança soudain le Dr Hamilton en entrant dans la chambre sans frapper.

Roger se raidit en entendant cette voix glaciale qui lui donnait la chair de poule.

— Laissez-moi deviner, monsieur Martel…, poursuivit-elle sans attendre, cette relation date de deux, trois semaines ?

Il sentit Amber se raidir et il noua ses doigts aux siens pour tenter de la réconforter.

— Bonjour, docteur Hamilton, fit Amber, je suis le Dr Smithson.

— Bonjour, répondit l'autre d'un ton neutre. Monsieur Martel… on dirait que vous vous êtes bien amusé, récemment. Revenez-vous de vacances ?

Mal à l'aise face à ce ton condescendant, Roger se contenta d'un signe de tête.

— Je… J'ai repris le travail il y a quelques jours.

— Je vais vous épargner le jargon médical, mais sachez que vous devez réduire toute activité… *récréative*… avec votre petite amie, du moins jusqu'à ce que votre tension se stabilise. Ensuite, vous pourrez recommencer, mais à un rythme raisonnable…

— Son traitement est trop fort pour sa tension, intervint alors Amber. C'est pour cette raison qu'il a eu un malaise. Il faut en réduire le dosage.

Alexandra Hamilton lui lança un regard glacial, avant de se tourner vers Roger et de lui sourire.

— Il y a une raison pour laquelle les médecins ne doivent pas soigner les membres de leur famille, monsieur Martel. Les liens affectifs risquent d'influencer leur jugement. Ceci étant dit, sachez que des excès de sexe peuvent faire baisser la tension des hommes et dans certains cas…

— La faire baisser de façon excessive, termina-t-il à sa place.

Sitôt ces mots prononcés, il les regretta. Pourquoi avait-il parlé ainsi ? Cette femme lui déplaisait plus que tout, elle était méprisante envers Amber, mais elle dégageait une telle autorité qu'il s'était soumis, comme un petit garçon intimidé.

— Exactement, répondit-elle en lui souriant comme à un élève qui aurait donné la bonne réponse.

— C'est une bonne nouvelle ?

— Evidemment, car il vous suffit de diminuer votre activité sexuelle pour que tout revienne dans l'ordre.

— Si je comprends bien, l'interrompit Amber, vous souhaitez qu'il continue à prendre son traitement ?

— Oui. C'est la solution la plus raisonnable pour contrôler sa tension.

Pourtant, ce traitement « miracle » n'avait pas empêché son malaise.

Il ne savait plus que penser, ni qui croire.

— Sa tension a baissé, insista Amber. Je pense qu'il faut diminuer le dosage de son traitement.

Le Dr Hamilton ignora sa remarque.

— Vous venez de reprendre le travail, monsieur Martel. Le stress va forcément revenir, votre activité sexuelle diminuer et votre tension remonter. Si nous modifions votre traitement, vous risquez la crise cardiaque.

A ces mots, l'angoisse l'étreignit un peu plus fort. Il songea à son père, resté partiellement handicapé après son attaque. Il se revit à l'enterrement de son oncle, à celui de son grand-père. Comme eux, il risquait de mourir jeune. Il le savait mais il voulait vivre !

— Il y a une autre hypothèse, reprit Amber d'une voix calme. Celle que sa tension pourrait vraiment être en train de baisser. Dans ce cas, il faut réduire absolument son traitement sinon, il risque d'avoir un étourdissement chaque fois qu'il se mettra debout.

— Je crains moins l'étourdissement que la crise cardiaque, rétorqua le Dr Hamilton.

— La solution pour éviter les deux est simple, insista Amber, il suffit de diminuer son traitement.

Alexandra Hamilton se tourna enfin vers elle et la fusilla du regard.

— D'après ce que j'ai compris, docteur Smithson, vous avez tenté un traitement alternatif avec M. Martel… En tant que médecin, vous devez savoir que nous ne pouvons pas intervenir sur la génétique. Or une prédisposition familiale à l'hypertension signifie qu'il aura besoin d'un traitement toute sa vie. Vouloir autre chose est irréaliste, voire dangereux.

— Je n'ai jamais dit qu'il devait arrêter de prendre son traitement, rétorqua Amber d'une voix autoritaire qu'il ne lui connaissait pas. Je conseille simplement de diminuer le dosage. Quant au reste… Vous ignorez ce qui est possible et ce qui ne l'est pas, docteur Hamilton !

Comme si elle en avait assez de cette discussion, l'autre lui tourna le dos.

— Monsieur Martel, reprit-elle ensuite, je vous demande de réfléchir à ce qui est le plus logique et le plus raisonnable pour vous. Pensez-vous que quelques séances de méditation puissent modifier votre ADN, ou bien que votre activité sexuelle est seule à l'origine de l'amélioration de votre état ?

Roger se mordit la lèvre. L'explication du sexe lui semblait la plus logique mais… il refusait de l'admettre. Il refusait de croire que les efforts d'Amber avaient été vains.

— Imaginons que je poursuive mon régime et mon activité sexuelle au même rythme, proposa-t-il alors sur le ton du compromis, ma tension devrait rester basse et je pourrais alors diminuer mon traitement. Qu'en pensez-vous ?

Les deux femmes levèrent les yeux au ciel en même temps. A l'évidence, il avait dit une bêtise.

— Roger, reprit Amber d'une voix douce, le Dr Hamilton ne te pense pas capable de poursuivre ton régime. Et honnêtement, je ne peux pas lui en vouloir car tu es tombé dans les pommes dans un restaurant nommé « Le bar à viande ».

— Je l'admets, mais sache que je me levais pour aller au buffet de salades ! se défendit-il, regrettant de ne pas avoir demandé à Sam de ne pas mentionner le nom du restaurant.

— Ce n'est pas grave, Roger. D'ailleurs, je n'ai jamais pensé que tu pourrais poursuivre ce régime très longtemps. Je pensais faire baisser ta tension puis réintroduire doucement les autres aliments.

Pourquoi, puisque ce régime fonctionnait ? Oui, il fonctionnait.

— J'ai pris ma décision. Je vais arrêter mon traitement.

— Non ! s'exclamèrent les deux femmes en même temps.

Il sursauta. Il ne s'attendait pas à cette réaction.

— Selon toi, que devrais-je faire, Amber ?

Avant que cette dernière ait eu le temps de répondre, le Dr Hamilton prit la parole.

— Je suis la professionnelle, ici, monsieur Martel. J'ai des années de recherche derrière moi. Je vous conseille donc de continuer votre traitement tel qu'il est. Si vous souffrez toujours d'étourdissements dans six mois, vous pourrez alors envisager des alternatives avec votre médecin habituel. Mais en attendant, continuez votre traitement sinon, vous risquez la crise cardiaque à chaque instant. Tous les jours, je vois des patients qui se sont laissé tenter par les médecines douces. Ils pensent savoir tout ce que la science n'a pas encore prouvé. Ne devenez pas comme eux. Vous m'avez l'air d'être un homme raisonnable, alors suivez la voie de la raison…

Il devait bien admettre que cette explication se tenait. Il était d'ailleurs tenté de suivre la voie de la science et celle de la médecine traditionnelle plutôt que celle de la méditation et du régime à base d'aliments vivants. Il aurait bien persévéré dans les deux domaines, le régime et l'activité sexuelle, mais il savait bien que ce n'était pas réaliste. Hormis en période de vacances, il ne pouvait pas continuer à faire l'amour plusieurs fois par jour.

Il se tourna vers Amber et elle lui adressa un sourire rassurant. Elle semblait deviner sa décision.

— Tu dois suivre la voie qui te convient le mieux, l'encouragea-t-elle. Quelle qu'elle soit.

Soulagé, il lâcha un petit soupir. Amber ne semblait pas lui en vouloir. Tant mieux car il avait besoin de son soutien.

Mais elle semblait aussi avoir une autre idée en tête, remarqua-t-il lorsqu'il la vit se tourner vers le Dr Hamilton.

— Docteur Hamilton, vous souvenez-vous de la première fois où vous vous êtes aperçue que vous refaisiez pansements après pansements sur une plaie qui ne pouvait pas guérir ? lui demanda-t-elle. Un traitement à vie ne devrait pas être la solution pour les personnes en bonne santé. Il tue peut-être à petit feu au lieu de soigner.

— La science n'est pas parfaite, répliqua le médecin d'un ton hautain. Mes traitements non plus, mais cela ne veut pas dire que j'ai tort de les prescrire. Les régimes et les prières jouent évidemment un rôle dans la guérison, mais jamais ils ne remplaceront la médecine traditionnelle.

A l'évidence, les deux femmes ne seraient jamais d'accord. Ce qui était une mauvaise nouvelle car cela sous-entendait qu'il n'avait pas grand-chose en commun avec Amber, puisqu'il avait décidé de suivre les conseils du Dr Hamilton.

— Il ne faut jamais dire *jamais*, reprit Amber.

Mais l'autre ne répondit pas et sortit de la chambre.

Amber allait-elle l'imiter ? se demanda soudain Roger, un peu inquiet. Car, après tout, elle venait de perdre la bataille.

Mais elle ne bougea pas. Elle ne lui reprocha même pas d'avoir choisi l'option du Dr Hamilton.

— Amber…, fit-il d'une voix timide, ignorant encore ce qu'il allait dire.

Mais elle l'interrompit en l'embrassant.

— C'est bon, Roger, je ne t'en veux pas. Nous allons surveiller de près ta pression artérielle. Si elle baisse durablement, nous saurons que nous pouvons diminuer ton traitement sans risque. Mais tant que tu souffres d'étourdissement, c'est moi qui conduis !

— Ça ne m'est arrivé qu'une seule fois, se défendit-il.

— Si le diagnostic ne te convient pas, tu peux toujours prendre rendez-vous avec ton médecin habituel, lui parler de ton régime et lui certifier que nous ferons l'amour moins fréquemment.

Rassuré, il éclata de rire.

— Selon toi, combien de fois par semaine pouvons-nous faire l'amour sans risque ?

Pour toute réponse, elle lui adressa un sourire coquin.

— Je vais vous laisser et aller me chercher un café, annonça Sam.

Roger attendit que son ami sorte de la chambre avant d'attraper Amber et de l'enlacer.

— Tu ne m'as toujours pas répondu, murmura-t-il. Combien de fois ?

— Autant que tu veux, répondit-elle avant de l'embrasser avec gourmandise, excitant tous ses sens.

Amber attendait à l'extérieur que Roger finisse de remplir les derniers papiers pour pouvoir quitter l'hôpital. Elle avait besoin d'air frais pour reprendre ses esprits. Même si elle n'en avait rien laissé paraître, son « altercation » avec le Dr Hamilton et le choix de Roger concernant la poursuite d'un traitement traditionnel l'avaient profondément blessée et lui donnaient à réfléchir.

Chez elle, à Chicago, elle détenait l'autorité et personne ne songeait à la remettre en cause. Les gens venaient la voir, confiants, ils l'écoutaient et suivaient ses conseils. Mais ici, elle se heurtait à des puissances encore plus effrayantes que Spike. Les médecins acceptaient évidemment de reconnaître une certaine vertu aux régimes et séances de méditation, tout le monde s'accordant sur le fait qu'il existait un lien entre le corps et l'esprit. Et pourtant, les entreprises pharmaceutiques avaient encore de beaux jours devant elles.

Le plus étonnant de l'histoire était que sa discussion avec le Dr Hamilton avait renforcé son envie de retourner à la clinique.

Cette dernière ne représentait pas le diable, elle estimait juste que les médicaments chimiques étaient les seuls remèdes valables alors qu'elle-même pensait que l'hypertension était causée par un désordre énergétique, de même que le diabète ou l'arthrose.

Elle voulait mener des essais cliniques pour étayer cette conviction, elle voulait trouver des réponses. Mais elle voulait les trouver dans un établissement aussi réputé que Mandolin, afin que des praticiens comme Alexandra Hamilton en viennent eux aussi à se poser des questions et fassent eux aussi avancer la médecine.

Voilà ce qu'elle désirait.

Etait-elle naïve ? Aurait-elle même la possibilité d'aborder la question des traitements alternatifs si elle retournait à la clinique ? Elle l'ignorait. Les membres du conseil d'administration avec lesquels elle avait discuté un peu plus tôt dans la soirée ne semblaient pas totalement hostiles à l'idée, mais combien étaient-ils et combien raisonnaient au contraire comme le Dr Hamilton ?

Et Roger dans tout cela ? Son travail, sa vie étaient à Chicago. Si elle déménageait en Arizona, qu'adviendrait-il de leur histoire ?

Elle savait que les relations de longue distance ne fonctionnaient pas, sauf si l'un des deux sacrifiait tout pour suivre l'autre. Un sacrifice qu'elle ne pouvait pas demander à Roger.

Un sacrifice que, de son côté, elle n'était plus sûre de vouloir faire à présent que le processus de réflexion et de changement s'était enclenché en elle. Il n'existait pas d'établissement aussi prestigieux que Mandolin à Chicago, ou du moins aucun qui l'embaucherait, sachant pourquoi elle avait quitté son précédent emploi…

S'adossant contre le mur de l'hôpital, elle soupira et ferma les yeux. Elle était au pied du mur.

Valait-il mieux rompre avec Roger tout de suite ? Fallait-il attendre que leurs choix de vie le fassent pour eux ? Voilà la question à laquelle elle devait maintenant répondre.

Chapitre 19

Le rendez-vous avec Jack se passa au mieux. Sam et lui s'entendirent si bien que Roger n'eut même pas à intervenir dans la discussion. Ce qui était une bonne chose car il avait le plus grand mal à se concentrer. Amber occupait toutes ses pensées.

Après avoir quitté l'hôpital, la veille, ils étaient rentrés directement à l'hôtel et s'étaient effondrés sur le lit. Il avait bien essayé de parler à Amber, de la questionner sur son entrevue avec Jack, au café, mais elle avait éludé toutes ses questions, se contentant de bâiller pour bien lui montrer qu'elle était fatiguée et ne souhaitait pas répondre.

Peut-être lui parlerait-elle plus tard, s'était-il dit sur le moment, tout en ayant la désagréable impression que quelque chose ne tournait pas rond, qu'il ne s'agissait pas chez elle seulement de fatigue. Au matin, l'ambiance ne fut pas meilleure. La situation était même pire puisque Amber s'était levée très tôt pour aller déjeuner avec ses parents. Ce qu'il avait interprété comme une désertion pure et simple…

Il avait alors retrouvé Sam et tous deux s'étaient préparés pour le rendez-vous. Il avait remis son costume d'homme d'affaires et fait de son mieux pour charmer Jack et le convaincre d'acheter certains de leurs produits, se forçant à réagir uniquement en directeur financier, à ne pas détester cet homme qui avait intimement connu Amber dans le passé.

Si elle affirmait que Jack et elle, c'était terminé depuis longtemps, il devait la croire. Elle lui dirait plus tard ce qui la chiffonnait et, en attendant, il devait faire son possible pour que RAQ signe un accord avec la clinique.

Ce qu'il réussit.

Il avait ensuite espéré pouvoir parler avec Amber pendant le voyage du retour, malheureusement, Sam vint s'asseoir à côté de lui et, encore tout excité par le résultat du rendez-vous, ne s'était pas arrêté de parler une seule seconde. Quant à Amber, sitôt installée dans l'avion, elle avait sorti un livre et s'était plongée dans la lecture, comme pour lui indiquer qu'elle n'était pas d'humeur à discuter.

A l'évidence, les questions concernant sa vie sentimentale devraient attendre un peu.

Mais il semblait que le moment de les aborder ne viendrait pas. Lorsqu'ils arrivèrent à Chicago, chacun alla se coucher chez soi. Pendant le trajet, Amber avait appris l'arrestation de Spike et elle avait insisté pour rentrer seule chez elle, arguant qu'elle ne craignait plus rien.

Le jour suivant fut consacré au travail. Sam bouillonnait d'idées et Roger dut faire des efforts pour parvenir à le suivre, sans compter qu'après deux semaines de vacances, il avait du travail à rattraper.

Il vit Amber, cependant, mais chaque fois, ce n'était pas le moment d'aborder avec elle la question de leur relation. Il se résigna donc à attendre le week-end pour lui parler, priant pour qu'elle ne décide pas, entre-temps, de rompre avec lui par courriel.

Il n'avait oublié qu'une chose : le week-end était celui du mariage de Sam. En tant que témoin du marié, il aurait beaucoup à faire, sa présence serait fortement requise, ce qui ne lui laisserait pas beaucoup de temps libre.

Entre deux rendez-vous et après avoir eu deux nouveaux étourdissements, il réussit néanmoins à aller consulter son médecin traitant. Ce dernier se montra très intéressé, lorsqu'il lui parla des prescriptions d'Amber. Il lui posa de nombreuses questions sur les recherches de la jeune femme, des questions si précises qu'il peina à y répondre.

Après vingt minutes d'examen, le médecin décida de lui

prescrire un traitement moins dosé à condition qu'Amber continue à prendre sa tension tous les jours.

Ce qu'elle faisait. Elle le faisait même avec tendresse mais il voyait bien que quelque chose avait changé, imperceptiblement. Elle semblait préoccupée et chaque fois qu'il pensait avoir l'opportunité de parler avec elle, Sam l'appelait pour lui demander de revenir au bureau car il avait fait une nouvelle découverte.

Ils n'allaient pourtant pas pouvoir éviter cette discussion très longtemps !

La veille du mariage, incapable d'attendre en se torturant de cette manière, il appela Sam pour lui demander conseil.

Trois jours après son retour à Chicago, Amber reçut un coup de téléphone du directeur de la clinique Mandolin, celui-là même qui avait exigé sa démission, deux ans plus tôt.

Il avait entendu beaucoup de choses positives à son sujet, commença-t-il par lui dire, des compliments de la part de l'administration, de la part de Jack…

Il la questionna ensuite sur ce qu'elle avait fait pendant les deux dernières années et elle lui répondit aussi honnêtement que possible, tout en présentant ses recherches sous un jour favorable, insistant sur les points qu'il était le plus susceptible de comprendre et d'intégrer dans sa stratégie de développement de la clinique.

Il fit amende honorable à propos de son attitude vis-à-vis d'elle, reconnaissant qu'il s'était rendu compte, un peu tard, du tort que Bob Brickers avait causé à la clinique, et finit par avouer qu'il regrettait de ne pas avoir réfléchi plus longtemps avant de lui demander de démissionner.

Elle répondit avec une modestie étudiée, disant qu'elle-même était jeune à l'époque, impulsive, mais qu'aujourd'hui, elle comprenait l'importance de suivre les règles.

Enfin, il argumenta que le monde avait changé et qu'on ne pouvait pas empêcher les gens d'utiliser internet pour faire leurs propres recherches sur leurs diagnostics et traitements. Alors, si la clinique mettait à leur disposition un médecin capable de leur parler sérieusement de médecines douces, de traitements alternatifs, sa réputation ne pourrait que s'améliorer selon lui.

Il termina en l'invitant à en discuter avec lui la semaine suivante.

Il ne lui avait pas encore proposé un poste, mais Amber devinait qu'elle pourrait retrouver sa place à la clinique sans trop de difficultés.

Elle avait à peine raccroché son téléphone que le médecin traitant de Roger l'appela.

Depuis qu'elle avait joué le rôle de demoiselle d'honneur au mariage de sa tante, lorsqu'elle avait cinq ans, Amber adorait les robes blanches, les pièces montées… Malheureusement, elle n'avait par la suite pas eu l'occasion d'assister à beaucoup d'autres cérémonies car elle avait toujours été trop occupée, trop concentrée sur sa carrière pour développer des amitiés qui auraient pu se terminer par une invitation à un mariage.

Voilà pourquoi elle était si heureuse en ce jour. Sans compter qu'elle appréciait vraiment Sam et qu'elle était ravie de participer à un événement aussi important de sa vie.

Elle s'était habillée avec soin, choisissant une robe jolie mais simple, un petit gilet, et des sandales à talons plats. Elle en avait assez des talons aiguilles. Elle n'était plus ce genre de femme.

Elle en avait aussi assez de se torturer au sujet de sa relation avec Roger. La question à laquelle elle devait répondre était simple : voulait-elle vraiment ce poste à la clinique Mandolin au point de perdre cet homme ?

Son cœur lui criait qu'il était l'homme de sa vie et lui conseillait d'attendre avant de prendre sa décision.

Bien sûr, cela ne faisait pas même un mois qu'ils se connaissaient, et puis ils étaient très différents…

Mais les opposés s'attiraient, c'était bien connu. Et il y avait des tas de couples pour qui cette différence ne posait aucun problème…

Refoulant toutes ces questions dans un coin de sa tête, elle s'engagea dans l'église. Elle aperçut Roger, au fond, vers l'autel, vêtu d'un smoking et, aussitôt, elle sentit ses genoux vaciller. Il était si beau… Il se retourna, la vit et son beau regard s'illumina, comme celui de Sam lorsqu'il regardait Julie, comme s'il l'aimait… Mais la voix de la raison la rappela aussitôt à l'ordre, lui ordonnant de ne pas s'emballer, de ne pas rêver.

Malgré tout, elle aurait été prête à tout donner pour lui appartenir la vie durant, pour se réveiller chaque matin à ses côtés, pour l'épouser dans cette même église.

— On dirait que tu vas pleurer, lui murmura-t-il lorsqu'elle le rejoignit. Tu vas bien ?

— Les mariages, ça me donne toujours envie de pleurer…

Il lui sourit et elle le dévisagea. Il semblait inquiet. Il avait l'air également fatigué, tendu.

— Et toi ? Comment ça va ?, lui demanda-t-elle pendant qu'il l'escortait jusqu'à sa place. Tu as l'air épuisé.

— La semaine a été chargée, répondit-il d'une voix terriblement… neutre.

Elle blêmit. Elle se doutait qu'il avait eu beaucoup de travail après ses deux semaines de vacances. Elle n'avait pas non plus eu beaucoup de temps libre, mais elle avait tout de même réussi à le voir tous les jours, pour prendre sa tension. Rien de plus. Hélas.

— Amber, j'ai quelque chose à te montrer…

— Roger, ce serait peut-être mieux si…

— Je ne peux pas parler pour le moment, dit-il en jetant un coup d'œil nerveux autour de lui.

Pourquoi cette nervosité, tout à coup ? Elle suivit son regard mais ne vit rien. Bizarre…

— Promets-moi que tu viendras avec moi après la réception, dit-il simplement.

— Tu risques d'être épuisé.

— Epuisé ? Non, je risque surtout d'être ivre et j'aurai bien besoin de toi pour me ramener à la maison.

Dubitative, elle fit la moue. Il ne lui semblait pas le genre d'homme à se soûler, même au mariage de son meilleur ami.

— Promets-moi, Amber, s'il te plaît, insista-t-il.

Mal à l'aise, elle promit.

Le mariage fut aussi beau et émouvant qu'elle l'imaginait. Julie était d'une beauté à couper le souffle et Sam avait l'air comblé.

Il fut drôle aussi. Notamment lorsqu'un petit robot surmonté d'un voile blanc joua le rôle de demoiselle d'honneur et apporta les alliances, faisant rire toute l'assistance.

A cet instant, elle avait jeté un coup d'œil vers Roger. Lui aussi semblait trouver l'idée très bonne.

Mais son moment préféré fut lorsque Sam et Julie échangèrent leurs vœux. Ils le firent avec tant de conviction que la chair de poule la gagna et que quelques larmes glissèrent sur ses joues.

Elle se sentit ridicule. Elle n'était pas émotive d'habitude. Elle, une femme forte, motivée par ses recherches, déterminée à changer la face de la médecine. Et pourtant, elle pleurait. Elle pleurait car elle voulait passer sa vie à côté de Roger.

Mais ce n'était ni le lieu ni le moment de se laisser happer par ses tourments existentiels. Elle soupira et se força à se concentrer sur les jeunes mariés en train de s'embrasser. Un baiser d'une telle tendresse qu'elle sentit de nouveau les larmes couler le long de ses joues.

La pièce montée qui termine traditionnellement tout repas de noces était un gâteau au chocolat en forme d'ascenseur, dans lequel il fallait sans doute voir une connivence entre les jeunes mariés.

Le morceau que mangea Amber comprenait le panneau de contrôle et elle interpréta cela comme un signe du destin. Comme Julie et Sam très probablement, elle aussi avait de bons souvenirs de l'ascenseur de RAQ…

Le buffet était à présent presque vide et sa tête tournait d'avoir trop bu de champagne ; elle ne se souvenait plus combien d'hommes l'avaient invitée à danser. Malheureusement, le seul avec qui elle voulait danser était introuvable depuis la fin de la cérémonie à l'église.

Elle lui avait promis de rentrer avec lui, mais puisqu'il était invisible, sans doute allait-elle devoir rentrer toute seule.

Elle était d'ailleurs sur le point de partir, lorsque Roger fit soudain sa réapparition, en montant sur scène.

— Excusez-moi…, dit-il dans le micro. J'aimerais avoir l'attention de tout le monde.

Sa voix était ferme et engageante, mais beau comme il était, il n'en avait pas besoin pour attirer le regard de toutes les femmes. Elles n'avaient déjà d'yeux que pour lui.

— L'amour est une chose étrange, commença-t-il. Il y a six mois encore, je pensais Sam capable de n'aimer qu'un robot, qu'une femme faite de métal. Mais j'avais tort.

A cet instant, le robot-demoiselle d'honneur se mit à siffler et tout le monde éclata de rire.

— Mais voilà, reprit-il, aucun robot, même très perfectionné, aucun appareil électronique n'aurait pu engendrer les changements que j'ai vu s'opérer en mon ami depuis que Julie est entrée dans sa vie. D'abord, Sam a enfin quitté son laboratoire. Je vous le demande, pensiez-vous voir ce jour arriver ? L'amour peut vraiment changer un homme. Moi-même, je ne mange plus que de la salade !

A ces mots, Amber se raidit et son cœur se mit à battre plus fort. Roger ne la regardait pas mais elle eut l'impression que c'était à elle, à elle seule, et non pas à toute l'assistance qu'il s'adressait.

Tremblante, elle reposa son verre. Elle n'aurait pas dû boire autant. Sa tête tournait, elle ne parvenait plus à réfléchir.

— Deuxièmement, reprit Roger, Sam est plus créatif qu'il ne l'a jamais été. Depuis qu'il a rencontré Julie, il travaille mieux, plus efficacement et pourtant, croyez-moi, il n'a jamais été dilettante !

Il s'interrompit et riva son regard à celui d'Amber.

— C'est un signe, indiscutablement. Sam a changé. Il a pris des risques mais l'amour, le véritable amour, en vaut le coup…

Il se tut mais continua à la dévisager avec tant d'intensité que, peu à peu, tous les regards se tournèrent vers elle et la gêne la gagna. C'était elle que l'on regardait à présent, se demandant qui elle était et ce que Roger était en train de dire.

Puis Roger se retourna brusquement vers les jeunes mariés, les félicita une fois encore et la magie s'estompa, jusqu'à s'évanouir complètement.

— Merci, Julie, d'avoir changé Sam. Merci de l'avoir changé en mieux. Je souhaite à tout le monde de trouver l'amour que vous avez tous les deux trouvé…

Tout le monde applaudit et Roger disparut.

Amber fixait la scène. Où diable était-il…

Elle sentit deux mains se refermer autour de sa taille et elle esquissa un sourire ému.

— Il est l'heure, lui murmura-t-il dans le creux de l'oreille.

Elle se retourna.

— L'heure du changement est arrivée, Amber.

Puis il lui prit le bras et l'entraîna dehors.

Chapitre 20

Amber pensait que Roger la « kidnappait » pour une nuit de câlins et elle était toute prête à lui laisser mener le jeu, mais elle constata très vite qu'ils ne se dirigeaient ni vers son appartement, ni vers le sien.

— Où allons-nous ? lui demanda-t-elle alors, intriguée.

Mais il ne répondit pas.

— Roger ? insista-t-elle.

— J'ai besoin de te parler.

Il avait besoin de lui parler ? Est-ce qu'elle devait se réjouir de cette perspective ?

— Ce soir n'est peut-être pas le meilleur moment, tu sais. J'ai un peu bu…

— Ce n'est pas un problème, répondit-il en pénétrant dans le parking de RAQ.

Ils allaient donc à son bureau… Pourquoi ? Quelle idée avait-il en tête ?

— Le directeur de Mandolin souhaite que je revienne à la clinique, lui avoua-t-elle tout de go, sans précaution.

Sitôt ces mots prononcés, elle se tourna vers lui. Son visage était impassible.

— Il m'a appelée hier, dit-elle encore pour tenter d'obtenir une réaction de sa part. Il veut me rencontrer lundi pour que nous discutions du poste que je pourrais obtenir.

— Et tu vas y aller ? demanda-t-il d'une voix plus neutre qu'elle ne l'espérait.

— Je n'ai encore rien décidé.

— Mais il a l'intention de te faire une offre ferme, n'est-ce pas ?

Elle se contenta d'un signe de tête. Tout à coup, elle se sentait misérable, honteuse de ses projets.

— C'est ce que tu désires, Amber ?

— C'était ce que je désirais… Avant que je te rencontre, mais…

Elle s'interrompit et ferma les yeux. Elle était ivre, pas vraiment en état de parler d'un sujet aussi sérieux. Elle était d'autant moins en état d'en discuter qu'elle venait d'assister au mariage le plus romantique du monde, un mariage qui lui donnait envie d'avoir cette vie de famille à laquelle elle avait renoncé en se lançant dans la médecine, cette vie que jamais elle ne pourrait approcher.

Elle sentit soudain la main ferme de Roger sur son visage. Elle rouvrit les yeux.

— Mais ? fit-il.

— Mais tu ne vis pas en Arizona.

A ces mots, elle le vit esquisser un sourire.

— Si je comprends bien, tu n'as toujours pas pris ta décision.

— Non.

— Ce qui veut dire que je peux encore te convaincre de ne pas repartir.

Elle haussa les épaules. Le pouvait-il ? Elle n'en savait rien. Elle se sentait si perdue !

— Nous sommes très différents, Roger, et cela ne fait que quelques semaines que nous nous connaissons. C'est peu pour faire des projets… Et puis nous sommes tous les deux très concentrés sur notre carrière et…

Il l'interrompit en plaquant sa bouche sur la sienne pour un baiser si fougueux qu'elle sentit peu à peu le fil de sa pensée l'abandonner.

— Arrête de réfléchir, lui ordonna-t-il en rompant enfin le baiser avant de la serrer dans ses bras avec une tendresse inouïe.

— Je suis perdue, Roger… Les questions se bousculent en moi, je ne sais plus que penser.

— Dans ce cas, je te demande de me faire confiance, d'accord ? J'ai une surprise pour toi. Une surprise qui commence par un trajet en ascenseur…

Elle éclata de rire en entendant le mot d'ascenseur et sentit peu à peu des souvenirs osés revenir à sa mémoire, allumant des étincelles de désir en elle, reléguant ses angoisses dans un coin de sa tête.

— Roger, tu es le seul homme qui puisse me faire rêver en m'invitant à monter dans un ascenseur !

Il l'aida à descendre de voiture. Ses talons étaient plats et sa robe simple comparée aux tenues qu'elle portait quelques années plus tôt, mais lorsqu'elle voyait le désir briller dans les yeux de Roger, elle se sentait comme la femme la plus belle du monde. Envoûtée par son regard brûlant, elle se mit à balancer les hanches avec sensualité.

— Si tu continues comme ça, Amber, tu vas ruiner tous mes projets pour ce soir !

— Serait-ce une mauvaise chose ?

— Oui. D'ailleurs, j'aime autant t'avertir tout de suite que ce trajet en ascenseur sera purement platonique.

— Tu n'es pas drôle ! fit-elle avec une moue boudeuse, bien décidée à tout faire pour l'envoûter.

C'est pourquoi, une fois dans l'ascenseur, elle s'adossa contre la cloison puis étira ses jambes devant elle et lui adressa un clin d'œil aguicheur, mais à son grand dam, il ne bougea pas d'un pouce.

— Qu'est-ce que tu es en train de manigancer ?

— Le sexe n'a jamais été un problème pour nous, répondit-il en laissant son regard monter et descendre sur son corps, allumant des incendies de désir partout où il se posait.

Où voulait-il en venir ? Si seulement elle n'avait pas bu autant, elle aurait pu réfléchir, mais elle n'était pas en état de faire quoi que ce soit, à part l'amour.

— Arrête de réfléchir autant, Amber, dit-il avant d'éclater de rire. Je n'aurais jamais cru que ce serait moi qui te dirais ça !

— Je suis une fille qui pense beaucoup. C'est pour cette

raison que je médite aussi souvent, parce que ça m'oblige à me calmer un peu, à m'arrêter de penser, justement.

Il lui sourit, de ce sourire qui la privait de toutes ses forces et affolait tous ses sens.

— Je te demande de m'obéir ce soir, Amber, de te laisser aller. Je te promets que tout ira bien. D'accord ?

Pour toute réponse, elle se contenta d'un signe de tête.

Ce programme lui convenait car elle ne se sentait pas capable de prendre la moindre décision concernant sa carrière ou leur relation.

Les yeux brillant d'anticipation et des idées osées plein la tête, elle se contenta d'attendre que l'ascenseur s'arrête, puis elle laissa Roger la guider jusqu'à son bureau.

Elle n'y était allée qu'une seule fois, le soir de leur rencontre. Ce soir-là, elle s'était habillée comme une femme dominatrice, une femme sûre d'elle, sûre de ce qu'elle désirait. Mais ce soir, elle ne portait qu'une petite robe, un gilet, et des talons plats. Elle n'était pas habillée comme une femme de pouvoir.

Elle s'installa face à son bureau et le regarda. Il semblait nerveux. Ses belles mains tremblaient légèrement.

— Roger…

— Installe-toi plutôt à ma place, ce sera plus facile…

Elle fit alors le tour du bureau puis s'assit dans son fauteuil, esquissant un sourire en reconnaissant son envoûtante odeur masculine.

Il ne la touchait pas et pourtant, elle frémissait comme lorsqu'il la caressait, faisant palpiter chaque centimètre carré de sa peau.

— Voilà ce que je te propose, lui expliqua-t-il enfin. Nous allons jouer un jeu. Je vais te poser une série de questions. Chaque fois que tu donneras la bonne réponse, j'enlèverai un vêtement. Sinon, c'est toi qui te déshabilleras.

— Voilà un jeu qui me plaît. Mais pourquoi ne pas y jouer chez toi…

— Première question, la coupa-t-il. As-tu l'intention de rompre avec moi ?

A ces mots, elle se sentit blêmir.

Mieux valait lui avouer la vérité. Malheureusement, elle n'en avait pas le courage. Elle n'avait pas le cœur à lui faire de la peine.

— As-tu déjà vu une relation à distance fonctionner ? répondit-elle à la place.

— Non, et toi ?

— Non.

Il retira son nœud papillon.

— J'ai donné la bonne réponse ?

— C'est une réponse honnête et je te demande juste d'être sincère avec moi.

Elle se leva.

— Finalement, je n'ai pas très envie de jouer, Roger. Pas sur des questions aussi sérieuses.

— C'est un mensonge, Amber…

Il vint se placer face à elle, l'empêchant ainsi de bouger.

— Tu aimes jouer, je le sais. Mais tu n'aimes pas les jeux dans lesquels tu ne contrôles pas tout.

— C'est n'importe…

— Nous nous sommes rencontrés grâce à un jeu ! Mon changement de régime aussi était un jeu pour toi. Soit je mangeais de la salade, soit je mourais.

Soudain énervée, elle croisa les bras devant sa poitrine.

— Je ne te l'ai pas présenté de cette façon !

— Si, un peu. Si je voulais te voir, je devais suivre ta règle, la règle des aliments vivants. C'est la preuve que tu aimes jouer. Maintenant, tu dois enlever un de tes vêtements.

Il avait raison. Elle aimait jouer. Elle avait toujours aimé jouer.

— D'accord, je l'admets, avoua-t-elle en enlevant son gilet.

— Parfait. Question suivante : Est-ce que tu penses qu'un futur ensemble n'est pas envisageable ?

— Cette question est trop facile. N'est-ce pas la raison principale des ruptures ?

— C'est vrai, admit-il en hochant la tête. Je vais formuler ma question différemment. Parce que j'ai finalement choisi la prescription du Dr Hamilton, tu penses que je suis un homme de sciences tandis que toi, tu écoutes davantage les émotions.

Ce qui veut dire que pour toi, nous sommes deux opposés et que de ce fait notre relation est condamnée d'avance. Est-ce que je me trompe ?

Eberluée, elle ouvrit les yeux tout grands.

Il venait de mettre en mots toutes ces questions qui la tenaillaient depuis des jours. Il avait tout compris. Il savait ce qu'elle pensait, ce qu'elle ressentait.

A cette idée, les larmes lui montèrent aux yeux et, mal à l'aise, elle baissa la tête.

— Amber, fit-il en lui prenant la main. Réponds-moi, s'il te plaît.

Mais elle ne répondit pas. Elle ne pouvait pas, elle pleurait. Ce qui était d'ailleurs une réponse.

Il essuya ses larmes puis l'embrassa tendrement.

— N'aie pas peur, tout ira bien, je te le promets. Je te demande juste de rester un peu plus longtemps avec moi, d'accord ?

Tout irait bien ? Comment pouvait-il l'affirmer ? Leur relation ne pouvait pas fonctionner, c'était tout simplement impossible.

Mais elle ne dit rien. Elle ne bougea pas. Elle demeura immobile, perdue, tremblante, et se contenta de regarder Roger enlever sa veste.

— Je pense que tu as tort, reprit-il.

— Non, j'ai raison. Tu travailles dans une entreprise de robotique, tu considères mon travail comme des vacances caritatives, alors ne me dis pas que j'ai tort. Nous avons des opinions divergentes, irréconciliables.

Pour toute réponse, Roger déboutonna sa chemise d'un mouvement brusque. Il semblait en colère.

— Question suivante, continua-t-il d'une voix soudain plus froide et plus dure. Tu crois que tu me connais, et tu as peut-être raison, mais je pense que tu ne te connais pas suffisamment toi-même pour voir le vrai problème.

— Foutaises !

Il ouvrit alors un document sur son ordinateur.

— Voici une série de jeux de logique. Tu vas y répondre, puis l'ordinateur nous dira si tu y as répondu plus vite que moi hier.

— Je suis ivre, Roger !

En vérité, elle ne l'était plus, mais elle n'avait plus envie de jouer.

— Tant mieux, rétorqua-t-il, ça veut dire que j'ai une chance.

Non, il n'avait aucune chance. Elle avait toujours été très forte aux tests de logique.

Elle fixa quelques instants celui qui était encore officiellement son petit ami. Son beau regard couleur chocolat était désespéré.

Elle ignorait ce qu'il essayait de prouver ce soir, mais il avait un plan, elle en était certaine. Il semblait déterminé à parvenir à une décision. Elle aussi d'ailleurs. Et rompre tout de suite abrégerait peut-être sa douleur.

Mais si elle devait rompre avec le seul homme qu'elle ait jamais aimé, elle préférait qu'il soit nu, alors elle allait jouer.

Elle se tourna alors vers l'ordinateur.

Chapitre 21

Même ivre, Amber restait l'esprit brillant qu'elle était. Au bout de quelques minutes de test, Roger n'était plus vêtu que de son pantalon et d'une chaussette. Elle avait répondu beaucoup plus vite que lui à toutes les questions, à l'exception d'une seule et encore, uniquement parce qu'elle avait contesté la réponse de l'ordinateur !

Quel vêtement avait-elle enlevé pour sa mauvaise réponse ? Pas sa robe, non, mais son string. Son string ! Il crut en devenir fou… Elle s'était levée et, avec une incroyable sensualité, sans jamais le quitter des yeux, elle avait passé une main sous sa robe et avait fait glisser sa culotte le long de ses jambes. A son grand regret, il n'avait rien vu. Il n'avait même pas eu le droit de toucher le string car elle l'avait jeté de l'autre côté de la pièce.

Elle s'était ensuite réinstallée et, avec une infinie lascivité, avait croisé ses longues jambes de ballerine, lui faisant perdre la tête. Il lui suffisait de la savoir nue sous sa robe pour sentir des gouttes de sueur perler à son front, son sexe s'éveiller et son cœur palpiter dans sa poitrine.

— Roger, demanda-t-elle alors, qu'est-ce que tu as prouvé avec ces tests ?

— Je t'ai prouvé que, malgré tes affirmations, tu es une scientifique dans l'âme.

Elle le fixa, perplexe.

— Je vis et travaille avec des scientifiques à longueur de journée, Amber, je sais les reconnaître.

— D'accord je suis une scientifique, concéda-t-elle en enlevant ses chaussures. Et alors ?

— Alors maintenant que je te l'ai prouvé, nous pouvons passer à la phase trois du jeu. Je suis content car je sais que, bientôt, tu seras nue.

— Vraiment ?

— Oui, vraiment. Je vais te prouver que j'ai vécu dans le monde des techniques et solutions alternatives depuis bien plus longtemps que toi.

Elle fit la moue. Elle semblait vraiment douter mais peu lui importait. Il était sûr de lui.

— Allons-y. Je m'intéresse à l'astrologie depuis ma naissance. Vrai ou faux ?

— Faux !

— Mauvaise réponse. C'est vrai.

Pour le lui prouver, il ouvrit un tiroir et en sortit son thème astral puis celui de la femme idéale pour lui, et enfin le sien, ou du moins ce qu'il avait pu déduire des quelques informations qu'il possédait sur elle.

Il lui tendit les quelques feuilles et la regarda parcourir la première, les sourcils froncés. Elle semblait comprendre ce qu'elle lisait, sans doute parce qu'elle avait étudié l'astrologie.

— Tu as dressé mon thème ?

— Oui, répondit-il en se penchant vers elle, effleurant ses longs cheveux soyeux.

Envoûté par ce contact, il ferma les yeux. Il mourait d'envie de glisser ses mains sous sa robe et de se perdre sur sa peau laiteuse et palpitante. Il mourait d'envie de prendre ses seins parfaits en coupe et…

— Impressionnant, fit-elle en le sortant de son songe. Comment as-tu appris tout ça ?

— Ma mère a toujours été très intéressée par l'astrologie mais mon père essayait de modérer sa passion de peur que cela ne le ruine. Un jour, il m'a proposé un accord. Il m'a donné de l'argent afin que j'étudie l'astrologie et puisse dresser le thème astral de ma mère pour lui éviter de consulter des charlatans. Comme j'avais besoin d'argent à cette époque, j'ai accepté.

Il s'aperçut qu'il avait posé sa main sur son épaule et il se força à l'enlever. Ce n'était pas encore le moment.

— Lorsqu'on s'y intéresse, reprit-il le plus sérieusement possible, il s'agit d'une vraie science, une affaire de chiffres.

— Je sais. Ton thème correspond-il à la vérité ?

Il haussa les épaules.

— Entre douze et soixante-dix pour cent, selon le degré de lecture. Lorsque je lis « succès professionnel », cela peut vouloir dire que Sam développe une nouvelle idée et que nous signons un contrat lucratif. Ou bien que je passe une journée sans faire d'erreur, ce qui serait un miracle.

— J'en déduis que tu n'y crois pas vraiment.

— Et toi ?

Elle parcourut le thème de sa partenaire idéale. Il avait surligné les passages où son thème et le sien se retrouvaient.

— Je pense que la croyance engendre la croyance, répondit-elle enfin. Les gens ne lisent que ce qu'ils veulent lire dans leurs prédictions.

— Ce qui veut dire que nous sommes d'accord, Amber. Tu dois donc enlever ta robe.

Elle riva son regard au sien puis, les yeux pétillant de malice, se débarrassa d'une boucle d'oreille.

Elle n'enlevait pas sa robe ? Soit… Elle l'enlèverait plus tard. Ce n'était que partie remise.

Mais peut-être était-ce mieux ainsi, s'il voulait aller jusqu'au bout du jeu, car il avait déjà du mal à se contrôler, alors si elle était nue…

— Passons à la question suivante…

— C'est très amusant, Roger, mais nous n'avançons pas, dit-elle en tentant de se lever. Je ne comprends toujours pas où tu veux en venir.

Il posa les mains sur ses bras pour la retenir. Il approcha ensuite son visage du sien et la regarda, droit dans les yeux.

Il était hors de question d'abréger le jeu.

— Question suivante, Amber. Sais-tu pourquoi je suis un leader ? Pourquoi je gagne plus d'argent que Sam ? Pourquoi un type à peine plus intelligent que la moyenne peut se retrouver à la tête d'une équipe de génies ?

Elle semblait soudain troublée par la sècheresse de son ton, mais elle ne baissa pas les yeux. Elle ne faiblit pas.

— La réponse est simple, Roger. Tu n'es pas aussi stupide que tu le prétends.

— Veux-tu que je te remontre mon score ? Veux-tu le comparer au tien ou à celui de Sam ? Crois-moi quand je te dis que tout le monde, dans l'entreprise, sait que je suis moins intelligent que Sam. Et pourtant, je suis le chef. Je suis le meilleur pour diriger. Pourquoi ?

Il vit les questions se bousculer en elle. Dans le monde où elle vivait, le meilleur était toujours le leader.

— Je vais te dire pourquoi, Amber. Je suis le chef parce que je sais lire les gens, alors que les autres ne savent lire que les graphiques et les chiffres. Je sens lorsque quelqu'un est sur le point de plier sous le poids du stress ou quand quelqu'un a besoin d'être encouragé. Je perçois les changements du marché. Je suis capable de prédire les produits qui vont marcher et ceux qui ne fonctionneront pas.

— Ce n'est pas étonnant, tu fais du marketing…

— J'ai de l'intuition, Amber. Penses-tu que je comprends la moitié des conversations autour de moi ? Non ! Je ne lis même pas les mémos que mes assistants rédigent. Je les lis *eux*, je les étudie *eux*, je regarde leur vie, leurs besoins. Je sais d'instinct ce qui va se passer. Si tu penses que cela ne s'apparente pas à une solution alternative, viens passer une journée au bureau avec moi et tu changeras d'avis !

— Tu ne lis pas les mémos ? répéta-t-elle, abasourdie.

— As-tu déjà essayé de lire un mémo rédigé par un génie de l'informatique ? C'est du chinois ! Personne ne peut…

— Personne ne peut comprendre.

Il approuva d'un signe de tête, satisfait. Elle avait enfin compris.

Incapable de résister plus longtemps à la tentation, il l'embrassa. Il plaqua ses lèvres contre les siennes, heureux de pouvoir savourer ce baiser dont il rêvait depuis des heures.

Elle s'arc-bouta à son contact et, son excitation grimpant en flèche, il se pressa contre elle, écrasant son corps contre le sien.

Avec gourmandise, il approfondit leur baiser, mordilla ses lèvres cerise, savourant ce moment de volupté auquel il s'abandonnait.

— Nous avons beaucoup plus de points communs que tu ne le crois, Amber.

— Tu as raison.

Elle se leva et, d'un geste, fit glisser la fermeture Eclair de sa robe. Aussitôt, il sentit son sexe se tendre un peu plus et son rythme cardiaque s'emballer.

Elle était nue. Enfin !

Elle riva son regard au sien, lui adressa un clin d'œil coquin et il avala sa salive pour tenter de se maîtriser. Il ne l'avait même pas touchée et il se sentait déjà prêt à exploser !

Elle posa une main sur son torse et, instantanément, il sentit sa température atteindre des sommets. Son sang se mit à rugir dans ses veines, tel un torrent que rien ne pouvait l'arrêter.

— Approche-toi, Roger…

N'importe quel autre jour, il n'aurait pas réfléchi, il l'aurait possédée, ici, maintenant, car elle le désirait autant que lui-même. Mais pas aujourd'hui.

Elle venait d'admettre qu'ils n'étaient pas si différents l'un de l'autre.

Sam avait épousé l'amour de sa vie et il avait été le témoin de la joie et des craintes de son ami pendant qu'il essayait de séduire Julie. Ils avaient tous les deux dû faire des efforts pour que leur relation fonctionne, pour parvenir jusqu'au mariage. S'il désirait la même chose avec Amber, il devait lui aussi faire des efforts. C'était à lui d'être le leader, de lui montrer la voie, de l'aider à faire le pas suivant.

Il ne pouvait pas se permettre de lui faire l'amour avant.

— Amber, murmura-t-il avant de déposer quelques baisers

humides le long de son cou. Je t'aime et j'ai l'intention de t'épouser…

Il la sentit se raidir, se redresser légèrement, sous le choc.

Ce qui voulait dire qu'il était l'heure de lancer la phase numéro 4 de son plan.

Chapitre 22

Elle avait forcément rêvé ! Roger n'avait pas pu prononcer les mots qu'elle avait cru entendre. C'était impossible ! Il n'avait pas parlé de mariage !

Et pourtant, à cette idée, elle sentit l'air lui manquer et une sensation d'étouffement la saisir.

— Amber, ne panique pas.

— Je ne panique pas !

Mensonge… Evidemment qu'elle paniquait ! Comment ne pas paniquer, dans une situation pareille ? Un quart d'heure plus tôt, elle lui annonçait qu'elle repartait en Arizona pour un entretien d'embauche, et maintenant il parlait mariage ?

Il fallait à tout prix qu'elle s'en aille. Elle avait envie de fuir. Mais pour cela, elle devait remettre sa robe.

Clic.

Elle sursauta et baissa les yeux vers son poignet. Roger venait de l'attacher à son bureau.

Comment ? Elle ne l'avait même pas vu ouvrir le tiroir et en sortir des menottes ! Mais son bras était bel et bien attaché à une solide barre de métal dans le tiroir.

— Pourquoi fais-tu ça ? Et pourquoi est-ce que tu as une paire de menottes dans ton bureau ?

— Pour t'empêcher de fuir, tout simplement. J'ai installé cette barre hier, juste pour l'occasion.

Abasourdie, elle écarquilla les yeux.

— Nous allons pouvoir commencer la quatrième phase du jeu, Amber. Mais il y a quelque chose de l'autre côté…

Il ouvrit l'autre tiroir et, avant même qu'elle ait eu le temps de réagir, il referma des menottes autour de son second poignet.

Elle était maintenant prisonnière, les bras écartés, face à lui, les fesses au niveau du bureau.

— Ta demande en mariage n'est pas classique, dit-elle d'un ton sec, sentant la colère la gagner.

— Il ne s'agit pas d'une demande. J'ai juste annoncé que j'avais l'intention de te demander en mariage…

S'il n'était pas en train de la demander en mariage, qu'était-il en train de faire, alors ?

— Je ne sais pas si tu es au courant, Roger, mais les prêtres refusent de célébrer les unions lorsque la mariée est menottée.

Pour toute réponse, il se contenta de hausser les épaules comme si ce qu'elle disait n'avait aucune importance.

— Comme je te l'ai déjà dit, il s'agit de la phase quatre du jeu : le détecteur de mensonge.

Le détecteur de mensonge ?

Elle regarda autour d'elle mais ne vit aucune machine à électrodes, aucun engin capable de détecter les mensonges. Tout ce qu'elle voyait, c'était Roger. Roger, avec son corps de dieu grec et son beau regard malicieux.

Il posa une main sur son bras et, reléguant sa colère dans un coin de sa tête, elle se mit à frissonner d'excitation.

Curieuse de découvrir cette fameuse phase 4, elle se pencha en avant et promena sa bouche sur son torse aux abdos parfaitement dessinés.

— Je suis prête…

Elle s'approcha encore, jusqu'à entendre les battements du cœur de Roger et elle sentit sa gorge se nouer. Si elle ignorait que sa tension avait commencé à baisser, elle se serait inquiétée.

Elle se lova un peu plus contre lui et sentit son sexe tendu dans son caleçon. Alors elle esquissa un sourire coquin.

— Amber, se défendit Roger en la repoussant doucement, tu me déconcentres !

— Et toi, tu me gardes prisonnière !

Il prit son visage entre ses mains et l'attira vers le sien. Puis il lui caressa les joues avec une tendresse inouïe et, tout émue, elle sentit son cœur s'emballer.

Il plaqua ensuite sa bouche contre la sienne, mordilla ses lèvres et elle sentit un véritable feu d'artifice de désir exploser en elle. Ce baiser était délicieux, envoûtant, mais elle en voulait plus. Bien plus. Elle était incapable, maintenant, de se contenter d'un baiser. Elle était déterminée à lui montrer qu'elle était capable de faire beaucoup de choses sans ses mains.

Il prit ses seins en coupe, en pinça les pointes dressées et elle ouvrit un peu plus les cuisses. Elle le désirait tant que son sexe en était humide, presque douloureux.

Il se lova entre ses jambes et elle les noua autour de ses hanches, l'attirant plus près d'elle, plus près de son sexe moite. Elle le voulait en elle, maintenant. Elle mourait d'envie de faire l'amour pour oublier, pour éviter de penser à ce qu'il lui avait dit quelques minutes plus tôt.

Mais, soudain, il rompit l'étreinte.

Il ne recula pas, cependant ; il ne le pouvait pas, ses jambes l'en empêchaient. Il ne lâcha pas non plus ses seins mais rompit leur baiser.

— Je crois que tu as peur de t'engager, Amber, déclara-t-il.

— Mauvaise réponse. Tu peux enlever ton pantalon !

Il secoua la tête.

— Regardons les faits. Commençons avec ton déménagement à Chicago. Tu t'es retrouvée dans une situation très désagréable, partagée entre ton désir de soigner et le règlement de l'hôpital, mais au lieu de te battre, tu as fui, tu es partie à Chicago.

— J'ai été contrainte de démissionner, Roger ! Ce n'est pas du tout pareil !

— Bon, bon, d'accord, tu as été obligée de démissionner… Mais tu n'as pas cherché à travailler dans un autre hôpital, tu n'as pas non plus ouvert ton propre cabinet pour pratiquer la médecine que tu désirais défendre. Non, je le répète : tu as fui. Tu es allée te cacher à Cherry Hills.

Tentant de refouler les larmes qu'elle sentait lui monter aux yeux, elle rejeta la tête en arrière.

Il n'avait donc pas compris ? Pourtant, elle avait été assez claire.

— Je ne pense pas que j'aurais pu être engagée ailleurs, Roger, je…

— Foutaises !

Reniflant, elle hocha la tête.

— Je ne sais pas… Peut-être… Oui, j'aurais peut-être pu trouver ailleurs, mais j'avais besoin de temps pour mener mes recherches. Je n'ai pas compris l'astrologie par un coup de baguette magique. J'ai dû étudier. Même chose pour les autres disciplines. Mais le plus important, c'est que je vais retrouver mon poste. Je suis déterminée à me battre pour l'obtenir.

— Tu veux retrouver ton poste ou tu veux me fuir ? Fuir notre relation ?

Fuir leur relation ? N'importe quoi !

— Je ne fuis pas, répondit-elle d'un ton aussi ferme que possible, rivant son regard au sien. J'ai des doutes, j'hésite. Je suis partagée… Je voudrais rester, mais je veux aussi retourner à la clinique.

Il caressa doucement son visage, effleurant ses lèvres gonflées de désir avec son pouce et elle ferma les yeux, sentant sa raison l'abandonner.

— Tu avances, Amber…, dit-il avec tendresse avant de se redresser et de poursuivre d'un ton plus sec : fait suivant, notre rencontre. Tu m'as séduit dans un ascenseur puis tu m'as affirmé que tout cela n'était que la conséquence d'un pari.

— C'était la vérité. J'ai fait ça pour un pari, et parce que je te trouvais très sexy.

Tout en parlant, elle le fixait. Il semblait avoir du mal à rester concentré. Tant mieux !

— En fait, tu as été bien claire sur le fait qu'il ne s'agissait que d'une aventure d'un soir, pas d'une relation.

— Mais je me suis trompée.

— Oui, mais uniquement parce que je t'ai fait la cour, parce que j'ai insisté, parce que je t'ai convaincue de m'aider. J'ai suivi ton régime et je me suis immiscé de force dans ta vie.

S'était-il vraiment immiscé de force dans sa vie ? se demanda-t-elle. Oui. Et elle l'avait repoussé.

— J'admets que nous avons passé quelques semaines formidables ensemble. Et contrairement à ce que tu affirmes, je n'ai pas eu peur de m'engager.

— Non, car tu avais une solution de repli : ce poste en Arizona.

— Ce travail n'a jamais été une solution de repli, c'était un des enjeux de notre rencontre. Je voulais une bonne raison pour retourner à la clinique et y sonder l'atmosphère…

— Vraiment ? Dans ce cas, dis-moi pourquoi, à partir du moment où les choses sont devenues un peu plus sérieuses entre nous, tu as estimé que nous étions trop différents ?

— Ce n'est pas ainsi que les choses se sont passées !

Il hocha la tête, comme s'il n'était pas convaincu par sa réponse.

— J'ai traité ton travail de vacances caritatives dès le début. Mais ce n'est devenu un problème pour toi qu'après notre voyage en Arizona.

Il disait vraiment n'importe quoi. Elle avait envie de le repousser, de lui taper dessus pour se défendre. Malheureusement, elle était prisonnière. Elle ne pouvait rien faire, à part lui donner un coup de tête.

Ce qu'elle fit.

Il recula et, aussitôt, un frisson l'envahit. Elle ne sentait plus sa chaleur masculine irradier son corps. Elle avait froid. Elle était de nouveau en colère.

— Cette conversation est terminée, Roger. Ton intuition n'est pas aussi bonne que tu l'imagines !

— Veux-tu me tester ? Es-tu prête à mettre la théorie en pratique ? lui demanda-t-il d'une voix soudain plus douce, plus sensuelle.

Etonnée, elle cligna des yeux. Elle n'imaginait pas qu'il resterait calme après ce qu'elle venait de faire et de dire.

Ah oui ! se souvint-elle soudain, le détecteur de mensonge… Il ne voulait pas encore s'avouer vaincu.

— Tu veux donc prouver que je mens grâce à un détecteur ?

— Oui.

— C'est une bonne idée, mais tu n'as pas l'équipement nécessaire. Les résultats ne seraient pas valides, tu ne ferais que tester des croyances.

— Ce n'est pas un problème, car je t'affirme que ton corps connaît la vérité, même si ton esprit l'ignore. Es-tu prête à en faire l'expérience ?

— C'est ridicule ! Ce n'est pas parce que je suis nerveuse à l'idée que notre relation devienne sérieuse, que j'ai peur de m'engager.

— Notre relation *est* déjà sérieuse, Amber ! Moi, en tout cas, je n'ai jamais été plus sérieux de toute ma vie. Alors je te le demande une nouvelle fois, es-tu prête à te soumettre au test ? Veux-tu savoir si oui ou non, tu as peur de t'engager en général, ou si tu as simplement peur de t'engager avec moi ?

Elle ferma les yeux. Ce n'était qu'un jeu. Elle aimait les jeux, elle l'avait avoué un peu plus tôt, alors elle ne devait pas hésiter. Elle n'avait rien à craindre.

— D'accord, j'accepte. Mais lorsque nous aurons terminé, tu me détacheras et tu feras exactement ce que je t'ordonnerai.

Il la fixa, surpris par sa détermination.

— Tu feras exactement ce que je t'ordonnerai, c'est entendu ? répéta-t-elle. Même si je te demande de me ramener chez moi et de ne plus jamais me contacter.

Elle le vit blêmir mais ne céda pas. Elle n'avait aucune intention de faiblir. Après tout, c'était elle qui était attachée, nue, les jambes ouvertes. Il n'y avait pas de raison qu'elle soit la seule à prendre des risques.

— Marché conclu, dit-il enfin.

— Parfait.

— Mais j'ai une chose à ajouter. Tu as raison, lorsque tu dis que nous n'avons pas le bon matériel. Heureusement, Sam a trouvé une solution…

Il se tut et sortit un paquet du tiroir puis l'ouvrit devant ses yeux. Elle fixa l'objet, interloquée.

— Tu te moques de moi ?

— Non, c'est le détecteur d'émotions le plus sensible que nous avons pu trouver.

— Un gode ?

— Oui, mais pas n'importe lequel…

Chapitre 23

— Pourquoi mettre un détecteur de mensonges dans un gode ? Tu penses vraiment pouvoir obtenir des résultats probants de cette façon ?

Roger la dévisagea, le visage sérieux, mais elle devinait qu'il ne s'agissait que d'un masque, car elle voyait son beau regard briller de malice.

— Sam suggérait d'ajouter des électrodes pour les seins…

— Vous les hommes, avec vos équipements électroniques, vous…

Elle s'interrompit net, le souffle court. Il venait d'insinuer le capteur en elle. Il n'avait eu aucun mal, car elle se tenait toujours assise, les jambes largement ouvertes, son intimité offerte, humide et chaude.

Il appuya sur un bouton du clavier de son ordinateur, et le capteur devint froid comme de la glace.

— Ah !

— Zut, je me suis trompé de touche. Excuse-moi…

Il appuya alors sur une autre touche et la température de l'objet devint tiède, presque agréable.

— C'est mieux ? lui demanda-t-il.

Que pouvait-elle répondre ? Elle était nue devant lui, dans une position des plus suggestives, sans la moindre possibilité de faire un geste, et il avait…

Le gode vibrait désormais. La vibration était douce, régulière et, peu à peu, elle sentit des frissons de bien-être l'envahir.

Fermant les yeux, elle laissa échapper un petit cri de plaisir.

Roger enfouit le détecteur plus profond en elle puis se mit à la caresser, dessinant de son pouce ses replis les plus intimes et son plaisir augmenta d'un cran. Tous ses muscles étaient tendus. Elle se cambra au maximum et noua ses jambes autour de ses hanches pour l'attirer plus près d'elle.

Mais il résista, poursuivant ses caresses, insistant sur son bouton de plaisir, le titillant avec la pression adéquate. Il savait ce qu'elle aimait. Il semblait avoir une connaissance intuitive des caresses qui lui faisaient du bien, qui lui faisaient toucher les étoiles.

Il se pencha soudain, referma sa bouche sur son téton durci et elle réprima un soupir. Elle rejeta la tête en arrière, suffoquant. Elle était au bord de l'abîme.

Elle le voulait en elle, tout de suite ! Elle ne pouvait plus attendre, elle était en feu, elle se consumait.

Mais soudain, un petit bruit résonna et Roger se redressa. Le manque la saisit aussitôt. Pourquoi ne la caressait-il plus ? Elle avait besoin de lui. Elle avait désespérément besoin de lui !

Il avait toujours une main posée sur elle, mais semblait beaucoup plus intéressé par l'écran de son ordinateur.

— Parfait, fit-il sans même la regarder.

Parfait ? Non, pas parfait. Au contraire, même.

— Regarde l'écran, Amber. Regarde comment la courbe monte dans la zone verte, la zone du bonheur. Cette zone représente la vérité. Là, tu es détendue, tu es heureuse…

— Je ne suis pas détendue !

Elle était complètement excitée, au contraire, complètement fébrile, sentant les prémices de l'orgasme approcher.

— Excuse-moi, j'ai mal choisi mes mots… Cette zone représente la zone pré-orgasmique. Là, en bas, se trouve la zone malheureuse.

Il s'écarta légèrement, appuya sur une touche et aussitôt, le gode se refroidit et elle sursauta.

— Arrête, Roger, c'est froid.

— Lorsque la courbe se trouve dans cette zone, tu es malheureuse. Et voilà maintenant la zone neutre. La courbe est au milieu du graphique... L'ordinateur a détecté les deux extrêmes.

— Non, pas les deux extrêmes.

Il n'avait pas pu détecter les deux extrêmes puisqu'elle n'avait toujours pas joui, songea-t-elle, au comble de la frustration.

— Je te le concède, admit Roger. Pouvons-nous reprendre le jeu, maintenant ?

— A vrai dire, je commence à en avoir assez.

— Et moi qui pensais que nous commencions tout juste à entrer dans le vif du sujet ! répliqua-t-il, le regard coquin.

— Quelle est ta question ?

Il se pencha vers elle et effleura sa bouche de ses lèvres sensuelles. Mais elle ne bougea pas, ne répondit pas à son geste, n'essaya pas de l'embrasser. Elle ne voulait pas céder aussi facilement. Puisqu'il voulait lui poser une question, qu'il le fasse. Elle attendait.

— Penses-tu que nos valeurs sont finalement plus proches que tu ne l'imaginais au départ ?

— Quelles valeurs ? De quoi est-ce que tu parles ? Du système de santé, de la peine de mort ?

Il lui adressa un clin d'œil. Il savait qu'elle faisait exprès de ne pas comprendre sa question, il savait qu'elle ne voulait pas céder aussi facilement.

— Si tu veux que tes résultats soient exploitables, Roger, tu dois me poser des questions plus précises.

Il ne répondit pas. Il baissa les yeux, s'attarda quelques secondes sur ses seins, puis descendit vers son sexe, largement exposé à son regard, puis il remonta vers ses yeux et elle sentit tout son corps se mettre à palpiter, à vibrer, à frissonner de plaisir, à s'enflammer.

— Tu es dans la position la plus excitante au monde, Amber, et tu as le culot de remettre en cause mes questions ?

— Ça n'a rien à voir, Roger.

— Dis-le à mon sexe !

— Remplace le détecteur par ton sexe et il n'y aura plus aucun problème.

Il ne répondit pas, mais elle le vit frissonner. Elle lui faisait de l'effet. Il était excité, tout autant qu'elle.

— Bon, reprit-il, en se forçant à l'évidence à se concentrer, je repose ma question un peu différemment. Penses-tu que nous puissions surmonter nos différences de vue sur la science et les émotions, de façon à développer une relation durable ?

— Oui, répondit-elle honnêtement.

Ils étaient tombés d'accord sur ce point un quart d'heure plus tôt.

En entendant sa réponse, il esquissa un sourire, puis ils regardèrent tous les deux l'écran. La courbe se trouvait dans la zone verte, la zone du bonheur.

— C'est bien, Amber. Question suivante…

— Attends ! J'ai bien répondu, tu dois enlever un vêtement.

Il se redressa, étonné, comme s'il avait oublié cet aspect du jeu. Mais il obéit néanmoins, visiblement ravi, et enleva son pantalon. Il ne portait plus désormais qu'un caleçon qui mettait en valeur son impressionnante érection.

— Question suivante, donc… Veux-tu m'épouser ?

Amber se raidit. Ce n'était pas ainsi qu'elle imaginait une demande en mariage. Elle rêvait d'une demande romantique, poétique… Mais pas au milieu d'un jeu sexuel !

Bip…

Sur l'écran, la courbe était passée dans la zone rouge.

— C'était donc non, commenta-t-il. Je comprends, mais sache que le jour où je ferai ma vraie demande, elle sera beaucoup plus romantique que cela.

— Roger…

— Ne t'inquiète pas. Je voulais simplement que tu voies sur l'écran comment tu te raidis lorsque tu as peur.

Lorsqu'elle avait peur ?

— Mais je n'ai pas peur ! se défendit-elle avec autant de conviction que possible.

— Ce n'est pas ce que dit le capteur. Selon lui, tu as peur, tu es tendue, nerveuse.

— Ce n'est pas juste ! Le mariage est quelque chose de

sérieux, Roger. Ce n'est pas un sujet de discussion à lancer au milieu d'un jeu sexuel.

— D'habitude non, j'en conviens, mais tu n'es pas une femme comme les autres. Alors réponds à cette dernière question...

Elle ferma les yeux en attendant.

— M'aimes-tu ?

Elle rouvrit brusquement les yeux et le dévisagea.

Il ressemblait à un petit chien triste, paniqué. Il semblait tellement inquiet qu'elle sentit ses dernières défenses tomber. Il ne devait pas avoir peur de sa réponse, c'était idiot. Cela faisait déjà un moment qu'elle savait qu'elle était amoureuse de lui, même si elle n'avait pas prononcé les mots.

— Roger... Crois-tu honnêtement que j'accepterais d'être dans cette position avec un homme que je n'aimerais pas ?

Bip, répondit l'ordinateur.

Le beau regard couleur chocolat s'illumina et elle tenta de tendre le bras. En vain. Elle était toujours menottée.

— Roger, libère-moi, maintenant.

— Pas encore, pas alors que ça fonctionne.

Comme preuve, il lui indiqua l'écran et la ligne qui se trouvait dans la zone verte.

— Tu n'as pas besoin d'un détecteur de mensonges pour savoir que je suis sérieuse lorsque je dis que je suis amoureuse de toi, Roger !

— Vraiment ?

Il semblait en douter.

— Depuis quand le sais-tu, Amber ? Tu n'en as rien dit jusqu'à présent. Quand as-tu compris que tu m'aimais ?

Elle se mordit la lèvre. Elle ne voulait pas répondre. Ce n'était pas la peine, il connaissait déjà la réponse.

— Amber, insista-t-il.

Bip.

— Amber, s'il te plaît, dis-moi la réalité.

— En Arizona. C'est... C'est en Arizona que je m'en suis rendu compte pour la première fois.

— Si je comprends bien, tu t'en es aperçue au moment même

où tu estimais que nous étions trop différents pour avoir une relation sérieuse, au moment où tu as décidé de rompre avec moi. Je me trompe ?

Soudain honteuse, elle baissa les yeux. Elle n'osait plus le regarder. Elle ne pouvait pas non plus regarder l'écran et voir la courbe dans la zone rouge.

Il avait raison, elle avait peur.

Bip.

La courbe remonta soudain dans la zone verte. Comment était-ce possible ? Elle n'était pas heureuse.

— A quoi étais-tu en train de penser, Amber ? lui demanda Roger d'une voix chargée d'émotion. Le capteur indique lorsque tu es suffisamment détendue pour être honnête.

Incapable de parler, elle ferma les yeux, tentant de retenir les larmes qu'elle sentait monter.

— Ne pleure pas, je t'en supplie, Amber ! Je suis désolé, j'ai tout gâché…

Sans attendre, il retira le gode et déverrouilla les menottes, la libérant enfin.

Instantanément, elle se jeta dans ses bras, lui embrassa les joues, la bouche, le cou…

— Je suis désolé, Amber, tellement désolé, répéta-t-il entre deux baisers. Je pensais que si je t'excitais, je pourrais obtenir la vérité. Je pensais mélanger un peu de science, un peu de sexe et j'imaginais que cela suffirait à te faire jouir. Excuse-moi…

Elle l'interrompit en posant un doigt sur ses lèvres. Elle ne pouvait pas le laisser culpabiliser. Elle devait lui dire la vérité. Il devait savoir, il le méritait.

— Tu as raison, Roger, j'ai peur. J'ignore pourquoi car je n'ai jamais subi de traumatismes.

— Tout le monde a peur, Amber. Toute relation entre deux êtres exige des efforts. C'est difficile de s'engager. Mais plus encore pour les génies comme toi pour qui tout, sauf l'amour, est facile. Je t'aime, Amber, et tu m'aimes. C'est aussi simple que ça ! Je sais que pour toi, c'est effrayant mais je ne veux pas que tu fuies… Si tu acceptes le poste à la clinique Mandolin, tu dois le faire parce que tu le désires vraiment. Non pas parce que tu as peur de l'amour ou parce que tu as peur de ce qui pourrait se passer entre nous.

Elle soupira.

Il avait raison. Raison sur tous les points. Comment avait-elle pu l'ignorer aussi longtemps ? La peur était un sentiment naturel et lorsqu'elle avait peur, elle avait tendance à fuir pour oublier ses craintes.

Mais elle voulait changer.

— Je ne vais pas fuir, Roger.

— Parfait.

— Mais..., ajouta-t-elle avant de s'interrompre et de se mordre nerveusement la lèvre.

— Tu as toujours peur, je sais. Moi aussi, Amber. Mais nous nous en sortirons, nous surmonterons cette peur ensemble. Nous sommes tous les deux trop têtus pour renoncer aussi facilement.

Elle esquissa un sourire. Il venait de dire ce qu'elle ressentait. Il voyait parfaitement clair en elle. C'était incroyable, et aussi un peu effrayant. Mais elle ne devait pas être surprise, elle savait qu'il était doté d'une intuition hors du commun.

— Il y a autre chose, Roger. Je ne t'ai pas tout dit...

— Je t'écoute, répondit-il en lui caressant tendrement la joue.

— Ton médecin m'a appelée.

— Mon médecin ? Pourquoi ?

— Il voulait en savoir plus sur le régime que je t'avais prescrit. Il m'a affirmé qu'il n'avait jamais vu une telle baisse de tension et il était très intéressé par mes recherches.

Roger la fixa quelques secondes, comme s'il essayait de comprendre ce qu'elle était en train de lui expliquer.

— Es-tu en train de dire qu'il y a un emploi possible pour toi, ici, à Chicago ?

Elle approuva d'un signe de tête et aussitôt, comme par magie, un immense bonheur l'envahit, lui réchauffa le cœur, le corps.

— Nous n'en sommes qu'au stade des discussions mais oui, il pourrait y avoir un emploi pour moi, ici. Ce n'est pas un travail aussi prestigieux que celui que je pourrais obtenir à Mandolin, mais…

— Amber… Je sais combien ce travail est important pour toi. Je sais combien tu désires faire évoluer la médecine.

— Je peux le faire, ici. Avec toi.

— Tu en es bien sûre ? Je ne veux pas que tu sacrifies ta carrière pour moi.

Enfin sûre d'elle, enfin heureuse, elle fit oui de la tête, un large sourire aux lèvres.

— Je ne sacrifie rien du tout. Tu en vaux le coup. Je ne le savais pas avant, car j'avais trop peur.

Elle posa ses mains sur son torse puissant puis riva son regard au sien.

— Alors, Roger l'intuitif, à quoi suis-je en train de penser maintenant ?

— J'ai de l'intuition mais je n'ai jamais dit que j'étais devin !

— En tout cas, j'ai répondu honnêtement à ta dernière question.

— Oui, en effet.

— Qu'attends-tu pour enlever un vêtement, alors ?

— Je n'ai plus que mon caleçon.

— Roger…, murmura-t-elle en faisant glisser le caleçon, j'ai une confession à te faire…

— Laquelle ?

— J'ai toujours rêvé qu'un homme d'affaires me fasse l'amour sur son bureau.

— Ça tombe bien, mademoiselle Smithson… Je suis justement un homme d'affaires, répondit-il en prenant ses seins en coupe et en pinçant les pointes offertes.

Elle s'arc-bouta à son contact et rejeta la tête en arrière, ensorcelée, hypnotisée.

— Oui, tu es puissant, Roger.

— Et je crois que je suis doté d'une bonne intuition, ajouta-t-il en déposant une nuée de baisers humides dans le creux de son cou, la faisant frissonner de tout son corps.

— Oui…

Elle n'était plus capable de prononcer autre chose. Elle n'était plus qu'une boule d'émotions.

Il referma sa bouche sur son sein et elle se mordit la lèvre pour réprimer un cri de plaisir.

— Dis-moi que tu as des préservatifs, Roger.

— Pour toi ? Toujours, répondit-il avant de lui mordiller l'autre sein, l'amenant toujours plus près du paradis.

Elle prit son visage entre ses deux mains et l'attira à elle puis, plaquant sa bouche sur la sienne, l'entraîna dans un long baiser gourmand.

Au bout de quelques secondes, elle le repoussa.

— Viens…

Il obéit. Elle noua ses jambes autour de lui, le maintenant prisonnier, tandis qu'il s'insinuait en elle, et elle retint son souffle, laissant les vagues de plaisir aller et venir en elle.

Les sensations n'avaient rien à voir avec celles engendrées par le gode. C'était Roger qui était en elle, maintenant, l'homme qu'elle aimait, l'homme qui l'aimait.

— Je t'aime, Roger.

— Je t'aime, Amber.

Il accéléra son tempo et elle lui empoigna les fesses pour mieux accompagner ses mouvements, pour l'inviter plus profondément en elle.

Peu à peu, elle sentit tous ses muscles se tendre. Il donna un dernier coup de reins et un orgasme d'une puissance, d'une intensité jamais atteinte la traversa, faisant disparaître comme par magie toute la peur qu'elle avait pu ressentir.

Elle était au paradis.

Elle ferma les yeux pour savourer le moment, le faire durer le plus longtemps possible.

Puis l'orgasme s'estompa peu à peu et elle sentit une joie immense le remplacer progressivement.

Il l'aimait, elle l'aimait, tout irait bien désormais, elle en était certaine.

— Oui, murmura-t-elle soudain.

— Oui quoi ?

— Oui, je veux bien t'épouser.

— Tu as bien dit oui ? Je n'ai pas rêvé ?

— Tu as des doutes ? Ta super-intuition n'est pas capable de dire si je dis la vérité ou non ?

— Je crois que nous allons devoir tester ce détecteur de mensonges encore et encore au cours des prochaines années.

— Bonne idée. J'aime la recherche.

— Et moi, j'aime les chercheurs. Et les chercheuses !

Épilogue

Claire arrivait toujours tôt au travail. Elle aimait que tout soit prêt avant l'arrivée de ses patrons. Elle aimait surtout leur souhaiter une bonne journée lorsqu'ils arrivaient et leur demander comment leur week-end s'était passé. Elle était peut-être un peu trop curieuse mais, c'était ainsi, elle appréciait de connaître les personnes avec lesquelles elle travaillait, leurs petites habitudes…

Elle alluma la cafetière, déverrouilla toutes les portes et vérifia les caméras de sécurité.

C'était un petit détail mais elle était consciencieuse. Elle travaillait dans une entreprise technologique de haut niveau, et il était important de savoir qui était venu dans les locaux pendant le week-end.

Des caméras étaient installées dans le laboratoire et dans les couloirs, mais aucune dans les bureaux. Lorsque les portes étaient ouvertes, elle pouvait simplement voir les piles de dossiers et l'envers des écrans d'ordinateur.

Elle était en train de boire sa première tasse de café du matin, en jetant de temps en temps un coup d'œil sur l'écran, lorsqu'elle se figea, paralysée de stupeur. Apparemment, Roger avait oublié qu'une caméra était installée devant la porte de son bureau. A moins qu'il ait été trop occupé pour y penser… Enfin, quelle qu'en soit la raison, le spectacle valait le détour.

Elle avança rapidement la cassette, puis effaça l'enregistrement.

Ce n'était pas parce qu'elle aimait tout savoir des gens avec qui elle travaillait qu'elle devait partager ces informations avec ses collègues.

Une fois la cassette redevenue vierge, elle décrocha le téléphone et appela la pâtisserie d'à côté pour commander deux douzaines de muffins végétaliens.

Ensuite, un sourire aux lèvres, elle se laissa aller sur son fauteuil et repensa à ce qu'elle venait de voir.

Amber avait raison. Roger n'était pas gay !

NANCY WARREN

Gentleman lover

Traduction française de
EMMA PAULE

Sexy

HARLEQUIN

Titre original :
TOO HOT TO HANDLE

Ce roman a déjà été publié en 2016

Chapitre 1

Une femme de contrastes, voilà ce qu'était Lexy Drake ; elle aimait combiner le délicat et le hardi, les couleurs chaudes et froides, l'ancien et le nouveau.

Du hard-rock en fond musical, les yeux collés à sa loupe binoculaire, elle enroula très délicatement un fil d'or en fusion autour d'un rubis.

Elle travaillait sur des alliances. Un jeune couple était venu la voir avec les bagues de la grand-mère du fiancé et une broche si ancienne que nul, dans la famille, n'en connaissait la provenance. Or, son métier à elle consistait à transformer des bijoux anciens et elle aimait chacune des créations qui avaient fait peu à peu sa renommée. C'était ce qu'elle appelait le top du recyclage, une activité qui alliait art, amour et saga familiale.

Travailler seule lui était indispensable, mais elle ne le faisait jamais dans le silence. Autant son métier de joaillière était délicat, autant la musique lui procurait le contraste dont elle avait besoin. Avec sa hargne et ses basses trépidantes, le hard-rock martelait ses oreilles, même si elle devait maintenir le son assez bas, car son minuscule atelier occupait l'arrière-boutique de son magasin de SoHo.

Tant que le métal était souple, elle avait un peu de temps pour le façonner à sa convenance, mais tout juste. Une dernière torsion et elle obtint ce qu'elle désirait : une audacieuse volute d'or encerclant le rubis.

Un picotement dans la nuque lui apprit tout à coup qu'elle n'était plus seule dans la pièce.

Elle pivota brusquement et découvrit un homme sur le seuil. Elle remarqua qu'il relevait les yeux, ce qui lui fit supposer qu'elle avait dû onduler des hanches au rythme de la musique et que le nouveau venu avait profité du spectacle.

Il n'eut pas l'air gêné d'avoir été pris sur le fait, arborant au contraire une expression qu'en son for intérieur elle qualifia d'intéressée.

— Il y a une vendeuse dans la boutique, lança-t-elle sèchement.

Le voir entrer ainsi, sans crier gare, dans son espace de travail avait quelque chose d'agaçant et elle ne se gêna pas pour le lui montrer.

— Elle est occupée. Alors, j'ai suivi la musique.

— Ah bon, fit Lexy en saisissant la télécommande de son iPod pour baisser le son. Dans ce cas, je vais devoir embaucher plus de personnel. Désolée.

— N'en faites rien. Il y a quelque chose de fascinant à regarder une artiste accomplie en plein travail.

Il parlait sur ce ton de profond ennui permanent et avec les inflexions qu'elle en était venue à attribuer aux riches. Et bien qu'elle fût certaine qu'il avait été davantage captivé par son arrière-train que par ses mains d'artiste accomplie, comme il disait, il ne fallait pas négliger le fait qu'il s'agissait d'un client potentiel. Elle ne pouvait en aucun cas le mettre dehors.

Peut-être même serait-ce un client intéressant. Tout, depuis le costume sur mesure jusqu'aux mocassins de cuir étincelant, clamait *Papa est directeur de banque*, tandis que la cravate arborait les armoiries d'une institution universitaire renommée.

— Permettez que je me présente : Charles Pendegraff III, déclara-t-il d'un ton snob en lui tendant la main.

— Alexandra Drake. Lexy… la seule et unique du nom, répondit-elle.

Le visiteur posa sur elle un regard aiguisé et elle fut frappée par un bref éclair d'intelligence mordante derrière la nonchalance de façade.

— Je vois que vous travaillez sur une bague, reprit-il, et je pense en commander une moi-même. Cela vous dérange-t-il que j'y jette un œil ?

— Absolument pas.

Il avait de l'argent à gaspiller et elle des talents d'auto-défense aptes à le décourager très vite s'il tentait quoi que ce fût. Pourtant, en le voyant avancer vers elle, elle comprit que, s'il était certes riche, il ne se laissait pas aller pour autant. Il suffisait, pour s'en convaincre, de voir ses cuisses puissantes moulées dans le jean et son torse musclé que dissimulait mal sa veste entrouverte.

L'homme lui parut également pourvu d'assez de disparités pour intéresser l'amateur de contrastes qu'elle était. Sa voix nonchalante détonnait avec la vivacité de son regard vert ; ses mains parfaitement manucurées n'allaient pas avec les traits abrupts de son visage.

Puis, quand il fut tout près d'elle, elle perçut l'impact d'une sexualité exigeante.

Elle tressaillit.

— Comment connaissez-vous l'existence de mon atelier ?

La question, qu'elle posait à tout nouveau client, lui permit de se concentrer sur autre chose que cette attirance aussi fulgurante que puissante.

— Jeremy Thurston, un partenaire de polo, vous a fait réaliser un bijou pour une personne qu'il m'a présentée lors d'une de ces fastidieuses soirées de bienfaisance. La femme était quelconque, mais son bracelet ravissant.

— Merci, dit-elle en se souvenant de la pièce en question.

Elle n'oubliait jamais aucun de ses bijoux.

— J'avais donc entendu parler de vous, mais je ne vous voyais pas aussi jeune. A vrai dire, on n'imagine pas qu'une joaillière puisse être sexy. Comment cela se fait-il ?

— Oh, euh…

Elle balbutia, gênée et désorientée par la question. Pourtant, être prise de court ne lui ressemblait pas. C'était une expérience nouvelle. Et extrêmement agaçante. Il fallait dire qu'il ne lui était jamais arrivé non plus d'éprouver une attirance aussi violente pour un inconnu. Et surtout pas pour un homme qui avait un chiffre derrière son nom.

Pas étonnant qu'elle restât sans voix…

— Le plus simple, c'est que je vous présente mon travail, déclara-t-elle enfin, choisissant d'ignorer le commentaire. La plupart du temps, je combine différents éléments — ici, du vieil or, un soupçon de platine, ces petits rubis et le diamant solitaire — pour en faire un nouvel objet, une œuvre originale, en quelque sorte, voyez-v…

Elle s'interrompit tout à coup. Il venait de s'emparer de sa main.

— Mais vous vous êtes blessée ! s'exclama-t-il en désignant une tache rouge qu'elle avait à l'index.

— Oh, ce n'est rien. Je me suis brûlée avec mon fer à souder.

Elle tenta de dégager sa main de la poigne chaude, mais il l'en empêcha avec une force qui la surprit.

— Avez-vous une trousse à pharmacie ?

— Oui, bien sûr, mais je ne vais pas faire un pansement pour si peu. J'ai besoin de mes dix doigts quand je travaille.

Il releva la tête et elle s'aperçut qu'il avait le regard le plus profond qu'elle ait jamais vu.

— En ce cas, je vais user d'un vieux remède de ma grand-mère, répondit-il d'une voix caressante. Je vais chasser la douleur d'un baiser.

Elle ne put réprimer un frémissement à ces mots et elle comprit que cette réaction instinctive n'avait pas échappé à son interlocuteur. Ce manque de maîtrise d'elle-même la mit en colère, mais elle ne retira pas sa main pour autant. Sans un geste, elle le regarda la porter lentement à ses lèvres, puis perçut le léger frôlement d'un baiser sur le point douloureux. Un instant plus tard, il reposait délicatement la main sur la table de travail.

— Je… euh…

Elle en oublia ce qu'elle voulait lui dire.

— Cette bague est exquise, affirma-t-il en se penchant sur la loupe binoculaire pour contempler le bijou.

— Je suis contente qu'elle vous plaise. Et vous, quel genre de bague aimeriez-vous, monsieur Pendegraff ?

— Appelez-moi Charlie, je vous en prie. J'ai besoin d'une bague de fiançailles.

— D'une bague de fiançailles ? répéta-t-elle, estomaquée.

— Oui, dit-il en redressant la tête vers elle.

Il avait des yeux qui évoquaient des émeraudes, avec trop d'occlusions pour en faire d'inestimables gemmes. Pourtant, c'étaient les lignes sombres, les défauts qui faisaient leur magnétisme.

— Vous allez vous marier ?

— Oui.

Le culot de cet homme ! Embrasser les doigts de la femme à qui il venait commander des alliances ! Elle réprima un soupir : comme disait sa mère, « Les riches n'ont pas les mêmes règles que nous autres. »

C'était d'ailleurs pour cela qu'elle ne les côtoyait pas.

— Je vais épouser Pénélope en septembre. Dans six mois, donc. Nous avons le temps.

— Très bien, repartit-elle d'une voix glaciale. Eh bien, si vous voulez bien m'accompagner dans la boutique, je pourrai vous montrer ce que j'ai en stock. Uniquement des créations originales, bien sûr.

Gemmologiste diplômée, Lexy avait fait son apprentissage chez un joaillier créateur à Londres. De retour aux Etats-Unis, elle n'avait pas voulu travailler dans l'une de ces grosses sociétés qui produisent solitaires et alliances par milliers, aussi s'était-elle installée ici, à SoHo, dans une petite maison qui abritait son commerce au rez-de-chaussée et son logement au premier.

Ce qu'elle aimait à New York, c'était la rapidité avec laquelle la renommée se propageait. Elle avait débuté dans l'anonymat le plus absolu, travaillant pour quelques bijoutiers intéressés par la vente de ses créations, avant de devenir *la* joaillière à la mode. Le tout en un peu plus de deux ans.

A tel point que des hommes tels que Charles Pendegraff III venaient presque à genoux la supplier de créer pour leur future épouse la bague de fiançailles la plus *tendance* possible.

— Ou alors serait-il possible d'avoir quelque chose qui serait créé uniquement pour moi ?

— Et pour votre fiancée. Oui, bien sûr.

Au moment où elle l'entraînait dans le magasin, Amanda, la vendeuse, était justement en train de replacer un plateau de bagues dans la vitrine, tandis qu'un client s'en allait, porteur d'une de ses boîtes signature faites de métal recyclé.

— Oh, c'est parfait, Amanda est libre à présent, déclara-t-elle avec soulagement. Amanda ? Pourrais-tu t'occuper de M. Pendegraff ? Il cherche une bague. Allez, au revoir, monsieur, et bonne chance.

— Au revoir, Lexy, répondit-il en lui tendant la main.

Qu'aurait-elle pu faire d'autre que la serrer ? Il baissa sur elle un regard amusé.

— J'ai hâte de vous revoir, ajouta-t-il.

Elle marmonna quelque chose d'inintelligible et opéra une retraite dans l'atelier en secouant la tête.

Pauvre Pénélope !

Charlie contourna un tas de sacs-poubelle jaunes empilés sur le trottoir et évita quelques touristes en faisant le tour du pâté de maisons où se trouvait Alexandra Drake Créations. Tout en prenant des notes et quelques photos discrètes sur Broome Street, il tenta de se faire une idée plus précise de celle qu'il était sur le point de voler.

C'était une femme tout en contrastes et cela l'intriguait. Une fois entré dans le magasin en simple client désireux d'informations et ravi de constater que la seule vendeuse était occupée, il avait suivi la musique rock jusque dans l'atelier d'Alexandra Drake. Une porte même pas verrouillée le séparait de la boutique. Cette femme était-elle confiante à ce point ? Comme elle avait le dos tourné à la porte et que la musique était tonitruante, elle n'avait pu l'entendre approcher.

En avait-il profité pour inspecter le système de sécurité, lorgner le coffre-fort installé dans un angle ou prendre quelques clichés en douce ? Même pas. Il n'avait procédé à aucune des vérifications qu'un cambrioleur digne de ce nom effectue d'ordinaire en un clin d'œil.

Il avait tout de suite posé les yeux sur les hanches qui se mouvaient au rythme de la musique, le jean serré, les jambes qui n'étaient pas si longues que cela, mais se révélaient admirablement proportionnées. Sur les petits pieds enchâssés dans des bottines. Sur la poitrine immobile au-dessus des hanches ondulantes. Sur les bras nus délicatement musclés. Enfin, sur les cheveux noirs rassemblés en une sorte de chignon fouillis retenu par ce qui ressemblait à des baguettes de restaurant chinois.

Elle avait les yeux collés à une sorte de microscope et il avait observé ses mains. Petites, fines et efficaces. A l'aide d'un outil semblable à des pinces minuscules, elle faisait tourbillonner, comme un vulgaire spaghetti, un fil d'or bouillant autour d'une pierre de couleur. Il avait perçu l'instant exact où elle avait pris conscience de sa présence. Les hanches s'étaient figées, le dos raidi.

Elle avait cependant terminé son travail méticuleux avant de positionner l'anneau dans un collier de serrage. Ensuite, elle avait levé la tête et s'était tournée vers lui. Trop vite pour qu'il puisse faire semblant d'arriver.

Il n'aurait pu faire semblant de rien, maintenant qu'il y pensait, tant il avait été stupéfait.

Cette femme était superbe. Ses yeux gris en amande suggéraient des ancêtres asiatiques, elle avait la peau blanche et des lèvres pleines qui auraient réclamé d'être rouges, mais qu'elle avait seulement teintées d'un gloss léger.

Il n'avait pas de temps pour la bagatelle. Il avait un travail à accomplir.

Cependant, et même s'il ne se l'expliquait pas, il n'avait pu s'empêcher de se rapprocher d'elle, de trouver une excuse pour la toucher.

Et, à présent, il s'apprêtait à la cambrioler.

Il avait cependant un mauvais pressentiment. Il lui semblait qu'il allait devoir briser chacune des règles de vie qu'il s'était fixées et en arriver à connaître ses limites. Une fois que la poussière serait retombée, d'ici à quelques semaines, quand cette femme aurait repris son train-train quotidien et ne penserait même pas à établir le lien entre une parure de bijoux manquante et la visite de Charles Pendegraff III.

Tout en vaquant à ses préparatifs, il se traita de tous les noms : il savait d'ores et déjà qu'il allait se conduire en imbécile.

Car, aussi insensé que cela paraisse, il comptait bien revoir Lexy Drake.

Chapitre 2

— Je viens de fermer. Je m'en vais, annonça Amanda à 18 heures en passant la tête dans l'atelier.

— La journée a été bonne ? lui demanda Lexy en redressant la tête et en se frottant les yeux.

— Trois bagues de fiançailles, quelques paires de boucles d'oreilles et une centaine de ces bracelets qu'on a vus dans *Party Girls of Manhattan*.

Lexy éclata de rire. La servilité des gens, quand ils voyaient une star porter quelque chose dans une émission télévisée, ne cessait de la surprendre. Elle n'avait qu'une petite collection de bijoux produits en gros, mais celle-ci se vendait comme des petits pains depuis que la vedette d'une émission de télé-réalité avait découvert les créations de Lexy et les portait à l'écran.

— *Party Girls* va faire pour toi ce qu'a fait *Sex and the City* pour Manolo Blahnik, prophétisa Amanda.

— Cela ne me dérange pas ! s'exclama Lexy en souriant.

— Tu comptes travailler tard ce soir ? s'enquit la vendeuse avec un coup d'œil à l'atelier encombré.

— Non, répondit-elle en se massant la nuque. Je vais rester encore un peu pour terminer cet assortiment de bagues et ensuite je ferai une pause.

— J'y pense, que t'ont apporté cette dame et sa fille cet après-midi ? Tu avais l'air drôlement excitée. Tu sais, cette femme B.C.B.G. avec des cheveux gris et sa petite souris de fille ?

— Mme Grayson, et…

Comment s'appelait la fille, déjà ? Elle se souvenait surtout des émeraudes et des diamants ; jamais elle n'avait vu semblable parure. En revanche, se souvenir du nom des propriétaires lui posait problème… Elle ferma les yeux.

— Judith, c'est ça !

Elle commençait à s'habituer aux lubies des gens riches et elle était la première à recommander une nouvelle monture pour les bijoux anciens. Toutefois, quand elle avait ouvert l'écrin de velours bleu passé, elle avait dû se faire violence pour ne pas expliquer à ces clientes que détruire une telle parure pour la transformer était une aberration.

Les gemmes en elles-mêmes étaient exquises. Les émeraudes sont des choses étonnantes, car plus elles sont grosses, plus elles présentent de défauts, quand ce n'étaient pas des occlusions ici et là. Cependant, en étudiant celles-là de près, elle avait été stupéfaite par leur quasi-pureté et leur couleur : un vert limpide et sombre qu'elle avait rarement vu en dehors des musées.

La monture était indubitablement ancienne. A l'image de tous les ornements personnels, les bijoux se plient aux modes. Cependant, chaque période a ses classiques et cette parure-là était la plus intrinsèquement belle qu'elle ait jamais vue. De délicats fils d'or maintenaient diamants et émeraudes en place sans leur faire concurrence et le collier étincelait de tous ses feux.

— Elles sont magnifiques. Etes-vous certaines de vouloir les faire sertir différemment ? avait-elle fini par demander.

— Ah oui ! avait répondu Mme Grayson en échangeant un bref regard avec sa fille. Je fais cadeau de cette parure à Judith et elle voudrait lui donner une allure plus moderne. Nous aimons beaucoup votre travail et nous sommes impatientes de voir ce que vous allez créer avec ces pierres. Vous êtes une telle artiste ! Je suis sûre que Judith sera ravissante quand elle portera ces émeraudes à la soirée de collecte de fonds pour le diabète, le mois prochain, avait-elle ajouté en souriant à sa fille. J'avais prévu de les lui offrir pour son mariage, mais vu qu'elle est encore célibataire à vingt-cinq ans… Pourquoi attendre ? Ces pierres appartiennent à notre famille depuis la nuit des temps et elles ne me vont vraiment pas au teint.

Ce que voulait cette femme, en réalité, avait songé Lexy, c'était afficher un peu de la richesse familiale autour du cou de sa fille afin d'appâter d'éventuels prétendants. Manœuvre peu subtile, mais souvent efficace.

— Je dois vous dire que ces pierres sont d'une extrême rareté, avait-elle néanmoins insisté. Je pense qu'elles datent de plusieurs siècles. Vous risquez fort de compromettre leur valeur en modifiant ces bijoux.

— Bah, elles sont dans la famille depuis toujours. Il est grand temps de leur donner une apparence plus moderne.

Lexy avait fini, évidemment, par accepter la commande. Ce n'était pas à elle de décourager la clientèle et, même si la parure était splendide, elle savait aussi qu'elle n'aurait sans doute plus jamais l'occasion de travailler des gemmes de cette qualité.

Elle ouvrit le coffre, en retira l'écrin et montra la parure à Amanda, qui la contempla, bouche bée. Toutes deux se perdirent dans l'observation du vert somptueux.

— Je n'ai jamais vu des émeraudes de cette couleur, s'exclama Amanda en effleurant timidement le collier. Elles font tellement penser aux…

— Je sais. Leur teinte est spectaculaire. Je crois que ça vient de leur ancienneté. Elles ont dû être extraites de mines d'Amérique du Sud il y a des siècles. Les gemmes des Mayas sont réputées les plus belles et les plus pures.

— Combien penses-tu qu'elles valent ?

— C'est difficile à dire. Mais si on y additionne ces diamants, qui sont presque parfaits eux aussi, la couleur inhabituelle et la clarté de ces émeraudes, je pense que ça doit tourner autour du million de dollars.

— Du *million de dollars* ? répéta Amanda.

— Oui.

Ainsi, elle avait au moins un million de dollars en émeraudes dans son coffre et toute liberté pour leur créer un nouveau sertissage destiné à aider une Catherinette à trouver un mari. Sans compter que ce serait aussi, et de loin, la plus belle commission qu'elle toucherait de sa vie !

— Surtout, n'en parle à personne, d'accord ?

Elle savait qu'elle pouvait faire confiance à sa vendeuse, qui travaillait avec elle depuis maintenant dix-huit mois. A peine plus de vingt ans, grande et mince, Amanda Sanford avait le nombre requis de tatouages et de piercings pour être à la mode et un net penchant pour les pantalons de camouflage et les bottes de l'armée. Elle se révélait en outre très compétente avec les clients et paraissait adorer son travail.

Dernièrement, Lexy avait découvert qu'une deuxième paire de mains n'était pas de trop quand elle était débordée et elle l'avait laissée l'aider sur des parures simples. Amanda avait un œil sûr et elle lui demandait de plus en plus souvent son avis quand elle avait des doutes.

Amanda partie, Lexy acheva ses alliances et téléphona à ses clients pour leur annoncer qu'elles étaient prêtes. Comme prévu, la femme fut si excitée qu'elle voulut venir les chercher sur-le-champ.

La journée de travail se termina donc sur un beau chèque, le départ d'une cliente aux anges et un dernier coup d'œil sur les émeraudes.

Elle s'aperçut alors qu'elle mourait de faim et ouvrit la porte presque invisible qui montait à l'appartement. Celui-ci n'était pas aussi coquet que le rez-de-chaussée, loin de là, puisqu'elle avait consacré jusqu'au dernier cent de ses économies à son affaire. Les outils, les vitrines, les lumières, le décor, tout devait s'harmoniser avec ses créations et avait donc représenté le gros de son investissement. Ce qui avait réduit le premier étage à l'essentiel — un lit, une cuisine minimaliste, ainsi que deux chaises et une table dénichées dans une braderie.

Elle se servit un verre d'eau fraîche et perçut la douleur lancinante de la brûlure sur son doigt. Examinant la peau rouge et luisante, elle repensa à Charles Pendegraff III.

Seigneur, cet homme avait une fiancée et il se permettait

de lorgner les fesses d'une autre femme et de lui embrasser les doigts ! Elle ne prédisait pas plus de deux ans à ce mariage.

Bah, tant que le couple durait assez longtemps pour lui payer son travail, qu'importait le reste ? Et puis, cela ne la regardait pas. Après tout, ce M. Pendegraff et sa Pénélope étaient peut-être convenus de former un couple très libre, dans lequel la fidélité n'était pas de mise.

Elle-même avait du mal à comprendre ce genre de relations. Si jamais elle décidait de se marier un jour, elle savait qu'elle serait capable de courir après son mari, armée d'un fusil, à la première incartade.

Par chance, son père était policier et il tenait à sa fille unique comme à la prunelle de ses yeux, de sorte qu'il lui avait tout appris sur l'autodéfense et le tir. Elle pourrait donc viser juste et atteindre son mari volage en plein cœur. Ou encore dans une autre partie de son anatomie, qu'elle aurait sans doute envie de transformer en passoire. Quiconque l'épouserait ferait mieux de le savoir dès le départ !

Sa mère, d'origine chinoise et très traditionaliste, reviendrait probablement d'entre les morts pour l'aider à enterrer le corps.

L'image de Charles Pendegraff III s'imposa encore à elle et elle s'imagina presser le doigt sur une détente imaginaire.

C'était bizarre, une réaction aussi forte face à un inconnu… Mais sans doute l'aversion qu'il lui inspirait en cet instant était-elle due à l'indéniable effet qu'il avait produit sur elle. Elle devait se méfier : elle savait déjà qu'en matière d'hommes son goût n'était pas aussi sûr qu'en matière de bijoux, loin de là…

Elle terminait son verre d'eau quand le téléphone sonna.

— Bonsoir, Carl ! s'exclama-t-elle en décrochant après avoir vérifié l'identité de l'interlocuteur.

— Quoi de neuf, Sexy Lexy ?

— Je rentre tout juste du travail.

— Epuisée par le long trajet de retour ?

Carl Wiesenstein faisait partie de son petit groupe d'amis, tous artistes ou artisans. Il était forgeron d'art et gagnait fabuleusement bien sa vie depuis qu'il s'était spécialisé dans les numéros de maison et les heurtoirs.

— Tu viens faire la fête avec nous ? J'ai vendu un carillon de porte à cinq cents dollars aujourd'hui.

— Tu dois adorer New York, répondit-elle en riant.

— Ça, c'est sûr ! Je rassemble le gang chez Emo's ce soir. Il y aura Nat et Bruce, Ella si elle trouve une baby-sitter, et sans doute quelques autres. Tu viens ?

La perspective d'une soirée entre amis était tentante, d'autant que Lexy avait beaucoup travaillé ces derniers temps, mais elle savait déjà qu'elle n'irait pas. Pas ce soir.

— Désolée, mon grand, mais j'ai encore du travail qui m'attend.

— Tu travailles trop.

— Je sais, soupira-t-elle, soudain tentée de lui parler des émeraudes.

Cependant, Carl n'était pas un as de la discrétion et elle ne tenait pas à ce qu'il aille raconter la grande nouvelle à tous ses amis, comme il ne manquerait pas de le faire. Une fois qu'elle aurait pris l'habitude d'avoir quotidiennement des millions de dollars dans son coffre, peut-être deviendrait-elle blasée, mais ce jour n'était pas encore arrivé. Si un individu mal intentionné surprenait les paroles de Carl ce soir, il n'aurait aucune difficulté à trouver l'adresse du magasin. Certes, le coffre-fort était réputé inviolable, mais elle ne tenait pas à tenter le diable.

— J'ai une commande urgente dont je dois m'occuper ; tu sais ce que c'est.

— Et tu voudrais que je te plaigne ? s'esclaffa Carl. Je compte sur toi pour leur soutirer un maximum de dollars pour cette urgence ! Bon, si jamais tu décidais de vivre un peu, on se voit chez Emo's tout à l'heure.

— D'accord.

Elle fut sur le point de changer d'avis en ouvrant le réfrigérateur, où elle ne découvrit qu'une demi-pizza racornie et une bouteille de vin qu'elle ne se rappelait même pas avoir débouchée un jour.

Elle jeta le tout et téléphona pour se faire livrer un repas chinois. Puis elle monta le son de la musique, prit son carnet de croquis et commença à y esquisser des idées pour les émeraudes et les diamants.

A minuit, elle éteignit, mais ne put trouver le sommeil. Une sorte d'impatience s'était emparée d'elle, dont elle savait que c'était de l'excitation. Elle adorait sa muse, vraiment, mais celle-ci se comportait parfois en véritable esclavagiste. Les idées se succédaient dans sa tête, chacune chassant la précédente à la vitesse de l'éclair.

Au bout de deux heures, elle ralluma la lampe de chevet, attrapa le carnet posé près du lit et comprit qu'elle devait revoir les émeraudes. Sa dernière idée était audacieuse, à la limite de l'insensé, mais elle se dit que les gemmes étaient si inhabituellement pures qu'elles sauraient dominer une monture bien plus hardie que celle qui était la leur depuis des siècles.

La porte d'entrée d'Alexandra Drake Créations, d'un bleu éclatant, seyait à la devanture sans jurer avec son voisinage — une boutique de chaussures italiennes haut de gamme, de petites échoppes de maroquiniers et un magasin de lingerie fine.

Décidément, cette femme était folle de n'avoir même pas fait installer un système de sécurité décent, songea Charlie, mais il y avait fort à parier qu'elle n'aurait peut-être plus jamais à protéger de bijoux aussi inestimables que les émeraudes qu'il savait à l'abri dans son coffre-fort.

C'était presque trop facile.

Broome Street était déserte. Il entendait même le son étouffé de ses pas sur le trottoir. En pantalon et col roulé noirs, il pouvait très bien passer pour un promeneur s'offrant une petite balade nocturne après un spectacle ou un bon restaurant. L'air était froid en cette nuit de mars et, quand le vent se levait, on pouvait aisément se mettre à l'abri dans l'ombre d'une encoignure de porte. Nul ne pouvait imaginer qu'il était là pour déverrouiller la serrure trop aisément crochetable de la boutique Alexandra Drake Créations. C'était sur ce genre de modèle qu'il avait fait ses premières armes, adolescent. Il lui fallut quelques secondes pour venir à bout du verrou principal. Et un peu plus d'une minute pour les deux verrous de sécurité.

Il poussa la porte et se faufila dans le magasin en rêvant qu'elle ait au moins fait installer un système de sécurité électronique. Ça lui aurait un peu fouetté le sang.

D'accord, il aurait dû être ravi de pouvoir entrer et ressortir avec les émeraudes Isabelle en un clin d'œil, mais il avait sa fierté, que diable ! Il était certes à la retraite, mais il restait le meilleur dans son domaine. Un semblant de difficulté était toujours bienvenu ; sinon, on courait le risque de relâcher son attention, de perdre son tranchant.

Aussi silencieux qu'une ombre, il se glissa entre les vitrines de la boutique et parvint à la porte séparant le magasin de l'atelier. Ah, ça, il ressentit comme une insulte de la trouver déverrouillée ! Comment un cambrioleur pouvait-il demeurer expert quand ses victimes faisaient preuve d'un tel laisser-aller ?

Il contourna la table à laquelle il l'avait regardée travailler un peu plus tôt et sourit au souvenir du corps féminin qui dansait pendant que les mains créaient de purs chefs-d'œuvre. Il se remémora également le choc qu'il avait eu en croisant son regard. De tels yeux auraient dû être montés sur une poupée de porcelaine plutôt que le regarder depuis ce corps parfaitement proportionné.

Il reviendrait.

Il allait laisser à cette femme le temps de se remettre du cambriolage. Une ou deux semaines. Et puis il reviendrait, mine de rien, avec l'histoire très commode de Pénélope. Là, il inviterait la joaillière à sortir avec lui.

Il s'agenouilla sans bruit devant le coffre-fort.

Au moins, celui-ci ne se rendrait pas sans lutter.

C'était un vieux modèle allemand pour lequel il avait le plus grand respect. Et en effet, comme tout coffre-fort digne de ce nom, il se montra têtu, épais, pesant, incrochetable, à l'épreuve du feu, à l'épreuve des coups.

Mais pas à l'épreuve de Charlie.

Ils ne l'étaient jamais.

Il assouplit ses doigts quelques instants, se glissa dans cet état béni des dieux, celui qui lui disait qu'il faisait ce pour quoi il était né, et se mit au travail.

L'un des nombreux avantages de vivre dans le lieu où l'on travaillait, c'était que l'on n'avait guère de chemin à faire pour passer de l'un à l'autre. Lexy n'avait même pas besoin de s'habiller chic. Elle enfila donc un jean, un T-shirt à manches longues, des chaussettes-pantoufles antidérapantes et descendit l'escalier.

Une véritable excitation s'était emparée d'elle quand son imagination était passée en surrégime et qu'elle avait décidé qu'elle n'avait nul besoin de dormir. Elle avait appris à vivre avec ces excentricités propres à son personnage. C'était cette créativité qui donnait sa fraîcheur et son audace à son travail, qui en venait parfois à la surprendre elle-même. Au cours de ces étranges nuits, elle perdait le sommeil et elle se sentait vivre.

Elle adorait son atelier, la nuit. Le silence y était palpable. Même avec la rumeur de la ville, qui ne cessait jamais, ou le hurlement occasionnel d'une sirène de police, il n'y avait jamais rien pour la perturber. Rien qu'elle et son travail.

Parvenue devant la porte de communication, elle s'immobilisa brusquement. Quel était ce bruit qu'elle venait d'entendre ?

Cela ressemblait à un infime raclement à peine perceptible, et elle se demanda si elle ne l'inventait pas. Mais non, elle ne pouvait se défaire de l'impression qu'il y avait bien quelqu'un derrière cette porte. Après tout, elle avait été élevée par un policier et avait, en outre, vu trop de films d'épouvante pour ouvrir une porte derrière laquelle elle venait de percevoir un bruit suspect.

Elle remonta sur la pointe des pieds, sortit son revolver d'un tiroir et récupéra son portable.

Une grande inspiration, puis elle redescendit. En silence.

Devant la porte, elle s'immobilisa et tendit l'oreille. Etait-ce encore un raclement qui lui était parvenu ? Ou un déclic ?

Elle poussa le chambranle sans bruit, actionna l'interrupteur… et se figea, bouche bée.

Charles Pendegraff III était agenouillé, nonchalant, devant son coffre-fort. Son coffre-fort *grand ouvert.* Celui-là même qu'on lui avait vendu comme inviolable. Et, dans sa main gantée, le susdit Charles Pendegraff III tenait l'écrin bleu contenant les émeraudes de Mme Grayson.

L'espace d'une seconde, aucun des deux ne dit mot ni ne bougea. Puis l'homme désigna l'arme braquée sur lui.

— Je vois que vous avez au moins une petite idée de ce qui s'appelle la sécurité. Cela me rassure. Est-il chargé ?

Lexy n'avait encore jamais surpris de cambrioleur, mais jamais elle n'aurait imaginé une scène de ce genre. Elle s'attendait plutôt à de fausses protestations d'innocence, peut-être, ou une tentative de fuite. Elle aurait cru qu'un voleur pris sur le fait remettrait au moins les émeraudes dans le coffre. Toutefois, il ne se passa rien de tout cela. Le cambrioleur se contenta de rester agenouillé devant le coffre béant comme devant un réfrigérateur où il aurait cherché des olives pour accompagner son Martini.

— Non seulement il est chargé, mais je suis une excellente tireuse. Levez les mains, monsieur Pendegraff, ou quel que soit votre véritable nom, d'ailleurs.

— Oh, mais je m'appelle vraiment Pendegraff, rétorqua-t-il avec une lueur amusée dans les yeux. Et je trouve que nous vivons là une situation fort intéressante.

— Je ne la qualifierais pas d'intéressante, mais de révoltante. Vous êtes en train de me voler.

— D'un point de vue technique, ce n'est pas vous que je vole. Permettez que je vous explique…

— Pas un geste, le coupa-t-elle en pointant l'arme sur son cœur.

Elle tressaillit. De violents coups venaient d'être frappés à la porte du magasin. Jamais encore elle n'avait connu un tel remue-ménage à cette heure de la nuit !

— Police, ouvrez ! hurla une voix dure.

— Vous avez appelé la police ? interrogea Pendegraff en

regardant le portable qu'elle tenait à la main. J'aurais préféré que vous n'en fassiez rien.

— Ce n'est pas moi qui l'ai appelée. Elle a dû vous suivre jusqu'ici.

Tout amusement, toute nonchalance désertèrent aussitôt les traits du voleur à ces mots.

— Vous ne l'avez pas appelée ?

— Non, je vous le répète.

— Dans ce cas, ma belle, ce n'est pas la police.

— Vous êtes plutôt minable, comme voleur, vous le savez ? Se faire prendre à la fois par la police et par moi !

Elle recula jusqu'à la porte séparant l'atelier de la boutique en gardant son interlocuteur en joue.

— Remettez les émeraudes dans le coffre et allons discuter un peu avec les représentants de l'ordre, voulez-vous ?

— Allons, réfléchissez, insista-t-il en baissant la voix. Si vous n'avez pas appelé la police, comment ces hommes auraient-ils pu me suivre jusqu'ici ? Vous n'avez même pas de système d'alarme que j'aurais pu déclencher.

Elle fronça les sourcils, surprise : son interlocuteur avait l'air furieux en prononçant ces mots !

— Pas de caméras de sécurité non plus, poursuivit-il. Et cela fait déjà dix minutes que je suis là. S'ils m'avaient suivi, ils m'auraient mis la main au collet depuis longtemps, non ?

— Peut-être que…

Un sinistre craquement l'obligea à se taire et à tourner la tête. Les policiers venaient de fracasser sa porte d'entrée sans même lui laisser le temps d'aller ouvrir ! Plutôt radical, comme intervention…

Soudain, Pendegraff fut derrière elle, la serrant fort contre lui d'une main tandis que, de l'autre, il lui arrachait le revolver.

Elle se débattit, lui planta un coude dans les côtes, lui donna un coup de pied dans le tibia, mais ses pantoufles amortirent le choc et son assaillant se révéla vite trop fort pour elle.

Un nouveau fracas se fit entendre. Cette fois, c'était sans doute la vitrine qui volait en éclats. Elle sentit soudain l'arme plantée dans ses reins.

— Si vous criez, je tire. Filons d'ici.

Chapitre 3

Il l'entraîna de force dans l'escalier qui montait chez elle.

— Où est l'escalier de secours ? demanda-t-il.

— Comme si j'allais vous le dire ! rétorqua-t-elle, furieuse.

Furieuse contre lui, pour ce cambriolage ; furieuse contre elle-même, pour avoir si vite perdu le contrôle de la situation. Sans parler du revolver.

— Vous devez me croire quand je vous dis que ces messieurs qui viennent d'entrer chez vous sont bien plus antipathiques que moi. Je ne pense pas que vous seriez ravie de les rencontrer.

Elle entendit encore un fracas. Pendegraff courut à la fenêtre et regarda au-dehors.

Elle ouvrit son portable et voulut composer le 911, mais il revint aussitôt sur elle pour le lui arracher des mains et le jeter sur le lit.

— Dehors, lança-t-il en ouvrant la fenêtre, qui donnait sur l'escalier de secours.

Il l'obligea à passer la première, puis l'imita.

— Je vous jure sur ce que j'ai de plus cher au monde que si vous faites un seul bruit, ou quoi que ce soit d'autre, je vous tire dessus. Maintenant, descendez.

— Mais je suis en chaussettes ! protesta-t-elle avec violence, alors que les croisillons métalliques du palier mordaient à travers les semelles fines de ses pantoufles.

— Parfait, comme ça, vous ferez moins de bruit. Allez, hop, on y va !

Toujours derrière elle, il descendit à sa suite en silence, malgré les chaussures qu'il portait.

L'escalier était solide, mais branlant, et il grinçait à chaque marche. Cependant, aucun habitant du quartier ne jugea bon de venir vérifier par la fenêtre d'où provenaient tous ces bruits.

Merci beaucoup, la police de New York. Vraiment, bravo !, songea Lexy avec amertume.

Ils sautèrent enfin sur le trottoir et elle sentit une pierre s'enfoncer douloureusement dans la plante de son pied. Déjà, Charles l'attrapait par le bras et la poussait sans lui laisser le temps de se plaindre.

— Au trot ! ordonna-t-il.

Il se mit à courir et elle n'eut d'autre choix que d'en faire autant.

Les rues pavées se prêtaient fort mal à la marche rapide en chaussons, mais cela ne semblait faire ni chaud ni froid à Pendegraff. Celui-ci pressait l'allure et Lexy, qui se targuait pourtant d'être en bonne forme physique, peinait à se maintenir à sa hauteur. S'il avait pour but de la maintenir hors d'haleine afin de l'empêcher de hurler, c'était réussi ! Elle ne put que prier pour ne pas poser le pied sur du verre brisé ou sur un clou.

— Eh là ! lança soudain une voix d'homme.

— Ne vous retournez pas, commanda aussitôt Pendegraff. Courez.

Elle s'exécuta. Au moment où ils parvenaient sur Canal Street, Lexy vit une limousine venir à leur rencontre. Elle la héla en désespoir de cause et pleura presque de soulagement quand le véhicule s'arrêta à leur hauteur.

A sa grande surprise, Pendegraff se contenta de jeter un coup d'œil par-dessus son épaule, puis l'entraîna jusqu'à la voiture, ouvrit la portière arrière et la poussa à l'intérieur avant de prendre place près d'elle. La limousine redémarra avant même qu'il ait refermé derrière lui. Lexy entendit le déclic du verrouillage centralisé au moment où elle posait la main sur une poignée.

— Pile au bon moment, Healey ! déclara Pendegraff.

Alors que la limousine amorçait souplement un virage, Lexy, le nez collé à la vitre, vit surgir au pas de course un gaillard trapu vêtu d'un blazer de tweed, une arme à la main. En apercevant la voiture, il cacha prestement celle-ci sous sa veste et cessa de courir pour marcher d'un pas pressé.

— Une limousine pour s'enfuir ? haleta-t-elle, incrédule. Et puis quoi encore ? Vous vous payez ma tête ?

— C'est très pratique, lui répondit Charlie. Il n'y a rien de mieux qu'une limousine pour passer inaperçu dans les rues de New York, sans compter que les vitres teintées procurent l'anonymat nécessaire.

— Super ! Vous venez voler des émeraudes dans mon coffre, mais vous disposez d'une limousine pour vous faire la belle. A propos, que comptez-vous faire de moi ?

Il la couvrit d'un regard inquisiteur. Confortablement installé sur la banquette de cuir fauve, il avait l'air très détendu. Et nonchalant.

— Je ne l'ai pas encore décidé.

— Eh bien, quand vous le saurez, serait-ce trop vous demander que de me mettre dans le secret ?

Elle s'étonnait elle-même de son propre sang-froid. Dans cette situation, qui aurait dû la faire frémir d'angoisse, elle n'éprouvait pas la moindre peur. Elle se demanda pourquoi.

— La soirée a été riche en émotions. Je peux vous proposer un dernier verre ? suggéra-t-il en ouvrant un petit bar.

Un bar parfaitement équipé, jusqu'aux glaçons déjà prêts dans un seau.

— J'ai une meilleure idée, répliqua-t-elle. Pourquoi ne pas me débarquer au prochain coin de rue ? Je prendrai un taxi pour rentrer.

— Un scotch, ça vous va ?

— Oui, soupira-t-elle, excédée.

— Sec, ou glace ? s'enquit-il de ce ton nonchalant qui commençait à la faire grincer des dents.

Comme s'ils se trouvaient dans son yacht-club pour un rendez-vous d'affaires !

— Glace.

Les glaçons tombèrent en cliquetant dans le verre de cristal.

— Je promets de vous laisser repartir saine et sauve, mais cela m'est impossible pour le moment, déclara-t-il en lui tendant un verre, avant de lever le sien en un toast silencieux. Je vous en donne ma parole et vous pouvez me faire confiance.

— Vous faire confiance ? Mais vous venez de me cambrioler ! s'étrangla-t-elle. J'ai généralement du mal à faire confiance aux gens qui forcent mon coffre-fort et me volent des bijoux. Taxez-moi de cynique si vous voulez…

Elle trempa ses lèvres dans le liquide. Elle ne raffolait pas du scotch, mais son interlocuteur avait eu raison : la soirée avait été forte en émotions et, entre le cambriolage, le raid de la police et l'enlèvement dont elle-même était victime, ses nerfs commençaient à danser la gigue. Bien sûr, c'était un très vieux whisky, certainement distillé par des magiciens un bon siècle plus tôt. En un mot, il était succulent.

Pendegraff s'adossa confortablement à la banquette. Si elle ne l'avait pas pris la main dans le sac, jamais elle n'aurait imaginé que le personnage élégant installé près d'elle était un cambrioleur. Les plis de son pantalon noir restaient impeccables, il n'y avait pas une once de saleté sur ses mocassins italiens après cette course folle dans les rues crasseuses de SoHo et le pull à col roulé noir se soulevait au rythme d'un souffle régulier tandis qu'il sirotait son verre.

— Pénélope sait-elle que vous êtes un voleur ?

— Pénélope ? répéta-t-il en haussant les sourcils. Je n'ai pas de secrets pour Pénélope.

— Elle aussi fait ce métier ?

— Elle est plus…, commença-t-il avant de soupeser ses mots et, une fois encore, elle vit de l'amusement dans le regard masculin. Disons que c'est plutôt… une assistante.

— Vous devez être assez doué dans votre domaine, pour pouvoir vous offrir une limousine et des mocassins italiens de marque…

Elle trébucha sur le dernier mot alors qu'une vague d'épuisement la submergeait. Tiens, elle était plus fatiguée qu'elle ne l'aurait pensé.

— Et vous ? Avez-vous un mari, un petit ami ?

— Vous avez peur que quelqu'un se lance à ma recherche ? voulut-elle répliquer.

Elle n'y parvint pas toutefois. Les mots se formèrent dans son esprit, mais il lui sembla qu'un voile cotonneux les empêchait d'atteindre sa bouche. Sa tête se mit à tourner et elle comprit tout à coup qu'il n'y avait pas que du whisky dix ans d'âge dans son verre.

— Ordure ! jeta-t-elle en tournant la tête vers son interlocuteur.

Il tendit lentement la main, oh, si lentement qu'elle eut l'impression que son bras s'allongeait comme dans une toile de Dali, long et sinueux, pour lui prendre son verre.

— Tout va bien se passer, je vous le promets.

Elle lutta pour conserver sa lucidité et chercha la manette d'ouverture de vitre à tâtons. Si seulement elle pouvait respirer un peu d'air frais, peut-être cela lui permettrait-il de combattre l'effet de la drogue dont il s'était servi. Toutefois, alors même qu'elle posait la main sur l'accoudoir, elle se sentit partir.

Lexy ouvrit les yeux, désorientée comme quand elle était en vacances et se réveillait dans un lit qui n'était pas le sien. Puis, d'un coup, toute l'horreur de la nuit précédente lui revint à la mémoire. La limousine, le scotch — à peine quelques gorgées — et la perte de connaissance.

Elle avait la bouche sèche, les yeux la piquaient et sa tête la faisait souffrir. Elle regarda autour d'elle.

Au peu de lumière filtrant d'un volet tiré, elle distingua les contours vagues d'une chambre à coucher. Elle se trouvait dans un lit. Qui n'était pas le sien. Et elle était seule.

Elle rejeta les couvertures et découvrit qu'elle portait encore les vêtements de la veille. Cependant, on lui avait ôté ses chaussettes-pantoufles. Elle posa les pieds par terre et se leva. Ciel, comme ça tanguait ! Elle attendit que ses jambes s'affermissent et alla ouvrir les volets.

Une lumière grise envahit la pièce. Dehors, elle vit de la

neige et des arbres. D'immenses arbres d'un vert sombre. Une vraie forêt.

Des arbres, de la neige ?

Allons bon, elle n'était assurément plus à Manhattan !

La fenêtre se trouvait à un étage élevé de ce qui lui parut être une maison à l'architecture intéressante plantée au centre d'une clairière enneigée, le tout au cœur d'une forêt. Deux traces de pneus dans la neige menaient à un 4x4 immobile. S'il y avait des maisons alentour, elle n'en vit aucune. Elle n'avait autour d'elle que des arbres à perte de vue. Un peu comme si cette maison avait été édifiée au milieu de nulle part. Et cette solitude avait un petit côté effrayant pour le rat des villes qu'elle était.

Aucun signe de vie. Elle déverrouilla la fenêtre et la fit coulisser, surprise de pouvoir l'ouvrir. Mais aussi, qu'aurait-elle bien pu faire ? Un saut de deux étages lui vaudrait sans nul doute quelques os brisés. Elle passa la tête par la fenêtre et s'emplit les poumons d'un air frais. Toute en lignes épurées, la maison était faite de bardeaux de cèdre gris. Une antenne satellite incongrue se dressait au bord du toit.

Un oiseau imposant survola les arbres, un animal hurla. Elle n'était pas douée pour reconnaître les oiseaux — à part les pigeons et les moineaux —, mais elle pencha pour un faucon. Un prédateur s'attaquant à plus petit et plus innocent que lui. Un peu comme elle avant que Charles Pendegraff III fonde sur elle…

Le statut de victime ne lui avait jamais plu. Et ça lui déplaisait encore plus d'avoir été téléportée Dieu sait où par un voleur venu lui vider son coffre. Outre la commande de Mme Grayson, elle avait aussi plusieurs autres projets sur le feu. Bref, elle n'avait pas de temps pour un kidnapping.

Elle alla à la porte et découvrit qu'elle s'ouvrait aussi facilement que la fenêtre. Elle la referma sans bruit et réintégra la chambre. Elle avait besoin de réfléchir avant d'affronter son ravisseur.

Il lui fallait aussi se brosser les dents, songea-t-elle en inspectant la chambre des yeux. Qui lui rappela une chambre d'hôtel haut de gamme, car, si les meubles étaient en pin, ils avaient l'allure d'un mobilier de résidence secondaire à l'aspect simple, mais onéreux : un lit vaste et moelleux, deux confortables fauteuils club encadrant une cheminée et une porte entrouverte donnant manifestement sur un petit salon.

Le tout évoquait une luxueuse résidence de station de ski. Hors de prix, confortable et loin de tout.

Dans la salle de bains, elle trouva non seulement une brosse à dents neuve, encore dans son emballage, mais aussi un panier de produits de toilette et une pile de serviettes-éponges aussi blanches qu'épaisses. L'eau dont elle emplit un des deux verres était divinement fraîche et elle la but d'un trait avant de le remplir de nouveau.

Elle but encore, à petites gorgées cette fois, tout en inspectant son reflet dans le miroir. Ses cheveux partaient dans tous les sens, son maquillage avait coulé et ses vêtements très ordinaires avaient l'air de… d'avoir servi de pyjama.

Elle se brossa les dents et prit une longue douche chaude afin de chasser ce qui subsistait de son hébétude.

Derrière la porte était pendu un peignoir blanc, lui rappelant de plus en plus un hôtel de luxe. Elle l'enfila, avant d'ouvrir tous les tiroirs et les placards, à la recherche d'une brosse à cheveux ou d'un peigne.

Elle trouva les deux, ainsi que des sprays capillaires et un assortiment réduit de cosmétiques encore emballés. Elle fit la grimace : il n'était pas question de se faire belle pour un vulgaire kidnappeur. Toutefois, elle changea vite d'avis. Elle devait avoir de l'assurance et elle savait ce qu'une touche de gloss et un peu de mascara pouvaient faire dans ce domaine.

User du sèche-cheveux et se maquiller lui rendirent un certain sens de la normalité.

De retour dans la chambre, elle inspecta armoire et tiroirs et ne fut qu'à demi surprise d'y trouver T-shirts propres, pyjamas, pantalons, un pull à capuche, des anoraks et un sac — Dieu merci — encore scellé de sous-vêtements et de chaussettes. Elle en déduisit, d'une part, que M. Pendegraff était un habitué des visites impromptues, d'autre part, que le business du kidnapping était florissant !

Elle s'habilla rapidement, ne gardant de ses propres vêtements que son jean, carra les épaules et releva le menton, puis partit en quête de son ravisseur.

Ses pas ne firent aucun bruit sur le sol moquetté du couloir, aux murs duquel étaient accrochés diverses toiles et dessins, qu'elle supposa être des originaux. Hors de prix, sans doute.

Arrivée au bas de l'escalier, elle tendit l'oreille. Aucun son ne lui parvenait. Une panique la prit à l'idée qu'elle ait pu être abandonnée ici, mais elle se souvint alors du 4x4 garé devant la maison.

Elle repartit en exploration et découvrit vite que M. Pendegraff avait un goût exquis. Tout était de la plus belle qualité, depuis le mobilier de cuir du salon jusqu'au placard à liqueurs.

Elle aboutit finalement dans la cuisine et y trouva Charles Pendegraff III installé dans le coin repas attenant, un café devant lui et les yeux braqués sur un téléviseur à écran plasma intégré dans le mur. Il l'éteignit à son arrivée.

Il avait encore changé, pensa-t-elle avec une certaine méfiance. Le voleur de bijoux tout de noir vêtu avait laissé place à un gentilhomme campagnard en jean, chemise de chambray et bottes de marche.

— Bonjour. Voulez-vous du café ?

— Avec ou sans drogue dedans ?

— Sans, assura-t-il, le regard soudain contrarié. Et je vous prie de m'excuser : je n'avais rien trouvé de mieux pour gérer la situation.

Elle comprit qu'il n'avait plus aucune raison de la droguer dans ce lieu isolé. Et s'aperçut aussi qu'elle était une faible femme, incapable de résister à l'arôme émanant de la cafetière !

— Dans ce cas, d'accord.

Il se leva, passa derrière le bar de granite et versa du café dans une chope bleue vernissée bien trop ordinaire et gaie pour appartenir à cette maison.

— Du lait ?

— Volontiers.

Il ouvrit le réfrigérateur, plein, et en sortit un carton de lait frais qu'il posa près de la tasse.

— Le sucrier est là, indiqua-t-il.

Elle prit tout son temps pour se préparer son crème exactement comme elle l'aimait, bien décidée à conserver son calme. Le café était délicieux. Fort, aromatique, il lui rendit tout son mordant. Parfait.

— Qu'aimeriez-vous pour accompagner votre café ? s'enquit-il, tel un maître d'hôtel. J'ai des œufs, des muffins, des…

— Des réponses. J'aimerais des réponses.

— Je sais. Vous les aurez. Pendant le petit déjeuner.

— Je n'ai pas faim.

— Cela va changer. Aimez-vous l'omelette ?

La frustration s'empara d'elle et, toute résolution de rester sereine envolée, elle avança d'un pas martial vers lui. Elle contourna le bar et se planta si près de lui qu'elle put sentir son odeur, le parfum de santal de son gel douche peut-être, ou de son shampooing, l'odeur de linge frais repassé de sa chemise et, enfin, le parfum de l'homme en dessous de tout cela.

Son regard vert s'était fait méfiant et il avait oublié un endroit en se rasant. Tout cela, Lexy l'enregistra alors que sa colère bouillonnait.

— Je ne veux pas d'omelette, je veux des réponses ! gronda-t-elle en plaquant bruyamment sa chope sur le bar. Hier, vous êtes arrivé dans ma vie, dans ma boutique, dans mon espace de travail, poursuivit-elle, avant d'énumérer sur ses doigts les crimes qu'il avait commis : vous m'avez menti, vous vous êtes introduit par effraction chez moi pendant la nuit, vous m'avez volée. Et, pour finir, vous m'avez droguée et kidnappée. A présent, j'ignore où je me trouve, j'ignore qui vous êtes et je veux le savoir !

Elle referma le poing avec une furieuse envie de le boxer aussi fort qu'elle le pourrait, mais en sachant que ce serait stupide. Elle se contenta donc de frotter ce poing sur sa paume ouverte.

— Et je veux le savoir *maintenant*.

L'espace d'un instant, il resta immobile à la regarder. Elle regretta de n'être pas plus grande et de devoir lever la tête pour le regarder. C'est toujours rageant d'être plus petit et moins fort que son adversaire.

Il lui fallut un certain temps pour comprendre qu'il ne la regardait pas comme un ravisseur observe sa victime, mais à la façon d'un homme qui contemple une femme qui lui plaît. Cela lui fit un choc et elle sentit une onde la parcourir. Mais bon sang, qu'avait-elle donc ?

Comment son corps pouvait-il réagir ainsi face à un hors-la-loi ?

A la recherche d'une excuse pour s'éloigner, elle saisit sa chope. Celle-ci s'était fendue à l'endroit où elle l'avait claquée sur le granite. Si seulement cela avait été la tête de Pendegraff…

Elle recula.

— D'accord, dit-il. Vous voulez parler d'abord, nous allons parler.

— *Vous* allez parler !

Le grand fauteuil confortable donna à Lexy l'envie de replier les jambes sous elle et elle se dit qu'en d'autres circonstances cette maison aurait fait son bonheur. Où qu'elle se trouvât. Mais elle n'avait vu aucun journal ni même un annuaire susceptible de lui donner un indice sur sa localisation.

Elle s'assit bien droite, les pieds sur le sol.

Pendegraff se resservit en café et s'installa dans le fauteuil face à elle. Il but une gorgée, lentement, comme s'il cherchait à gagner du temps. Elle tapa du pied par terre, ce qui eut pour effet de le décider à commencer.

— Je m'appelle vraiment Charles Pendegraff.

— Le troisième du nom ? l'interrogea-t-elle sans dissimuler son scepticisme.

— Oui, assura-t-il avec un bref sourire. Cependant, je ne fais mention du numéro que lorsque je veux passer pour un crétin pompeux.

— Vous y excellez, repartit-elle.

— Comme vous l'avez manifestement compris, je suis

cambrioleur, dit-il avant de marquer une pause et de secouer la tête. Enfin, *j'étais* cambrioleur. J'ai pris ma retraite, précisa-t-il avant de jeter sur elle un regard perplexe et d'ajouter : Et, jusqu'à hier soir, je n'ai jamais été pris sur le fait. Je dois être en train de perdre la main.

— Pris sur le fait par moi *et* par la police.

— Lexy, ce n'était pas la police.

— Oh, à d'autres ! Pourquoi vous croirais-je ?

— Ce que vous allez voir ne va pas vous réjouir, dit-il en tendant la main vers la télécommande. J'ai enregistré le journal télévisé de New York ce matin.

Il ralluma l'écran, pressa quelques touches et la chaîne qu'elle connaissait bien, puisqu'elle la regardait parfois en se préparant le matin, lui apprit qu'il allait faire frisquet à Manhattan aujourd'hui. Il y eut ensuite le bavardage coutumier entre l'invité de l'émission et le météorologue. Enfin arrivèrent les nouvelles proprement dites.

— Je ne suis pas certaine du rapport que peut avoir la crise monétaire des Etats-Unis avec notre…

Il la fit taire d'un doigt levé.

— Une seconde, fit-il.

Surgirent alors sur l'écran des prises de vue d'un quartier qu'elle connaissait bien. Des images de sa rue.

« Un incendie suspect s'est déclaré cette nuit dans le magasin d'une créatrice de bijoux de SoHo, réduisant en cendres le magasin, ainsi que l'appartement situé au-dessus. »

— Un incendie… ? murmura-t-elle, abasourdie.

La séquence accompagnant la voix du journaliste lui fit voir sa rue, la façade carbonisée de sa boutique, le joli bleu de sa porte devenu noir et boursouflé, toutes les vitres explosées et des lances projetant des centaines de litres d'eau chez elle.

« A 4 h 11 ce matin, un voisin a vu des flammes s'échapper du bâtiment qui abrite la boutique d'Alexandra Drake et a aussitôt appelé les pompiers, poursuivait la voix. La résidence de Mme Drake se trouve juste au-dessus de son atelier de création. »

Comme dans un film d'horreur, elle vit un homme se précipiter vers l'entrée du magasin, avant d'être ceinturé par les policiers postés devant.

— Carl ! gémit-elle tout bas.

Ensuite passa une interview de son ami, manifestement éperdu de chagrin :

« Lexy était une amie très chère. Nous lui avions demandé de venir boire un verre avec nous ce soir, mais elle avait préféré rester chez elle pour travailler. Je rentrais chez moi à pied quand j'ai vu les pompiers, disait-il en secouant la tête. Je ne sais pas ce qu'elle est devenue. Est-ce qu'elle a pu sortir sans encombre ? »

La caméra revint zoomer sur le journaliste.

« La police et les pompiers ne nous ont pas appris grand-chose sur ce point, mais une enquête va être ouverte sur l'origine de l'incendie, qu'ils trouvent éminemment suspect. Ils subodorent en outre qu'il y a eu cambriolage. »

Des images des pompiers en pleine action continuèrent à défiler, tandis que le journaliste reprenait le fil de son récit :

« Les sauveteurs ont également retrouvé le corps d'une femme dans les débris. Selon les services concernés, une identification ne sera pas possible avant plusieurs jours et, pour l'instant, Alexandra Drake est toujours portée disparue. »

Il y eut ensuite des images vidéo de Lexy assistant à un gala quelques mois plus tôt, avec l'un de ses colliers au cou. En parlant de son travail…

« Alexandra Drake était une jeune étoile montante dans la création joaillière de New York, poursuivait le journaliste. Ses créations apparaissent dans les collections de stars de cinéma, dans les demeures royales partout dans le monde et elles ont été vues dans divers films et émissions télévisées récents. Elle s'était surtout spécialisée dans les alliances et les bagues de fiançailles. »

Une photo d'elle, puis une deuxième, une troisième…

« Alexandra Drake avait vingt-huit ans. »

Sans transition :

« Dans une usine d'emballage de viande, ce matin, un sac-poubelle suspect s'est révélé être… »

Pendegraff éteignit la télévision.

Lexy se tenait immobile. Toute couleur avait dû déserter son visage sans qu'elle pût rien y faire.

— *Etait ?* Il a dit *était…*

Il hocha la tête, l'air mécontent.

— Ils ont dit qu'il y avait un cadavre de femme chez moi, reprit-elle. Comment est-ce possible ? Que faisait une femme dans ma boutique ?

— Je l'ignore, Lexy. Mais nous le saurons tôt ou tard.

Incapable de tenir en place une seconde de plus, Lexy se leva d'un bond.

— Hier, ma vie était normale, s'écria-t-elle en commençant à faire les cent pas. Elle était même passionnante. Et aujourd'hui, voilà que mon entreprise et mon chez-moi sont partis en fumée, et, en plus, je ne sais même pas où je me trouve !

Elle se retourna vers Pendegraff et le fusilla du regard, avant d'ajouter :

— Ah, j'oubliais le meilleur : le pompon, c'est que je suis morte !

Chapitre 4

— Mais non, vous n'êtes pas morte.

— Très juste, fit-elle en se frottant les yeux, j'ai juste été kidnappée.

Une rage folle monta en elle et elle en fut ravie, car elle saurait bien plus composer avec cette fureur qu'avec le désespoir qui, elle le savait, ne tarderait plus à l'envahir. Tout ce pour quoi elle avait travaillé si dur, son atelier, sa boutique, son appartement, tout était parti, envolé, disparu.

— Et tout ça par votre faute ! martela-t-elle.

— Je suis conscient que vous n'êtes pas prête à le croire ou à l'admettre, mais en fait je vous ai sauvé la vie.

Ce fut la goutte qui fit déborder le vase.

— Vous m'avez sauvé la vie ? hurla-t-elle. Dites plutôt que vous avez cambriolé mon atelier.

— Techniquement parlant, je suis venu récupérer un bien volé. Ecoutez, vous êtes en état de choc. Laissez-moi vous préparer un petit déjeuner et nous discuterons de tout cela en mangeant.

— Il faut que j'appelle mon père, lança-t-elle sans se soucier de ce qu'il disait. Il doit penser que je suis…

Elle ne put achever sa phrase. Depuis la mort de sa mère, quelques années plus tôt, son père était devenu incroyablement protecteur vis-à-vis d'elle et il l'incitait souvent à revenir dans la maison du Queens où elle avait grandi. Elle savait qu'il souffrait de solitude et que ses années passées dans la police l'avaient trop souvent mis en face d'histoires abominables.

Elle ne pouvait le laisser croire qu'elle était morte !

— Où est le téléphone ?

Pendegraff lui posa une main sur l'épaule alors qu'elle se mettait en quête d'un combiné.

— Tant que nous n'aurons pas découvert qui se cache derrière tout cela, quels sont ces gens qui m'ont pris pour un imbécile et ont incendié votre magasin, il serait plus sûr pour vous de rester disparue, affirma-t-il.

— Mais…

— C'est pour votre propre sécurité, Lexy. Votre père ne voudrait certainement pas vous voir courir le moindre danger ; je me trompe ?

— Vous ne comprenez pas ! Mon père est policier. Ma mère est morte et il n'a plus que moi. Il va aller chez moi, il va penser que c'est mon cadavre qu'on a retrouvé sur place et cela va le rendre fou. Il faut que j'arrive à lui parler.

Il lui frotta doucement l'épaule, avant de la lâcher.

— Accordez-moi une demi-heure pour tout vous expliquer. Ensuite, si vous le désirez encore, vous pourrez l'appeler.

Elle darda un regard meurtrier sur ce visage de dur à cuire de luxe, sur ces yeux couleur d'émeraude. Comment pourrait-elle lui faire confiance ? Il ne lui avait même pas dit où elle se trouvait.

— Où suis-je ?

— J'accorde beaucoup de valeur à ma vie privée et vous en savez déjà bien trop à mon sujet. Je ne tiens pas à ce que vous puissiez conduire la police jusqu'à ma porte.

Elle ne répondit rien.

— Vous êtes dans la montagne. Toujours aux Etats-Unis.

— Ce n'est pas suffisant.

Peut-être comprit-il alors son état d'esprit et son besoin d'en savoir plus, afin de pouvoir supporter la situation ? Peut-être, songea-t-elle, car il précisa :

— Nous sommes dans le Colorado. Notre emplacement est relativement isolé, mais la ville la plus proche est Aspen.

— Comment suis-je arrivée ici ?

— En jet privé.

— Volé ?

— Non, assura-t-il, tandis qu'un léger sourire estompait le sérieux de son visage. Cet avion m'appartient.

— Donc, vous êtes un cambrioleur passablement riche ?

— Je m'en sors.

— Et où est le pilote ?

— Vous l'avez en face de vous.

Bizarrement, cela ne la surprit pas.

— On dirait l'un de ces cauchemars dans lesquels on veut à tout prix se réveiller, mais où on ne peut pas…, déclara-t-elle, pensive.

— Je suis sincèrement désolé pour votre magasin et votre appartement. Les affaires que je traite d'habitude n'ont pas ce genre de dénouement.

— C'est vrai. Vous, vous êtes un gentleman cambrioleur. L'Arsène Lupin des temps modernes.

— Venez vous asseoir pendant que je prépare le petit déjeuner, commanda-t-il avec un bref sourire.

Elle reprit sa chope et le suivit dans la cuisine. Il sortit une poêle en Inox étincelant avec l'assurance d'un chef étoilé. Installée sur un tabouret de bar, elle termina son café et le regarda tirer du réfrigérateur des œufs, du beurre, des épinards, du fromage et des herbes qu'elle n'aurait pu identifier.

— Il cuisine, il cambriole des coffres-forts réputés inviolables, il pilote son propre avion…, énuméra-t-elle. Quels autres talents me cachez-vous donc ?

Il se détourna de ses préparatifs et lui lança un regard si chargé de désir que, l'espace d'une seconde, elle en eut le souffle coupé.

— Un jour, je vous les montrerai, promit-il à mi-voix.

Une vague de chaleur monta en elle à ces mots, l'étourdissant presque. Au lieu de lui retourner le regard glacé qu'il méritait, elle eut honte de cette réaction de son corps. Bon, peut-être était-il l'homme le plus sexy qui la kidnapperait jamais, mais il y avait une chose dont elle était bien certaine : les poules auraient des dents le jour où elle se mettrait nue devant lui !

— Vous avez trente minutes pour m'expliquer ce qui se

passe, préféra-t-elle lui rappeler. A votre place, je ne perdrais pas de temps.

Etonnante, la façon dont il pouvait casser les œufs, émincer les herbes, râper le fromage et, en même temps, énoncer paisiblement une histoire de plus en plus rocambolesque. Lexy, par chance, n'avait plus mal à la tête et, même si elle restait encore un peu confuse, elle n'eut aucun mal à en suivre le fil.

— J'aide les gens à récupérer des objets, expliqua-t-il. En douceur.

— Vous volez.

— Nous entrons dans une zone d'ombre, là. J'ai été cambrioleur, assurément, mais, à la longue, l'excitation que procure ce métier finit par s'émousser. Et puis, j'ai préféré me retirer tant que j'étais encore le meilleur. Je n'ai jamais été pris.

— Sauf par moi.

Elle vit passer une onde de contrariété sur le visage masculin. Ainsi, cela le vexait ? Parfait !

— Et, en plus, je vous avais en ligne de mire, ajouta-t-elle, désireuse de retourner le couteau dans la plaie.

— J'ai fait preuve de trop d'imprudence hier soir, déclara-t-il en lui lançant un bref regard presque aussi brûlant que le précédent. Sur bien trop de points, précisa-t-il en se vengeant sur ses herbes, qu'il hacha rageusement. Et vous aussi.

— Moi ?

— Que fichez-vous sans une sécurité digne de ce nom ? Des verrous de bazar et aucune surveillance vidéo ! N'importe qui pouvait entrer chez vous !

Elle éluda d'un geste ces paroles, qui lui rappelaient trop ce que lui répétait sans cesse son père. Combien de fois l'avait-il harcelée pour qu'elle installât un véritable système de sécurité ?

— Je me suis dit que je pourrais me défendre, puisque j'habite sur place, répondit-elle en le fusillant du regard. Et mon coffre était réputé inviolable.

— Foutaises ! En tout cas, pour quelqu'un comme moi.

— Et qu'est-ce qu'un homme comme vous fichait là ? A me

raconter n'importe quoi sur un prétendu mariage et des alliances, pour venir ensuite me voler ?

Le couteau se figea à mi-coupe.

— Pourrions-nous mettre un point en lumière ? Je ne vous volais pas. Je n'avais aucune intention de le faire. La seule chose que j'ai prise, ce sont les émeraudes.

— Oh, c'est tout ? ricana-t-elle. Avez-vous seulement idée de leur valeur ? Mon assurance ne m'aurait jamais remboursé une telle somme et j'aurais été ruinée.

— On ne peut mettre un prix sur cette parure, acquiesça-t-il en secouant la tête. Quelle fable vous a donc servie cette femme ? Celle qui vous a confié les pierres ?

— Comment savez-vous qu'il s'agissait d'une femme ?

— Oh, je vous en prie ! Je suis un professionnel, oui ou non ? Que croyez-vous ? Je n'ai pas choisi votre boutique au hasard. J'ai suivi les gemmes jusque chez vous.

Elle but le café qu'il lui avait resservi et prit le temps de réfléchir. Elle se refusait à lui donner la plus petite information, mais, s'il avait suivi la femme jusqu'à la boutique, il devait savoir quelque chose sur cette Mme Grayson.

— Elle m'a dit qu'elle voulait les faire monter différemment, les moderniser avant de les offrir à sa fille. J'ai pensé qu'elle voulait appâter les prétendants en exposant cette petite fortune au cou de fifille.

— C'est la plus âgée qui vous a parlé ? s'enquit-il en lui jetant un regard incisif.

— Oui.

— Qui vous a-t-elle dit qu'elle était ?

— Florence Grayson.

— Ce n'est pas possible ! s'exclama-t-il en partant d'un grand éclat de rire. Ah, il faut reconnaître à cette femme qu'elle a un fichu culot !

— Seriez-vous en train de me dire qu'elle ne s'appelle pas Florence Grayson ?

— Non. Mais je pense qu'elle a volé les émeraudes *à* Florence Grayson. Et la plus jeune, celle qui s'est fait passer pour sa fille, c'est Tiffany Starr, la maîtresse d'Edward Grayson. Enfin, c'était. Je suppose qu'Edward l'a plaquée et qu'elle s'est octroyé ce petit cadeau d'adieu. Les émeraudes Isabelle, précisa-t-il en versant son mélange dans la poêle chaude qui se mit à grésiller.

— Attendez un instant, je suis perdue. La mère n'est pas la mère, la fille n'est pas la fille, mais la maîtresse… et que sont les émeraudes Isabelle ?

— Je connais la vraie Florence Grayson et ce n'est pas cette femme. J'ai aussi rencontré la maîtresse d'Edward, Tiffany Starr — mais je pense que ce nom-là aussi, elle se l'est choisi… Quant aux émeraudes Isabelle, elles ont une légende. Et elles méritent vraiment d'être exposées dans un musée.

Lexy avait avec les bijoux la même affinité que d'autres ont avec la musique ou l'art. Ils lui parlaient. Lui revint alors à la mémoire la tristesse qu'elle avait éprouvée à l'idée de refaire une parure qui lui semblait si belle et si juste telle qu'elle était.

— Je me souviens m'être dit que c'étaient les gemmes les plus pures et les plus belles que je verrais jamais, répondit-elle. Cette couleur est si peu commune… Je ne l'ai jamais vue que dans des bijoux datant de l'époque des Mayas. En fait, j'ai même suggéré à ces deux femmes de bien réfléchir avant de me demander de leur redessiner une monture.

— Votre instinct était bon.

Quelque chose lui titilla la mémoire et elle ferma les yeux pour mieux réfléchir. Mais oui ! Elle avait lu quelque chose sur les émeraudes Isabelle à l'époque où elle étudiait les joyaux antiques.

— Je croyais que ces émeraudes avaient été perdues ?

— En fait, non.

— Ne dit-on pas qu'elles ont sombré avec le *Titanic*, ou quelque chose comme ça ?

— Je soupçonne leur propriétaire d'être à l'origine de cette rumeur. Les collectionneurs fortunés sont d'étranges individus. Ces émeraudes ont toujours fait partie d'une collection ; autrement dit, elles étaient effectivement perdues pour le reste du monde. Edward Grayson avait une telle frousse de les perdre qu'il ne laissait jamais sa femme les porter. Moi-même, j'ignorais qu'elles étaient en sa possession jusqu'au jour où il a fait appel à moi pour les récupérer.

— Dans ce cas, comment sa maîtresse en a-t-elle entendu parler ?

— Je suppose, dit-il en lui jetant un regard amusé par-dessus son épaule, que le bon M. Grayson s'est offert un petit coup d'accélérateur en parant sa maîtresse de ses précieuses gemmes — et de rien d'autre. Juste pour son plaisir personnel.

— Des gemmes historiques en guise d'aphrodisiaque ? Oh, voyons !

— Vous m'avez demandé mon avis, je vous l'ai donné, répliqua-t-il avec un sourire, tout en repliant l'omelette d'une main experte.

— Est-ce ce que vous feriez vous-même si vous les aviez ?

— A condition d'avoir le bon mannequin…

Quelque chose, dans son intonation, rappela à Lexy qu'il était actuellement en possession des émeraudes.

Et d'elle, par la même occasion.

— Si mes souvenirs sont bons, les émeraudes Isabelle ont été un cadeau spécial de Christophe Colomb à la reine Isabelle d'Espagne, n'est-ce pas ?

Hochant la tête, il coupa l'omelette en deux et la fit glisser dans deux assiettes de céramique bleue.

— C'était pour la remercier d'avoir financé son expédition et sa découverte de l'Amérique. Non seulement ces gemmes sont d'une qualité exceptionnelle…

— Je l'avais remarqué, le coupa-t-elle. Les diamants sont sans défaut et les émeraudes aussi proches de la perfection qu'on peut le rêver pour des gemmes de cette taille. Les pierres, à elles seules, doivent valoir une fortune, mais leur provenance les rend…

— Inestimables.

Il posa les assiettes sur le comptoir avant de lui tendre des couverts et une serviette de table en lin.

— Merci.

Armé de son propre couvert, il prit place à côté d'elle, en une proximité qui aurait dû la mettre mal à l'aise. Toutefois, la pensée qu'elle avait été à deux doigts de détruire un joyau historique occupait tout son esprit.

— Comment ces femmes ont-elles pu être aussi stupides ? En me demandant une nouvelle monture pour ces bijoux, elles leur ôtaient une grande partie de leur valeur et faisaient disparaître un objet historique.

— Certainement, mais, d'un autre côté, vous les auriez rendues monnayables. Elles ne pouvaient mettre cette parure en vente chez Christie's, ou même sur eBay, sans que personne ne s'en rende compte.

— Mmm, vous n'avez pas tort… Et où votre entrée en scène se situe-t-elle ?

Et, incapable de résister à la délicieuse odeur, elle goûta à son omelette. Elle était parfaite : légère, cuite à la perfection et goûteuse à souhait, ce qui ne l'étonna pas. Elle commençait à comprendre que Charles Pendegraff III réussissait tout à la perfection.

— Dès qu'il a découvert leur disparition, exliqua-t-il alors, Edward Grayson m'a engagé pour récupérer les émeraudes. Oh, bien sûr, il ignore que c'est moi qu'il a embauché. C'est mon chauffeur qui me représente dans les entrevues avec les clients. Je préfère conserver secrète mon identité. Je n'ai de contacts avec eux que *via* la messagerie électronique.

— Sournois.

— Je préfère dire « discret », si cela ne vous ennuie pas. Bref, Grayson m'a demandé de lui rapporter les gemmes sans qu'il n'y ait ni publicité, ni intervention de la police ; en toute discrétion, donc. En retour, j'empoche une jolie commission et tout le monde est heureux.

— Oui. A ceci près que tout a déraillé. Publicité, police, et un cadavre tout à fait gênant, vous avez eu droit à tout ! Quelqu'un a cafouillé. Excellente, votre omelette, soit dit en passant.

— Merci. Je dirais plutôt que quelqu'un est tombé dans un traquenard.

— Mais pourquoi ? Cela n'a aucun sens. Et puis, à propos, qui est cette femme qu'on a trouvée morte chez moi ?

— Je ne saurais le dire avec certitude, répondit-il en se rembrunissant. Mais je hasarderais bien une supposition.

Chapitre 5

Les œufs que dégustait Lexy perdirent d'un coup toute leur saveur.

— Vous pensez qu'il s'agit de Tiffany Starr ? interrogea-t-elle en avalant sa bouchée avec difficulté.

Cette femme, elle l'avait rencontrée, elle lui avait même parlé. Elle n'avait pas trente ans et elle serait morte ? Certes, il était amoral de dérober des bijoux inestimables à un ex-amant, mais devait-on mourir pour ce crime ?

— Qui d'autre ? Vous et moi étions présents quand ces hommes de main ont fracassé votre porte. Il n'y avait personne d'autre, ni dans votre atelier, ni chez vous.

— Non, en effet.

— Donc, ils ont déposé là une femme déjà morte, puis incendié les lieux. Un certain temps va s'écouler avant qu'on ne s'aperçoive que ce n'était pas votre cadavre qu'on a découvert.

— Mais pourquoi ? Si ce que vous dites est vrai, pourquoi Grayson ne s'en serait-il pas tenu à son plan ? Il aurait alors récupéré ses émeraudes et personne n'aurait su qu'elles avaient été subtilisées.

— Ça, Lexy, c'est un mystère que j'entends bien élucider.

Il la considéra avec une intensité qu'elle trouva déplaisante. Comme si la liste des mauvaises nouvelles ne s'arrêtait pas là.

— Quoi ?

— Je suis sûr que Tiffany Starr n'était pas la seule personne censée mourir hier soir.

— Que… que voulez-vous dire… ? articula-t-elle, parcourue d'un horrible frisson.

— Vous avez vu les émeraudes, vous les avez manipulées et moi, j'ai été engagé pour les récupérer. Comme je vous l'ai dit, personne ne les a vues depuis plusieurs dizaines d'années. Et j'ai catalogué Grayson comme étant un fanatique bien décidé à garder ces bijoux pour sa jouissance exclusive.

— Comme un enfant trop gâté ?

— Un enfant trop gâté, qui dispose de son service personnel de malfrats et de tueurs.

Effondrée, Lexy se prit la tête dans les mains.

— J'aurais dû écouter maman ! gémit-elle. J'aurais dû devenir infirmière. Ou institutrice, enfin, une carrière pas compliquée, et avec une retraite à la clé.

— Je ne sais pourquoi, mais je n'arrive pas à vous voir dans une profession ordinaire.

— Je sais, grommela-t-elle. C'est ma malédiction.

— Terminez donc votre petit déjeuner. J'ai toujours pensé qu'on ne pouvait pas commettre un crime le ventre vide et je suis presque persuadé qu'on ne peut pas non plus en résoudre un.

Elle planta sa fourchette dans une tranche d'orange, mais elle avait perdu tout appétit. Elle repassa ce qu'il venait de dire en esprit et laissa choir le morceau de fruit.

— Attendez une minute ! Vous avez bien dit que c'est votre chauffeur qui est allé au rendez-vous avec Grayson à votre place, non ? Ils doivent donc être persuadés que c'est lui. C'est lui qu'ils vont rechercher et vouloir tuer !

— Très bien pensé, mais ne vous faites aucun souci pour Healey. Il sait veiller sur lui-même.

Lexy soupira. Après tout, pourquoi devrait-elle se faire du souci pour un homme qui avait contribué à son enlèvement ? Toutefois, elle était de ceux qui achètent des pièges non mortels pour les rongeurs et, un jour, elle avait même libéré un rat furieux pour en faire un animal de compagnie.

Amanda avait été si horrifiée en la voyant entrer avec l'animal qu'elle avait refusé net d'ouvrir la porte ! A ce souvenir, son cœur se serra soudain.

— Oh, mon Dieu, Amanda ! Elle aussi a vu les deux femmes et, en plus, je lui ai montré les émeraudes ! s'écria-t-elle en sautant sur ses pieds, le cœur battant à toute allure. Il faut que je la prévienne tout de suite !

Elle s'élança vers la porte d'entrée au pas de course. Si la jeep était encore là, elle pourrait atteindre une ville, n'importe laquelle, et trouver le moyen de regagner New York.

Elle fut sur le perron en un éclair. Dieu merci, la voiture était là ! Les clés sur le contact seraient un bonus, mais, si elles n'y étaient pas, elle saurait connecter les fils pour faire démarrer le véhicule. Son père lui avait appris une foule de choses utiles au fil des ans.

Le gravier lui mordit douloureusement les pieds et le soleil lui brûla les yeux, mais peu lui importait. Amanda était son employée, son amie, et elle se trouvait sous sa responsabilité. Il fallait la prévenir. Elle courut vers la jeep grise sur fond de neige et l'avait presque atteinte quand une main de fer s'abattit sur son bras et ne fut pas loin de lui déboîter l'épaule.

— Aïe ! Lâchez-moi !

— Lexy. Stop.

Elle se retourna vers lui, percuta un torse semblable au granite et leva les yeux vers un visage étonnamment compréhensif.

— Il faut que j'y aille. Vous devez me laisser y aller. Amanda a confiance en moi. Elle travaille pour moi et j'en suis responsable, haleta-t-elle en tentant de se dégager.

— Je sais. Mais tout va bien. Healey monte la garde.

— Healey ? Celui qui vous a aidé à me kidnapper et à me droguer ? Vous m'excuserez si je n'ai pas une confiance folle en lui pour veiller sur mon amie !

— Healey est la personne la plus à même de le faire que je connaisse. C'est pour cela que je l'ai engagé.

— Ces hommes sont des tueurs, vous l'avez dit vous-même. Et vous savez quoi ? Les voleurs ne leur font pas peur. Feuille, pierre, ciseaux, vous connaissez le jeu ? Des tueurs gagnent toujours ; ils savent briser la pierre, déchirer la feuille et détruire les ciseaux. Tout cela n'a rien d'un jeu ! Laissez-moi partir !

— Impossible, Lexy, c'est trop dangereux. Mon devoir est de vous protéger.

— En ce cas, vous allez devoir me laisser téléphoner à mon père, repartit-elle en essayant de recouvrer son calme. Il a le droit de savoir que je suis en vie et il pourra mettre Amanda sous protection policière.

— Impossible, répéta-t-il, tandis que la compréhension qu'elle avait lue quelques instants plus tôt dans ses yeux virait à l'opiniâtreté.

— Ce n'est pas négociable.

— Ah, parce que vous êtes en position de négocier ? riposta-t-il d'un ton amusé.

Pour l'instant, elle ne savait qu'une chose : elle devait protéger son amie et elle le ferait, quel qu'en fût le prix.

— Oui. Je ferai tout ce qui est en mon pouvoir pour m'échapper d'ici et je préfère vous dire que j'ai toujours été pleine de ressources. Soit vous allez devoir me ligoter et m'enfermer, ou me droguer vingt-quatre heures sur vingt-quatre, soit vous me laisserez passer cet appel.

— Nous sommes dans la montagne, à des kilomètres d'Aspen. Et vous ne sauriez même pas quelle direction prendre, d'ailleurs.

— Je vous l'ai dit, je suis extrêmement débrouillarde. Avez-vous vraiment envie de passer votre temps à me donner la chasse ?

Elle jouait gros, elle le savait ; mais un homme qui ne l'avait pas enfermée à clé dans une chambre et qui mitonnait d'aussi bonnes omelettes ne lui paraissait pas être de nature à se réjouir de la maintenir saucissonnée pendant tout le temps qu'elle devrait passer ici.

— Savez-vous, au moins, que vous êtes une enquiquineuse ?

— Je n'ai rien demandé, et surtout pas à venir ici.

— Très bien, déclara-t-il après avoir contemplé le ciel, comme si la réponse s'y trouvait. Alors, si je vous accorde cet unique appel, accepterez-vous de coopérer ?

— J'ai autant envie que vous de coincer ceux qui ont cherché à m'assassiner.

— Dans ce cas, venez.

Il fit volte-face pour regagner la maison et elle hésita. Sans clé de contact, elle pourrait faire démarrer la jeep en moins de cinq minutes. Si les clés étaient dessus, il ne lui faudrait que trente secondes. Toutefois, il avait raison : elle ignorait où elle se trouvait, ne connaissait pas les routes et n'avait sur elle ni portable ni argent, ni même de chaussures.

Elle suivit donc Pendegraff à contrecœur. A tout prendre, cet unique coup de téléphone semblait être la seule option qu'elle avait.

Pour le moment.

Le téléphone était, comme elle s'en doutait, un appareil par satellite, donc intraçable.

— Croyez-vous qu'un intervenant quelconque puisse faire facilement le lien entre votre père et vous ? lui demanda Pendegraff avant de lui tendre le combiné.

Elle s'aperçut alors que son père pourrait se retrouver lui aussi en danger à cause d'elle et des émeraudes volées ; et elle ne put que remercier le ciel de ne pas avoir le même nom que lui.

— Peut-être, mais ce ne serait pas évident, répondit-elle. En fait, nous ne portons pas le même nom. Mon arrière-grand-père était polonais et, en arrivant comme immigrant aux Etats-Unis, il a fait modifier son nom de Dabrowski en Drake. Drake était donc le nom de mon père et le mien à ma naissance, mais, quand j'étais petite, Papa a fait une sorte de crise d'identité et il a voulu retrouver ses racines. Je me souviens, ajouta-t-elle en souriant, d'un voyage en Pologne à l'époque. Mon père avait voulu voir la ville dont sa famille était originaire. On a fini par y retrouver des cousins qui ne parlaient pas plus l'anglais que nous le polonais !

— Quel âge aviez-vous ?

— Une quinzaine d'années. C'était plutôt sympa et, comme maman lui avait demandé de nous emmener aussi à Paris, j'ai vraiment été à la fête. C'est en rentrant qu'il a décidé de reprendre le nom de Dabrowski. Il a voulu nous l'imposer à toutes les deux, mais maman a dit que j'avais déjà un nom, que j'en aurais un autre en me mariant et que ça suffisait comme ça. Moralité : Papa s'appelle Dabrowski et moi Drake.

— Même ainsi, vous allez devoir lui conseiller de surveiller ses arrières. Rien n'arrêtera Grayson dans son désir de récupérer les pierres. Nous allons devoir nous montrer plus futés que lui. Appelez votre père au commissariat. S'il n'y est pas, ne laissez aucun message. Rappelez tant que vous ne lui aurez pas parlé.

— D'accord.

Elle composa le numéro, les doigts tremblants. Et si elle se trompait ? Et si, Dieu sait comment, Grayson ou quiconque était derrière tout ceci, avait déjà fait le lien entre elle et son père ? Elle paniquait encore quand la sonnerie résonna à l'autre bout du fil.

— Dabrowski ! aboya sèchement la voix familière.

Le soulagement la submergea au point qu'elle eut envie de se pelotonner dans les bras de son père pour le laisser effacer cet affreux cauchemar.

— Oh, papa, Dieu merci tu es là !

Un silence de plomb lui répondit.

— Papa, c'est moi, Lexy !

— Mon Dieu, ma fille, tu es vivante !

— Oui. J'ai vu les informations et je savais que tu serais fou d'inquiétude. C'est pour ça que je t'appelle.

— Attends, il faut que je m'assoie, dit-il, et elle entendit divers bruits de fond dans le combiné. Bon sang, où es-tu ? reprit-il ensuite. Tout a été incendié chez toi et j'étais sûr que tu étais morte !

Il avait dit cela d'un ton agressif, presque furieux, mais elle devina qu'il luttait contre les larmes. Ses propres yeux en étaient déjà pleins.

— Je suis désolée que tu aies eu peur, répondit-elle en serrant fort le combiné comme s'il s'était agi de la main de son père. C'est une longue histoire et je n'ai pas beaucoup de temps, mais je vais bien. J'ai besoin que tu fasses quelque chose pour moi.

— Je vais venir te chercher, voilà ce que je vais faire. Tu as vu ce qu'il reste de ta maison ?

— Oui, je l'ai vu à la télévision. Mais s'il te plaît, papa, écoute-moi. Il se pourrait que je sois en danger.

— Dans ce cas, viens ici tout de suite et je me chargerai de veiller sur toi, sois tranquille.

— Ce n'est pas aussi simple, papa. Si ceux qui ont incendié ma boutique et tué la femme retrouvée dans les décombres découvrent que tu es mon père, tu seras toi aussi en danger.

— Mais que se passe-t-il ? De qui parles-tu ? Dans quoi t'es-tu fourrée ?

— Franchement, je n'en sais rien, mais c'est en rapport avec des bijoux sur lesquels je devais travailler. Je n'ai plus le temps, reprit-elle alors que Pendegraff lui faisait signe de mettre un terme à la conversation, mais il est primordial que tu ne parles à personne, et surtout pas aux médias, ni que tu fasses quoi que ce soit qui puisse indiquer que nous sommes liés. Et surtout, surveille tes arrières, d'accord ?

— Ce ne sont pas mes arrières qui m'inquiètent, ma chérie. Je voudrais vraiment que tu viennes ici.

— Je ne peux pas. Pas tant que je n'aurais pas compris ce qui se passe. A-t-on déjà identifié le corps ?

— Non, c'est trop tôt. Tout le monde est persuadé que c'est toi. Une fois qu'ils sauront que ce n'est pas le cas, ils chercheront qui cela peut être.

— Dans ce cas, je pourrai peut-être les aider. Il peut s'agir d'une certaine Tiffany Starr… ne me demande pas son vrai nom… mais nous pensons que c'est peut-être elle.

— Mais qu'est-ce que c'est que cette histoire ?

— Je suis désolée, papa, mais il faut que je raccroche maintenant. Je te rappellerai bientôt.

— Attends ! Qui est-ce « nous » ? Avec qui es-tu ?

— Je ne peux pas te le dire, mais je te jure que je suis en sécurité. Je te rappelle dès que je peux. Ne t'inquiète surtout pas.

Elle raccrocha sans laisser à son père le temps de se lancer dans la litanie des préoccupations qui, elle le savait, devaient l'assaillir à présent. Il ne faisait aucun doute que, malgré l'avertissement qu'elle lui avait lancé, il ne penserait pas une seconde à sa propre sécurité. Elle soupira. Quel intérêt y avait-il pour elle à demeurer là, en pleine nature, loin de tout, alors que les gens qu'elle aimait étaient en danger ?

— Il faut que je retourne à New York ! déclara-t-elle d'un ton ferme.

— Oh, mais tout à fait.

— Vraiment ? Vous voulez bien ?

— Oui.

— Ce n'est pas possible ! Quand pouvons-nous partir ?

— Jeudi.

— Jeudi ? Pourquoi, vous avez rendez-vous chez le dentiste ?

Il lui jeta l'un de ces regards entendus qu'elle commençait à détester…

— Non, il s'agit d'une réception.

Elle ouvrait la bouche pour protester quand il reprit :

— Et vous m'accompagnerez.

— Je croyais que vous aviez dit…

— Quelle taille faites-vous ? l'interrompit-il en la détaillant de haut en bas. Du 36 ?

— J'achète mes vêtements moi-même, merci, répondit-elle, tout en songeant qu'il avait l'œil.

— Très bien. Je vais faire en sorte que vous ayez le choix. A présent, si vous voulez bien m'excuser, j'ai du travail, déclara-t-il avant de se détourner.

— Du travail ? Quel genre de travail ? Il y a des maisons à cambrioler dans le coin ?

— Je vous ai expliqué que j'avais pris ma retraite, répondit-il en se tournant vers elle. Je suis un homme d'affaires désormais.

— Attendez. Vous n'allez pas me laisser toute seule ici sans rien à faire !

— Il y a des livres, des disques, la télévision par satellite… Faites comme chez vous !

— Si je veux faire comme chez moi, il va falloir que

j'incendie cette maison ! Y a-t-il un bidon d'essence quelque part ? ironisa-t-elle avec amertume.

— Je sais que c'est dur pour vous, mais je suis en train d'essayer de démêler le fin mot de l'histoire.

— En consultant votre portefeuille d'actions et l'agenda mondain ?

— Oh, mais il s'agit d'une réception très particulière ! Une soirée de bienfaisance en plein cœur de Manhattan : le bal des Diamants. Vous ne manqueriez pas cela pour un empire, j'en suis sûr.

Quelque chose, dans son intonation, fit comprendre à Lexy à quel point elle avait été stupide.

— Grayson y sera, c'est ça ?

— Oui. C'est lui qui organise la soirée, avec sa femme ; il est donc obligé d'y être.

— Dommage que je n'aie pas pris mes bijoux avec moi. J'aurais pu arborer mes créations devant le gratin de New York.

— Ce n'est pas un problème. J'ai une très jolie parure d'émeraudes que vous pourrez m'emprunter pour la soirée.

Elle le dévisagea, interdite.

— Vous êtes sérieux ? articula-t-elle enfin.

— Extrêmement. Si ces gemmes obsèdent autant Grayson que je le pense, il va devenir fou en les voyant à votre cou. Et en public.

— Mais ne va-t-il pas essayer de les récupérer ?

— Oh, j'y compte bien ! Cependant, il ne pourra rien tenter au milieu des centaines de gens haut placés qui assisteront à la soirée.

— Je n'en suis pas si sûre, réfléchit-elle à haute voix. Ce type a sans doute tué son ex-maîtresse, il a essayé de nous tuer, vous et moi, il a détruit mon appartement, mon atelier et ma boutique. Je ne pense pas qu'il s'arrêtera à ce simple détail.

— Quand vous déciderez-vous à me faire confiance ?

— Oh, voyons voir… Peut-être le jour où vous ne me retiendrez plus chez vous contre ma volonté ?

Il fit un pas vers elle avec, dans le regard, un éclat qui lui donna envie de reculer. Elle n'en fit rien, bien sûr. Elle avait sa fierté, tout de même !

— Dorénavant, dit-il, je vais essayer de ne rien faire qui aille contre vos désirs.

Voilà qu'il recommençait ses agaçants sous-entendus érotiques qui auraient dû lui faire lever les yeux au ciel. Enfin, à ceci près que, lorsqu'il la regardait ainsi, quand sa voix prenait ce timbre si particulier, une partie d'elle-même — si femelle qu'elle se moquait bien d'enlèvements, de comportements déplacés ou même de sous-entendus vaseux — réagissait d'instinct. Cette même partie d'elle-même qui scintillait comme un gyrophare et dansait la samba chaque fois qu'il s'approchait un peu trop près.

Diable, que ferait-elle s'il cessait de l'asticoter avec des paroles et tentait une approche plus physique ?

Oh, bien sûr, elle lui réglerait son compte en deux temps trois mouvements. Manier un revolver n'était pas la seule technique d'autodéfense qu'elle avait à son répertoire.

Enfin, elle pensait être capable de le faire, mais elle préférait largement ne pas avoir à essayer, car elle avait comme le sentiment que celui des deux qui basculerait les quatre fers en l'air, ce pourrait bien être elle.

Il contemplait à présent sa bouche comme un homme regarde la bouche d'une femme qu'il a envie d'embrasser.

Elle sentit ses propres lèvres la picoter d'anticipation alors qu'il faisait un autre pas vers elle. Son cerveau lui hurla d'arrêter de se conduire en imbécile patentée, mais il semblait que le syndrome de Stockholm l'avait déjà frappée. Elle songeait en effet qu'en cet instant rien ne lui ferait plus plaisir qu'un baiser de son ravisseur…

Alors qu'elle s'efforçait de recenser toutes les raisons qui lui commandaient de ne pas embrasser cet homme — et il y en avait en quantité —, la décision cessa de lui appartenir. Déjà, la bouche de Pendegraff venait se refermer sur la sienne. Il l'embrassa lentement, langoureusement, puis releva la tête et posa les mains sur le mur, de chaque côté de sa tête.

— J'en ai envie depuis que j'ai posé les yeux sur vous.

Elle fut si surprise qu'elle eut du mal à croire que c'était bel et bien arrivé. Cet homme volait tout, même les baisers.

— Et Pénélope ? souffla-t-elle.

— Pénélope ? répéta-t-il sans cesser de fixer ses lèvres.

— Votre fiancée.

Elle ne doutait pas qu'il avait inventé de toutes pièces cette histoire de fiançailles, mais toute arme était bonne contre un homme qu'elle trouvait de plus en plus dangereusement attirant.

— Ah oui, c'est vrai, Pénélope..., répondit-il en lui caressant la lèvre inférieure du pouce. En fait, nous avons rompu.

A peine eut-il achevé ces paroles qu'il se pencha pour l'embrasser encore.

Il n'était pas le seul à avoir du mal à se concentrer. Elle eut toutes les difficultés du monde à trouver ses mots :

— Quand ?

— Juste après vous avoir rencontrée, affirma-t-il en lui mordillant la lèvre.

Quel menteur ! Mais... comme il embrassait bien !

— Et comment l'a-t-elle pris ?

— Très bien. Vous avez une bouche divine.

Il déposa une série de petits baisers sur ses lèvres, puis lui prit le menton pour lui incliner la tête et pouvoir l'embrasser dans le cou. Jamais encore, elle n'avait remarqué que sa peau, à cet endroit, était aussi sensible.

— En fait, elle a dû être ravie d'être débarrassée de vous...

— Elle a eu le cœur brisé, bien sûr, assura-t-il en lui mordillant la base du cou. Mais elle a bien compris qu'étant donné cette envie de vous embrasser qui m'obsédait je ne pouvais plus l'épouser.

— Ce serait terriblement embarrassant, en effet, acquiesça-t-elle en lui passant les bras autour du cou pour le regarder à travers ses cils. Dites-moi, est-ce que je lui ressemble ?

— Pas du tout. Elle est très différente.

— Grande ?

— Un peu plus que vous, mais pas beaucoup.

— Blonde ?

— Rousse. Oh, et à propos, ce qu'on dit du caractère des rousses est tout à fait vrai, poursuivit-il en la couvrant de petits baisers. Mais je dois reconnaître à Pénélope qu'elle n'a jamais braqué de revolver sur moi.

Cette allusion, qui rappela à Lexy la facilité avec laquelle il lui avait arraché l'arme des mains, ne lui plut pas du tout. Elle allait devoir se soumettre à un entraînement sérieux dès qu'elle serait de retour.

— Cela méritait vraiment l'attente, déclara-t-il en se redressant. Mais autant j'aimerais rester ici et continuer toute la journée, autant j'ai du travail qui m'attend. Mon bureau est par là, si vous avez besoin de moi, ajouta-t-il en désignant un couloir. Essayez de ne pas vous attirer d'ennuis en m'attendant.

Trop tard, songea-t-elle en le regardant s'éloigner. Car elle avait la nette impression d'être *déjà* dans les ennuis.

Pour ne pas dire dans un vrai pétrin.

Chapitre 6

Healey avait un coude coincé par une branche ; il était sûr que son pantalon s'était déchiré au genou et que quelque chose rampait sur la partie exposée de sa jambe. Une fourmi, dans le meilleur des cas.

Pourtant, il s'en moquait. Tout comme il se moquait d'être si inconfortablement recroquevillé dans l'un des arbres de la rue. Ce dont, en revanche, il ne se moquait pas, c'était cette impression qu'il avait de se conduire en pervers. Regarder une fille splendide se déshabiller pouvait être fabuleux quand la fille savait que l'on était là et voulait que l'on soit là, mais, pour l'heure, tel n'était pas le cas.

Il faisait le travail dont Pendegraff l'avait chargé et c'était ainsi qu'il gagnait sa vie. Cependant, quand il était monté dans l'arbre pour s'assurer que la vendeuse d'Alexandra Drake était bien chez elle, il ne s'attendait pas à la trouver en train de se dévêtir.

Il n'imaginait pas non plus que l'arbre dans lequel il se juchait serait parfaitement reflété dans le miroir de la coiffeuse. En plissant les yeux, il put distinguer l'ombre que formait son corps dans le feuillage. Tant qu'il demeurerait immobile, Amanda ne soupçonnerait pas sa présence, mais, s'il remuait le petit doigt, elle l'apercevrait aussitôt.

Très embarrassé, il restait donc là où il était.

Amanda Sanford. C'était comme cela qu'elle s'appelait, la vendeuse d'Alexandra Drake Créations. Un joli petit morceau. Seulement, si Charlie avait vu juste, les malfrats qui avaient incendié le magasin étaient peut-être déjà en quête de la seule personne susceptible de savoir où se trouvait Lexy.

Bien sûr, Amanda ne savait ni que sa patronne était en vie ni, *a fortiori*, où elle se cachait. Avec un peu de chance, les deux femmes se retrouveraient bientôt, à condition qu'il parvienne à garder Amanda en vie et que Charlie fasse de même pour Lexy.

Manifestement, Amanda était en train de se changer, ce qui n'était pas bon signe sur bon nombre de plans. D'abord, cela signifiait qu'elle comptait sortir, alors qu'il aurait souhaité la voir rester bien au chaud et, surtout, en sécurité chez elle. Ensuite, elle prenait tout son temps et n'avait pas jugé utile de tirer le store. N'importe qui pouvait la voir.

Un clou en diamant étincela à son nez et, quand elle se retourna, l'anneau qu'elle avait au sourcil scintilla lui aussi.

Pour commencer, ce fut un chemisier noir qui disparut. Elle avait la peau bronzée et le torse mince. Son soutien-gorge était de ceux qui mettent en valeur les attributs en question plus qu'ils ne les dissimulent.

Healey baissa résolument les yeux. S'il ne pouvait esquiver ses responsabilités, il n'était pas pour autant obligé de reluquer sa protégée comme un vulgaire voyeur.

Il détourna donc le regard, mais non sans avoir remarqué le voilier tatoué sur l'omoplate gauche de la jeune femme. Il avait déjà vu des tatouages sur des filles, mais il s'agissait généralement de fleurs ou de papillons, ou encore de ces barbelés autour du biceps chez les dures à cuire. Jamais encore il n'avait vu de voilier tatoué.

Amanda porta les mains à sa taille pour ouvrir son jean et il s'obligea à regarder plus bas. Elle était pieds nus et il vit le pantalon tomber sur ses chevilles, avant qu'elle n'en sorte en deux enjambées.

Et il se prit à songer que jamais encore il n'avait vu chevilles plus adorables. Des chevilles ? Mais que lui arrivait-il ? Les chevilles ne l'avaient jamais particulièrement attiré. En général, il ne les remarquait pas.

Elle se tourna, fit quelques pas et il aperçut un autre tatouage.

Sur une cheville, justement. Une ancre. Encore une fois, un choix étrange pour une femme. Les yeux fermement rivés sur les pieds et les mollets, il devina que la jeune vendeuse se déplaçait et se postait devant un placard.

Immensément soulagé, il la vit mettre les pieds dans une robe et remonter celle-ci sur ses hanches. Il lui laissa le temps de bien l'ajuster avant de relever les yeux. La robe était courte et flottait sur elle, très féminine.

Elle ouvrit un tiroir de la coiffeuse et regarda un long moment à l'intérieur. Elle finit par en sortir un collier comme s'il s'agissait d'un bien précieux et fit courir son doigt sur un pendentif d'or aux contours étranges. Dans le miroir, il vit le visage féminin se défaire et des larmes commencer à l'inonder. Il rêva de pouvoir tendre la main pour les essuyer, révéler à cette femme que sa patronne et amie n'était pas morte, mais bien vivante et en sécurité.

Hélas, c'était impossible, aussi la regarda-t-il attacher soigneusement le collier autour de son cou, puis s'essuyer le visage des deux mains. Elle disparut un instant de sa vue et revint peu après, la figure fraîchement nettoyée. Ses boucles étaient humides sur son front.

Sans son épais maquillage, elle avait l'air bien plus jeune, bien plus vulnérable. Ses yeux étaient cernés par le manque de sommeil, le choc et le chagrin. Et puis, elle avait perdu son travail et son employeur de façon bien dramatique…

Elle parut se reprendre peu à peu. Régulièrement, elle effleurait le collier, tandis qu'elle se passait du crayon noir sur les yeux. Puis elle s'appliqua un peu de mascara et ajouta juste une touche de gloss sur les lèvres.

Elle s'assit ensuite sur le lit, enfila des bas noirs et fourra ses pieds dans des godillots de la même couleur.

Ce mélange de pure féminité et de rudesse plut énormément à Healey. Il se demanda si ce style vestimentaire reflétait sa personnalité et rêva de connaître un jour le luxe de pouvoir le découvrir.

Enfin, elle saisit un sac à main dont elle passa la chaîne sur son épaule et s'en fut. Il observa soigneusement les alentours avant de descendre de son perchoir, mais la rue semblait déserte. Ce fut seulement en atterrissant sur le sol qu'il s'aperçut de son erreur : une vieille dame que les branches lui avaient masquée promenait un chien à quelques mètres à peine de l'endroit où il toucha terre. Elle le fixa comme si elle s'apprêtait à lui projeter son sac à la figure.

Il lui sourit et brandit un trousseau de clés.

— Ça y est, je les ai retrouvées ! On s'est disputés, avec ma femme, et elle les a balancées par la fenêtre, expliqua-t-il, avant d'ajouter d'un air penaud : Je sais, elle a un fichu caractère, mais que voulez-vous, je l'aime !

— Offrez-lui des fleurs, lui conseilla la dame, pendant que son chien arrosait l'arbre tout juste déserté.

Sur un dernier salut, il remonta la rue, tourna à gauche et fit le tour de l'immeuble au trot. Il revint juste à temps pour en voir sortir Amanda, un portable collé à l'oreille. En parlant, elle ne cessait d'effleurer son collier du bout des doigts.

Elle descendit l'escalier du métro et il la suivit de loin sans jamais la perdre de vue, tout en vérifiant à tout moment si un autre que lui ne la filait pas aussi.

A première vue, tel n'était pas le cas, mais il n'entendait pas baisser sa garde pour autant.

Un tour complet du propriétaire apprit à Lexy que la maison comportait quatre chambres, une belle salle de gymnastique au niveau inférieur, un cellier et une salle de home cinéma, que Pendegraff portait des lunettes quand il travaillait et qu'il était assez coquet pour les enlever quand elle entra dans son bureau et le trouva occupé à jouer du clavier sur un ordinateur portable dernier cri.

— J'aurais besoin de bottes, annonça-t-elle.

Manifestement absorbé par ce qu'il faisait, il cilla, comme pour ajuster sa vue à la nouvelle venue.

— Pourquoi ? s'enquit-il en regardant ses pieds, toujours glissés dans les chaussettes-pantoufles.

— J'ai besoin de prendre l'air. J'étouffe, ici.

Elle avait regardé toutes les chaînes d'information du satellite, mais, nonobstant une certaine fierté de faire l'objet d'un court reportage sur CNN, elle n'avait rien appris de plus sur l'incendie et ses conséquences. Voir ses voisins, et même deux collègues créateurs, ainsi que la vedette de *Party Girls of Manhattan* discourir sur son talent et la perte insigne qu'était sa disparition pour la joaillerie new-yorkaise lui avait fait un drôle d'effet.

« Elle était semblable à ses créations, avait déclaré l'un de ses concurrents, dépourvu de talent et très imbu de lui-même. Elle était unique et on ne la remplacera pas. »

Elle avait eu envie de lui lancer quelque chose à la figure, mais s'était contentée d'agiter le poing en direction de l'écran plasma en hurlant « Je ne suis pas morte, imbécile ! » C'était à cet instant qu'elle avait compris son besoin de faire un peu d'exercice.

Charlie parut peu enthousiaste à l'idée de la voir quitter la maison, mais elle n'allait pas lui laisser le choix : elle en avait assez d'être une victime.

— Je sors faire un tour. Il doit bien y avoir un petit chemin sympathique dans le coin, non ?

— Je vous accompagne, annonça-t-il.

— Non. J'ai envie d'être seule. Je ne veux ni chaperon ni geôlier.

— Mais…

Elle se carra, les mains sur les hanches, et le fusilla du regard.

— Ecoutez : vous voulez que je vous fasse confiance, ce qui est plutôt gonflé vu ce que vous m'avez infligé, alors pourquoi ne me feriez-vous pas confiance, vous aussi ? J'ai dit que je reviendrais et je reviendrai.

Il hocha lentement la tête.

— Quelle est votre pointure ? interrogea-t-il.

— 36.

— J'ai quelques paires de chaussures de femmes en 37.

C'est le mieux que je puisse faire. Vous n'aurez qu'à enfiler une deuxième paire de chaussettes par-dessus la première.

— Vous avez des chaussures de femme, vraiment ? Ce sont celles de Pénélope, peut-être ?

— Non, celles de ma mère.

— Oh, après tout, on s'en fiche ! s'exclama-t-elle en se détournant.

— Vous les trouverez dans le placard de la véranda.

Comme promis, elle en découvrit plusieurs paires, ainsi que des chaussures de randonnée et des raquettes, toutes de taille 37. En serrant bien les lacets, elle se sentit à l'aise dans les chaussures de randonnée. Pendegraff arriva alors qu'elle s'apprêtait à sortir, porteur d'une parka blanche et de gants de ski. Il l'aida à enfiler la veste, lui confia les gants, lui ouvrit la porte et sortit derrière elle.

La véranda donnait sur l'arrière de la maison, mais la vue était quasiment la même que devant. Partout où se portait le regard, on ne voyait que neige immaculée, avec quelques sillages d'animaux et des massifs de résineux qui s'étendaient jusqu'aux cimes des montagnes.

— Vous allez avoir besoin de raquettes.

— Vous croyez ? demanda-t-elle, dubitative, car elle n'en avait jamais porté.

— Vous verrez, c'est très facile. Marchez normalement et vous vous y ferez très vite.

Il disparut dans la véranda et en revint avec les raquettes, qu'il lui fixa aux chaussures.

— Merci, bougonna-t-elle.

Elle ne voulait pas qu'il soit prévenant, pas plus qu'elle ne souhaitait être perturbée par sa proximité ou découvrir que ses baisers étaient restés imprimés sur ses lèvres.

— Le chemin principal est par là, dit-il en tendant la main vers une trouée entre les arbres. Suivez-le et il ne vous arrivera rien. Quand vous serez fatiguée, faites demi-tour et rentrez.

— Où mène-t-il ?

— Là-haut, répondit-il en désignant le sommet de la montagne. Il faut deux bonnes journées de marche pour y arriver, mais, par beau temps, la vue est somptueuse.

Elle partit sans un regard en arrière, sachant qu'il la suivait des yeux. Sans doute pour s'assurer qu'elle n'allait pas se faufiler vers l'avant de la maison et la jeep.

Elle découvrit vite que marcher avec des raquettes était facile si l'on prenait son temps et elle s'exerça dans la clairière avant de se lancer sur le chemin. Celui-ci était assez escarpé et émaillé de rochers couverts de neige, prêts à faire trébucher le promeneur non averti. Toutefois, l'air était pur, piquant, il embaumait la forêt et elle s'en emplit les poumons avec bonheur. Pourtant, elle ne tarda pas à souffler dans la montée.

Bizarrement, plus elle prenait de la hauteur, plus les choses se mettaient en perspective. Elle n'était pas morte, mais bien vivante, et plongée au cœur d'une aventure qu'elle n'aurait jamais pensé vivre un jour.

Elle était par ailleurs coriace, pleine de ressources et créative. Quiconque entendait la contrarier serait bien avisé de le savoir au préalable.

Un faucon décrivit un arc dans le ciel et un oiseau gris et noir dont elle ne connaissait pas l'espèce se posa sur une branche pour l'observer. Tête penchée, il se demandait manifestement ce qu'elle pouvait bien faire, à se balader comme ça, montée sur des assiettes de métal et de plastique.

Quand elle regagna la véranda, deux bonnes heures s'étaient écoulées et le choc initial avait laissé place en elle à un désir d'action.

— Bonsoir, chéri, je suis rentrée ! cria-t-elle avec humour.

Pendegraff émergea de son bureau et lui sourit. Sans doute dissimulait-il son soulagement à la voir de retour, même s'il arborait toujours sa nonchalance coutumière.

— Vous avez de belles couleurs, remarqua-t-il.

— Cette balade m'a fait un bien fou. Merci.

— Je viens de refaire du café, servez-vous.

Et il repartit s'enfermer dans son antre.

Chapitre 7

Amanda s'engouffra dans un wagon bondé de la ligne de métro desservant le centre-ville et Healey s'infiltra à grand-peine à l'autre bout de la voiture. Il commençait à se lasser de la suivre à droite et à gauche.

Elle avait passé deux heures dans une galerie d'art avant-gardiste, était allée faire les boutiques sans rien acheter, s'était arrêtée dans un bar pour boire un café. Là, elle avait regardé dehors, l'air pensif. Il aurait infiniment préféré la voir rester chez elle, ça leur aurait fait des vacances à tous les deux.

Elle descendit à la station située entre Lexington et la Troisième Avenue. Au début, il pensa qu'elle allait déjeuner dans l'un des restaurants indiens qui longeaient la rue et il se souvint qu'il n'avait rien avalé depuis longtemps. Elle rejoignit cependant une courte file d'attente pour entrer dans un bar.

Il fit mine d'étudier le menu d'un restaurant asiatique tout proche et cette lecture lui mit l'eau à la bouche.

Quand elle parvint à pénétrer dans le bar, il décida de rester à l'extérieur pour l'attendre. Au bout d'une heure toutefois, une inquiétude le saisit soudain : et si les sbires de Grayson parvenaient, Dieu sait comment, à s'en prendre à elle dans ce bar ? Il leva les yeux vers l'enseigne. Emo's. Il entra.

Il n'avait que vingt-neuf ans, mais pénétrer dans ce bar lui donna l'impression d'avoir pris un coup de vieux. La clientèle était très jeune et branchée, dans le style alternatif, de sorte qu'avec son pantalon et sa veste noirs il paraissait aussi déplacé qu'un banquier dans un festival folk.

Comme il ne pouvait rien y changer, il alla se poster à l'extrémité du bar et passa le lieu en revue. La foule des consommateurs avait le look artiste, étudiant ou gothique. Beaucoup étaient entassés dans la zone centrale que longeait une série de box en demi-lune. Amanda était installée dans l'un d'eux avec un groupe d'amis. Si tous avaient un verre devant eux, aucun ne semblait à la fête. Il reconnut le jeune homme qui, sous l'œil des caméras de télévision, cherchait Lexy le soir de l'incendie.

Deux des femmes portaient des bijoux qui évoquaient celui d'Amanda et toutes effleuraient régulièrement leur collier, leurs boucles d'oreilles ou leur bracelet en parlant, ou en riant à l'occasion. Un Caméscope digital fit son apparition et passa de main en main, provoquant d'autres rires, mais aussi des larmes. Il comprit qu'il s'agissait d'une sorte de veillée funèbre, version moderne.

Quand ce fut au tour d'Amanda de regarder le film dans le Caméscope, il observa son visage et le vit passer de la tendresse à l'amusement, puis au chagrin. Un chagrin si intense que cela lui fit mal. Puis la jeune femme tendit le Caméscope à son voisin, comme si elle ne pouvait pas en supporter davantage. Elle releva la tête et, avant qu'il n'ait pu se détourner, leurs yeux se croisèrent.

Oh, non ! Ce contact oculaire n'était pas prévu. Il ne voulait aucune connexion entre eux. Aussi se retourna-t-il, non sans avoir lu la douleur brute qui marquait le regard d'Amanda. Elle avait les yeux bleus, clairs et perçants sous sa chevelure noire courte et ébouriffée. En temps normal, il se serait levé pour aller la saluer et lier conversation, mais on n'était pas en temps normal. Il travaillait.

Il s'appuya au bar et but une gorgée de sa bière.

Un instant plus tard, il perçut une présence à côté de lui. Le bar avait beau être bondé, il sut que c'était elle sans même avoir à tourner la tête. Sa présence était comme un parfum qu'il ne put ignorer ni se sortir de la tête.

— Bonsoir, dit-elle d'une voix un peu rauque de fumeuse.

Il lui fit face et découvrit que, de près, ses yeux étaient encore plus beaux : bleus pailletés d'or.

— Bonsoir.

Ça n'allait pas. Ça n'allait même pas du tout. Il n'était pas censé parler à cette femme ; il était censé passer incognito. Il ne devait pas s'interroger sur ces tatouages, ni se demander ce que cela ferait de poser la langue sur ce voilier, ni revoir en pensée ce soutien-gorge en dentelle et le renflement au-dessous.

Bon boulot, vraiment, Healey !

Elle appuya un bras mince sur le bar et il vit qu'elle était ivre. Le diamant qu'elle avait au nez étincela.

— Je m'appelle Amanda.

— Et moi, c'est Healey.

— Je crois que je suis un peu pompette.

— J'en suis navré.

— Faut pas, pouffa-t-elle. Je suis très vilaine quand j'ai bu.

Il dut déglutir deux fois. Il pourrait la repousser, il devrait la repousser, mais elle risquait alors de se jeter à la tête d'un autre consommateur, et ça lui parut une idée aussi ridicule que dangereuse.

— Vous m'avez l'air plutôt triste, dit-il.

— Offre-moi un verre et je te raconterai mes malheurs.

Devant l'inévitable, il abandonna la partie et fit signe au barman.

— Une jaguar bombe, commanda-t-elle. On fait une sorte de veillée, ajouta-t-elle à l'intention de Healey. Tu devrais en prendre une, toi aussi.

Il adressa un signe de tête au barman, qui se mit à préparer les deux boissons.

— Je ne peux plus rester là-bas, c'est trop déprimant, reprit-elle en s'accrochant à son bras comme pour ne pas tomber. La vie est courte, tu sais ! Je ne m'en étais encore jamais rendu compte. A quoi ça sert de rêver à l'avenir ou de se faire du souci ? Il faut vivre. Chaque jour, chaque minute. Chaque seconde, ajouta-t-elle en riant d'un rire grave et sexy. Et toutes les nuits.

Les bombes arrivèrent à cet instant. Elle attrapa le petit verre d'alcool et le versa dans le grand verre de Red Bull pour avaler le tout. Une goutte coula sur sa lèvre inférieure et il dut lutter contre l'envie de la nettoyer d'un coup de langue.

— Hou là ! fit-elle en secouant la tête et en riant. A toi, maintenant !

Il fit la même chose. Le fort et le doux se mélangèrent dans sa bouche. Ce qui était plus ou moins ce qu'il éprouvait envers cette femme qui le draguait effrontément. Il la désirait tout en sachant que poursuivre ce petit jeu était bien la dernière chose à faire.

En y réfléchissant toutefois, il se dit que, sachant qu'il ne pouvait plus la suivre incognito comme prévu, le seul moyen de la protéger consistait à rester avec elle. En outre, depuis qu'il l'avait prise en filature, personne n'avait semblé s'intéresser aux faits et gestes de la jeune femme.

— Dis-moi, comment ça se fait que tu sois le seul en costume, ici ?

— C'est parce que je sors du travail. J'ai eu envie de boire une bière et de manger un morceau vite fait avant de rentrer. Qu'est-ce qu'il y a de bon, ici ? ajouta-t-il en songeant qu'un peu de nourriture ne ferait pas de mal à la demoiselle.

— Les *nachos* sont assez bons, les hamburgers pas mal.

Il commanda les deux.

— Qu'est-ce que tu fais, comme boulot, pour travailler aussi tard et en costume ? reprit-elle.

— Je suis chauffeur de limousine. Et toi ?

— Je... ah, je suis en quelque sorte sans emploi, maintenant.

Elle ne dit rien de la façon dramatique dont elle venait de perdre son travail, ce qu'il trouva élégant.

— Alors tu vas prendre un peu de temps pour toi ?

— Oui. Je ne sais pas trop ce que je vais faire. Je n'ai plus envie de perdre mon temps, tu sais. La vie est trop courte.

— C'est ce que tu as dit tout à l'heure.

— Mais c'est la vérité. Il y a une époque, peut-être la semaine dernière, si je t'avais remarqué et que je t'avais vu m'observer, je me serais dit que, si tu venais me parler, tant mieux, mais que, sinon, pas grave, dit-elle en prenant un *nacho* et en le tartinant de crème fraîche et de salsa. Mais plus maintenant. Parce que si tu n'étais pas venu me parler, j'aurais manqué une occasion, et ça, il n'en est plus question. A partir de maintenant, si quelqu'un me plaît, je vais le lui dire. Un problème avec ça ? conclut-elle en se fourrant le tout dans la bouche.

— Pas le moindre, répondit-il, mais cet étrange instinct de protection qu'il avait vis-à-vis d'elle le poussa à ajouter : Mais tu aurais tout intérêt à rester dans un lieu public tant que tu n'es pas sûre de l'inconnu auquel tu as affaire.

Le regard d'Amanda perdit de sa tristesse et se fit scrutateur.

— Es-tu en train de me dire que tu es dangereux, Healey ? interrogea-t-elle d'une voix vaguement lascive.

La robe légère effleura la cuisse de Healey alors qu'elle se rapprochait de lui. La main d'Amanda la remplaça bientôt et le caressa de haut en bas.

— C'est pour ça que toi tu préfères rester dans un lieu public ?

Il fut impossible à Healey de ne pas réagir à ces paroles, à cette invite sans équivoque et cette main sur sa cuisse.

Une main qui allait et venait et se rapprochait de son but. Incapable de réfléchir, il la lui attrapa.

— Sortons d'ici, déclara-t-il.

Elle le suivit sans protester. Contre toute attente, ses amis ne réagirent pas, mais ils étaient en grande conversation et ne les virent sans doute pas partir. Il l'emmena dans la rue obscure parsemée des flaques de lumière que formaient les lampadaires et les vitrines des restaurants. Dans la première ruelle ombreuse qu'ils empruntèrent, elle se colla contre lui, le poussa contre le mur et l'embrassa à pleine bouche.

Il comprit qu'elle cherchait à oublier, mais aussi qu'il devrait l'arrêter. Hélas, dès l'instant où leurs bouches se rencontrèrent, il fut aussi perdu qu'elle.

Il n'avait pas l'excuse de l'alcool ni du chagrin ; tout ce qu'il avait, c'était cette impression bizarre de connaître cette femme depuis toujours, accompagnée d'un désir d'une intensité peu commune.

Elle lui attrapa les épaules, puis fit courir ses deux mains le long de son dos avant de se frotter contre lui.

— A la maison, drôlesse ! commanda-t-il en mettant fin au baiser.

— Je croyais que tu voulais faire ça en public.

— Pas question ! Ce que je veux te faire exige un maximum d'intimité.

— Ah oui ? haleta-t-elle. Et c'est quoi, ce que tu veux me faire ?

— Je te le dirai dans le métro, viens, dit-il en pensant qu'elle serait plus en sécurité chez lui si jamais quelqu'un la recherchait.

Alors qu'il l'embrassait encore une fois, il sourit intérieurement. Charlie, lui, avait dû enlever Lexy pour l'amener chez lui, alors qu'Amanda se montrait impatiente de le suivre. Un point pour lui !

Chapitre 8

Amanda était en feu. Il y avait un je-ne-sais-quoi chez cet homme, dans ce regard d'artiste rêveur au milieu d'un visage dur, qui la fascinait. Peut-être était-ce parce qu'il était un peu comme une création de Lexy, un ensemble de contrastes auxquels elle ne pouvait résister.

Impulsive, voilà ce qu'elle était. Et alors ? Elle ne pouvait plus supporter le fardeau de son chagrin, elle avait besoin d'une pause. Peut-être que coucher avec un inconnu tuerait un instant la douleur, puisque l'alcool avait échoué à le faire. Elle savait que, si elle se laissait aller, elle allait se muer en chiffe molle et se mettre à pleurer. Et, vu son état mental actuel, elle craignait de ne jamais pouvoir s'arrêter.

Lexy avait été son amie au même titre que sa patronne. Au début, elle avait commencé comme vendeuse ordinaire au magasin, mais, au fil des mois, elle était devenue bien plus que cela. C'était elle qui passait les commandes et qui s'occupait de décorer la vitrine. Parfois, Lexy lui demandait son avis et la laissait l'aider.

Elle étudiait l'art quand elle avait postulé pour ce qui, au départ, ne devait être qu'un stage. Cependant, le courant était très vite passé entre les deux femmes et Lexy avait fini par lui proposer un emploi permanent. Elle avait réussi à combiner études et travail jusqu'à l'obtention de son diplôme. Depuis, elle n'avait pas beaucoup progressé dans le domaine artistique et n'était même plus sûre que ce fût sa filière préférée. Elle était tellement heureuse de travailler au magasin, d'aider Lexy dans les tâches simples, de pouvoir sortir avec ses amis, de mener la vie d'une jeune New-Yorkaise insouciante…

A présent, elle avait perdu son travail, sa patronne et l'impression que le monde était parfait. Elle était nerveuse, vulnérable. Si cette chose épouvantable avait pu arriver à Lexy tout était possible.

Peut-être pouvait-il paraître bizarre qu'avec tous les amis de Lexy, ils soient allés boire le lendemain de sa mort. C'était comme s'il n'existait plus aucune règle, aucun protocole à respecter. Aucun d'eux n'avait jamais vécu plus terrible épreuve. Le bar leur avait offert le confort de l'habitude, un lieu où partager leurs souvenirs, et quelques verres pour tenter d'atténuer l'affliction.

Cela n'avait pas fonctionné pour elle. L'alcool avait juste assourdi la douleur, il lui avait donné envie de faire quelque chose de vraiment hors norme, comme d'accoster un parfait inconnu. Faire l'amour était la chose la plus créatrice, la plus pleine de vie qu'elle connaisse et, à la seconde où elle avait croisé le regard de Healey, elle avait compris qu'il lui fallait cet homme.

— Chez moi ? murmura-t-elle contre sa bouche dans le fracas du métro qui roulait.

— Non, chez moi, répondit-il en l'embrassant encore. C'est tout près.

Peu importait. S'il le lui avait demandé, elle aurait même pu le faire ici.

— Tu m'avais promis que tu me dirais dans le métro ce que tu as envie de me faire. Et on est dans le métro…

— J'ai dit ça, moi ? répondit-il en jouant avec l'ourlet de la robe qu'elle portait et en traçant du doigt l'intérieur de son genou. Je préfère montrer plutôt que raconter. En tout cas, tu as les genoux les plus sexy que j'aie jamais vus.

Elle sourit et, frémissante, le laissa remonter la main jusqu'à la limite des bas.

Ils sortirent du métro et empruntèrent la rue en faisant des haltes fréquentes dans de sombres recoins pour s'embrasser et se caresser mutuellement.

Ce corps masculin paraissait parfait et terriblement bien

charpenté. Il avait les muscles durs, fruits sans doute de la fréquentation assidue des salles de sport. Le seul autre homme qu'elle ait connu aussi bien bâti était un entraîneur personnel, avec qui elle était sortie quelque temps. Elle adorait sentir les épaules musclées sous ses mains et se serrer contre lui. Elle appréciait aussi cette certitude qu'elle avait qu'il était aussi consentant qu'elle. Cependant, quand elle voulut faufiler les mains sous sa veste, il l'en empêcha et la pressa de reprendre la marche.

On eût dit qu'ils se lutinaient depuis des heures tant étaient grands son excitation et son désir de lui.

Tout la rendait folle, le frôlement de sa robe sur ses propres cuisses, la haute stature de l'homme qui l'accompagnait, les odeurs de printemps et, surtout, le fait d'ignorer où il l'emmenait, où ils allaient faire l'amour, ce à quoi ressemblerait son appartement, ce qu'il serait, lui.

Dans l'état de désespoir qui était le sien, tous ces détails n'avaient en réalité aucune importance. Pour ce qu'elle en avait à faire, son compagnon pourrait tout aussi bien se laisser tomber dans son canapé en pensant au prochain match des Knicks. Tant qu'il conserverait cette érection impressionnante, elle pourrait faire ce qu'il fallait pour qu'ils passent tous deux un bon moment.

Il vivait au premier étage d'un immeuble quelconque, sans même un portier, et elle imagina un appartement encombré d'appareils de musculation, avec une télévision à écran géant qui occuperait tout l'espace restant et une cuisine pleine de produits hyperprotéinés.

Elle n'aurait pu se tromper davantage.

Il ouvrit sa porte, alluma et inspecta les lieux d'un rapide coup d'œil, comme pour s'assurer que c'était propre, ce qu'elle aurait sans doute fait elle aussi. A ceci près que cet appartement était le plus impeccable qu'elle ait jamais vu. Où était le bazar ? Où était la vaisselle sale ? Et les vêtements jetés n'importe où ?

— Je reviens, dit-il en disparaissant dans ce qu'elle présuma être une chambre.

Elle fit quelques pas dans l'appartement. D'ordinaire, elle profitait de ces moments pour fureter un peu, voir quels livres lisait l'occupant des lieux, quels D.V.D. il regardait, s'il y avait des posters sur les murs, des trophées, des photos d'anciennes petites amies…

Ici, rien n'appelait à cela. Une petite bibliothèque blanche abritait quelques romans policiers, des livres de science-fiction et deux ou trois autres sur les médecines naturelles. S'il avait des photos, de famille ou autres, elles étaient ailleurs.

Elle passa dans la cuisine en pensant y trouver au moins quelques assiettes sales dans l'évier, mais non. Le plan de travail étincelait.

— Veux-tu boire quelque chose ?

Elle sursauta au son de la voix masculine. Elle n'avait pas entendu Healey arriver derrière elle.

— Ton évier est tout propre, fit-elle remarquer, persuadée qu'il avait une perle en guise de femme de ménage.

— Je n'aime pas la saleté.

Un maniaque. Oh, génial, vraiment.

Il se plaqua contre son dos, passa les bras autour d'elle et fit courir ses lèvres sur la nuque qui s'offrait à lui, la faisant frémir de haut en bas.

— Veux-tu encore admirer mon évier, ou préfères-tu te déshabiller ? murmura-t-il à son oreille.

Bien sûr, un homme qui avait une cuisine aussi étincelante devait tout faire à la perfection. Peut-être qu'il n'était pas maniaque, mais juste minutieux. Au lit, songea-t-elle, c'était une qualité épatante !

— Me déshabiller, répondit-elle en se nichant dans sa chaleur.

— Je suis sûr qu'on va finir dans la cuisine, reprit-il tout bas, mais, pour la première fois, est-ce que ça t'ennuierait d'aller dans la chambre ? J'ai un fantasme de toi avec un miroir.

Sa voix basse et langoureuse résonna comme un véritable élixir à l'oreille et provoqua un nouveau frisson d'excitation en elle.

— Ah oui ?

— Oui. Alors viens.

Il lui prit la main et l'entraîna dans la chambre. Et, bien sûr, celle-ci était plus propre qu'une chambre d'hôtel. La majeure partie était occupée par un grand lit bas recouvert d'une couette grise. Une penderie étroite et une batterie de tiroirs remplaçaient ce qui avait dû être un placard à deux portes. Un miroir en pied était appuyé contre le mur et elle l'imagina en train de vérifier s'il avait correctement boutonné sa chemise et si ses chaussettes étaient à la hauteur requise quand il s'habillait. Une petite télévision murale à écran plat et deux gravures japonaises résumaient sa collection d'œuvres d'art. A part le lit, le seul autre meuble était un fauteuil en *S*.

Elle envisagea d'aller examiner les gravures, puisque toute forme d'art l'intéressait, mais il lui lécha l'épaule et elle décida qu'elle aurait tout loisir de le faire plus tard.

Elle pivota, referma les bras autour du cou de son partenaire et l'embrassa. Passionnément. Ils avaient fait joujou pendant ce qui lui avait paru des heures et, à présent, elle voulait que cette folie continue, elle voulait éradiquer la douleur. Aussi poussa-t-elle sa langue résolument dans la bouche qui l'accueillait et se frotta-t-elle contre le corps dur comme une lionne en chaleur.

— Et si tu me racontais ton fantasme, maintenant ?

— Tu te postes devant le miroir et tu te déshabilles.

— Et toi ?

— Moi, je te regarde.

— Du lit ? Ou du fauteuil ?

— Non, je suis dehors. Je suis un inconnu et je te regarde par la fenêtre.

— Un voyeur, donc. Sympa.

— Toi, tu prends ton temps pour te déshabiller. Comme si tu jouais les coquettes.

— Je ferais un strip-tease pour moi-même ?

Il secoua la tête.

— Tu sais que je suis là et que je te regarde. Tu fais comme si tu l'ignorais, mais je peux voir l'excitation dans tes yeux, l'anticipation. Moi, je t'ai regardée soir après soir, à en devenir fou de désir pour toi, et toi, tu t'amuses avec moi.

Tout en parlant, il faisait courir ses doigts sur les épaules d'Amanda. Il avait la voix si basse et si grave qu'elle eut le sentiment qu'il n'inventait rien. Qu'elle avait été épiée soir après soir. C'était un excellent fantasme qu'elle se régalerait à jouer ; aussi se détourna-t-elle de lui pour se planter face au miroir, en regrettant de n'avoir pas plus de vêtements à retirer.

Elle l'entendit s'installer dans le fauteuil, ravie qu'il n'ait pas suivi son rêve au pied de la lettre et qu'il ne soit pas sorti par la fenêtre. Sans plus s'occuper de lui, elle se concentra alors sur son propre reflet. Elle avait l'air enfiévré, les yeux brillants, les joues empourprées, le souffle léger et rapide. Un incendie lui ravageait le bas du ventre et elle comprit qu'elle ne pourrait pas faire durer les choses très longtemps.

Car elle savait qu'en le provoquant ainsi elle se tourmentait elle-même et, ce soir surtout, elle voulait le soulagement. Elle en avait un besoin désespéré et féroce.

Elle porta lentement les mains à l'encolure de sa robe, car elle trouvait que ses seins étaient son plus bel atout et qu'elle avait envie de lui en donner un aperçu avant de le faire attendre en lui dévoilant le reste.

Ce n'était pas la première fois qu'elle couchait avec un parfait inconnu, mais cela faisait longtemps qu'elle avait renoncé aux aventures d'une nuit. Elle savait que seul le chagrin la faisait se comporter aussi follement et avait le sentiment d'être gouvernée par des forces qu'elle ne parvenait pas à comprendre, et encore moins à combattre. Et puis, il y avait aussi cette montée d'adrénaline, qu'elle n'avait pas oubliée, à se jeter à la tête d'un homme qu'elle n'avait jamais vu.

Lentement, elle défit un bouton sur sa gorge. Un deuxième. Le troisième révéla un soupçon de clavicule et le bord du soutien-gorge de dentelle noire. L'homme assis derrière elle ne fit pas un geste mais, dans le miroir, elle perçut son regard et un « oui » muet.

Elle prit donc son temps pour soulever l'ourlet de sa robe puis faire peu à peu passer celle-ci au-dessus de sa tête. L'intensité du regard posé sur elle augmenta. Cet homme était peut-être un maniaque du rangement, mais pas elle, aussi jeta-t-elle la robe au hasard, ravie de la voir atterrir en chiffon, tel un graffiti sur un mur blanc.

Les chaussures, songea-t-elle en se penchant lentement pour les délacer et lui offrir une vue imprenable sur son arrière-train. Elle ôta ses bottines l'une après l'autre, sans hâte, et les envoya au loin, où elles tombèrent avec un bruit sec.

Ensuite vint le tour des bas. Elle les fit rouler avec une infinie lenteur le long de ses jambes, en percevant derrière elle une impatience qui ne faisait qu'accroître la sienne et la poussait, perverse, à ralentir encore ses mouvements.

Elle se redressa et se contempla dans le miroir, consciente qu'il faisait la même chose. Aimait-il ce qu'il voyait ? Ses seins n'étaient pas énormes, mais ils étaient joliment galbés et se tenaient à la perfection. Elle avait des hanches minces, des jambes longues et élancées. Ce n'était pas un corps digne des magazines pour hommes, mais elle l'aimait et aimait le partager.

Elle passa les mains dans son dos pour dégrafer le soutien-gorge et risqua un coup d'œil vers le voyeur. Afin de vérifier qu'il la regardait toujours. Leurs regards se croisèrent alors et elle crut que la foudre avait frappé. Chaleur, feu, éclair, choc, elle ne put détourner le regard ; pas plus que lui. Aussi, alors que son corps était exposé pour lui dans le miroir, la fixa-t-il dans les yeux. L'agrafe céda et elle ôta le soutien-gorge, mais il la regardait toujours dans les yeux. Elle eut l'impression que c'était là l'échange le plus intime de sa vie.

Fin du jeu.

Il se leva, toujours intégralement vêtu, alors qu'elle n'avait plus sur elle que le string de dentelle noire.

Il l'attira à lui sans un mot, écrasa sa bouche sur la sienne et, dès lors, ses mains furent partout à la fois. Elle tira sur la chemise, sur la ceinture et rencontra les mains masculines qui voulaient faire de même. Elle poussa un grognement de frustration et il les retira, la laissant faire. Sans aucune douceur, dans la précipitation la plus totale. Il se débarrassa du pantalon d'un coup de pied, chose qui, elle le savait, ne lui ressemblait pas. Le caleçon suivit le même chemin, la chemise passa par-dessus la tête et alla rejoindre la robe dans un coin.

Il repoussa la couette et fit basculer Amanda en arrière sur le drap frais avant de la suivre et de coller son corps brûlant au sien. Il se mit alors à la caresser, à la découvrir. Elle se sentait souple et malléable entre ces mains qui prenaient possession d'elle. Lui, au contraire, avait un corps dur, ferme, mais sa bouche était douce et presque tendre, et il la promenait sur ses épaules et sur ses seins. Elle réprima un cri quand il la referma sur un mamelon. Il faufila une main sous le string et la posa là où elle en avait le plus besoin.

Soudain, il la retourna sur le ventre et traça de la langue le contour de son tatouage.

— Pourquoi un voilier ? demanda-t-il de cette voix grave et rocailleuse qui résonnait de passion contenue.

— Pour me rappeler que je suis toujours libre de m'en aller, souffla-t-elle.

De sa main entre ses jambes, il continua à la caresser tout en jouant avec le tatouage et en suivant ses omoplates de la bouche.

Il s'arrêta le temps de lui enlever sa culotte, qu'il fit lentement glisser le long de ses jambes.

Puis il reprit ses caresses là où il s'était arrêté.

— Et l'ancre ?

Quelle ancre ? Elle avait de plus en plus de mal à réfléchir, avec cette main qui lui faisait tant de bien.

— Une ancre ? répéta-t-elle.

— Le tatouage sur ta cheville, répondit-il, comme s'il avait compris ses difficultés à se concentrer.

— Pour me rappeler mes racines, haleta-t-elle.

Elle l'entendit ouvrir un tiroir, puis perçut le bruit familier d'un étui de préservatif qu'on déchire.

Bientôt, il serait en elle, se dit-elle et elle ne pensa pas pouvoir attendre une seconde de plus.

Elle le sentit se nicher entre ses cuisses et il se poussa en elle lentement, chaud et puissant, atteignant bientôt, atteignant bientôt… atteignant enfin le point magique. Quand il le fit, elle poussa un long gémissement.

Il entreprit alors d'aller et venir en elle tout en continuant à la caresser.

Des sons inarticulés jaillirent de sa bouche, des mots, des cris, alors qu'elle ruait contre lui, prise d'un désir fou et insatiable.

Il la fit patienter longtemps au bord du précipice, puis il lui empoigna les hanches et se poussa plus fort, plus profondément en elle jusqu'à ce qu'ensemble ils fassent le grand saut. Elle mit le cap vers le grand large et seul le poids de Healey sur elle la maintint à l'ancre.

Chapitre 9

L'estomac de Lexy lui rappela qu'il était l'heure de dîner. Celui de Pendegraff devait être réglé sur le même fuseau horaire, puisqu'elle le trouva dans la cuisine, face au réfrigérateur ouvert.

— Est-ce que quelqu'un fait les courses pour vous, ou est-ce que vous m'avez emportée, inconsciente, au supermarché du coin pour acheter tout cela ?

Il se retourna vers elle et elle remarqua qu'il avait lui aussi pris une douche. Et qu'il s'était changé ; il portait à présent un pantalon noir et un pull de cachemire bleu. Le vert foncé s'accorderait mieux à ses yeux, songea-t-elle, mais elle se demanda aussitôt s'il ne portait pas cette couleur-là pour cette même raison.

— L'image que vous venez d'évoquer me plaît énormément, mais non, lui répondit-il. La femme de ménage vient nettoyer et faire les courses quand je la préviens de mon arrivée.

— J'avoue que c'est pratique.

— Du poulet grillé, ça vous va ? Sinon, il y a du tofu. Je ne connais pas vos goûts.

— Le poulet sera parfait. Que puis-je faire pour vous aider ?

— La salade ?

— Entendu.

Il sortit une bouteille de vin du réfrigérateur et, sans rien lui demander, la déboucha et en servit deux verres.

— Je crois que nous devrions porter un toast, dit-elle. Parce que c'est la situation la plus étrange qu'il m'ait été donné de vivre.

— Au plaisir de vous connaître, s'exclama-t-il en levant son verre. J'aimerais que vous soyez venue ici seule, de votre plein gré, et dans d'autres circonstances.

Leurs regards se rencontrèrent par-dessus le bord des verres, et, soudain gênée, elle détourna le regard. Alors, pour faire diversion, elle se mit à préparer la salade. Et il l'imita, se chargeant du poulet.

Préparer le repas avec un homme séduisant avait un côté confortable qui rendait la situation vraiment étrange. Elle comprit que Pendegraff avait la même impression quand ils se mirent à discuter comme lors d'un premier rendez-vous. Les livres qu'ils aimaient, les films qu'ils avaient vus, la musique, le sport, et même la politique de New York.

— Voulez-vous que nous dînions dans le salon ? l'interrogea-t-il quand le repas fut prêt.

— Volontiers.

Il avait de petites tables pliantes qui lui rappelèrent, en plus chic, les plateaux T.V. dont se servaient ses parents. Il apporta le repas et alluma le brûleur au gaz dans la cheminée. En temps normal, ne pas être installée devant un vrai feu de bois l'aurait contrariée, mais ce soir-là elle trouva cela très pratique.

Elle se demanda s'ils allaient dîner en regardant la télévision, mais l'écran demeura éteint et Pendegraff tourna son fauteuil pour se retrouver face à elle.

— J'ai l'ébauche d'un plan pour coincer Grayson, annonça-t-il alors.

— Voilà une excellente nouvelle !

— Je suis ravi de vous voir réagir ainsi, car j'ai besoin de vous pour le mettre à exécution, répondit-il. Combien de temps vous faudrait-il pour créer un bijou ?

— Tout dépend du bijou.

— Je pensais à une copie des émeraudes Isabelle.

Elle le dévisagea, bouche bée.

— Une copie des émeraudes Isabelle ? Mais c'est impossible ! Jamais je ne trouverai des pierres de cette qualité et il suffira d'un coup d'œil pour s'apercevoir que ce sont des faux, même sans être du métier. Grayson, ou quiconque a déjà vu la parure, saura tout de suite que la teinte n'est pas la bonne. Et, si je peux certes recréer la monture, donner à l'or la patine exacte exigerait une multitude d'essais et d'erreurs.

Il hocha la tête. Mangea un morceau de poulet. Un poulet que, bien sûr, il avait cuisiné à la perfection.

— Et si vous portiez l'original au gala ? Et que la copie soit juste là pour leurrer d'éventuels voleurs ? Et seulement pour un petit moment ?

— Le fin du fin de l'attrape-nigaud, en quelque sorte ?

— Exactement. Nous pourrons même semer des indices en chemin et faciliter à Grayson la récupération du collier, mais avec un but ultime : qu'il comprenne qu'il s'est fait rouler.

— Avec mes outils, toutes mes fournitures, et aussi Amanda pour m'aider, je devrais pouvoir fabriquer une copie à temps pour le gala, déclara-t-elle après réflexion.

En esprit, elle recensa toutes les étapes nécessaires en évaluant le temps que prendrait chacune d'elles si elle pouvait travailler dans son propre atelier.

— Le hic, c'est que je n'ai ni mes outils ni mon atelier, et qu'Amanda me croit morte, conclut-elle tristement.

— Je ne vois là aucun obstacle insurmontable, assura-t-il d'une voix si raisonnable qu'elle eut envie de le gifler.

— En effet, riposta-t-elle : je pourrais facilement ressusciter d'entre les morts, j'ai des amis qui me prêteraient volontiers leur atelier et leur matériel, mais ce qui me manquerait le plus, c'est la matière première et le liquide — beaucoup de liquide — pour l'acheter.

— Quand je vous disais que ce serait facile ! s'exclama-t-il avec un sourire Vous avez résolu tous les problèmes, à l'exception d'un seul. Et la matière première, moi, je peux l'acheter.

Il y avait dans ses yeux une lueur qu'elle pensa due à l'excitation. Un peu comme s'il était impatient d'arriver joyeusement au gala à son bras… et au bras du million de dollars qu'il avait volé.

— Nous formerons une excellente équipe, assura-t-il encore.

Elle leva les yeux au ciel.

— Cependant, reprit-il, je ne veux pas vous voir rentrer à

New York pour l'instant. On pourrait vous repérer, ou l'un de vos amis pourrait laisser entendre sans le vouloir que vous êtes vivante, en bonne santé et occupée à un projet confidentiel.

Elle ouvrit la bouche pour rétorquer que ses amis étaient loyaux, mais la referma aussitôt. Certes, ils étaient loyaux, tous autant qu'ils étaient, mais avait-elle réellement envie de leur imposer sa présence ? Surtout si on cherchait à la tuer ?

— Moralité : vous ne voulez pas que je copie la parure.

— Si, bien sûr. J'ai un ami qui est joaillier ici, dans le Colorado. Nous avons travaillé ensemble par le passé.

Elle se refusa à spéculer tout haut sur le genre de collaboration possible entre un joaillier et un voleur, car elle savait qu'il refuserait de toute façon de lui répondre. Et, à vrai dire, peu lui importait. Après avoir vu et revu les séquences montrant son magasin et son appartement détruits, entendu et réentendu les gens parler d'elle au passé, elle commençait à être prise d'un violent désir de contribuer à mettre Grayson sous les verrous. Et, s'il fallait, pour cela, travailler avec des gens évoluant dans des sphères légalement moins claires que la sienne, elle le ferait.

— Je vois. Et ce joaillier, a-t-il un atelier complet ?

— Oui.

Elle envisagea la prouesse qu'il lui demandait d'accomplir. Copier le chef-d'œuvre était de la contrefaçon. Cependant, la perspective de chercher à recréer l'objet grâce à ses propres méthodes avait aussi un côté très excitant. Certes, elle ne leurrerait aucune des personnes qui connaissaient la parure, mais sa copie serait-elle assez bonne pour fourvoyer le regard ordinaire ?

— Je me demande si nous ne réussirions pas mieux avec des émeraudes synthétiques, hasarda-t-elle, réfléchissant à haute voix.

— Lexy, si c'est l'argent qui vous…

— Non, c'est la couleur ! Les émeraudes synthétiques sont souvent plus sombres. Un joaillier reconnaîtrait immédiatement des pierres artificielles, mais, si nous partons sur l'objectif d'une illusion visuelle, je pense pouvoir y arriver, répondit-elle, alors que mille possibilités tournoyaient dans sa tête. Il va toutefois me falloir de vrais diamants.

— Tout à fait.

Elle lui jeta un coup d'œil, curieuse. Cela valait-il vraiment la peine d'investir une fortune pour une simple vengeance ?

— Mais êtes-vous sûr de récupérer votre mise, au bout du compte ?

— Je l'espère. Mais ce n'est pas le plus important, répondit-il, comme s'il avait entendu sa question non formulée. Je déteste être trompé et j'apprécie encore moins qu'on essaye de me tuer. Grayson m'a vraiment mis en colère. Si le faire tomber doit me coûter de l'argent, eh bien, qu'il en soit ainsi.

— Vous avez un niveau de moralité plutôt élevé, pour un homme qui gagne sa vie en volant les autres.

Il se leva, alla chercher la bouteille de vin dans le réfrigérateur et revint emplir leurs verres.

— Vous imaginez-vous que Wall Street n'est pas un nid d'escrocs ? Dites-moi une profession qui n'ait jamais été touchée par un scandale quelconque. Les juristes ? Les médecins ? Le clergé ? Je ne volais qu'aux gens qui pouvaient se permettre de perdre quelque chose.

— Aviez-vous besoin de cet argent ?

Il retourna ranger la bouteille au frais et se rassit avant de lui répondre :

— Quel genre de question est-ce là ?

— Une question directe, ni plus ni moins. J'ai comme le sentiment que vous venez d'une famille fortunée et que vous percevez des rentes considérables. Je vous demandais juste si vous aviez besoin de voler pour vivre.

— D'un point de vue technique, non.

Il prit le moulin à poivre et en ajouta une bonne dose à un poulet déjà parfaitement épicé.

— D'accord, mais je suis curieuse. Pourquoi vous êtes-vous lancé dans ce métier ?

Il dut se dire qu'elle n'allait pas renoncer facilement et qu'il n'avait aucun moyen d'échapper à cette conversation. Il lui jeta un regard irrité.

— Je ne voulais pas faire carrière dans le droit, la politique, la finance, ni aucune profession que l'on considère comme convenable, expliqua-t-il avec un sourire narquois. C'est le triste sort du pauvre petit garçon riche. Il ne peut jamais faire mieux que son père ou que l'ancêtre qui a, le premier, amassé la fortune familiale. Je ne voulais pas prendre la suite… je voulais choisir ma propre voie.

— Vraiment ?

— J'aurais probablement papillonné de-ci de-là pendant un moment et j'aurais fini par me ranger, mais, par chance, une fois où j'étais seul à la maison pendant un long week-end, un cambrioleur s'est introduit chez nous pour tenter de voler les bijoux de ma mère, reprit-il, souriant à ce souvenir. C'était un bon, lui aussi. Il aurait réussi son coup si je n'étais pas rentré tard et si je n'avais pas entendu un bruit bizarre en montant me coucher. Pas vraiment un bruit, juste l'un de ces sons qui vous font prêter l'oreille, vous savez ? Alors, on se fige et on écoute.

C'était exactement ce qui lui était arrivé, à elle, quand il avait forcé son coffre-fort. Le son n'avait pas été fort, mais simplement inhabituel. Elle hocha la tête.

— Bref, je suis entré à pas de loup dans la chambre de mes parents, j'ai découvert le coffre-fort grand ouvert et tous les bijoux de ma mère disposés sur le lit, comme si l'intrus s'apprêtait à faire son shopping. Bien sûr, comme j'avais dix-neuf ans et que je me prenais pour un dur, je lui ai sauté dessus, poursuivit-il en éclatant de rire.

» Il a été plutôt surpris. Mais il ne ressemblait pas à l'idée que je me faisais d'un cambrioleur. Il était intelligent et s'exprimait parfaitement. En le croisant dans la rue, on l'aurait pris pour un professeur ou un scientifique, ou autre chose dans le genre, mais jamais pour un voleur. Pour faire court, j'ai accepté de ne pas appeler la police à une condition : qu'il m'apprenne le métier. Nous avons ainsi travaillé en équipe pendant des années, jusqu'au jour où il a pris sa retraite. Ensuite, j'ai opéré seul pendant encore quelques années et, maintenant, je récupère des objets pour les gens. Ironique, n'est-ce pas ? »

— Oh, pour être ironique, ça l'est ! Surtout sachant que je suis moi-même celle qui finit sans toit et présumée morte.

— Eh bien, vous ramener à la vie au beau milieu du bal des Diamants et parée du collier qui est en principe cause de votre mort devrait contribuer à rattraper tout cela. Quant à votre atelier, je suis navré pour ce qui lui est arrivé. Réellement navré. Etiez-vous assurée ?

— Oui, mais ce n'est pas le sujet. Je peux reconstruire, mais cela va prendre du temps et mettre la panique dans mon carnet de commandes.

— C'est exact.

— En même temps, reprit-elle en se frottant la tempe, quel intérêt y aurait-il à pleurnicher ? Bien, je vais vous dresser une liste de ce dont j'aurai besoin. Peut-être qu'Amanda pourra contacter l'un de mes fournisseurs pour trouver les pierres.

— Non. Mon joaillier s'en occupera.

— A votre aise, grommela-t-elle. Mais je vous garantis qu'il vous fera payer trop cher. Et Amanda, quand pouvez-vous la faire venir ?

— Demain. Healey la mettra sur un vol pour Aspen.

Il se leva pour venir lui poser une main sur l'épaule.

— On va les avoir, Lexy. Je vous le promets.

Elle hocha la tête et leva les yeux. S'il avait une mine sérieuse, elle perçut néanmoins l'excitation qui l'habitait. Il pouvait bien lui raconter toutes les histoires qu'il voulait sur sa jeunesse rebelle, et peut-être qu'une partie était vraie, mais la véritable raison pour laquelle il était devenu voleur et celle pour laquelle il continuait à travailler dans l'ombre, c'était qu'il était accro à l'adrénaline.

Elle-même sentait d'ailleurs ses doigts la démanger. Dès le lendemain, elle allait commencer à façonner un faux chef-d'œuvre et elle était impatiente de s'y mettre.

Leurs regards se rencontrèrent et elle sentit sa respiration s'accélérer. Cet homme l'avait absurdement attirée dès l'instant où elle l'avait vu et elle savait que c'était réciproque, mais, pour l'instant, elle n'avait pas les idées assez claires pour s'embarquer dans une aventure avec lui.

Elle sentit la main toujours posée sur son épaule entreprendre de la masser un instant. Puis, sans rompre le contact avec sa peau, il lui prit la joue dans sa paume. La seconde suivante, cette main l'avait lâchée.

— Il faut que je retourne travailler, déclara-t-il d'un ton bourru. Regardez la télévision ou mettez un D.V.D. A demain.

Elle le suivit des yeux, un sourire vaguement suffisant aux lèvres. Elle devinait très bien pourquoi il détalait ainsi. Il la désirait et savait qu'il ne pouvait l'avoir.

Et il avait raison ! Du moins, pour le moment.

Elle tressaillit cependant en s'apercevant qu'une folle énergie sexuelle l'habitait elle-même. Une énergie qu'elle allait devoir canaliser et mettre à profit en la dirigeant sur son travail. Après tout, une tâche de taille l'attendait : elle devait déterminer la façon dont elle s'y prendrait pour dupliquer les émeraudes Isabelle. Elle le rappela avant qu'il ait franchi le seuil.

— Euh… attendez ! cria-t-elle. Moi aussi, je dois travailler. Il faut que j'étudie bien la parure.

— Bien sûr. Je vous l'apporte tout de suite.

— Et puis, j'aurai besoin de l'atelier de ce joaillier pour moi toute seule. Je ne veux pas être dérangée.

— Vous n'aimez pas jouer en équipe, n'est-ce pas ?

— Non. Je travaille seule. C'est ainsi que je le conçois.

— Moi aussi, j'aime travailler seul. Alors j'imagine que ces prochains jours, où nous devrons essayer de collaborer et de nous faire mutuellement confiance, vont être très intéressants.

— Désolée, mais vous et moi nous ne formerons jamais une équipe.

— Si ce n'est pas un défi, ça ! s'esclaffa-t-il. Mais j'adore les défis.

Sur ce, il se détourna pour aller chercher les émeraudes. Peut-être crut-il être assez loin pour ne pas être entendu, car elle perçut ses paroles lorsqu'il ajouta tout bas :

« Et aussi les jolies joaillières à la langue bien pendue. »

Chapitre 10

— Cela t'arrive souvent de draguer des inconnus dans les bars ?

Healey et Amanda étaient installés à la table du petit déjeuner. Ce dernier consistait en un grand bol de graines salutaires pour la santé — bien plus qu'elle n'en pouvait avaler — sur lesquelles avaient été parsemées tranches de bananes et framboises décongelées, le tout surmonté d'une grosse cuillerée de ce qu'elle soupçonnait ne pas être de la crème fraîche. Quand elle devait manger un yaourt, elle l'agrémentait généralement d'une belle quantité de confiture. Chose qu'elle était certaine de voir Healey désapprouver. Elle préféra aussi ne pas lui révéler qu'elle était plutôt du genre à tremper des croissants tartinés de beurre dans son café le matin.

Elle n'était pas d'humeur à voir critiquer son style de vie d'aussi bonne heure, mais il avait posé cette question sur un ton de pure curiosité. Elle repoussa le bol de céréales et saisit sa tasse. Au moins, il avait du café : l'espace d'un instant de pure terreur, elle avait craint qu'il ne lui servît du thé vert ou une autre décoction imbuvable.

— Non. En fait, hier soir, j'avais… disons… quelques cases en moins. Il fallait que je trouve une échappatoire pour me sortir tous mes problèmes de la tête.

Un sourire éclaira un visage qui ne souriait pas souvent, lui sembla-t-il.

— Je veux bien être ton échappatoire quand tu veux, affirma-t-il.

Il ouvrit le réfrigérateur et en sortit une bouteille pleine d'un liquide vert répugnant, affirmant qu'il était plein de spiruline. Elle réprima une grimace écœurée.

— Tu en veux ? s'enquit-il après en avoir bu quelques lampées directement à la bouteille.

— Non, merci, fit-elle.

Le réfrigérateur de cet homme, dont elle avait entrevu le contenu, regorgeait de produits bizarres, genre tofu et jus d'herbe de blé, mais aussi de fruits et de légumes bio et d'œufs de ferme. Elle n'y avait rien trouvé qui ne soit pas sain.

— Qu'est-il arrivé au gars qui a commandé un hamburger hier soir ? lui demanda-t-elle d'un ton ironique.

Il lui embrassa l'épaule, y laissant une traînée verte de spiruline.

— Je mange ces hamburgers malsains quand je veux impressionner les filles comme toi. Et puis, de temps à autre, il m'arrive d'en avoir envie.

— Dans ce cas, on est vraiment différents, tous les deux. Moi, c'est la nourriture saine dont j'ai envie de temps en temps. Mais en général je préfère les choses qui ont du goût.

Au moins avait-il du café. Organique, certes, issu du commerce équitable, certes, qui nécessitait d'être moulu en petites quantités pour aller dans une cafetière à pression, certes, mais le résultat était tout à fait buvable, se dit-elle en se levant pour préparer une deuxième cafetière.

— Tu veux encore du café ? s'enquit-elle.

— Tu forces un peu trop sur la caféine, estima-t-il. C'est pour ça que tu es aussi nerveuse.

— Je ne suis pas nerveuse, je suis en manque de cochonneries.

Elle puisa une cuillerée de yaourt et de framboises au sommet de son bol et s'efforça de ne pas faire la grimace devant l'acidité du goût. Elle reposa la cuiller.

— Quelqu'un de très proche de moi vient de mourir, expliqua-t-elle. Enfin, nous étions tous proches d'elle : tous ceux qui étaient chez Emo's hier soir. On faisait une sorte de veillée. On était tous éperdus de chagrin, on partageait nos souvenirs, nos photos et, tout d'un coup, c'est devenu insupportable. Je ne voulais plus de compassion, je ne voulais plus de visages amis. J'ai eu envie de m'envoyer en l'air, de préférence avec un inconnu.

Il la regarda comme s'il la comprenait.

— J'ai eu envie de disparaître pendant un temps. Cela t'est déjà arrivé de vouloir devenir invisible ?

— Oui, souvent, s'esclaffa-t-il, comme si elle venait de lancer une bonne plaisanterie.

Ils discutèrent un bon moment, jusqu'à ce qu'elle soit tout de même parvenue à avaler une partie de son petit déjeuner et qu'elle ait terminé son deuxième café.

— Bien ! dit-elle alors. Je crois que je ferais mieux d'y aller, maintenant.

Elle n'avait jamais su comment s'éclipser élégamment après une nuit comme celle-là. Devait-elle lui laisser son numéro ? Lui demander le sien ? La jouer décontractée et ne rien dire ? Comment pouvait-on partager une telle intimité et une telle passion sans avoir envie de se revoir ?

Il la regarda comme s'il avait la même chose en tête.

— Qu'as-tu de prévu, aujourd'hui ? demanda-t-il.

— Il faudrait que je me mette à la recherche d'un emploi, répondit-elle avec un haussement d'épaules.

— Ou alors tu pourrais traîner dans le coin un jour ou deux.

— Mais toi, tu ne vas pas travailler ?

— J'ai des horaires assez souples, lui répondit-il en passant une main sur son épaule, tout près du voilier. J'aimerais bien rester encore un peu de temps avec toi.

A ces mots, le fardeau qui pesait sur ses épaules s'allégea soudain. Depuis la mort de Lexy, elle se sentait intolérablement seule. Maintenant, même pour un petit moment, elle avait quelqu'un qui se souciait du programme de sa journée. Qui voulait être avec elle.

— D'accord.

C'était juste pour le sexe, certes, mais après tout c'était la seule chose qu'elle avait à offrir.

— Alors, que veux-tu faire aujourd'hui ?

Elle hésita. Aller faire des courses pour remplir le réfrigérateur à sa façon ? Parce que, si elle restait, elle n'était pas sûre de survivre aux graines et autre tofu. Elle pouvait aussi l'emmener dans un musée lui montrer des œuvres qui lui couperaient le souffle, ou alors retourner au lit avec lui… Elle n'avait pas encore choisi quand le téléphone sonna.

Healey regarda l'écran de son portable, s'excusa et partit s'enfermer dans sa chambre, l'appareil en main.

Amanda sentit son ventre se serrer. Ce désir de discrétion ne pouvait signifier qu'une chose : il y avait d'autres femmes dans la vie de cet homme. Ce n'était pas elle qui allait lui faire un scandale, bien sûr, mais tout de même… Ce matin, elle avait eu l'impression qu'il avait envie de démarrer quelque chose avec elle.

Elle l'entendit hausser le ton plusieurs fois. Puis il revint, le téléphone à la main.

— Ecoute, déclara-t-elle, si ma présence ici doit te compliquer la vie, je peux m'en aller.

— Ce n'est pas ça, répondit-il en secouant la tête.

Il s'assit près d'elle et lui prit la main avec une mine si sérieuse qu'elle s'inquiéta.

— Je tiens à ce que tu saches que cette nuit a été… stupéfiante, déclara-t-il. Et que je n'en aurais pas changé une seule seconde. Il faut que tu me croies.

— Euh… d'accord.

Où voulait-il en venir ? Cherchait-il à lui dire que c'était terminé ? Qu'il avait déjà une petite amie ? Bien sûr, elle avait compris. Mais pourquoi ne lui montrait-il pas la porte, et qu'on en finisse avec ça ? Pourquoi continuait-il à lui tenir la main ? C'était un peu bizarre, non ?

D'autant qu'elle s'aperçut qu'il n'avait pas raccroché le téléphone.

— Je suis une grande fille, tu sais, Healey, soupira-t-elle.

— Bien sûr, je sais. Ecoute, il y a quelqu'un au téléphone qui veut te parler. Mets-la en ligne, ajouta-t-il dans le combiné.

— Ah, non ! s'écria-t-elle en levant les deux mains et en reculant. Pas question ! Je refuse de lui parler ! Si ta petite amie te fait des histoires, débrouille-toi sans moi. Je ne veux rien avoir à faire avec elle, poursuivit-elle en cherchant son sac des yeux.

C'était une histoire d'une nuit, point. On s'est bien éclatés, mais maintenant je file d'ici. C'est comme si je n'étais déjà plus là !

— Amanda, ce n'est pas ça du tout.

— Allons, inutile de faire durer…

Où donc étaient ses chaussures ?

— Amanda, arrête ! C'est Alexandra Drake qui est au bout du fil.

— *Quoi ?*

Tout l'air contenu dans ses poumons s'en échappa et la pièce se mit à tourner.

— Lexy. C'est Lexy qui est au téléphone. Elle veut te parler.

— Lexy est morte ! riposta-t-elle.

Mais d'abord, comment connaissait-il ce nom ? Elle était bien certaine de ne l'avoir jamais prononcé devant lui.

— Non, elle est vivante.

— Je ne sais pas ce que tu me racontes… Tout ce que je sais, c'est qu'il faut que je dégage d'ici en vitesse. Tout ça, c'est trop dingue pour moi.

— S'il te plaît, prends juste ce téléphone, insista-t-il en lui saisissant le bras sans brutalité, mais assez fort pour capter son attention.

Il eut beau le lui tendre, elle s'obstina à refuser de la tête. Soudain, une voix lointaine lui parvint par le combiné. Une voix qu'elle connaissait bien.

— Amanda ? Amanda ?

Elle attrapa l'appareil à la volée et se le plaqua sur l'oreille.

— Lexy ? Oh, mon Dieu, c'est toi ? Tu es vivante ?

— Oui. Vivante et en bonne santé. Je suis désolée de ne pas avoir pu t'appeler plus tôt. Je vais très bien.

Amanda porta une main à sa tête et se laissa choir sur le canapé.

— Mais je…, articula-t-elle. Je ne sais pas quoi te dire… Je… On a fait une veillée mortuaire…

— Une veillée mortuaire ? Pour moi ?

— Oui, répondit-elle en lâchant un petit rire tremblant. Il y avait Carl et moi et puis, tu sais bien, le groupe habituel… On était chez Emo's… Hier soir.

Elle s'essuya la joue et s'aperçut qu'elle était inondée de larmes en découvrant sa main trempée.

— Et j'ai pensé à toi, et aussi que j'aurais dû rester là l'autre soir pour t'aider. Je… Que s'est-il passé ?

— C'est un peu long à raconter. Et je te dirai tout, mais pas au téléphone. Ecoute, j'ai vraiment besoin de ton aide. Je suis dans le Colorado. Il faut que tu…

— Dans le Colorado ?

— Je sais, c'est incroyable. Mais j'ai besoin que tu viennes me rejoindre pour m'aider sur un projet.

— Dans le Colorado ?

— Oui. Aujourd'hui. Healey — c'est l'homme qui a répondu au téléphone — va t'acheter un billet pour venir. Vous vous êtes rencontrés, d'après ce que j'ai compris ?

— Oh, oui ! Nous nous sommes rencontrés.

— Bien. Donc…

— Eh, oh, attends une seconde, tu veux ? Pourquoi ne m'as-tu pas appelée sur mon portable à moi ?

— Il n'est pas sûr. Amanda, ce sont des criminels qui ont incendié la boutique et je suis presque sûre qu'ils ont aussi assassiné une femme. Il faut qu'on se mette en sécurité, toi et moi. Healey est là pour te protéger.

— Ah bon ? Parce que c'est ça, qu'il fait ? ironisa-t-elle.

Elle tourna les yeux vers lui. Il l'observait.

— Je sais le choc que ça doit te faire.

— Et d'abord, comment puis-je savoir que tu es vraiment Lexy ? jeta-t-elle dans le combiné.

— Tu ne reconnais pas ma voix ?

— Une voix, ça se déguise. Dis-moi un truc à propos de moi que personne d'autre ne sait.

— Tu as un voilier tatoué dans le dos.

Elle songea à Healey, qui en avait suivi le contour de la langue. Tu parles d'un secret !

— Autre chose.

— Euh… ton deuxième prénom est Jocelyne, mais tu ne le dis jamais à personne. Ah, tu es allergique aux pistaches ; quand ta mère t'a menacée de te jeter dehors parce que tu voulais te faire poser un piercing dans le nez, tu l'as quand même fait. Oh, et tu t'es fait poser l'anneau dans le sourcil quand un batteur du nom de Stephan a rompu avec toi pour rentrer à Francfort.

— A Amsterdam, la corrigea-t-elle, en songeant toutefois que c'était tout à fait le genre d'erreur que pouvait commettre une amie.

— Ah bon ? J'étais persuadée que c'était Francfort. Ça y est, ça me revient, et son orchestre s'appelait *Pisse Bionique.*

— Mais qu'est-ce que j'avais dans la tête, à l'époque ? repartit-elle en éclatant de rire.

Un rire familier lui répondit.

— Aucune idée. Donc, est-ce que j'ai réussi le test ?

Elle contempla de nouveau Healey. Pour l'instant, elle ne faisait plus confiance à personne, et surtout pas à cet homme-là.

— Pas si vite. J'ai quelques questions pour toi. Comment s'appelle ton père ?

— Jed Dabrowski.

— La dernière commande que tu as refusée ?

— Facile. Il y a quinze jours. Les alliances décorées d'une tête de mort sur deux os croisés.

— Ta position sexuelle préférée ?

— Amanda, je ne suis pas seule.

— Tu m'as fait vivre un enfer, Lexy.

La douleur était encore présente. Bizarre, d'ailleurs. Elle avait très envie de croire que c'était bien à Lexy qu'elle parlait, mais elle ne parvenait pas à s'y résoudre.

— Et puis, reprit-elle, n'importe qui pourrait trouver les autres réponses. Ça, c'est plus personnel.

— Je n'irai plus jamais boire avec toi !

Elle se sentit de mieux en mieux, car elle se souvenait très bien de ce soir où elles étaient sorties boire un verre après une journée de travail éreintante. Quelqu'un avait oublié sur la banquette un exemplaire écorné d'un manuel sexuel inspiré du

Kama-sutra et elles l'avaient feuilleté en commentant les diverses positions qu'elles aimaient. Elles avaient aussi beaucoup ri en découvrant les noms qu'avait imaginés l'auteur pour certaines.

— Allez, je t'écoute.

— Pourriez-vous me laisser seule une seconde ? entendit-elle Lexy demander à l'autre bout du fil.

— Certainement pas ! répondit une voix d'homme grave et amusée.

Un long soupir de pure souffrance lui siffla aux oreilles, puis :

— C'est la dernière question à laquelle je répondrai ! Le Courrier de Lyon.

— O.K. je veux bien croire que tu es Lexy, dit-elle, immensément soulagée.

— Donc, tu vas venir me rejoindre ?

— Bien sûr, répondit-elle avant de fusiller Healey du regard. Ce n'est pas comme si j'avais mieux à faire…

Elle rendit le téléphone à Healey, qui parla encore quelques instants avant de couper la communication.

Puis il vint vers elle et tenta de lui prendre la main, mais elle le repoussa.

— N'essaie même pas !

— Il faut pourtant que tu me laisses t'expliquer. Je n'aurais jamais dû coucher avec toi.

— C'est exactement ce que je me dis ! rétorqua-t-elle.

— Amanda, je t'en prie, laisse-moi t'expliquer.

— Tu me trompes une fois, honte à toi. Tu me trompes deux fois, honte à moi. Tu ne me tromperas plus jamais. C'est clair ?

Il hocha la tête, visiblement à contrecœur.

— Je n'ai jamais voulu te faire de mal.

— Ma foi, répondit-elle en s'efforçant de prendre un ton nonchalant, tu m'as fait passer une nuit torride ; tu m'as donné quelques orgasmes et j'en avais rudement besoin. Tu as fait ton boulot, tu as gardé l'œil sur moi. Maintenant, il ne te reste plus qu'à m'envoyer dans le Colorado.

Chapitre 11

Aspen charma Lexy dès qu'elle y arriva. La ville avait une pittoresque allure européenne sans jamais laisser oublier que c'était une station de ski. Il suffisait de lever les yeux pour voir un peu partout de larges pistes immaculées, doigts blancs pointés vers des refuges, des magasins et des restaurants.

Le trajet depuis la maison de Charlie ne demanda qu'un quart d'heure, car, une fois que la jeep eut quitté le chemin privé, elle avait débouché sur une route parfaitement entretenue et très passante.

— Vous m'avez menti ! lança-t-elle, outrée, car en connectant les fils elle aurait pu atteindre la civilisation en un rien de temps.

— Non, c'est faux. Je vous ai dit que la ville la plus proche était Aspen.

— Vous n'avez pas dit qu'elle était à votre porte.

— C'est vous qui avez imaginé que vous vous trouviez au bout du monde et je vous ai laissée le croire. Nuance !

Bientôt, il se gara dans une rue enneigée, devant de longs bâtiments de briques qui ressemblaient à des entrepôts transformés en boutiques. Poterie, vêtements, équipements de ski et, surprise, surprise : trois bijouteries. Il l'emmena dans l'une d'entre elles, où une jeune femme en jean et pull-over leur demanda si elle pouvait leur être utile.

— Marcus m'attend, déclara-t-il simplement.

— Ah, alors allez-y, répondit-elle en hochant la tête et en passant la main sous le comptoir pour appuyer sur un bouton.

Charlie guida Lexy vers l'arrière-boutique, puis en haut d'un escalier, où il frappa à une lourde porte métallique verrouillée. Ils patientèrent une minute, durant laquelle Lexy eut le sentiment d'être examinée de la tête aux pieds, puis on leur ouvrit.

— Charlie, mon ami ! s'écria un homme âgé aux cheveux blancs en serrant la main de Pendegraff.

— Ça fait plaisir de vous revoir, Marcus. Voici la femme dont je vous ai parlé.

L'homme lui serra chaleureusement la main sans s'offusquer que Charlie ne lui ait pas indiqué son nom et sans le lui demander lui-même.

— Suivez-moi, je vous en prie. Je pense avoir ici tout ce dont vous avez besoin.

Il la conduisit vers un poste de travail et confia une loupe à Lexy, puis il sortit d'un tiroir plusieurs sachets de tissu noir. Sur un plateau habillé de velours noir, il fit tomber plusieurs diamants du premier sachet, de vraies émeraudes du deuxième et des émeraudes artificielles du troisième.

— Excellent, dit-elle en constatant qu'il avait suivi ses instructions à la lettre, alors que la matière première nécessaire cascadait en un flot étincelant sur le velours.

Elle entreprit d'étudier les diamants ; ils étaient de bonne qualité et taillés comme il le fallait, mais c'étaient les émeraudes qui dominaient l'assortiment et elle fut ravie de voir qu'il y en avait assez pour faire un choix.

— Ah, dit-elle en inspectant du regard l'atelier parfaitement équipé, vous avez du Black Max. Parfait !

Le produit chimique appliqué à la laine d'acier donnerait à l'or la patine désirée. Pas de quoi leurrer un professionnel, bien sûr, mais cela allait devoir convenir.

Marcus saisit un épais manteau de laine accroché à une patère et l'enfila. Puis il lança à la cantonade :

— Je prends quelques jours de repos. Faites comme chez vous, je vous en prie. Charles sait où me contacter s'il vous manque quoi que ce soit.

— Avez-vous tout ce qu'il vous faut ? demanda Charlie à Lexy en se penchant vers elle.

— Oui. Ça va aller.

— Parfait. Alors ne laissez entrer personne avant mon retour, répondit-il en désignant l'écran qui montrait l'escalier et le palier. Je devrais être de retour avec Amanda dans deux heures.

— Bien. C'est parfait.

Elle attendit à peine que la porte se referme sur les deux hommes avant de sortir l'écrin des émeraudes Isabelle de son sac.

Elle disposa soigneusement la parure sur un autre plateau de velours. Elle l'avait longuement étudiée la veille au soir, pris une somme astronomique de notes et pensait savoir à présent comment dupliquer le collier.

Elle sortit un deuxième objet de son sac, l'iPod qu'elle avait emprunté à Charlie. La liste de titres n'était pas vraiment à son goût, mais, en zappant le classique et tout ce qui ressemblait de près ou de loin à de la country, elle aurait un fond d'ambiance très correct.

Elle se frotta les mains l'une contre l'autre, étendit et plia les doigts comme pour se mettre au piano et s'attela à sa tâche.

Deux heures plus tard, Amanda arrivait comme prévu.

Les deux amies se tombèrent dans les bras en criant comme des adolescentes et s'étreignirent en riant.

— Je suis si contente de te voir ! s'exclama Lexy.

— Pas autant que moi ! répondit Amanda sur le même ton. Hou là ! dit-elle ensuite en découvrant soudain ce que Lexy avait déjà fait. Je ne t'avais encore jamais vue copier un bijou.

— Ce n'est pas vraiment mon style, c'est vrai. Mais je crois que j'ai trouvé comment reproduire ce collier.

— Super ! Ah, au fait, Charlie m'a dit de te dire qu'il est allé chercher des sandwichs. Je lui ai dit que tu les aimes aux crudités avec jambon, poulet, fromage ou œufs, mais que tu détestes la moutarde.

— Tu es une assistante en or.

Un quart d'heure plus tard, Charlie fit son apparition avec un grand sac en papier contenant les sandwichs, du café et deux grandes bouteilles d'eau fraîche, puis il s'en fut. Elles se restaurèrent et burent leur café, tandis que Lexy racontait par le menu tout ce qui lui était arrivé la fameuse nuit de l'incendie.

— Je n'arrive pas à y croire ! s'écria son amie, les yeux ronds. Tu n'as pas eu peur ?

— Si, au début, mais j'étais surtout furieuse, tu sais. Et puis, pour une raison que je ne m'explique pas, Charlie ne m'a jamais vraiment terrifiée.

— C'est parce qu'il a belle allure, estima Amanda en mâchant son sandwich. Dans les films, ils prennent toujours des gens très beaux pour jouer les héros et des très laids pour les méchants. Mais je n'ai jamais cru que ça se passait comme ça dans la vraie vie. Un type peut être beau à tomber par terre et totalement néfaste.

Elle se mit soudain à mastiquer comme si elle avait eu la tête d'un infect personnage dans la bouche.

— On parle toujours de Charlie, là ?

— Non, de Healey, marmonna Amanda, la bouche pleine.

— Qu'est-ce qu'il a fait ?

— Il a couché avec moi, grommela-t-elle.

— Oh, Seigneur, Amanda ! Il ne t'a pas…

— Non, non et non ! la coupa-t-elle aussitôt. Figure-toi que c'est moi qui l'ai dragué chez Emo's. Mais s'il était là, c'était parce qu'il me suivait. Parce qu'il faisait son travail. Il n'aurait jamais dû me laisser le draguer.

Elle avait dit cela avec fureur, mais Lexy détecta également de la douleur dans ses yeux.

— Le salaud !

— Tu l'as dit.

— Est-il ici ?

— Non. Il est resté à New York. Charlie avait des trucs à lui faire faire. Heureusement, parce que je te jure, Lexy, j'ai beau t'aimer comme une sœur, je ne serais jamais montée dans un avion avec lui !

— Ne te fais aucun reproche. T'a-t-il donné une explication pour t'avoir laissée, euh… le draguer ?

— Oh, le classique « Ce n'est pas ce que tu penses, j'ai des sentiments pour toi, laisse-moi une autre chance, bla bla bla… », répondit-elle en agitant la main comme pour chasser un moustique importun.

— Je ne…

— Laisse tomber, va. Et toi ? Vous avez déjà essayé le Courrier de Lyon, avec Charlie ?

— Non ! Et je ne te pardonnerai jamais de m'avoir forcée à le dire devant lui !

En retour, Lexy eut droit à un sourire pas contrit pour deux sous et à une autre question :

— Est-ce qu'il t'a asticotée là-dessus après ?

— Non. Il n'en a pas dit un mot.

— Hum… Peut-être qu'il ne sait pas ce que c'est.

— Charlie, répliqua Lexy en se léchant les doigts, me paraît être un homme qui connaît toutes les positions du Kama-sutra, et probablement quelques autres.

— C'est aussi ce que je pense. Donc, il n'a pas mentionné le Courrier de Lyon, il ne t'a pas taquinée en te disant qu'il connaissait à présent ta position favorite, énuméra Amanda avant de secouer la tête. Ce n'est pas bon, ça.

— Pourquoi ? Que veux-tu dire ?

— Une supposition en l'air ? Il prévoit de faire un voyage dans ta diligence, s'exclama Amanda en se levant pour faire onduler son corps, et elles éclatèrent toutes deux de rire.

— C'est bien beau, tout ça, mais on a du pain sur la planche, déclara Lexy quand elles se furent un peu calmées.

Quelques instants plus tard, la voix d'Amanda s'éleva dans l'atelier :

— Alors, tu vas le laisser faire ?

— Quoi, faire un tour dans ma diligence ? demanda Lexy en levant le nez de sa loupe. Je n'ai pas encore décidé.

— Au moins, il ne t'a pas menti.

— Non, il m'a seulement kidnappée. Son excuse, c'est qu'il l'a fait pour me sauver la vie.

— Les hommes, vraiment… ils trouvent toujours des justifications !

— Oui. Passe-moi ce marteau.

Chapitre 12

— Vous êtes sûr que vous savez piloter ça ? s'enquit Lexy alors que le bimoteur Cessna s'élançait cahin-caha vers le ciel.

Peut-être que, s'ils avaient survolé les champs de maïs du Kansas, elle n'aurait pas eu le cœur coincé dans la gorge, mais ici, dans le Colorado, où le petit coucou allait devoir se frayer un passage au milieu des montagnes Rocheuses… Charlie arborait un calme olympien, ce qui était, selon elle, bon signe, mais il fallait dire que cet homme était toujours imperturbable.

— Profitez de la vue, lui conseilla-t-il.

Ce qui ne répondit pas franchement à sa question. Elle se retourna et roula des yeux en direction d'Amanda, ceinturée dans l'un des sièges arrière et manifestement bien plus à l'aise qu'elle-même.

— Donc, quel sera le programme quand nous serons de retour à New York ?

— C'est très simple : nous allons faire un peu de shopping et un peu de travail préparatoire pour le gala. Et puis, nous allons nous cacher là où personne ne songera à nous chercher.

— Au Mexique ?

Il lui jeta un coup d'œil. Avec ce casque sur la tête, il avait l'air d'un pilote professionnel.

— Au Plaza.

— Vous êtes fou ?

— Probablement.

Il ne parut pas aussi contrarié qu'elle par l'accusation, mais il avait tout le pouvoir dans cette relation.

Pour le moment.

Elle était une battante et, tant qu'ils semblaient être du même bord, elle se résignait à l'idée de l'avoir dans sa vie. Temporairement.

Elle ne voulut pas le distraire davantage alors qu'il manipulait les commandes de l'avion, aussi suivit-elle son conseil et se tourna-t-elle vers le hublot. L'avion traversa une zone de turbulences et fit le yoyo un petit moment. Ce n'était pas la première fois et elle dut encore se forcer à ne pas piailler d'effroi.

Les sommets escarpés encapuchonnés de neige étaient effectivement somptueux dans le crépuscule, alors qu'ils volaient vers l'est en direction de New York.

Le plan conçu par Pendegraff était d'une audace qui frisait la démence, mais elle devait admettre que l'idée d'entrer et de sortir de l'antre du fauve parée des bijoux que convoitait Grayson avait un côté excitant.

Sans compter qu'elle-même avait un score à égaliser avec ce M. Grayson. L'idée d'arriver d'un pas léger au Plaza et d'assister à une soirée de bienfaisance ultrachic alors qu'elle était présumée morte avait un côté absurde et bizarrement satisfaisant.

— J'espère que Grayson aura une crise cardiaque en nous voyant ! cria-t-elle pour couvrir le bruit des moteurs.

— Oui, mais pas fatale. Je veux le voir croupir en prison.

Elle sourit. Peut-être qu'après tout ils pourraient travailler ensemble.

Ils atterrirent sans incident ; Lexy fut forcée d'admirer la façon dont il posa l'appareil sans heurt sur la piste d'un aérodrome privé.

Pendegraff remplit quelques papiers dans le bureau, puis ils sortirent par l'autre côté. Elle ralentit le pas en reconnaissant la limousine qui les attendait au-dehors.

— La dernière fois que je suis montée là-dedans, ça ne s'est pas si bien terminé que ça, fit-elle remarquer.

— Oh, non ! s'exclama à son tour Amanda en apercevant le chauffeur et en ralentissant elle aussi.

— Ne soyez pas trop dures avec Healey, dit Pendegraff

en leur posant une main dans le bas du dos pour les inciter à avancer. Il a très bien veillé sur Amanda. Et il va faire en sorte que, demain, nous puissions nous fier au service de sécurité.

Le chauffeur alla très dignement leur ouvrir la portière arrière et Lexy se glissa sur la banquette, tandis qu'il déclarait :

— Amanda ? Tu ne veux pas monter à l'avant, avec moi ?

— Dans tes rêves !

Et Amanda s'installa près de Lexy.

— Tout est prêt ? s'enquit Charlie en s'asseyant de l'autre côté.

— Oui, dit l'homme au volant en lui passant une carte magnétique d'hôtel.

Le ciel plombé de cette journée de mars avait déjà un côté déprimant et la pensée que tout le monde ici la croyait morte ne fit rien pour remonter le moral de Lexy. Ce retour à New York ne rendait son dilemme que plus réel. Elle aurait aimé demander au chauffeur de la ramener chez elle, mais elle n'avait plus de chez-elle. Toutes ses affaires, ses vêtements, ses outils, ses papiers… plus rien. Partis en fumée.

Elle supposa qu'elle était en quelque sorte encore sous le choc, car elle avait l'impression d'être déconnectée. Tout avait disparu et elle n'arrivait pas à saisir ce que cela signifiait en termes d'avenir immédiat.

— Pourrions-nous passer devant chez moi ? demanda-t-elle en se penchant vers le chauffeur.

Celui-ci lança un coup d'œil à Charlie, qui retourna un regard inquiet à Lexy.

— Vous êtes consciente que nous ne pourrons ni nous arrêter ni entrer.

— Oui. J'ai juste besoin de voir les lieux, d'appréhender la réalité. Vous comprenez, j'ai un peu l'impression d'avoir vu l'incendie dans un film, il me semble que ce n'est que de la fiction. Je ne me suis pas encore faite à l'idée que ma maison et ma boutique n'existent plus.

— D'accord.

Il n'était pas obligé de le faire, aussi le remercia-t-elle d'un sourire.

— Merci, murmura-t-elle.

La limousine se fraya un passage dans la circulation insensée du centre-ville. Après la paix et le silence absolus des montagnes, les Klaxon, les hurlements de sirènes et les bruits de ces millions de gens vaquant à leurs occupations lui parurent assourdissants, même dans l'abri relatif de la voiture.

Sa nuque commença à la picoter en approchant de SoHo. C'était une réaction de stress qu'elle avait bien connue, adolescente. Elle eut également une drôle de sensation dans l'estomac, comme lors d'un atterrissage.

Les rues se firent de plus en plus familières et elle reconnut bientôt son quartier, les boutiques, les restaurants et les échoppes.

Le nez collé à la vitre, elle attendit d'apercevoir son magasin. Peut-être qu'on lui avait joué un mauvais tour, une plaisanterie cruelle, peut-être que sa boutique était intacte, sa peinture bleue plus attrayante que jamais. Peut-être que des clients faisaient leur choix en admirant la vitrine…

Et puis, elle la vit.

Elle ne comprit qu'elle poussait un cri de détresse que lorsque Charlie referma une grande main chaude sur la sienne. Elle s'y agrippa comme à une bouée de sauvetage.

Amanda, pour sa part, n'avait pas prononcé un mot. Elle n'avait même pas tourné la tête vers le magasin, comme si elle ne supportait pas cette vision.

La circulation ralentit et Lexy eut tout le temps de contempler la façade à la peinture boursouflée, les vitres brisées, les traînées sales laissées par les lances à incendie. Des poutres noircies étaient à nu, sa si jolie vitrine n'était plus qu'un fouillis couvert de suie.

Un ruban jaune de scène de crime barrait l'entrée et des barricades détournaient le flot des piétons hors du trottoir, en cas, lui sembla-t-il, de chute de débris. Ainsi, sa maison, son entreprise ressemblaient maintenant à un patient infecté dont personne ne voulait plus s'approcher !

Des larmes lui brouillèrent les yeux et se coincèrent dans sa gorge. C'étaient sa vie, son affaire, son avenir. Calcinés. Terminés.

Elle avait des commandes, bien sûr. Des clients qui lui avaient demandé un travail. A cette pensée, elle redressa l'échine contre le dossier de cuir, alors qu'une immense fureur rugissait en elle, balayant son désespoir et la dissuadant de s'apitoyer sur son sort.

Elle ferait son travail. Ces commandes, elle s'en acquitterait et les livrerait dès qu'ils auraient épinglé le responsable de cette catastrophe. Quel qu'il fût.

— Ça va ? lui demanda doucement Charlie.

Elle secoua la tête. Elle n'était pas encore prête à lui montrer son visage.

— Je suis en colère, expliqua-t-elle. De plus en plus furieuse, même ! Je veux absolument voir le responsable de ce gâchis sous les verrous. Et je ferai tout pour cela.

— Bravo ! commenta-t-il simplement en exerçant une pression sur sa main.

Dès qu'il la lâcha, sa chaleur manqua à Lexy. Cet homme avait beau être un voleur et un kidnappeur, et mille autres choses encore qu'elle n'approuvait pas davantage, elle avait toutefois, aussi inexplicable que cela paraisse, une totale confiance en lui.

— Allons à l'hôtel et commençons les préparatifs.

— Et moi, est-ce que je peux rentrer chez moi ? s'enquit Amanda. Il faut que j'écoute mes messages et que j'arrose mes plantes.

— Qu'en penses-tu ? demanda Charlie à Healey.

— Elle peut y aller, assura celui-ci. Jusqu'à présent, personne ne lui a manifesté le moindre intérêt. Mais je vais garder un œil sur elle de toute façon.

— Toi, tu te tiens à l'écart, sinon, j'appelle les flics ! le prévint-elle aigrement.

A ces mots, la limousine fit un violent écart. Puis elle s'immobilisa contre le trottoir et Healey se retourna vers eux. Si Lexy ne l'avait encore jamais vu afficher une quelconque expression, elle fut stupéfaite par la colère qui déformait à présent ses traits.

— Charlie, gronda-t-il, depuis combien de temps est-ce que je travaille pour toi ?

— A peu près cinq ans, répondit l'intéressé.

— Et, au cours de ces cinq ans, ai-je déjà couché avec une cliente, ou une personne liée de près ou de loin à nos affaires ?

— Non, jamais.

— Et pourquoi devrais-je vous croire, tous les deux ? fit Amanda d'un ton furieux.

— Parce que c'est la vérité, affirma Charlie. Amanda, sachez que la conduite de Healey ne m'a pas fait plaisir du tout à moi non plus. Ce qu'il a fait était dangereux et antiprofessionnel. Comme c'est la première fois qu'il commet une telle infraction à notre règlement, j'ai le choix entre deux conclusions : soit il a perdu la tête, soit vous lui avez vraiment tapé dans l'œil, commenta-t-il, avant de se retourner vers le chauffeur : Laquelle est la bonne, Healey ?

Celui-ci les couvrit tous trois d'un regard meurtrier.

— Ma tête va très bien, merci, les informa-t-il avec dignité.

Puis il reprit le volant et réinséra la limousine dans la circulation.

Chapitre 13

Le Plaza, c'était comme Central Park, le musée d'Art moderne de New York, ou encore Saks : il faisait partie intégrante du cadre de vie de Lexy, mais elle n'y passait guère de temps. Elle y avait à l'occasion pris un brunch ou un verre, mais elle ne savait absolument pas à quoi ressemblaient les chambres. Aussi, et malgré la détresse que lui avaient inspirée les restes calcinés de sa boutique et de son domicile, ne put-elle réprimer un frisson d'excitation en pénétrant dans l'hôtel emblématique.

Comme Healey avait tout réglé avant leur arrivée, Charlie n'eut pas besoin de passer à la réception. Il ne donna par ailleurs à Lexy aucun détail sur la chambre qu'elle occuperait. Il n'était pas disert de nature et elle le découvrirait bientôt, songea-t-elle pour se rassurer.

L'ascenseur s'éleva sans bruit ni heurt jusqu'au dix-huitième étage et Charlie gagna une porte comme un habitué des lieux. Peut-être l'était-il, après tout.

Il ouvrit et s'effaça pour la laisser passer. Elle songea que ces bonnes manières devaient être si ancrées en lui qu'elles s'étaient muées en réflexes.

C'était très agréable.

Elle n'entra pas dans la chambre, mais se figea sur le seuil, bouche bée.

— Mais… ce n'est pas une chambre, c'est une suite ! s'exclama-t-elle.

— En effet.

— On se croirait à Versailles…

Elle fit quelques pas à l'intérieur. La suite était meublée en style européen d'époque. Lexy découvrit qu'elle comprenait deux chambres, un salon et deux somptueuses salles de bains. Elle put donc écarter tout soupçon sur les intentions de Pendegraff. Contrairement à ce qu'elle avait redouté, il ne l'avait pas amenée ici avec des arrière-pensées. Du moins, c'était là une première conclusion.

Après avoir fait le tour du propriétaire, elle retrouva son compagnon dans le salon et songea qu'elle eût volontiers défait ses bagages. Hélas, elle n'en avait pas.

— Et maintenant, que faisons-nous ? s'enquit-elle.

— Les courses.

— Ça me semble une excellente idée, sachant que je n'ai rien à me mettre et que Cendrillon n'a pas non plus de robe pour aller au bal demain soir. Mais ne vouliez-vous pas que je me cache ?

— Si, bien sûr. C'est le magasin qui va venir à nous.

— Décidément, les gens riches ne vivent pas comme tout le monde ! soupira-t-elle.

Il laissa sur la table la mallette noire qu'il avait apportée et alla déposer un sac de cuir dans l'une des chambres.

— On dirait vraiment que vous avez une dent contre les riches, lui fit-il remarquer en revenant. Nous ne sommes pas si différents, vous savez.

— Mis à part que nous avons des vues opposées sur la moralité, que vous possédez un jet privé que vous pilotez vous-même, que, pour vous, descendre au Plaza signifie forcément prendre une suite, que vous n'allez pas faire vos courses comme tout le monde, mais que vous faites venir les commerçants à vous… En fait, j'aurais tendance à dire que nous n'avons rien en commun, conclut-elle avec un soupir en se laissant aller dans le luxe confortable du canapé. Mes parents, eux, ont travaillé dur toute leur vie ; ils en tiraient de la fierté et je fais de même. Vous m'excuserez, mais je n'ai pas énormément de respect pour les gens qui vivent de leurs rentes et ne font rien de leurs journées, ajouta-t-elle en lui jetant un coup d'œil. Sans vouloir vous insulter, bien sûr…

— Bien sûr.

A cet instant, on entendit un coup discret frappé à la porte. Lexy vit son interlocuteur consulter sa montre.

— Pile à l'heure, déclara-t-il d'un air satisfait.

Il gagna la porte et fit entrer une femme très chic entre deux âges, accompagnée de deux assistantes qui poussaient une garde-robe à roulettes et portaient plusieurs boîtes et sacs. Lexy sentit sa contrariété monter d'un cran. Où avait-il appris à claquer ainsi des doigts pour obtenir un traitement spécial ? Il avait de l'argent, c'était cela, et ce n'était pas de l'argent honnêtement gagné.

La femme, qui parlait avec une pointe d'accent français, déclara s'appeler Francine, mais ne jugea pas utile de présenter ses assistantes. Elle ne parut pas avoir besoin de savoir qui était Charlie et se désintéressa tant de Lexy que celle-ci faillit s'étrangler devant l'impossibilité de dire qui elle était et pourquoi elle était là, et d'exposer les raisons qui l'empêchaient de sortir faire son shopping toute seule. Elle n'eut d'autre choix que de laisser ces personnes penser qu'elle était la nouvelle acquisition de Pendegraff, une maîtresse qu'il entendait habiller et apprêter selon ses humeurs seigneuriales.

Son mécontentement augmenta quand la dénommée Francine lorgna ouvertement sur Charlie, qui en avait manifestement l'habitude et que cela ne parut pas déranger. Francine désigna l'office d'un geste à ses assistantes et, après quelques bruits de fermetures Eclair accompagnés d'ordres donnés à mi-voix, elle revint avec l'une des jeunes filles portant une robe dans chaque main.

— Noir, ou couleur ?

Les deux étaient fort belles. Lexy soupçonnait Charlie d'avoir insisté pour une robe simple au large décolleté, afin de mieux faire ressortir les émeraudes. Et, vu que Francine n'avait pas hésité à traverser la ville avec deux vendeuses et une sélection de robes pour un défilé privé dans la chambre d'hôtel, il fallait bien se rendre à l'évidence : leur prix devait être astronomique.

Charlie étudia les robes l'une après l'autre, puis se tourna vers Lexy. Celle-ci aurait dû être amusée, mais la façon qu'il eut de l'évaluer d'un regard de propriétaire, comme s'il l'avait vue nue un million de fois, la mit hors d'elle.

— Noir, je pense, dit-il.

— Moi, je préfère la couleur, contra-t-elle, bien décidée à avoir son mot à dire quant au choix de sa tenue.

L'expression amusée de Charlie lui apprit qu'il avait anticipé sa réaction.

— De toute façon, tu vas en essayer plusieurs, dit-il pour finir.

Voilà qu'il la tutoyait à présent ! Elle ravala sa fureur : bien sûr, il fallait jouer le jeu devant des personnes extérieures. Elle gagna d'un pas martial la chambre ne contenant aucun bagage en mettant sa hargne de côté. L'heure était à l'essayage, et celui-ci était crucial pour leur plan : si elle voulait confondre Grayson le lendemain, elle aurait besoin d'être soigneusement vêtue pour le gala.

L'une des jeunes filles la suivit et ouvrit une vitrine portable de lingerie.

La contrariété de Lexy fondit comme neige au soleil devant la beauté des multiples parures qui s'offraient à sa vue.

— Oh, mon Dieu…, souffla-t-elle en effleurant la soie vaporeuse.

— Monsieur a dit que vous faisiez du 36, mais j'ai aussi apporté quelques autres tailles.

— Monsieur avait raison.

La jeune fille s'appelait Anne-Marie et elles sympathisèrent bientôt, tandis qu'elles sélectionnaient ensemble la lingerie la plus assortie à la première tenue, une robe longue noire, et ses escarpins, noirs également.

Dès qu'elle l'enfila, Lexy comprit que le style ne conviendrait pas. Le bouillonné de tissu qui courait sur tout un côté, de l'épaule à la hanche, attirait trop l'attention. Avec une telle robe, tout bijou serait superflu. Secouant la tête, elle s'apprêtait à l'enlever quand elle se dit « Oh, et puis après ? » Messire Pendegraff voulait voir des robes ? Il allait être servi ! Elle ne connaissait aucun homme qui ne meure pas d'ennui après cinq minutes passées dans un magasin avec une femme. On allait voir à quel point celui-là apprécierait ce défilé, entrecoupé par le temps qu'il faudrait pour se changer. Et elle avait bien l'intention de ne pas se presser !

Elle avança lentement dans le petit salon.

Francine se lança aussitôt dans un panégyrique de la robe et de la façon dont elle tombait, de la silhouette parfaite qu'avait mademoiselle, mais la demoiselle en question l'ignora superbement et se concentra sur Charlie.

Elle était femme, et assez futile pour être flattée par le regard qu'il posa sur elle alors qu'elle allait et venait dans le salon. En fin de compte, il rendit un verdict semblable au sien.

— J'ai un superbe collier que je voudrais te voir porter, ma chérie, déclara-t-il. Je pense qu'il te faudrait un décolleté plus plongeant.

— Très bien, mon cœur, acquiesça-t-elle à la façon dont elle imaginait qu'une maîtresse entretenue le ferait.

Même si elle n'en avait aucune idée, en réalité, et pas vraiment envie de le savoir.

Elle trouva la robe idéale au troisième essai. On eût dit que le vêtement avait été créé pour elle : il soulignait ses courbes, mettait en valeur ses petits seins et découvrait ses épaules. Sa couleur vieil or ferait ressortir à la perfection le vert des émeraudes. Ainsi vêtue, elle avait l'air délicat, presque mystérieux. Jamais encore elle n'avait porté une robe aussi belle. Et aussi chère, soupçonna-t-elle.

— Elle est parfaite, souffla Anne-Marie. On dirait qu'elle a été créée pour vous.

— Je sais, répondit-elle en l'enlevant.

— Mais… vous n'allez pas la montrer à monsieur ?

— Bien sûr que je vais la montrer à monsieur. Mais on doit garder le meilleur pour la fin, non ?

La jeune Française haussa les épaules avec une mimique qui signifiait « les Américaines sont vraiment bizarres » et sortit la robe suivante.

— J'ai toujours pensé qu'il était bon de faire attendre les hommes, pas vous ? reprit Lexy.

Un haussement d'épaules lui répondit, accompagné d'un :

— Certains, oui. Mais celui-ci ? Moi, je n'oserais jamais le contrarier.

— Ah oui ? Eh bien, moi, je n'attends que cela !

Chapitre 14

Comment les femmes pouvaient-elles supporter de passer des heures en essayages ? se demandait Charlie en s'efforçant de masquer son mortel ennui tandis que Francine lui faisait la conversation. A vrai dire, il avait la nette impression que Lexy s'arrangeait pour faire traîner les choses en longueur, dans le seul but de le pousser à bout. Et cela finirait sans doute par fonctionner…

A la cinquième robe, il était déjà prêt à demander grâce. Assez ! Lexy était fabuleuse dans chacune des robes et elle le savait certainement. Pourtant, chaque fois qu'elle arrivait, vêtue d'une nouvelle tenue, elle trouvait quelque chose à redire : l'ourlet frisottait sur celle-ci, le tissu ne convenait pas sur celle-là, le décolleté était trop haut, trop large, trop sophistiqué, trop que sais-je encore… Il avait envie de lui hurler que tout ce qu'on demandait à la robe, c'était de mettre le collier en valeur, de lui servir de cadre, un point, c'était tout. Mais ça, elle le savait déjà et il était bien persuadé qu'elle se régalait à tirer sur la corde.

Ah, c'était ainsi qu'elle le remerciait, lui qui lui avait sauvé la vie ! Même s'il avait fallu la kidnapper pour cela. Hélas, c'était sur ce dernier détail qu'elle se focalisait.

— Je crois que la prochaine sera la dernière, déclara Francine, comme si elle avait perçu sa lassitude.

— Très bien.

La porte s'ouvrit et il tourna pour la énième fois la tête.

Et sentit ses yeux jaillir de leurs orbites. Façon Tex Avery.

Lui qui croyait avoir vu toutes les merveilles qu'une robe de haute couture pouvait faire pour mettre en valeur ce joli petit corps, il se trompait !

La robe ne se contentait pas de lui aller à ravir : elle la caressait au moindre mouvement et donnait à l'homme qu'il était l'envie dévorante de poser les mains partout.

Au-dessus du décolleté profond, sa gorge était une vaste étendue de peau crémeuse qui n'attendait que le bijou parfait.

Une fois passée la petite poitrine galbée, la robe révélait une taille mince et des hanches idéales. Il voulut parler, mais découvrit qu'il en était incapable.

Même les exclamations ravies de Francine avaient des accents de sincérité profonde, cette fois. Celle-ci poussait de petits oh ! et des ah ! et oh ! la ! la ! alors que lui-même contemplait, muet de saisissement.

Côtoyer une femme splendide sans avoir le droit de la toucher lui avait coûté un effort depuis l'instant où il avait posé les yeux sur elle, mais, maintenant qu'il la voyait dans cette robe, il comprenait que le désir qu'elle lui inspirait allait monter d'un cran et le rendre fou. Le souvenir du baiser qu'il avait eu la folie de lui donner revint le tourmenter, il se remémora la douceur de ses lèvres, l'abandon de ce corps féminin entre ses bras…

Il se ressaisit. Ce n'était pas le moment de se laisser aller. Ils avaient un plan à appliquer, et cette robe en faisait partie.

Ignorant superbement la Française, Lexy s'adressa à lui.

— Ça te plaît ?

Il hocha la tête. Avec un enthousiasme non dissimulé, mais toujours sans un mot.

— Je vois que tu ne trouves rien à redire ? lui lança-t-elle, moqueuse.

Il secoua la tête sans la quitter des yeux, au comble de l'émotion.

— Dans ce cas, c'est parfait, conclut-elle avec un sourire. Quand un homme reste sans voix, c'est bon signe. Nous prendrons donc celle-là, ajouta-t-elle à l'adresse de Francine. Avec la lingerie et les chaussures que je porte, bien sûr…

A ces mots, prononcés d'une voix décidée, Charlie se souvint que Lexy était aussi une femme d'affaires avertie.

— Excellent choix, mademoiselle.

— Je vais aussi avoir besoin de deux jeans, quelques chemises et des sous-vêtements pour tous les jours. Anne-Marie me connaît bien, à présent, je lui fais confiance et je la laisse choisir pour moi. Pourriez-vous faire livrer tout ça dans la journée ?

— Avec plaisir, mademoiselle.

Une fois les trois femmes sorties avec tout leur attirail, Lexy examina ses nouveaux escarpins d'un air pensif.

— Finalement, dit-elle, j'ai l'impression que je pourrais m'habituer à être une femme entretenue.

Elle prit une pose lascive devant le miroir en pied, déclenchant une érection immédiate chez Charlie.

— Jusqu'à présent, je n'ai jamais été la maîtresse de personne.

— Je ne voudrais pas gâcher ton plaisir, répliqua Charlie en la regardant d'un œil vorace et en optant pour un tutoiement définitif après la petite comédie qu'ils venaient de jouer. Mais une maîtresse ne se contente pas de faire du shopping. Il y a… il y a certains services qu'elle est censée fournir.

Elle releva la tête et il capta son regard dans le miroir. La passion jaillit à cet instant, comme chaque fois qu'ils se regardaient dans les yeux.

— Pour le moment, capture-moi un tueur. Nous verrons ensuite ce que nous pouvons faire dans ce domaine.

— Voici un ordre plutôt comminatoire, commenta-t-il avec un sourire appréciateur.

— Crois-moi, je le vaux bien.

Il ne douta pas une seconde qu'elle disait vrai.

Lexy regagna la chambre et retira la robe. C'était décidément le vêtement le plus magnifique qu'elle ait jamais porté. D'ordinaire, ses goûts allaient vers un style plus moderne, elle aimait les créations des jeunes couturiers qu'elle fréquentait, des gens qui débutaient dans le métier et dont elle appréciait l'audace. Il lui arrivait même de troquer l'un de ses bijoux contre de tels vêtements, histoire de porter une pièce unique et originale.

Mais ceci ? Cette robe révélait un niveau social qui n'avait plus rien à voir avec le sien ni avec ce milieu d'avant-garde qu'elle fréquentait. Le niveau social de Charlie.

Elle la suspendit soigneusement dans la penderie et remit son jean et son T-shirt du Colorado. Puis elle regagna le salon, où elle trouva Charlie absorbé par son ordinateur.

Il releva les yeux lorsqu'elle entra et, fort poliment, interrompit son activité.

— Pourrais-tu lancer une recherche Google sur la liste des gens qui seront là demain ? demanda-t-elle. J'aimerais bien avoir un récapitulatif sur toutes les huiles à qui je vais me frotter. Les épaules nues, qui plus est ! J'espère que mes racines plébéiennes ne vont pas les faire fuir.

— Tu sais ce que c'est, ton problème ? répondit-il avec le plus grand sérieux. C'est que tu es snob.

— Moi, snob ? s'écria-t-elle en manquant de s'étrangler. J'appartiens à la classe laborieuse, figure-toi, et j'en suis fière.

— C'est exactement ce que j'ai voulu dire. Tu me regardes de haut sous prétexte que j'ai une certaine éducation, des biens, mais en fait tu ne cherches pas à savoir qui je suis vraiment.

— Ça, c'est une contrevérité absolue. Je sais très bien que tu es un cambrioleur.

— Et quoi d'autre ? insista-t-il en croisant les bras.

— Tu es également arrogant, agressif et contrariant. Qu'ai-je besoin de savoir d'autre ?

— J'en aurais autant à dire de toi, mon cœur.

Enervée, elle tourna les talons et s'en fut préparer du thé dans la petite cuisine. Au bout d'une minute, elle lança :

— Excuse-moi, je suis nerveuse. Ça me rend hargneuse.

Elle ne s'aperçut qu'il s'était déplacé qu'en entendant la voix masculine s'élever juste derrière elle. Elle sursauta.

— Ne t'en fais pas, lui dit-il. Tout va marcher comme sur des roulettes.

— Ah oui ? Je vais parader sous le nez de Grayson en arborant le collier que lui a carotté sa maîtresse… maîtresse qu'il a tout simplement fait assassiner pour la punir d'avoir osé !

— Prétendument assassinée.

— Eh bien, je suis prétendument nerveuse.

— Ce n'est pas nécessaire.

— J'ai dit que j'étais nerveuse, pas que je me dégonflais. Bien sûr qu'on va le faire ! J'adore l'audace de ton plan.

— Bravo, s'exclama-t-il en la prenant par les épaules. Bon, maintenant, je vais devoir m'absenter quelques heures. Ça va aller ?

— Pourquoi ? Où vas-tu ?

— J'ai des affaires à régler.

— Et tu n'as pas peur que j'en profite pour me sauver ?

— C'est ton intention ? s'étonna-t-il.

— Non, assura-t-elle pour couper court à toute discussion sur cette question. En revanche, je vais appeler mon père.

— Très bonne idée. Invite-le à venir ici. J'aimerais beaucoup faire sa connaissance.

— Ah bon ?

— Tout à fait.

— Mais… il travaille dans la police !

— Je sais, tu me l'as dit.

— Et toi, tu es cambrioleur, ajouta-t-elle avant de faire un mouvement de balancier des deux mains. Policier, cambrioleur… j'y verrais comme un conflit d'intérêts…

— Oh, nous sommes du même côté sur bien des choses.

— Comme pour épingler Grayson ?

— Entre autres, oui. Au fait, pense à toujours regarder par le judas avant d'ouvrir la porte !

Il sortit, la laissant agitée et tendue. Sa nuque la picotait. Les prochaines vingt-quatre heures allaient être cruciales. Et elle devait, pour sa part, accorder sa confiance à un voleur doublé d'un kidnappeur. Un C.V. qui n'avait rien d'idéal pour cela. Et pourtant, bizarrement, elle en était venue à faire *vraiment* confiance à cet homme.

Une demi-heure plus tard, sa commande fut livrée. Anne-Marie lui apportait les jeans demandés, deux chemisiers, des pulls, une veste de tweed, des chaussures de marche et une paire de bottes. Il y avait même un joli foulard à porter sur la veste.

Cela ne ressemblait pas à la garde-robe de Julia Roberts dans *Pretty Woman*, car elle avait réclamé des vêtements pratiques et décontractés. Elle ne comptait ni assister à un match de polo ni dîner dans de grands restaurants. Elle allait seulement participer à ce fameux bal des Diamants. Ensuite, elle devrait s'atteler à la reconstruction de son entreprise. Et de sa vie.

— Merci infiniment, Anne-Marie.

— Je vous en prie, dit la jeune femme, avant de marquer une hésitation. Je crois vous avoir entendue dire que votre valise avait été perdue.

— Oui. Saleté de compagnie aérienne ! Ils ne savent toujours pas où elle est.

— Je me suis demandé si vous n'auriez pas aussi besoin de produits de maquillage…

— Ah, si ! s'exclama-t-elle en se plaquant la main sur la bouche. Ça m'était complètement sorti de la tête !

— Nous vendons ces nécessaires à la boutique, reprit Anne-Marie avec un bref sourire. Ils ne contiennent peut-être pas tout ce que vous auriez aimé, mais c'est un début.

— Encore merci ! dit-elle en serrant brièvement la jeune vendeuse dans ses bras.

Le visiteur suivant fut son père, qui l'enveloppa dans une étreinte possessive dès l'instant où elle referma la porte. Elle comprit son émotion à la façon dont il la serra contre lui à lui briser les côtes.

— Ne t'avise plus de me faire revivre des moments pareils, bougonna-t-il.

— Promis ! Cela n'a pas été agréable pour moi non plus, tu sais.

Il recula pour l'examiner, puis parcourut la pièce du regard. Il n'était pas grand, mais solidement bâti et elle perçut la colère qui l'habitait.

— Où est-il ? jeta-t-il. Où est le scélérat qui a mis ma petite fille en danger ?

Il arpenta la suite à grands pas, apparemment satisfait de constater que les affaires de sa fille étaient dans une chambre et celles de Charlie dans l'autre. Ce qui contribua à apaiser quelque peu son irritation.

— Il a dû sortir, mais il m'a dit qu'il avait hâte de faire ta connaissance.

— Ça tombe bien, j'ai deux mots à lui dire, répondit-il après avoir poussé un grognement, ce qui n'était jamais bon signe.

— Veux-tu du thé, du café ou autre chose ?

Il fit non de la tête et ils s'installèrent tous les deux sur le canapé.

— Et maintenant, raconte-moi tout ce que tu as découvert, demanda-t-elle.

— Tu avais raison. Ce nom que tu m'as donné, Tiffany Starr… Comment as-tu su que c'était elle, la morte ?

— C'est une histoire compliquée.

— J'ai tout mon après-midi.

Elle lui narra donc la visite de cette femme et de sa prétendue mère et l'histoire qu'elles lui avaient racontée, puis lui parla des émeraudes.

— J'ai comme l'impression que tu ne me dis pas tout.

— Le reste de l'histoire, c'est à Charlie de te le raconter ; c'est la sienne. Il ne devrait plus tarder, maintenant.

La mine sinistre qu'affichait son père lui rappela la mort de sa mère. Elle ne lui avait pas vu une telle expression depuis cette époque.

— Qu'y a-t-il, papa ? s'enquit-elle en lui touchant le bras.

— Il y a que cette fille a été assassinée.

Elle avait beau s'attendre à cette nouvelle, elle la reçut malgré tout comme un coup de poing dans le ventre.

— Oh, non…, murmura-t-elle.

Ainsi, Charlie avait vu juste. A présent, elle avait besoin d'en savoir plus.

— Et comment l'a-t-on assassinée ?

— On lui a tiré dessus.

— Mon Dieu, c'est terrible…

— Et il y a pire.

— Pire ? Qu'y a-t-il de pire qu'être tuée par balle, puis jetée dans les flammes ?

— C'est ton arme qui l'a tuée.

Chapitre 15

— Quoi ? fit Lexy en tournant un regard horrifié vers son père.

Il avait pris son visage de policier, mais elle le connaissait par cœur. Il était furieux, frustré et troublé. Et apparemment à bout de ressources, l'état qu'il détestait le plus.

— On l'a tuée avec mon arme ? reprit-elle. Ce qui signifie... oh, Seigneur, ça veut dire qu'elle était vivante quand ils l'ont amenée chez moi. Ils l'ont tuée là-bas...

Tout en parvenant à cette conclusion, elle comprit toutes les implications de ce meurtre.

— Papa, est-ce qu'on me soupçonne ?

— Bien sûr que non ! aboya-t-il.

— Mais j'avais sorti mon arme cette nuit-là, insista-t-elle. Il doit y avoir mes empreintes dessus.

Elle revit la scène : elle était arrivée dans l'atelier l'arme au poing et avait surpris Charlie sur le fait, avant qu'il ne la désarme quand il y avait eu du vacarme à la porte de la boutique.

Seulement Charlie, en malfaiteur consommé, était équipé de gants. Et elle était prête à parier que la personne qui s'était emparée ensuite du revolver et avait pressé la détente en portait aussi.

Elle se retrouvait donc dans un sacré bourbier. Atterrée, elle jugea utile de clamer son innocence, même devant la personne qui l'aimait le plus au monde.

— Cette femme, je ne l'avais jamais vue ! Elle est venue à l'atelier et m'a donné un faux nom. Elle voulait une nouvelle monture pour un collier, un collier qu'elle avait volé, mais ça, je ne le savais pas. Je ne comprends pas… Pourquoi ses assassins se sont-ils servis de mon arme ?

— As-tu une idée de l'identité de ceux qui ont fait ça ?

Elle allait répondre quand un bruit à la porte la fit sursauter. Elle se retourna aussitôt, prête à bondir : c'était Charlie. Elle poussa un soupir de soulagement et détourna la tête. A peine entré, le nouveau venu accourut auprès d'elle.

— Qu'y a-t-il ? lui demanda-t-il en lui prenant la main.

Apparemment, son trouble ne lui avait pas échappé. Elle sentit alors comme un soulagement : cette poigne chaude avait quelque chose de rassurant.

— C'est avec mon arme qu'on a assassiné cette pauvre Tiffany, murmura-t-elle.

— Les salauds !

— Ça vous ennuierait de me dire qui vous êtes et ce que vous savez de toute cette affaire ? intervint le policier, qui s'était redressé.

— Oh, Papa, excuse-moi, s'exclama Lexy sans laisser à Charlie le temps de répondre. Je te présente Charles Pendegraff. Charlie, voici mon père, Jed Dabrowski.

— Ravi de faire votre connaissance, monsieur, déclara Charlie.

Jed ignora la main qu'il lui tendait et le fusilla du regard.

— S'il arrive quoi que ce soit à ma Lexy alors qu'elle est avec vous, je vous tuerai, tenez-vous-le pour dit.

— Papa…

— S'il arrive quoi que ce soit à Lexy alors qu'elle est avec moi, je chargerai moi-même votre revolver, riposta Charlie en se redressant de toute sa hauteur.

Les deux hommes se mesurèrent du regard, comme s'ils s'apprêtaient à en venir aux mains, puis Lexy, à sa grande surprise, vit son père hocher la tête.

— Parfait, déclara-t-il d'un ton plus détendu. Je vois que nous nous comprenons. Et maintenant, poursuivit-il en se rasseyant et en leur suggérant d'un geste de l'imiter, si vous me racontiez ce qui se passe exactement ?

Et elle ne fut pas moins étonnée de voir Charlie obtempérer. Ce dernier expliqua comment il avait été embauché pour récupérer les gemmes et confia au policier tout ce qu'il avait déjà révélé à Lexy, sans rien taire de ce qui s'était passé, sans oublier le moment où elle l'avait surpris en plein cambriolage.

A cet instant, elle le coupa pour reprendre le fil du récit, peu désireuse de l'entendre s'incriminer lui-même :

— Charlie m'a sauvé la vie, papa. Il m'a convaincue de sortir tout de suite du magasin et de quitter New York avec lui.

Bien sûr, elle passa sous silence la façon très peu orthodoxe dont il l'avait « convaincue ».

— Bon sang, Lexy, tu aurais dû venir me voir ! s'emporta son père.

— Je sais, papa, mais je n'avais plus les idées claires…

Ça, au moins, c'était la vérité. Au moment où la limousine l'entraînait loin de New York, elle était très loin d'être en état de réfléchir !

— C'est vraiment dommage. Bon, c'est comme ça… A présent, tu ne figures pas sur la liste des suspects, mais la police aimerait bien que tu passes faire une déposition au commissariat.

— J'irai, mais pas avant le gala. Ces gens-là ont réduit mon magasin et mon appartement en cendres, et maintenant je découvre qu'en plus ils ont tué cette femme chez moi. Avec *mon* pistolet. Je tiens à faire arrêter Grayson.

— Je t'y aiderai, assura Charlie.

Elle tourna des yeux implorants vers son père. Il y eut un silence pesant.

— Moi aussi, finit-il par déclarer.

Ainsi, ils formaient désormais une équipe.

Un autre coup résonna à la porte. Lexy se tendit.

— Ce doit être Healey, dit Charlie en se levant.

C'était effectivement le chauffeur, qui inspecta la pièce du regard avant d'entrer. Amanda arriva à sa suite, à bonne distance.

Ma foi, songea Lexy, *elle ne l'aime décidément pas beaucoup.*

— Healey, je te présente Jed Dabrowski, le père de Lexy, dit Charlie. Jed, voici Healey, mon associé. Et je présume que vous connaissez déjà Amanda ?

Les deux hommes se serrèrent la main en se mesurant du regard. La suite parut soudain déborder de testostérone.

— Bonjour, petite, dit Jed à Amanda, qu'il étreignit aussitôt, au grand soulagement de Lexy.

Puis ils s'installèrent tous en rond, partagèrent leurs informations et échangèrent des idées.

— Je veux que ma fille soit protégée, déclara son père.

— Tout à fait, répondit Charlie en se tournant vers Healey. Combien de gardes de sécurité embauche-t-on généralement pour le bal des Diamants ?

— On fait venir vingt gardes d'une société de sécurité privée. Il y en a six dehors, chargés de barrer le passage à ceux qui n'ont rien à y faire et de s'assurer que les invités arrivent et repartent sans encombre. Six autres patrouillent dans le parc et huit vont et viennent à l'intérieur. Ajoute à cela quelques gardes personnels de Grayson.

— Bien. Ça pourrait être mieux, ça pourrait être pire. Mais je pense qu'on devrait y arriver, commenta Charlie avant de regarder Jed. Vu le battage médiatique que génère l'événement, je suppose que la police de New York sera elle aussi présente ?

— Bien sûr. Mais je ne suis jamais impliqué dans ce genre de stupidités.

— Cette année, je pense que vous devriez faire une exception à la règle. Voyez si vous pouvez vous faire assigner à l'équipe de surveillance. Lexy et moi nous sentirons beaucoup mieux si vous êtes dans les parages.

— Considérez que c'est chose faite.

— Parfait.

— Vous avez une petite idée en tête, non ? fit son père en fixant Charlie, les yeux plissés.

— Oui. Et si je faisais monter des pizzas pour que nous revoyions nos plans en mangeant un morceau ?

Aussitôt dit, aussitôt fait. Bientôt, tous savouraient de la pizza en buvant du soda. En même temps, ils élaboraient leur stratégie, réfléchissant à tout ce qui risquait d'aller de travers et à la façon d'éviter les désastres.

A entendre ainsi Charlie détailler son plan au nouveau venu, Lexy constata son extrême simplicité. Elle aurait eu envie d'en rire, mais rien de ce qui concernait un meurtre et un incendie volontaire ne prêtait à l'hilarité.

Après le départ de Healey, d'Amanda et de Jed, vers 21 h 30, une sensation de gêne s'empara d'elle. Que faire à présent ? se demanda-t-elle. Il était trop tôt pour aller se coucher et elle ne se voyait pas continuer à bavarder tranquillement avec Charlie.

Ce dernier lui paraissait tout aussi mal à l'aise. Il prit un magazine de sport, le reposa.

— J'espère que tu excuseras mon père, déclara-t-elle finalement. Il est de la vieille école, tu sais. Tu touches un cheveu de la tête de sa fille et tu t'en repens toute ta vie.

— Je respecte sa position. En fait, j'ai vu que c'était quelqu'un de bien.

— C'est quelqu'un de bon, confirma-t-elle en souriant. Mais le tact n'a jamais été son fort.

— C'est normal, il se fait du souci pour toi.

— Je sais.

— Bon sang, c'est lui qui a raison, Lexy ! reprit Charlie en s'enflammant tout à coup. Mon plan est trop dangereux pour toi, tu n'as pas à faire ça. Je vais trouver autre chose.

— Eh, mais je suis concernée, moi aussi ! Grayson a incendié ma maison et mon entreprise, tu l'as oublié ?

— Grayson est dangereux.

— Sûrement. Mais n'oublie pas qu'il sera au beau milieu de centaines de gens, qu'il y aura la presse et, surtout, qu'il ne s'attend pas à ce que je me pointe avec son collier au cou. Que pourra-t-il nous faire ?

— Je l'ignore, mais il est hors de question que tu coures le moindre risque.

— Dis donc, tu ne t'attacherais pas à moi, par hasard ?

— Pas du tout, affirma-t-il d'un air sombre. C'est juste que je n'ai aucune envie de servir de cible à ton père.

Il vint à sa rencontre, fit mine de tendre la main vers elle, mais se détourna soudain.

— Je crois que je vais aller me coucher de bonne heure. A demain.

Et il disparut.

Chapitre 16

Lexy se sentait nerveuse, tendue, excitée et… et même un peu nauséeuse, pour être honnête avec elle-même.

Elle se faisait penser à un enfant qui se prépare des heures à l'avance pour une fête d'anniversaire. De nouveau, Charlie avait mystérieusement disparu, aussi s'offrit-elle le luxe d'un bain moussant, d'une épilation et de soins divers. La manucure, la coiffeuse et la maquilleuse parties, elle enfila les sous-vêtements de soie noire et attendit avec impatience que le temps passe, afin de pouvoir se glisser dans sa robe.

Elle essaya de lire le journal, mais ne put se concentrer. Elle alluma la télévision, passa d'une chaîne à l'autre et finit par éteindre.

Elle envisagea de boire un verre pour se calmer, mais mieux valait garder la tête claire en vue de la soirée.

Elle ouvrit le placard et contempla la robe. Ce n'était pas une simple robe ; c'était un piège destiné à se refermer sur un tueur, avec les émeraudes Isabelle en guise d'appât.

Et toute l'équipe avait pour projet d'attraper ce soir un requin aux dents particulièrement aiguisées.

Elle se posa une main sur le ventre. Diable ! Elle serra les lèvres et l'épaisseur inhabituelle du rouge à lèvres sur sa bouche lui rappela la somme tout aussi inhabituelle de cosmétiques qu'elle avait sur le visage. Ça faisait un peu comme un masque de protection, songea-t-elle alors.

La boîte à chaussures était posée sur l'étagère du bas. Elle en sortit les escarpins aux talons vertigineux, qu'elle chaussa avec l'idée que, peut-être, elle aurait une démarche plus assurée ce soir si elle s'habituait à les porter un peu dans la chambre. Et puis, cela ferait passer le temps, en attendant que Charlie rentre, en attendant que le soir veuille bien arriver.

Elle fit deux ou trois fois le tour complet de la suite avant de se sentir plus à l'aise.

Et puis, elle entendit la clé tourner dans la serrure.

Enfin !

Charlie entra, la vit et se transforma en statue. Ce fut du moins l'impression qu'il lui donna.

— Je vois que les petites mains du salon sont passées, dit-il de son ton nonchalant en la détaillant de la tête aux pieds.

Soudain, il y eut de l'électricité dans l'air et elle fut consciente qu'elle ne portait rien d'autre qu'un peignoir d'hôtel sur un soupçon de lingerie importée de France et des escarpins dorés.

— Rien à faire, je me prépare toujours trop tôt, lança-t-elle en guise d'excuse. Et ensuite je ne sais plus quoi faire de moi-même.

— Tu es superbe, affirma-t-il.

Dans sa bouche, toutefois, cela sonna moins comme un compliment que comme un reproche.

— Merci.

Il marcha jusqu'au coffre-fort de la suite, pianota le code, l'ouvrit et en sortit l'écrin, cause de tout ce cauchemar. Il en souleva le couvercle et le lui présenta.

Les émeraudes Isabelle.

— Ce bijou va être spectaculaire sur ta peau, dit-il.

— D'habitude, quand je sors, ce sont mes propres créations que je porte. C'est une excellente publicité.

Il eut un sourire bref et s'approcha d'elle.

— La prochaine fois que je t'inviterai à sortir, je te promets que tu pourras le faire, mais ce soir tu vas devoir te contenter des émeraudes.

Bien qu'elle les eût examinées, étudiées, copiées, elle fut encore une fois saisie par la brillance et la clarté des gemmes. Par la monture ô combien parfaite. Cette monture complexe et délicate, dessinée et exécutée par un maître orfèvre. Elle avait manipulé des bijoux peut-être comparables en termes de valeur, mais jamais aussi importants d'un point de vue historique.

— Connais-tu la légende ? lui demanda-t-il en soulevant délicatement le collier scintillant.

— Quelle légende ?

Elle avait lu tout ce qu'elle avait pu trouver sur la parure et était bien certaine de la connaître, mais elle préféra le laisser libre de parler.

Charlie se plaça derrière elle et la poussa doucement jusqu'à ce qu'elle pût se voir dans la psyché. Elle s'était fait coiffer d'un simple chignon, afin de dégager son cou pour le collier.

Elle perçut la présence masculine alors qu'il se déplaçait derrière elle, la chaleur de son corps, la tiédeur de son souffle sur sa nuque. Elle frémit sous la fraîcheur des pierres et du métal quand ils glissèrent sous le col du peignoir et se posèrent sur sa poitrine.

— On dit qu'Isabelle tenait tant à financer l'expédition de Christophe Colomb qu'elle mit tous ses bijoux en gage afin de rassembler la somme nécessaire, commença-il en caressant les gemmes sur sa gorge. Parmi tous les présents qu'il lui rapporta de son voyage, cette parure lui parut l'indemnisation idéale pour les bijoux gagés.

Tous deux la contemplèrent dans le miroir.

— J'ai rarement vu un vert aussi profond, s'extasia-t-elle, mais il est caractéristique des émeraudes extraites des anciennes mines Muzo de Colombie.

La pensée que Christophe Colomb avait manipulé ces pierres précieuses et qu'Isabelle d'Espagne les avait portées la fit frissonner.

— On dit aussi que les pierres ranimèrent la soif de luxure de la reine et lui rendirent les plaisirs de sa jeunesse, poursuivit-il.

Tout en disant cela, il passa un doigt sur son épaule et en caressa doucement la peau en un geste à la fois intime et excitant.

— Ça, tu viens de l'inventer, répliqua-t-elle d'une voix qui n'était plus qu'un murmure.

— Veux-tu que je te cite mes sources ?

Son souffle se bloqua dans sa poitrine. Il était si près ! Et les doigts qui agrafaient le fermoir alambiqué étaient si doux, si sûrs…

— Magnifique, proclama-t-il dans son cou.

Leurs regards se croisèrent dans la psyché et elle crut être traversée par une décharge électrique.

Fascinée, muette, elle ne put ni se retourner ni trouver une repartie piquante. Elle demeura donc figée sur place, le souffle court. Chaque fois qu'elle inspirait, elle percevait le poids des pierres, elle voyait étinceler les émeraudes et le diamant dans le miroir. L'épais maquillage était nécessaire, comprit-elle, il s'accordait à l'aspect théâtral du collier, et la coiffure était tout aussi parfaite.

Elle regarda Charlie écarter très lentement les pans du peignoir pour exposer le bijou dans toute sa splendeur. Il n'enleva pas les mains, aussi sentit-elle ses doigts sur sa peau.

Il se pencha, les yeux pleins d'une émotion qu'elle reconnut être du désir, un désir semblable à celui qu'elle-même éprouvait. Très lentement, elle vit les lèvres de Charlie se rapprocher de son visage, perçut un souffle sur son épaule et puis le contact doux d'une bouche.

— J'ai fait tout ce que j'ai pu pour rester éloigné de toi, mais là je n'y arrive plus, murmura-t-il.

Un soupir tremblant s'échappa des lèvres de Lexy et Charlie s'inclina davantage pour, cette fois, presser sa bouche sur le pouls qui palpitait à son cou.

— Tu m'excites, tu m'ensorcelles, tu me rends fou de désir de toi.

— Oh, oui…, souffla-t-elle d'une voix qu'elle reconnut à peine.

Ce devait être le stress, se dit-elle vaguement, qui les faisait réagir aussi follement. Elle percevait à présent le léger picotement de la barbe naissante alors qu'il promenait sa bouche le long de son épaule pour aller lui chuchoter à l'oreille :

— Tu es si belle… J'ai tant envie de toi…

Alors, ses mains habiles de cambrioleur entrèrent enfin en action. Elles descendirent vers la ceinture du peignoir, la dénouèrent, écartèrent les pans du vêtement et dévoilèrent le délicieux ensemble de lingerie en dentelle.

Le peignoir tomba au sol et ce fut au tour de Charlie d'émettre un son entre soupir et gémissement.

Le corps en feu, elle se sentit aussi exposée que les gemmes et cela l'enivra.

— Moi aussi, j'ai envie de toi, avoua-t-elle dans un murmure.

Il la toucha lentement, délicatement, comme un amateur d'art qui prend ce qu'il veut sans demander la permission. Elle se vit caressée, regarda ces mains qui suivaient le galbe des seins à travers la dentelle vaporeuse, ces doigts sombres sur sa peau si blanche.

Il était debout derrière elle, entièrement vêtu, très sérieux, mais avec dans les yeux un éclat de passion intense.

— C'est une idée épouvantable, dit-elle.

— Je sais.

Puis il la fit pivoter, l'attira entre ses bras et l'embrassa avec une telle passion qu'elle en eut le souffle coupé. Il fit courir les mains sur son dos comme s'il ne pourrait jamais s'en lasser.

La passion s'embrasa alors en elle et elle se plaqua plus fort contre lui pour lui offrir sa bouche et le prendre avidement dans le même temps.

Elle voulut tout, tout de lui, et tout de suite. Une érection dure et puissante se pressait contre son ventre, elle baissa les mains vers la boucle de la ceinture.

Il se débarrassa de ses chaussures d'un coup de pied tandis qu'elle déboutonnait la chemise. Sur l'épaule ainsi dégagée, une cicatrice irrégulière attira son attention et elle y posa la bouche.

Déjà, il avait ôté son caleçon et elle le vit, nu et magnifique devant elle. Alors, il se baissa et elle sentit le string soyeux descendre le long de ses jambes fines. Il se redressa lentement en embrassant tout ce qu'il trouvait sur son passage, le genou, la cuisse, le ventre, les seins puis, enfin, la bouche. Un baiser qui se fit bientôt profond et passionné, tandis qu'il lui glissait une main entre les cuisses et commençait à la caresser. Très vite, elle se retrouva à se presser contre cette main bienfaisante et poussa un cri de plaisir quand il la pénétra d'un doigt.

— Un préservatif…, haleta-t-elle alors, ivre de désir.

Il fila vers la salle de bains et revint avec un petit étui qu'il déchira. Bientôt gainé, le sexe tendu se pressa contre son ventre. Tandis qu'elle lui nouait les bras autour du cou, il la souleva et elle lui entoura la taille de ses jambes. Il l'adossa au mur et, la regardant dans les yeux, la pénétra.

Oh, Seigneur, c'était si bon, si naturel ! Il entra plus profondément encore et lui laissa quelques instants pour s'accoutumer à sa présence, avant d'aller et de venir en elle pour l'entraîner si haut qu'elle en devint folle d'impatience. Les seins collés contre le torse puissant, le collier coincé entre leurs deux cœurs, elle haletait.

Leurs bouches fusionnèrent, leurs corps ne furent plus qu'un alors qu'ils se mouvaient tous deux avec une frénésie désespérée, puis qu'une divine douleur s'étendait, croissait, encore et encore en elle. Elle frémit contre lui, cria dans sa bouche et son corps tout entier partit dans une explosion de lumière.

Il marmonna des sons incohérents contre sa bouche, se raidit et poussa un cri quand l'orgasme le saisit à son tour, au plus profond d'elle.

Le silence se fit soudain et elle glissa le long du mur telle une poupée de chiffon, se remit sur pied, mais ne retira pas les bras qu'elle gardait accrochés à la nuque de son compagnon, tant était grande sa crainte de terminer en flaque par terre.

Il ne la lâcha pas, le souffle court, le cœur battant à tout rompre contre le sien. Elle lui caressa le dos et attendit que tous deux redescendent sur terre, le considérant, tête penchée, à travers ses cils baissés.

— Je vais peut-être croire la légende, après tout, murmura-t-elle avec un sourire.

Chapitre 17

Le portable d'Amanda sonna. Healey, encore. Elle allait l'éteindre quand elle décida de répondre malgré tout. Peut-être que, si elle lui disait une bonne fois pour toutes de lui ficher la paix, il l'écouterait.

— Qu'est-ce que tu veux encore ? aboya-t-elle en décrochant.

— Qu'est-ce que j'étais censé faire ? riposta-t-il sur le même ton. C'est toi qui m'as dragué, ça te revient ? Oh, sûr, j'aurais pu t'envoyer paître. Mais tu sais ce que tu aurais fait dans ce cas ?

— Je serais rentrée chez moi, affirma-t-elle, avant de fermer fort les yeux.

C'était un mensonge et elle le savait.

— A d'autres ! Tu te serais trouvé un autre gars consentant. Et tu sais quoi ? Je n'ai pas pu supporter cette idée. Je te regardais, d'accord. Mais pas parce que je suis un pervers, parce que c'était mon travail. Tu étais déboussolée, malade de chagrin et tu avais trop bu.

Elle allait ouvrir la bouche pour le couvrir de noms d'oiseaux quand elle comprit qu'il disait vrai.

— Je sais, répondit-elle donc, radoucie.

— Et tu me plaisais, vraiment. Vraiment, Amanda.

— Oui.

Il y eut un silence.

— Tu me plais toujours, d'ailleurs.

— Ah bon… Et tu es encore mon garde du corps ?

— Non. J'ai été déchargé de ma mission.

— Eh bien, euh, merci de… enfin… d'avoir assuré ma sécurité.

— Je t'en prie. Maintenant, c'est juste toi et moi. Plus de boulot entre nous. J'ai envie de te revoir. De tout recommencer.

— Quand ? fit-elle en réprimant un sourire.

— Tout de suite, ça te dirait ? Je suis devant ta porte.

Etonnée, elle fronça les sourcils, puis courut coller l'œil au judas. Il était là, sur le palier. Bien, se dit-elle, s'efforçant de réfléchir posément. Deux possibilités s'offraient à elle à présent : soit elle lui faisait confiance, soit elle le renvoyait.

Il était si différent des autres hommes avec qui elle était sortie ! Plus sérieux, avec une vie infiniment plus ordonnée. Et puis, il paraissait vraiment se soucier d'elle. Ce qui était sans doute bon signe.

Et puis, surtout… elle n'arrêtait pas de penser à lui.

Elle ouvrit donc grand la porte et, sans prononcer une parole, ils se sautèrent dans les bras l'un de l'autre.

— Tu m'as manqué, affirma-t-il sans cesser de l'embrasser, tout en refermant la porte du pied.

— Toi aussi, tu m'as manqué, répondit-elle en commençant à le débarrasser de sa chemise.

Il se chargea d'enlever celle-ci, avant de retirer à Amanda son pull et son T-shirt. Leurs jeans finirent en tas informe sur le sol et ils atterrirent tous deux nus sur le lit défait.

Elle avait tant envie de le sentir en elle que cela lui faisait mal, mais il paraissait avoir autre chose en tête, puisqu'il se mit à la caresser lentement, délicieusement, la maintenant à la limite de l'orgasme sans la laisser l'atteindre. Elle poussa des grognements qui exprimaient à la fois le plaisir, la frustration et la contrariété.

— Est-ce que tu me punis ? haleta-t-elle.

— Non, assura-t-il en riant tout bas. Non. Ne peux-tu pas me faire simplement confiance ?

— J'ai des problèmes avec la confiance, avoua-t-elle. Ça vient d'une longue succession de mauvais choix dans le domaine des hommes.

— Et si tu lui laissais encore une chance, à la confiance ?

— Me laisseras-tu jouir si je le fais ? implora-t-elle en tournant les hanches pour s'offrir davantage à sa caresse.

— Peut-être, répondit-il avec un sourire.

— Je te préviens, je ne vais pas te faciliter les choses, moi non plus, repartit-elle alors en souriant à son tour.

Sur ces mots, elle prit le contrôle de la situation pour le torturer jusqu'à ce qu'il ait de la sueur au front et le souffle erratique.

— Vas-tu me laisser jouir ? l'interrogea-t-il alors qu'une fois encore elle l'avait conduit aux limites de l'orgasme, puis s'était arrêtée.

— Peut-être…

Posant les deux mains sur lui, elle prit appui et, d'un coup, s'envola pour atterrir à plat dos sur le lit. Elle poussa un piaillement au moment où il lui écartait les cuisses et leva les yeux vers lui, prise entre désir fou et satisfaction d'avoir remporté le premier round.

— Tu as un train à prendre ? ironisa-t-elle.

— Oui.

Et il plongea en elle, se retint pour qu'elle le rattrape et elle vit l'effort que cela lui coûtait. Il la caressa de son corps, enflamma son excitation jusqu'à ce qu'ils atteignent l'un de ces instants magiques où ils explosèrent simultanément. D'habitude, elle fermait les yeux à ce moment-là, mais elle n'avait pas compris à quelle vitesse se rapprochait l'orgasme, aussi fut-elle balayée avec les yeux rivés dans ceux de son compagnon. Elle eut alors le sentiment de contempler les tréfonds de l'âme de cet homme, là où résidaient tous ses secrets, ses souvenirs, son essence même.

Le regard assombri, il sembla se concentrer, lui aussi, sur ce qu'il voyait dans ses yeux à elle et elle soupçonna que lui aussi découvrait les secrets qu'elle dissimulait, ses souvenirs, son essence…

Au moment où l'orgasme l'emportait, elle perçut une intimité si intense avec cet homme, cet inconnu virtuel, qu'elle en eut les yeux brouillés de larmes.

Il ne dit rien pendant un bon moment, mais conserva le contact oculaire avec elle. Puis il se pencha et l'embrassa tendrement.

Elle perçut le goût du sel de sa sueur, la douceur de ses lèvres, puis ils se tinrent serrés dans les bras l'un de l'autre. Comme s'ils refusaient de jamais se lâcher.

Il leur fallut plusieurs longues minutes pour redescendre l'un et l'autre sur terre.

— J'adorerais rester au lit avec toi à te faire l'amour encore et encore, déclara-t-il alors, mais je dois me préparer pour le gala.

— Je sais, répondit-elle.

— Je vais prendre une douche.

Elle le regarda s'éloigner vers la salle de bains en sentant renaître son désir. Seigneur, elle devenait nymphomane ou quoi ?

Il s'immobilisa un instant à la porte. Ne se retourna pas.

— Tu admires mes fesses ?

Quelle perspicacité ! Elle pourrait mentir, mais, si elle le faisait, il risquait de renfiler tous ses vêtements. La confiance, se remémora-t-elle. Peut-être en était-il vraiment digne…

— Oui, avoua-t-elle donc. C'est l'un de tes principaux atouts.

— Peut-être devrais-je me retourner pour que tu révises ton opinion…

— File te doucher, vantard !

— A condition que tu viennes avec moi.

— D'accord.

Ils firent l'amour sous la douche, avec langueur, puis se séchèrent mutuellement dans la minuscule salle de bains.

— Quand tout sera terminé, que dirais-tu d'aller faire de la voile ? lui demanda-t-il.

— En mars ? Mais on va se geler !

— Il fait très beau dans les Caraïbes. Et je crois que nos deux patrons nous doivent quelques jours de vacances.

— Mais tu me connais à peine ! objecta-t-elle alors que l'enthousiasme s'emparait d'elle.

— Tout de même… je sais le bruit que tu fais quand tu jouis, objecta-t-il en lui caressant le dos d'une main ferme et sûre.

Il lui déposa un baiser sur l'épaule.

— Je sais que, quand je lèche l'arrière de ton genou, tu ris et que, quand je passe la langue sur ton voilier, tu as la chair de poule.

— Pas vrai.

Il lécha le tatouage.

— Tu vois bien ! Je sais aussi que tu manges trop de cochonneries et que ça me rend heureux de me réveiller près de toi.

Elle se tourna pour le regarder.

— Je suis sortie avec des hommes pendant des mois, certains même plus d'un an, et aucun ne m'a jamais rien dit d'aussi romantique.

— Je parie qu'ils l'ont pensé.

— J'en doute !

— Alors, répondit-il en lui embrassant doucement les lèvres, ils ne méritaient pas que tu passes du temps avec eux. Toi, tu mérites du romantisme.

— Je n'ai pas be…

Il la fit taire d'un baiser.

— Tu n'en as pas besoin, je sais, reprit-il ensuite. Tu es coriace, je l'ai compris, tu joues les dures à cuire, les insensibles. Mais je sais ce qu'il y a derrière cette façade et je persiste à dire que tu mérites du romantisme.

Il l'embrassa encore et, malgré elle, elle s'accrocha à lui quand il s'écarta. Il lui sourit, mais se détacha malgré tout.

— Il faut vraiment que j'y aille…

Il s'habilla rapidement. Elle savait qu'il devrait assurer la sécurité de Charlie et de Lexy au gala. Elle aurait aimé y aller aussi, mais ce serait la meilleure façon d'éveiller les soupçons, elle le savait aussi. Elle allait devoir se tenir à l'écart, même si ce serait une torture de rester dans l'appartement à se faire du souci. Du souci pour eux trois.

— Voilà, je suis prêt, déclara Healey.

— Sois prudent. Et reviens cette nuit.

— Promis, répondit-il en lui donnant un baiser passionné.

Chapitre 18

Lexy avait déjà assisté à des soirées de bienfaisance, évidemment. Il est impossible de vivre et de travailler dans la mode à Manhattan sans s'y soumettre. Mais, jamais encore, elle n'avait rien vu de tel que le bal des Diamants donné chez les Grayson. L'événement était une institution depuis plus de cinquante ans, et ces huit dernières années Florence Grayson l'avait systématiquement organisé chez elle.

Non seulement on y collectait des sommes faramineuses, mais c'était aussi l'occasion, pour les nantis, de polir leurs plus beaux joyaux et de les arborer dans tout leur éclat.

Des diamants, selon la tradition.

Cela faisait des années qu'elle rêvait de passer ces portes afin de faire connaître ses créations aux riches et aux célébrités, mais son budget ne le lui permettait pas. La simple entrée coûtait l'équivalent d'une petite voiture et l'accès au dîner quasiment celui d'un appartement.

Elle aurait donc dû être très excitée de pouvoir enfin fouler le sol de ce lieu prestigieux, mais non : elle se sentait surtout malade d'appréhension à l'idée de côtoyer des tueurs et de porter des bijoux fortement sujets à controverse.

Impeccable dans son smoking Dior, Charlie s'appliquait à lui faire la conversation, lui parlant de tout et de rien pour l'aider à se détendre, tandis qu'ils pénétrèrent ensemble dans la grande salle de bal de l'hôtel particulier.

— J'ai toujours rêvé d'assister à cette réception, lui confia-t-elle en s'efforçant d'ignorer les picotements sur sa nuque, mais c'était au-dessus de mes moyens. D'ailleurs, je ne sais pas si je pourrai te rembourser le coût de mon billet d'entrée un jour.

— Ne t'inquiète pas pour ça, répondit-il en souriant. De toute façon, nous sommes tous les deux invités. A une table précise.

— Quoi… nous restons aussi pour le dîner ? s'exclama-t-elle. Mais… je croyais qu'il était réservé aux grosses entreprises et aux grandes familles !

— Nous sommes les hôtes de ma mère, expliqua-t-il en lui posant une main au creux du dos pour la pousser à avancer.

Elle s'immobilisa net, comme si elle venait de heurter une paroi de verre.

— Que dis-tu ?

— Ma mère réserve une table tous les ans, précisa-t-il, manifestement amusé par son expression horrifiée. Elle a été ravie que, pour une fois, j'accepte son invitation. Et, plus encore, que je ne vienne pas seul.

— C'est non ! Je ne peux pas rencontrer ta mère, s'écria-t-elle alors que la panique prenait le pas sur tout le reste. Elle va tout de suite savoir ce qu'on a fait avant de venir. Les mères devinent tout, ajouta-t-elle avant de se passer une main sur les cheveux. Regarde, je suis échevelée. Irrémédiablement échevelée.

Il lui prit la main et y déposa un baiser.

— Tes cheveux sont parfaits, assura-t-il. Un peu en désordre, certes, mais cela me plaît. Et puis, avec tes yeux brillants et tes lèvres gonflées, tu sembles avoir pris du plaisir tout l'après-midi dans mon lit, ce qui est l'air que je veux que tu aies. L'air d'une maîtresse choyée.

— Ecoute-moi, Pendegraff, je ne fais pas dans la maîtresse choyée. Nous sommes partenaires à parts égales dans cette histoire. D'ailleurs, je n'ai pas passé tout l'après-midi dans ton lit. C'était contre le mur, dit-elle d'une traite, avant de prendre le temps de respirer — et de revivre l'après-midi dans toute sa gloire. Et aussi sur le canapé du salon, ajouta-t-elle en lui posant un pouce au coin de la bouche. Et ensuite, conclut-elle, on a fini dans *mon* lit. Pas dans le tien.

— Quel bel après-midi ! commenta-t-il en souriant.

— Et puis, tu n'as certainement pas besoin de mes cheveux emmêlés pour afficher tes exploits sexuels. Cette mine suffisante que tu arbores suffit largement.

Elle voulut passer devant lui, mais il la retint par le coude.

— Je serai ton égal si tu le veux, mais, ce soir, nous avons chacun un rôle à jouer. Toi, tu es la maîtresse sensuelle et insatiable et moi, le riche play-boy tellement épris de toi qu'il a accroché une fortune en bijoux à ton cou. Tu penses pouvoir t'en débrouiller ?

— Je peux me débrouiller de tout. Inquiète-toi plutôt pour toi.

Il s'esclaffa et ils se remirent à avancer parmi des femmes somptueusement vêtues et étincelantes de diamants. Soudain, Charlie se pencha et lui murmura à l'oreille :

— Quand on rentrera ce soir, c'est dans *mon* lit que tu seras. C'est une promesse.

Fondée sur ce qui pourrait arriver d'ici là ? Elle souhaita de tout cœur qu'il ait raison.

— Moi qui espérais nouer des contacts professionnels ce soir ! soupira-t-elle. C'est humiliant de jouer ce rôle de maîtresse insatiable. Cela va nuire à ma crédibilité de femme d'affaires.

— Dis-toi juste que tu es aussi ressuscitée d'entre les morts. Cela devrait t'aider.

— Tu as vraiment réponse à tout ! Je ne sais même pas comment j'arrive à te supporter !

— Cela fait des années que je me pose la même question ! lança une voix de femme amusée derrière elle.

Une voix grave et nonchalante qui lui évoqua celle de… Non ! De grâce, mon Dieu, faites que cette femme ne…

— Lexy chérie, j'aimerais te présenter à ma mère.

Elle rassembla tout le cran possible et fit volte-face.

Une femme très chic la considérait avec un amusement qui, étrangement, lui parut familier. Elle avait une soixantaine d'années et portait ses cheveux blancs en un chignon stylé. Sa robe bleu canard faisait ressortir l'outremer de ses yeux, ainsi que sa peau claire, nullement retouchée par la chirurgie.

Sa parure de diamants, collier, boucles d'oreilles et bracelet, étincelait de tous ses feux.

— Madame, je suis ravie de faire votre connaissance et je vous sais gré de m'avoir invitée ce soir. Vous venez d'exaucer un vieux rêve.

— Tout le plaisir est pour moi ! Et je vous en prie, appelez-moi Sarah.

La femme lui tendit la main et Lexy la serra, consciente de l'examen attentif dont elle était l'objet. Elle ne douta pas que la mère de Charlie avait deviné ce que son fils et elle avaient fait l'après-midi durant et elle s'empourpra soudain.

— Me permettez-vous de vous dire que, dans cette salle qui regorge de bijoux incroyables, votre parure est de loin la plus belle ? Ces émeraudes sont superbes.

— Merci. Je sais que j'aurais dû porter des diamants, mais Charlie m'a offert ce collier et j'ai voulu l'étrenner, dit-elle en rougissant davantage encore.

C'était le mensonge dont ils étaient convenus, mais n'était-ce pas incroyable que la première personne à qui elle devait le servir fût la mère de Charlie ? Oh, bien sûr, jamais elle n'aurait accepté cette fable grotesque s'il l'avait avertie de la présence de sa mère !

— Vraiment ? s'étonna Sarah Pendegraff en jetant un coup d'œil perçant à son rejeton. Mais depuis combien de temps sortez-vous ensemble ?

Le sous-titre était si évident qu'elle aurait tout aussi bien pu le hurler : « Et pourquoi n'ai-je jamais rencontré cette fille, ni entendu un mot à son propos, alors que tu la connais suffisamment pour lui accrocher une telle fortune au cou ? »

Elle préféra laisser à Charlie le soin de répondre. C'était sa mère, après tout.

— Sois gentille, mère, dit-il en prenant la main de Lexy. Tu sais bien que je ne te présente jamais de femmes tant que ce n'est pas vraiment sérieux. Or, nous deux, c'est très sérieux.

Lexy tressaillit. Il dut le sentir, car il lui pressa les doigts, rassurant. Bien sûr que c'était un mensonge, mais, l'espace d'un instant, son cœur avait fait un drôle de bond dans sa poitrine. Bizarre ! Elle ne voulait pas être importante pour Charles Pendegraff III, pas plus qu'elle ne souhaitait qu'il compte pour elle.

Le regard de Sarah passa de l'un à l'autre, puis elle sourit.

— Eh bien, dans ce cas, je ferais bien d'apprendre à mieux vous connaître, n'est-ce pas ?

Elle désigna d'un geste plusieurs personnes fort élégantes qui discutaient entre elles. Lexy se dit qu'avec cette robe hors de prix et ces bijoux volés elle pourrait parfaitement s'intégrer à ce groupe, mais jamais encore elle n'avait éprouvé une telle sensation d'être une mystificatrice.

— En attendant, ajouta Sarah Pendegraff, si vous veniez faire la connaissance de mes autres invités ?

— Où est Charles II ? chuchota Lexy à Charlie alors qu'ils lui emboîtaient le pas.

— Les membres de la famille royale britannique ne viennent pas ici, sauf s'ils sont justement en ville. En revanche, nous avons probablement quelques parents de moindre importance dans les parages.

— Je voulais parler de ton père.

— Ah… Il est mort il y a quelques années.

— Oh… Je suis désolée.

Ils n'eurent pas le temps d'échanger davantage, mais ces mots lui firent prendre conscience du peu qu'elle savait de cet homme qui avait été en elle, cet homme plein de contradictions, ce cambrioleur qui travaillait pour la police et les compagnies d'assurances, qui volait pour vivre et venait d'une famille assez riche pour réserver une table au bal des Diamants. Un homme qui pouvait se montrer impitoyable quand il le décidait, mais aussi se transformer en un amant romantique et attentionné.

Or, à son grand dam, elle adorait les contrastes. Elle eut comme le sentiment que, si cette caractéristique l'aidait beaucoup dans sa profession, elle ne pouvait que la desservir vis-à-vis des hommes.

Elle se reprit : en fait, elle n'avait pas vraiment choisi celui-ci, puisqu'ils avaient été réunis par des circonstances hors du commun. Le problème, c'était qu'ils étaient devenus intimes et qu'il lui semblait désormais impossible de reprendre son ancienne existence là où elle l'avait laissée.

— Ma chère, dit Sarah Pendegraff en se tournant vers elle, j'aimerais vous présenter certains de mes amis.

Tandis qu'elle faisait les présentations, Lexy s'aperçut qu'elle connaissait en fait tous ces gens de nom. On les citait souvent dans les pages économie du *New York Times*, ou encore dans la rubrique Société, qu'elle s'obligeait à lire par souci professionnel. Tant de bijoux étincelaient sur les femmes du groupe qu'elle regretta de ne pas avoir pris de lunettes de soleil.

— Pourriez-vous me rappeler votre nom, je vous prie ? lui demanda un certain Stanley, capitaine d'industrie.

— Alexandra Drake. Lexy.

— Vous êtes donc un homonyme de la créatrice de bijoux de SoHo, commenta-t-il en plissant un front tanné par le yachting.

Elle sourit. Résista à son envie de jeter un coup d'œil à Charlie. L'heure du lever de rideau avait sonné, semblait-il.

— Non, c'est moi-même, répondit-elle aimablement.

— Mais… vous êtes vivante ?

— Tout à fait. En fait, je n'étais pas en ville quand le feu a pris chez moi. Je n'ai appris la catastrophe qu'à mon retour.

— Ma foi, on dirait que le destin a eu son mot à dire ! s'exclama-t-il avec une délicatesse qui masquait mal sa curiosité.

— Oui. La police essaie d'identifier la victime qu'on a retrouvée dans l'incendie. J'ignore qui cela peut bien être.

— Stanley adore les faits divers, intervint l'épouse dudit Stanley avec un sourire. Si vous le laissez faire, il va vous tenir la jambe pendant des heures. Puis-je dire que votre collier est admirable ?

— Merci, répondit Lexy en tendant coquettement la main vers son compagnon. C'est Charlie qui me l'a offert.

Il lui prit la main. La serra.

— Juste ciel !

La femme, qui avait à l'évidence cherché à faire dévier la conversation, en perdit visiblement le fil.

— Stanley ne m'a jamais rien offert d'aussi somptueux ! s'exclama-t-elle en adressant un sourire chargé de reproche à son époux. Et ils ne sont même pas encore mariés !

— Vois-tu un inconvénient à ce que nous allions nous mêler un peu à la foule des invités, mère ? demanda Charlie à l'intéressée. J'aimerais présenter Lexy à certains d'entre eux.

— Bien sûr que non, mon chéri, répondit Sarah, avant de jeter un coup d'œil par-dessus l'épaule de son fils et de lui poser une main sur le bras. Mais auparavant il serait bon que tu salues nos hôtes.

La main de Lexy tressauta dans celle de Charlie. Il la lui serra, réconfortant, et elle perçut l'énergie qui émanait de lui.

— Sarah, très chère ! chantonna une voix féminine distinguée.

Lexy vit approcher une femme aux cheveux mi-longs blond cendré et au visage accusant la quarantaine — et qui devait, soupçonna-t-elle, paraître le même âge depuis un bon moment. Outre la rivière de diamants qu'elle portait au cou, la femme arborait une tiare, de diamants elle aussi. De l'ère victorienne, à en juger par le style.

— Florence ! s'exclama Sarah en envoyant un baiser en l'air à la nouvelle venue.

Déjà, un homme s'approchait aussi pour venir l'embrasser à son tour sur la joue.

— Edward, quel plaisir de vous voir !

Edward Grayson était un homme soigné d'environ soixante-dix ans, aux cheveux argentés et aux joues rubicondes. Derrière ses lunettes d'écaille, il avait des yeux bleus légèrement protubérants.

— Une réception parfaite, comme d'habitude, poursuivait Sarah. Je trouve les arrangements floraux magnifiques cette année.

— J'ai découvert un amour de fleuriste, répondit Florence, rayonnante. Il vient de Prague, vous vous rendez compte ? Il m'a dit, avec son délicieux accent tchèque : « Je ne fais pas d'arrangements floraux, madame, je crée des fantasmes. »

— Eh bien, c'est à n'en pas douter un fabuleux fantasme. Quelle inspiration que toutes ces fleurs blanches, et le scintillement des plumes est…

— Des diamants. Ce sont des diamants. De petits diamants synthétiques, il y a tenu. Il a des couturières qui ont travaillé jour et…

A ce moment précis, le regard de Florence Grayson dériva et, tout comme celui de son mari un instant plus tôt, se posa sur la gorge de Lexy. Et y resta rivé.

La femme émit un horrible son de gorge semblable à celui que ferait un chat asthmatique ayant une boule de poils dans le gosier.

Si le Botox lui interdisait toute expression faciale, ses yeux, eux, en dirent long sur sa stupéfaction.

— Florence, est-ce que ça va ?

— Oui, oui, hoqueta la femme. Ça va très bien. L'air est un peu sec ici.

Elle porta son verre à sa bouche d'une main tremblante, puis tenta de se recomposer une attitude.

— Et vous, comment allez-vous ? Je vous connais tous, bien sûr, nulle présentation n'est nécessaire, à l'exception de… En fait, reprit-elle à l'adresse de Lexy, je ne crois pas vous avoir déjà rencontrée, mademoiselle…

En femme du monde accomplie qu'elle était, Sarah procéda aussitôt aux présentations :

— Alexandra Drake. L'amie de Charlie.

— Appelez-moi Lexy, je vous en prie, dit-elle en tendant la main.

Elle était à présent certaine d'une chose : cette femme n'était pas celle qui s'était présentée chez elle sous le nom de Florence Grayson.

— Je suis ravie de faire votre connaissance.

Sur le qui-vive, Lexy remarqua que, si Florence Grayson n'avait pas réagi à l'énoncé de son nom, son mari, lui, s'était raidi et, si c'était possible, empourpré davantage.

— Lexy Drake ? bafouilla-t-il. Vous êtes Lexy Drake ?

— Elle-même.

— Mais vous étiez morte !

Mme Stanley, qui était restée silencieuse jusque-là, éclata de ce rire facile dont on use en société et qui peut arrondir n'importe quelle situation gênante. Cela allait devenir un sport, ce soir.

— Nous venons justement d'avoir cette conversation, cher Edward, expliqua-t-elle. Figurez-vous que, par un heureux hasard, Lexy n'était pas en ville quand cet horrible incendie s'est déclaré.

— Pas en ville ? Mais alors, où étiez-vous ?

Charlie s'éclaircit la gorge avec tact.

— Elle était avec moi. Dans un lieu tranquille et écarté que je préfère ne pas révéler.

— En tout cas, vous avez un très beau collier, Lexy, déclara Florence en tendant la main, comme pour toucher les pierres, ou peut-être les lui arracher du cou, avant de reculer d'un pas.

— N'est-il pas superbe ? s'extasia Mme Stanley. Nous l'admirions, justement. C'est Charlie qui le lui a acheté.

— Charlie l'a acheté ? répéta Edward Grayson, toujours aussi rouge et les yeux aussi exorbités.

— C'est exact.

— Très belle pièce. Où l'avez-vous trouvée ?

— Dans une vente privée. Vous savez, par l'ami d'un ami, ce genre de choses. Franchement, j'ai obtenu un prix tout à fait correct pour cette fantaisie.

Lexy fut ébahie par sa nonchalance. Tout ce qu'elle-même avait à faire était d'arborer le collier, mais lui, il devait vraiment jouer un rôle, afficher une indifférence calculée, donner à Grayson assez d'informations pour l'effrayer, mais pas assez pour lui apprendre quoi que ce fût. A l'exception de deux nouvelles cruciales, toutefois, que la cible tentait à présent d'absorber.

Charlie était en possession des émeraudes Isabelle.

Et Lexy était en vie.

Le regard de Grayson se posa sur Charlie et elle n'aima pas du tout son expression.

Elle n'avait aucune idée de ce qui allait se passer à présent, mais par chance — ou fut-ce la mère de Charlie et son geste gracieux ? — un photographe de presse se matérialisa soudain devant eux.

— Vous permettez ? dit-il en désignant son appareil photo.

Tous se regroupèrent obligeamment. Charlie attira Lexy pour la placer à l'avant du groupe, afin que le collier apparaisse bien sur la photo.

Le journaliste prit soin de noter chacun des noms pour la légende du cliché. Quand il arriva à Lexy, il la dévisagea et lui demanda :

— Etes-vous la Lexy Drake chez qui tout a brûlé ?

— Tout à fait.

— Incroyable ! Figurez-vous que c'est moi qui suis allé là-bas prendre les clichés !

Elle hocha la tête, vaguement nauséeuse au souvenir du répugnant trou noir qui avait été son univers.

— Mais… attendez une seconde… Vous n'êtes pas morte dans l'incendie ?

— Non.

— Donc, vous êtes vivante, reprit-il après un instant de réflexion.

— Comme vous le voyez !

— Incroyable ! répéta-t-il. Attendez-moi ici. J'ai une amie journaliste qui se balade dans le coin. Ça pourrait lui faire un super scoop.

Sur ce, il fourra son carnet dans sa poche et s'esquiva.

— Espérons que les photos sont bonnes, glissa Charlie à l'oreille de Lexy.

— Je crois que c'était inévitable, répondit-elle sur le même ton, mais tout ça me donne la nausée.

— Il faut en passer par là.

— Sans doute. Au moins, Amanda est au courant, et papa aussi. Ils ne l'apprendront pas par le journal.

Charlie se retourna vers sa mère et ses amis.

— Si vous voulez bien tous nous excuser, j'étais sur le point de présenter Lexy à quelques personnes dont j'aimerais qu'elle fasse la connaissance.

— Bien sûr, répondit Grayson, qui ne parvenait décidément pas à détacher les yeux du collier. Nous nous reverrons plus tard.

Le couple se fraya un chemin parmi la foule et Charlie salua beaucoup de monde au passage. Soudain, une rousse de l'âge de Lexy vêtue d'une robe fourreau verte apparut devant eux, accompagnée du photographe.

— Lexy Drake ? demanda-t-elle. Est-ce vraiment vous ?

— Je vous montrerais volontiers mes papiers s'ils n'avaient pas disparu dans l'incendie.

— Ma parole ! C'est stupéfiant que vous soyez en vie. Vous ne pouvez pas savoir à quel point la nouvelle de votre disparition m'avait bouleversée. Je vous avais acheté des boucles d'oreilles l'an dernier et j'ai toujours rêvé de m'offrir l'une de vos parures. Maintenant, je vais pouvoir continuer à rêver !

La journaliste plut tout de suite à Lexy, qui lui sourit. Elle avait le visage constellé de taches de rousseur et un large sourire innocent, propre sans doute à pousser les gens à se confier. Un atout bien utile quand on exerçait ce métier.

— Votre présence, bien vivante, à cette soirée de bienfaisance va faire du bruit. Cela vous ennuie si je vous pose quelques questions ?

— Non, aucun problème.

— Fabuleux ! D'abord, comment se fait-il que personne n'ait su qu'en fait vous étiez toujours en vie ?

Lexy se sentit gênée de devoir raconter cette histoire, qu'ils avaient pourtant maintes fois répétée. Elle n'aimait pas mentir.

— Charlie et moi étions partis quelques jours et, euh… nous n'avons pas du tout suivi l'actualité. C'est seulement quand nous sommes rentrés tout à l'heure que j'ai appris la…

— Alors, vous étiez en vacances ?

— Appelons plutôt cela une parenthèse coquine, intervint Charlie fort à propos.

Elle le fusilla du regard. Fallait-il vraiment que ce genre de détail soit imprimé dans le journal ? La journaliste souriait.

— Cela a dû vous faire un choc ! reprit-elle néanmoins. Qu'avez-vous éprouvé en voyant votre magasin détruit ?

— C'est comme si une partie de moi était morte.

— Ça ne me plaît pas de vous demander ça, mais mon

travail l'exige… Savez-vous qu'on a trouvé un cadavre dans les décombres ?

— Je viens de l'apprendre, en effet.

— Avez-vous une idée de qui cela pourrait être ?

— Aucune ; mais j'apporterai bien sûr à la police toute l'aide possible dans son enquête.

— C'est bizarre de vous voir apparaître en public sans porter l'une de vos créations, mais je dois reconnaître que ce collier-là est vraiment magnifique.

— Merci. C'est Charlie qui me l'a offert. J'y accorde d'autant plus de valeur que tous mes bijoux personnels ont été carbonisés. Je me remettrai au travail dès que j'aurai trouvé un lieu où le faire. Et pourriez-vous, je vous prie, mentionner que j'honorerai toutes mes commandes ? Je vais également ajouter un lien à mon site Web, afin que mes clients puissent me contacter.

— Bien sûr. Alors, qu'est-ce que ça vous a fait d'apprendre que tout le monde vous croit morte ?

Lexy réfléchit un instant et se remémora tout ce qui s'était passé dans l'après-midi.

— Je dois avouer que je ne me suis jamais sentie plus vivante.

— J'en suis sincèrement heureuse pour vous, répondit la journaliste, avant de se tourner vers le photographe : Pourrais-tu prendre un cliché de Lexy et son ami ?

— C'est comme si c'était fait.

— Applique-toi. Je vise la une !

Docile, l'homme prit plusieurs photos, puis Charlie entraîna Lexy de l'autre côté de la salle.

— Comment vas-tu ? lui demanda-t-il à mi-voix avec un sourire caressant, sans doute destiné à faire croire qu'ils échangeaient des mots doux.

— Je transpire là où j'ignorais avoir des glandes sudoripares, lui répondit-elle en affichant le même sourire.

— En tout cas, tu te débrouilles comme un chef, affirma-t-il en se penchant pour lui donner un baiser léger qui l'aida à se calmer.

— Gardes en approche, à 3 heures, murmura-t-elle contre

sa bouche en apercevant soudain des silhouettes menaçantes sur sa droite.

Il sourit encore, l'air ravi de la tournure que prenaient les événements. Ils avaient provoqué Grayson dans l'espoir d'une réaction, elle le savait, mais en cet instant elle ne rêvait que de se pelotonner dans son lit, en pyjama et avec un bon livre.

— Dansons, suggéra-t-il.

Le jeu du chat et de la souris commençait.

Il y avait un monde fou autour d'eux. La moyenne d'âge se situait bien au-dessus de celui de Lexy, mais on croisait tout de même de nouvelles célébrités, de jeunes loups du marketing, des épouses-trophées et quelques lolitas pour équilibrer le tout.

Ils parvinrent sur la piste de danse alors que l'orchestre jouait une valse. Elle n'avait plus dansé depuis le dernier mariage auquel elle avait assisté, mais elle n'eut aucune difficulté à suivre Charlie quand il la prit dans ses bras.

Tandis que leurs corps se retrouvaient, des images de leur après-midi torride vinrent hanter son esprit et, en dépit de sa tension, ou peut-être à cause d'elle, ses perceptions s'aiguisèrent. La soie du smoking effleurant son bras nu, la chaleur du corps masculin quand ils se frôlaient, le mouvement subtil qu'il imprimait à ses hanches, la façon qu'il avait de la guider autour de la piste, rien n'échappait à ses sens en éveil. Il devait être comme elle, car elle n'eut pas besoin de le tenir informé de la localisation des colosses déguisés en gardes : il les vit lui-même.

Elle s'efforça de ne pas les regarder directement, mais il lui fut impossible de les ignorer. Ils attendaient, chacun à une extrémité de la piste.

Elle tressaillit, puis se figea en s'apercevant que l'un d'eux la fixait. Elle connaissait ce visage. Elle se revit à l'arrière de la limousine, au cours de cette épouvantable nuit, quand elle avait aperçu cet homme qui courait, une arme à la main.

— Est-ce que ça va ? demanda Charlie en lui faisant doucement reprendre le rythme de la danse.

Non, ça n'allait pas ! Son cœur battait la chamade et elle avait le souffle court.

— Le deuxième garde…, souffla-t-elle. Je l'ai reconnu.

— Chut… Je sais.

— Tu l'avais vu, toi aussi ? C'est celui qui nous a poursuivis avec un revolver, la nuit où ça a flambé.

Elle lui écrasa malencontreusement un orteil, le faisant sursauter, mais elle n'y prêta aucune attention.

— Ces types qui prétendaient être de la police… Tu avais raison, c'étaient les sbires de Grayson ! Quel culot de les faire revenir ce soir !

— N'oublie pas qu'ils ignorent que tu les as vus. Et qu'ils auraient été incapables de faire le lien avec moi avant ce soir.

— Il faut appeler mon père tout de suite. Il pourra les faire arrêter tous les deux.

— Sur quelle accusation ?

La musique se tut et ils applaudirent comme les autres danseurs. Quelques-uns quittèrent la piste pour être aussitôt remplacés.

— Meurtre ? Incendie volontaire ? Usurpation d'identité ?

— Les as-tu vus précisément en train de commettre l'un de ces délits ?

Elle ouvrit la bouche. La referma. Bon sang !

— Non, reconnut-elle à contrecœur. Tout ce que j'ai vu, c'est cet homme en train de dévaler la rue avec une arme.

— Ce n'est pas suffisant. La seule chose en notre faveur, c'est qu'ils ignorent ce que nous savons vraiment. Contentons-nous de cela pendant encore un petit moment.

— J'aimerais bien qu'ils arrêtent de nous fixer. Ça me fait peur.

— Détends-toi. Ils ne feront rien ici, sous les yeux de ma mère, de ton père et de la moitié de l'élite de la ville.

D'un point de vue théorique, il avait raison et elle le savait, mais elle ne parvenait pas à effacer les images qui se bousculaient dans sa tête. Et s'il les avait rattrapés, cette fameuse nuit ?

Lui revint alors le souvenir du journal télévisé annonçant la découverte d'un cadavre dans les décombres et elle eut la réponse.

Ils quittèrent la piste de danse, puis Charlie attrapa deux flûtes de champagne sur un plateau et lui en tendit une. Elle en sirota quelques gorgées en songeant qu'il était difficile de prendre les choses au sérieux quand on buvait du champagne.

Charlie la présenta à d'autres personnes de sa connaissance, comme s'ils se trouvaient dans une réception banale. Puis on annonça l'heure du dîner.

Ce fut sans doute le repas le plus délectable, le plus fabuleux qu'il lui eût été donné de déguster, mais Lexy avait tant perdu l'appétit qu'on aurait aussi bien pu lui servir une tranche de jambon racorni avec des coquillettes.

Elle se sentait épiée en permanence et finit par découvrir qu'ils étaient quatre, par équipe de deux. L'une d'elles gardait l'œil sur Charlie et elle-même quand l'autre partait se fondre dans la foule. Comment ne pas remarquer ces hommes qui se distinguaient du reste de l'assistance par leur cou épais et leurs vilains costumes de confection ?

Il y eut des discours, bien sûr, d'autres danses, d'autres bavardages en petits groupes. Charlie lui semblait le charme personnifié. Il riait, plaisantait, mangeait avec l'apparent plaisir d'un homme qui aimait vivre. Une violente envie de le boxer la prit.

Une fois les discours achevés et les convives de leur table partis arpenter l'immense salle, ce qu'elle redoutait arriva en la personne de M. Grayson, venu à leur rencontre sans sa femme.

Tout sourire, il tapota le dos de Charlie comme s'ils étaient les meilleurs amis du monde. Lexy ressentait presque l'envie qu'il avait de poser les yeux sur le collier, mais il se contrôlait assez pour n'en rien faire.

— Charles, dit-il, j'ai quelque chose que vous pourriez trouver intéressant et dont j'aimerais discuter avec vous.

— Vraiment ? répondit Charlie en parvenant à combiner flatterie et surprise dans sa voix.

— Si vous pouviez m'accorder quelques minutes, j'aimerais bien vous montrer quelque chose dans mon bureau.

— Bien évidemment, répondit Charlie avant de se tourner avec un sourire et l'ombre d'un clin d'œil vers Lexy : Ça ira si je t'abandonne quelques minutes, chaton ?

— Mais venez avec nous, je vous prie, intervint Grayson

sans lui laisser le temps de répondre. Votre œil de spécialiste nous sera fort utile.

— Volontiers.

Il les conduisit vers un ascenseur privé et ils montèrent deux étages. Elle savait qu'il ne pourrait les agresser ici, durant cette soirée et avec la mère de Charlie en bas, mais son anxiété n'en augmenta pas moins. Pour interdire à ses doigts de venir effleurer le collier, elle les referma sur sa pochette de soirée, qu'elle tripota sans merci.

Les portes s'ouvrirent sur le calme absolu d'un étage parfaitement insonorisé. On n'entendait aucun son venu de la fête.

— La plupart de mes bureaux se trouvent ici, à présent ; je travaille de chez moi, c'est moins fatigant, expliqua Grayson en les guidant le long d'un couloir où une épaisse moquette étouffait leurs pas.

Il pianota un code devant une porte blindée, qui s'ouvrit sur un luxueux bureau comme on en voit parfois dans les films. De larges fauteuils de cuir fauve, un bureau assez grand pour être celui d'un chef d'Etat.

Plusieurs ordinateurs haut de gamme trônaient sur une seconde table. Toutefois, celle à laquelle s'installa Grayson était nue, une nudité qui mit Lexy mal à l'aise.

Il sortit d'un tiroir une boîte à cigares cubains et la présenta à Charlie, qui en prit un. Grayson l'imita et les deux hommes prirent un moment pour les allumer. Puis Grayson passa à l'essentiel :

— Je n'ai pas pu m'empêcher d'admirer votre collier, mademoiselle, commença-t-il.

A ces mots, elle s'autorisa enfin à poser les doigts sur le bijou.

— N'est-ce pas une merveille ? minauda-t-elle. C'est Charlie qui me l'a offert.

— Ce qui nous amène au sujet de ce petit entretien, reprit Grayson sans lâcher du regard la parure d'émeraudes et de diamants. Il va sans dire que ma discrétion est bien sûr acquise, mais je me dois de vous informer que j'ai été récemment cambriolé et qu'un collier identique à celui-ci figurait parmi les objets volés.

Charlie haussa les sourcils et Lexy fut tout aussi surprise.

Jamais elle n'aurait imaginé que cet homme leur dirait carrément que le bijou lui appartenait.

— Vraiment ? Quelle coïncidence !

— Figurez-vous que je ne crois pas aux coïncidences, répliqua l'homme vieillissant avec un sourire vaguement inquiétant. Il y a toujours une explication logique.

Elle comprit aussitôt à quelle explication il songeait et trouva son sang-froid remarquable.

Installé dans son fauteuil, Charlie tirait toujours sur son cigare, comme s'il n'avait rien de particulier à faire et toute la soirée devant lui.

— Qui vous a vendu le collier ? interrogea Grayson.

— Je suis désolé, mais c'est confidentiel : il s'agissait d'une vente privée. Comme je vous l'ai dit, c'est un vieil ami qui avait besoin de liquide rapidement et l'allure de ce collier m'a beaucoup plu.

— Vous avez l'œil. Combien l'avez-vous payé ?

Charlie émit un petit rire.

— C'était un cadeau pour Lexy. Vous ne voudriez pas que je lui dise le prix que j'ai mis, n'est-ce pas ?

Le sourire de Grayson se réduisit.

— Mademoiselle, vous êtes joaillière. A combien estimeriez-vous le bijou que vous portez ?

Elle demeura un instant silencieuse, paraissant réfléchir comme s'il ne lui était jamais venu à l'idée d'évaluer cette babiole, puis elle baissa les yeux sur les pierres.

— Oh, je pense qu'une parure d'émeraudes et de diamants de cette taille et de cette qualité devrait valoir pas loin d'un million de dollars.

— Excellente estimation, ma chère. Pour moi, bien sûr, il faut y ajouter une valeur sentimentale. Ce collier me rappelle de très chers souvenirs.

— Je vous prie de m'excuser, intervint Charlie, mais je n'ai pas le souvenir de l'avoir vu auparavant. Si votre femme l'avait porté, je l'aurais remarqué, et j'ai une excellente mémoire en matière de bijoux. C'est d'ailleurs l'une des raisons pour lesquelles je l'ai acquis ; cette pièce est unique.

— Vous avez raison. Comme je le disais, ce collier a une telle valeur sentimentale que je le conservais pour moi.

— Eh bien, dans ce cas, je suis sûr qu'il en existe plusieurs exemplaires. L'ami qui me l'a vendu n'est pas un voleur, je vous le garantis.

Grayson se mit à pianoter des doigts sur la surface unie de son bureau. Très vite.

— Je suis certain que vos assureurs seront à même de compenser cette perte si la police ne parvient pas à retrouver votre bien, ajouta Charlie, avant de souffler quelques ronds de fumée.

— Voyez-vous, le problème est là, justement. Je n'ai jamais assuré ce collier. Comme vous l'avez si bien remarqué, ma femme ne le portait pas, aussi pensais-je qu'il se trouvait en sécurité. Or, aussi incroyable que cela paraisse, il a été découvert et dérobé.

— Je trouve étrange que la magnifique rivière de diamants qu'arbore votre épouse ce soir n'ait pas été volée en même temps.

— Oui. C'est vraiment une chance, répondit Grayson en ouvrant un tiroir pour en sortir un étui de chéquier en cuir damasquiné. Mais permettez que j'en vienne au fait : j'aimerais vous racheter ce collier. Peu m'importe le prix que vous l'avez payé. Si nous prenons l'évaluation approximative de Lexy et que nous y ajoutons, disons, un demi-million de dollars pour votre peine, pouvons-nous dire un million et demi ?

— Vous voulez acheter mon collier ? s'exclama Lexy en faisant de son mieux pour paraître stupéfaite et blessée. Mais il est hors de question que je m'en sépare ! C'est le premier vrai cadeau que m'a fait Charlie…

— Avec un million et demi de dollars, je suis persuadé que Charlie pourra vous offrir quelque chose de plus utile. Un appartement, peut-être. Je crois que vous êtes actuellement sans domicile, mademoiselle.

Un appartement ? Voilà qui manquait singulièrement de tact, sachant qu'il avait lui-même commandité l'incendie…

— C'est toi qui vois, chaton, lança Charlie avec l'air de ne pas être concerné. Ce collier est à toi.

On aurait dit un play-boy milliardaire pour qui un million et demi de dollars ne pesait guère dans la balance, comparé à l'importance d'arriver à l'heure à ses rendez-vous de golf.

— Je suis navrée, monsieur, mais j'ai reçu tant de compliments sur mon collier ce soir que je détesterais m'en séparer. Et puis, je ne suis pas du genre à revendre les cadeaux qu'on m'offre, ajouta-t-elle en adressant à Charlie un sourire caressant. Surtout des cadeaux venant d'une personne qui m'est aussi chère.

Grayson n'était pas devenu multimillionnaire en perdant son temps. Comprenant sans doute que Lexy ne changerait pas d'avis, il rangea derechef son chéquier dans le tiroir. Elle craignit un instant qu'il le remplace par un revolver et l'oblige à lui remettre le collier, mais, comme l'avait prédit Charlie, il ne pouvait rien faire tant que la soirée battait son plein au rez-de-chaussée et sachant que la moitié des personnes présentes l'avaient complimentée sur sa parure.

— Eh bien, ma chère, si jamais vous changez d'avis, vous savez où je suis.

— Oui, mais j'espère vraiment que vous retrouverez votre bien, répondit-elle sans en penser un mot.

— Retournons à la soirée, voulez-vous ?

Les deux hommes posèrent leur cigare et tous trois redescendirent.

— Et le rideau tombe sur l'acte I, murmura Charlie.

Chapitre 19

A la fin de la réception, les limousines s'alignèrent devant l'hôtel particulier pour ramener les invités chez eux. Lexy aperçut son père dans le groupe de policiers qui surveillaient la scène et remarqua son expression soulagée quand il les vit monter, Charlie et elle, dans la limousine conduite par Healey.

— Ils suivent ? s'enquit Charlie au chauffeur au moment où la voiture démarrait en direction de l'hôtel.

— Oui.

— Eh bien, tu sais ce qui te reste à faire.

— Evidemment, répondit Healey en leur jetant un coup d'œil à tous les deux. Et vous, soyez prudents.

La limousine s'immobilisa devant le Plaza, le portier aida Lexy, puis Charlie à en descendre, puis elle redémarra.

Ils pénétrèrent dans le grand hall, où Charlie demanda s'il avait des messages. On lui répondit par la négative.

Ils prirent alors l'ascenseur et pénétrèrent dans leur suite. Après avoir allumé les lumières, Charlie vint se placer derrière Lexy. Il la fit frissonner en lui posant un baiser dans le cou.

— J'aimerais bien te dépouiller de ce que tu as sur le dos et te faire l'amour là, tout de suite, dit-il, mais il faut qu'on bouge, chaton.

Elle opina. Cette partie-là aussi, ils l'avaient répétée.

Il dégrafa le collier, le posa soigneusement dans un écrin à bijoux. Puis il ouvrit celui des émeraudes Isabelle, dans lequel reposait le collier que Lexy avait confectionné.

— Tu as fait un travail formidable, déclara-t-il.

Il déposa le premier écrin dans le coffre-fort de la chambre, qu'il verrouilla. Puis Lexy et lui se dépouillèrent de leurs vêtements et revêtirent les jeans, T-shirts et pulls qu'ils avaient préparés. Elle remercia le ciel pour ses bottes neuves et sa veste et noua le foulard autour de son cou. Des gants auraient été les bienvenus, mais elle n'en avait pas. Tant pis.

Elle prit les atours qu'ils venaient d'ôter et les éparpilla en un chemin de séduction jusqu'à la chambre de Charlie, tandis que ce dernier arrangeait des oreillers sous les couvertures afin de façonner deux saucissons à forme vaguement humaine au milieu du lit.

Dix minutes plus tard, ils éteignaient les lumières et sortaient de la suite. Charlie portait un sac de cuir noir. Elle ne lui posa aucune question. Ils se dirigèrent rapidement vers la cage d'escalier et dévalèrent les marches, encore et encore.

Elle était hors d'haleine quand ils se faufilèrent enfin à l'extérieur par une porte de service et coururent main dans la main vers une moto noire et puissante qui les attendait.

— Tu es déjà montée sur un engin comme celui-là ? lui demanda-t-il en ouvrant le sac, dont il sortit un casque.

— Oui, et j'ai traversé toute l'Europe dessus, lui répondit-elle en souriant. L'été de mon petit ami italien.

— Parfait, dit-il en lui tendant un deuxième casque, noir également.

Elle le coiffa et arrangea ses cheveux en dessous. Charlie fit de même avec le sien, puis enfourcha la moto. Une fois en selle, elle se colla à lui, lui passant les bras autour de la taille.

Ils partirent dans un rugissement. Même avec les bras autour de Charlie, elle eut bientôt froid aux mains. Il était 3 heures du matin et les rues de New York étaient pleines de taxis, de véhicules d'urgence et de camions-poubelles.

Elle n'avait aucune idée de leur destination et le fait qu'elle n'eût pas posé la question était vraiment typique de cette aventure sans queue ni tête. Elle savait que Charlie avait un plan et elle lui accordait sa confiance les yeux fermés. Avait-elle tort ? Dès l'instant où cet homme avait pénétré dans son atelier, quelques jours auparavant, sa vie était rien moins que normale, pour ne pas dire sens dessus dessous.

De toute façon, si cette aventure avait un dénouement heureux, ce qu'elle souhaitait de toutes ses forces, ils n'auraient plus aucune raison de rester ensemble. Elle n'était pas le genre de femme à jouer éternellement les potiches pour un homme avec un million de dollars autour du cou. Elle n'avait même jamais aspiré à porter une telle parure, préférant les créations modernes. En fait, peu lui importait le nombre de carats : le style, pour elle, comptait davantage que la valeur monétaire.

Non, décidément, elle n'était pas du même monde que Charlie, pas plus qu'elle n'avait sa place dans la soirée qu'ils venaient de quitter. Pourtant, cela avait été amusant de jouer les cendrillons. A présent, la robe de bal s'était muée en jean, le carrosse en moto et le collier attendait de faire tomber un meurtrier.

C'était d'ailleurs le plan, maintenant qu'elle y songeait. Toutefois, elle le savait, les plans ne se déroulaient pas toujours selon les prévisions.

La moto se coucha alors que Charlie prenait un virage à vive allure et elle resta collée contre lui, laissant faire l'engin. Avec l'adrénaline qui bouillonnait encore dans ses veines, cette chevauchée nocturne lui paraissait parfaite.

Il ralentit et sortit de sa poche une carte magnétique qu'il passa devant un capteur. Une grille s'ouvrit et ils entrèrent dans le garage d'un immeuble, où il immobilisa la moto. Puis ils mirent pied à terre.

— Où sommes-nous ? s'enquit-elle.

— Chez moi, répondit-il en lui donnant un baiser rapide. Je t'ai promis que ce soir je te ferais l'amour dans mon lit, non ?

Il se dirigea vers un ascenseur, qu'il appela à l'aide d'un code. La sécurité paraissait excellente dans ce bâtiment. Ils parvinrent très vite au dernier étage et les portes s'ouvrirent sur un palier ne comportant qu'un seul appartement.

Un autre code, un index appliqué sur un scanner et la porte s'ouvrit toute seule.

— Génial ! s'exclama Lexy.

Elle entra et s'immobilisa aussitôt, bouche bée. Il lui semblait qu'elle venait de pénétrer dans l'imagination d'un décorateur d'intérieur, dans ce dont elle-même avait toujours rêvé en secret. L'appartement était immense, les plafonds hauts, avec des poutres apparentes et un escalier circulaire qui donnait accès à l'étage supérieur. Aux murs se succédaient des œuvres d'art originales et audacieuses.

Reprenant ses esprits, elle marcha droit vers la baie vitrée et baissa les yeux sur le fleuve.

— Stupéfiant ! murmura-t-elle.

— Merci.

— Tu m'as emmenée à l'hôtel alors que tu possèdes ceci ? s'étonna-t-elle en désignant l'appartement d'un geste.

— Je ne te connaissais pas assez bien.

— Et maintenant, ça va ?

Il vint à elle, lui posa une main dans le dos et l'attira contre lui.

— Maintenant, oui.

Le portable sonna en cet instant. Charlie décrocha aussitôt.

— Oui, Healey, dit-il en consultant sa montre. Pile à l'heure... Non... Dis-le à Jed et essayez de les suivre.

— Oui. Bien sûr.

— Balourd 1 et Balourd 2 viennent d'arriver à l'hôtel, annonça-t-il à Lexy après avoir refermé son portable.

— Grayson a donc mordu à l'hameçon, jubila-t-elle en relâchant un souffle qu'elle ignorait avoir retenu.

— Oui ! Il ne reste plus qu'à espérer que ces braves garçons réussiront à forcer le coffre-fort et à s'emparer du collier, soupira-t-il en se massant la nuque. Peut-être leur avons-nous trop compliqué la tâche en mettant l'écrin au coffre. J'aurais dû le laisser en évidence sur le bureau.

— Nous en avons déjà parlé, lui rappela-t-elle. Si c'est trop facile, ils soupçonneront un piège. Je suis certaine qu'ils trouveront le moyen de forcer le coffre.

— Espérons-le, dit Charlie en sortant une boîte plate de son blouson de cuir.

Il l'ouvrit avec mille précautions.

— Ont-elles survécu au voyage ? s'enquit-elle en jetant un regard par-dessus son épaule.

Les émeraudes Isabelle lui firent un clin d'œil.

— Je crois qu'elles ont survécu à des naufrages, à des voyages en avion et à Dieu sait quoi encore au cours des cinq derniers siècles. Ce n'était pas une balade à moto qui allait les affoler.

— Je me demande combien de temps il va lui falloir pour s'apercevoir de la supercherie, déclara Lexy, pensive, en posant l'index sur une émeraude.

— Au début, il verra ce qu'il a envie de voir : son collier. Nous avons l'élément de surprise pour nous, ajouté à sa propre cupidité et à sa monomanie. Un homme disposé à assassiner trois personnes pour conserver des pierres pour lui ne peut pas être sain d'esprit.

— C'est vrai. Et ça ne le rend que plus dangereux.

— Je suis d'accord avec toi. Mais rassure-toi : ton rôle dans cette petite farce est terminé.

Elle n'était pas de cet avis, mais elle se tut : elle n'allait pas argumenter avec lui à cette heure avancée de la nuit. Toutefois, il ne perdait rien pour attendre.

— Je sais qu'il ne s'agit pas des véritables émeraudes, fit-elle remarquer, mais tu as tout de même mis beaucoup d'argent dans cette copie.

— Cet homme a tenté de nous tuer tous les deux, soupira-t-il. J'ai un intérêt particulier à l'abattre.

— J'espère seulement que le dispositif de pistage est suffisamment bien caché. Si j'avais eu plus de temps, j'aurais fait mieux, sois-en sûr.

— Chaton, tu es trop perfectionniste. Je te jure que, la première fois que je les ai vus côte à côte, je n'aurais pas pu différencier les deux colliers. Et puis, nous ne voulons pas qu'il croie avoir récupéré les véritables pierres, sinon, nous ne pourrons jamais le coincer. Il faut qu'il s'aperçoive que nous l'avons trompé.

— Ça fait deux fois qu'il essaye de récupérer le collier et qu'il échoue. A mon avis, il va être très, très en colère quand il s'en rendra compte.

— Et j'espère bien être dans les parages pour le voir à ce moment-là, dit Charlie en la prenant par la taille. Mais, en attendant, allons donc suivre notre petit colis.

Malgré la fatigue qui aurait dû l'abattre, elle se sentait excitée comme une puce. Aussi lui emboîta-t-elle le pas jusqu'à l'étage supérieur. Sans surprise, elle découvrit que d'autres mesures de sécurité commandaient l'ouverture de la porte d'un bureau, dont les équipements étaient dignes de la N.A.S.A.

— Installe-toi, lui dit-il en approchant un deuxième fauteuil high-tech devant un grand écran.

Il alluma l'ordinateur, pianota quelques commandes et s'exclama aussitôt :

— Et voilà : ils bougent !

Il était extraordinairement agréable de suivre les points lumineux que faisait le traceur G.P.S. sur une carte informatisée de la ville. Comme prévu, les petites lumières se déplaçaient en direction de l'hôtel particulier des Grayson.

— En fin de compte, jubila-t-il, ils ont réussi à forcer le coffre.

— Tu parais singulièrement content de toi.

— Il y a de quoi ! s'écria-t-il en lui posant une main sur la cuisse. On a réussi ! Grayson est tombé dans le panneau.

Ils gardèrent les yeux rivés sur l'écran jusqu'au moment où les points s'immobilisèrent.

— Tu crois qu'il est déjà dans son coffre ? souffla Lexy au bout de quelques instants.

— Ou sous son oreiller. En tout cas, je doute qu'il le repasse jamais au cou d'une de ses maîtresses.

— Quand crois-tu qu'il va se rendre compte de la supercherie ? s'enquit-elle, réprimant un frisson.

— S'il est le collectionneur fanatique que je soupçonne, il va tout de suite faire venir un expert pour vérifier qu'il est intact. C'est à ce moment-là qu'il comprendra. Avec un peu de chance, demain.

— Et s'il ne fait venir personne ?

— Alors, nous parlerons à la police du cambriolage et des mesures de sécurité que nous avons prises pour protéger le collier. Et elle pistera le collier jusque chez lui. Bien, je dirais que l'action est terminée pour ce soir, reprit-il lorsqu'ils eurent contemplé un moment les points lumineux stationnaires sur l'écran. Prête à aller au lit ?

Elle hocha la tête. Alors, il fit tourner son fauteuil afin qu'ils se retrouvent face à face.

— Donc, tu veux aller te coucher… mais tu n'as pas l'air fatiguée.

— C'est exact, je ne suis pas fatiguée.

Il lui prit le visage à deux mains, puis lui défit son chignon. La chevelure noire et brillante dévala sur les épaules de Lexy.

— J'aime tes cheveux, dit-il en lissant les pointes entre ses doigts.

— Merci.

— Tu sais ce que j'aime d'autre ?

Elle secoua la tête.

— Un tout petit quelque chose qu'on appelle le Courrier de Lyon.

— Un vrai gentilhomme ne ramènerait jamais ça sur le tapis ! s'exclama-t-elle en se plaquant les mains sur les yeux.

Il éclata de rire, puis lui prit les mains pour en embrasser les doigts un à un.

— Un gentilhomme s'efforce toujours de fournir à sa dame ce qu'elle réclame, dit-il.

Mi-confuse, mi-excitée, elle le suivit alors qu'il l'entraînait vers la superbe chambre à coucher. Il la déshabilla lentement, comme si le jean, le pull et le T-shirt étaient un délicat déshabillé de soie, puis il ôta ses propres vêtements.

Elle le désirait tant qu'elle eut du mal à croire qu'ils avaient fait l'amour tout l'après-midi.

Il la fit tomber à la renverse sur le grand lit et la rejoignit. Ils s'y roulèrent tous deux en jouant, nus et fous. Le soulagement d'avoir vu leur plan fonctionner à la perfection était immense. Charlie l'embrassa, la caressa partout, puis il s'assit au milieu du lit et l'attira sur ses genoux, à cheval sur lui. Ils s'embrassèrent et il entreprit de jouer avec elle, la caressant jusqu'à la rendre ivre de désir. Alors elle se souleva, se laissa descendre en glissant sur lui, appuyée en arrière sur ses mains. Lui-mêmc s'appuya en arrière sur les siennes et, ensemble, ils commencèrent leur voyage en diligence.

— Pourquoi aimes-tu tant cette position ? lui demanda-t-il, le souffle déjà court.

— J'aime la vue, répondit-elle en souriant.

L'excitation crût et crût encore et tous deux haletaient de concert. Soudain, Lexy sentit sa tête partir en arrière, ses cheveux retombant en cascade dans son dos, et elle jouit dans une superbe envolée de sentiments. Une seconde plus tard, elle l'entendait crier lui aussi d'extase. Elle se pencha en avant, le fit basculer et tomba avec lui.

— C'est vraiment ta préférée ? voulut-il savoir quand ils eurent retrouvé l'usage de la parole.

— Oui, mais j'ai aussi adoré tout ce que nous avons fait cet après-midi, assura-t-elle en lui déposant un baiser sur le torse.

— Moi aussi, dit-il en lui embrassant les cheveux.

Chapitre 20

— Bonjour !

Charlie, qui lisait le journal du matin, releva la tête pour découvrir Lexy enveloppée dans une robe de chambre. Elle avait les cheveux ébouriffés par leur nuit et, sous le bleu marine du peignoir, sa peau paraissait plus laiteuse encore que d'ordinaire. Elle semblait également plus menue dans le vêtement trop grand.

— Bonjour. Un petit déjeuner ?

— Il y a du café ? demanda-t-elle en dissimulant un bâillement derrière sa main.

— Tout frais préparé.

— C'est Byzance !

Mais elle ne gagna pas tout de suite la cuisine. Elle vint d'abord à lui pour lui donner un baiser papillon.

— Dis-moi, on a un peu dormi quand même ?

— Pas tellement, répondit-il en souriant.

Elle réprima un autre bâillement et un sourire et s'éclipsa vers la cuisine.

— Quelle heure est-il ? lança-t-elle.

— 11 heures passées.

Il avait songé à la réveiller plus tôt, mais elle dormait si profondément qu'il y avait renoncé. Il replia le journal et la regarda boire son premier bol de café comme un vampire aurait aspiré du sang, à croire que sa vie en dépendait.

— Il faut que je retourne à l'hôtel pour découvrir le cambriolage. Tu veux m'accompagner, ou tu préfères prendre le temps de te réveiller tranquillement ici ?

— Tu me ferais assez confiance pour me laisser seule ici ? s'étonna-t-elle. Imagine que j'appuie sur le mauvais bouton là-haut et que je déclenche une guerre atomique ?

— Bien sûr que je te fais confiance ! J'irais même jusqu'à t'indiquer les endroits où il faut fouiller.

— Oh, je t'en prie, tu n'es pas aussi intéressant que cela ! bougonna-t-elle. De toute façon, je vais venir avec toi. On découvrira le cambriolage ensemble.

— Au fait, dit-il en poussant le journal vers elle. Tu es en première page.

— Ah oui, c'est vrai… J'avais oublié.

— « *La bijoutière portée disparue refait surface au bal des Diamants* », lut-elle. Ils auraient pu trouver mieux, comme gros titre ! Mais la photo est bonne… Ce collier est vraiment photogénique. Du coup, nous n'aurons pas besoin de décrire le bijou disparu, il nous suffira d'apporter ce journal, commenta-t-elle. Superbe travail !

— Grayson va en faire une attaque !

— Tu ne peux pas savoir comme ça me fait plaisir. Laisse-moi le temps d'une douche et je suis prête. Vingt minutes, ça va ?

— En attendant, veux-tu que je te prépare des toasts ou quelque chose à te mettre sous la dent ?

— Volontiers, lança-t-elle en gravissant déjà l'escalier au pas de course. Ce que tu voudras.

Il dut bientôt inscrire à son actif qu'elle était l'une des rares femmes qu'il ait connues à pouvoir effectivement se doucher et se préparer en vingt minutes. Impressionnant ! Une qualité à ajouter à la liste croissante de ce qui lui plaisait chez elle. Et dont la moindre n'était pas la façon dont elle s'offrait à lui, avec autant de joie que d'abandon.

— Qu'est-ce que ce sourire plein de mystère ? s'enquit-elle en dévalant l'escalier, dix-huit minutes après l'avoir gravi.

— Je repensais à cette nuit. Tu es très souple.

— Yoga. Et danse du poteau.

— Danse du poteau, comme les strip-teaseuses ? s'étonna-t-il en lui servant les tartines qu'il lui avait préparées.

— J'ai pris un cours, une fois. C'est bien plus difficile que ça en a l'air.

— Tu ne cesseras jamais de m'étonner.

Ils se taquinaient encore lorsqu'ils arrivèrent à l'hôtel. Comme le collier avait certainement disparu, on ne risquait guère de trouver les sbires de Grayson dans la suite, mais Charlie appela tout de même Healey et fit patienter Lexy pendant que son associé visitait les lieux le premier.

Personne, aussi leur fit-il signe d'entrer.

— Oh, mon Dieu, pourquoi faire tant de dégâts ? s'écria-t-elle en découvrant la chambre.

— Peut-être pour faire croire à un vrai cambriolage, répondit Healey. Comme s'ils avaient dû déchirer toutes vos affaires pour y chercher de l'argent et autre. Ensuite seulement, ils seraient passés au coffre.

La porte du coffre-fort était effectivement béante, l'écrin bleu grand ouvert et vidé de son contenu.

— Et voilà ! s'exclama Lexy, visiblement contrariée. Je n'avais déjà pas grand-chose à me mettre, juste quelques affaires neuves, et tout est à recommencer ! Encore une fois !

Charlie et Healey échangèrent un regard.

— Ne touche à rien.

— Pas de danger !

Elle s'en fut vers l'une des chambres en se forçant visiblement à ne pas ramasser ce qui était éparpillé par terre. Le chemin de vêtements de la veille était jonché de lambeaux, d'oreillers éventrés et de produits de maquillage brisés. Elle venait de parvenir sur le seuil de la chambre lorsqu'il entendit une sorte de cri étranglé.

— Lexy ?

Il n'y eut pas de réponse. Alarmé, il courut la rejoindre.

Le dos raide, statufiée sur le seuil, elle ne bougeait pas.

— Lexy ? Tout va bien ?

— Je crois…, articula-t-elle d'une voix de tête qui ne lui ressemblait pas. Je crois…

— Chaton, que se passe-t-il ?

— Je crois que ce sont des balles qui ont fait ces trous, balbutia-t-elle en tendant un doigt tremblant vers le lit.

— Nom d'un chien !

Les formes humaines créées la veille pour leurrer les intrus étaient criblées de balles.

— Healey ! Viens voir ! cria-t-il en prenant Lexy dans ses bras pour la serrer contre lui.

Healey accourut et s'approcha du lit.

— Vu la taille des trous, dit-il, ce doit être du .38, ou peut-être du .9 millimètres. Ils ont dû utiliser un silencieux, ajouta-t-il, avant d'adresser un regard dur au couple. Pas de doute, Grayson veut votre mort à tous les deux.

— Je commence à souhaiter la même chose pour lui, gronda Charlie.

Avec douceur, il entraîna Lexy hors de la pièce ; elle était livide et tremblait de tous ses membres. Elle avait étonnamment bien supporté la tension des derniers jours, mais ces édredons criblés de balles avaient été de trop, songea-t-il en la faisant asseoir dans un fauteuil. Il s'agenouilla devant elle et lui prit les mains.

— Ça va. Ça va aller. Je ne laisserai personne te faire de mal. Je te le promets, lui dit-il, avant de lancer par-dessus son épaule, à l'intention de son associé : Passe les appels, Healey.

— Je suis désolée, bredouilla-t-elle en clignant plusieurs fois des yeux, comme pour chasser la funeste image. Je ne vais pas m'effondrer, promis. C'est juste que… Si on avait…

— Chut… Nous ne sommes pas restés. Et il n'aura plus jamais l'occasion d'envoyer ses hommes de main contre nous.

Elle hocha la tête, muette.

La police et la sécurité de l'hôtel arrivèrent en même temps et, pendant la demi-heure suivante, Lexy et Charlie racontèrent leur histoire. On appela des experts balistiques, un photographe, un spécialiste en empreintes digitales et deux officiers de la police judiciaire. Le cambriolage s'était mué en vol *et* tentative de meurtre.

Charlie repassa en esprit ce qui aurait pu leur arriver et une colère froide et implacable s'empara de lui.

Le père de Lexy apparut soudain, rouge et hors d'haleine. Il se précipita sur sa fille en découvrant son expression hagarde.

— Que s'est-il passé ici ? s'écria-t-il.

Il ne la prit pas dans ses bras pour la réconforter, remarqua Charlie, mais il ne l'avait sans doute jamais fait. Cependant son inquiétude était palpable.

— Le cambriolage s'est déroulé exactement comme nous l'avions prévu, à un petit détail près, expliqua Charlie : ils ont tiré sur le lit où nous étions censés dormir à poings fermés.

Ce ne fut qu'après avoir prononcé ces paroles qu'il s'aperçut qu'il venait d'apprendre à un père furibond et armé qu'il couchait avec sa fille unique. Et qu'il avait, par la même occasion, mis la vie de celle-ci en danger. A voir la mine de Jed, il comprit qu'il venait de s'inscrire en tête de sa liste de bêtes noires.

— Faites voir.

Il le conduisit dans la chambre bondée d'experts en tout genre.

— Inspecteur, fit Jed en adressant un signe de tête à un homme de son âge penché sur le lit.

— Sergent ?

— Alors, qu'en pensez-vous ?

Ils se connaissaient et se respectaient, cela se voyait.

— Six coups de feu ont été tirés, répondit l'inspecteur, certainement depuis le seuil.

— Quelqu'un tient vraiment à les voir morts tous les deux. Ces hommes ont dû croire qu'ils dormaient.

— Peut-être, ou peut-être pas, déclara le policier en leur faisant signe de les suivre hors de la chambre. Le problème, c'est que, même si nous parvenons à leur mettre la main dessus, ils s'en sortiront en disant qu'ils étaient conscients de tirer sur des oreillers. Que c'était un avertissement. Un entraînement… ils pourront raconter ce qu'ils voudront, nous ne pourrons pas les garder.

Jed alla retrouver sa fille, qui avait meilleure mine à présent, constata Charlie avec soulagement. Il était certain que Jed allait tenter de la persuader de repartir avec lui et il allait devoir leur expliquer à tous les deux que c'était une très mauvaise idée :

son propre appartement était bien le lieu le plus inexpugnable qu'il connût.

Et puis, il devait garder Lexy auprès de lui. Il la regarda, avec ses traits délicats, cette chevelure dans laquelle il aimait tant passer les doigts, ce corps souple qui réagissait de façon magique avec lui. Il éprouva le besoin de la protéger.

Elle tourna les yeux vers lui et lui sourit, comme si elle avait perçu son examen. C'est alors qu'il comprit.

Il était amoureux d'elle.

Parfait. C'était vraiment le moment idéal, alors qu'ils étaient en danger et qu'un fou les poursuivait de sa haine ! De sa vie, toutefois, il n'avait jamais choisi la simplicité ; pourquoi commencer maintenant ?

Il fit un pas vers elle et son père, presque gêné soudain. Pourtant, il se sentait bien, en fait. Très bien, même.

Son téléphone sonna. C'était sa mère. Il passa dans la pièce voisine.

— Bonjour, maman.

— Bonjour, mon chéri. Comment vas-tu ce matin ?

S'il ne pouvait le dire à sa mère, à qui alors ?

— Je suis amoureux.

— Je le sais déjà, mon chéri, repartit-elle en riant. J'ai vu comment tu la regardais hier soir. Ton père me regardait de la même façon, autrefois, ajouta-t-elle dans un soupir.

— Je m'en souviens, oui.

Ses parents se disputaient, oui, ils n'étaient pas du genre à faire semblant que tout allait pour le mieux dans le meilleur des mondes, comme tant de leurs amis. Ils étaient passionnés, pas démonstratifs en public, mais Charlie surprenait parfois son père en train d'embrasser passionnément sa mère, ou sa mère donnant à son mari une tape affectueuse sur les fesses en passant. De petites choses bêtes, mais qui rendaient heureux l'enfant qu'il était.

— J'aimerais bien que papa soit là, ses conseils me seraient utiles.

— Je sais, dit-elle en s'éclaircissant la gorge. En fait, j'appelais pour parler à Lexy. Est-elle avec toi ?

— Que veux-tu dire à Lexy ? s'étonna-t-il.

Lexy, qui se trouvait juste à côté et le voyait par la porte, tourna vers lui un regard interrogateur.

— Ma mère, lui souffla-t-il.

A ces mots, son tout nouvel amour prit un air stupéfait et un peu paniqué.

— Ce ne sont pas tes affaires, chéri, répondit Sarah. Si j'avais eu son numéro, je l'aurais appelée directement. Veux-tu bien me la passer ?

Ce ton impérieux, il n'avait jamais pu lutter contre. Même à présent qu'il était un homme fait, il doutait d'être jamais capable d'y résister.

Sans rien dire, il se dirigea vers Lexy et lui tendit l'appareil. Elle inspira à fond avant de le prendre.

— Allô ? dit-elle. Comment… pour déjeuner, aujourd'hui ? Eh bien, c'est très aimable de votre part, mais… Bien sûr, un déjeuner tardif serait parfait…, poursuivit-elle en lançant un S.O.S. visuel à Charlie. 14 heures ? Bon, d'accord.

Elle referma le téléphone et le lui rendit avec une expression abasourdie.

— Comment fait-elle cela ? J'étais sur le point de refuser, elle me dit « J'aimerais vraiment que vous puissiez venir aujourd'hui » et voilà que j'accepte !

— Je sais, soupira-t-il en souriant. Elle est comme ça. Elle pourrait gouverner le monde. Cela a un petit côté terrifiant.

— Mais pourquoi veut-elle déjeuner avec moi ?

— Probablement pour te dire à quel point elle a envie de petits-enfants ?

— Elle me semble être une femme très bien, intervint Jed. Ça te fera beaucoup de bien de déjeuner avec une femme bien, ajouta-t-il à l'intention de sa fille, avant de se tourner vers Charlie : y a-t-il des mesures de sécurité chez votre mère ?

— Oui. Mais ne vous faites pas de souci, je serai là.

— Euh… tu n'es pas invité, fit remarquer Lexy.

— Je sais. Je monterai la garde dehors. Tant que toute cette histoire n'est pas terminée, je ne te lâche pas d'une semelle.

Elle eut l'air de vouloir protester, mais elle dut y renoncer en voyant son père hocher la tête avec enthousiasme.

— Je crois que, si Lexy ne rentre pas à la maison avec moi, c'est la meilleure des solutions possibles, déclara ce dernier.

— Jed, pourrais-je vous parler un instant en privé ? demanda Charlie après avoir hoché la tête à son tour.

— Quoi ? se hérissa Lexy. Que peux-tu bien vouloir dire à mon père que je ne puisse pas entendre ?

— Je veux lui demander ta main.

— Ha, ha, ha, très drôle ! O.K., ne me dis rien. Allez donc discuter entre hommes pendant que je fais un peu de ménage. Et si vous avez envie d'un sandwich ou d'un massage de pieds, faites-moi signe.

Les deux hommes s'en furent dans le couloir.

— Eh bien ? interrogea Jed.

L'instant crucial était arrivé et Charlie se sentait nerveux, tout à coup. Auparavant, lorsqu'il imaginait une telle scène, il se figurait en compagnie du père, fumant avec lui un bon cigare, tous deux installés dans des fauteuils. Il se voyait alors exposer ses projets d'avenir et faire officiellement sa demande. Bien sûr, c'était vieux jeu, mais c'était, il le savait, ce que son père aurait attendu de lui.

Ce jour-là, il n'y avait ni cigares ni cognac, pas même de fauteuils dans ce couloir et il savait que le père en question devait le détester d'avoir mis sa fille en danger. En outre, un agent en uniforme posté devant l'ascenseur les observait.

— Ecoutez, je sais que l'instant est mal choisi, mais je préfère être franc.

— Vous couchez avec ma fille, dit Jed en croisant les bras. J'ai des yeux pour voir, je l'ai compris. Il faut que vous sachiez que je ne suis pas un père moderne. Vous lui faites du mal, je vous tue. C'est aussi simple que cela.

— Je l'aime, Jed.

— Facile à dire. Vous ne m'impressionnez pas.

— Vous n'allez pas être un beau-père facile à vivre, j'ai l'impression ! soupira Charlie.

Pour la première fois, l'agressivité déserta le visage de Jed.

— Beau-père ? Vous avez parlé de beau-père ?

— Oui. Je me débrouille comme un manche, je m'en rends compte, mais je voulais vraiment vous demander la main de Lexy.

Un rire grave échappa à son interlocuteur.

— Je me trompe, ou elle n'est pas au courant ?

— Non, je ne lui ai rien dit. Je sais que ça peut paraître rapide, mais j'ai trente-quatre ans. Je n'ai encore jamais aimé une femme comme j'aime votre fille et je n'arrive plus à imaginer ma vie sans elle. Je veux faire son bonheur, vivre avec elle et avoir des enfants avec elle. Et j'aimerais bien avoir votre permission avant de lui faire ma demande.

— Eh bien, voilà une situation intéressante, déclara Jed en se balançant d'un pied sur l'autre, avant de s'esclaffer. Je dois vous avouer que je n'en ai encore jamais vécu de semblable. Ma Lexy n'est pas le genre de fille à croire aux contes de fées. Elle est moderne. Pas moi. Vous avez bien agi, selon moi, poursuivit-il en se grattant la tête. Donc, avant que je vous donne mon feu vert, il y a quelques petites choses qu'il faut que je vous demande. Voyons voir… Je sais que ma fille réussit bien dans la vie, mais là elle vient de tout perdre. Pensez-vous pouvoir la soutenir ?

— Oui. L'argent n'est pas un problème et j'ai un réseau de relations très étendu.

— Ecoutez, Charlie, je ne voudrais pas vous vexer, mais je n'ai jamais apprécié les portefeuilles en bourse ou les collections de cognac hors d'âge ou de voitures de course. Je suis un homme simple, moi. Vous avez de l'argent à la banque ? Une maison ? Des biens tangibles ?

— J'ai plusieurs propriétés, toutes libres de crédit. Et je peux demander à mon comptable de vous dresser une liste de mes autres biens. Croyez-moi, Lexy ne travaillera que si elle en a envie.

— D'accord. Etes-vous joueur ? Buvez-vous ?

— Modérément seulement.

— Vous avez déjà eu des démêlés avec la justice ?

Aïe… Il savait que cela devrait arriver tôt ou tard, mais il aurait préféré que ce soit… plus tard !

— Pas exactement, mais je dois vous dire quelque chose qui ne va pas vous plaire. Je n'ai jamais eu d'ennuis avec la justice, ça, c'est la vérité. En revanche, pour être franc, j'ai exercé le métier de cambrioleur.

— Vous voulez bien répéter ?

— J'ai été cambrioleur. De haut niveau. Mais je ne me suis jamais fait prendre, répéta-t-il avant d'éluder d'un geste. Je suppose que je m'ennuyais. Je ne voulais pas suivre le chemin de mon père et je trouvais que la finance était un monde d'escrocs. Je pensais qu'être officiellement voleur était plus honnête que faire la même chose en allant travailler tous les jours en costume-cravate.

— Piètre excuse.

— Je sais. Si cela peut vous consoler, je n'ai jamais volé que des gens qui avaient de gros moyens. A présent, je me suis recyclé et j'ai investi mes talents dans une activité honnête : je travaille à retrouver des biens volés.

Un grognement fut sa seule réponse. Les deux hommes s'observèrent une bonne minute en silence. Une minute que Charlie trouva des plus inconfortables.

Il songea alors que, même si son interlocuteur lui disait non, il ne renoncerait pas à Lexy. Ce qu'il ignorait, cependant, c'était quels sentiments elle avait pour lui. L'aimait-elle ?

Ils se connaissaient depuis si peu de temps ! Une période brève, mais intense. Une passion incendiaire était née entre eux et ils s'entendaient à merveille, ce qui ressemblait à un miracle, vu les circonstances. Pour lui, cette passion s'était muée en amour, mais pour elle ? Il n'en avait aucune idée. Peut-être qu'une fois Grayson sous les verrous elle partirait sans se retourner…

Cette pensée lui fut si insupportable qu'il la bannit de

son esprit. Si Lexy ne l'aimait pas encore, il attendrait. Il lui laisserait du temps pour se reconstruire, il l'aiderait. Mais il ne renoncerait pas à elle.

Finalement, le policier reprit la parole :

— J'ai passé toute ma carrière à faire respecter la loi. Je ne suis donc pas ravi par ce que vous m'apprenez là. Cependant, vous vous êtes comporté en homme en me disant la vérité. Je l'apprécie. Je ne vous dis pas oui et je ne vous dis pas non. Je pense que nous avons tous besoin d'un peu de temps. Reposez-moi la question dans un mois.

D'accord, ce ne fut pas la petite tape dans le dos qu'il avait espérée. Mais ce ne furent pas non plus les menottes et le fourgon cellulaire. Tout compte fait, Jed avait plutôt bien pris la nouvelle.

— Je vous remercie, monsieur, dit-il en tendant la main.

Cette fois-ci, le père de Lexy la serra. A cet instant, la porte s'ouvrit sur la jeune femme.

— Qu'est-ce que vous fichez, tous les deux ?

— Discussion d'homme à homme, jeune dame. Ce ne sont pas tes affaires.

— Oh, ça va ! dit-elle en prenant Charlie par le bras. Il faut que je fasse de nouveau des courses. Je ne peux pas aller déjeuner chez ta mère en jean.

Elle avait tort : Charlie savait que sa mère ne s'en offenserait pas, mais il comprit qu'il existait entre les femmes des rituels auxquels il n'entendait rien, tout comme Lexy ne comprendrait sans doute pas pourquoi il s'était senti tenu de demander sa main à son père. Ou qu'il respectait encore davantage ce dernier pour lui avoir dit sans ambages qu'il devait faire ses preuves.

Après avoir pris congé, Lexy et lui sortirent de l'hôtel.

— Si jamais arrive un jour où personne n'essaiera de me tuer, j'aurai vraiment besoin de passer à ma banque prendre une nouvelle carte et un nouveau chéquier, lui dit-elle. C'est tellement bizarre de ne pas pouvoir retirer de l'argent.

— Crois-moi, j'en suis désolé, affirma-t-il en la prenant par l'épaule. En attendant, venge-toi : fais pleurer ma carte gold.

— Ne me tente pas, s'esclaffa-t-elle. On est sur la Ve avenue et j'ai très bon goût.

Il choisit cet instant pour l'embrasser ; le petit baiser prévu au départ devint très vite passionné.

— Oui, dit-il en se redressant. Vraiment très bon goût.

Chapitre 21

En parvenant devant les grilles de la demeure de Sarah Pendegraff, Lexy comprit que la famille de Charlie était encore plus riche qu'elle ne l'avait imaginé. Elle se trouvait en effet devant l'un des vastes manoirs bâtis à l'époque des magnats du chemin de fer et du pétrole.

La voiture remonta une longue allée bordée d'arbres avant d'atteindre la bâtisse.

— Ne t'inquiète pas, dit Charlie alors qu'elle hésitait à descendre du véhicule. Ça va très bien se passer.

Elle poussa un soupir, posa la main sur la poignée et sortit.

— A propos..., lui lança-t-il alors. Je t'aime !

Eberluée, elle repassa la tête dans l'habitacle pour le regarder.

— Qu'as-tu dit ? interrogea-t-elle, certaine d'avoir mal entendu.

Elle vit de l'humour briller dans ses yeux, mais elle y reconnut aussi une extrême sincérité.

— J'ai dit que je t'aimais.

— Et c'est maintenant que tu m'annonces ça ?

— J'ai pensé que ça t'éviterait d'avoir peur de ma mère.

Elle porta une main à son cœur, scruta le visage masculin à la recherche d'une expression qui aurait signifié « Je t'ai bien eue, hein ? », mais ne la trouva pas. Au contraire, pour la première fois depuis qu'elle le connaissait, il lui parut peu sûr de lui.

— Tu es sérieux, murmura-t-elle.

— Oui.

— Mais...

— Il n'y a pas de mais. Allez, vas-y maintenant. On en reparlera plus tard. Je voulais juste que tu le saches. Bon appétit !

La tête à l'envers, elle referma la portière, entendit s'éloigner la voiture, gagna la porte et agita le heurtoir. Une femme de chambre en uniforme lui ouvrit sans tarder.

— Bonjour, mademoiselle.

— Bonjour. Je suis Alexandra Drake.

— Entrez, je vous prie. Madame vous attend, répondit la soubrette avec un accent polonais.

Issue de la classe ouvrière et à moitié polonaise elle-même, elle se dit qu'elle avait bien plus en commun avec cette femme-ci qu'avec celle qui allait la recevoir.

— Lexy, ma chère !

Sarah Pendegraff se leva dès son arrivée. Vêtue d'une robe à fleurs, elle l'attendait dans un petit salon, penchée sur une écritoire.

— C'est si gentil d'être venue comme cela, au pied levé !

Elle la serra vivement dans ses bras, puis la conduisit vers un sofa recouvert de chintz floral. Elle leur versa deux verres de cherry, s'installa à son tour et déclara :

— Je suis vraiment ravie de cette occasion. En général, je ne déjeune jamais à cette heure-ci, mais, après être rentrée si tard cette nuit, cela m'a paru approprié.

— Merci encore pour hier soir, j'ai passé une soirée extraordinaire.

— Justement, j'étais en train d'écrire un petit mot de remerciement à Florence Grayson. Le problème, c'est de trouver quelque chose de neuf à dire sur un événement auquel on assiste tous les ans. Je crois que je vais parler des fleurs, elles étaient vraiment différentes cette année.

— Oui, répondit Lexy en se reprochant de n'avoir pas fait la même chose vis-à-vis de son hôtesse.

Cependant, ce cambriolage ne lui avait guère laissé de temps pour la bonne éducation…

— Je… euh…, reprit-elle. Vous avez une maison superbe.

— Merci, je l'aime beaucoup moi aussi. Bien sûr, elle est

devenue un peu grande à présent que je suis seule, mais j'ai prévu d'y vivre jusqu'à ce que Charlie se marie. Ensuite, j'irai m'installer dans un appartement que je possède sur la 83e Rue.

» Vous comptez visiblement beaucoup pour Charlie, ajouta-t-elle en souriant, et cela vous rend importante aussi à mes yeux. Je pense que nous devrions apprendre à bien nous connaître. »

Ses paroles firent écho au « Je t'aime » qu'elle venait d'entendre. Jamais elle n'aurait imaginé entendre ces mots de la bouche de Charlie, d'autant qu'ils ne se connaissaient que depuis quelques jours. S'il avait eu l'intention de mettre son monde sens dessus dessous, c'était réussi !

— Puis-je vous poser une question personnelle ?

— Bien sûr, répondit Sarah. Demandez-moi tout ce que vous voulez.

— Est-ce que je ressemble aux précédentes petites amies de Charlie ?

— Hum… voilà une question dont la réponse n'est pas évidente. Vous êtes belle, et je dois dire que toutes l'étaient. Vous êtes par ailleurs ambitieuse et dure à la tâche, ce qu'étaient peut-être la moitié d'entre elles. Mais il y a une chose pour laquelle vous êtes différente : il n'a jamais été amoureux d'aucune de ces femmes.

— Il vous l'a dit ? balbutia-t-elle, stupéfaite.

— Oui. Mais de toute façon, ce n'était pas nécessaire. Je l'ai compris à sa façon de vous regarder, hier soir, affirma Sarah en buvant une gorgée de cherry. Et veuillez me pardonner si c'est trop personnel, mais je l'ai vu aussi quand vous, vous le regardiez.

— Oh, mais je ne… Enfin, vraiment ?

— Peut-être que c'était seulement un espoir de mère, mais oui, vraiment.

— Je… Tout ceci est si… Nous nous connaissons depuis si peu de temps…

— Je ne suis pas certaine qu'il vous en faille plus. L'amour est une chose qu'on ne peut ni prévoir ni programmer. Il n'arrive pas quand c'est pratique, ni quand vous avez l'âge, ni quand votre partenaire a le pedigree idéal. L'amour arrive de façon tout à fait inappropriée et glorieuse, répondit Sarah en riant. Ne croyez surtout pas que je me fonde sur de multiples expériences pour vous dire tout cela. Le seul homme que j'aie jamais aimé était mon mari, le père de Charlie. Et mon fils lui ressemble beaucoup.

— J'en doute.

— Ah bon ? Vous dites cela parce qu'il a été cambrioleur ?

De stupéfaction, Lexy faillit lâcher son verre sur sa robe neuve, qu'elle avait achetée chez un grand couturier, accompagnée de quelques bijoux de la même marque, afin de gagner en assurance. Elle posa le verre sur la table basse.

— Vous êtes au courant ?

— Evidemment ! Voyez-vous, nous n'avons guère de secrets l'un pour l'autre, Charlie et moi. Cela tient peut-être à son statut de fils unique, mais nous avons toujours été très proches, répondit Sarah avant de lâcher un soupir. Bien sûr, ce n'est jamais le rêve d'une mère mais, franchement, ma chérie, je crois que le vol est héréditaire.

— Héréditaire ?

Cette conversation prenait un tour inattendu.

— Oui. Nous avons pu remonter assez loin dans notre généalogie. Et de mon côté, je descends de pirates, dit-elle avec une jubilation évidente.

— De pirates ? Comme dans le film de Johnny Depp ?

— En un peu plus sanglant, oui. Ma trisaïeule était une jeune fille de bonne famille promise à un beau mariage. Alors qu'elle rentrait chez elle, revenant de l'école religieuse qu'elle avait fréquentée en France, son bateau a été attaqué par des pirates. Son ravisseur était le fils d'un duc déchu, il y en avait beaucoup à l'époque, qui avait été dépouillé de tout. Alors, le fils s'était tourné vers la piraterie et il réussissait fabuleusement bien, si l'on considère la récompense qui avait été mise sur sa tête et le fait qu'il aurait été pendu haut et court si on l'avait capturé.

— Doux Jésus !

— Bref, ma trisaïeule Véronique et le pirate en question tombèrent fous amoureux l'un de l'autre. C'est une histoire extraordinaire : il l'escorta jusque chez elle, en dépit de sa tête mise à prix, et demanda très officiellement sa main à son père. La famille de Véronique a été si soulagée de la revoir qu'elle a presque aussitôt accepté. Cependant, cet homme était un pirate et un vaurien, elle-même était fille unique, aussi son père répondit-il au pirate qu'il pourrait l'avoir à une condition : qu'il réussisse à rétablir sa réputation.

— Le déjeuner est servi, madame.

— Ah ! Merci, Sophia, dit Sarah en se levant pour précéder Lexy vers la salle à manger, où le couvert était dressé pour deux. J'ai prévu quelque chose de simple, ajouta-t-elle. Une salade et une quiche. Cela vous convient ?

— C'est parfait, assura Lexy avant de s'asseoir. Donc, qu'est-il arrivé à votre ancêtre et à son pirate ?

— C'est un vrai conte de fées, en fait. Il avait tant d'argent qu'il a réussi à acheter son pardon au pape, puis il a acquis une superbe propriété en France et a renouvelé ses références. Comme, entre-temps, Véronique avait refusé tout autre mari, leurs épousailles ont été autorisées par la famille. Ce fut un mariage très heureux sur tous les plans et ils eurent douze enfants.

— Douze enfants ?

— Véronique a narré toutes leurs aventures dans un journal, qui s'est transmis de génération en génération. C'est comme cela que j'en sais autant sur elle. Bref, de mon côté du moins, le vol est une évidence historique. J'ai donc dû me demander, quand Charlie a opté pour cette voie, si nous n'avions pas cela dans le sang, conclut-elle en lui passant la corbeille à pain. Mais, de toute façon, tout cela est derrière lui, à présent.

— En êtes-vous certaine ?

— Autant que je puisse l'être. Je crois surtout qu'il s'ennuyait à mourir. Son père était un homme merveilleux et un brillant juriste. Je crois que Charlie a pensé ne jamais pouvoir l'égaler, comme beaucoup d'adolescents qui redoutent de rivaliser avec leur père, et c'est pourquoi il a décidé de faire le contraire de ce que nous attendions de lui.

— Il aurait pu devenir vendeur de voitures, ou financier, ou n'importe quoi d'autre, non ?

— Une fois qu'il s'est fixé sur quelque chose, Charlie a tendance à foncer et il est impossible de l'arrêter, repartit Sarah en souriant.

— Ça, je l'avais remarqué !

Le déjeuner fut extrêmement agréable. Il y avait chez cette femme quelque chose qui encourageait la confidence. Toutes deux parlèrent bijoux, alimentation, mode. Alors qu'elles dégustaient le café, Sophia pénétra dans la pièce.

— Je vous prie d'excuser mon intervention, dit-elle, mais Florence Grayson est au téléphone et elle dit que c'est urgent.

— Florence Grayson ? Juste ciel, que peut-elle bien vouloir ? M'en voudrez-vous si je réponds, Lexy ?

— Pas le moins du monde, répondit Lexy alors qu'un signal d'alarme résonnait dans sa tête.

Pourquoi Mme Grayson appelait-elle la mère de Charlie ? Et où donc était son infâme mari ?

Elle s'efforça de ne pas écouter l'entretien, mais n'y parvint plus lorsqu'elle entendit prononcer son prénom.

— Lexy ? interrogea Sarah d'un ton stupéfait.

Elle agita la main en signe de dénégation, mais Sarah avait les yeux fixés sur le bouquet de roses au centre de la table et ne la vit pas.

— A vrai dire, elle est ici en ce moment même. Nous prenions un déjeuner tardif, expliqua Sarah en tournant enfin la tête et en découvrant sa mine horrifiée. Mais, malheureusement, elle est sur le point de s'en aller. Bien sûr, je le lui dirai. Merci encore pour hier. Au revoir.

Elle raccrocha et se tourna vers son invitée :

— Florence Grayson voudrait que vous l'appeliez dès que possible.

— A-t-elle dit pourquoi ?

— Non, mais elle avait l'air très bizarre. Elle m'a paru extrêmement pressée de vous parler. En fait, maintenant que j'y pense, elle m'a également semblé étrange hier soir, quand elle a fait votre connaissance. Oh, mon Dieu ! reprit-elle en se plaquant une main sur la bouche. Je ne sais pas ce qui m'a pris…

Pardonnez-moi, Lexy, il me semble avoir été très maladroite. Mais le mal est fait à présent. Je l'ai éconduite en prétendant que vous étiez sur le point de partir.

— Maladroite ? répéta Lexy, avant de comprendre tout à coup.

Si Charlie savait que Grayson avait des maîtresses, sa mère devait savoir elle aussi que le monsieur avait l'œil baladeur. Pourvu que Sarah n'aille pas penser qu'elle-même avait eu une aventure avec ce monsieur, et que c'était pour cela que Mme Grayson voulait lui parler…

— Si Mme Grayson pense que son mari et moi nous nous connaissons bien, elle se met le doigt dans l'œil. Je n'ai fait sa connaissance qu'hier soir, déclara-t-elle en gigotant sur sa chaise et en priant pour voir Charlie apparaître. Quand votre fils arrivera, j'espère qu'il pourra tout vous expliquer.

Elle se sentait soudain très vulnérable, dans une maison qu'elle ne connaissait pas, en présence d'une femme certainement plus experte en arrangements floraux qu'en autodéfense et avec l'épouse d'un psychopathe dangereux qui était désormais au fait de sa présence ici. Si jamais Florence révélait ce dernier détail à son mari, celui-ci ne manquerait pas d'envoyer des tueurs pour l'abattre, et elle n'aurait aucun moyen de se défendre.

Certes, Charlie lui avait dit qu'il veillerait sur elle, mais cela ne l'empêchait pas d'être nerveuse. Un grincement à la fenêtre la fit bondir sur ses pieds et adopter une posture défensive. Ce qui était sûr, c'était qu'elle ne se rendrait pas sans combattre !

— Lexy ? Que se passe-t-il ? Ce n'est que Bouton, mon chat, qui gratte au carreau.

A cet instant, un siamois se faufila par l'entrebâillement de la fenêtre.

— Vous n'êtes pas allergique, j'espère ?

— Non… pas du tout, bredouilla-t-elle. Pardonnez-moi, je suis un peu sur les nerfs…

Elle se rassit avec une profonde inspiration.

— Peut-être feriez-vous bien de me dire ce qui se passe vraiment, déclara Sarah d'un ton ferme.

— Je pense que vous n'aimeriez pas cela du tout.

— Dans ce cas, fit la mère de Charlie avec un lent sourire, emportons nos cafés dans le salon.

Elles avaient à peine soulevé leurs tasses que leur parvinrent des éclats de voix venus du couloir. Un homme s'entretenait avec Sophia. Lexy poussa un soupir de soulagement : Charlie, enfin ! Tout allait bien à présent. Seule, elle se sentait un peu débordée par les événements, mais ensemble ils pouvaient tout résoudre !

— M. Grayson, madame, annonça Sophia en ouvrant la porte.

Chapitre 22

— Oh, non ! souffla Lexy, atterrée, en allant d'instinct se placer au côté de Sarah, prête à la défendre du mieux possible.

Le regard et les joues empourprées de Grayson quand il pénétra dans la pièce en disaient long sur son agitation et elle vit qu'il s'efforçait à grand-peine de conserver une attitude composée.

— Veuillez excuser cette intrusion, Sarah, mais Florence a laissé un mot disant qu'elle venait ici et je dois lui parler de toute urgence.

— Vous n'avez pas les moyens de vous offrir des portables, tous les deux ? ironisa Lexy, mordante.

Il cilla, puis esquissa un geste d'impuissance d'une main qui tremblait un peu.

— Je sais que c'est ridicule, mais ni elle ni moi ne les supportons. Même si, en un instant pareil, ils nous seraient fort utiles. Il est extrêmement important que je la trouve, poursuivit-il en parcourant la pièce des yeux, comme si elle avait pu se cacher derrière un meuble. Vous ne l'avez pas vue ?

— Non, rétorqua Sarah. Elle m'a appelée il y a peu, mais je lui ai fait comprendre qu'une visite ne serait pas la bienvenue. J'étais en train de déjeuner avec Alexandra.

— Oui, bien sûr… Je vous prie encore de m'excuser, dit Grayson en se frottant la joue. Si jamais elle vient, pourrez-vous me le faire savoir ?

— Bien sûr.

Grayson s'apprêtait à repartir quand la porte s'ouvrit de nouveau, cette fois sur Charlie.

— Merci, mon Dieu…, murmura Lexy, persuadée que tout irait bien à présent.

Il balaya la scène des yeux, puis arrêta son regard sur elle. Le sourire qu'elle y décela ne s'adressait qu'à elle.

— Que faites-vous ici ? demanda-t-il à Grayson d'un ton étonné en venant se placer entre lui et les deux femmes.

— Cela peut paraître insensé, mais je cherche ma femme.

Il parut vouloir en dire davantage, mais se tut et se tourna vers la porte. Qui s'ouvrit une énième fois.

Cette fois, ce fut Mme Grayson qui entra en trombe, échevelée, les yeux hagards.

— Florence ! Dieu merci…

— Toi, la ferme ! fit la nouvelle venue en ouvrant son sac.

Elle en sortit une masse verte et scintillante. Au moment où Lexy comprenait qu'il s'agissait du collier, elle referma le poing dessus et le projeta dans sa direction.

Statufiés, tous regardèrent étinceler les diamants et les émeraudes alors que le collier s'envolait. Lexy l'attrapa par pur réflexe avant qu'il ne s'écrase sur le sol.

— Espèce de garce ! vociféra la femme à son intention. Vous avez tout gâché !

— Florence, ma chérie, je t'en prie, commença son mari d'un ton apaisant, de plus en plus rouge.

— Toi, ne me parle pas, espèce de looser ! Ce n'est pas le bon collier. Elle l'a échangé ! hurla-t-elle, avant de fondre en larmes.

Edward Grayson tapota maladroitement le dos de sa femme en pleurs, qui se dégagea aussitôt.

— Mon épouse est très contrariée, expliqua-t-il. Voyez-vous, elle est persuadée que vous lui avez pris son collier. C'est un bijou très important à ses yeux, avec une grande valeur sentimentale…

Charlie et Lexy échangèrent un regard.

— Vous devez être plutôt surpris de nous voir en vie, Lexy et moi, déclara Charlie en s'approchant de Grayson.

— Surpris ? Bien sûr que non ! Je vous ai vus hier soir ; je sais très bien que vous vous portez comme des charmes.

— Peut-être, mais c'était avant que vos sbires ne viennent

à notre hôtel pour voler le collier, et qu'ils tentent de nous assassiner par la même occasion. Si vous êtes venu achever le travail, vous perdez votre temps, Grayson.

— Je ne suis pas favorable au vol comme moyen de récupérer des biens. S'il y a un voleur ici, Pendegraff, c'est bien vous.

— Un voleur retiré des affaires, rectifia Charlie.

— Le collier était à moi, sanglota Florence dans ses mains. Pourquoi me l'a-t-il volé ?

— Puis-je vous offrir quelque chose, Florence ? s'enquit Sarah en s'approchant d'elle. Un café ? Un verre d'eau, peut-être ?

La femme hocha la tête, se laissa guider vers un sofa et s'y assit. La mère de Charlie lui versa un verre d'eau d'une carafe posée sur un guéridon, puis elle pressa le verre dans la main de Florence Grayson.

— Merci, articula celle-ci.

— Je n'ai pas volé votre collier, madame, déclara alors Charlie. J'ai au contraire été embauché pour le récupérer. Par votre mari. Seulement, il a aussi engagé des malfrats pour m'éliminer, tuer Lexy et récupérer le bijou par la force. Pourquoi, Grayson ?

— J'ignore de quoi vous parlez. Pourquoi aurais-je voulu vous tuer ? Je voulais seulement récupérer les pierres.

— Et vous vouliez qu'une certaine jeune femme qui l'a volé en dispose en toute discrétion, n'est-ce pas ?

— Je ne sais toujours pas de quoi vous parlez, fit Grayson en se frottant la joue.

— C'est Lexy qui a créé le deuxième collier, assez semblable pour leurrer vos tueurs, poursuivit Charlie. Mais, après l'avoir volé, ils ont voulu achever le travail et nous ont tiré dessus en pensant que nous dormions. N'est-ce pas ?

— Quoi ? fit sa mère en portant une main à son cœur.

— Non ! cria Grayson. Tout ce que je veux, c'est mon bien. C'était le vrai qu'elle portait hier soir, pas vrai ? Où est-il ? Il m'appartient. Je veux le retrouver.

— Ce collier est votre ticket d'entrée pour la prison.

— Ne passez pas par la case Départ, ne touchez pas vingt mille francs, ajouta Lexy.

— Balancer le cadavre de votre maîtresse chez Lexy n'était pas très malin. La police n'aura aucun mal à relier les points entre eux.

— Arrêtez, je vous en prie. Des dames sont présentes.

— Oh, allons, Grayson, cessez cette comédie ! Vous avez laissé votre maîtresse essayer les fameuses émeraudes Isabelle et elles l'ont emballée, n'est-ce pas ? Peut-être que vous vous êtes ensuite lassé d'elle et qu'elle a décidé de s'offrir un petit cadeau d'adieu… N'est-ce pas ce qui s'est passé ?

— Non ! jeta l'homme, l'air affolé, en se tournant vers sa femme. Tout cela n'a aucun sens. Je n'ai jamais eu de maîtresse.

— Tout le monde en ville connaît vos infidélités et je suis certaine que votre épouse également, embraya Lexy. Les femmes savent toujours ce genre de chose, reprit-elle en jetant un regard grave à Charlie. C'est pour cela que je ne le recommande pas. Au cas où ça t'intéresse…

— Bien noté, déclara Charlie, dont l'expression implacable s'adoucit. Mais ce n'est pas dans mes projets de toute façon.

Certes, le moment était des plus mal choisis pour cela, mais ce fut à cet instant qu'elle se rendit compte qu'elle l'aimait aussi. Cette vérité lui fit l'effet d'un coup de poing dans le ventre.

— Bien, dit-elle, et quelque chose crépita entre eux, une communication tacite.

C'était comme si elle lui avait dit tout haut « Je t'aime, moi aussi. Nous sommes ensemble dans cette affaire. Et ensemble nous réussirons. »

Mais, bien sûr, rien de tout cela ne fut exprimé et l'échange ne prit que quelques nanosecondes avant que Charlie ne se retourne de nouveau vers Grayson.

— Le cadavre découvert chez Lexy, la femme morte, brûlée et méconnaissable, a été identifiée par la police. Il s'agit de Tiffany Starr.

Grayson émit un étrange bruit de gorge, comme s'il s'étranglait.

— Silence ! hurla Florence Grayson. Je ne veux pas entendre ce nom odieux !

Elle se releva d'un bond et, à la grande horreur de Lexy, sortit une arme de son sac. Qu'elle braqua droit sur elle.

— Florence, chérie, que fais-tu ?

— Tu es si bête que tu n'as pas encore compris, hein ? Vous êtes tous des imbéciles ! s'époumona la femme, les yeux hagards et déments. Tu croyais vraiment que je ne savais pas ? J'ai trouvé les photos de ta petite amie avec mon collier autour du cou. *Mon* collier ! Elle était toute nue. C'est la chose la plus répugnante que j'aie jamais vue ! Je ne pouvais pas la laisser vivre après cela.

— Tu as tué Tiffany ?

— Et comment ! Et puis j'ai embauché des gens pour faire en sorte de récupérer mon collier et m'arranger pour que tous ceux qui l'ont manipulé ne puissent plus jamais en parler.

— Mais…

— La ferme ! Maintenant Edward, Charlie et toi allez partir me chercher le vrai collier. Si je le retrouve, vous serez tous libres de vous en aller. Mais si, dans une heure, je ne l'ai pas, Lexy y passera, dit-elle avant de jeter un regard à Sarah Pendegraff. Désolée, Sarah, mais je devrai vous tuer vous aussi. N'y voyez rien de personnel.

Charlie s'était mué en statue. Depuis la seconde où le revolver était apparu, Lexy avait perçu sa tension. Il était prêt à bondir et avait juste besoin d'une ouverture pour cela. Toutefois, la femme ne lui en offrait aucune. Et Lexy, pour sa part, s'en voulait d'avoir été si concentrée sur le mari qu'elle n'avait pas remarqué l'arme que sortait Florence.

— Vous ne voulez pas faire cela, Florence, répondit la mère de Charlie d'une voix infiniment calme. Vous ne pourrez plus jamais donner le bal des Diamants chez vous si vous tuez Lexy. Pourquoi ne pas poser cette arme ? Je vais demander à Sophia de nous préparer du thé et nous en discuterons sereinement. Si ce collier vous appartient vraiment, Charlie ira vous le chercher, n'est-ce pas, Charlie ?

— Oui, mère.

— Je ne veux pas de thé, je veux mon collier ! Et si je ne

l'ai pas dans une heure, Charlie, je tuerai Alexandra et ensuite votre mère. Suis-je claire ?

— Florence, je t'en prie ! intervint Grayson.

L'arme fit un bruit significatif quand la femme dégagea le cran de sûreté.

— Cinquante-neuf minutes. Et, avec la baisse de mon taux de sucre dans le sang, je vais commencer à trembler. Tu ne voudrais pas que mon doigt tremble sur la détente, si ?

— Non, chérie. Bien sûr que non !

Une fois encore, Lexy et Charlie échangèrent un regard. Il lui fit comprendre de rester calme et de ne rien tenter pour distraire l'agresseur. Elle lui fit comprendre d'être prudent. Oh, et puis aussi qu'elle l'aimait.

— Je reviens, dit-il tout haut. Ne t'inquiète pas.

Elle hocha la tête.

— Je suis navré, mère, ajouta-t-il en se tournant vers Sarah.

— Ça va aller, le rassura celle-ci.

Grayson et lui se tournèrent vers la porte. Charlie n'avait aucune arme à portée de main, songea Lexy, et Florence devait penser que ses menaces avaient suffi pour le faire passer à l'action.

Peut-être avait-elle raison. Toutefois, elle-même venait de découvrir qui était responsable de la destruction de tout ce qu'elle possédait et qui avait fait tuer Tiffany, aussi n'avait-elle aucune intention de rester là sans rien faire quand Charlie reviendrait se placer en ligne de mire face à cette folle.

Grayson ouvrit la porte et, aussitôt, un colosse en gilet pare-balles se précipita à l'intérieur, suivi d'autres silhouettes vêtues de noir, toutes munies d'armes semi-automatiques.

— Ne tirez pas ! hurla Charlie en se tournant pour se jeter sur Lexy.

La première seconde servit à Lexy pour comprendre que la police avait suivi le dispositif pisteur du faux collier, la seconde pour se précipiter à terre en attrapant les pieds de Florence Grayson et en les tirant, en un mouvement que son père lui avait enseigné bien des années auparavant.

La femme hurla de rage. Lexy sentit qu'elle tentait de viser de nouveau, mais, en cet instant, un ange vengeur en robe à fleurs lui saisit le bras et le leva. La balle fit tinter le lustre de cristal.

Une pluie étincelante s'abattit sur Grayson avant qu'il n'ait eu le temps de faire un saut de côté.

Florence s'affala sur le sofa et tenta de se dégager de la prise de Sarah, mais Charlie lui arracha aussitôt son arme.

— Mon collier, haleta-t-elle. Je veux mon collier !

Déjà, un gaillard s'était approché et la menottait.

— Ça va, mère ? s'enquit Charlie.

— Très bien, je te remercie.

Il se laissa alors choir sur le sol et serra Lexy dans ses bras.

— Hé, chaton, ça va ?

— Quelle journée !

Il l'embrassa et elle s'accrocha à lui comme si sa vie en dépendait.

— Ce n'est pas tous les jours que je dis à une femme que je l'aime, murmura-t-il contre sa bouche.

— Moi non plus, répondit-elle en lui ébouriffant les cheveux, ce n'est pas tous les jours que je dis à un homme que je l'aime.

— C'est vrai ?

— Et comment !

Épilogue

Emeraudes Isabelle obligent, la salle des ventes de Manhattan était pleine à craquer.

Florence Grayson arrêtée, il avait vite été établi que, si Edward avait embauché Charlie pour récupérer ses émeraudes, c'était Florence qui avait assassiné Tiffany Starr et recruté les tueurs qui avaient incendié l'atelier et l'appartement et, par deux fois, tenté de les abattre.

A présent libre, Edward avait mis les émeraudes aux enchères, afin de rassembler l'argent nécessaire à la défense de son épouse. Très ironiquement, le tapage provoqué par toute cette affaire avait encore accru la valeur des gemmes.

Grayson allait vraiment avoir besoin de cet argent, car on avait appris que la complice de Tiffany, celle qui s'était fait passer pour Florence dans l'atelier de Lexy, était dissimulée dans l'appartement de Tiffany quand Florence y était venue. Son témoignage de l'enlèvement sous la menace d'une arme était suffisant pour valoir la prison à vie à Florence.

Lexy et Charlie n'acquirent pas le collier, mais ils se réjouirent qu'un musée espagnol emportât finalement les enchères.

— Maintenant, la terre entière pourra admirer les émeraudes Isabelle, lui dit-il alors qu'ils rentraient chez lui, tendrement enlacés.

— Et puis, surtout, elles retrouvent leur pays.

Ils n'avaient pas encore parlé d'avenir, mais elle était heureuse désormais, passant ses journées dans son nouvel atelier et ses nuits chez Charlie.

Amanda avait repris son poste de vendeuse, plus épanouie que jamais. Healey et elle formaient un drôle de couple, mais, après deux semaines dans les Caraïbes, ils étaient rentrés bronzés et heureux. Amanda avait ôté ses piercings et arborait un nouveau tatouage, un petit oiseau volant au-dessus du voilier. Ça devait avoir une signification personnelle, car Lexy avait déjà surpris Healey posant les lèvres dessus quand il pensait ne pas être vu.

Ses affaires se portaient de mieux en mieux, ce qu'elle attribuait aussi au tapage médiatique qui avait entouré l'affaire des émeraudes.

— Maintenant que j'ai mon nouvel atelier, lui dit-elle, je devrais penser à me chercher un appartement.

— Ou alors tu pourrais m'épouser, suggéra-t-il.

— Quoi ? s'exclama-t-elle, incrédule.

— Je sais que ça peut te paraître bizarre, déclara-t-il en sortant un écrin de sa poche, parce que je suis sûr que tu sais déjà comment tu vas dessiner nos alliances, mais c'est un bijou de famille. Bon sang, je gâche tout encore une fois, soupira-t-il, apparemment contrarié. Lexy, veux-tu m'épouser ?

Elle le regarda, puis baissa les yeux sur l'écrin.

— Oh, Charlie, tu es sûr ?

Sur un signe de tête encourageant, elle ouvrit alors la boîte et y découvrit un solitaire magnifique, dont elle tomba tout de suite amoureuse.

— Comment ça, si je suis sûr ? A l'instant même où je t'ai enlevée, j'ai su que je ne te laisserais plus jamais partir. Et je te jure que tu seras la dernière chose que j'aurais volée. Alors, tu acceptes ?

— Je ne sais pas. Mon père est policier, il ne sera peut-être pas ravi que j'épouse un voleur, même si c'est un ex-voleur.

— Il faut que je te dise quelque chose qui ne va pas te plaire, déclara-t-il avec une petite grimace.

— Quoi donc ?

— En fait, j'ai déjà demandé ta main à ton père et il a accepté.

— Tu veux bien répéter ? fit-elle en sentant monter la rage en elle.

— J'ai déjà demandé ta main à ton père. Il y a un mois. Je lui ai dit que j'avais été un voleur, il l'a plutôt bien pris et m'a demandé de me racheter. Et quand je lui ai reposé la question hier, il a dit oui.

— Je rêve ! s'exclama-t-elle alors qu'un flot d'émotions contradictoires s'emparait d'elle et dissolvait comme par magie sa mauvaise humeur.

Il lui mordilla l'oreille et elle promena les mains sur son torse. Parfois, comprit-elle, on savait, juste comme ça. De la même façon qu'elle savait d'instinct, en voyant des gemmes, quelle monture leur conviendrait, elle sut en cet instant que Charlie et elle étaient destinés à vivre ensemble pour l'éternité.

— Oui, Charles Pendegraff III, je veux bien t'épouser.

Il lui passa la bague ancienne au doigt et elle ne fut pas étonnée que celle-ci fût à sa taille.

— Je t'aime, Lexy.

— Je t'aime aussi, Charlie, répondit-elle, avant de réfléchir quelques instants à une question idiote, mais qu'elle avait très envie de poser : Dis-moi, si je t'épouse, tu ne crois pas qu'il serait temps de me dire quelle est ta position sexuelle préférée ?

Il éclata de rire et lui reprit la main.

— Rentrons vite à la maison et je te ferai voir.

VOTRE COLLECTION PRÉFÉRÉE DIRECTEMENT CHEZ VOUS

Vous souhaitez découvrir nos collections ? Une fois votre colis de bienvenue reçu, si vous souhaitez continuer à recevoir nos livres, cela se fera automatiquement. Vous n'avez aucune obligation d'achat et cette offre est sans engagement de durée !

Dans votre 1er colis, 2 livres au prix d'un + 1 cadeau

☛ COCHEZ la collection choisie et renvoyez cette page au
Service Lectrices Harlequin – CS 20008 – 59718 Lille Cedex 9 – France

Collections	Prix 1er colis	Réf.	Prix abonnement (frais de port compris)
❑ **AZUR**	4,50€	AZ1406	6 livres par mois 29,99€
❑ **BLANCHE**	7,30€	BL1603	3 livres par mois 24,45€
❑ **HISTORIQUES**	7,20€	LH1202	2 livres par mois 17,09€
❑ **PASSIONS**	7,70€	PS0903	3 livres par mois 25,89€
❑ **BLACK ROSE**	7,70€	BR0013	3 livres par mois 26,19€
❑ **HARMONY***	5,99€	HA0513	3 livres par mois 20,16€
❑ **NORA ROBERTS***	8,90€	NR2403	3 livres tous les 2 mois, prix variable**
❑ **SAGAS***	7,99€	SA2303	3 livres tous les 2 mois 28,86€
❑ **VICTORIA**	7,90€	VI2113	3 livres tous les 2 mois 26,19€
❑ **GENTLEMEN***	7,50€	GT2022	2 livres tous les 2 mois 17,35€
❑ **ALIÉNOR**	7,70€	AL2132	2 livres tous les 2 mois 17,75€
❑ **HORS-SÉRIE***	7,70€	HS2812	2 livres tous les 2 mois 18,25€

*livres réédités / **entre 27,59€ et 30,19€ suivant le prix des livres

F22PDFM

N° d'abonnée Harlequin (si vous en avez un) ________

Mme ❑ Mlle ❑ Nom : ________

Prénom : ________ Adresse : ________

____

Code Postal : ________ Ville : ________

Pays : ________ Tél. : ________

E-mail : ________

Date de naissance : ________

Date limite : 31 décembre 2022. Vous recevrez votre colis environ 20 jours après réception de ce bon. Offre soumise à acceptation et réservée aux personnes majeures, résidant en France métropolitaine, dans la limite des stocks disponibles. Prix susceptibles de modification en cours d'année. Vous pouvez demander à accéder à vos données personnelles, à les rectifier ou à les effacer. Il vous suffit de nous écrire en nous indiquant vos nom, prénom et adresse à : Service Lectrices Harlequin CS 20008 59718 LILLE Cedex 9. Service Lectrices disponible du lundi au vendredi de 9h à 17h : 01 45 82 47 47.